1847

VANITY FAIR: A NOVEL WITHOUT A HERO

浮華世界

(全譯本｜上冊)

William Makepeace Thackeray 威廉・梅克比斯・薩克萊

洪夏天——譯

薩克萊本人繪製的《浮華世界》封面
EC85 T3255 848vb, Houghton Library, Harvard University

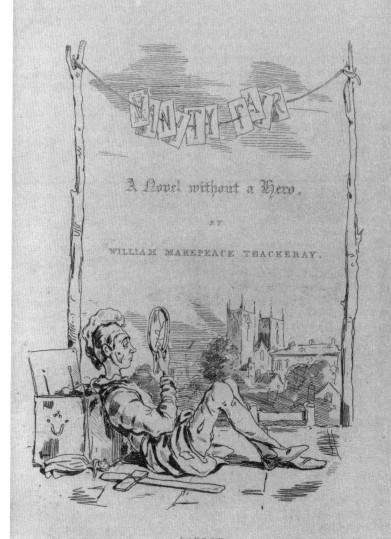

A Novel without a Hero.

BY

WILLIAM MAKEPEACE THACKERAY.

LONDON

BRADBURY & EVANS, BOUVERIE STREET.

1848

導讀

薩克萊人生的浮華世界

國立中正大學外國語文學系教授兼文學院院長　陳國榮

以現代讀者的角度來看，威廉・薩克萊（William Makepeace Thackeray）在十九世紀眾多的英國小說家之中，是頗難定位的。一方面，他不像奧斯汀（Jane Austen）、布朗蒂（Charlotte Brontë）或狄更斯（Charles Dickens）這些家喻戶曉的作家有名。另一方面，他又比稍晚的特羅洛普（Anthony Trollope）、梅芮迪斯（George Meredith）、或吉辛（George Gissing）較為一般讀者所知悉。因此，薩克萊與其同時期的女性小說家艾略特（George Eliot）可說是最為大眾所忽略的維多利亞時期之一流小說家。而薩克萊的《浮華世界》（*Vanity Fair*）則因小說本身的長度與其複雜的歷史背景，更是許多喜愛研讀英國文學讀者的遺珠之憾。

薩克萊於一八一一年生於加爾各答。當時的印度是由英國東印度公司（British East India Company）所支配。他的父親是該公司一名高階且富有的官員。然而在他四歲時，他的父親卻不幸早逝。一年多後，薩克萊就被送回英國受教育。留在印度的母親則在三個多月後嫁給同公司的另一位官員。這些幼年痛苦的經驗在薩克萊的心靈中造成極大的創傷。返回英國後，薩克萊先後在三個私立學校接受教育。當時嚴厲的維多利亞式教育方式強調對學生的體罰與羞辱。因此，孤獨的薩克萊在其人格成長教育中，因為缺乏父母的照顧，常在憂鬱與絕望中度過。而他渴望母愛的心情也不時的流露在其小說與畫作中。一八二九年，薩克萊進入劍橋大學的三一學院（Trinity College）就讀。然而當時大學所強調的古典教育與他的興趣相左。因此就讀一年多後，薩克萊就輟學離開劍橋大學，並未取得任何學位。

在就讀大學期間，薩克萊開始了他一生頻繁的歐洲之行。在一八二九年首度到巴黎時，薩克萊開始迷上了賭博。他離開劍橋大學時，就已負債一千五百英鎊。（當時只要兩三百鎊就可以讓一個中產階級的人舒適的過一年。）之後的幾年中，薩克萊過著波希米亞式的生活，不斷地到處旅行，嘗試各種的學習與工作（如學繪畫、讀法律、辦小報），但依舊沉迷於賭博與隨意的兩性關係。到了一八三四年，因為揮霍光了祖傳遺產，而且所辦的報紙也倒閉，薩克萊從一個生活安逸的中產階級淪落為幾乎一無所有的窮人。

一八三五年夏天，他在巴黎時愛上了年僅十七歲且身無分文的愛爾蘭女孩，伊莎貝拉·蕭（Isabella Shawe）。雖然伊莎貝拉的母親不斷阻撓（她的父親是個已故的軍官），但薩克萊仍和她在次年八月結婚。一八三七年，他們生下第一個女兒。此時的薩克萊僅有一百英鎊年收入，再加上所辦的另一份報紙也倒閉（此事更拖累他的繼父），生活比起之前更為窮困。家庭的經濟壓力，使得薩克萊不得不重新思考未來的日子。因而也展開他成為一個專職作家的生涯。

之後幾年，薩克萊先後用提特馬斯（Michael Angelo Titmarsh）與費茲布鐸（George FitzBoodle）為筆名在報章雜誌上發表一系列附有自創插畫的故事與諷刺文章。一八四四年薩克萊發表了第一部以十八世紀為背景的連載小說《貝利·林登》（*Barry Lyndon*）。因為不受歡迎，連載完後想集結成書的願望也無法實現。（這本小說在一九七五年被大導演庫柏立克〔Stanley Kubrick〕改編成一部唯美的電影《亂世兒女》。）

在此期間，伊莎貝拉於一八四〇年生下第三個女兒（她的第二個女兒不幸在一八三八年夭折）。產後的伊莎貝拉得了憂鬱症，因此薩克萊決定帶著妻兒回到愛爾蘭去拜訪岳母及她的親友。在航途中，伊莎貝拉試圖跳船自殺。雖然及時獲救，可是她的病情卻持續惡化。最後薩克萊只能將她送往療養院，終其一生。同時，他也將兩個女兒帶往巴黎，委託他的母親撫養。薩克萊無法與家人團聚的夢魘又再度上演。

經過了報章雜誌、旅遊札記、與諷刺小品等文章的磨練後，薩克萊於一八四七年開始了他小說創作的巔峰時期。第一部作品就是於當年一月開始連載，以滑鐵盧戰役（一八一五）前後為時代背景的《浮華世界》。此書並於一八四八年以單冊方式出版。薩克萊在一八五〇年完成《潘丹尼斯》（*The History of Pendennis*）。此本小說依循典型十九世紀成長小說（Bildungsroman）的模式，描述一位涉世未深的年輕人如何在希望與失望的浮沉之間，變得成熟，進而確定自我在社會上的身分。一八五二年所出版的《亨利・艾斯蒙》（*The History of Henry Esmond, Esq.*）則以十七世紀末與十八世紀初，英國詹姆士黨人叛亂（the Jacobite rebellions）為背景的歷史小說。小說劇情所強調的仍是個人在歷史變遷中的身分定位問題。《紐坎家族》（*The Newcomes*，一八五五）則描述中產階級藉由與貴族聯姻以追求財富及政治權力，進而揭露人性自私的醜陋面目。薩克萊最後一本著名的小說《維吉尼亞人》（*The Virginians*，一八五九）則是延續《亨利・艾斯蒙》的故事情節，但是場景移至美國。劇情則以艾斯蒙的兩個孫子在美國獨立戰爭中各自效忠英國祖國與美國殖民地所發展出的衝突為中心。在此期間，薩克萊也受邀至英國與美國各大城市發表以英國幽默作家與漢諾瓦王朝（the House of Hanover）四位以喬治命名的國王為主題的兩個系列演講。此時期的薩克萊處於名利雙收的人生高峰時期。

可是好景不常，長年為胃病與泌尿問題所苦的薩克萊在一八六三年耶誕夜時，突然因腦血管破裂導致中風而過世，享年五十二歲。

薩克萊最著名的小說《浮華世界》有個有趣的次標題：《一本沒有英雄的小說》（*A Novel without a Hero*）。在小說的序言（Before the Curtain）中，小說的敘述者即以劇場經理與木偶表演者自居，把小說中形形色色的各種人物比喻成是戲中的傀儡：蓓琪（Becky Sharp）是個關節異常靈活的木偶，艾美麗雅（Amelia Sedley）是個裝扮漂亮的洋娃娃，而達賓（William Dobbin）則是個木訥但不失自然的人偶。換言之，相對於小說時代背景的英雄人物，如拿破崙（Napoleon Bonaparte）和威靈頓公爵（Duke of Wellington），薩克萊所要呈現的是，過著平凡生活，但卻汲汲營營追尋虛幻的世俗之夢的社會各階層人物。小說中的人物，如薩克萊所言，是「一群活在一個沒有上帝的社會中的人們」。親戚為了爭奪遺產而勾心鬥角，朋友因對方破產而情義盡失，夫妻則因婚外情或貪婪物質享受而各自分飛。所有的人際關係幾乎完全由社會地位與財富作為唯一的考量因素。在這種人生哲學裡，幸福快樂自然不會是個理想的小說結局。如薩克萊所言，「在故事結束時，我要每個人都感到不滿意且不快樂——我們對自己的人生及所有其他的故事都應該持相同的態度」。此種觀點也正點出他對人生抱持不如意者十之八九的生活態度。因此，小說的敘述者與薩克萊本身，對小說中人物所採取的，常是一種超然但又揶揄的角度，並以旁觀者的身分來對待劇中人生的富貴浮雲。然而，薩克萊卻不時的點出小說家本身和讀者同樣的也處在這個浮華世界當中，而無法自外於小說人物與七情六慾的掙扎。

此種人生觀更在小說的標題《浮華世界》中展露無遺。「浮華世界」一詞出自十七世紀宗教作家班揚（John Bunyan）的《天路歷程》（*The Pilgrim's Progress*, 一六七八）。這本書在當時是家家戶戶除了聖經之外必備的一部作品。書中提到，基督徒（Christian）和他忠實的同伴（Faithful）在前往天國途中，經過一個浮華市集。這個終年開放的市集兜售所有世間浮華的東西：房屋地產、勛章名位、金銀珠寶、妓女妻兒，以及各式各樣的享樂。在這市集中，除了可以看到五花八門的騙術與形形色色的傻瓜與惡徒外，各種作奸犯科、偽證、與通姦者也俯拾皆是。因此，當基督徒與他忠實的夥伴進入市集時，因為他們的衣著與言語和這個市集中的人迥然相異，再加上他們對於市集所兜售的種種物品絲毫不感興趣，因而引起騷動。當被問到他們要買甚麼時，他們的回答是：「我們要買真理」。所有人不是把他們當成傻瓜，就是當成瘋子看待。如果我們把這個市集和薩克萊在《浮華世界》中所呈現的社會相比較，自然可以更明確了解他所想要表達對英國社會甚至整個資本主義文明的批判。

《浮華世界》曾多次被改編成電影與電視影集。目前在市面上可以取得的有：一九三五年所拍攝的《蓓琪．夏普》（*Becky Sharp*），該部影片曾得到當年威尼斯影展的最佳彩色影片；一九六七年由當時紅極一時的蘇珊．漢普夏（Susan Hampshire）領銜主演的迷你劇集；一九九八年由英國 **BBC** 重新改編的電視影集，因為這部六集的影片長達三百分鐘，所以是最詳實的改編版本；而二〇〇四年環球公司出品，由瑞絲．薇斯朋（Reese Witherspoon）所主演的《浮華新世界》，因為其片長適中，佈景服裝造型華麗，再加上當紅女星的加持，可能是最為一般觀眾所歡迎。二〇一八年，這本小說又再度由 **ITV** 和 Amazon Studios 改編成七集的電視劇。在閱讀完這本小說後，再去欣賞這些影片，讀者對薩克萊的《浮華世界》應該會有更深入的領悟。

目錄

主要人物表

約翰．薩德利：商人，艾美麗雅與喬瑟夫．薩德利之父。
薩德利太太：約翰．薩德利之妻。
艾美麗雅．薩德利：小名艾美，約翰．薩德利之女。
喬瑟夫．薩德利：小名喬、喬斯，約翰．薩德利的長子，印度官員。
蕾蓓卡．夏普：小名蓓琪，父母早逝。
威廉．達賓上尉：達賓爵士之子，與喬治．奧斯朋自幼即是好友。
約翰．奧斯朋：商人，喬治．奧斯朋之父，早年與約翰．薩德利往來密切，也是好友。
喬治．奧斯朋：艾美麗雅的青梅竹馬，約翰．奧斯朋之子。
珍．奧斯朋：約翰．奧斯朋的長女，喬治的姐姐。
瑪麗雅．奧斯朋：約翰．奧斯朋的次女，喬治的妹妹。
老皮特．克勞利從男爵：聘雇夏普小姐擔任家庭教師的人。
布特．克勞利：老皮特．克勞利的弟弟，女王的克勞利鎮的教區牧師，有兩個兒子、四個女兒。
瑪蒂達．克勞利：常以克勞利小姐稱之，是老克勞利從男爵和布特牧師同父異母的姐姐。
布里吉斯小姐：克勞利小姐的陪侍。
皮特．克勞利先生：老皮特．克勞利爵士的長子。
洛頓．克勞利先生：老皮特．克勞利爵士的次子。

第一任克勞利夫人：賓紀勛爵的第六位女兒，皮特和洛頓・克勞利之母。

第二任克勞利夫人：五金商約翰・湯瑪斯・道森先生的女兒，蘿絲・道森小姐。

蘿絲・克勞利：克勞利從男爵與第二任克勞利夫人生的大女兒

薇奧蕾・克勞利：克勞利從男爵與第二任克勞利夫人生的二女兒。

布特・克勞利太太：布特・克勞利之妻，教區牧師太太，閨名瑪莎・麥克泰維許。

詹姆斯・克勞利：小名吉姆，布特・克勞利牧師的長子。

法蘭克・克勞利：布特・克勞利牧師的次子。

珍・席普尚克斯小姐：老索斯頓伯爵的三女兒。

索斯頓伯爵：珍・席普尚克斯小姐的哥哥，單身。

索斯頓夫人：老索斯頓的妻子，珍與索斯頓伯爵之母。

幕啟之前

本齣戲碼的經理坐在舞台幕前，望著熱鬧喧嘩的浮華世界，一陣深沉的憂鬱湧上心頭，淹沒了他。在這世界裡，許多人縱飲貪食，向人求愛、遺棄舊愛，時而歡笑，時而哭泣；抽菸、欺騙、打鬥、跳舞，虛度光陰。惡霸欺凌弱者，往前推擠，花花公子朝姑娘們拋媚眼，無賴到處劫財，不落人後，警察留神警戒，騙子在攤位前放聲叫賣。（至於**其他**騙子，願他們都得瘟疫吧！）鄉下佬抬頭仰望那些穿金戴銀的舞者、化了粧的老雜耍演員，然而他們身後，扒手正把手伸進他們的口袋。是的，這就是浮華世界，這兒道德淪喪，雖然熱鬧騰騰，但絕不是個快樂的地方。

瞧瞧下了舞台後，演員和小丑的臉吧。小丑湯姆洗去臉上的油彩，在幕後與妻子和胖嘟嘟的小傑克坐下來共進晚餐。但幕一拉開，他就會跳上跳下，向觀眾大喊道：「你們好嗎？」

我認為一個善於思考的人，看遍這兒的事態炎涼，不會再因個人或他人的歡樂情緒而興奮。時不時，他會看到某個幽默詼諧或溫柔動人的片段，令他感到有趣或感動：一個可愛的孩子望著薑餅攤；一個漂亮的女孩聽著愛人的話語，看著他為她挑選禮物；可憐的小丑湯姆在貨車後面啃骨頭，老實的一家人全靠那些筋斗技藝才能過活。但望著這一切的他，心情多半憂鬱，而非喜悅。直到回到了家，才得以坐下來冷靜沉思，以恬靜平和的心情閱讀或處理事務。

除了上述的小故事，我無意為「浮華世界」添加任何寓意。有些人認為那兒是道德淪喪的地方，帶著僕人與家人避之唯恐不及，他們也許是正確的。然而其他人不這麼想，他們也許懷抱閒散、慈悲或嘲諷的心情，想踏入這兒一時半刻，瞧瞧各種演出。浮華世界的表演五花八門，有可怕的打鬥，奢華的騎馬出遊，有上流社會的場景，當然也有平庸的日子。有令人動容的愛情，也有不少輕快可笑的事件。舞台上，每一幕都已架好恰當的布景，作者親自提供蠟燭，照得全場燈火通明。

舞台經理還有什麼要說呢？這場表演巡迴英國各地大小城鎮，他想感謝眾人一路上的支持與歡迎，感謝報章雜誌的各大編輯、貴族與仕紳的欣賞與關注。一想到旗下的人偶帶給帝國最高貴的人物許多歡樂，他就不禁感到自豪。出名的小「蓓琪」人偶有著格外靈活的身段，在絲線的擺弄下顯得生動又活潑；「艾美麗雅」人偶的戲迷雖然不多，但工匠費盡心思雕刻它、打扮它，實為一具傑作；「達賓」傀儡雖然笨拙得很，但跳起舞來非常好笑又自然；有些人特別欣賞幾名「小男孩」跳的舞；還有不惜耗費鉅資打造的「邪惡貴族」，別忘了欣賞他的華貴打扮和雍容舉止，因為這場表演一結束，魔鬼就會把它帶走。

經理說完後，朝觀眾深深一鞠躬，退到舞台下。幕啟了。

一八四八年，六月二十八日，寫於倫敦

第一章 契斯克林蔭大道

本世紀剛過十數年的一個六月上午，燦爛陽光灑落一地。在契斯克林蔭道上，有輛大型私人馬車朝平克頓女子學院的華麗鐵門駛近。兩匹高壯的馬拉著馬車，身上的馬具閃著耀眼光澤。戴著假髮和三角帽的胖車夫坐在駕駛座上，以每小時四哩的速度緩緩前進。胖車夫旁坐著一名黑人僕從，馬車一停在平克頓女子學院閃閃發亮的銅製門牌前，他立刻把那雙O型腿伸直，手腳俐索的拉響門鈴。二十幾名年輕少女立刻把頭探出狹窄的窗戶，從富麗堂皇的古老磚造大宅裡往外探望。眼尖的人恐怕已認出好脾氣的潔米娜・平克頓小姐的身影。她正在客廳裡，將紅紅的鼻子伸向窗戶前的幾盆天竺葵。

「姐姐，薩德利太太的馬車到了。」潔米娜小姐開口說道：「那個叫薩葆的黑僕剛按了門鈴，車夫今天穿了件新的紅背心呢！」

「薩德利小姐的離校程序，妳辦妥了吧？潔米娜小姐。」威嚴的平克頓小姐問道。這位女士可是漢默史密斯一帶的塞彌拉彌斯[1]，也是塞謬爾・約翰遜[2]博士的好友，還常和夏龐太太通信往來呢。

「女孩們今天清晨四點就起床啦，大夥兒一起替她整理行李呢，姐姐。」潔米娜小姐回答：

1. 傳說中的亞述女王、巴比倫的建立者。
2. 塞謬爾・約翰遜，一七〇九～八四，英國詩人與作家，編纂的《約翰遜字典》影響深遠。

「我們還弄了一大把花給她。」

「說話文雅些，妹妹。說一束花。」

「總之，那『速』花大得像把乾草堆！我還為薩德利太太準備了兩瓶丁香水，配方也已放到艾美麗雅的箱子裡了。」

「潔米娜小姐，我相信妳抄寫了一份薩德利小姐的帳單。就是這個嗎？好極了，九十鎊四先令。行行好，在信封上寫下約翰．薩德利先生的大名，把我寫給薩德利太太的信也一併裝進去，再封上蠟。」

在潔米娜小姐的眼中，姐姐平克頓小姐親手寫下的信就像國王真蹟一樣神聖，只有在學生離開學校或即將結婚時，平克頓小姐才會親自寫信。唯一一次例外，是可憐的貝區小姐染上腥紅熱，不幸過世的時候。潔米娜小姐私心認為，如果有任何事能稍稍安慰貝區太太的喪女之痛，那一定就是平克頓小姐宣布噩耗時，寫下的那封用詞優美、充滿宗教節操的信。

此時，平克頓小姐這封信的內容是：

夫人：

薩德利小姐已在契斯克林蔭大道上度過六年光陰，如今，艾美麗雅小姐已是亭亭玉立的淑女，她的風度儀態符合其尊貴的家世，將在名人雅士的社交圈裡佔有一席之地。我十分榮幸且滿心歡喜的將艾美麗雅小姐交還給她的父母。可愛的艾美麗雅小姐不僅具備英國閨秀特有的美德，也有與她身分地位相符的造詣。她**認真好學且溫順服從**，深得師長歡心；而她溫柔甜美的脾性，也讓她不僅受**同輩**愛戴，更受**長輩**疼愛。

不管是音樂、舞蹈、拼字，抑或各種刺繡、縫紉技巧，薩德利小姐都表現優異，實現了親友的期許，唯有地理仍待加強。強烈建議艾美麗雅小姐在接下來的三年內，每天使用背脊矯正板四小時，持續不懈，才能讓舉止更**端莊優雅**，符合**上流社會**年輕仕女的風範。

本校承蒙偉大的字彙專家約翰遜博士曾親蒞指導，也很榮幸得到可敬的夏龐太太的認可。薩德利小姐沒有辜負本校教導，具備崇高的宗教與道德標準。艾美麗雅小姐離開之時，昔日同窗依依不捨，身為校長的我也將關愛的凝視著她。

夫人，我十分榮幸能自稱為您謙卑忠誠的僕人，

芭芭拉．平克頓敬上

契斯克林蔭大道，一八一×年，六月十五日

附註：夏普小姐將與薩德利小姐同行，夏普小姐已受雇於名聲顯赫的家庭，其雇主希望夏普小姐盡快開始工作，請勿讓她在羅素廣場盤桓超過十日。特此告知。

平克頓小姐寫完這封信後，打算在一本約翰遜字典的扉頁，寫下自己和薩德利小姐的名字——每當學生離開契斯克林蔭大道時，她必會致贈這本有趣的著作。封面上還印了〈備受尊崇的已故山謬爾．約翰遜博士，對一名平克頓學院年輕畢業生的贈言〉。這位嚴肅自負的女士總是把偉大字彙學家的名字掛在嘴邊。自從約翰遜博士拜訪平克頓小姐後，她就因此變得名聲響亮，財源滾滾而來。

潔米娜小姐依姐姐的指示，從書櫃取出字典。不過，她拿了兩本出來。平克頓小姐在第一本字典上簽好名後，潔米娜有點猶疑又羞怯的遞給她第二本。

「這本字典要給誰？潔米娜小姐。」平克頓小姐冷冰冰地問道。

「這是給蓓琪．夏普的。」潔米娜回答。她四肢發抖著轉過身、背對平克頓小姐，憔悴的臉

龐和頸項上都染上一層紅暈。「蓓琪．夏普，她也要離開了。」

「潔—米—娜—小—姐！」平克頓小姐一字一頓，厲聲說，「妳瘋了嗎？把字典放回去，別再自作主張了！」

「可是姐姐，那本字典也不過兩先令九便士而已。不給她一本字典的話，可憐的蓓琪一定難過得很。」

「立刻叫薩德利小姐過來。」平克頓小姐只這麼說。害怕的潔米娜不敢再說下去，慌慌張張地退了出去。

薩德利小姐的父親在倫敦經商，是位富豪。而夏普小姐出身平庸，只是名學徒。平克頓小姐自認已經為夏普小姐付出很多，不需要再給她一本珍貴的字典當作分別贈禮。

雖然校長的信就跟墓園裡的墓誌銘一樣不可信，不過有時，也有幾名告別人世的亡者對得起石匠刻下的那番歌功頌德的文字。他可能真是位虔誠的基督徒，是名好父母、好孩子、好丈夫或好妻子，家人的確因他的離去而悲慟逾恆。而在男校、女校裡也是如此，偶爾會出現一名優秀學生，完全對得起師長真誠無私的讚美。艾美麗雅．薩德利小姐就是這樣一位大家閨秀，平克頓小姐寫的每句誇讚，她都受之無愧。而且，她還具備許多連這位自負且經驗老道的[3]女神也察覺不到的優點，畢竟兩人的年紀與地位差異懸殊。

艾美麗雅有著像雲雀一樣悅耳的歌聲，甚至能與聲樂家比靈頓太太[4]比美。她的舞姿如希利斯柏格夫人[5]或派列歇特小姐[6]般輕盈曼妙。她的刺繡作品美麗動人，拼的字也像《約翰遜字典》一樣精準無誤。不僅如此，她總是笑臉迎人，心地仁慈、個性溫柔又慷慨。凡認識她的人，沒有人不喜歡她。上至彌涅爾瓦女神，下至廚房那個可憐的清潔女工，人人都愛她。那位賣蘋果的漂亮獨眼婦人有個女兒，每週都會來學校兜售蘋果，連她也喜歡艾美麗雅。全校二十四名少女中，艾美麗雅的知心好友多達十二人。生性嫉妒的布芮格小姐從沒說過她一句壞話，連自視甚高的索泰爾小姐（德克斯特伯爵的孫女）都讚美她的身段優美。而來自聖基茨島，黑白混血、頭髮濃密的富家千金史華滋小姐，在艾美麗雅離開的這一天，不禁痛哭流涕，學校不得不找來弗洛斯醫生給她點嗅鹽，把她薰得暈陶陶的，終於平靜下來。平克頓小姐的地位尊貴不凡且德行出眾，因此她對艾美麗雅的感情是節制且高貴的。但潔米娜小姐自從得知艾美麗雅離開的消息，已傷心哭過好幾回。要不是擔心姐姐為此震怒，她一定會像聖基茨的千金小姐（她可付了兩倍學費）一樣痛哭失聲，不過只有寄宿生才有權利盡情展露情緒。老實的潔米娜得忙著整理帳目、清洗衣物、修修補補，準備點心、餐具、瓷器，還得指揮僕役。為什麼花那麼多心思在潔米娜小姐身上？因為我們恐怕再也不會聽到她的消息了，當那扇雕工精細的鐵門一闔上，她和她那可怕的姐姐就此永遠消失在本故事的小天地裡。

至於艾美麗雅，她接下來還會常常上場，不妨一開始就先說，她實在是個惹人憐的小傢伙。在真實生活或虛構故事裡，總不乏各種陰險角色，而虛構故事又特別多。我們何其幸運，本故事中有位如此真誠又溫柔的人與讀者相伴。要不是她是故事的女主角，我們實在沒必要對她本身多加描述。我得承認，她的鼻子似乎太短了些，臉頰也太飽滿紅潤，不太適合擔任女主角。但她的臉龐散發著健康的氣息，透著玫瑰般的色澤，她的嘴唇總是微笑地揚起，她的雙眼隨時閃耀著最明亮、最真誠、最友善的光采，唯一例外就是它們被淚水淹沒時。可惜的是，她常常淚眼汪汪：

3. 羅馬神話中的智慧女神、戰神、藝術家與工匠的保護神。
4. 伊麗莎白．比靈頓，一七六五～一八一八，著名的英國聲樂家。
5. 瑪麗—路易絲．希利斯柏格，約一七六五～一八〇四，著名的法國舞者。
6. 派列歇特小姐，約一七七五～一八三七，著名的法國聲樂家和舞者。

這傻氣的孩子會為了死去的金絲雀或為了一隻被貓抓住的老鼠而哭泣，不管讀了多麼愚蠢的故事，也會因小說結束而流淚。若有人夠鐵石心腸，敢對她說一句難聽的話，那麼他們的下場比她本人還糟糕。連自命為神、一板一眼的平克頓小姐，罵過她一次後就再也不敢對她口出惡言。平克頓小姐並不是多仁慈的人，卻要求所有的老師對薩德利小姐特別溫柔，因為一點點的嚴厲，也會令她傷心痛苦不已。

當離別的日子到來，薩德利小姐除了一如往常的又哭又笑，實在不知道該如何應對。她很期待回家，同時又因告別校園生活而痛心難過。自三天前開始，孤兒小蘿拉・馬丁就像隻幼犬一樣，亦步亦趨地跟在她後頭。她得準備十四樣禮物，同時接受十四樣禮物，並嚴正保證十四次，她每週都會寫信。「我會假裝要寫信給我爺爺，德克斯特伯爵，」索泰爾小姐說，但她的話不太可靠。「別擔心郵資，親愛的，妳得每天寫信，」急躁糊塗但慷慨友善的史華滋小姐說。才剛學草寫的小蘿拉・馬丁牽起她的手，抬頭望著她的臉，露出仰慕的神情：「艾美麗雅，我寫信給妳的時候，會叫妳媽媽。」總在俱樂部裡朗誦本書的瓊斯，一定會覺得我寫的這些細節都愚蠢又瑣碎，簡直廢話連篇，肉麻極了。他的樣子，他那因吃了一大塊羊腿和喝了半品脫紅酒而發紅的臉孔，此刻就浮現在我眼前。他掏出鉛筆，在「愚蠢、廢話」等句子下面畫線，並在旁以大寫評論：「正是如此！」才氣縱橫的他，不管在日常生活還是故事中，都只欣賞英勇行徑。我最好別輕忽他的警告，還是講些別的吧！

好吧，繼續我們的故事！薩葆先生將薩德利小姐的花束、禮物、行李箱及帽盒一一搬進馬車。除此之外，還有一只小巧且老舊的牛皮箱子，上面簡潔地釘了夏普小姐的名卡，咧嘴而笑的薩葆先生也將這只箱子搬進馬車。車夫露出一抹冷笑，將它固定好。

告別的時刻到了，平克頓小姐又對她的學生發表一場可敬的演說，沖散了離別的哀傷氣氛。

並不是說這場演說激發艾美麗雅沉思，或為她帶來任何平靜，只是它太過沉悶、浮誇又冗長，令人難以忍受，且薩德利小姐太畏懼眼前的校長女士，不敢流露一絲一毫的哀傷情緒。因應學生父母的到來，客廳裡準備了葛縷籽蛋糕和一瓶酒。等到大家都享用過後，薩德利小姐就能離開了。

「蓓琪，去房內跟平克頓小姐告別吧！」潔米娜小姐向一名無人注意的年輕姑娘說道，她正提著自己的紙製帽盒下樓來。

「看來實在躲不了，」夏普小姐冷淡的口氣，令潔米娜小姐大感意外。潔米娜小姐敲響房門，裡面傳來請進的回應，夏普小姐滿不在乎地往前踏了一步，用腔調完美的法文說道：「小姐，我來跟您道別。」

平克頓小姐並不會法文，只有她旗下的教師才懂法文。她抬起那張受人尊敬、有著鷹勾鼻的臉，頭上還戴了頂龐大且死氣沉沉的頭巾帽，咬著唇說道：「夏普小姐，我祝福妳有個愉快的早晨。」漢默史密斯一帶的塞彌拉彌斯一邊說，一邊舉起一隻手，擺出再會的手勢，並故意伸出一根手指，讓夏普小姐有機會輕握她的手指道別。

但夏普小姐笑容僵硬地敬了個禮，並沒有伸手接受這個表達敬意的機會。氣憤的塞彌拉彌斯把頭高高一甩，那頂頭巾帽都快頂到天啦。事實上，這是年輕姑娘和老小姐間的一場小戰役，而後者輸了這一回合。「我的孩子，願上天保佑妳。」她給了艾美麗雅一個擁抱，同時從女孩的肩頭，不悅地皺著眉瞪視著夏普小姐。「走吧，蓓琪。」潔米娜小姐說道，警覺地把年輕女子拉開。客廳的門在她們身後緊緊關上了。

接下來，就是分別時那些依依不捨的場景了。這一幕非世間言語所能形容，所有的僕役都聚在門廳裡；還有親愛的朋友，那些青春少女們；還有剛提到的舞蹈老師。眾人擁抱、親吻、抽泣，場面一片混亂。而享有特權、獨佔一間單人寢室的史華滋小姐，在房裡發出一陣陣歇斯底里的驚呼聲：「呀！咿！」也無法用言語描述，她那嬌弱的心隨時就要暈厥。好不容易，擁抱終於結束，她們分開了——薩德利小姐終於離開她的朋友——夏普小姐早就默默地上了馬車，沒人為**她**的離開而感傷。

雙腿彎曲的薩葆為他啜泣的年輕小姐關上車門，跳上馬車後方。「等一等！」潔米娜小姐大喊一聲，手裡捧著一個包裹，衝到大門口。

「親愛的，這裡包了些三明治，」她對艾美麗雅說：「說不定妳路上會餓，還有，蓓琪，蓓琪．夏普，這是我姐姐——其實是我——要給妳的書，妳知道的，就是《約翰遜『子』典》，我不能讓妳沒帶這本書就離開我們。再會了。車夫，你可以走了。願上帝保佑妳們！」

這位仁慈的人兒退回花園裡，因激動而久久不能自己。

但是，看哪！當馬車駛離大門，夏普小姐蒼白的臉探出了車窗，把那本書丟回花園裡。

潔米娜小姐震驚不已，差點暈了過去。「天哪，我不敢——」她斷斷續續地吐出幾個字，「真是大膽——」激動的她說不出話來。馬車駛得遠了，大門關上了，舞蹈課的上課鐘響了起來。新的世界在兩位姑娘的眼前展開。永別了，契斯克林蔭大道。

第二章　夏普小姐和薩德利小姐準備出征

夏普小姐帥氣地做了上一章的行徑，看著那本珍貴「子」典被丟到小花園的小徑上，翻飛一陣後才停在震驚的潔米娜小姐腳邊不遠處。年輕姑娘原本一直板著怨氣十足的臉孔，此時終於露出一抹笑意，變得親切不少。她深吁一口氣，再次坐下來，說道：「這一切就為了一本『子』典！感謝上帝，我終於離開契斯克了。」

見證夏普小姐的桀驁不馴，薩德利小姐幾乎和潔米娜小姐一樣花容失色。畢竟，她才離開度過六年的校園不到一分鐘，還無法翻轉過去對夏普小姐的印象。哎，年輕時經歷過的驚嚇與險惡，有時會在某些人身上留下難以磨滅的印記，我深知這個道理。比方來說，有名六十八歲的老紳士某天吃早餐時，竟神色激動地對我說：「昨晚我夢到自己又被朗恩博士揍了。」一夜之間，夢境把他帶回五十五年前，而朗恩博士和他手中的棍子仍像老紳士十三歲那年記憶中一樣可怖。即使老先生已過耳順之年，但若博士真拿著一根粗大的樺木棍現身眼前，一聽到那句：「孩子，把褲子脫掉！」不知他會嚇成什麼德性？哎，夏普小姐的反抗行徑真是把薩德利小姐嚇了一大跳。

「妳怎能這麼做，蕾蓓卡？」艾美麗雅不知所措好一會兒，才終於吐出幾個字。

「怎麼啦？難不成妳以為平克頓小姐會衝出來，命令我回到那陰沉的鬼地方？」蕾蓓卡笑了起來。

「不是這麼說，但——」

「我恨透那兒，」夏普小姐怒氣沖沖地接著說，「我希望再也不會看到那棟屋子！我恨不得它沉到泰晤河底，我是說真的。而且，要是平克頓小姐被困在裡面，我才不會出手救她呢，絕不！啊，我真想瞧瞧她戴著那頂頭巾帽在水面上漂，身後衣襬隨著水流的樣子！我想看著她的鼻子像小船船頭一樣，在水上載浮載沉！」

「別這麼說！」薩德利小姐喊道。

「怎麼啦，難道那個黑僕愛講八卦嗎？」蕾蓓卡朗聲大笑道，「他大可回去，告訴平克頓小姐我恨她恨到骨子裡，我倒希望他去告密呢！我真想證明自己有多恨她。兩年來，她只會辱罵我、對我大發脾氣。我比廚房裡的傭人還不如。我沒有任何朋友，沒人對我說過一句溫言軟語，只有妳。我必須照顧初級班的小女孩，陪小姐們練法文，練得我連我的母語都厭煩。不過，對平克頓小姐講法文倒是人生一大樂事，不是嗎？她根本不懂半句法文，但她拉不下臉承認。我想，這就是她想甩掉我的原因，感謝老天讓我會說法文！法國萬歲！皇帝萬歲！拿破崙萬歲！」最後三句，她是用法文說的。

「啊，蕾蓓卡呀蕾蓓卡，要有點羞恥心！」薩德利小姐叫道。這是她所能說出最難聽的話了。別忘了，在當時的英格蘭，說「拿破崙萬歲」等於是說「路西法萬歲」！「妳怎能——妳怎敢有這些可怕、報復的想法？」

「報復也許邪惡，但這就是人性，」蕾蓓卡小姐回答，「我可不是天使。」老實說，她的確不是。

馬車慵懶地沿著河岸行駛。在這短短的交談中，我們注意到蕾蓓卡．夏普小姐就鄭重感謝上帝多達兩次。一開始是因為她擺脫了可恨的人，第二次是因為她造成敵人某種狼狽或困窘的情境。兩次都不是表達崇高宗教情操的好時機，仁慈或心胸寬大的人絕不會做這種事。顯然蕾蓓卡小姐既不仁慈，心胸一點也不寬大。這位憤世嫉俗的年輕姑娘認為整個世界都在折磨她，而我們完全有理由相信，若某人遭到眾人背棄，恐怕他是罪有應得。世界就像面鏡子，真誠無誤地呈現每張臉孔的倒影。若你皺起眉，它就會陰沉地望著你；對它大笑並與它同聲一氣，它就會成為你歡快的夥伴。就讓所有年輕人自行選擇如何面對世界吧！我們能夠斷言的是，如果世人忽略夏普小姐的存在，那是因為她從未對任何人做過任何善行，而我們也不能期待那二十四位年輕姑娘都像本書主角薩德利小姐一樣親切。（我們之所以相中她擔任本故事的靈魂人物，正是因為她的脾氣沒人比得上，不然為何不選史華滋小姐、克倫普小姐或霍普金斯小姐呢！）我們不能期待每個人都像艾美麗雅．薩德利小姐一樣謙虛又溫柔，試圖攻克蕾蓓卡的冷硬心腸和壞脾氣。也許在上千句友善話語和善行之下，蕾蓓卡的終會屈服，放下劍拔弩張的敵意。

夏普小姐的父親是位藝術家，曾在平克頓小姐的學校擔任繪畫教師。他是個聰明人，也是個討人歡喜的夥伴，但同時也是名粗心大意的學生，老是欠下債務，又特別愛光顧酒吧。他一喝醉，就會動手打老婆和女兒。隔天早上，頭痛欲裂的他連聲咒罵這個世界，怨恨無人發現他的天賦，同時用盡各種機智言詞譏刺世間的傻子，也就是他的同行，不過有時他的言論也不無道理。要他自制簡直難若登天，他在蘇活區——也就是他家所在——方圓一哩內的店家都欠了債。他認為跳脫困境的最好辦法，就是娶個年輕的法國女人，一名歌劇院的女伶。夏普小姐從不提母親的卑微身世，倒是洋洋得意地宣稱她來自法國加斯科涅地區的貴族恩特夏德[7]家。有趣的是，隨著年紀增長，這位年輕姑娘的祖先身分愈來愈顯赫。

蕾蓓卡的母親不知在何處受過一點教育，因此蕾蓓卡的法文純正，帶著巴黎腔。這在當時是

7. 此為夏普小姐編造的姓氏，是芭蕾舞術語「剪跳」之意。

相當少見的才能，也是信奉正統的平克頓小姐願意接納她的原因。蕾蓓卡的母親過世後，重病的父親意識到自己時日也不多了。在第三次震顫性譫妄發作後，他寫了一封既有男子氣概又讓人感動的信給平克頓小姐，希望她能代為照顧孤女，接著就過世了。在他正式入土為安前，兩名法警還為了他未清償的債務，在遺體前爭論不休。蕾蓓卡十七歲時，以學徒身分到了契斯克。如前所述，她的職責就是說法文。她享有免費食宿，一年能賺幾基尼[8]，並從學校教師身上獲取零碎知識。

蕾蓓卡嬌小瘦削，臉色蒼白，有頭沙金色的頭髮，眼睛老是往下望。但當她偶然抬起雙眼，那又大又奇異的眼眸立刻迸出迷人神采，連剛從牛津畢業的克瑞斯普副牧師（他是契斯克教區費洛爾度牧師的助手）都愛上了她。她那勾人的眼神一路從教室板凳穿過契斯克教堂，射到克瑞斯普的書桌上。一開始，克瑞斯普的母親把他介紹給平克頓小姐，兩人有時一起喝茶。但這名年輕男人卻迷戀夏普小姐，甚至寫了封情書，打算向她求婚。他請那位賣蘋果的獨眼婦人替他送信。可惜的是，這封信被人攔截，而人在巴克斯頓的克瑞斯普太太，突然因為她親愛的兒子而被請過來。這消息本會在平靜的契斯克引起一陣軒然大波，平克頓小姐極可能因此趕走夏普小姐，但平克頓小姐無法違背先前的約定。夏普小姐宣稱她從未與克瑞斯普先生說過一字半語，只是克瑞斯普前來用茶時，兩人在平克頓小姐的面前打過兩次照面。但平克頓小姐並不相信夏普小姐的說法。

在校園眾多身材窈窕、腳步輕快的活潑少女之間，蕾蓓卡．夏普的外表看起來就只是個孩子，但她的心智因家境貧困而格外早熟。她曾在家門前，勸退許多向父親討債的債主；也曾用伶牙俐齒討商家的歡心，而連連賒帳，換得一頓飯。她的聰穎令父親得意得很，而她像個平凡孩子一樣坐在父親身邊，聽著他和那幫瘋狂友人的對話——全是不適合女孩子聽的內容。但她說，她從沒當過女孩，從八歲開始，她就被迫成為一名女人。哎，平克頓小姐怎麼會讓這名危險角色闖入她的鳥籠裡？

原來，這位年長小姐當時以為蕾蓓卡是世上最溫順乖巧的孩子。有時父親會帶她到契斯克，而蕾蓓卡就活靈活現地扮演一名單純少女。蕾蓓卡入住契斯克的前一年，也就是她十六歲那一年，平克頓辦了場晚宴，邀請所有教師出席，聽她滔滔不絕地演說。那晚，平克頓小姐送了蕾蓓卡一個玩偶，當然不忘先嚴肅地訓話一番。而那玩偶，原本屬於史溫德小姐，但她在上課時把玩它而被沒收。宴會結束後，這對父女在回家的路上恣意嘲笑校長女士，蕾蓓卡還用玩偶模仿平克頓小姐，演得有聲有色。要是平克頓小姐看到這一幕，一定會氣得七竅生煙。蓓琪常和這玩偶對話，它成了紐曼街、哲哈德街和藝術家圈子的知名人物。當那些年輕畫家和懶散放蕩、機智快活的前輩喝兌水琴酒時，常會問蕾蓓卡平克頓小姐在不在家——可憐的平克頓小姐，人人都知道她！她的名字就像勞倫斯先生[9]或威斯特院長[10]一樣響亮！蕾蓓卡首次在契斯克度過幾天後，就把另一個玩偶帶回家，新丑角潔米娜小姐現身，暱稱潔米。儘管誠懇的潔米娜小姐親手烘焙，送她三人份的果凍和蛋糕，甚至在告別時塞給她一枚相當七先令的硬幣，但蕾蓓卡的憤世嫉俗壓過內心的感激，就像對她姐姐一樣，在眾人面前毫不留情地嘲弄她。

但不幸終究降臨。父親過世，她被送到契斯克林蔭大道，這裡成了她的新家。女校內一絲不苟的儀式把她壓得喘不過氣來：遵循傳統，定時禱告與用餐，上課和散步，每件事都有規律，令

8. 當時的英國金幣，相當於二十一先令。
9. 湯瑪斯．勞倫斯，一七六九～一八三〇，英國知名肖像畫家。
10. 班傑明．威斯特，一七三八～一八二〇，知名畫家，曾擔任皇家藝術研究院院長。

她深感壓抑，難以忍受。滿懷悔恨的她，深深懷念蘇活區的那間舊畫室，那兒的自由和貧窮。她總是愁容滿面，身邊所有人都以為她因失去父親而太過悲痛，連她自己也信以為真。她的小房間坐落在閣樓，女僕常聽到她在房裡來回踱步、不斷啜泣。其實她不是因亡父之痛而哀傷，憤怒才是令她流淚不止的原因。此時，她還不是個偽善者，只是迫於孤獨而假裝。她從來不懂如何與同性往來。儘管她的父親過著荒唐的生活，但他仍是才智兼備的藝術家，過去她與父親的談話遠比契斯克的少女心事有趣得多。老校長的自負虛榮，她妹妹的傻氣善良，年長學生間愚蠢的閒談和八卦，還有那些一板一眼的女教師，全都令她厭煩。她多半照顧小女童，若她有溫柔的母性，聽著那些天真無邪的童言童語，也許會感到安慰與喜悅。然而她雖和這些孩子共度兩年時光，卻沒人為她的離去而難過。溫柔的艾美麗雅・薩德利是唯一牽動她一點心思的人。但是，有誰不喜歡艾美麗雅呢？

蕾蓓卡身邊的年輕女子們享有她得不到的快樂，令她因嫉妒而心痛。「瞧瞧那個女孩，只不過是伯爵的孫女，就那麼盛氣凌人，」她這麼形容一名女學生，「看她們對那個來自克里奧爾的姑娘多麼卑躬屈膝！還不是因為她有十萬鎊的身價！我比她聰明千倍，也比她漂亮多了，這可是再多錢也買不到的優勢。我和伯爵的孫女一樣家教良好，就算她生為貴族又怎樣？但這裡沒人在乎我。然而在父親家裡，那些男人寧願放棄最歡樂的舞會和宴會，只想和我共處一晚呢。」她決心逃離這座囚禁她的監獄，開始為自己而活。她生平第一次為未來打算。

於是，她開始善加利用契斯克提供的學習機會。她早已通曉音樂，語言能力也很優秀。當時提供女性的課程有限，她很快就上完了所有課程。她毫不間斷地練習樂器。有天學生都出門去了，她仍留在學校練琴，那位彌涅爾瓦女神偶然聽到她演奏的樂音，大為驚艷，心裡精明地盤算，以後就讓夏普小姐教小女孩樂器，省得另聘一名正式的音樂老師。

沒想到這姑娘居然一口回絕。這是蕾蓓卡第一次拒絕，令尊貴的校長女士吃了一驚。「我來這兒，是為了幫孩子們練法文，」蕾蓓卡莽撞地說道，「可不是為了教她們音樂，幫妳省錢。付我錢，我就會教她們。」

彌涅爾瓦女神只能退讓。想當然耳，從那天起她就討厭蕾蓓卡。「三十五年來，」她憤憤不平地說道，「從來沒人敢在我自己的學校質疑我的權威。看來我在自家養了條毒蛇！」

「毒蛇算不上什麼，」夏普小姐對老女士頂嘴，差點把她嚇得暈過去。「妳讓我待在這兒，只是因為我有用處。我們之間沒什麼恩惠可言。我痛恨這裡，恨不得離開。我只做我該做的事，一件也不多。」

老小姐質問蕾蓓卡，她知道自己在跟平克頓小姐說話嗎？但這樣的質問嚇唬不了蕾蓓卡。她當著平克頓小姐的面大笑起來，那挖苦的笑聲像魔鬼一樣邪惡，氣得校長女士差點發狂。「給我一筆錢，」女孩說道，「妳就能把我甩掉——或者幫我找個貴族家庭，派我去當家庭教師——如果妳願意的話，就這麼做吧。」後來她們每次爭吵，蕾蓓卡就重提這件事：「幫我找個工作，反正我們痛恨彼此，我隨時可以走。」

可敬的平克頓小姐有著醒目的鷹勾鼻，戴了頂頭巾帽，個頭高大、英氣逼人，直到此刻為止，一直是呼風喚雨的女王，但她的意志力與堅韌度都比不上眼前這名難掩生澀的新進後輩。平克頓小姐試圖與蕾蓓卡一較高下，想辦法佔上風，但徒勞無功。有次平克頓小姐在眾人面前責備她，蕾蓓卡反而用法文頂撞，重提離開計畫，老女士終於投降。要保持她在校的威嚴，就不得不鏟除這個反叛分子，這個怪物，這條毒蛇，這個煽動者。約莫此時，她聽說皮特．克勞利爵士一家正在尋找家庭教師。雖然夏普小姐是個煽動者，毒如蛇蠍，但平克頓小姐還是推薦了她。「我完全無法，」她說，「在夏普小姐身上找到任何缺點。我得讓她到更高尚的地方發揮天賦，盡情揮灑她過人的造詣。就智識而言，她在我的學校受到完善教育，表現優秀。」

校長問心無愧，熱誠推薦了夏普小姐，兩人之間的契約也解除了，學徒重獲自由。這裡我只用幾句話交代了兩人之間的過去，但這場戰鬥實際上長達數月。此時薩德利小姐也十七歲了，準備離開學校，並和夏普小姐萌生了一段情誼。（「這是艾美麗雅所做的唯一一件，」彌涅爾瓦女神說道，「令她的老師失望的行為。」）她邀請夏普小姐在前往新家庭擔任家庭教師前，到她家作客一週。

於是，女校外的成人世界在兩位姑娘眼前展開。對艾美麗雅來說，這是一個嶄新又有趣的世界，所有可能都在蠢蠢欲動。但對蕾蓓卡來說，這並不完全是個新世界——那尖酸刻薄的女人曾對某人暗示，而某人又告訴另一人，若把克瑞斯普事件攤開來說的話，克瑞斯普先生和夏普小姐之間的情事比表面複雜得多，他那封被攔截的信，其實是封回信。但誰能斷言事情真假？總而言之，若蕾蓓卡並非首次步入成人世界，至少她回來了，重新登場。

當年輕姑娘們抵達肯辛頓的收費大道，艾美麗雅雖仍惦記那些同窗，但已擦乾臉上的淚水。當一名皇家近衛騎兵軍官騎著馬經過她們的馬車，從車窗窺探她，並說道：「真是位俏佳人呀！」羞紅了臉的艾美麗雅心花怒放。馬車還沒駛到羅素廣場，車廂內的她已經急切地聊起進宮謁見的事兒，討論年輕淑女初次入宮時，漂亮的裙下會不會穿裙撐，臉上會不會撲粉，她是否有此榮幸，像貴族之女一樣踏入社交界，不過她已受邀參加市長大人的舞會。

馬車終於在家門前停下，艾美麗雅．薩德利小姐跳出車門，扶著薩葆的胳臂下車，倫敦大城裡所有女孩都比不上她的活潑迷人——薩葆和車夫都這麼認為，她的父母也這麼想，還有宅邸內的每一位僕人。他們正在門廳裡列隊歡迎小姐的歸來，微笑的臉上淌著喜悅的淚水。

我向你保證，她帶蕾蓓卡參觀了屋裡的所有房間，也讓她瞧瞧每個抽屜裡的物事，還有她的書本、鋼琴、洋裝，當然也少不了項鍊、別針、蕾絲和其他華貴的小玩意兒。她堅持要給蕾蓓卡幾枚白玉髓和綠松石的戒指，一塊印有枝葉花紋的漂亮棉布，這塊布對她來說小了些，但尺寸對她的朋友恰恰好。她還暗自下了決心，要取得母親的同意，把那條白色的喀什米爾披肩也送給她的朋友。她哪用得著那條披肩？她的哥哥喬瑟夫才剛從印度幫她買了兩條回來，不是嗎？

當蕾蓓卡看到喬瑟夫・薩德利為妹妹帶回的那兩條喀什米爾美麗披肩，她真心誠意地嘆道：「有個哥哥真好！」容易心軟的艾美麗雅立刻想起她是個沒有家人又沒有朋友的孤兒，在這世上無依無靠，不禁心疼起來。

「妳並不孤單，」艾美麗雅說，「妳知道，蕾蓓卡，我永遠都是妳的朋友，我們情同姐妹──我愛妳，妳就像我的姐姐。」

「啊，但妳的父母仍在世──他們仁慈、富有又疼愛妳，只要妳開口，他們會給妳所有妳想要的東西，還有那最珍貴的親情！我可憐的爸爸什麼也給不了我。在這世上，我只有兩件衣服而已！而且，妳還有個哥哥，一個親密的哥哥！喔，妳一定很愛他！」

艾美麗雅笑了起來。

「怎麼了？難道妳不愛他？妳不是說妳愛所有的人嗎？」

「沒錯，我當然愛他，只是……」

「只是？」

「只是喬瑟夫似乎不在乎我到底愛不愛他。他離家十年了。當他回來的時候，居然只伸出兩根手指跟我握手！他人很好，也很善良，但幾乎不跟我說話。我想，他愛那根菸斗勝過──」

此時艾美麗雅反省了一下，想著自己怎能說哥哥的壞話呢？「我還小時，他很疼我，」她又說，「他離開的時候，我才五歲。」

「他很有錢吧？」蕾蓓卡問，「大家都說在印度當官，薪俸好得很。」

「我想他的收入的確很不錯。」

「妳嫂嫂人好不好？她是不是既漂亮又親切？」

「哈！喬瑟夫還沒結婚哪。」艾美麗雅回答，又笑了起來。

也許她之前已對蕾蓓卡提過哥哥單身的事，但這位年輕姑娘顯然忘了，她原以為會見到艾美麗雅的姪子和姪女們呢。聽到薩德利先生尚未成親，她顯得很失望。她很確定艾美麗雅提過他結婚了，而她又那麼喜歡小孩子。

「我以為妳在契斯克已經受夠那些小女孩啦，」艾美麗雅很意外她的朋友怎麼突然露出溫柔的一面。當然，夏普小姐後來再也不會如此粗心大意，說些很容易露馬腳的話。但我們不能忘了她不過才十九歲，還不習慣詐騙之術。好個天真的姑娘！現在她正一步步累積經驗。這位機靈的年輕女人提出上面這一串探詢，背後的想法是：「如果喬瑟夫．薩德利是個有錢的單身漢，那我何不嫁給他？的確，我只有兩週的時間贏得他的心，但試試又無妨！」她暗暗決定，非盡全力演出不可。她擁抱艾美麗雅的次數加倍了。當她戴上那條白玉髓項鍊時，不忘親吻它，還發誓她會一輩子戴在頸上，永不拿下。晚餐鈴響起，她下樓時刻意依循年輕姑娘親暱的習慣，伸手環住好友的腰。站在客廳門前時，緊張的她幾乎失去進入的勇氣。「摸摸我的心，親愛的，妳瞧它跳得多快呀！」她對朋友說道。

「別擔心，妳的心好得很，」艾美麗雅說，「快進去，別害怕，爸爸才不會欺負妳呢！」

第三章 蕾蓓卡迎戰對手

一名身材魁梧，**非常**肥胖的男人正坐在火爐前看報。他穿著鹿皮大衣、鹿皮褲和赫森長筒靴，頸間繫了好幾條大領巾，幾乎把他的嘴全遮住了。他在大衣下穿了件紅色條紋背心和蘋果綠外套，外套上的銅製鈕扣幾乎像五先令硬幣一樣大。他穿的服飾，是當時廣受時髦人士及貴族喜愛的晨間西裝。兩個女孩一進去，他立刻從扶手椅上跳起來，雖然那幾條大領巾幾乎遮住了他的面貌，仍看得出來他漲紅了臉。

「只是你妹妹啦，喬瑟夫，」艾美麗雅笑道，並握住他伸出的兩根手指頭。「你知道，我這次回來就**不會再去**學校啦。這是我的朋友，夏普小姐，我跟你提過她。」

「不，再也不讓妳上學了，」那藏在領巾後的臉說道，他渾身發抖。「太好了。小姐您好，這天氣真糟糕，實在太冷了。」說完，他就轉身回到火爐前，努力翻動柴火，儘管此時明明是溫暖的六月天。

「他真英俊呀！」蕾蓓卡對艾美麗雅大聲的耳語。

「妳真這麼想？」艾美麗雅回答，「我要跟他說。」

「親愛的！千萬別說出去！」夏普小姐害羞得像小鹿似的，趕緊阻止她。她剛剛羞怯地緊盯著地毯，用清純嬌羞的姿態，朝這位紳士行了屈膝禮，真不知道她怎有機會看清他的長相。

「哥哥，謝謝你送我那麼美的披肩，」艾美麗雅對那位忙著撥火的男子說道，「它們美極了，蕾蓓卡，妳說是不是？」

「啊，真的太美了！」夏普小姐的眼神從地毯轉向天花板的吊燈。

喬瑟夫仍舊握著火鉗和煤夾，朝火爐翻來翻去，發出哐啷啷的碰撞聲。他還忙著朝火吹氣，那張黃臉漲得通紅。

「喬瑟夫，我沒辦法送你那麼精緻美麗的禮物，」他妹妹繼續說道，「但我在學校為你繡了一對很美的褲帶。」

「老天爺呀！艾美麗雅，」哥哥緊張地大喊道，「妳在說什麼？」接著全心全力地拉響僕人鈴，但那繩索一下子就從他手中跳走，讓這老實人大惑不解。「老天爺，我得去瞧瞧我那『波吉車』[11]來了沒。我不能再等下去了，我得走了。該死的——我的馬夫來了，我得走了。」

就在此時，一家之長走進客廳，像個道地的英國商人，手上把玩著一枚封印章。「艾美，怎麼啦？」他問道。

「喬瑟夫要我去看看他的——他的『波吉車』到了沒。爸爸，什麼是波吉車？」

「是個用一匹馬拉的轎子！」愛開玩笑的老紳士說道。

一聽到他這麼說，喬瑟夫立刻爆出一陣大笑。但他一瞄見夏普小姐的雙眼，就突然止住笑，好像中了一槍似地。

「這位年輕小姐是妳的朋友吧？夏普小姐，真高興見到妳。妳和艾美是不是與喬瑟夫吵架啦？搞得他想逃跑啦？」

「先生，我已答應波拿米了，我得和他吃頓飯。」喬瑟夫說。

「哎呀！你不是跟你媽說，會在這兒吃飯嗎？」

「但我可不能穿這身衣服吃飯呀。」

「瞧瞧他，他打扮得夠帥氣吧？在哪兒吃飯都不成問題吧，不是嗎？夏普小姐。」

一聽到薩德利先生這麼說，夏普小姐瞧瞧她的朋友，兩人同聲大笑起來，讓老紳士樂得很。

「妳在平克頓小姐那兒，可曾瞧過這樣的鹿皮大衣？」老紳士趁勝追擊。

「父親！別再取笑我了！」喬瑟夫喊道。

「好啦，我讓他難堪了。親愛的薩德利太太，我傷了妳兒子的心啦，我拿他的鹿皮大衣開玩笑呢，妳問問夏普小姐我說的對不對？來吧，喬瑟夫，和夏普小姐交交朋友，我們一起吃頓飯吧。」

「喬瑟夫，有你喜歡的抓飯喔，爸爸從比林斯蓋特魚市那兒買了上好的鰈魚回來呢。」

「先生，來、快來，陪夏普小姐一起下樓，這兩位年輕姑娘就由我負責吧。」父親一手挽著妻子的手臂，另一手則挽著女兒，開開心心地步出客廳。

諸位女性讀者們，若蕾蓓卡．夏普小姐暗暗下定決心，非將這位壯碩漢子把到手不可，我不認為我們有權責備她。大抵來說，年輕女子總是故作端莊，把獵取夫君的任務交給她們的母親。然而，別忘了夏普小姐並沒有慈愛的家長出面幫她安排這些敏感的事務。要是她不出手，這廣大的世上可沒半個人會幫她了結這樁麻煩事。不就是為了崇高的婚姻，年輕人才有「踏入社交界」的儀式嗎？若不是為了贏得一樁婚約，女人為何去那些時髦的溫泉勝地行軍？為何一整季都忙著跳舞，不到早上五點不罷休？又為何學習鋼琴奏鳴曲，每堂課花上一基尼，只為向知名大師學四首曲子？要是她們有美麗的手臂和優雅的手肘，就會去學豎琴；或戴上黃綠色的射箭帽，插上羽毛，看看那些足以致命的弓箭會不會幫助她們獵到那些「黃金單身漢」。那些處心積慮媒合婚事的父母們，為什麼收起家裡的地毯，辦起隆重的舞會，搞得人仰馬翻，還把五分之一的年薪都花在晚宴和冰鎮的香檳上？難道這些父母熱愛全人類，一心希望年輕人開心跳舞？呿！他

11. 一種雙人座的輕型雙輪馬車。

們只是想把女兒嫁出去。就連老實的薩德利太太，她那慈愛的心底，也已經開始為她的艾美麗雅策畫一系列的小計謀，打算幫她找個好人家。

而我們那親愛但孤苦無依的蕾蓓卡，當然得傾盡己力找個夫君，畢竟比起艾美麗雅，她更需要找個好老公。蕾蓓卡的想像力豐富，還讀過《天方夜譚》和《格氏地理》。她詢問艾美麗雅的哥哥有不有錢後，為晚餐更衣時，她已在心底建造起最華麗虛幻的海市蜃樓，想像自己成了貴婦人，而丈夫的身影則在不遠處隱約閃爍——畢竟當時她還沒見到本人，因此他的樣貌模糊得很。她的身上披著無數條披肩、頭巾，頸間戴著鑽石項鍊，《藍鬍子》歌劇中的遊行音樂響起，她登上一頭大象，好去參加紀念蒙兀兒皇帝的典禮。這不就是《天方夜譚》中，乞丐阿納札所看到的美麗幻影！這就是美好青春的特權，除了蕾蓓卡．夏普，至今還有許多愛幻想的年輕姑娘也深陷這些誘人而愉快的白日夢裡！

喬瑟夫．薩德利比妹妹艾美麗雅年長十二歲，他在東印度公司服公職。這個故事發生時，在東印度公司職員名冊中，他是孟加拉地區，巴格利烏拉的收稅官。人人都知道這職位不但受人尊敬，且收入豐盈。若想瞭解喬瑟夫如何升到這個職位，請讀者參考職員名冊。

巴格利烏拉這地方，位在一個美麗多沼的偏遠叢林地區，以獵鷸鳥而聞名，在這兒有時還見得到老虎的蹤影呢。離巴格利烏拉只有四十哩的朗岡治，駐有一名裁判官，再過去三十哩，還有個騎兵站。喬瑟夫一收到稅，就會寫信給英格蘭的父母。他在巴格利烏拉住了八年左右，大半時間都孤獨一人，這美麗地方少有其他基督徒的行蹤，只有一年兩次派遣隊前來，把稅收送到加爾各答的時候，他才能遇到同鄉人。

幸好他得了肝病，為了治病不得不回到歐洲，祖國讓他得以享受舒適的生活和豐富的娛樂。他待在倫敦時，並不與家人同住，就像其他年輕的快樂單身漢一樣，他有自己的住所。去印度之前的他還太年輕，無法像個男子漢一樣享受城市提供的各種消遣，現在他回來了，立刻義無反顧地盡情享樂。他在海德公園騎馬，在時髦的旅館用餐（當時，知名的「東方俱樂部」還沒成立）。他符合當時的潮流，總是精心打扮，穿著緊身褲還不忘戴頂三角帽，才前往戲院看戲，或去歌劇院聽歌劇。

後來回到印度之後，他老是興致勃勃地講起這一段快樂時光，人們以為他和布魯默爾[12]一樣家喻戶曉、引領風騷。事實上，他在倫敦就像在巴格利烏拉一樣寂寞。他在首都裡幾乎一個朋友也沒，要不是有醫生、止痛藥和肝病與他作伴，恐怕會因孤獨而死。他很懶惰、脾氣暴躁又愛享樂。一見到女人，他就宛若驚弓之鳥，因此，他很少加入羅素廣場的男性圈子，其實那些人知道的樂事才多。當他們聚會時，喬瑟夫那好脾氣的老爹不顧傷害兒子的自尊心，總盡情地開兒子玩笑。

喬瑟夫常因自己肥碩的身材而煩惱緊張，時不時就會不顧一切地想辦法甩掉身上過多的脂肪。但懶惰和對美食好酒的愛好，總是讓他前功盡棄，忍不住一天又大吃大喝了三回。他的裝束其實稱不上優雅，但他每天都費盡心思，花上好幾個小時打扮臃腫的自己。他的男僕藉由為他添裝，發了一筆財。他的梳妝台像其他眷戀青春美貌的老婦人一樣豐富，上面堆滿各種髮油和精油。為了找回腰圍，他試過世上所有的皮帶、束身衣和腰帶，就像大多數的胖子一樣，他老是訂做尺寸太緊的衣服，而且確保它們色彩鮮艷，依循當今最新潮青春的款式剪裁。下午換上長禮服時，他會獨自在海德公園裡騎馬，再回來更衣，再獨自去柯芬園的「廣場咖啡館」用餐。他就和姑娘一樣愛慕虛榮，也許他如此害羞，正是極度虛榮造成的後果。要是年紀輕輕的她一出手，就

12. 喬治・拜倫・布魯默爾，一七七八～一八四〇，當時倫敦知名的時髦男子。

能讓喬瑟夫成為戰利品，那她一定具備異於常人的聰穎慧黠。

她的第一步的確展露出令人驚艷的技巧。當她讚美薩德利是位英俊男子，她知道艾美麗雅一定會跟母親說，而薩德利太太可能會跟喬瑟夫說，或者她至少會因兒子受到讚美而得意。母親都是如此。你若告訴女巫斯柯芮克絲[13]，她的兒子卡力班就跟阿波羅一樣氣宇軒昂，她也會樂不可支。說不定這聲讚美當下就已傳進喬瑟夫．薩德利的耳裡——畢竟她的音量不小。其實他還真聽到了，內心深信自己是名美男子的喬瑟夫激動不已，龐大身軀上每個毛細孔都因喜悅而顫動。不過，他立刻就退卻了。

「這姑娘是不是在尋我開心呢？」他想道，於是立刻朝僕人鈴跑過去。正如我們看到的，他原打算臨陣脫逃，但父親的玩笑和母親的懇求讓他慢了一步，不得不留下來。他心裡又疑惑又慌張地領著這名年輕姑娘下樓用餐。「她真覺得我好看嗎？」他尋思，「還是她在玩弄我？」我們說過，喬瑟夫．薩德利像姑娘一樣愛慕虛榮。上帝啊，幫我們一把！該怎麼形容他呢！只要姑娘們轉換一下場景，想想她們何時會說一名女子「像男人一樣愛慕虛榮」，想必就能明白。那些有鬍子的傢伙，內心其實非常渴望讚美，對外貌講究得很，對個人優勢頗為自傲，同時深知自己的魅力所在，就和世上任何一名妖嬈女子一樣。

於是兩人相偕下樓，喬瑟夫滿臉通紅，蕾蓓卡神態端莊，那雙澄澈綠眼只顧朝下望。她穿著一件白色洋裝，裸露的肩膀像雪一樣白嫩——好一幅青春純真的圖畫啊，她毫無防備，露出貞女的嬌羞與清純。「我不能多話，」蕾蓓卡心想：「而且得對印度露出興味盎然的樣子。」

現在我們已經聽到，薩德利夫人特意配合愛子的口味，準備了美味的印度咖哩。當這道料理送到蕾蓓卡面前，她就將迷人的臉轉向喬瑟夫，問道：「這是什麼菜？」

「這是道名菜，」他應道。他滿嘴都是咖哩，臉上因愉悅的咀嚼而發紅。「母親，這就跟我在印度吃的咖哩一樣美味！」

「哎呀，這是道印度菜呀，那我非嘗嘗不可。」蕾蓓卡小姐說，「我相信印度的一切都有過人之處！」

「親愛的，快為夏普小姐盛些咖哩吧，」薩德利先生笑著說。

蕾蓓卡從沒吃過咖哩。

「妳覺得它滋味如何？是不是跟印度的其他事物一樣迷人呢？」薩德利先生問。

「啊，美味極了！」蕾蓓卡勉強地開口嘆道，她實在承受不了卡宴紅椒的威力。

「妳再嘗點辣椒看看，夏普小姐，」喬瑟夫好奇蕾蓓卡的反應。

「辣椒，」蕾蓓卡喘著氣，「當然要試試看囉！」不知辣椒為何物的她，以為就像它的英文名字一樣，會帶來清爽口感，於是立刻取了一些。「瞧它們綠得多艷麗，看起來多清新啊！」說完就咬下一口。沒想到它比咖哩還要辣，凡人之軀如她，實在受不了啦。她放下刀叉。「水，老天爺，快給我點水！」她叫道，而薩德利先生哈哈大笑。他是進出股市交易所的粗人，那兒的人們熱愛開玩笑。「這可是道地的印度料理，我向妳保證，」他吩咐道：「薩葆，端些水給夏普小姐。」

喬瑟夫跟父親一樣大笑起來，他覺得這個惡作劇真是妙極了。不過，薩德利太太和小姐只淺淺微笑一下。她們心裡想的是，蕾蓓卡還真是可憐，受到這麼多的折磨。蕾蓓卡真想伸手掐住老薩德利的脖子，但她只能忍氣吞聲，就像剛剛不得不吞下那可怕的咖哩。等她終於能開口說話時，她用歡快幽默的口吻說道：「我真該想起來《天方夜譚》中，波斯公主就在鮮奶油塔上灑了胡椒呀。先生，在印度，你們是不是也在鮮奶油塔上灑卡宴紅椒粉？」

13. 莎士比亞劇作《暴風雨》的人物。

老薩德利笑出聲來，心想蕾蓓卡倒是個好脾氣的姑娘。喬瑟夫則直率地回答：「小姐，妳說鮮奶油塔？孟加拉的鮮奶油糟透了，我們通常都用羊奶取代。而且，妳知道嗎，老天爺，我覺得羊奶的味道好多了！」

「夏普小姐，這下子妳就知道，並非**只要是**印度來的東西，都合妳心意呀，」老紳士說道。等太太和小姐們都離開餐廳後，狡猾的老傢伙對兒子說：「喬，小心點，那姑娘看上你啦。」

「呸！胡說八道！」喬心花怒放地應道。「先生，我還記得，在丹丹那兒有個姑娘，她是炮兵隊卡特勒的女兒。她後來嫁給醫生蘭斯。我待在印度的第四年，那姑娘想盡辦法討我歡心——不只我，還有穆利加特尼，晚餐前我跟你提過他——這穆利加特尼真是個好傢伙，他是布德蓋布德蓋的裁判官，五年內一定會加入議會。先生，炮兵團辦了場舞會，而皇家第十四軍團的昆丁跟我說：『薩德利，我跟你打個賭吧。下陣雨到來之前，蘇菲．卡特勒不是和你在一起，就會釣上穆利加特尼。我說：『沒問題！賭吧！』哎呀，先生，這瓶波爾多產的紅酒棒透了。再來一瓶安德森的酒吧，還是卡本納？」

但答覆他的是一聲輕微的鼾聲，那位老實的證券經紀人已打起了盹，喬瑟夫的故事只能硬生生地停住了。他在男人面前特別愛說話，當他去找藥劑師高樂普醫生治療肝病、領取藍色的安眠藥丸時，他已重複這個有趣故事好幾回啦。

身為病人，喬瑟夫．薩德利很節制。除了晚餐的馬德拉酒，他只喝了一瓶波爾多紅酒，吃了幾盤滿滿的草莓配鮮奶油，還有二十四個放在旁邊、無人眷顧的小蛋糕。除此之外，他顯然花了不少心思想著樓上客廳的那個女孩。（小說家總知道所有人的心事。）「多麼善良活潑又討人歡心的小姑娘呀，」他想著：「晚餐時，我替她撿起她掉在地上的手絹，她那樣地凝視著我！她掉了兩次手絹。咦，誰在客廳唱歌？老天爺！我該上樓去瞧瞧嗎？」

但羞怯立刻湧上心頭，阻止他邁出腳步。他的父親睡著了，他的帽子掛在門廳裡。在南漢普敦路上，有輛出租馬車等著他。「我要去看《四十大盜》[14]，」他說道：「還要看黛肯小姐跳舞。」於是他墊起靴尖，躡手躡腳地離開了，沒有吵醒他可敬的父親。

「喬瑟夫走了，」艾美麗雅從客廳大敞的窗戶朝外望，蕾蓓卡正坐在鋼琴前唱歌。

「夏普小姐把他嚇跑啦，」薩德利太太說，「可憐的喬斯，為什麼他那麼害羞呀？」

14. 當時知名的音樂劇名。

第四章　那只綠絲錢包

可憐的喬斯！接下來的兩、三天他驚惶失措，他沒再去薩德利家，而蕾蓓卡也沒再提起他的名字。她忙著感謝薩德利太太的恩惠，當她們在市集商店間閒逛，她歡欣喜悅得不得了，當這位善良太太帶她去看戲，她忙不迭地連聲驚嘆。某天，兩位年輕姑娘受邀參加歡樂宴會，可惜艾美麗雅頭痛得厲害，而她的朋友拒絕獨自赴宴。「什麼！因為妳，我這個孤兒生平第一次體會到幸福與愛的滋味。我怎能離開妳？我絕不會棄妳而去！」她那雙盈滿淚水的綠眼睛望向上蒼，此時連薩德利太太也不得不承認，女兒朋友的心腸的確像她一樣善良。

薩德利先生一開玩笑，蕾蓓卡必適時發出熱誠的笑聲，善良先生也對她溫和起來，十分高興。不過夏普小姐贏得的，並不只是一家之長的歡心。布蘭金索普太太常在女管家屋裡製作覆盆子果醬，而夏普小姐熱誠地嘆服她高超的廚藝。夏普小姐還堅持稱呼薩葆為「先生」或「薩葆先生」，讓這名僕人心花怒放。當她搖鈴時，她為自己麻煩到侍女而賠罪，那甜美又謙虛的態度，讓一屋子上上下下，不管是主屋還是傭人廳，都對她讚不絕口。

有天蕾蓓卡欣賞艾美麗雅還在契斯克念書時，寄回家的繪畫作品。突然她緊盯著一幅畫，激動地流下熱淚，不得不暫時回房平靜心情。那一天，喬瑟夫再次前來薩德利家，這是兩人第二次見面。

艾美麗雅急忙尾隨落淚的蕾蓓卡離開客廳，探問她為何悲從中來。結果這位好姑娘獨自一人回到樓下，一臉憂傷，「媽媽，妳知道夏普小姐的父親，曾是我們在契斯克的繪畫老師，他總會幫學生加上最動人的細節！」

「親愛的！平克頓小姐總是告訴我，那位繪畫老師絕不會代學生畫畫——他只會幫忙裱框。」

「我的意思就是裱框，媽媽。蕾蓓卡還記得那幅畫，也記得她父親如何為它上框，因此她才會突然——所以，妳知道，她……」

「哎！可憐的孩子，真讓人心疼，」薩德利太太說道。

「真希望她能在我們家多待一週，」艾美麗雅說道。

「她就和那個我曾在丹丹往來的卡特勒小姐一樣狡猾，不過她倒比卡特勒小姐漂亮。卡特勒小姐現在嫁給蘭斯了，那個炮兵團的醫生。媽媽，妳知道嗎，有次第十四軍團的昆丁和我打賭……」

「喔，喬瑟夫，我們都聽過那個故事啦，」艾美麗雅笑了起來，「別再說了，先說服媽媽寫信給那位什麼克勞利爵士，幫可憐的蕾蓓卡請個假吧。瞧，她回來了，她那雙眼都哭紅了！」

「我已經好多了，」這位姑娘一邊說，一邊竭力露出最甜美的笑容。她還溫柔地握住薩德利太太朝她伸出的手，虔敬地低頭親吻。「妳們實在對我太親切了！」她笑著加上一句，「除了你，喬瑟夫先生。」

「我！」喬瑟夫說著，立刻打算離開。「老天爺！上帝啊！夏普小姐！」

「沒錯。你居然如此殘忍，拐騙我吃下那道可怕的辣椒料理！那天還是我們第一次見面呢！你不像親愛的艾美麗雅那麼善良，你對我不好。」

「他還不瞭解妳嘛，」艾美麗雅喊道。

「親愛的，若有人敢欺負妳，我一定會教訓他！」她的母親說道。

「的確，那道咖哩真是超凡入勝，」喬斯板著臉說道。

「也許裡面加的檸檬汁**少了些**——真的，加得不夠。」

「那些辣椒呢？」

「哎呀呀！瞧瞧那天妳大呼小叫的樣子！」喬斯想起那天可笑的情景，他就忍不住爆出一連串的大笑，但又像平常一樣突然住了口。

當他們再次相偕下樓用餐時，蕾蓓卡說道：「下回**你**恐怕又要提什麼餿主意，我得多加小心。我從不知道男人喜歡欺負可憐又無害的姑娘。」

「我向老天發誓，蕾蓓卡小姐，我絕不會欺負你。」

「的確，」她說道：「我就**知道**你絕不會欺負我。」她那纖纖小手輕壓了他一下，立刻又驚慌地縮回去。她向他的臉龐望了一眼，又立刻低下眼睫，凝視著階梯上固定地毯的金屬桿。我只能說，這名天真姑娘嬌羞又溫柔的無意之舉，讓喬斯的心臟急促地跳動起來。

也許，某些出身上流社會、端莊嫻淑的仕女會義正嚴辭地抨擊這種直接的挑逗，實在粗野又莽撞。但妳們也知道，可憐的蕾蓓卡必須為自己打拚。如果一個人窮得請不起傭人，就算他出身再高尚，也不得不自行打掃房間。少了慈愛母親的打點，姑娘只能靠自己尋找年輕的單身漢。哎呀，幸好女人不常親自施展魅力！不然哪，她們一出手，我們男人通常無力抵擋。只要她們稍稍示好，我們就會立刻拜倒在她們的裙下：不管她們多老、多醜，都無關緊要。我敢保證，我說的都是實話。一名女子只要外表沒什麼缺陷，又遇上好機會，就能隨心所欲地嫁給任何一個**她喜歡的對象**。讓我們慶幸這些女子雖然像草原上的猛獸般威力無窮，但她們多半不瞭解自己的才能。不然的話，她們不費吹灰之力就能征服我們男人啦。

「老天爺！」喬瑟夫走進餐廳時想道：「那時在丹丹，和卡特勒小姐在一起的感覺，又浮上心頭了。」晚餐時，夏普小姐以菜色為話題，對喬瑟夫說了不少話，時而溫柔可人，時而打趣調侃。此時，她和這家人夠熟絡了，立足點更加穩固，兩名年輕姑娘已經情同姐妹。世上所有未婚的年輕少女同住十天後，感情必定好得如膠似漆。

一切都依蕾蓓卡的計畫進行，艾美麗雅甚至提醒她哥哥去年復活節假期時許下的約定。「我還在學校念書時，」她笑著提起舊事，「喬瑟夫曾保證帶我去沃克斯豪爾遊樂園見識一下。」接著她說：「趁蕾蓓卡來訪，這可是大好時機！」

「啊，太棒了！」蕾蓓卡差一點就要拍起手來，但很快就克制住興奮之情，吞下話語，表現出一派端莊的樣子。

喬斯回答：「今晚不適合。」

「那就明天吧。」

「妳爸爸明天要和我出去吃晚餐呢。」薩德利太太說道。

「薩太太，妳該不會以為我想跟他們去那兒玩吧？」她的丈夫插嘴道，「那兒潮溼透頂，依妳的年紀和身材，恐怕會著涼吧？」

「總要有人陪著孩子們呀！」薩德利太太喊道。

「就讓喬斯照顧她們吧，」喬斯的父親笑道：「他已經夠大啦。」聽到這段對答，連站在一旁侍候的薩葆先生都哈哈大笑起來，可憐的胖喬斯差點犯下弒親罪。

「替他把皮帶解開！」無情的老紳士可不打算輕易放過兒子。「夏普小姐，朝他臉上灑點水，或者扛他上樓吧，這親愛的小傢伙要暈倒了。瞧他那可憐樣！快扛他上樓吧，他輕若鴻毛！妳說是不是呀！」

「先生，若我吞下這口氣，我就不是——」喬瑟夫大吼道。

「薩葆！快叫人把喬斯先生的大象帶過來！」他父親喊著：「薩葆，快派人去艾克塞特動物園找大象！」眼看喬斯氣得快掉下淚來，愛說笑的老先生終於止住笑聲，對兒子伸出手，說道：「股市一切順利，喬斯——還有，薩葆，忘了大象吧，快給我和喬斯先生一杯香檳。瞧他骨瘦如柴的樣子，我看他的酒窖裡一定沒有這種好東西！我的孩子！」

一杯香檳下肚後，喬瑟夫總算鎮定下來，並在整瓶香檳被飲盡之前——病魔纏身的他喝掉了三分之二，答應護送兩位年輕姑娘去沃克斯豪爾。

「每個女孩都要有位男伴相陪才像話，」老紳士說道：「喬斯必定忙著照顧夏普小姐，恐怕會把艾美在人群中搞丟了。來人啊，去九十六號，問問喬治．奧斯朋願不願意一起去。」

此時，為了某種我不明白的緣由，薩德利夫人朝丈夫望了一望，笑了起來，薩德利先生的雙眼則閃爍著難以形容的淘氣光采。接著他瞅著艾美麗雅，而他女兒垂下了頭，雙頰染上十七歲少女特有的紅暈。蕾蓓卡．夏普小姐從不會像她這樣羞紅了臉——至少，自從她八歲從廚櫃裡偷拿果醬，被祖母逮個正著後，她就不曾像艾美麗雅一樣染上如此青春的紅暈。「艾美麗雅最好寫封短箋，」她父親說道：「讓喬治．奧斯朋瞧瞧，經過平克頓學院的洗禮，我們閨女寫得一手多優美的好字。艾美，還記得那次妳寫信邀他看《第十二夜》時，你的夜字居然少了一點嗎？」

「那是好幾年前的事了，」艾美麗雅回道。

「但一切就好像昨天似的，約翰，你說是不是呀？」薩德利太太對丈夫說道。當天晚上，二樓前面的主臥室展開一場夫妻對話。厚重華麗、印著印度花紋的棉布高高掛在床柱上，讓人想到帳篷，棉布下還襯著淺粉色的布幔。層層帳幕下有張放了羽毛褥墊的床，床上露出兩張紅潤飽滿的圓臉，一張臉戴著蕾絲睡帽，另一張戴著樣式簡單的棉帽，帽頂有串流蘇——我會說，此時上演的是一段「幕後訓話[15]」：薩德利太太開始批評丈夫稍早毫不留情地開喬斯的玩笑。

「薩德利先生，你心腸真壞，」她說道：「那樣折磨可憐的兒子。」

戴著棉製睡帽、甩著流蘇的那張臉為自己辯護：「親愛的，喬斯比妳還虛榮得多，這一點不容小覷。雖說三十幾年前，約莫是一七八〇年——是嗎？當時妳或許還有虛榮的本錢我可不否認。但我沒耐心和喬斯還有他那公子哥兒的嬌羞勁耗下去。他老是躑躅不前，親愛的，這孩子從頭到尾只想著自己，幻想自己是一代美男子。夫人，我看要他出去拈花惹草，難上加難！現在，艾美那個朋友想方設法地勾引他，一切清楚得很。就算她沒把他追到手，別人也會。那男人終究會淪為女人的獵物，就像我每天都會去交易所一樣，無庸置疑。他沒替我們帶回一個黑皮膚的媳婦，我們就該謝天謝地了，親愛的，妳聽清楚了，總之，這尾魚會被第一個甩出釣餌的女人帶回家。」

「那個狡猾的小姑娘，明天我就趕她走，」薩德利太太激動地說。

「她有什麼不好？何必另找他人？薩德利太太？至少那姑娘是個白人，我不在乎他想娶誰，他開心就好。」

過了不久，兩人話音漸漸低沉，或者不如說，兩隻鼻子發出不浪漫的音樂，取代了談話聲。當教堂的鐘敲響整點，更夫喊了一聲之後，股票交易所的約翰．薩德利先生位在羅素廣場上的宅邸已陷入一片沉寂。

隨著早晨來臨，好心腸的薩德利太太已忘了給夏普小姐下馬威的念頭。儘管沒有任何事物比得上母性的嫉妒強烈、常見又合理，但她實在難以想像，那個身材嬌小、謙虛溫柔、滿口感謝之辭的家庭教師，真敢妄想高攀偉大的巴格利烏拉稅務官。況且，她已寄了封信，代年輕姑娘向未來雇主求情，延長她的假期，此時她找不到理由突然送客。

15. 意指夫妻上床睡前，妻子對先生的抱怨。

看起來一切似乎都在幫助溫柔的蕾蓓卡，連天氣都助她一臂之力，不過，她一開始不願承認上天也有意促成她的好事。本該前往沃克斯豪爾的那一晚，喬治．奧斯朋前來晚餐時，兩位家長已依約出門，前去參加海貝里伯恩的市政官晚宴。就在此時，掃興的雷雨來襲，這群年輕人被迫留在家裡，奧斯朋先生看來一點也不在意，他和喬瑟夫．薩德利在餐廳裡喝了不少波特酒，薩德利又說了許多那些經典的印度故事——在男人面前，他總是一開口就停不下來。當他們進了客廳，在艾美麗雅．薩德利小姐的陪伴下，四名年輕人共度了一個愉快舒適的夜晚，他們甚至宣稱，雷雨來得正是時候，一致同意另外擇日前往沃克斯豪爾。

老薩德利是奧斯朋的教父，過去二十三年來，奧斯朋成了薩德利家的一分子。他出生剛滿六週，約翰．薩德利就送他一只銀杯做為禮物。當他六個月大時，收到飾有金笛和金鈴的珊瑚飾品，隨著他長大成人，老紳士每年聖誕節都會送禮給他。他還清楚記得在學校時，身材高壯且大搖大擺的喬瑟夫．薩德利如何欺負他，那時喬瑟夫已經是個少年，而喬治不過是個十歲的頑童。簡而言之，喬治和這一家人往來親密，平時就常受到照顧。

「薩德利，你還記得嗎？當我把你那雙赫森長筒靴上的流蘇剪掉時，你生了多大的氣？多虧了小姐——哎喲！多虧了艾美麗雅來救我，不然我一定會被你揍一頓，她還下跪，哭著向她的喬斯哥哥求情，要他不要打小喬治呢，你記不記得呀？」

儘管喬斯對此記憶猶新，但他發誓全忘光了。

「你還記得去印度前，你會駕著雙輪輕馬車到史威許泰爾博士那兒看我，給我半枚基尼還拍拍我的頭？我那時一直以為你至少有七呎高呢。當你從印度回來，我發現你居然跟我差不多高，還大吃一驚。」

「薩德利先生人真好，不但特地去學校看你，還給你零用錢！」蕾蓓卡高聲驚嘆，語氣滿是欣喜。

「沒錯，就算我剪掉他靴子上的流蘇，他還是這麼疼我。在學校時，這些零用錢對男孩來說可珍貴得很，我們一輩子都會謹記恩人。」

「我很喜歡赫森靴，」蕾蓓卡說。喜愛欣賞自己雙腿的喬斯．薩德利，老是穿這種裝飾精緻的高貴靴子。聽到這句讚美的他，雖然將腿收到椅下，但心裡其實喜不自勝。

「夏普小姐！」喬治．奧斯朋說道，「妳這位多才多藝的藝術家，一定要為靴子畫幅偉大的歷史畫。薩德利會穿上鹿皮大衣，一手拿著一只受損的靴子，另一手則握著我的花邊襯衫。艾美麗雅跪在他附近，朝天舉起她那雙小巧的手。這幅畫將有個充滿寓意的偉大標題，就像那本梅杜拉拼字書[16]的扉頁插畫一樣！」

「我可沒時間在這兒作畫，」蕾蓓卡說，「我會畫，只是到時我已經……已經走了。」她難過地壓低聲音，看起來多惹人憐啊，人人都為她殘酷的命運而嘆息，因不得不與她分離而感傷。

「啊，親愛的蕾蓓卡，真希望妳能多待一陣子。」艾美麗雅說道。

「何必？」另一個姑娘的口氣更加憂傷地反問，「只會讓我更傷——更離不開你們而已！」她將頭別了過去。艾美麗雅又露出天生弱點，流下了淚水，我們說過這傻孩子的缺點之一就是愛哭。喬治．奧斯朋感動又不失好奇地瞅著兩位年輕姑娘，喬瑟夫．薩德利費盡力氣，才從寬闊的胸口發出一聲很像嘆息的聲音，他垂下雙眼，直直望著那雙他最喜歡的赫森靴。

「為我們奏點音樂吧，薩德利小姐——艾美麗雅，」喬治說道。在這個特別時刻，一陣難以抗拒的衝動襲捲他的心頭，渴望將眼前的年輕姑娘一擁入懷，親吻她的臉頰。聽到他這麼說，她

16. 指威廉．霍威爾（一六三〇～八三）寫的一本英國史書。

抬眼含情脈脈地凝望他。若我說，他們在此刻才愛上彼此，根本是一派胡言，事實上，他們各自的父母處心積慮多年，就是為了促成這一刻。過去十年間，雙方家庭早就定下他們的婚事，時常談論兩人的未來。這對麗人相偕走向鋼琴。就像大多數人家一樣，鋼琴放在客廳後方的房間裡。那兒燈光昏暗，奧斯朋先生的視力比較好，看得比較清楚，艾美麗雅小姐自然而然地將手放在奧斯朋先生的手上，好避開散置四周的桌椅和躺椅。只是，這下子喬瑟夫．薩德利先生和蕾蓓卡就在客廳茶几旁落單了，蕾蓓卡正忙著繡一只綠色的絲袋。

「這兩人無需探詢彼此的家族祕辛，」夏普小姐說，「他們已相知甚深。」

「只要他升任連長，這件事就算定案了。喬治．奧斯朋是個了不起的傢伙！」喬瑟夫說道。

「而你的妹妹是世上最惹人憐的姑娘！」蕾蓓卡說道。

「贏得她的男人真是幸福極了！」聽到這句話，夏普小姐長嘆了口氣。

兩名未婚人士聚在一起，像此刻一樣談起如此敏感的話題，立刻就會萌發一種強烈的信賴與親密感。我們不用知道薩德利先生和這位年輕小姐對話的細節，前面的例子已告訴我們，這兩人既不機智，也沒多少才情。事實上，私人對話多半空泛無趣，只有在那些費盡心思寫就的浮誇小說中，才讀得到伶牙俐齒的對談。隔壁房間傳來琴聲，因此兩人刻意壓低音量。其實，就算他們大聲說話，隔壁的那對情侶恐怕也會恍若未聞，沉浸在兩人的小天地裡。

薩德利先生可說是生平第一次，擺脫害羞與猶疑，流暢地與異性交談。蕾蓓卡小姐問了許多有關印度的問題，給了他絕佳機會，盡情敘述那兒和自己經歷的各種奇聞軼事。他描述總督官邸的舞會：在炎熱天氣下，如何用扇子、溼香簾或其他妙方保持涼爽；講到總督明托勛爵如何關照蘇格蘭屬下，他自認妙語如珠。他聊起了獵虎活動，還形容一頭發怒的老虎如何把坐在大象上的象夫拉下來。瞧瞧蕾蓓卡小姐，聽到官邸舞會，她多興奮呀，那些蘇格蘭副官的趣事，把她逗得格格笑，直說薩德利先生太會挖苦人啦，大象的故事則把她嚇得打顫！她說，「親愛的薩德利先生，為你的母親著想，還有你的朋友，向我保證你**絕不會**再參加這些可怕的冒險啦！」

「哎呀，夏普小姐，」他拉起襯衫領子，「危險只會為生活增添樂趣！」他這輩子只獵過一次老虎，而且差點就沒命了——倒不是受到老虎攻擊，而是他快被嚇死了。他愈說愈多，膽子也愈來愈大，甚至冒昧地問蕾蓓卡小姐，她手上那只綠色絲袋，是為誰繡的？他流露出優雅又親暱的態度，連自己也不禁意外，同時又頗為得意。

「看誰想要一只錢包囉，」蕾蓓卡小姐回答，用一種最溫柔迷人的神情瞅著他。薩德利正打算來場最精采動人的演說，沒想到剛起了頭：「喔！夏普小姐，妳如何——」偏偏隔壁房裡的琴聲剛好結束，他一聽到自己響亮的聲音，就滿臉通紅地住了口，鼻子激動地抽氣。

「有人說過妳哥哥能言善道嗎？」奧斯朋先生低聲跟艾美麗雅說：「真想不到，妳朋友太厲害了！」

「希望她再多施點魔法，」艾美麗雅小姐說道。世上所有的女人，心裡都住著一位媒婆，要是喬瑟夫這次回印度時，身邊多了一名嬌妻，艾美麗雅必會歡天喜地。幾天密切相處下來，她自己也對蕾蓓卡產生了最溫柔的友誼，還發現蕾蓓卡數不清的優點和討人喜歡的特質，全是她在契斯克時不曾注意到的。年輕姑娘的友誼，增長的速度就像傑克的魔豆一樣快，一夜之間就直達天際。雖然一結婚這種「愛的飢渴」就會日漸消散，但這實在怪不得她們。多愁善感的人愛用華美辭藻，用「愛的飢渴」形容那些對理想的渴望，事實上這指的不過是，女人唯有等到有了丈夫、孩子，有了盡情關懷寵愛的對象，才會感到滿足。至於其他人事物，她們費的心思就少得多。

艾美麗雅已表演了所有的拿手曲目，可能也覺得兩人在後廳獨處得夠久了，現在似乎是邀請朋友高歌一曲的好時機。「你一聽到蕾蓓卡的嗓音，」雖然明知這是個謊言，但她仍對奧斯朋先生說，「你就不會想聽我唱歌了。」

「才不會呢，我倒要警告夏普小姐，不管我說得有沒有道理，但對我來說，世上最悅耳的歌聲，非艾美麗雅．薩德利小姐莫屬。」奧斯朋回道。

「但你還是得聽聽她的聲音！」艾美麗雅說道。喬瑟夫．薩德利頗為殷勤地替夏普小姐拿來蠟燭，放在鋼琴上。奧斯朋暗示，現在客廳幽暗下來，氣氛還滿不錯的，但薩德利小姐笑著拒絕他兩人對坐的提議，跟著喬瑟夫回到後廳。蕾蓓卡的歌聲比她的朋友更加動聽（當然，奧斯朋先生可以堅持己見），這一回更全力發揮，令艾美麗雅大吃一驚，她從不知道自己的朋友的聲音如此曼妙動人。她唱了首法文歌，喬瑟夫一個字也聽不懂，喬治也大方承認自己聽不懂。除此之外還唱了好幾首四十年前頗為流行的純樸抒情歌謠，多半以英國水手、我們的國王、可憐的蘇珊、藍眼瑪麗之類的人物為主題。雖然從音樂角度而言，這些曲子並不特別高明，比不上當今我們偏好的董尼采蒂[17]寫的曲子，但它們充滿許多純樸而善良的題材，聽眾一聽就心有所悟，不像那些義大利歌曲，盡說著淚水、嘆息、幸福之類不著邊際的主題。

配合這些歌曲，四人聊起不少多愁善感的話題。薩葆送上茶點後，就和開心的廚師一起上樓，連女管家布蘭金斯基太太都尾隨在後，在台階上聆聽動人的歌曲。

吟唱會進入尾聲，夏普小姐唱起一首小調，歌詞如下：

啊，看那荒涼廣闊的荒野，啊，聽那凜冽呼嘯的寒風。農舍屋頂已殘破，但壁爐火光仍溫暖明亮——孤兒走過窗前，看到幸福的光暈。午夜的風更加凜冽，紛飛的白雪更加寒冷，他的渴望更加激烈。

他提步往前，人們發現他四肢無力，孤獨無依。有人柔聲叫喚，盼他回頭休息，親切的臉龐迎接他。啊，黎明將至——來客已去，農舍爐火仍能熊熊燃燒。上天啊，求祢憐憫所有孤獨行者！聽那山坡上傳來的風聲！

她之前提到的那句「到時我已經走了」再次縈繞在眾人耳際，令人感傷。當她唱到最後一句，夏普小姐那「低沉的嗓音顫抖起來」。每個人都想起她即將離開，她如歌中孤兒般孤苦無依。喬瑟夫．薩德利不但愛好音樂，心也很軟，他滿心喜悅地沉浸於夏普小姐美好的歌聲裡，而且深深被最後一首曲子打動了。要是他勇敢些就好了，要是薩德利小姐接受喬治的提議，兩人留在客廳對坐，此時喬瑟夫．薩德利就能告別單身生活，而我們也用不著寫這本書了。

這首曲子一結束，蕾蓓卡就從鋼琴前起身，向艾美麗雅伸出手，兩人依偎著走向少了燭光的陰暗前廳。算準時機的薩葆端著托盤進來，上面盛滿了三明治、果凍、幾只光芒耀眼的酒杯和酒瓶，這下子，喬瑟夫．薩德利的注意力立刻轉到酒瓶上了。當薩德利家的兩位家長從晚宴歸來，他們發現年輕人正熱切地談天說地，完全沒注意到馬車駛近，而喬瑟夫先生正說道：「我親愛的夏普小姐，再嘗一小匙的果凍吧，在妳棒透的……妳……妳美好的表演之後，多吃一口吧！」

「喬斯，說得好呀！」老薩德利先生說道。但一聽到父親熟悉的聲音和作弄的語氣，喬斯立刻警覺地噤口不語，很快就起身告退了。那晚他並沒有失眠，沒有輾轉反側，思索自己是否愛上夏普小姐。愛情從來不會影響喬瑟夫．薩德利先生的食慾和睡意。但他的確幻想了一會兒，要是忙碌了一天，回家能聽到這樣悅耳的歌聲該多好，她是個多特別的女孩啊——她的法文比總督夫人還流利。要是她現身在加爾各答的晚宴上，會造成多大的轟動啊！「那可憐的傢伙，她顯然

17. 多明尼科．董尼采蒂，一七九七～一八四八，知名義大利歌劇作曲家。

愛上了我，但她的身價，跟那些渡海去印度的姑娘差不多。老天，我可能會更進一步，跌得更深！」他就在這些思緒中睡著了。

不用多說也猜得到，躺在床上的夏普小姐難以入眠，只想著明天他究竟會不會出現。天亮了，就像命運一樣，午餐時間還沒到，喬瑟夫．薩德利先生就大駕光臨，他從來不曾那麼早拜訪羅素廣場呢。喬治．奧斯朋早就到了（可惜他打擾了忙著向契斯克林蔭道上十二名摯友寫信的艾美麗雅），而蕾蓓卡正回想她昨天的表現。喬的馬車轔轔駛近，一如往常，他把大門敲得像雷劈一樣響，引起門口一陣騷動。這位巴格利烏拉的稅務官努力步上台階，走進客廳。奧斯朋和薩德利小姐間立刻交換了心領神會的眼神，兩人狡猾地瞧著蕾蓓卡笑。臉龐飛紅的蕾蓓卡垂下了頭，金色鬈髮落在手中刺繡的絲袋上。當喬瑟夫現身時，她的心跳得多急促啊——腳上套著一雙閃亮新靴子的喬瑟夫，大踏步走上樓梯，粗喘著氣。他穿著簇新的背心，臉孔因發熱和緊張，在層層領巾下漲得滿臉通紅。畢竟，這是一個緊張時刻。至於艾美麗雅，她比兩位當事人更加驚慌。

薩葆打開客廳大門，宣布喬瑟夫先生的到來。等到稅務官進屋後，他又捧著兩把美麗的花束進來。這可是那位怪物鼓起勇氣，當天早上特地去柯芬園市集買的呢——它們不像現今姑娘身上捧的乾草堆那麼大，裹在金銀細絲交錯的包裝紙裡。但當喬瑟夫給兩位年輕姑娘一人一束花，畢恭畢敬地行了個禮，她們都因這份禮物而心花怒放。

「喬斯，做得好！」奧斯朋稱讚道。

「親愛的喬瑟夫，謝謝你，」艾美麗雅說道，準備好要親吻她溫柔的哥哥。（我想，要是能得到如此可愛的艾美麗雅一吻，要我買下李先生[18]的整座花圃，我也心甘情願！）

「啊，多美麗的花朵啊！實在太美了！」夏普小姐驚呼道，小心翼翼地聞著它們，再把它們抱在胸前，雙眼望向天花板，露出極為喜悅歡欣的神情。也許她之所以先望向花束，是想確認裡面是否藏著情書，但花束裡別無他物。

「薩德利，巴格利烏拉那兒也流行花語嗎？」奧斯朋笑著問。

「呸，胡說八道！」多情的青年回嘴。「我向納森氏買的，很高興妳們喜歡。還有，我親愛的艾美麗雅，我還替妳買了鳳梨，已經拿給薩葆了。吃飯時我們可以嘗嘗，在這樣炎熱的天氣裡，鳳梨既消暑又美味。」蕾蓓卡說她從未嘗過鳳梨的味道，恨不得趕快吃一口。

於是他們繼續聊天。過了一會兒，不知道為了什麼緣故，奧斯朋先行離開客廳，不久後艾美麗雅也退了出去，也許她去廚房指導女僕將鳳梨切片。總而言之，客廳只剩下喬斯和蕾蓓卡，蕾蓓卡又拾起針線，在她那白皙的纖纖玉指下，閃閃發亮的針和綠色絲線飛快地舞動著。

「親愛的夏普小姐，妳昨天唱的歌真是太、太、**太好聽**了。」稅務官指出，「我幾乎落下淚來，我說真的，以我的榮譽起誓。」

「因為你有顆好心腸，喬瑟夫先生，我覺得薩德利家每個人都親切極了。」

「那首歌在我的腦中迴響，我整夜無法入眠，今早我躺在床上試著哼，我說真的。十一點，我的醫生高樂普過來看我（妳知道，我身體虛弱，每天都得讓高樂普診斷），老天爺！那時我正像隻知更鳥似的唱著歌。」

「啊，你多有趣啊！請唱給我聽吧！」

「我？不，夏普小姐，該唱的是妳。我親愛的夏普小姐，拜託妳唱。」

「現在可不行，薩德利先生。」蕾蓓卡嘆了口氣，「我的心情不好，唱不出來，更何況，我非得完成這只絲袋不可。你能幫幫我嗎？薩德利先生？」

18. 詹姆斯·李，一七一五～九五，英國知名的植物種植專家。

還來不及詢問該怎麼做，東印度公司的堂堂官員喬瑟夫·薩德利先生已親暱地和一名年輕姑娘坐在一起，雙手朝她伸去，擺出哀求般的手勢，立刻被密密麻麻的綠絲線纏住了，而她正一一解開，他的眼神熾熱得幾乎燒得死人。

當他們保持著如此浪漫的姿勢，奧斯朋和艾美麗雅又出現了。他們宣布午餐已準備好了。喬斯先生手上的那束絲線被繞在卡紙上，但他一句話也沒說。

「親愛的，我保證他今晚一定會開口，」艾美麗雅輕按蕾蓓卡的手說道。而薩德利的內心交戰一番後，也對自己說：「老天爺，今晚去沃克斯豪爾時，我得向她提出那個問題。」

第五章　我們的達賓

沒人猜得到卡夫和達賓會打那一場架。名聲響亮、由史威許泰爾博士創辦的學院裡，每個學生永遠都忘不了這件事。少年達賓是學校裡最沉默、最笨拙、可能也是最無趣的少年，其他幼稚的學生替他取了各式各樣難聽的渾名，比如笨達賓、傻達賓。他的父母是倫敦的雜貨商，校內盛傳基於某種特殊的「交換條件」，達賓才得以就讀於史威許泰爾博士門下——也就是說，他父親不用付現金，而是用貨物交換兒子的學費和住宿費。身為學校最低階的學生，他穿著破爛的燈芯絨褲子和外套，寬大的骨架快把衣服上的縫線撐破了，而他得以與其他同學站在一起，歸功於好幾磅的茶葉、蠟燭、糖、斑紋皂和李子（學校用李子製作甜點），和其他各種商品。有天，學校一名學生偷偷離校，打算上倫敦買杏仁糖和豬肉香腸打牙祭，窺見博士家門口停了輛來自倫敦泰晤士街的「達賓和洛奇雜貨與油鋪」的貨運馬車，人們正忙著將各種商品卸貨，這一天可說是少年達賓的災難日。

自此之後，少年達賓就不堪其擾。各種可惡的嘲笑、冷酷對待都降臨到他的頭上。「嘿！達賓，」某個傢伙說：「瞧，報上登了個好消息，糖價上漲啦，我的乖兒子。」另一人提出數學問題：「如果一磅的羊油蠟燭價值七點五便士，那達賓值多少錢？」語畢，這群無賴爆出一陣哄然大笑，連校長助理也忍俊不住。在他們眼中，零售販賣日常用品是可恥而卑劣的職業，真正的紳士都該同聲一氣地藐視他、嘲笑他。

「你父親也不過是個商人罷了，奧斯朋。」達賓私下對那個煽風點火的小男孩說。但小男孩一聽，趾高氣昂地回答：「我父親可是位紳士，他有自己的馬車呢！」於是，威廉．達賓先生只能躲到遊戲場邊緣的一間小屋那兒，只有在這裡，他才能放鬆一會兒，放任孤苦、哀傷、悲痛佔據他的心房。我們之中，誰不曾在童年經歷類似的苦澀情景？誰不曾哀嘆世間不公不義？誰不曾因別人輕蔑的目光而瑟縮，感到委屈？而一旦有人仁慈慷慨以對，立刻感恩得五體投地？你們又曾欺負、孤立、折磨多少善良靈魂，只因為他們搞不懂算術和該死的拉丁文？

現在，威廉．達賓對基本拉丁文一竅不通，完全看不懂那本精采的《伊頓拉丁文法》，因此在史威許泰爾博士學院，他老是留級，一天到晚被那些臉頰紅潤、穿著圍裙的低年級小男孩超越。他成了那群小男孩之中的巨人，穿著過緊的燈芯絨衣褲，手上捧著那本破破爛爛的初級課本，一臉的茫然，掩不了他內心的頹喪。不管是高級班還是初級班，都異口同聲地嘲笑他。他們偷偷把他的衣服縫得更緊，剪掉他的床繩。他們打翻桶子、弄倒長凳，好讓他摔個四腳朝天，而他也老是中計。他們還寄包裹給他，當他打開，裡面裝了他自家的肥皂和蠟燭。沒有一個小孩不嘲笑戲弄達賓，但他耐性十足，總是默不作聲的忍受，看起來可憐兮兮。

卡夫和達賓天差地遠。卡夫可是史威許泰爾高中部的老大和時髦人物，他會偷偷帶酒到學校來，他和城裡的男孩打架，他家每到星期六就會送來一匹小馬，讓他騎馬回家。他房裡有雙長統靴，一放假他就換上長靴出門打獵。他有只金色的報時錶，還會像博士那樣吸鼻煙。他去過歌劇院，熟悉知名演員的特色，評論起基恩先生和坎伯先生頭頭是道，斷言前者更優秀。他一小時內能背誦四十首拉丁詩篇，讓人輸得心服口服。他還會用法文寫詩，世上有他不知道的事嗎？有他辦不到的事嗎？大家都說，連博士自己都敬畏卡夫呢。

卡夫是學校不容質疑的國王，但他統治子民之餘，也不忘大搖大擺地欺壓他們。有個傢伙把國王的鞋弄髒了，從此之後他的麵包總被烤得焦黑，所有的人都會逼他跑腿、做苦工，整個夏天，下午打板球時，大夥都把球朝他丟。卡夫最討厭的人就是那個綽號「無花果」的傢伙，雖然他老是欺負他、嘲笑他，但他很少紆尊降貴，直接和他來往。

有天，兩人私下起了爭執。無花果獨自坐在教室裡，正抓耳撓腮地寫著家書。此時卡夫走了進來，命令他去辦點事，大概是要他跑腿，買些點心。

「我沒辦法去，」達賓說道：「我得先寫完信。」

「你**沒辦法**？」卡夫問道，一把抓起那封信（信上許多字都被畫掉重寫，還有好多拼字錯誤，但達賓可是花了不知道多少的心思、努力和淚水才寫成。因為這可憐的孩子正向疼愛他的母親寫信，雖然她只是住在泰晤士街後面小屋裡的雜貨商的妻子）。「你**辦不到**？」卡夫又重複一遍。「我倒想知道為什麼！難道你不能明天再寫信給你的無花果老媽？」

「別笑我媽，」達賓非常緊張的從木凳上站起來。

「那麼，先生，你去不去？」這隻校園雄雞又咯咯大叫。

「放下那封信，」達賓回答，「真正的紳士不會讀別人的信。」

「那麼，**現在**，你去不去？」對方又問。

「不，我不去。別出手，不然我會『**答**』你，」達賓吼道，朝鉛製的墨水瓶架跳去。他那氣憤至極的眼神，威嚇了卡夫先生。他放下外套的袖口，把手伸進口袋，一邊瞪著達賓，一邊走開了。自此之後，他再也不親自和達賓往來。但我們得公正地說，他老是在背後不屑地批評達賓先生。

這件事過了一陣子之後，一個陽光普照的下午，達賓正躺在遊樂園的一棵樹下，翻閱他最愛的《天方夜譚》，努力拼字好讀懂內容，而卡夫先生剛好經過窮困的威廉·達賓附近。其他學生忙著運動，這是他們最熱愛的事兒。達賓雖然孤伶伶的，但挺開心。要是大人放任孩子去做他們喜歡的事；要是老師停止欺負學生；要是父母不再老是控制子女的思考方式，主宰他們的心情就好了——孩子們的心情和想法對所有人來說都是一團難解的謎題。想想看，你我之間真的瞭解彼此嗎？我們真的理解自己的孩子、父母、鄰居嗎？你知道那個受你管教的男孩或女孩心中真正的想法嗎？它們比那個無趣、已被社會污染的控制者更美麗又神聖多了。我說呀，要是父母師長多讓孩子獨處就好了，也許的確會發生一些小傷害，但遠遠比不及拉丁文法造成的傷害。

此時，威廉．達賓終於遺忘了世界，和航海家辛巴達一起徜徉在鑽石谷裡，或者跟著阿米德王子，跑到那個遇見蓓茹芭奴仙女的洞穴裡，或者其他令人心往神馳的所在。但一聲尖叫打斷了他快樂的美夢，聽來是個小孩發出的哭喊，他抬起頭來，看見卡夫站在前方，正在痛揍一名小男孩。

他認出那個小男孩，他就是向大家告密，說雜貨商貨車上印了「達賓」姓氏的傢伙。儘管如此，達賓並不記仇，不管對方年紀長幼和高矮胖瘦。「先生，你膽敢打破瓶子？」卡夫對那小孩厲聲說，手上高舉著一根黃色的板球柱。

原來不久前，卡夫命令小男孩爬過遊戲場的圍牆（那兒的圍牆頂端沒有設置防盜用的玻璃瓶碎片，牆面上還有幾個凹洞，很適合攀爬），接著跑四分之一哩，用賒帳的方式買了一品脫的蘭姆甜酒，最後躲過博士在外面設下的眼線，再次爬回遊戲場。然而小男孩在這場冒險途中滑了一跤，摔破了酒瓶，甜酒灑了一地，長褲也磨破了。雖然沒受到什麼傷，但他回到老大面前時，因任務失敗而渾身顫抖，內疚得很。

「先生，你怎敢把它打破？」卡夫說道，「你這笨小賊，明明就是你把甜酒喝光了，再來假裝打破了酒瓶。先生，把你的手伸出來。」

那高舉的球柱落在小男孩的手心，他發出一聲哀鳴。達賓抬起頭，蓓茹芭奴仙女已和阿米德王子逃進洞穴深處，巨鳥伸出翅膀，將航海家辛巴達掃出鑽石谷，直上雲霄。熟悉的日常再次浮現老實的威廉眼前：個頭高大的少年毫無理由地痛揍一個小男孩。

「先生，把你的手伸直！」卡夫對矮小的學弟吼道，而那孩子的臉因痛楚而揪成一團，穿著緊繃舊衣的達賓打了一顫，站起身來。

「嘗嘗這個，你這小鬼！」卡夫先生大叫，再次朝孩子的手揮下球柱。（太太小姐，妳們讀到這裡不用害怕，每個上過高級公學的男孩都吃過這種苦頭，也欺侮過別人，你們的孩子多半也會如此度過少年時光。）那球柱又揮了下來，達賓跳了起來。

我搞不清他的動機究竟為何，高級公學的體罰就像俄國的笞刑一樣常見，對抗體罰，幾乎是一種欠缺紳士風度的行為。也許傻里傻氣的達賓從心底反抗暴君專政。也許復仇的念頭早就縈繞他的心頭，渴望和盛氣凌人的學校惡霸較量一下，讓這享盡榮耀、目中無人、浮誇又安逸，老是受到旗幟飄揚、擊鼓歡迎、衛兵列隊迎接的暴君，嘗嘗戰敗的滋味，挫挫他的銳氣。不管究竟受到什麼樣的動力驅使，此刻他一躍而起，大吼道：「住手！卡夫！別再欺負那孩子，不然我會——」

「不然你會怎樣？」意外受到打擾的卡夫反問，繼續對小男孩說，「你這小壞蛋，手伸直。」

「我會痛打你一頓！讓你好好吃頓苦頭！」達賓頂撞了卡夫的前半句話。涕泗橫流的小奧斯朋粗喘著氣，驚詫地抬起頭，無法相信眼前這位偉大勇士居然發聲捍衛他。事實上，卡夫和小奧斯朋一樣瞠目結舌。想像一下我們的先王喬治三世，聽到北美殖民地爆發起義運動的心情；或想想當小大衛踏步向前，向粗暴的歌利亞叫囂時，巨人歌利亞的心情；這就是瑞吉納德．卡夫先生聽到對方宣戰時的內心寫照。

「放學後見，」他當然接受挑戰。停頓一會兒後，他向達賓掃過凌厲的一眼，像是對他說：

「在那之前，你有空寫下遺言，好好向朋友交代遺願吧！」

「如你所願，」達賓說道：「奧斯朋，你得當我的助手。」

「好吧，如果你要的話。」小奧斯朋回答。你得明白，他爸爸可是擁有私人馬車的富豪，看到笨拙的達賓成為代表自己的打手，不免有些難堪。

當戰鬥的時刻到來，他差點因羞愧而說不出「無花果，上吧」。這場眾人矚目的比試大會剛開始的兩、三回合，沒有半個人為奧斯朋的打手歡呼。擅長打架的卡夫臉上帶著輕蔑淺笑，好像參加舞會似地一派輕鬆寫意，他一出拳，連續三次都將倒霉的對手打倒在地。每當這可憐人倒地，四周就響起一陣喝采，所有男孩爭先恐後的向勝利者致上崇高的敬意。

「你打完後，我恐怕就要被他毒打一頓啦，」小奧斯朋扶起他的打手，心裡想道，「你最好投降，」他對達賓說，「無花果，只不過是挨一頓打罷了，我習慣了。」但四肢發抖、鼻孔用力呼氣的無花果將他的助手推到一旁，第四次跳入場內。

達賓全然不懂如何閃避朝他揮來的拳頭，前三回都是卡夫率先出拳，達賓根本來不及出手，因此這一回無花果下定決心先發制人。身為左撇子的他，全心揮出左拳，用力痛擊對手兩次——一次擊中卡夫先生的左眼，一次擊中他那美麗的鷹勾鼻。

這一回倒在地上的是卡夫，把全場都嚇了一跳。「老天爺，揍得好！」小奧斯朋像個行家似地說道，輕拍自家拳擊手的背，「用左拳攻他，我的無花果，你真是個好傢伙。」

接下來，無花果的左拳搶盡了風頭，每一回都把卡夫擊倒。到了第六回合，喊著「打呀！無花果！」的男孩，幾乎和喊「打呀，卡夫！」的人數不相上下。到了第十二回合，卡夫被打得七葷八素，再也無力攻擊，也無法閃躲自保。相反地，無花果倒是冷靜得很。他的臉色蒼白，睜得大大的眼神采奕奕，下嘴唇的傷痕流了不少血，賦與這年輕人一種殘暴駭人的氣勢，恐怕把許多觀眾嚇得渾身發冷。不過，他那無畏的對手打算迎向第十三回合。

如果我擁有納比爾[19]的文采或《貝爾運動週報》記者的健筆，就能更加精準地描述這場打鬥。此時拿破崙的帝國衛隊發動最後一役──但當時還沒發生滑鐵盧之役，納依[20]的縱隊昂頭挺胸，登上勒哀耶桑特的山丘，數以萬計的刺刀密密如林，二十面繡著老鷹的旗幟在天際飄揚。愛吃牛肉的英國士兵發出驚天動地的呼喊，奔下山脊，朝敵軍衝鋒陷陣，奮不顧身地浴血一戰。也就是說，卡夫往前猛力一擊，但他的步伐踉蹌、頭昏眼花，而無花果商人像之前一樣揮出左拳，擊中對手的鼻子，卡夫再次倒地，這回他可再也爬不起來了。

「我看這就夠了，」無花果說道。他的對手倒在草地上，就像撞球掉進球袋裡一樣有去無回。計時結束，瑞吉納德．卡夫先生再也站不起來，也可能他寧願動也不動地倒在地上。

這下子，所有男孩都為無花果高聲喝采，那響亮的歡呼聲足以讓人以為他才是深受眾人愛戴的拳擊手，也驚動了史威許泰爾博士。他走出書房，想知道為什麼大家喧騰鼓噪。當然，他威脅要鞭打無花果，但此時已冷靜下來、忙著清洗傷口的卡夫站了起來，說道：「先生，是我不好……無花果沒有錯……我是說，不是達賓的錯。當時我正欺負一個小男孩，而他給了我一頓教訓。」他寬宏大度的發言，不但讓勝利者免於一場毒打，也順勢贏回他剛剛幾乎失去的民心。

小奧斯朋寫信給父母時，描述了這個事件。

親愛的媽媽：

19. 威廉．納比爾，一七八五～一八六〇，英國軍人及軍事史學家。
20. 米歇爾．納依，一七六九～一八一五，法國元帥。

希望妳一切都好。若妳能為我送來一塊蛋糕和五先令，我會萬分感謝。卡夫和達賓打了一架。妳知道卡夫，他是學校的老大。他們打了十三回合，達賓贏了！所以，卡夫現在成了老二。他們打架是為了我。我打破了一瓶牛奶，所以卡夫揍我，而無花果看不下去。他的父親是雜貨商——地址是西堤區，泰晤士街，店名叫「無花果和洛奇」——我想，既然他為我仗義直言，妳以後若要買茶或糖，最好去他爸爸的店。卡夫平常每個星期六都會回家，但這週末他回不去，因為他兩眼黑青。他有一匹白色的小馬，有人會送馬來，讓他騎馬回家。他的馬夫都穿制服，騎一匹棘色母馬。我真希望爸爸給我一匹小馬！

妳的乖兒子喬治・薩德利・奧斯朋敬上

於里奇蒙德的甘蔗會，三月十八日

附註：請代我向小艾美致上我的愛意，我用紙卡割了一輛馬車，是要給她的。請不要送葛縷籽蛋糕，李子蛋糕比較好。

達賓的勝利也讓全校學生對他的評價直上雲霄，他的「無花果」綽號，原本是眾人蔑視的笑柄，但現在成了滿懷尊敬的暱稱，就像其他學生的小名一樣。「他的父親雖是雜貨商，但這可不是他的錯，」喬治・奧斯朋說道。雖然他還是個小男孩，但史威許泰爾博士門下大多數的年輕學子都很喜歡他，而眾人對他的發言報以熱烈掌聲。眾人一致同意，因達賓無法選擇的身世而鄙視他，是卑劣的行徑。「老無花果」成了親切的小名，代表了眾人對他的愛戴，連博士的助理都不再戲弄他。

身價看漲也提振了達賓的學習精神，他在學業上有長足的進步。厲害的卡夫親自幫助達賓學習拉丁詩歌，利用遊戲時間進行「特訓」——一想到卡夫紆尊降貴，達賓就滿臉通紅，不明所以。卡夫成功讓達賓脫離低年級，進入中級班，在他的幫助下，達賓接下來的成績也很不錯。雖然達賓並不擅長學習經典，但對於數學，他的領悟力倒出奇的靈敏，他的代數拿到第三名的成績。在仲夏公開會考上，他還贏得一本法文書的獎品，所有人都為他高興極了。博士當著全校師生和家長的面，把那本《泰勒蒙克歷險記》（真是本精采絕倫的小說）送給達賓的時候，你真該瞧瞧他母親的表情。書上還題了「致贈吉勒莫．達賓」。所有的男孩都為他熱烈鼓掌，同時又同情他的處境，達賓漲紅了臉，結結巴巴又一臉尷尬，走回座位時，還踢到好幾雙腳。這一切該如何描述？又有誰猜得到？他的父親老達賓頭一回為兒子感到驕傲，在眾人面前給了他兩基尼當零用錢。而達賓把這筆財富的大部分，都用來請同學吃吃喝喝。假期結束，達賓回到學校時，身上穿的是漂亮的燕尾服。

達賓實在是個謙虛的年輕人，並不認為這些美好的轉變，全歸功於自己行俠仗義和英勇氣概。他執拗地相信，自己的好運全靠了小喬治．奧斯朋的好心提拔，因此他全心全意以只有孩子懂得的友愛與熱情來回報——這是種在迷人的童話故事裡才讀得到的熱情，比如粗野的奧森對青春美貌又戰勝他的瓦倫汀[21]懷抱的感情。達賓拜倒在小奧斯朋的足下，深切地仰慕他。其實，在他們成為朋友之前，他早就暗暗崇拜奧斯朋。現在，他成了奧斯朋的侍從、他的狗、他最忠實的夥伴。達賓堅信奧斯朋是一切完美的化身，是世上最帥氣、最勇敢、最積極、最聰明、最慷慨的男孩。達賓把零用錢都花在奧斯朋身上，買了數不清的禮物送他，包括小刀、鉛筆盒、金封蠟、太妃糖、童謠集和故事書——裡面有很大的彩色插圖，畫著騎士和俠盜——書頁內都寫上「致喬

21. 出自法國童話《加洛林紀事》，描述一對被遺棄的學生兄弟截然不同的命運：瓦倫汀在宮廷長大，奧森則由野獸扶養；後來瓦倫汀救出奧森並教育他。

治．薩德利．奧斯朋閣下，他的朋友威廉．達賓敬上」——而喬治則神態優雅地接受這些贈禮，這簡直成了他最大的長處。

因此，當前往沃克斯豪爾遊樂園的這天到來，奧斯朋中尉去羅素廣場時，當然對女士小姐們宣布：「薩德利太太，夫人，我希望馬車還有空間，我已邀請咱們的達賓過來，和我們一起用餐，再一同前往沃克斯豪爾，他幾乎像喬斯一樣害羞。」

「害羞！哼，」壯碩的紳士說道，同時向夏普小姐射去一道勝利的眼神。

「他真的害羞得很——但你比他優雅多了，薩德利，無可比擬。」奧斯朋笑著補充，「我要過來時，在貝德福德那兒遇到了他。我告訴他艾美麗雅小姐回家了，我們今晚都要出門去熱鬧一下。也跟他說，上次他在小姐派對上打破了調酒盆的事，薩德利夫人已經原諒他了。夫人，妳還記得七年前那個混亂情況嗎？」

「怎麼忘得了！」好脾氣的薩德利太太說道，「他還真笨手笨腳！他那兩個姐姐也沒比他優雅多少。昨晚在海貝里那兒，達賓市政官夫人和他們三個也在。老天爺！瞧他們那個樣子！」

「市政官家富有得很，對吧？」奧斯朋淘氣地說，「夫人，你覺得他家的女兒們適不適合我啊？」

「你這傻子！瞧你那張黃臉，我倒想知道有誰看得上你！」

「我有張黃臉？你才該瞧瞧達賓那張臉哩！他得了三次黃熱病，兩次在拿騷，一次在聖基茨島。」

「也許吧，但對我們來說，你的臉還真是黃。艾美，妳說是不是呀？」薩德利夫人問道。但艾美麗雅小姐只是淺淺微笑一下，臉龐染上一片紅暈。她望向喬治．奧斯朋那張白皙迷人的臉，還有那些美麗閃亮且微微鬈起的黑色落腮鬍，鬍子正是這名年輕紳士最得意的地方。她那小小的心房想著，不管是在國王陛下的軍隊裡，或在這廣大的世界，再沒有人比他更帥氣英俊。「我才不在乎達賓上尉的臉色如何，」她說道，「或他笨不笨拙，我知道我會喜歡他的。」她的心裡想的是，他可是喬治的朋友和拳手呀！

「軍隊裡沒人比得上他，」奧斯朋說，「沒有比他更優秀的軍官了，雖然他不是像阿多尼斯[22]那樣的美男子。」他直直望向酒杯，欣賞自己的倒影，剛好發現夏普小姐的雙眼盯著他瞧，不禁紅了臉。蕾蓓卡心裡用法文想道：「啊，我的好紳士！我想，我知道**你的**死穴啦！」真是個狡猾的調皮姑娘！

當天晚上，準備在沃克斯豪爾艷驚全場的艾美麗雅穿了一襲白色薄紗洋裝，像隻雪雀一樣哼著歌。當她踏進客廳，宛如一朵清新的玫瑰，但她眼前突然冒出一位笨拙的高大男士，不但大手大腳，連耳朵都特別的大，那一頭削得短短的黑髮更凸顯那對大耳。他穿著一件釘了飾扣的難看軍外套和當時常見的三角帽。這人邁步向前與她打招呼，向她笨拙地行了個禮——世上再沒有其他人能像他這麼笨手笨腳了。

這位就是服務於皇家步兵隊，鼎鼎大名的威廉・達賓上尉。他的黃熱病剛復原，當許多勇敢的英國軍士在半島戰爭[23]中大獲全勝時，軍隊命令他帶著駐守在西印度群島的軍團回國。

他抵達時，因為太過羞怯，敲門環的聲音太小，樓上的女士們渾然未覺——不然的話，我向你們保證，艾美麗雅小姐才不敢一邊唱歌一邊走進客廳。那甜美清純的輕聲哼唱，一聲聲傳進上

22. 希臘神話中美貌的植物神。
23. 一八〇八～一四年間，發生於伊比利亞半島的戰事，參戰國包括了拿破崙率領的法蘭西第一帝國、大英帝國、葡萄牙王國、西班牙帝國。

尉的心底，縈繞不去。她伸出手與他握手，但他卻呆愣好一會兒，只想著：「這是真的嗎？妳真是我記憶中那個穿著粉紅衣服的小女孩？那好像是不久前的事——那晚剛加入軍隊的我打翻了調酒盅！妳就是喬治．奧斯朋口中，那個必定會嫁給他的那個小姑娘？妳是個多麼青春燦爛的女孩，那傢伙真是三生有幸！」他的心思紛雜，傻站了一陣子才終於握住了艾美麗雅的手，同時頭上那頂三角帽也掉了下來。

雖然我沒有詳盡解釋從他離校直到此刻，我們榮幸再次與他重逢之前的經歷，但我想聰明的讀者已在前面的對話中猜到一二。受人鄙視的雜貨商老達賓先生，其實是達賓市政官大人，也是西堤輕騎兵團的一名陸軍中校，在法國入侵[24]時曾奮力抵抗。老奧斯朋先生也曾分派到老達賓中校的部隊，當時他只是名平凡的下士。國王和約克公爵還曾視察老達賓中校的部隊，頒發他騎士爵位。如今他的兒子也從軍了，小奧斯朋也在同一軍團，他們的足跡遍布西印度群島和加拿大。這支軍團剛剛回國，而達賓一如既往，對喬治．奧期朋既和善又慷慨。

過了一會兒，這群可敬的人們全坐上餐桌吃晚餐。他們談論著戰爭和榮耀，聊著拿破崙和威靈頓公爵，提及最新一期的《軍隊公報》。在那著名的時代，每份《公報》都宣布英國又打了一場勝仗，而兩位英勇的年輕人一心渴望在那些光榮的名單上看到自己的名字。然而，他們的部隊沒有被派往西班牙，錯失取得戰功的機會，讓兩人大嘆時不我予。夏普小姐對這些激烈話題很感興趣，但薩德利小姐一聽到就發起抖來，看來好像隨時就要暈倒。喬斯先生說了好幾則獵虎故事，並以卡特勒小姐和蘭斯醫生的故事作結。他殷勤地為蕾蓓卡盛菜倒酒，自己也不忘大吃大喝一頓。

太太和小姐們用餐完畢，離開餐廳時，他一躍而起，用最懾人的優雅身段幫她們開門，接著回到桌前，為自己斟了好幾大杯的波爾多紅酒，緊張地一飲而盡。

「他在為自己壯膽呢，」奧斯朋低聲對達賓說。

約莫一小時後，馬車來到門前，一行人朝沃克斯豪爾出發。

24. 一八〇三年時，面法國入侵英國的威脅，英王喬治三世徵召了數萬名志願軍。

第六章　沃克斯豪爾遊樂園

我知道這個故事看似平淡無奇，必須請各位好心讀者謹記，目前討論的只是羅素廣場上一名證券交易商的家庭，但再過不久後就會有幾章精采非凡的章節。羅素廣場的這家人和一般人無異，過著平凡的日常生活，出門散步，吃午餐、晚餐，談論並追求愛情。而在他們的愛情世界裡，完全沒有熱情奔放或美好精采的重大事件。此時的重點是，愛著艾美麗雅的奧斯朋邀請一位老朋友過來用餐，並一起前往沃克斯豪爾，而喬斯．薩德利愛上了蕾蓓卡。他會娶她嗎？這是現在最重要的主題。

當然，我們可以把這個主題的背景改為上流社會，或者以浪漫、甚或詼諧的態度來講述。想像一下，我們將同樣的冒險之旅移到尊貴的格羅夫納廣場，是否會吸引更多好奇的讀者呢？試想一下，我們向讀者描述喬瑟夫．薩德利勛爵如何深陷情網，奧斯朋侯爵則在老薩德利伯爵——也就是她那位高貴父親——全力支持下，愛上艾美麗雅小姐。或者我們不走貴族路線，轉而專注下層社會，描述薩德利先生家廚房裡發生的大小事，說說薩葆如何愛上廚娘（這倒是真的），還為了她和車夫打了一架。磨刀小弟偷一塊冷掉的羊肩肉，被逮個正著，薩德利小姐的新侍女不願摸黑上床，非帶一根蠟燭回房不可。講述這些事蹟，無非是要激起讀者開心的笑聲，好像這呈現了「真實生活」的光景。或者剛好相反，我們將目光轉向可怕危險的世界，將新侍女的愛人設定為專業大盜，他和同夥闖進薩德利公館，當著主人的面，一刀將黑薩葆殺死，擄走只穿著睡衣的艾美麗雅，一路寫到第三集她才重獲自由——不費吹灰之力，我們就能創造一個令人興奮不已的故事，每一章都高潮迭起，令讀者激動得喘氣，急著看下去。但我的讀者不該期待這樣的傳奇故事。本書要講述的，不過是一則有趣的平凡故事，就算這一章簡短得很，而且場景只是沃克斯豪爾遊樂園，讀者也不得不滿足，雖說本章並不長，卻是十分重要的一章。人生中，每個人都難免遇到一個短短的章節，一開始看似無關緊要，卻大大影響後來發生的一切，不是嗎？

就讓我們和這群羅素廣場的先生姑娘們一起坐進馬車吧。喬斯和夏普小姐坐在前座，兩人之間幾乎沒有半點空隙，奧斯朋先生坐在他們對面，擠在達賓上尉和艾美麗雅之間。

馬車上每個乘客都一致認為，今晚喬斯就會向蕾蓓卡．夏普求婚，讓她成為薩德利太太。留在家裡的父母也默默接受這樣的發展，雖然我們知道，老薩德利先生幾乎可說瞧不起自己的兒子，他說喬斯很虛榮、自私又懶惰，一副柔弱樣。他受不了喬斯自命為時尚人士的架子，兒子那些浮誇的吹牛故事總讓他開懷大笑。「我會把一半的財產留給他，」他說，「而且他自己的收入也夠豐厚，但若妳、我和他妹妹明天死了，我敢保證他會說聲『老天爺！』，接著就像沒事人一樣吃飯。我不會花太多心思在他身上，他要娶誰就娶誰吧，根本與我無關。」

然而，身為一位端莊有禮又心地善良的年輕女子，艾美麗雅對眼前這對戀人可興奮得很。有一、兩回，喬斯幾乎就要對她吐露一些重大心事，而她也極為樂意傾聽，但這胖傢伙實在沒有勇氣敞開心胸，分享他的天大祕密，只能深嘆一口氣又別過頭去，令他妹妹失望極了。

哥哥的祕密讓艾美麗雅溫柔的內心焦躁不已，雖然她沒和蕾蓓卡聊起這椿敏感事兒，但倒花了不少時間，向女管家布蘭金索普太太掏心剖腹一番，而後者又向侍女透露幾個暗示，口無遮攔的侍女說不定和廚娘聊起這回事。我毫不懷疑廚娘已將這消息傳給來來往往的各家小販，因此喬斯先生的婚事，可說成了羅素廣場這個天地裡，眾人口中熱切談論的話題。

薩德利太太理所當然地認為，她兒子要娶一名藝術家的女兒，根本是糟蹋自己。「老天爺，太太啊，」布蘭金索普太太衝口而出，「咱們嫁給薩德利先生的時候，也不過是個雜貨商，而先生只是股票經紀人的一名職員而已，我們那時只有不到五百鎊的收入，但現在我們也發財啦。」艾美麗雅完全支持她的說法，軟心腸的薩德利夫人也慢慢接受了。

薩德利先生保持中立。「就讓喬斯娶他想娶的人吧，」他說道，「不關我的事。這姑娘沒有家產。但薩德利太太不也曾如此。看起來，她脾氣挺好，人又聰明，也許會讓他穩重些。親愛的，娶她總比娶個黑姑娘來當薩德利太太好，免得給我們生一打混血的孫子孫女！」

看來，蕾蓓卡好運當道，一帆風順！每次走向餐廳時，她都理所當然地挽住喬斯的手臂，搭乘喬斯的敞篷馬車時，她會坐在他的身旁，瞧他高高坐在駕駛席上，一派悠然自得地趕著灰馬，真是好一個堂堂男子漢呀。雖然沒人提起隻字片語，但大家都對這場婚事瞭然於心，她只等著求婚。哎呀，此時她多希望有個母親來替她作主！一名慈愛溫柔的母親，不到十分鐘就能將一切打理得妥妥當當，在親密的對話中，巧妙地從年輕男人靦腆的唇上攫取那愛的宣言！

馬車駛上西敏橋時，這就是當下的狀況。

不消多久，一群人抵達皇家花園門前。高雅的喬斯下了馬車，龐大的身軀壓得腳下的木階咿呀作響，周圍群眾立刻為這位胖紳士喝采。當他和蕾蓓卡挽著手走向入口，紅著臉的他看起來不但身材健壯，且流露出權威的氣勢。當然，喬治與艾美麗雅相偕而行，她看起來開心極了，就像一株沐浴於陽光下的玫瑰。

「我說達賓呀，你這個好傢伙，」喬治說，「顧一下那些披肩和雜物吧！」他和薩德利小姐並肩漫步，有蕾蓓卡相伴的喬斯擠進花園的鐵門，老實的達賓則挽著數條披肩，毫無怨言地付了一行人的門票費。

他非常謙遜地走在眾人後面，他可不想掃了大家的興，他完全不在乎蕾蓓卡和喬斯。喬治・奧斯朋在他眼中宛如完人，但他認為艾美麗雅配得上他。他看著這對麗人漫步前行，喜悅的女子連連發出驚嘆，望著她毫無矯飾的幸福笑容，他心頭不禁湧起某種父親般的欣慰。說不定，他也想挽著某個人，而不是一條披肩（路人看到這名年輕笨拙的高個子軍官帶著女性物品，都笑了起來），但威廉・達賓很少想到自己，只要他的朋友開心，他就心滿意足了，不是嗎？事實上，這兒提供的一切娛樂，達賓都漠不關心。遊樂園裡，成千上萬的裝飾燈不分晝夜地閃耀，樂園中央的鍍金貝殼亭下，戴著三角帽的小提琴手拉著動聽的旋律，歌手唱著有時歡樂有時傷感的曲子，遊客聽得如痴如醉。來自東倫敦的男男女女跳起鄉村舞蹈，一會兒跳躍一會兒跺腳，不時爆出陣陣歡笑。通知遊客薩奇夫人[25]就要上台的信號亮起，她馬上就要步上一條垂掛在半空中的繩索，朝星空舞動。燈火通明的隱士帳裡當然坐了一名隱士，年輕戀人偏愛流連於幽暗小徑，穿著老舊制服的侍者傳遞著一壺壺黑啤酒，一座座閃亮的魔術包廂裡，歡快的遊客們在幻術之下，以為自己吃了看不見的火腿。除此之外，還有那滿是笑容的憨厚傻子辛普森，我敢說他八成才是遊樂園的真正主持人——但這一切全吸引不了威廉・達賓上尉的注意力。

不論他走到哪兒，都抱著艾美麗雅的白色喀什米爾披肩。他走過鍍金的貝殼亭，那時薩門太太[26]正在表演《博羅金諾之戰》（這支康塔塔戲曲嚴厲批評來自科西嘉的拿破崙，他最近剛被俄羅斯帝國擊敗）。達賓離開時試著哼那曲調，卻意外發現自己哼的是晚餐前，艾美麗雅・薩德利在樓梯上唱的那首歌。

他對自己大笑起來，因為他的歌聲不比貓頭鷹悅耳多少。

25. 本名瑪格麗特—安東妮特・拉勒安，一七八六～一八六六，法國舞者及特技表演家。
26. 艾莉莎・薩門，一七八一～一八四九，英國知名歌唱家。

年輕人出遊時總一板一眼地保證整夜都集體行動，但我們都知道，十分鐘後他們就會理所當然地兩兩成對，各自散開。人們總在沃克斯豪爾遊樂園裡走散，不過到了宵夜時間又會聚在一起，這樣才能分享剛剛各自遇到的種種趣事。

奧斯朋先生和艾美麗雅小姐經歷了什麼樣的冒險呢？這可是個祕密。不過讀者們不用懷疑，他們行為端正，開心得很。他們頻繁往來了十五年，這短暫的獨處時間，對他們十分尋常，並不少見。

相反地，當蕾蓓卡．夏普小姐和她肥碩的夥伴落單，漫步在一條小徑上，他們附近只剩下不到五對戀人，兩人都深刻地意識到，此時是柔情脈脈的大好時機。夏普小姐心想，機會一旦錯過就不會重來，非得讓薩德利先生的顫抖雙唇說出那句宣言不可。前不久他們走到莫斯科全景區，有個莽撞男子踩到夏普小姐的腳，令她驚呼一聲往後倒入薩德利先生的懷中。這個小小意外讓兩人之間的氣氛更加溫柔親密，喬先生的信心也大幅增加，又滔滔不絕的講起好幾個他最愛的印度故事——她已經聽了至少六遍啦！

「若能親眼看看印度，該多好呀！」蕾蓓卡說道。

「妳真想去嗎？」喬瑟夫用最溫柔的語調說道。無庸置疑，在這句巧妙的詢問之後，他馬上就要吐出另一個更深情的問題，他的呼吸非常急促，蕾蓓卡的手就在他的心臟旁邊，感覺到它正急切跳動。就在此時，預告煙火的鐘聲卻響了起來。哎呀！多可恨哪！周圍人群一陣騷動，遊客們紛紛奔跑起來，這群有趣的戀人不得不順著人潮移動。

吃宵夜時，兩對男女在包廂會合。達賓上尉考慮過和大家一起吃宵夜，因為沃克斯豪爾樂園的所有娛樂都無法激起他的興趣，但他兩次走過包廂前，都沒人注意到他。桌上只放了四份餐具，成雙成對的四個人歡快地談天說地，達賓知道大家都忘了他，好像世上從沒他這個人似的。

「加了我就太多餘了，」上尉自言自語，望著他們的神色裡隱約透出一絲渴望。「我還是去別的地方吧，跟那隱士聊幾句，」他就這樣遠離了人群與喧嘩，告別了杯盤碰撞的叮噹聲，走入幽暗小徑，那位知名隱士就住在小徑盡頭。對達賓來說，來這兒實在稱不上樂事——就我自身經驗而言，孤家寡人待在沃克斯豪爾，實在是單身漢生活中最令人沮喪的一件事。

與此同時，兩兩成對的四個人開心地坐在他們的包廂裡，談話不但歡樂又親密，得意洋洋的喬斯一派莊嚴地對侍者頤指氣使。他拌了沙拉，打開香檳，切下雞肉，同時也將桌上大部分的美食美酒都裝進肚裡，最後他執意點了一缽瑞克潘趣酒[27]。來沃克斯豪爾的人總免不了喝上一杯瑞克潘趣酒，「侍者，上個瑞克潘趣酒。」

那一缽瑞克潘趣酒就是這段故事的起因。為什麼偏偏是瑞克潘趣酒，而不是其他飲料呢？話說美麗的蘿絲蒙德[28]不也因為一缽氰化氫而喪了命？亞歷山大大帝難道不是因一碗酒而殞落，至少朗普利埃博士[29]是這麼說的，不是嗎？因此，在我們這本「沒有英雄的小說」中，主宰了所有主角命運的，正是一缽瑞克潘趣酒。儘管這幾個人中，大部分根本沒喝到那缽瑞克潘趣酒，它仍改變了他們的人生。

兩位年輕姑娘一口都沒喝，奧斯朋不喜歡它，結果就是肥壯的饕客——喬斯喝下一整缽。他一喝完，就變得活潑得不得了。他的轉變一開始令人驚訝，但很快就令人難堪，因為他大聲說話，爆出一連串的笑聲，居然吸引了一票聽眾聚集在包廂周圍，讓另外三名無辜男女尷尬不已。

27. 結合蘭姆酒、檸檬汁、綠茶、荳蔻等調製而成的雞尾酒。
28. 英格蘭國王亨利二世的情婦，相傳亨利之妻將其毒死。
29. 英國學者，一七六五～一八二四。

接著，他自告奮勇高歌一曲（以一名喝醉的男子來說，他的歌聲真是高亢尖銳得慘烈），站在貝殼亭前聽樂手表演的遊客幾乎都被他吸引過來了，觀眾熱烈地為他鼓掌。

「胖子，唱得真『豪』呀！」有人說；「好個丹尼爾．蘭貝特[30]，再『蒼』一首！」另一人出聲；「瞧那身材，還真適合走鋼索啊！」另一個滑舌的傢伙喊道，令兩位姑娘大為震驚，也激怒了奧斯朋先生。

「老天爺，喬斯，站起來，我們快走吧！」奧斯朋大喊，兩位年輕女子應聲站了起來。

「別走嘛，我最最親愛的小小小親親，」此時像頭雄獅一樣厚顏大膽的喬斯，伸手攬住蕾蓓卡小姐的腰。蕾蓓卡嚇了一大跳，但無處可躲。包廂外的笑聲更加響亮。喬繼續灌酒，繼續露骨地獻殷勤，繼續唱歌，同時還不忘向聽眾擠眉弄眼，優雅地擺動酒杯，甚至揚言，歡迎人們進來包廂，和他共飲潘趣酒。

一名腳蹬長皮靴的紳士打算接受這份邀請，奧斯朋先生正打算向來人揮出一拳，眼看一場暴動就要上場，幸好天大好運突然降臨：那位姓達賓的紳士在遊樂園晃盪了好一陣子後，就在此時走進包廂。「你們這些傻子快閃遠些！」這位紳士善用身材優勢，擋住了一大群人，好事的人們一看到他的三角帽和兇猛的樣子，紛紛走避。他情緒激動地走進了包廂。

「老天爺！達賓，你到底跑哪兒去啦？」奧斯朋一邊說，一邊拿走朋友手臂上的白色喀什米爾披肩，趕緊裹住艾美麗雅的身軀。「做點有用的事吧。在這兒顧好喬斯，我先帶小姐們去搭馬車。」

喬斯打算起身阻止，但奧斯朋只伸出一根指頭就把他推倒了。他一屁股跌進椅子，中尉得以護送小姐們離開。他們走出帳篷時，喬斯朝他們送出飛吻，一邊打嗝一邊說，「一路平安！願你們一路平安！」接著緊抓住達賓上尉的手，可憐兮兮地啜泣起來，向眼前的紳士傾吐他的愛情祕密。他深愛那位剛剛離開的姑娘，但他卻讓她心碎，他知道自己的行為傷了她的心，他願意隔天就在漢諾威廣場的聖喬治教堂與她共許終身，就算要一拳打倒蘭貝斯的坎特伯里大主教才能成親，也不足惜。以老天之名，他發誓他真會這麼做！他真的願意！達賓上尉利用他的賭咒，機智地要他趕緊離開沃克斯豪爾，前往蘭貝斯宮[31]。兩人一步出遊樂園大門，他立刻帶著喬斯・薩德利先生登上一輛出租馬車，妥當地送他回住處。

喬治・奧斯朋則護送兩位姑娘平安回家。等她們進了家門後，他穿過羅素廣場時不禁高聲大笑，把更夫嚇了一跳，當兩位姑娘上樓回房時，艾美麗雅同情地看著朋友，親吻了她，兩人沒有多說就上床休息。

「明天他一定會求婚，」蕾蓓卡尋思，「他把我說成他的靈魂伴侶，而且還說了四次，他當著艾美麗雅的面捏我的手心，他明天絕對會求婚。」艾美麗雅心裡也這麼想。我敢說，她還幻想著當伴娘時該穿哪件衣裳，思索該送溫柔可人的嫂嫂什麼樣的禮物，想像在這場即將到來的婚禮中，自己可能會扮演如何重要的角色，等等。

哎，無知的初生之犢呀！妳們完全不瞭解瑞克潘趣酒的威力！在夜裡令人狂野的美酒，怎麼到了早上就成了令人頭痛欲裂的毒藥？身為一名男子漢，我保證潘趣酒的威力真實不虛，沃克斯豪爾潘趣酒帶來的頭痛，可是無酒能敵。就算時光悠悠過了二十年，我仍忘不了兩杯潘趣酒下肚的後果！只是兩杯而已哪！我以紳士名譽保證，我真的只喝了兩杯，然而患了肝病的喬瑟夫・薩德利，卻喝下至少四分之一缽的可怕調酒。

30. 因高達三三五公斤的體重而聞名的人士，一七七〇～一八〇九。
31. 坎特伯里大主教在倫敦的住所。

隔天早上，正當蕾蓓卡以為自己福星高照，薩德利卻深陷筆墨無法言喻的痛苦中，哀哀慘叫。那時，蘇打水還不存在，難受的紳士們若想減輕前一晚暢飲的後遺症，只能求救於小杯啤酒——多令人吃驚的偏方！當喬治．奧斯朋抵達喬斯的住所，看到這位巴格利烏拉的前收稅官癱在沙發上連聲呻吟時，他的面前就放著一杯清淡的啤酒。好心的達賓也已在房裡，照顧這位從前晚就交託給他的病人。兩名軍官瞧著這個有氣無力的酒鬼，交換了不太讚許的眼神，又雙雙露出壞心眼的同情笑容。就連薩德利最嚴肅正經的貼身男僕，雖然默不作聲且細心地看顧主人，但當他望著不幸的薩德利，也難以克制臉上抽動的肌肉。

「先生，薩德利先生昨晚不同尋常，特別狂野，」當奧斯朋走上樓梯時，男僕私下向奧斯朋低語：「他想跟車夫打架，先生。上『威』不得不把他抱上樓。他簡直成了個嬰孩。」布洛許先生說著，臉上倏忽閃過一抹笑意，不過下一秒兩人又回復平時深不可測的平靜表情。布洛許先生打開客廳的門宣布：「『歐』斯『平』先生到了。」

「你好嗎，薩德利？」年輕中尉上下掃視病患一輪，才開口，「沒有骨折吧？樓下有個出租馬車的車夫，一隻眼瘀了青，頭也被包紮起來，發誓要把你告上法院哪。」

「什麼意思？法院？」薩德利有氣無力地問道。

「因為你昨晚揍了他一頓呀——不是嗎？達賓？先生，你就像莫利諾克斯[32]一樣把他痛宰了一頓。更夫說他沒看過有人這樣直直倒下去的。你問問達賓。」

「你**的確**跟車夫打了一架，」達賓上尉說道：「你可毫不留情啊。」

「還有沃克斯豪爾那個穿白色大衣的傢伙！想想喬斯對他叫囂的那副德性！女人們都尖叫不停哪！老天爺，先生，看到你真好。我還以為你們這些文官都沒啥膽子，現在我倒學了一課——喬斯，以後你喝酒時我絕不擋你的路。」

「我相信有人若出言激我，我可不是好惹的，」沙發上的喬斯突然說道，做了個痛苦至極的滑稽表情。看到病人這副樣子，連謹守禮貌的上尉也無法自持，和奧斯朋同時爆發一連串的大笑。

奧斯朋毫不留情地趁勝追擊，喬斯在他眼中不過是個懦夫，他早就思索過喬斯和蕾蓓卡即將結下的婚約，但他不太滿意這門親事。想到他，堂堂喬治．奧斯朋即將加入的家庭，居然打算和一名平庸女子——那個名不見經傳的家庭教師，結下門不當戶不對的婚約，他就感到不快。「你這可憐的老傢伙，你打人啦，」奧斯朋說道，「你太過分啦！你就是克制不了自己。你還在遊樂園嚎啕大哭，但倒把大家逗得哈哈大笑。喬斯，你一喝醉就成了個愛哭鬼，你還高歌一曲呢，你不會忘了吧？」

「什麼？」喬斯問道。

「你唱了首傷感的曲子，而且還說艾美麗雅那個朋友——她叫羅莎還是蕾蓓卡呀——你說她是你最親愛的小親親，你忘了嗎？」這個無情的年輕人抓住達賓的手，活靈活現地重演那一幕，令原唱嚇了一大跳，好心的達賓勸奧斯朋手下留情，但後者毫不理會。

兩人把病人交給高樂普醫生照看後就離開了。面對朋友的勸誡，奧斯朋回嘴道：「我何必饒過他？他究竟憑什麼表現得高高在上，讓我們在沃克斯豪爾丟臉？那個一直對他拋媚眼，向他求愛的小女生究竟是誰？別說了，沒有**她**，這一家人的地位就夠卑劣啦。家庭教師是不差，但我寧願自己的嫂子是個有身分的大家閨秀。我很開明，但我在乎自己的榮譽，明白我自己的地位，她也該有點自知之明。我會擊敗那個吹牛的印度暴發戶，阻止他出更大的洋相。所以我才叫

32. 美國黑人拳擊手。

他小心點，誰知道她會帶來什麼禍害。」

「你什麼都懂，我想，」達賓帶著猶疑的口氣回道，「你向來支持保守派托利黨，你家又是英格蘭最古老的家族之一。但——」

「來去瞧瞧姑娘們吧，如果你想，不如自己去向夏普小姐示愛，」中尉打斷了朋友，但達賓上尉拒絕和奧斯朋去羅素廣場。奧斯朋則依日常慣例拜訪兩位年輕女子。

喬治從霍本區，沿著南漢普敦走過去。當他瞧見薩德利公館不同樓層的兩扇窗戶上，分別露出兩張朝外張望的臉蛋，他不禁大笑起來。

原來艾美麗雅小姐在客廳陽台上，一臉期待地望向廣場對面，也就是奧斯朋先生住的地方，等待中尉本人大駕光臨。夏普小姐則從三樓小小的臥房窗台，等待喬瑟夫先生笨重龐大的身軀出現。

「安姐姐[33]守在瞭望台上呢，」他對艾美麗雅說道，「可惜沒人會來。」語畢，他樂得笑開懷，對自己的惡作劇得意極了，用最滑稽的方式一一向薩德利小姐描述她哥哥陷入如何悲慘的境地。

「喬治，你這樣嘲笑他實在太殘忍了，」她鬱鬱不樂地說。但看著她憐憫又不安的表情，喬治更笑得停不下來，想著這場惡作劇是世上最有趣的事。等到夏普小姐走下樓來，奧斯朋歡快地戲弄她，說她把那個肥胖的印度官員迷得神魂顛倒。

「哎呀，夏普小姐！要是妳看到他今早的慘狀就好啦！」他說，「他穿著那花朵圖樣的睡袍，癱在沙發裡不停呻吟。妳真該瞧瞧他向高樂普藥師伸出舌頭的那副模樣！」

「你要我看誰呀？」夏普小姐反問。

「誰呀？喔，究竟是誰呀？當然是達賓上尉囉，昨晚我們不是忙著照顧他嘛。」

「我們對他太過分了，」艾美臉上浮現紅暈，「我……我幾乎忘了他在。」

「當然妳記不住他，」奧斯朋的笑聲仍不停歇，大聲說道。

「人們沒辦法**老是**記著達賓呀，妳懂的，艾美麗雅。夏普小姐，妳說呢？」

「除了吃晚餐時，他碰倒酒杯那一刻外，」夏普小姐傲慢地說道，甩了甩頭，「我根本沒注意到達賓上尉的存在。」

「說得好，夏普小姐，我會轉告他的，」奧斯朋應道。但夏普小姐突然對多話的年輕軍官產生猜忌與怨恨，不過引起這些情緒的他渾然不覺。「他在取笑我嗎？是嗎？」蕾蓓卡尋思。「他是不是一直對喬瑟夫取笑我呢？他是不是把喬斯嚇到了？也許他不會來了。」她的雙眼蒙上一層迷霧，心跳急促起來。

「你老是那麼愛說笑，」她一邊說，一邊努力露出無辜的笑容。「繼續開我玩笑吧，喬治先生，反正沒人替**我**說話。」

當她走開時，艾美麗雅責備地望著喬治．奧斯朋，讓他感到一陣悔意，懊惱身為男子漢的自己，竟對無助的善良艾美加諸不必要的痛苦。「我最親愛的艾美麗雅，」他說道，「妳太善良了……妳心腸太好。妳不瞭解這個世界。但我清楚得很。妳那朋友，夏普小姐，必須認清自己的地位。」

「你不認為喬斯會──」

「親愛的，說實話我也不知道。他可能會，也可能不會，我又不是他的主人。我只知道，他是個非常傻氣又虛榮的傢伙，昨晚他讓我最親愛的姑娘被迫陷入痛苦又尷尬的處境中，我最親愛的小小親親！」他又縱聲大笑起來。他那愛開玩笑的樣子逗得艾美也忍俊不住。

33.《藍鬍子》故事中，被迫出嫁的女孩的姐姐。

喬斯一整天都沒有現身，但艾美麗雅並不擔心，因為這位工於心計的小姑娘已經派了薩蓧的副手送信到喬瑟夫先生的住所，向他索取他曾說要出借的某本書，並探問他好不好。而喬斯的男僕布洛許先生捎來回音，表示主人臥病在床，醫生剛來看過他。她想，他明天一定會來，但她不敢向蕾蓓卡提起隻字片語。經過沃克斯豪爾熱鬧的一夜，那位年輕女子整個晚上也絲毫沒提起這回事。

隔天，當兩位年輕小姐坐在沙發上假裝縫紉、忙著寫信或讀小說時，薩蓧帶著平時一貫的熱情笑容走了進來，他的胳膊下揣了個包裹，手中的托盤放了一封信。「小姐，喬斯先生送信來了。」薩蓧說道。

艾美麗雅打開信箋時，不禁渾身顫抖！

信上寫著：

親愛的艾美麗雅：

我把《森林孤子》這把書送過去。昨天我生了場大病，無法過來，我今天得去切爾登漢。如果妳願意，拜託妳代我向夏普小姐為我在沃克斯豪爾的行徑道歉，告訴她我懇求她的原諒，請她忘記我在那場狂野夜宵上，因酒醉衝動而說的每一句話。考量到我的體質虛弱，我一康復就會前去蘇格蘭休養幾個月。

妳真誠的喬斯．薩德利筆

多麼致命的打擊呀！一切都結束了。艾美麗雅不敢望向蕾蓓卡蒼白的臉龐和炙熱的眼神，只能將信箋放在朋友的大腿上。她站起身，走上樓，回到房裡，埋頭痛哭一場。

管家布蘭金索普太太很快就找到艾美麗雅，連聲安慰她，而艾美麗雅親暱地倚在管家太太的肩上流淚，不過布蘭金索普太太倒放下心上的大石。「別哭了，小姐。本來我不想說的。一開『時』，屋裡人人都喜歡她，但現在沒人喜歡她啦，我親眼看到她讀妳娘的信啊，琵娜說那姑娘老往妳的飾品盒和抽屜瞧，每個人的抽屜她都不放過。她確定那姑娘把妳的白絲帶收進她自己的盒子裡了。」

「是我給她的，是我給她的，」艾美麗雅說道。

但這並沒有改變布蘭金索普太太對夏普小姐的看法，「我不相信那些家庭教師，琵娜，」她對侍女說，「她們自以為了不起，好像是上流『輸』女，但她們領的薪水跟我倆差不多哪。」

除了傷心的艾美麗雅，現在屋子裡每個人，不管樓上樓下都覺得蕾蓓卡該離開了，而且愈快愈好。我們善良的孩子清空了她的抽屜、櫃子、手袋和一個個箱子，一一審視她的晚禮服、三角圍巾、裙邊裝飾、絲線軸、蕾絲、絲襪和飾品，挑選這個、那個、又一個，積成一小堆給蕾蓓卡的禮物。不只如此，她慷慨的商人父親曾向女兒保證會隨她心意，給她無數基尼，因此她跑去找爹地，哀求老紳士將那筆錢送給親愛的蕾蓓卡，因為自己什麼也不缺，而蕾蓓卡一定需要錢。

她甚至要求喬治．奧斯朋也出份心意，於是他毫無怨言地（他就像軍隊裡其他年輕小伙子一樣出手大方）去了趟龐德街，買下最漂亮的帽子和合身外套。

「親愛的蕾蓓卡，這是喬治送你的禮物，」艾美麗雅說道，那些裝了禮物的硬紙盒令她頗為得意，「他的品味真好！世上沒有人比得上他。」

「沒人比得上他，」蕾蓓卡回道，「真是太感謝他了！」但她心中想的是：「正是喬治．奧斯朋礙了我的好事。」當然，也因此她不怎麼喜愛喬治．奧斯朋。

她極為冷靜地準備動身，接受好心的艾美麗雅給她的所有小禮物，也沒忘了先適度的猶豫和推拒一番。當然，她誓言永遠不會忘了薩德利太太的恩情，但太太顯然感到尷尬，急於迴避夏普小姐，因此兩人只短短告別。薩德利先生給了她一個錢袋，她親吻他的手，並希望在他的容許下，將慷慨的他當作未來真誠的朋友和保護者。她實在太貼心動人，他差點就忍不住寫張支票，再給她二十鎊，但他控制了自己的衝動。馬車已在門外等著送他前往晚宴，因此他趁機告辭，「親愛的，願上天保佑妳，當妳到倫敦來，別忘了過來這兒，妳知道的。詹姆斯，去市長官邸。」

終於，和艾美麗雅小姐道別的時刻到了，但我打算為這場分離披上一層薄紗，其中一人完全真心誠意，另一人演得唯妙唯肖，經過最溫柔的擁抱，最傷心的眼淚、嗅鹽，以及一些誠摯的內心話後，直到有人出聲提醒，蕾蓓卡和艾美麗雅才終於分別，而前者不忘發誓會珍惜她最深愛的朋友直到永遠，永遠，永遠。

第七章 女王克勞利鎮的克勞利一家

一八××年的《宮廷名冊》中，克勞利是字母C部中最受人尊敬的姓氏之一。皮特．克勞利從男爵有兩個住所，分別位於倫敦葛雷特剛特街和漢普郡的女王克勞利鎮。這個偉大姓氏多年來都與其他許多知名世家並列議會名單，一起為地方發聲。

「女王克勞利鎮」之名，起於一則軼事。伊麗莎白女王某次外出巡訪，在當時的克勞利鎮稍作歇息，吃了頓早餐。當時的克勞利先生是一名鬍子修得體面整齊、雙腿修長的紳士，他為女王奉上香醇的漢普郡啤酒，令女王龍心大悅，立刻升格此鎮，在國會新增兩個席次。這故事一傳千里，從此這兒就叫作「女王克勞利」鎮，直到今天。隨著歲月流逝，帝國版圖改變，大城與鄉鎮也經歷不少變遷起落，女王克勞利鎮光輝不再，已見不到貝絲女王[34]當年熱鬧喧騰的盛況，而且居民人數不斷減少，已瀕臨降格標準[35]。然而，要是皮特．克勞利爵士聽到這番言論，絕對會擺出高雅的姿態，理所當然地說道：「降格！去他的——這兒一年帶給我一千五百鎊的收入呢！」

現在的皮特．克勞利爵士，其名字來由是為了紀念那位「偉大的下院議員」[36]。他的父親

34. 伊麗莎白一世的暱稱。
35. 此處指的是《一八三二年改革法案》通過之前，舊制的下議院中，許多城鎮已經沒落，沒有居民，卻仍佔有席次；而新興的工業城卻沒有席位，而遭到批評。
36. 指老威廉．皮特（一七〇八～七八），第一代查特姆伯爵，輝格黨政治家，於一七六六～六八年間出任首相。

是喬治二世時代，「膠帶封蠟局」的第一代從男爵沃波爾．克勞利。然而和當時許多清白紳士一樣，沃波爾．克勞利也因盜用公款而遭起訴。不消說，沃波爾．克勞利的父親就是約翰．邱吉爾．克勞利，他的名字來自安妮女王[37]在位時的知名軍官。女王克勞利鎮上掛著這一家人的族譜，可以一路上溯到後來被稱為「皮包骨克勞利」的查爾斯．史都華．克勞利，他的父親是詹姆斯一世[38]時代的克勞利。最後，族譜最前方是伊麗莎白女王[39]時期的克勞利，名字旁的圖片中，他身披盔甲，下巴留了一撮鬍子，末端還特別分叉。就像其他人一樣，有棵樹從他的背心旁長出來，那棵樹的主幹標著上面提到的一連串尊貴名氏。本章主角皮特．克勞利從男爵的名字附近，寫著他兄弟的名字，布特．克勞利（這位可敬的教士出生時，正是「偉大的下院議員」失勢之時[40]），他是克勞利及史奈比聯合教區的教區牧師，與克勞利家族的其他男女成員並列。

皮特爵士的第一任妻子，是孟格．賓紀勛爵的第六位女兒葛芮瑟爾，也是鄧達斯先生的表親。她生了兩個兒子：大兒子名為皮特，不是為了追隨他的父親，而是紀念那位天生首相小威廉．皮特[41]；二兒子洛頓．克勞利則依威爾斯親王的密友而命名，可惜的是喬治四世一正式登基就忘了他那個朋友[42]。皮特夫人過世幾年後，皮特先生就娶了住在莫德貝里的G.道森先生之女羅莎，並生了兩個女兒。現在蕾蓓卡．夏普就要擔任這兩位小姑娘的家庭教師。看起來，年輕姑娘即將加入一個極為顯赫的名門世家，出入比過去更加華貴的圈子，相比之下，她剛離開的那個羅素廣場家庭根本不值一提。

她收到一個老式信封，裡面的信箋命令她與學生會合。紙條上的內容如下：

皮特．克勞利爵士懇請夏普小姐及其行『梨』於星期二抵達葛雷特剛特街，因我將在隔天清『辰』動『生』前往女王克勞利鎮。

於葛雷特剛特街

蕾蓓卡這輩子還沒見過半個從男爵，至少她可不記得見過如此顯赫的人物。「告別艾美麗雅，她就數一數善良的薩德利先生送她的錢袋裡裝了多少基尼，再用手巾擦擦雙眼（馬車轉過羅素廣場的街角時，她已完成這一連串的動作），開始在腦中描繪一名從男爵的面貌。「他的衣服上是不是別了星形徽章呢？」她想著：「還是只有勛爵才能配戴星徽呀？不管如何，從男爵一定穿著漂亮的宮廷服飾，頸間有華麗的波浪縐領，髮上灑了髮粉，就像柯芬園的瑞頓先生[43]一樣。我猜想他一定自傲得很，恐怕對我不屑一顧吧。但我還是得想辦法承擔這一切——至少，我會和躋身於**上流人士**之中，不再和那些卑劣的商人為伍。」她帶著苦澀怨恨，回想那些羅素廣場的朋友，就像某個寓言中的狐狸，勸慰自己吃不到的葡萄一定是酸的。

馬車穿過剛特廣場，駛入葛雷特剛特街，過不久就停在一幢高聳陰鬱的大宅前，它的兩旁也是一樣高聳陰鬱的宅邸，客廳中間窗戶都掛著喪章。這是葛雷特剛特街的特色，看來死神老在這

37. 一七〇二～〇七年間統治英格蘭、蘇格蘭和愛爾蘭，一七〇七年英格蘭與蘇格蘭合併為大不列顛王國，成為大不列顛與愛爾蘭女王。
38. 生於一五六六年，卒於一六二五年。
39. 生於一五三三年，卒於一六〇三年。
40. 因此布特·克勞利以老威廉·皮特的政敵布特伯爵（一七一三～九二）為名。
41. 小威廉·皮特，一七五九～一八〇六，於一七八三以二十四歲之齡擔任首相，是英國史上最年輕的首相。
42. 指法蘭西斯·洛頓—赫斯汀，一七五四～一八二六，喬治四世擔任攝政王期間受到重用。
43. 指演員理察·瑞頓，一七四八～一八二二，常在柯芬園（現今的皇家歌劇院）和附近劇院演出。

一帶打轉。皮特爵士大宅的二樓窗板關得密不透風，餐廳的窗板也只有一部分打開來，百葉簾上簡樸地蓋上舊報紙。

單獨駕車的馬夫約翰無意下車去拉響門鈴，反而命令剛好經過的送牛奶小童去通報。門鈴響起，餐廳的窗板空隙間露出一個頭，一位穿著平凡馬褲和綁腿的男子開了門。他身上的外套看起來又舊又髒，鬍髭參差不齊，脖子旁繫了一條一樣又舊又髒的領巾，他頂著光亮的禿頭，臉色紅通通的，灰眼珠帶著挑逗的神色，露齒而笑。

「這裡是皮特．克勞利爵士家嗎？」仍坐在駕駛席上的約翰問道。

「是呀，」門口的男子點頭應道。

「那你把那些行李搬下去吧，」約翰說。

「要搬你自己搬，」門房回道。

「你沒看到我得顧著馬嗎？來吧，我的好夥計，你行行好，小姐會賞你啤酒喝的。」約翰說道，甚至縱聲大笑起來。他再也不用對夏普小姐低聲下氣，因為她和主人家已毫無關係。再說，她臨走前居然沒送僕人們半點小禮。

禿頭男子順從地把手抽出馬褲口袋，走上前把夏普小姐的行李箱扛上肩，就進了屋子。

「麻煩你幫我提這籃子和披巾，替我開個門，」夏普小姐氣沖沖地下了馬車，「我會寫信給薩德利先生，告訴他你的無禮行徑，」她對車夫說道。

「妳省省事吧，」車夫回答，「希望妳啥東西也沒忘，妳拿了艾美麗雅小姐的禮『夫』沒呀？那原本是要送給侍女的呢，我希望妳穿得下。吉姆，把門關上吧，你從她那兒討不到啥好處的，」約翰還沒說完，他用拇指指著夏普小姐，「她是個壞女人，我告訴你，壞女人。」薩德利家的車夫一邊說，一邊駕車離開。事實上，約翰喜歡艾美麗雅小姐的侍女，夏普小姐搶走本該屬於她的好處，他因而憤憤不平。

穿著綁腿的禿頭男子要蕾蓓卡去餐廳，她發現少了貴族一家人，豪宅也不如想像中討喜。那些廳堂似乎忠心耿耿地哀悼著主人的離開：土耳其地氈自行捲了起來，鬱鬱寡歡地躲到餐櫃下；牆上的畫也將臉龐藏在老舊的包裝紙後；吊燈淒涼地被棕色亞麻布蓋住；窗簾也用各種克難的包裝紙包起來。幽暗的角落裡，沃波爾．克勞利先生的大理石半身像望向空蕩蕩的櫃子和上了油的暖爐鐵棒，還有壁爐上空空如也的名卡架。酒櫥隱身在地毯後，椅子沿著牆倒放，半身像對面的陰暗角落裡，有個上了鎖的老式餐具盒，放在一個難看的托盤上。

壁爐前放了兩張簡陋的廚房椅，一張圓桌，一支老舊的撥火棒和火鉗。一只深平底鍋掛在微弱的火焰上方，桌上放了些起司、麵包，一座錫製燭台，和裝著波特黑啤酒的酒壺。

「我想妳吃過飯了吧？屋裡會不會太『樂』了些？要喝點啤酒嗎？」

「皮特．克勞利爵士在哪兒？」夏普小姐莊重地問道。

「哈、哈！我就是皮特．克勞利爵士。我還替妳『板』了行李，妳欠我一杯啤酒啊，沒忘了吧？哈哈！妳不信的話，就問問丁克吧。丁克太太，這是夏普小姐，教師小姐，這位是女管家！呵呵！」

此時，那位稱作丁克太太的女士拿著菸斗和煙紙走了過來──夏普小姐進門前一刻，皮特爵士正派她去買這些物事。她把菸斗和煙紙交給皮特爵士，而爵士自在地坐進火爐前的位子。

「零錢在哪？」他問道：「我給了妳三枚半便士銅板。老丁克，找的錢咧？」

「在這兒啦，」丁克太太回道，扔下一枚硬幣。「只有從男爵才那麼計較找零。」

「一天一文錢，一年就有七先令啦，」這名下議員回道，「一年七先令，就是七基尼的利息錢呢。老丁克，只要顧好零錢，妳自然有天會攢到好幾個基尼。」

「小姑娘，這當然是皮特．克勞利爵士，」丁克太太果斷地說，「因為他連一枚銅板都不肯放過，妳很快就會明白他的性子啦。」

「妳會喜歡我的，夏普小姐，」老先生的口吻幾乎算得上有禮。「要大方前，我先講求公正。」

「他這輩子沒送過人半文錢。」丁克低吼。

「從來沒有，而且未來也絕不會白白給人一文錢，因為這有違我的原則。丁克，若妳想坐下來的話，就去廚房再拿張椅子來。接著吃點東西吧。」

過一會兒，從男爵拿著一把叉子，朝火上的平底鍋內攪拌，撈起一塊牛肚和一顆洋蔥，再將它們公平地分成兩等分，放進他和丁克太太的盤子裡。「夏普小姐，妳瞧見了，就算我人不在這兒，丁克還是拿得到看家的工錢，而當我來城裡，她還能和主人同桌用餐哩！哈！哈！幸好夏普小姐並不餓，丁克，妳說是不是呀？」語畢，兩人就吃起這頓節儉的晚餐。

用過晚餐，皮特．克勞利爵士抽起菸斗。當天色漸暗，他在錫燭台上用燈芯草點火，並從一只深不可測的口袋裡掏出一大疊紙張，開始閱讀並按順序整理。

「親愛的，我是為了處理一些法律事兒才進城的，明天妳這漂亮的姑娘就是我回家的旅伴，真榮幸哪。」

「他老在處理法律事務，」丁克太太一邊說，一邊拿起波特酒壺。

「妳就盡情喝吧，」從男爵說，「沒錯，親愛的，丁克說得有理：全英格蘭就只有我輸掉最多訴訟，但也贏了最多案子。瞧瞧這兒，克勞利從男爵對上一個騙子，我會告贏他的，不然我就不叫皮特．克勞利。波德和另一個傢伙控告克勞利從男爵，史奈比教區的監工控告克勞利從男爵，他們證明不了那是共有地，我一定要贏他們，那塊地是我的。它不屬於教區，就像它不屬於坐在這兒的你或丁克，我會打垮他們，就算得花上一千基尼又怎樣。親愛的，妳想讀這些文件就讀吧。妳會寫一手好字吧？等我們回到女王克勞利鎮，妳可以幫我不少忙，夏普小姐，好好利用這項長處，那老太婆死了，現在我得找個幫手。」

「那女人跟他一樣壞，」丁克說，「每個小販都被她告上法庭，四年內就攆走四十八個男僕。」

「我娘跟我很像——像得很，」從男爵簡潔地說，「但她倒幫了我不『小』忙，還幫我省了一個男管家。」接下來，從男爵就聊了好一陣子私人瑣事，令新來的夏普小姐感到滑稽透頂。不管皮特・克勞利爵士到底是怎樣的人，是好是壞，他都無意遮掩本性。他無止無盡地說著自己的事，有時用那極為粗鄙的漢普郡腔調，有時又一改口吻，成了個世故男子。最後，他命令夏普小姐必須在隔天早上五點前準備好，就跟她道晚安。「今晚妳和丁克一起睡，」他說，「那張床大得很，夠兩個人睡，老克勞利夫人就是在那張床上嚥氣的。晚安。」

皮特爵士道過晚安後就離開了，而嚴肅的丁克提著那盞燈，帶頭走上既寬大又冷清的石階，經過寂寥的客廳門口（門上的手把都裹著紙張），走進寬敞的前臥室，老克勞利夫人就在這兒度過她臨終前的日子。那張床和整個房間都帶著陰鬱的死亡氣氛，讓你忍不住臆測，老夫人不只死在這兒，她的鬼魂恐怕仍流連不去。蕾蓓卡倒是起勁得很，腳步輕快地走過整個房間，窺探巨大的衣櫃，也不忘檢視壁櫥、櫃子，甚至試了試上鎖的抽屜，再細細瞧著那些單調的圖畫及梳洗用具，女管家則忙著說睡前禱文。

「我勸妳別在這張床上胡思亂想，小姐，」老太太說道。

「這房間真大，除了我們，還能容納半打的鬼魂哪，」蕾蓓卡說道，「我『親愛的』丁克太太，跟我說說老克勞利夫人和皮特・克勞利爵士，還有每個人的故事嘛。」

但這位小拷問官無法讓老丁克開口，她直言床是用來睡覺的，不是聊天的地方，接著就在她那一側躺下，發出震耳欲聾的鼾聲。只有毫無心機、坦坦蕩蕩的人才會這樣打鼾。蕾蓓卡雖然躺了下來，但一直沒有闔眼，想著明天早上，想著她即將步入的新世界，估量在那兒出人頭地的勝算。燈芯草的火光晃動，壁爐投下巨大的陰影，把牆上那張灰塵滿佈的大掛氈遮住了一大半，掛氈一定是那位過世的老夫人織的。牆上還掛了兩名年輕男子的日常畫像，一人穿著大學禮服，另一人穿著紅色外套，看起來像個士兵。當睡意來襲，蕾蓓卡選擇前者跟她入夢。

清晨四點了，這是一個玫瑰色的夏日早晨，連葛雷特剛特街都變得美麗可人。忠心耿耿的丁克喚醒她的床伴，命她趕快準備上路。丁克下了樓，取下前廳大門的門閂，金屬碰撞的聲響驚動了仍然沉睡的街道。她走到牛津街上，召來停在那兒的一輛出租馬車。就算不提這輛馬車的執業編號，人人皆知一大早就守在斯瓦勒街附近的車夫，就是寄望送剛出酒吧的年輕人一程，說不定醺陶陶的客人會掏出一大筆小費。

要是這位車夫真如上所述，一心期待遇上醉酒的客人，不消說他此刻真是大失所望。那位受人尊敬的從男爵，請車夫送他到西堤區，卻只給了車資，沒賞他半毛小費。就算車夫像《聖經》中的耶戶一樣大發脾氣也徒勞無功，只好在雙頭天鵝酒吧將夏普小姐的硬紙盒丟進水溝洩憤，並發誓他會把小費討回來。

「我勸你算了吧，」另一名車夫說，「那位是皮特．克勞利爵士啊。」

「喬，說得好，」從男爵高聲附和，「我倒想瞧瞧那傢伙要拿我怎麼辦。」

「我也想，」喬悻悻然地說道，將從男爵的行李搬上車廂屋頂。

「老大，幫我在駕駛席上留個位子，」國會議員朝車夫喊道。後者回答：「是的，皮特爵士，」並輕觸帽沿致意，但他心底卻燃起熊熊怒火。他早就答應將座位留給一位劍橋來的年輕男士，他一定會賞車夫一克朗。夏普小姐踏進這輛長程公共馬車的車廂，在裡面一張黑椅上坐下來，馬車將載著她駛進寬廣的世界。

那位來自劍橋的年輕人只能不甘願地把他的五件大衣放到前座。隨著乘客愈來愈多，嬌小的夏普小姐被迫出了車廂，和他一起坐在前座。年輕人一掃先前的陰霾，變得多話又歡快，還將一件大衣披在夏普小姐的身上。這位患了哮喘的男士，旁邊坐了個規規矩矩的姑娘，她以名譽發誓，宣稱自己從未搭過公共馬車（啊！馬車上總是會出現這樣一名女子！如今，這些公共馬車都去了哪兒？），而那位抱著白蘭地酒的胖寡婦則步入車廂，坐在他們原本的位子上。車票員一一向旅客收錢，紳士給了他六便士，胖寡婦給了他五枚油膩膩的半便士銅板。過不久公共馬車就上路了——現在駛過了阿德斯蓋特幽暗的巷道，轔轔經過聖保羅大教堂的青色穹頂，叮叮噹噹地穿過湧向費里特市場的人群。這一切，都和艾克塞特交易所一樣，被遺留在回憶暗影中。

他們經過皮卡迪利的白熊酒店，看到晨霧籠罩了騎士橋那一帶的市集花園。馬車駛過杜翰公園、布倫特林園、貝格夏公園——這段路程，不用在此贅述。只是，寫下這些篇章的作者，也曾在如此清朗的時節，踏上一樣難忘的旅程，此時悠悠回憶不免湧上心頭，帶來一絲甜美的遺憾。如今，這條路在哪兒[44]？路上那些歡快的人們又去了何處？鼻上滿是雀斑，忠心耿耿的老車夫們，還有屬於他們的切爾西或格林威治嗎？這些好人兒去了哪裡？老威勒是否還活著？還有那些驛站裡的侍者們，送上一輪又一輪的冰涼啤酒，矮小的車夫頂著凍得發青的鼻子，運送那叮噹作響的桶子，這些人都去了那兒？他們那一輩人都怎麼了？未來的菁英，此刻仍是牙牙學語的孩童，有誰會為這些孩子們寫小說，講述這一代人的故事，寫下足以與尼尼微[45]、獅心王[46]、傑

44. 本書寫於一八四〇年代末期，當時鐵路已取代長程的公共馬車。
45. 亞述帝國的重要城市。
46. 指英格蘭國王理查一世。

克．雪柏德[47]一樣口耳相傳的傳奇？對那些未來棟梁而言，驛馬車只存在於浪漫故事中，它龐大的車廂足以容納好幾位乘客，由四匹如布西發拉斯[48]及黑貝絲[49]一樣雄偉的神駒拉著。啊，牠們的毛皮如何耀眼，當馬房的人卸下馬具，牠們如何撒腿而奔呀。當牠們抵達終點，粗喘著氣，端莊地走入酒店中庭，尾巴生氣勃勃地擺動。啊，我們再也不會在午夜時分聽見號角響起，也不會看到飾有尖刺的大門應聲打開。不管如何，這輛輕盈、由四匹馬拉的特拉法加馬車要帶我們去哪兒？讓我們別再流連，直達女王克勞利鎮，瞧瞧蕾蓓卡．夏普小姐在那兒的日子吧。

47. 英國十八世紀橫行倫敦的知名大盜（一七〇二～二四）。
48. 亞歷山大大帝的愛馬。
49. 英國十八世紀的盜賊迪克．特爾賓（約一七〇五～三九）的馬。

第八章 私密信件

蕾蓓卡．夏普小姐致倫敦羅素廣場的艾美麗雅．薩德利小姐（免郵資，皮特．克勞利爵士[50]）

我最親愛、最甜美的艾美麗雅：

此時提筆寫信給我最親愛的朋友，我內心實在苦樂參半。啊，今非昔比！現在的我，孤身一人，沒有朋友；昨天我卻像在自家一樣，有著姐妹陪伴，幸福喜悅。啊，妳就是我珍貴的妹妹，我會永遠、永遠珍惜！

離開妳的那一夜，心如刀割的我如何在淚水與哀傷中度過，我就不多說了。星期二，妳繼續過著歡樂美好的日子，陪在妳身邊的是妳的母親和那位對妳**忠心耿耿的年輕軍官**。而我徹夜思念妳，想著妳在帕金斯家的舞會上跳舞，我敢保證全場年輕姑娘中，沒人比妳更嬌艷。而我坐在那輛舊馬車裡，車夫約翰把我送到皮特．克勞利爵士的倫敦宅邸時，對我無理又放肆（啊！他心安理得地欺負我！誰叫我又窮又不幸呢！），接著我就被交到皮特爵士的手中。那晚我睡在一張陰鬱的舊床上，身邊還躺著可怕、陰沉的清潔婦，她是那屋子的女管家。我徹夜無法闔眼。

我們這些傻女孩，在契斯克時曾讀過《西斯麗雅》[51]，幻想從男爵會是一名風度翩翩的紳士。

50. 皮特爵士是國會議員，免付郵資。

51. *Cecilia*，英國女作家弗朗西絲．伯尼（一七五二～一八四〇）的著作。

皮特爵士完全不是如此，和俊俏的奧維亞閣下[52]相差甚遠。試著想像一下吧，他肥壯矮小、年老粗鄙且渾身骯髒，身上的衣服老舊不堪，連綁腿也破破爛爛，抽著噁心的菸斗，而且還親自用平底鍋煮他那噁心的晚餐。他講話時帶著鄉巴佬的口音，對清潔婦咒罵不停，也咒罵那個載我們去驛馬車起站的馬夫。不只如此，後來驛馬車上載滿了人，**有一大段路我只能坐在車廂外！**

那天天才剛亮，清潔婦就把我叫醒。到了馬車站，我原本坐在車廂裡。但當我們抵達一個叫利金頓的地方，突然下起傾盆大雨，此時我不得不坐到車廂外面，因為這輛公共馬車其實是皮特爵士的。有名乘客要去莫德貝里，又想坐在車廂內，我就只能退坐在大雨中的戶外席。妳敢相信嗎？不過，一位劍橋大學的年輕男士非常仁慈地用一件外套替我擋雨。

這位男士和車長似乎都很熟悉皮特爵士，嘲笑了他好一陣子。他們異口同聲地喚他吝嗇鬼，也就是說，他非常小氣又貪婪。他們說他從來不會給人小費，我最痛恨這種一毛不拔的行為。年輕男士說，最後的那兩段路程，馬兒總是走得慢吞吞的，因為皮特爵士坐在駕駛席，而且拉這段路的馬是他的。年輕的劍橋學生說道：「要是讓我握住韁繩，我就一路鞭打牠們，直到史加許摩爾那兒，你說是不是呀？」車長應道：「那當然，傑克少爺，讓牠們好看。」當我搞懂傑克少爺有意駕車，將怒氣發洩在皮特爵士的馬上，我當然也笑了出來。

到了莫德貝里，有輛馬車和四匹披著馬具、神氣活現的馬等著我們。這裡離女王克勞利鎮還有四哩，但我們已進入從男爵的領地，有條一哩長左右的馬車道直通大宅，守在門房的那個女人打開滿是雕飾的古老鐵門時，向我們敬了好幾次禮。大門柱子上飾有一尾蛇和一隻白鴿，那是克勞利家的紋章，讓我想到契斯克那令人不快的鐵門。

「這兒有條林蔭道，」皮特爵士說：「足足一哩長，這兒的樹啊，劈成木材的話，價值六千鎊哩。厲害吧？」他把「林蔭道」說成「泥濘道」，還把「厲害」說成「列害」，可笑極了。他要他在莫德貝里的副手，霍德桑先生和他一起坐進車廂，一路上兩人滔滔不絕地聊著扣押、變賣、排水、翻土之類的事兒，還花了好一陣子討論佃農和耕種——完全超過我的理解。有人抓到山姆．邁爾斯盜獵，彼得．貝利終於去了勞動濟貧所。「算他活該，」皮特爵士說：「他和他家佔了那塊農地，足足騙了我一百五十年吶！」我猜那是個付不出租金的老佃農吧。皮特爵士的「他」本該用主格，卻誤用受格，總之財大氣粗的從男爵不用管文法的正確與否，但我這可憐的家庭教師別無選擇。

隨著馬車駛過林蔭道，我注意到庭園裡那排老榆樹後方，聳立著一座美麗的教堂尖塔。教堂前面的草地中央，除了幾棟外屋，還有一棟老舊的紅色屋子，高聳的煙囪上長滿了長春藤，窗玻璃反射著陽光。「先生，那是你的教堂嗎？」我問。

「是啊，該死的教堂，」皮特爵士這麼說，只不過他的用字更加**粗鄙**。「霍德桑，巴弟如何？巴弟是我弟弟布特，親愛的，那個當牧師的傢伙。我都叫他『巴弟與野獸』，哈哈哈！」

霍德桑也笑出聲來，但很快就露出十分凝重的神色，點頭說道：「我恐怕得說，他好多了，皮特爵士。昨天他騎著小馬出門，還瞅著我們的玉米瞧。」

「瞅個屁，去死吧（他真這麼說）。難道兌水白蘭地殺不死他嗎？他還真是身強體壯，真像那個老傢伙，他名字叫啥——啊，是叫老瑪土撒拉[53]。」

霍德桑先生又哈哈大笑，「年輕人都從大學回家啦，他們倒是把約翰．史柯金斯揍得半死不

52. 女作家伯尼另一本著作《愛芙琳娜》（*Evelina*）中的人物。
53. 《聖經》中的人瑞。

活啊。」

「誰敢揍我的二號看守員！」皮特爵士大聲咆哮。

「當時他人在牧師的地上，先生，」霍德桑先生回道。怒火沖天的皮特爵士罵罵咧咧，說著要是他抓到那些人在他的地上盜獵，以天父之名，他一定會把他們全趕出鎮。不過，他又說：「我已經把牧師舉薦權賣了，霍德桑，他們誰也別想在本區當牧師！我保證！」接著霍德桑先生說他做得對。我敢斷定，這兩兄弟一定內鬨已久——兄弟間常常如此，姐妹也是。你還記得契斯克那兩位史克瑞基利小姐嗎？她們老是爭吵不休——還有瑪麗．巴克斯，她老是揍路薏莎呢！妳記得嗎？

過不久，霍德桑先生看到兩個小男孩在林子裡撿拾樹枝，他立刻聽從皮特爵士的命令，跳出車廂，手中揮舞著鞭子，追趕在他們後面。「霍德桑，用力打啊！」從男爵放聲嘶吼，「鞭死他們！把那些遊手好閒的傢伙帶到宅子來！我要讓他們付出代價！不然我就不叫皮特！」不久，我們就聽到霍德桑先生的鞭子落在那些可憐孩子肩上，打得他們嚎啕大哭。皮特爵士看到那些小罪犯被制服了，就駕著馬車往宅子駛去。

所有的僕人都在門口迎接我們，而且……

親愛的，我回來了。昨晚我信寫到一半，房門上傳來一陣急切的敲門聲。妳猜門外是誰？皮特爵士！他穿著睡衣、戴著睡帽，那副模樣啊！太可笑了！面對這位突如其來的訪客，我不禁瑟縮一下，而他往前踏一步，伸手奪走我的燭台。「蓓琪小姐，十一點後不能點蠟燭，」他說道：「妳就摸黑上床吧，妳這漂亮的小姑娘。」他真這麼叫我。「除非妳希望我每晚都來吵妳，不然妳十一點就乖乖上床睡覺。」說完，他和他的男管家哈洛克斯先生就大笑著走了。想當然耳，我可不希望以後每晚都見到他們，他們在晚上會放出兩頭巨大的尋血獵犬，昨晚牠們對著月色，徹夜嚎叫不休。「那兩隻狗，一隻叫格瑞爾，」皮特爵士說：「那隻狗啊，牠殺過一個男人，是頭勇猛的公狗。而那隻母狗呢，以前我叫牠弗蘿菈，現在我叫牠嚎蘿菈，因為牠太老了，咬不動了，只會叫，嚎！嚎！」

女王克勞利鎮的克勞利大宅，是棟醜陋的舊式紅磚大宅，煙囪高高聳起，屋頂是貝絲女王那時的樣式，有個陽台側面雕了代表家族的白鴿和蛇，敞開的大廳門口也有這樣的裝飾。啊，親愛的，我敢跟妳保證，這兒的大廳就和烏多芙城堡[54]一樣雄偉又陰沉。大廳內有個巨大的火爐，容得下平克頓小姐學校一半的師生，裡面放柴火的金屬架也巨大無比，至少能用來烤頭公牛。大廳四周的牆上掛著不知道多少代克勞利的畫像，有的留著鬍子、頭上戴著輪形縐領；有的頭上戴著一大頂假髮，站立時雙腳腳尖朝外；有的穿著又長又挺的馬甲束衣和禮服，整個人僵硬得像一座高塔；有的留著長鬈髮，而且，哎呀，親愛的，幾乎沒穿束衣呢。大廳另一端是一座黑橡木樓梯，雖然看起來陰沉極了，但十分氣派壯觀。兩邊都立有高高的門，門上掛著雄鹿頭，分別通往撞球室和圖書室，還有寬大的黃色酒吧和晨間客廳等廳室。我想，光是二樓就至少有二十間左右的臥房，其中一間還有伊麗莎白女王睡過的床呢。今天早上，我的新學生們帶著我參觀這些精緻華麗的大廳房，我跟你保證，它們看起來和夜裡一樣陰沉，因為窗板老是關著，沒什麼光線。但要是有光透進來，我想一定會在房裡撞見鬼影。三樓有間房間是我們上課用的教室，一側通往我的臥房，另一側通往年輕小姐們的房間。接下來還有皮特先生的寓所——人們稱他克勞利先

54. 烏多芙城堡是女作家安．拉德克利夫（一七六四～一八二三）的小說《烏多芙祕辛》（*The Mysteries of Udolpho*）中的背景地點。

生——他是皮特爵士的長子。還有洛頓．克勞利先生的房間——他和某人一樣，也是名軍官呢，目前隨部隊出勤中。這棟大宅實在太寬敞，我保證容納得了羅素廣場的所有住戶，還會剩下空房！

我們抵達這兒半小時後，巨大的晚餐鈴響了，我就和我的學生下樓去用餐。她們倆又瘦又小，分別是十歲和八歲。我穿著妳那件貴重的棉布洋裝，可惡的琵娜太太因為妳把這件洋裝送給我，對我無禮極了。在我工作的日子裡，除非家裡有客人，不然我都和小姐們一起在樓上用餐時，僕人也得把我當主人一樣服侍才是。

對了，我寫到通知用餐的大鈴響了起來，我們都聚到了小客廳裡，克勞利夫人就在那兒。她是第二任克勞利夫人，也是兩位小姐的母親。她原是一家五金商的女兒，人們說她真是嫁得好。看起來，年輕時她似乎是名美人，她老是因美貌不再而流淚。她很蒼白瘦削，肩膀聳得很高，顯然她不大說自己的事。她的繼子克勞利先生也在房裡，但一樣沉默。他穿著一整套的正裝，看起來就像殯葬人員一樣浮誇。他很蒼白瘦削，長得很醜又沉默寡言。他的雙腿單薄，留著乾草色的鬍鬚和如麥稈的淺黃頭髮，他和他那已升天的生母簡直一模一樣——壁爐上放著她的照片，她是貴族賓紀家的女兒，簡直像個葛麗絲塔[55]。

「這位是新來的家庭教師，克勞利先生，」克勞利夫人一邊說，一邊走上前來握住我的手，「夏普小姐。」

「喔！」克勞利先生應了一聲，又回頭去讀一本大冊子，一副忙碌的樣子。

「希望妳善待我兩個女兒，」克勞利夫人說道，她那雙紅通通的眼老是盛滿淚水。

「哎呀，媽，她當然會對她們好，」長子說道。我一眼就看出我不用擔心那個女人。「夫人，晚餐好了，」穿著黑衣的男管家說道。他穿著飾有誇張波浪邊的白襯衫，看起來就像大廳裡伊麗莎白時期的肖像人物。夫人挽起克勞利先生的手臂，帶頭走進餐廳，我牽著兩名學生跟在後頭。

皮特爵士已坐在餐廳裡，手裡拿著一個銀壺。他剛從酒窖回來，同樣一身正式裝扮，綁腿已經拆掉，他那雙粗短小腿套在黑色毛襪裡。餐櫥裡放滿閃閃發亮的老式餐盤——金色和銀色的舊杯子，舊盤子和調味瓶組，就像魯道爾和布里吉的店一樣，桌上的餐具也都是銀製的。櫥櫃兩側各站了一名頂著紅髮、穿著黃色制服的侍者。

克勞利先生講了冗長的飯前禱文，皮特爵士則只說了聲阿門。此時龐大的銀製保溫蓋才被揭開。

「貝慈，晚餐菜色是什麼？」從男爵問道。

「我想是燉羊肉，皮特爵士。」克勞利夫人應道。

「羊肉佐蕪菁，」男管家嚴肅地用法文補充正式菜名（如果妳想知道他怎麼發音，聽起來實在像「羊洛錯姆親」），「湯品是蘇格蘭式羊肉湯，佐以配菜，田園風馬鈴薯及水煮白花椰。」

「用英文說就行了，」從男爵說道：「好吃得很。這是哪頭『央』？哈洛克斯先生，你何時殺的『央』？」

「皮特爵士，是一頭黑面蘇格蘭羊，我們星期四宰的。」

「有誰分了羊肉？」

「皮特爵士，莫德貝里的史蒂爾拿了腰肉和兩隻腿，但他說，羊還太小，而且腿毛實在太多，皮特爵士。」

「你要不要喝點湯？小姐——呃，布朗特小姐？」克勞利先生說道。

55. 歐洲傳說中以耐性與順從而知名的人物。

「這湯可是道地的蘇格蘭菜，親愛的，」皮特爵士說道：「雖然他們給它取了個法國名字。」

「先生，我認為在上流社會，」克勞利先生傲慢地說：「像我那樣稱呼它們，才夠正統。」穿著黃色外套的侍者，將「羊肉佐蕪菁」先盛在銀湯盤，再端到我們面前，接下來他們送上「兑水麥芽啤酒」，並為小姐們倒在紅酒杯中。我不是評鑑麥芽啤酒的專家，但我寧願喝水。

正當我們享受晚餐，皮特爵士藉機詢問羊肩肉去哪兒了。

「我相信僕人廳把羊肩肉吃掉了。」夫人謙和地說道。

「夫人，的確如此，」哈洛克斯說道：「我們那兒沒什麼珍貴菜色。」皮特爵士縱聲大笑起來，繼續和哈洛克斯先生聊天。「那頭肯特種的小黑豬現在一定肥美得要命。」

「皮特爵士，牠還不夠肥，」男管家一本正經地回答。他一說完，不只皮特爵士，這回連年輕小姐們都哄堂大笑。

「克勞利小姐，蘿絲．克勞利小姐，」克勞利先生說道：「我認為妳們的笑聲太不得體了。」

「放寬心，我的大人，」從男爵說道：「星期六我們就能嘗嘗豬『漏』啦，約翰．哈洛克斯，星期六早上殺頭豬，夏普小姐愛吃豬肉，不是嗎？夏普小姐？」

我想，這就是晚餐時我記得住的對話內容。用完餐後，一壺熱水和一只小方瓶放在皮特爵士面前，我相信小方瓶裡裝的是蘭姆酒。哈洛克斯先生為我和我的學生們盛了三小杯紅酒，也為夫人倒了一整杯的紅酒。等我們退出餐廳，一走進小客廳，夫人就從她的工作抽屜裡拿出一塊大得沒完沒了的編織物，而小姐們則玩起一副髒兮兮的紙牌。我們之間只亮著一支蠟燭，不過用的是華麗的古老銀製燭台。夫人問了我一些問題後，我的娛樂就剩下一本講道文集和一本討論《穀物法》的手冊，克勞利先生晚餐前就在讀那一本手冊。

我們就這樣坐了一小時，才聽到男士們走近的腳步聲。「孩子們，把紙牌收起來，」夫人渾身顫抖地喊道：「夏普小姐，放下克勞利先生的書。」我們還沒準備好，克勞利先生就進來了。

「小姐們，我們繼續昨天的主題，」他說道：「妳們輪流唸一頁，這樣夏──夏特小姐才有機會聽妳們朗誦。」於是兩個可憐的小姑娘開始朗讀一篇又長又陰沉的講道文，這是在利物浦的貝絲達小教堂，為了奇克索印第安人傳教團祈禱的講道文。多麼美好的夜晚啊！妳說是不是？

十點整，僕人們依照吩咐，去請皮特爵士和僕人們同來祈禱。先進來的皮特爵士滿臉通紅，腳步不穩。男管家跟在他的身後，接著是那些穿黃制服的僕人（他們簡直像一窩金絲雀），克勞利先生的男僕，還有三個男子，那三人一身馬廄味。還有四個女人，我注意到其中一名女子打扮得太刻意了些，當她噗通一聲跪下時，還對我投來非常不屑的眼神。

克勞利先生不但長篇大論，又詳盡解釋了一番，好不容易結束後，我們各自拿了蠟燭回房。接下來就像前面我跟我最親愛的艾美麗雅說的，我還被打擾了一番。

晚安，致上我成千上萬的吻！

星期六。

今天早上五點，我聽到小黑豬的慘叫。蘿絲和薇奧蕾昨天才帶我認識牠，她們也帶我去了馬廄、狗舍，還向我介紹園丁。那時他正忙著採水果，要送去市場。她們為了一串溫室栽種的葡萄，向園丁懇求了好一陣子，但他說皮特先生把每串葡萄都標了編號，要是他送她們一串葡萄，他的工作可就不保了。這些可人的小女孩拉住圍場裡的一匹小雄馬，問我會不會騎馬，接著就自顧自地上了馬。此時馬夫發出一連串刺耳的咒罵，急急忙忙地跑過來，把小姐趕跑了。

克勞利夫人老在編織那條毛毯，皮特爵士每晚總是醉醺醺的，我相信他都和男管家哈洛克斯一起喝酒。克勞利先生晚上老是唸講道文，早上則關在書房裡，不然就騎馬去莫德貝里處理郡上事務，每周三、五則去史加許摩爾，向那兒的佃農講道。

我向妳親愛的爸爸、媽媽獻上無盡的感激。妳那可憐哥哥上次喝了瑞克潘趣酒後，是否康復了？喔，親愛的！親愛的！男人們都該小心那萬惡的潘趣酒！

永遠愛妳的蕾蓓卡

不管如何，我想我們親愛的、住在羅素廣場的艾美麗雅．薩德利與蕾蓓卡分離實為一件喜事。蕾蓓卡的確是位逗趣詼諧的人物，她妙筆生花，形容可憐的夫人美麗容顏逝去而哭泣，克勞利先生留著「乾草色的鬍鬚」和「麥稈色的頭髮」，把每個人形容得活靈活現。無庸置疑，她對大千世界觀察細微。當她跪下禱告時，我們也許相信，她除了想著哈洛克斯小姐的絲帶外，也思索著別的事情。但我仁慈的讀者，必會歡喜地記起這則故事的標題是「浮華世界」，而浮華世界是一個非常虛華、邪惡又愚蠢的地方，充滿各種騙子、謊言和矯揉造作。道德主義者執著於表相（你謙虛的僕人正是如此），宣稱他不穿華貴禮服、也不配戴裝飾品，只和他的信徒一樣穿著長制服。然而，你瞧瞧，一個人不管戴的是軍帽、鐘形帽還是教士的寬邊鏟形帽，只一開口說話，說的必是他認為的真相。而在這個過程，總是免不了提及令人不快的事兒。

我聽過拿坡里一名說故事人的事蹟。他在海邊向一群無所事事、閒散的老實人說教，口沫橫飛地描述、編造一些惡人所做的壞事，說得怒髮衝冠、神情激昂，聽眾聽得欲罷不能。他們和這位詩人一起對這虛構的壞蛋連聲咒罵，當帽子在眾人間傳送時，人們在一片同仇敵愾中，紛紛掏出錢幣丟進帽子裡。

而在巴黎的小戲院裡，你不只會聽見人們喊著：「啊！無恥的傢伙！啊！好個壞蛋！」包廂間也傳來對劇中暴君的咒罵，甚至連演員都拒絕出演邪惡的角色，比如可惡的英國人，野蠻的哥薩克人之類，他們寧願領著微薄的薪水，扮演合乎自身的忠誠法國人。我之所以講述這兩個故事，就是要你們瞭解眼前的表演者，之所以向大眾述說並批評他故事中的惡棍，並不是為了賺錢，而是出於真實的怨恨，使他無法克制自己，為了洩憤，不得不用盡難聽言詞怒罵一番。

因此，我提醒我「善娘」的朋友們，我接下來要講的故事離經叛道，邪惡得怵目驚心，有著十分複雜，但我相信極為有趣的——罪惡行徑。我向各位保證，我故事中的反派人物，可不是無能的壞蛋。隨著故事的進行，我們絕不會吝於使用難聽的言詞——絕不！絕不！但當我們處在平靜的鄉間，就不得不保持冷靜。在淺碟子裡無端生起狂風暴浪，實在太詭異了，我們會將暴風雨留給全能的海洋和孤寂的午夜。目前這一章看似平淡無奇，至於其他章節——絕對會令人意想不到。

當我們一一介紹登場人物時，我會請大家容許我不只介紹他們，還要以一個男人和弟兄的身分，時不時走下舞台，談論他們：如果他們善良仁慈，我會友愛他們並與他們握手；如果他們愚蠢，那我就會躲在讀者的衣袖間一起嘲笑他們；如果他們邪惡無情，在禮節容許的範圍內，我會用最嚴厲的言詞批評他們。

若我不解釋一番，你們可能會以為嘲笑禱告的人是我，但覺得可笑的其實是夏普小姐，以為我取笑在鄉下作威作福、老是醉醺醺的老從男爵，但取笑他的其實是那個不顧一切、只在乎飛黃騰達的女子，她的勢利眼看不到功成名就之外的其他事物。這樣的人遍布世界各處而且蓬勃發展——欠缺信仰、毫無希望、沒有善心。親愛的朋友，讓我們盡全力對抗他們，他們當中有些人非常成功，但不過是江湖術士與傻子。我們必須與他們戰鬥、暴露他們的身分，同時製造出一連串的笑聲。

第九章 家庭群像

皮特．克勞利爵士是位熱愛所謂下層社會的哲學家。他的第一場婚姻，因為聽從父母安排，娶了貴族賓紀家的女兒。第一任克勞利夫人還在世時，他常直白地告訴她，她令人討厭、太愛吵架，雖是塊出身優良的翡翠，但等她長眠地下後，要他再娶個像她這樣的女人為妻，他寧願上吊自殺！夫人一辭世，他就謹守諾言，選擇莫德貝里的五金商約翰．湯瑪斯．道森先生的女兒蘿絲．道森小姐，做他的第二任妻子。蘿絲一躍成為克勞利夫人，好一個幸福的女人！

讓我們條列令她幸福的事物吧。首先，她放棄了一個長期伴她左右的年輕男子，彼德．伯特，被愛情刺傷的他走上偏路，以走私、盜獵和其他各種惡行為生。接著，她不得不與少女時代的知交好友爭吵，因為女王克勞利鎮的克勞利夫人不該接待三教九流的人物。然而，在她的新世界與新住所中，沒人真心歡迎她的到來。誰會歡迎她？哈德斯敦．富德斯頓爵士有三個女兒，個個都想拿下克勞利夫人的位子；人們嘲笑吉爾斯．華波肖特爵士的女兒們居然在這場婚姻之爭中一敗塗地；而其他的從男爵則對同伴門不當戶不對的婚姻大為震怒。至於那些怨聲載道的老百姓，我就別指名道姓了，誰在乎他們是誰呢。

皮特爵士正如他所說的，完全不在乎旁人的閒言閒語。他娶了美麗的蘿絲，一個男人顧自己快不快樂就夠了，哪有餘裕管別的事？每晚都醉醺醺的他，有時會動手揍那美麗的蘿絲，當他去倫敦參加國會議事時，她就孤伶伶地留守漢普郡，身邊半個朋友也沒有。連教區牧師夫人布特．克勞利太太也不願拜訪她，她說她才不會踏入商人女兒的家裡半步。

上天賦與克勞利夫人的唯一優勢，就是那白皙的肌膚和紅潤的雙頰。她既沒有個性、才能、看法，也沒有職業、興趣，連愚蠢至極的女人經常具備的奔放活力和火爆脾氣，在她身上也找不到，她欠缺持久吸引皮特爵士的魅力。她那玫瑰色的臉龐漸漸失去血色，而當她生下一對女兒後，原本的青春氣息也離開了她的身軀，她成了夫家的一台機器，光論功能，她還比不上前克勞利夫人的那台大鋼琴。就像其他金髮女子一樣，膚色白皙的她常穿淺色衣裳，最喜歡海綠色或天藍色的衣服，看起來懶洋洋地。她不分晝夜地織著那塊毛毯或其他類似的東西，幾年下來，她織了克勞利宅邸裡每張床的床罩。她有座鍾愛的小花園，但除此以外，她沒有喜歡或厭惡的事物。當丈夫對她無禮時，她無動於衷，若丈夫打她，她就哭。她沒有訴諸酒精的剛烈脾性，也不會怨天怨地，馬馬虎虎就在編織圖樣的紙卷中耗了一天。啊，浮華世界——浮華世界！要不是為了俗世的榮華富貴，蘿絲本該是個活潑的姑娘，她和彼德．伯特會結成一對快樂夫妻，住在溫暖舒適的農場裡，建立一個溫馨家庭，共度許多悲喜交雜，充滿希望與奮鬥的日子。但在浮華世界裡，頭銜、四匹馬拉的私人馬車遠比快樂更珍貴。若是亨利八世或藍鬍子還在世，想娶第十任老婆，那些剛入社交圈、最美麗青春的女子難道敢出聲拒絕？

母親無精打采、興致索然的樣子，並沒有如料想中，在兩位女兒心中激起憐惜之情，她們在僕役廳及馬廄裡度過快樂時光。那個蘇格蘭園丁有幸娶了好老婆、生了幾個好孩子，兩位克勞利小姐在園丁家裡找到一個完整的小社會，學習生活規範。在夏普小姐抵達前，她們在園丁家學得的一切就是她們僅有的教育。

克勞利家之所以聘了夏普小姐，歸因於皮特．克勞利先生的抱怨。他是克勞利夫人唯一的朋友或保護者，而克勞利夫人除了自己的孩子，也只對皮特先生有點薄弱的感情。身為貴族賓紀家的後代，皮特先生遺傳了賓紀家的外貌，是位舉止有禮合宜的紳士。當他長大成人，從牛津大學基督學院回到家鄉，他就不顧父親，著手導正家裡鬆散的規矩，而他父親只能驚愕地瞪著他。要是沒有白色的領巾，皮特・克勞利寧願餓死也不願用餐，他就是這樣一個謹守禮教的優雅男士。有次他剛從學校回來，男管家哈洛克斯為他送信時，沒有先把信箋放在托盤裡。他憤怒地瞪著男管家，嚴詞訓誡了一番，從此之後，哈洛克斯一看到他就發抖。所有的僕人見到他都不忘敬禮，他還沒回到家，克勞利夫人的圖樣紙卷就收了起來，皮特爵士髒兮兮的綁腿也消失了。雖然那個無可救藥的老人積習難改，但他絕不會在兒子面前喝兌水蘭姆酒。只要兒子在場，他一定以非常矜持又有禮的態度對僕人說話，其他人都發現，只要與兒子共處一室，皮特爵士就不敢咒罵克勞利夫人半句。

教男管家說「夫人請用餐」的是克勞利先生，也是他堅持挽著夫人前往餐廳。他很少對夫人說話，但他一對她開口，總是敬意十足又不失威嚴。當她出門時，他必定以最恭敬的態度幫忙開門，優雅地向她敬禮。

在伊頓公學，人們喚他克勞利小姐，而且，我得遺憾地說，他的弟弟洛頓經常狠狠地揍他。雖然他的天資平庸，但他以勤奮補拙，在學校的八年時光裡，從來沒受過任何懲罰。一般來說，這只有完美的天使才辦得到。

他在大學的表現當然可圈可點。在外公賓紀勛爵的支持下，他打算未來為民服務，因此勤勉研究古今的演說家，在辯論社中不斷發言。他變得能說善道，原本有氣無力的聲音變得浮誇自負，讓他頗為得意。可惜的是，他所發表的心情和見解盡是老生常談、毫無新意，還不忘穿插一兩句拉丁語錄。謹守平庸之道，本是取得俗世功名的保證，但他卻失敗了，他不曾在詩詞比賽上拿下任何獎項，儘管他的朋友都說他本該贏得比賽。

畢業後，他成為賓紀勛爵的私人祕書，接著在本柏尼格公國擔任英國大使館的大使專員，勝任愉快，常寄各種包裹回家，比如送給當時外交部長的史特拉斯堡派餅。他總共當了十年的專員，在賓紀勛爵辭世後又過了好幾年，他才發現晉升速度太慢，過不久就不滿地辭去外交工作，搖身一變為鄉間仕紳。

一回到英格蘭，他就以麥芽酒為主題，寫了本小冊子（他是個有抱負的男人，總想著出人頭地），常討論解放黑人的議題。他與魏伯弗斯先生成為朋友，他一向嘆服後者的政治才能，前往阿散蒂王國傳教時，他認識了席拉斯・霍恩布勞爾牧師。就算不是為了出席國會，他也會為了宗教集會而待在倫敦，至少在五月是如此。在鄉間他是治安官，經常拜訪缺乏宗教信仰的地區並演講傳教，據說他的聽眾包括了索斯頓勛爵的三女兒，珍・席普尚克斯小姐，她的姐姐愛蜜莉小姐曾寫過不少甜美的宗教文章，如《水手真正的羅經座》及《芬奇利公地賣蘋果的女人》。

夏普小姐在信中描述克勞利先生在女王克勞利鎮的事蹟，一點兒也沒有誇大事實。他的確如她說的，要求所有僕人參與晚禱，同時也（盡量）要求父親在場。他常去克勞利教區裡的「獨立禮拜堂」，激怒他那個身為教區牧師的叔叔，相反地皮特爵士則大為高興，甚至親自去了那間獨立禮拜堂一、兩回。因此，克勞利教區教堂發生數次極為激憤的講道，教區牧師對著從男爵的哥德式木椅破口大罵。不過這些激烈言詞對老實的皮特爵士不痛不癢，他老在牧師佈道時打盹。

克勞利先生熱心謀求國家及基督教世界的利益，認為老紳士該把國會席次讓給他，但老傢伙總是拒絕。雙方都精明得很，不願放棄第二席位每年帶來一千五百鎊的收入（此時，第二席次由一名黑白混血人士佔據，他盡情地對奴隸議題發表高見）。克勞利家的經濟的確捉襟見肘，這筆收入若用在克勞利大宅，可會大有用處。

第一代從男爵沃波爾・克勞利服務於膠帶封蠟局期間，因被控侵吞公款而遭罰大筆罰款，為這家族帶來沉重的負擔，至今難以恢復。沃波爾爵士是名活躍男子，熱愛攢錢之餘也愛消費（正如克勞利先生邊嘆息邊說道：「一面貪圖他人財物，又花錢如流水。」），當他在世時，他受所有郡民的愛戴，老是醉得不醒人事的他大方好客，常在女王克勞利鎮大辦筵席。當時，酒窖裡滿是勃艮地的美酒，狗場裡滿是獵犬，馬廄裡盡是帥氣的打獵用馬。然而，曾經在女王克勞利鎮馳騁的良駒現在犁田去了，或是拉著特拉法加公共馬車，夏普小姐就是由這些馬匹載到克勞利大宅。雖說皮特爵士個性粗野，但他在自家倒是有所堅持，為了維持爵士的尊嚴，他出門時，必用上四匹馬，就算他吃的是平實的燉羊肉，但必定有三名男僕服侍在側。

要是吝嗇就能讓人富有，皮特．克勞利爵士早就家財萬貫了。若他當個鄉下律師，就算沒有半點資產，只能靠頭腦謀財，他也有可能賺到一大筆錢，展現令人佩服的能力，贏得極大的影響力。偏偏不幸的他出生名門世家，繼承了好姓氏和一棟大而無用的宅邸，它們不但沒替他帶來好處，反倒妨礙了他。他熱愛法律，愛上法院，為此每年都得花上好幾千鎊。正如他所言，世上任何一個代理人都騙不倒聰明的他，但他卻雇用了十幾個代理人，個個都揩他油水，使他的物業經營不善，正是聰明反被聰明誤的寫照。他是一個精明的地主，因此他讓手下佃農個個都破產，他連播種都捨不得，老天爺也只能以其人之道反治其人之身，其他農夫的收成遠比他好得多。他想盡辦法貪小便宜，到處挖礦、買下運河股份、經營公共馬車、包下政府合約，是全郡最忙碌的人，也是最忙碌的治安官。他不願聘用老實人管理他的花岡岩採石場，因此多達四名監工捲款逃往美國。他的煤礦因欠缺適當的預防措施而積滿水；他出售腐敗的牛肉，因此政府取消了合約；至於他的公共馬車，每個郵車老闆都知道全國就他損失的馬最多，因為他買馬時只願出便宜的價格，又吝於餵馬。說到他的個性，他愛好社交且毫無驕矜之氣——完全沒有，他不愛與仕紳往來，反倒喜愛與農夫和馬商廝混，與他的長子大異其趣。他愛好飲酒、咒罵、挑逗農夫的女兒。他從來沒有打賞過一先令，或行過任何善事。他是個愉快、狡猾、愛笑的傢伙，他能停止嘲笑，和佃農舉杯而盡，隔天卻又出賣前一天的酒友，當他將盜獵者送上法庭時，還不忘與對方談笑。蕾蓓卡・夏普小姐已暗示過他對異性有多禮貌。一言以蔽之，英格蘭所有的從男爵圈子、貴族界甚至平民，都找不到半個比他更滑頭、小氣、自私、愚蠢、為人不齒的老人。皮特・克勞利爵士會將他那雙手伸向所有人的口袋，但死也不肯吐出半毛錢。對英國貴族充滿崇敬之情的我們，只能滿心愧疚地說，在《德倍禮貴族與從男爵名冊》中，的確有這等小人的存在。

克勞利先生之所以對自己的父親欠缺敬愛之情，最重要的原因之一就是金錢分配問題。第一任妻子過世後，長子理應繼承一筆遺產，但從男爵至今仍欠著兒子這筆錢，而且無意清償。他痛恨付錢給任何人，若非受到威逼，他絕不願清償債務。夏普小姐臆測（我們很快就會發現她已探測到這家族最深沉的祕密），受人敬重的從男爵，每年至少得付債主數百鎊。但他無法放棄一項珍貴樂趣：讓債主無窮無盡地等待，不斷地鬧上法庭、拖過了一期又一期，從中獲得無盡的滿足感。他曾說，要是非得付清債務不可，那當個國會議員又有何用？由此可見，身為國會議員的確帶給他不少好處。

浮華世界啊，好一個浮華世界！這個不會拼字、甚至不在乎讀書的男人，既粗鄙又狡猾，像個鄉巴佬，人生目標就是當個訟棍。他沒有品味，冷漠無情，只喜歡卑鄙污穢的事物，然而他偏偏擁有體面的頭銜，受封從男爵，握有權力，而且還擁有私人土地，扮演國家的棟梁。他是高等治安官，坐在金色馬車裡，大權在握的部長和政治家都向他鞠躬哈腰，在浮華世界裡，最明智的天才或擁有美德的人士，也比不上他的崇高頭銜。

皮特爵士有個同父異母的姐姐，終身未嫁的她繼承母親龐大的遺產。雖然從男爵向她借錢，並提議分期付清，但克勞利小姐拒絕了，寧願選擇比較安全的基金。不過，她曾提及有意將遺產留給皮特爵士的二兒子洛頓和教區牧師布特・克勞利一家人，而且也替洛頓・克勞利結清過一、兩次在大學和軍隊中欠下的債務。因此，當克勞利小姐到女王克勞利鎮時，總是受到眾人敬重，她在銀行的財富足以讓她所到之處都備受愛戴。

在銀行的財富，能帶給一名老婦人多大的尊嚴啊！只要她是我們的親戚（願每位讀者都如此幸運），她的過失都無關緊要，在我們的眼中，她成了一位既仁慈又善心的老人家！哈伯斯及德伯斯事務所的新進合夥人如何滿面笑容地送她上馬車，還奉上止咳糖，也不忘奉承她的胖車夫。若她前來拜訪我們，我們必定到處宣揚她的身分地位！我們會（真心誠意地）說，真希望拿到麥克威特小姐簽名的支票，五千鎊就好！你的妻子回答，她不會忘記的。當你的朋友問起，麥克威特小姐是不是你的親戚，你會一派瀟灑地說，她就是我的姑姑。你的妻子不時寫信給她，紙上盡是溫言軟語，而你的女兒們會為她編織各式各樣的提袋、抱枕和腳墊。當她前來拜訪你時，你會在她的房裡生起溫暖的爐火，而你的妻子卻只能拉緊襯衣取暖！她一來，整個屋子就充滿前所未有的過節氣氛，一切井井有條，呈現溫馨又舒適的幸福氛圍。連你自己，親愛的先生，用過晚餐後也忘了回房睡覺，突然像個小男孩一樣渴望她的愛撫。你們吃著遠比平日豐盛的食物，每天都有野味，喝著馬姆西—馬德拉葡萄酒，還不斷從倫敦送來新鮮漁獲。連廚房的僕人們也大吃大喝，只要麥克威特小姐的胖車夫留宿你家，就不會摻水稀釋啤酒。當她的侍女在育兒房用餐，就沒人抱怨茶和糖消耗得太快。我向中產階級人士們探詢，我說的對不對？啊，多麼偉大的力量啊！我真希望有人給我一位終身未嫁的老姑姑，一個私人馬車裡備有止咳糖的老姑姑，有著一頭淺棕色頭髮的老姑姑。我的孩子會為她織針線袋，而我和妻子會如何盛情款待她！多美好的景象！多愚蠢的空想！

第十章　夏普小姐交新朋友

我們在前一章，已向讀者大略描繪這親切可人的一家人。現在蕾蓓卡加入了這個家庭，正如她所說的，她得討這些恩人歡心，並盡力贏得他們的信任。無依無靠的孤兒想盡辦法報恩，有誰能不為之動容呢？就算她用了些心機、為自己盤算，這也通情達理，不是嗎？孤獨一人的女孩說道：「在這大千世界，我一個人孤伶伶的，我只能自食其力，沒有任何靠山。而那個臉頰紅潤的小姑娘艾美麗雅，沒有我一半機靈，卻坐享一萬鎊的財富，家裡有錢又有勢，而且我的身材比她迷人多了。我蕾蓓卡真是苦命哪！只能靠自己的頭腦掙錢。哎，就讓人們看看，靠我的聰明才智，能不能讓我過上受人敬重的生活。也許有天我能讓艾美麗雅小姐明白，我可比她強得多。我不是不喜歡艾美麗雅，誰能討厭像她這樣無害又好脾氣的小東西呢？但若有天我得到超越她的地位，那會是世上最美好的一天。憑什麼我非屈居她之下不可？」這就是我們浪漫的小朋友對未來的憧憬。當然，在她建立的空中樓閣裡，最重要的居民是一名丈夫，這也沒什麼好令人震驚的。除了思考未來的丈夫，還有什麼值得年輕的小姐動腦呀？她們的母親除了女兒的婚姻，還會思考別的事兒嗎？「我得扮演我自己的母親，」蕾蓓卡說道，不得不說，當她一想到那段與喬斯・薩德利無緣的戀情，一陣挫敗感就刺痛了她的心。

這一回，她明智地下定決心，要在克勞利家替自己建立穩固且舒適的地位，為此她會友善對待身邊每一個足以影響自身的人。

而在這串名單中，沒有克勞利夫人。她在自家的存在感太低，太無關緊要，成了最不受重視的人物。蕾蓓卡很快就瞭解到，完全沒有討夫人歡心的必要。事實上，要贏得她的關注，根本是天方夜譚。蕾蓓卡和學生聊過她們「可憐的媽媽」。面對夫人時，她的態度稍嫌冷淡但不失敬意，不過聰明的她，將主要精力都花在家裡其他成員身上。

不消多久，蕾蓓卡就徹底贏得兩位小姑娘的喜愛。她的手段簡單得很，她並沒有在她們青春的腦袋裡塞滿知識；相反地，她讓她們自行決定教育方向。畢竟，自我學習是世上最有效率的學習法，不是嗎？姐姐很愛讀書，而宅邸裡有個古老的圖書室，提供上一世紀的各種英法文書籍和輕文學，都是那位挪用公款的膠帶封蠟局大臣購買的。整座大宅裡除了蕾蓓卡，沒有人會碰那些書籍，因此她很樂於提供蘿絲．克勞利小姐大量的讀物。

就這樣，她和蘿絲小姐讀了很多歡樂的英法文書籍，其中包括博學的斯摩萊特醫生[56]、機智的亨利．費爾丁[57]，文筆優雅又天馬行空，連我們永遠的詩人葛雷[58]都喜愛的小克雷比雍先生[59]，還有廣受眾人喜愛的伏爾泰先生等名家的作品。有一回，克勞利先生問起年輕姑娘近來讀了哪些書，家庭教師回答：「斯摩萊特。」

克勞利先生頗為滿意地嘆道：「啊，斯摩萊特啊，他那本歷史書雖然稍嫌乏味，但比休謨先生[60]的穩當多了。你們在讀他寫的歷史書，是嗎？」

「是的，」蘿絲小姐回答，但沒提及其實她們讀的是《漢弗克．克林克歷險記》。

56. 托比亞斯．斯摩萊特，一七二一～七一，蘇格蘭詩人、作家，也是外科醫生，以惡漢小說而聞名。
57. 一七〇七～五四，英格蘭小說家、劇作家。
58. 湯瑪斯．葛雷，一七一六～七一，桂冠詩人。
59. 克勞德．克雷比雍，一七〇七～七七，法國劇作家，擅長感官享樂文學。
60. 大衛．休謨，一七一一～七六，蘇格蘭啓蒙運動的重要哲學家、歷史學家、經濟學家。

有回克勞利先生意外發現妹妹居然在讀一本法國戲劇集，大為震驚。但家庭教師解釋，戲劇集有助於學習法文日常對話中的常用成語，於是他欣然接受。前外交官克勞利先生，對自己的法文能力非常自豪，家庭教師總是嘆服他的法文流利，令他頗為得意。

不過，薇奧蕾小姐的興趣就比姐姐粗鄙吵鬧多了。她對母雞下蛋的幽僻角落瞭若指掌。她會爬樹，偷那些飛翔的歌唱家藏在枝葉間，殼上有斑紋的鳥蛋。她愛騎小雄馬，總像卡蜜拉公主[61]一樣馳騁於原野上。她是父親的掌上明珠，也深得馬夫們的疼愛。她很活潑迷人，同時又是廚娘的夢魘，因為她找到果醬隱蔽的藏身處，只要一有機會就對它們出擊。她和姐姐爭吵不斷，夏普小姐雖然常抓到她的小辮子，但從未向克勞利夫人告狀，不然夫人一定會告訴她們的父親，甚至更糟——告訴克勞利先生。只要薇奧蕾小姐保證以後會守規矩，永遠敬愛她的家庭教師，就不會有人知道她犯下的過錯。

在克勞利先生面前，夏普小姐總是謙虛溫順，對他畢恭畢敬。雖然她的母親是法國人，但若遇到不懂的法文段落，她必會向克勞利先生討教，而後者總是傾囊相授。除了指導夏普小姐向他詢問的世俗小說，他十分好心地替她挑選更嚴肅的宗教著作，她成了他重要的談話對象。他在「卡希模布援助協會」的演說，讓夏普小姐佩服得五體投地，連他寫的麥芽酒手冊，她也興趣盎然。他晚上的演說常令她感動萬分，甚至流下淚水，一邊嘆息道，「啊，先生，謝謝你，」一邊望向上蒼。他有時會紆尊降貴，與她握手。這位虔誠的貴族說道：「血統果然最為重要，我的話語喚醒了夏普小姐的心，但這屋子的其他人卻無動於衷。對他們來說，我太高貴，我的感情太豐富了。我必須改變演說風格，更通俗些，他們才能明白。她卻瞭然於心，畢竟她的母親是蒙特莫朗西家的人。」

顯然夏普小姐的母親是這個著名家族的後代，而她繼承了一半的血統。當然，夏普小姐未曾提及她的母親是在舞台上演出的舞者，這會把虔誠的克勞利先生嚇得魂飛魄散。可怕的法國大革命後，有多少世家貴族移居海外，過著悲苦貧困的生活啊！才加入克勞利家族幾個月，她已說過不少祖先的故事，克勞利先生甚至從圖書室的《赫茲爾貴族族譜》中印證她提及的某些情節，這更令他深信夏普小姐說得一字不假，她身上流淌的必定是貴族血流。克勞利先生對她如此好奇心，甚至窺探典籍求證，我們的夏普小姐是否能把這些行為，視為他對她有意的證明？不，這不過是友好的表現罷了。我們難道沒提過，他深愛的人是珍．席普尚克斯小姐嗎？

有一兩次，他質問蕾蓓卡為何陪皮特爵士玩雙陸棋，他說那是卑劣粗俗的娛樂，指示她該把時間花在閱讀《索倫普記》、《莫菲爾德的盲眼洗衣婦》或其他靈性相關的嚴肅書籍。夏普小姐回答，她親愛的母親曾和老特雷克洛克伯爵和柯奈特神父下過雙陸棋，因此她才懂得雙陸棋和其他的世俗娛樂。

但夏普小姐贏得從男爵歡心的手段，不只是下雙陸棋而已，她發現她能為雇主提供各式各樣的服務。她以無人能敵的耐心，讀了所有的法律文件。在她抵達女王克勞利鎮前，他就曾保證會用那些文件娛樂她。她自願複寫他的信件，熟練地改正他的拼字，讓文句更符合當今的寫法。她對宅邸的所有事務都充滿好奇，不管是農場、公園、花園還是馬廄的工作。她成了從男爵欣賞的夥伴，吃完早餐後，他總是帶著她出門散步，當然他的兩個女兒也一起同行。該不該修整灌木叢裡的樹，何時該挖花床，哪些農作物該收割，哪匹馬該拉馬車或犁地……夏普小姐都會在散步時提供建議。她在女王克勞利鎮還沒滿一年，就成了從男爵的心腹。過去，皮特爵士在餐桌上只與

61. 詩人維吉爾的《埃涅阿斯記》（*Aeneid*）中的一名公主，嬰兒時期隨父親逃命至鄉野森林裡；靠吸母馬的奶而長大，自幼就是獵人。

男管家哈洛克斯先生交談，現在他幾乎只和夏普小姐說話。當克勞利先生不在時，夏普小姐幾乎成了大宅的女主人。不過她十分珍惜新獲得的地位，態度謙卑，絕不敢侮逆廚房與馬廄的權威，她在這些人面前總是既恭敬又親切。我們所認識的那個高傲且羞怯，老是怨天尤人的小姑娘已經消失，她改正了脾氣，證明她的確是個精明女子，知錯必改，勤奮地彌補過去的失誤，我們不得不稱許她具備極高的道德勇氣。至於蕾蓓卡殷勤而謙恭有禮的新面貌，是否全然發自真心，等到後話就可見分曉。一名二十一歲的年輕女子，要在短短數年的光陰中掌握虛偽的真義，絕非易事。不過我們的讀者必定還記得，本書女主角年紀雖輕，但已嘗遍生命的滋味，積累了豐富的經驗，要是各位還沒發現她是位機靈聰慧的女子，那我們的故事就白寫啦。

克勞利家的長男和次子就像晴雨屋中的男女[62]，從來不會同時在家裡出現——他們痛恨彼此。加入龍騎兵軍團的洛頓．克勞利顯然厭惡全家上下，很少回到家裡，只有疼愛他的姑姑每年例行拜訪時，才會回家。

前面已提過這位老婦人具備各種優點。她握有七萬鎊的財產，幾乎成了洛頓的繼母。她很討厭大姪子，認為他是個懦弱的傢伙。而他也對她不假辭色，宣稱她已徹底失去靈魂，同時相信他弟弟死後的命運會和姑姑一樣悲慘。克勞利先生說：「她毫無信仰，她生活在無神論者和法國人之間。一想到她可怕悲慘的處境，我就不禁顫慄。她已離墳墓不遠，早該棄絕虛華、放蕩、污穢和享樂的世俗生活。」事實上，老太太拒絕聆聽他每晚的冗長演說，每回她獨自前來女王克勞利鎮，他就不得不暫時放棄平日的宗教講道時間。

「克勞利小姐過來時，別再講『套』了，皮特，」他的父親說道：「她在信中講明她絕不接受任何人對她說『翹』。」

「啊，先生！替僕人著想一下吧。」

「誰管僕人去死啊，」皮特爵士回道。但他兒子堅信，少了他的講道，這些人的生活會有多麼悲慘。

面對兒子的抗議，父親制止道：「皮特，別再說了！你不會放任每年三千鎊就這樣從咱們家溜走吧？」

「金錢怎能和我們的靈魂比較呢，先生？」克勞利先生堅持。

「你指的是那位老太太不會留任何遺產給你，是吧？」除了克勞利先生本人，又有誰知道他心裡想的是什麼？

老克勞利小姐的確是個道德敗壞的女人，她在倫敦公園街上有間小巧但舒適溫馨的獨棟屋子，社交季期間，在倫敦的她總是吃得太多又喝得太放縱。夏天一到，她就去哈洛蓋特或切爾登漢避暑，她是最好客又最活潑的老閨女，據她所說，她年輕時可是個美人。我們當然明白，所有的老婦人都曾擁有沉魚落雁的美貌。當時的她不但活潑聰明，還是名激進人士。她去過法國，人們說，她無可救藥地愛上聖朱斯特[63]，自此愛上法文小說、法國菜還有法國美酒。她不但讀伏爾泰，也對盧梭倒背如流，她不在乎離婚，積極倡導女權。家裡每個房間都掛了福克斯先生[64]的肖像，這位政治家擔任反對派時，我猜想她曾與他玩過賭博。等他加入內閣，她就替他拉票，要克勞利爵士和女王克勞利鎮另一名議員支持他。當然，就算克勞利小姐不開口，皮特爵士也會站在福克斯先生那一邊。但這位偉大的輝格黨員一過世，不用說，皮特爵士的立場也大為改變。

62. 晴雨屋外表像間小木屋，男士出現時代表雨天，女士出現時代表晴天。
63. 路易·聖朱斯特，一七六七~九四，法國大革命的軍事與政治領袖。
64. 查爾斯·福克斯，一七四九~一八〇六，英國輝格黨政治家，威廉·皮特擔任首相期間，他是主要對手。

這位可敬的老婦人，在洛頓・克勞利還是個孩子時，就打算把他送到劍橋念書（他的哥哥則是牛津大學的畢業生）。當洛頓念了兩年大學，被學校勒令退學時，她讓他加入近衛軍的綠色騎兵團。

這位年輕軍官血統純正，是城裡知名的時髦男子。當時英國貴族間最流行的活動莫過於拳擊、捕鼠、壁手球和駕四馬馬車，而他對這些高貴運動都非常熟稔。他加入近衛隊後，必須守在攝政王身邊，因此尚未有機會前往海外戰鬥，但洛頓・克勞利已經參與過三場血腥對決（這是他最熱愛的遊戲之一），充分證明他毫不畏懼死亡。

「他也不在乎死後的世界，」克勞利先生這麼評價，他那對醋栗色的眼珠往天花板翻。他總是掛念弟弟的靈魂，或其他不同意他的人的靈魂，許多虔誠的人都從思考別人的靈魂中，獲得慰藉。

愛姪視死如歸的勇氣，並沒有激怒傻氣又浪漫的克勞利小姐。姪子決鬥後，姑姑會付清他的欠債，並且對所有批評他的低語充耳不聞。「他會有場高潮迭起的人生，」她這麼說，「過得比他那偽善的哥哥精采多了！」

第十一章　簡樸的田園時光

克勞利祖宅裡的老實人過著簡樸生活，保留甜美的鄉野純真，的確證明鄉村生活勝過都市。但我們還得向讀者介紹他們的親戚，也就是住在隔壁牧師公館的一家人，布特．克勞利牧師夫妻。

教區牧師布特．克勞利是個高壯、活潑的男子，老是戴著教士的寬邊平頂帽，他比從男爵哥哥更受郡民愛戴。在牛津大學，他是基督學院划船隊最尾端的划槳手，而且「城裡」最厲害的拳擊手也不是他的對手。他對拳擊和體育的愛好也影響了私生活：若方圓二十哩內有人打架、賽馬、獵兔、賽艇、辦舞會、選舉，他都不會缺席。只要郡上有參訪晚宴或盛大餐會，他必定想盡辦法參加。你可能會在離教區牧師宅邸數哩外的地方，不管是在富德斯頓家、羅克斯比家、華波肖特府，或是郡上某位勛爵家裡，看到他的赤栗色母馬和亮著燈的單人馬車，這些人全都和他交情深厚。他有一副好歌喉，會唱〈南風吹過多雲天際〉，一唱到高昂的副歌就贏得眾人掌聲。他披著黑白相間的大衣，帶著獵狗去打獵，也是郡裡最厲害的釣手。

至於教區牧師夫人，也就是克勞利太太，身材嬌小但頭腦精明，牧師那些令人讚嘆的講道文都出自她的筆下。她生性愛好打理家務，照顧女兒，是教區牧師宅邸裡的女王，且明智地賦與丈夫滿滿的自由。她放任丈夫隨意出遊，只要是他想，就算常常在外吃晚餐也無妨，因為克勞利太太是個節儉的女人，深知波特酒的價錢。自從當年她看上女王克勞利鎮的年輕教區牧師（她的家世良好，是海克特．麥克泰維許的女兒，她和母親一起接近布特，並在哈洛蓋特贏得他的心），成親後她就扮演盡責的勤儉妻子。儘管她小心翼翼，他仍舊債台高築，他足足花上十年，才結清了父親還在世時他欠下的大學債務。一七九×年，他剛付完債務，他就以一百比一的賠率，打賭一匹名叫袋鼠的馬贏不了德比馬賽，可惜的是他輸了。教區牧師不得不揹起利息驚人的債務，自此就十分貧困。他的姐姐時不時資助他數百鎊，當然，他寄望她過世的那一天，他總說她「一命嗚呼後，瑪蒂達一定會把一半財產留給我的」。

因此從男爵和弟弟之間，存在所有能讓一對兄弟彼此較勁的緣由。然而在各種家庭事務上，皮特爵士都比布特佔了上風。皮特爵士的長子小皮特不但不愛打獵，還在叔叔的教區內設立自己的禮拜堂。如前所述，二兒子洛頓則相中了克勞利小姐的財產。在浮華世界中，這些金錢往來，以及各種生死的臆測——暗不作聲但檯面下激烈的遺產爭奪戰，讓兄弟們多麼相親相愛啊。至於我個人呢，親身見識過兩兄弟因一張面額五鎊的鈔票，拋棄兩人長達半世紀的親情，我只能嘆服著世人的感情多麼美好又堅固啊！

布特．克勞利太太當然不會沒注意到，有蕾蓓卡這樣一號人物出現在女王克勞利鎮，且在克勞利祖宅中贏得眾人愛戴。布特太太知道大宅那兒的人花多少天吃完一塊牛腰肉，也知道每次大掃除要洗多少布匹，連南面牆上結了多少桃子也逃不過她的法眼，甚至連克勞利夫人生病時，要吃多少藥，布特太太也一清二楚——鄉下有些人就是對這些事兒熱切關心。我說，布特太太絕對抓緊每個機會，細細詳查家庭教師的過去，摸清她的脾性。教區牧師公館和克勞利大宅的僕人們總是互通消息。大宅僕人們平常不太能喝酒，然而教區牧師公館的廚房裡，總是為他們留了一杯好麥酒，然而，教區牧師夫人深知家裡有多少酒進了大宅的啤酒桶裡。因此，大宅與牧師公館的僕人之間，就像他們的主人一樣，關係密切。藉由這些管道，雙方家庭都對對方的家務事瞭若指掌，這也可用一個概略的例子來說明。當你和你的兄弟很友愛，他做什麼事，都不會令你煩心。

但你們一吵架，你就開始注意進出他家的一切人、事、物，你簡直化身成為一名間諜。

蕾蓓卡抵達女王克勞利鎮不消多久，就成了克勞利太太的大宅情報中的常見人物。情報的內容如下：「宰了黑豬，重達……磅，一半以鹽醃漬，晚餐上了豬肉香腸和豬腿。莫德貝里的克蘭普先生拜訪皮特爵士，討論如何把約翰．布萊克墨爾關進牢裡。皮特先生與信徒會面（列出現場每位人士的名字）。夫人一如往常。小姐們和家庭教師待在一起。」

接下來情報內容變成：「新來的家庭教師難能可貴，十分能幹。皮特爵士很喜歡她。克勞利先生也是，他會朗誦講道文給她聽。」

「真是個可惡的賤人！」嬌小而性格激烈的布特．克勞利太太沉著臉說道。

最後的情報則提到家庭教師「深受眾人喜愛」，她替皮特爵士寫信，進行交易和管理帳目——全家人，包括夫人、克勞利先生、小姐們和其他人，都比不上她。克勞利太太宣稱這女人一定是心機深的蕩婦，盤算著可怕的計畫。大宅裡的大小事物提供牧師公館無盡的話題，布特太太那閃亮的眼睛緊緊盯著敵人陣營的一舉一動，而且她才不會坐以待斃呢！

布特．克勞利太太寫給契斯克林蔭大道的平克頓小姐的信如下：

敬愛的女士：

儘管在您門下接受可貴無價的教導，已是多年前的往事，但我對平克頓小姐和**美好**的契斯克**歲月**，留下**永遠難忘的甜蜜回憶**，對您的敬意一如以往，絲毫不減。我誠摯期盼您**玉體安康**。平克頓小姐不僅是教育界的名師，也是世間的棟梁，期望您還能獻身教育**許多**、**許多年**。當我的友人富德斯頓夫人提及她的女兒們需要一位女教師（我家境貧寒，無法為我的女兒聘一位家庭教師，但我在契斯克受到優良的教育，不是嗎？），我立刻喊道：「我們還能問誰？當然要請教無人能敵的平克頓小姐！」因此，我敬愛的女士，您是否有任何人選能推薦給我親愛的朋友和鄰居呢？我保證，除了您推薦的小姐們以外，她**絕對不會考慮別人**。

我親愛的先生非常欣賞**畢業於平克頓小姐學院的每位女性**。我多想帶他和我的女兒認識少女時代的朋友啊，還有我國最偉大的辭典編纂家！克勞利先生要我務必告訴您，若您偶然經過漢普郡，恭請您大駕光臨我們位在鄉間的寒舍，這是我們簡樸但溫馨的家園。

愛您的瑪莎·克勞利敬上

十二月，於女王克勞利鎮牧師公館

附註：兄弟間難免有所齟齬，而克勞利先生的從男爵哥哥與我們交惡多年，他替他的兩位女兒聘了一位家庭教師，我聽說，她也幸運地曾在契斯克接受良好教育。我聽說了不少她的事蹟。儘管兩家不睦，但除了我的孩子以外，我最關心的事就是兩位親愛姪女的未來，且我渴望認識**您所有的學生**，多多關照她們，因此我懇請敬愛的平克頓小姐，告訴我這位年輕姑娘的過去。一想到她是您的學生，我就非常渴望多瞭解她。

以下是平克頓小姐寫給布特·克勞利太太的回信：

親愛的夫人：

很榮幸收到您多禮的來信，我立刻執筆回覆。我的工作極為艱鉅，看到曾受我悉心教導的學生如此溫暖地關懷我，就是最讓我欣慰的事。看到過去優秀的學生，表現優益且活潑的瑪莎·麥克泰維許小姐成為人敬人愛的布特·克勞利太太，帶給我無盡喜悅。妳往日同學的女兒們，許多人如今也成為我門下的學生，實在令人高興。若我有幸能教導妳親愛的年輕女兒，那會是多麼美好的一件事啊！

請代我向富德斯頓夫人獻上無限的敬意，我有幸藉由書信，向夫人閣下介紹我兩位忘年之交，杜芬小姐和霍奇小姐。

這兩位年輕小姐都能教授希臘文、拉丁文及基礎的希伯來文，以及數學、歷史、西班牙文、法文、義大利文和地理。而在音樂方面，則能教授聲樂與樂器。她們在舞蹈方面的造詣都出類拔萃。自然科學也難不倒她們，兩位小姐都十分擅長天球儀。除了這些才能，杜芬小姐是已逝湯瑪斯·杜芬牧師（畢業於劍橋大學基督聖體學院）之女，還能教授敘利亞語及基本憲法。她年方十八且外貌姣好動人，也許這位年輕小姐並不適合哈德斯敦·富德斯頓爵士一家。

蕾蒂希亞·霍奇小姐的外貌平庸，年紀二十有九，臉上有許多天花留下的凹痕。她行走時有點跛腳，一頭紅髮，且有點斜視。兩位小姐在**道德及宗教**上都有崇高的節操。當然，她們的薪資依其表現而訂。請代我向布特·克勞利牧師致上無上敬意，我很榮幸能為親愛的牧師夫人服務。

妳最忠實順從的僕人，

芭芭拉·平克頓敬上

十二月十八日，於契斯克的強森樓

附註：妳提到國會議員皮特·克勞利從男爵的家庭教師，夏普小姐曾是我的學生。關於她，我沒有任何負面消息可奉告，雖然她的外表令人不快，但我們無法控制自然的力量。儘管她的雙親名譽不佳（她的父親是名畫家，曾破產數次；而她的母親，我後來才知道是名歌劇院的芭蕾舞女），但她多才多藝，我得說，我出於善心而收容她，並不是件壞事。然而令我懊惱的是，我原以為她母親是名法國的伯爵夫人，因不久前可怕的大革命而移居於此，但後來才得知她是地位卑下、道德敗壞的人。而我所收容的這位不幸的年輕女人，顯然遺傳了母親的特質。但（我相信）她的本性已受到我們悉心導正，我相信她不會玷污了傑出的皮特．克勞利爵士一家高貴優雅的生活。

蕾蓓卡．夏普小姐給艾美麗雅．薩德利小姐的一封信：

過去這幾週，我一直沒提筆寫信給我親愛的艾美麗雅，畢竟在這個我取名為「無聊屋」的地方，沒有什麼新消息好說，也沒有什麼事好做。妳怎會在乎蕪菁的收成好不好，那頭肥豬重達十三或十四磅，或者吃了甜菜飼料的牲畜胖了沒有呢？自從上回我寫信給妳，至今每天都過著一成不變的日子。早餐前先與拿著除草鋤的皮特爵士散步。早餐後在教室裡和學生一起念書（像平常一樣）。課程結束後，和皮特爵士讀信、寫信，都是律師、租賃、煤礦、運河之類的事務（我成了爵士的祕書）。晚餐後，再聽克勞利先生針對皮特爵士對雙陸棋癖好，長篇訓誡一番。不管是雙陸棋還是道德說教，夫人閣下都平靜沉默地在旁觀看。她最近生了病，因此大宅裡多了位訪客：一名年輕醫生，讓這裡變得有趣了些。親愛的，我說年輕女人不用絕望，這位年輕醫生讓妳親愛的朋友瞭解，要是她決定成為葛羅貝太太，就能獲邀旁觀外科手術呢！我告訴這位厚顏的年輕人，我願意把這機會讓給鑲金邊的藥杵和臼，我難道生來只是為了成為鄉下醫生的妻子嗎！葛羅貝先生顯然因遭到拒絕，離開時非常不快。我相信他冷靜了一陣子，現在已康復。我的決定讓皮特爵士大為讚賞，我想，他不願失去我這個小祕書；我相信這老傢伙最喜歡的人，就是我。結婚！和一個鄉下大夫結婚！想想前不久——啊，沒人能輕易忘記過去的感情，但我絕不會再提那件事，算了，就讓我們回到無聊大宅吧。

不過，無聊屋不再無聊了。親愛的，克勞利小姐帶著她肥壯的馬兒、肥壯的僕人、肥壯的狗兒來了。克勞利小姐身價非凡，坐擁七萬鎊的家產，每年收到百分之五的利息，我得說，她的兩位弟弟都很喜歡她，垂涎她的財富。這可人兒看起來簡直快中風了，她的弟弟們當然很關心她。你得瞧瞧他們如何爭相為她擺放抱枕，替她奉上咖啡的那個樣子！「到鄉下來時，」她說（她講話很風趣）：「我把那個愛拍馬屁的布里吉斯小姐留在家裡，在這兒輪到我的兩個弟弟拍我馬屁。親愛的，他們還真是一對寶！」

當她來到鄉間，克勞利大宅至少整個月都人來人往，妳會以為我們回到老沃波爾爵士那個時代啦！不但家裡會辦晚宴，我們還會坐上四馬大馬車出門，僕人全都穿上簇新的黃色制服。我們喝著波爾多紅酒和香檳，好像平常就過著如此奢華的日子。教室裡點上真正的蠟燭，火爐裡也生起溫暖的火。克勞利夫人穿上衣櫃裡最顯眼的淺綠色衣裳，我的學生也都脫下厚底靴和老舊過緊的格子花呢外衣，換上絲質的長筒襪和棉質洋裝，就像真正的從男爵家小姐那般時髦。昨天蘿絲一臉沮喪地回來，因為她那頭巨大寵物——一頭威爾特母豬隨意亂跑，在她那件最漂亮、印著花朵圖案的紫羅蘭絲質洋裝上跳舞，把衣服毀了。要是一週前，皮特爵士絕對會大發脾氣，咒罵一番，賞那可憐姑娘一頓好打，罰她一個月只能吃麵包和水。但這一回，他只說：「小姑娘，等妳姑姑一走，我再來罰妳。」接著把這件意外當作微不足道的小事，笑談一番。我們只能祈禱，在克勞利小姐離開前，他的怒氣就消了。為了蘿絲小姐好，我真希望他會忘掉。錢哪！真能平息世上一切的紛爭，調解一切的齟齬！

克勞利小姐和她的七萬鎊身價，還在兩位克勞利兄弟身上展現另一項可敬的效果。我說的是皮特從男爵和布特牧師，不是與我們年紀相近的小皮特和洛頓兄弟。從男爵和牧師兄弟當了一整年的死對頭，但一到聖誕節卻變得兄友弟恭。去年我寫信給妳時，提到那個愛賽馬的牧師老是在教堂長篇大論，而皮特爵士則以鼾聲回敬。克勞利小姐一來，兩兄弟就再也不吵架了——哥哥會去拜訪弟弟，反之亦然——牧師和從男爵聊著豬、盜獵人和郡上的事務，兩人談笑風生，一派和氣，我相信他們沒有暗中勾心鬥角。克勞利小姐當然不會聽見這對兄弟倆吵架，她立過誓，若兩個弟弟惹她生氣，就要把財產留給住在施洛普郡的親戚。住在施洛普郡的克勞利家夠聰明的話，我猜他們本有機會繼承全部的家產。可惜的是，那個克勞利先生就像他在漢普郡的堂親一樣是個牧師，而且曾經發表一些老舊的道德論，惹得克勞利小姐十分生氣（她那頑固的堂親讓她氣得奪門而出）。我相信要是他住在這裡，每晚必定會帶全家上下一起祈禱。

克勞利小姐一來，我們的講道集就闔了起來。她很討厭皮特先生，而後者則趁機跑去城裡。相反地，年輕時髦的我相信人們說他是個紈褲子弟）克勞利上尉則回家露面，我想，妳說不定會好奇這名上尉是個怎樣的人物。

他是個身材健壯的時髦青年，他高達六呎，聲音悅耳，時常咒罵，對僕人頤指氣使，但他們仍舊喜歡他，因為他出手大方，僕人不論什麼事都願意為他做。上週有位法警帶著人手從倫敦過來抓拿他，他們在園地的外牆徘徊，差一點就被看守人殺了——他們被痛揍一頓。看守人以為他們是來盜獵的，開槍攻擊，幸好從男爵及時插手。

我看得出來上尉很討厭他父親，說他是個**老傻蛋**、**勢利鬼**、**嚼著培根的鄉巴佬**，還有各種不好聽的綽號。他在姑娘間的**名聲很差**。他帶著獵人們回家作客，和郡上的鄉紳來往，隨意邀請客人來晚餐，而礙於克勞利小姐在場，皮特爵士不敢拒絕次子，免得小姐中風而亡時，拿不到她的遺產。妳想知道上尉如何稱讚我嗎？我非說不可，他講得太棒了！有天晚上，我們跳了舞，在場的賓客有哈德斯敦．富德斯頓爵士一家人、吉爾斯．華波肖特爵士和他的女兒們，還有很多我不認識的人。我聽到他說：「我向老天爺發誓，她真是個漂亮的小姑娘！」他口中說的就是我，妳謙卑的僕人。那天晚上，他和我跳了兩支鄉村舞曲，我真的太榮幸了。他和年輕鄉紳們處得很好，他們會一起喝酒、打賭、騎馬，聊著打獵和射擊；但他說鄉間小姐都太**無趣**了，我得承認他說得沒錯。妳該看看那些姑娘看我的眼神多不屑！當人們跳舞時，我總拘謹地坐在鋼琴前，為他們演奏，但那一晚，他從餐廳紅著臉進來，看到我這副模樣，就大聲宣稱我的舞技一定比在場任何人都高明，並立誓要從莫德貝里找幾個提琴手來演奏。

「讓我彈幾首鄉村舞曲吧，」布特・克勞利太太立刻出聲。她是個嬌小黝黑的老女人，戴著一頂頭巾帽，神色狡黠，雙眼發亮。上尉和妳可憐的小蕾蓓卡跳了一支舞後，這女人居然稱讚我的舞步優雅！這可說是前所未有的事情。心高氣傲的布特・克勞利太太，帝福托夫伯爵的表親，居然出聲稱讚我！她不屑克勞利夫人的身世，平時根本不會來大宅，只會在克勞利小姐拜訪時做做樣子。可憐的克勞利夫人！這些歡樂的聚會多半見不到她的身影，因為她在樓上房間吞她的藥丸。

布特太太突然對我溫柔有加。「我親愛的夏普小姐，」她說，「何不帶著小姑娘們，過來牧師公館坐坐？她們的表姐妹一定會很高興。」我知道她話中的涵義。我們的音樂老師克萊蒙提先生沒有白教我們，而布特太太想替她家的孩子找個老師。我看透她打的算盤，就好像她親口對我說似地。但我還是會接受她的邀請，畢竟我下定決心，要討每個人的歡心——身為可憐的家庭教師，在世上沒有半個朋友和保護人，我還有什麼選擇呢？牧師太太讚美我的學生進步神速，對我說了一連串的好話，顯然想打動我的心——可憐單純的鄉下人啊！她真以為我很關心我的學生！

我最最親愛的艾美麗雅，人們說妳送我的印度棉裙和粉色的絲質洋裝很適合我。現在，它們已經變舊了，但妳明白，像我們這樣的可憐女子買不起新潮的衣裳。妳多麼幸福啊！妳只要驅車前往聖詹姆士街，妳那親愛的母親就會買下任何你想要的東西。再會了，我最親愛的姑娘。

愛妳的蕾蓓卡

附註：當洛頓上尉選我當他的舞伴時，我真希望妳瞧瞧布萊貝魯克小姐（親愛的，她是布萊貝魯克海軍上將的女兒）和其他年輕姑娘的表情！她們個個都穿著倫敦買的衣裳，那又如何！

我們機靈的蕾蓓卡立刻察覺布特．克勞利太太的詭計，而當她得到夏普小姐前去拜訪的諾言後，就勸誘萬能的克勞利小姐向皮特爵士提起這件事，徵求他的許可。善良的老婦人喜歡熱鬧，也喜歡身邊的人高高興興地團聚，很快就接受布特太太的提議，趁此機會讓兩位兄弟更加親密。因此，兩家的年輕一輩異口同聲地保證未來會時常來往，只要個性活潑的老調解人還在鎮上，這段友好關係就會維持下去。

「你幹嘛邀請那個無賴來我們家吃飯？那個洛頓．克勞利，」兩人從大宅庭園散步回家時，牧師質問妻子，「我討厭那傢伙。他瞧不起我們這些鄉下人，把我們當黑人看，除非我給他那些上了黃色封條的酒，不然他會一直不爽。那些酒啊，每一瓶都花了我十先令哪！他去死吧！而且，他品格低劣，是個賭徒、酒鬼，荒淫無度。他在決鬥中殺了一個人，他債台高築，而且還成了克勞利小姐的愛姪，奪走我那份財產。韋克斯還說她呀——」此時教區牧師把拳頭往月亮一揮，口中咕噥一句像是賭咒的詞語，才以沉鬱的口吻說下去，「在遺囑中給了他五萬鎊，我們只剩不到三萬鎊可分。」

「我想她時日不多了，」他妻子說道，「走出餐廳時，她滿臉通紅。我不得不幫她解開束腰帶。」

「她喝了整整七杯香檳，」可敬的牧師低聲說道，「而且那是劣等貨，我哥哥想用它們來毒死我們，不過妳們這些女人全嘗不出來。」

「我們什麼也不懂，」布特．克勞利太太應道。

「晚餐後，她喝了櫻桃白蘭地，」牧師繼續說道，「喝咖啡時還加了些陳皮酒，就算給我五鎊，我也不會喝，它讓我胃灼熱。克勞利太太，她受不了那麼多酒精——她就快掛啦，一般人受不了喝那麼多酒！我用五英鎊，賭妳的兩英鎊！我說瑪蒂達一年內就會掛了。」

教區牧師和妻子散步回家途中，心中全被這些嚴肅的猜測佔據。他思索自己背負的債務，上大學的兒子吉姆，在伍利奇念軍校的兒子法蘭克，還有四個缺少動人美貌的女兒，可憐的他們除了姑姑以外，無法寄望其他人的遺產。

「皮特不會那麼混帳，把牧師繼承權也賣掉。至於他的大兒子，那個衛理公會的懦夫，會繼承他的國會席次。」沉思一會兒後，克勞利先生繼續說道。

「皮特．克勞利爵士無所不用其極，」牧師太太回答，「我們得讓克勞利小姐逼他答應，把教區牧師一職留給詹姆斯。」

「皮特什麼都敢發誓，」皮特的弟弟回答，「我父親過世時，他保證會替我付清大學債務，他還答應過擴建教區牧師公館，他還誓言把吉伯那塊地和六英畝的牧場給我——瞧瞧他的諾言，有多少真的實現了！而瑪蒂達會把大部分的財產都留給這人的兒子——那個集混帳、賭徒、騙徒、殺手兇手於一身的洛頓．克勞利。我說，這完全違反基督教義，老天爺，我是說真的。那個名聲敗壞的傢伙，犯了所有的罪，除了偽善以外。偽善的是他那個哥哥。」

「小聲點！我最親愛的先生！我們還在皮特爵士的土地上呢，」他的妻子插嘴。

「克勞利太太，我敢說他犯下所有的罪！太太，別阻止我。他不是用槍射了馬克上尉嗎？在倫敦那間可可樹俱樂部，他不是搶走了年輕的多芙黛爾勛爵的錢？比爾．索阿姆斯和柴郡冠軍的那場拳擊賽，他不是從中作弊，害我輸了四十鎊嗎？妳知道這些事都是他幹的好事。至於他那些風流帳，妳比我還清楚，不是嗎？風聲還沒傳到我的辦公室，妳就知道了。」

「看在老天爺份上，克勞利先生，」太太說道，「別再講那些事了。」

「而妳還邀請這壞蛋到你家作客！」氣急敗壞的教區牧師繼續指責，「妳，身為一個年輕家庭的母親，是英國國教的牧師之妻，居然邀他回家！老天啊！」

「布特．克勞利，你真是個傻瓜，」牧師太太輕蔑地嘆道。

「太太，不管我傻不傻——瑪莎，我並不是說我比妳聰明，妳總是比我機靈得多。但我不想瞧見洛頓．克勞利那傢伙，就這麼簡單。我會去哈德斯頓家，克勞利太太，我會去瞧他那頭黑色灰狗，而且我賭我的蘭斯洛特會贏，我要押五十鎊。以老天之名，我一定會這麼做！不然我就賭我們家的狗贏過任何一條英格蘭的狗。但我絕不見那畜牲，洛頓．克勞利。」

「克勞利先生，你又喝醉了，」他太太只這麼回答。隔天早上，教區牧師醒來後，要了一小杯啤酒，而他太太要他保證，星期六那天會去拜訪哈德斯頓．富德斯頓勛爵，他自知當晚會痛飲，答應妻子在星期天早上及時回來主持禮拜。這樣一來，不管是鄉紳一家還是牧師一家都皆大歡喜。

克勞利小姐抵達大宅沒多久，蕾蓓卡就發揮個人魅力，贏得倫敦老反叛女善良的心，她就像那些純真的鄉下人一樣，被夏普小姐收服了。有天克勞利小姐依習慣坐馬車出遊時，她命令那位「小家庭教師」陪她一起去莫德貝里。她們還沒回到女王克勞利鎮，克勞利小姐已成了她的囊中之物，夏普小姐逗笑老小姐足足四次之多，整段路程她都開心極了。

皮特爵士安排了一場正式宴會，附近所有的從男爵都收到他的邀請，而克勞利小姐吩咐他：

「夏普小姐非和我們一起在餐廳吃飯不可！我親愛的老傢伙，我怎能和富德斯頓夫人聊養兒育女經？或者和那老頭，吉爾斯．華波肖特爵士聊法律？我堅持夏普小姐和我同桌吃飯。如果座位不夠，就讓克勞利夫人待在樓上吧，不過那個小夏普姑娘可不能不出席！整個郡上，就只有她能陪我聊天！」

既然她專斷地下了命令，家庭教師夏普小姐當然收到指示，到樓下與達官貴人們一起用餐。當哈德斯頓爵士昂首闊步，伴著夏普小姐踏入餐廳，準備在她身旁坐下，老婦人以刺耳的聲音高喊：「蓓琪．夏普！夏普小姐！快過來，妳得坐在我旁邊，逗我開心，讓哈德斯頓爵士坐在華波肖特夫人旁邊吧！」

等宴會結束，一輛輛馬車都已駛離大宅，貪得無厭的克勞利小姐還說：「蓓琪，到我的更衣室來，讓我們笑笑那些貴客吧。」這兩位朋友的確毫不留情地批評眾人：用餐時，老哈德斯頓爵士老是喘個不停；吉爾斯．華波肖特爵士喝湯時發出很大的噪音，而他的夫人左眼跳個不停；蓓琪把這些人模仿得唯妙唯肖，令人讚嘆。她甚至重演了晚上所有的話題，不管是政治、戰事、季審法庭、漢普郡獵狐犬的知名賽事，還有其他鄉紳們談論的那些沉重陰鬱的主題。講到華波肖特家幾位小姐的衣裳，富德斯頓夫人那頂知名的黃色帽子，夏普小姐更是毫不留情地批評，把她的聽眾逗得哈哈大笑。

「親愛的，真高興我遇到了妳！」克勞利小姐說道：「我真希望妳跟我回倫敦，但我知道我不能像對待可憐的布里吉斯那樣笑妳，不行不行，妳這狡詐的小傢伙，妳太機靈了。不是嗎？菲金，你說呢？」

菲金太太正梳著克勞利小姐頭上為數不多的細髮，她抬起頭來說道：「我認為小姐聰明得很。」她譏諷的口吻十分凌厲。事實上，就像世上每個老實女人一樣，菲金太太生來就善嫉。

克勞利小姐拒絕哈德斯敦．富德斯頓爵士的手，轉而命令洛頓．克勞利，今後每天用餐時，都要挽著她走進餐廳，而且蓓琪應替她拿著抱枕，跟在她的後面——不然的話，她就要挽著蓓琪的手，讓洛頓拿抱枕。「我們得坐在一起，」她說，「親愛的，整個郡上，只有我們三個是基督徒！」不得不說，漢普郡變得愈來愈不虔誠啦！

如前所述，克勞利小姐不僅是虔誠的教徒，而且還極為開明前衛，總是適時以最真誠坦白的方式，發表她的看法。

「親愛的，身世有什麼關係！」她對蕾蓓卡說，「瞧瞧我那弟弟皮特吧！瞧瞧哈德斯頓一家，他們從亨利二世就在此定居。瞧瞧當牧師的可憐布特。他們中有誰的身世和才智能與妳一較高下？他們連我的伴侶，可憐的好人兒布里吉斯也比不上！連我的男管家鮑斯都比他們高明。妳呀，我的小親親，是個小珍珠，妳是顆小寶石。妳的聰明才智超過這個郡一半的居民。要是老天有眼，妳真該當個公爵夫人——連公爵夫人都小看了妳。總之，沒有誰比妳厲害。不管從哪個方面來看，我都認為妳和我平起平坐——親愛的，妳能往火爐添塊煤嗎？妳能不能替我改一改那件衣裳？妳的手實在巧得很。」就這樣，這位博愛的老婦人常吩咐「與她平起平坐」的朋友幫她處理雜務，替她做針線活，每晚還要在她床前朗誦法文小說，直到她入夢。

故事講到這兒，有些年紀較大的讀者可能已經憶起，此時貴族世界發生兩件令人激動的大事，報紙說這可能會讓那些身披司法長袍的大人物焦頭爛額好一陣子。首先，榭夫頓少尉和芭拉．費茲厄斯夫人私奔了，夫人可是畢茹英伯爵之女，也是他的繼承人。接著是可憐的沃爾．維恩，維持了一輩子受人尊重的好名聲，培養了許多家庭，卻在四十歲時突然為了六十五歲的女演員羅治蒙特太太而離家出走。

「親愛的尼爾森勛爵展現絕佳的風度，」克勞利小姐說，「為了女人，他願意上刀山下油鍋。

甘願這麼做的男人，一定有些優點。我最愛那些門不當戶不對的婚事，我最想見到的事，就是貴族娶磨坊老闆的女兒，就像弗洛黛爾勛爵那樣——所有的女人為了這檔婚事而氣得要命——親愛的，我真希望某個偉大的男子與妳私奔。我保證，妳真夠漂亮！」

「就像兩個亡命的郵車車夫！啊，那倒挺有趣的！」蕾蓓卡同意。

「而且呢，接下來我最喜歡的婚事，就是窮小子和富家女私奔，我決心讓洛頓跟某個姑娘私奔。」

「跟富家女呢？還是跟農家女？」

「妳這鬼靈精！除非我賞給他錢，不然洛頓身上半個先令也沒有。他債台高築——他得想辦法解決財務問題，出人頭地才行。」

「他聰明嗎？」蕾蓓卡問道。

「親愛的，他哪裡聰明？除了他的馬、軍團、打獵、遊樂，他什麼也不懂。但他非得成功不可，他是個討人歡心的壞蛋！妳難道不知道他揍過人，前不久還射穿一名父親的腦袋？他在軍團裡受人愛戴，倫敦的華提爾酒吧和可可樹俱樂部[65]的年輕人都願意為他赴湯蹈火。」

蕾蓓卡．夏普小姐寫信給她那位摯友，描述了鎮上的小舞會和克勞利上尉第一回注意到她的情景，奇怪的是，她說的並是實情。事實上，上尉早就注意她很多次了。上尉常常在她散步途中與她巧遇，少說也有十次。他們在大宅的走廊與過道上錯身了五十回，每回她都讓上尉眼睛一亮。晚上，夏普小姐展現歌喉時，上尉在她的鋼琴旁流連不去，一晚上至少在她身邊出現二十回。至於生病的克勞利夫人，老是留在樓上房間裡，沒人關心她。女人最致命的缺點是無趣，身

65. 兩間都是倫敦知名的俱樂部，設有賭場。華提爾位在梅菲爾區，可可樹位在聖詹姆斯一帶。

為軍官的上尉所犯下的最大錯誤，就是寫字條給蓓琪。當他把第一張紙條塞進她正在吟唱的歌譜裡，嬌小的家庭教師站了起來，直直看向他的臉，優雅地拎起那張三角信箋，好像握著一頂三角帽似地，把紙條高舉在手中，接著走向敵方陣營，輕巧地拋進火爐裡。她把腰彎得低低的，恭敬地向他行了屈膝禮，接著走回鋼琴，以更加歡快的音調唱歌。

音樂暫停時，吃飽了就打盹的克勞利小姐突然驚醒，問道：「怎麼了？」

「有個音錯了[66]，」夏普小姐笑著說，而洛頓．克勞利因受辱而大為震怒。

瞅著克勞利小姐明顯偏愛新入門的家庭教師，布特．克勞利太太居然放下嫉妒之心，多令人敬佩呀。她除了必須迎接這位年輕小姐，還得讓老閨女遺產爭奪戰中的敵手，洛頓．克勞利走進她的家門！她丈夫為了克勞利小姐百分之五的遺產，必須想盡辦法與姪子較勁！瞧瞧克勞利太太和她的姪子多麼相親相愛。他放棄出門打獵，拒絕富德斯頓那兒的娛樂：他才不會和莫德貝里那些粗人一起吃飯呢，現在他最愛做的事，就是散步到克勞利牧師公館——當然，克勞利小姐也在。既然克勞利夫人正臥病在床，何不讓兩位小姐也跟著夏普小姐過來呢？於是孩子們（這些可愛的小姑娘！）跟著夏普小姐一起拜訪牧師家，到了晚上，他們再一起散步回去。不過，克勞利小姐沒有跟大家散步，她寧願坐她的馬車。於是上尉和蕾蓓卡小姐走過牧師的庭園，穿過公園的小門，走入清幽的樹林，踏上克勞利祖宅的大道。月光下，兩位戀人的身影宛如一幅圖畫。

「啊，瞧瞧那些星星！那些星兒呀！」蕾蓓卡小姐嘆道，閃亮的綠眼珠望向天際。「當我抬頭望著星星，總覺得自己好像化身為小精靈。」

「啊，呃，是的，我也這麼想，夏普小姐，」另一人熱情地回應，「妳不介意我抽根雪茄吧，夏普小姐？」在戶外，夏普小姐最愛聞的就是雪茄煙的味道。她盡其可能以最漂亮的儀態抽了一口，並輕吐一口煙。她發出一聲驚呼，又輕輕地咯咯笑了起來，接著把珍貴的雪茄還給上尉。上尉的手指捲著鬍鬚，毫不猶豫地朝黑暗樹林吐出一大口煙，說道：「老天，啊，老、老天，這是我抽過最美妙的『血茄』，」對一名年輕龍騎兵來說，這就是他傾盡聰明才智，所能吐出的最機智的言辭了。

老皮特爵士則抽著菸斗、喝著啤酒，和約翰．哈洛克斯聊起一個該被處理掉的傢伙。此時，他從書房窗戶，盯著外面沉浸在小天地裡的兩個人，口中喋喋咒罵不休，說著要不是克勞利小姐，他早就把洛頓和他的行李丟出門外，讓他無家可歸。

「他的確是個壞孩子，」哈洛克斯先生說，「他那個僕人弗列瑟斯，是個不折不扣的懦夫，在管家室裡為了晚餐和麥酒鬧了一堆風波，有身分的人才不會幹這種事……不過，皮特爵士，我想夏普小姐是個適合他的對『相』。」他停頓了一會兒，才加上最後一句。

的確，她是個好對象——父子二人都這麼想。

66. 雙關語，「音符」與「字條」的英文相同。

第十二章　十分感傷的一章

我們不得不暫時離開美好的鄉村生活和純樸親切的人們，把場景拉回倫敦，瞭解一下艾美麗雅的近況。

某位字跡娟秀的讀者寫了封匿名信來表示：「我們才不在乎她呢！」信箋上還有粉紅的蠟封。「她既無聊又乏味，」接下來又加上一連串頗為仁慈的評論，不適於在此重複。但事實上，我認為那些批評實為對年輕姑娘的讚美。

各位親愛的讀者，難道你們在社交場合中，沒聽過好心的女性友人發表過同樣的見解嗎？比方來說，某位小姐總是好奇，你從史密斯小姐身上**究竟**看到什麼迷人的優點；或狐疑瓊斯少校吃錯什麼藥，**居然**向那愚蠢平庸的湯普森小姐求婚。湯普森小姐除了有張如同洋娃娃般的臉蛋外，還有什麼長處？那粉嫩的臉頰、清澈的藍眼藏了什麼玄機？這些道德人士如此詢問，並巧妙暗示女性的天資及智識成就，對《梅格納問答集》[67]倒背如流，像大家閨秀般，熟知植物和地理，能夠吟詩作賦，像赫爾茨[68]一樣擅長彈奏奏鳴曲……等等，都遠比生來的外貌重要得多，畢竟美麗終究會隨時間而消褪。聽到女人宣稱美貌既無用又短暫，多振奮人心啊。

美德如此珍貴，那些不幸獲得美麗容貌的姑娘，該謹記紅顏往往薄命。姑娘們所景仰的偉大女性，也許的確遠比男人喜愛的那些溫柔清新、永遠微笑、不矯揉做作又柔情的家庭主婦更加優秀崇高。然而，後者儘管只有外貌、欠缺才能節操，但她們偏偏贏得男人的仰慕。縱使我們好心的朋友們嚴加警告，男人們仍為了空有外表的美女前仆後繼，這就是本章的結局。就我本身而言，雖然我所尊敬的夫人小姐們對我耳提面命，說那布朗小姐是個無關緊要的冒失姑娘，懷特太太空有一張小巧精緻的漂亮臉蛋，布萊克太太是個什麼話也不說的悶葫蘆。但我深知，我曾和布萊克太太相談甚歡（當然，我那些親愛的夫人不容別人提出異議），我親眼見到男人們圍繞在懷特太太的椅子旁，而所有的年輕男子都為了與布朗小姐跳支舞而爭風吃醋。因此我不禁認為，一名女子若受同性厭惡，說不定那正是最真誠的恭維。

艾美麗雅生活中的年輕姑娘們就如此排擠她。比方來說，喬治的姐妹——也就是奧斯朋家的兩位小姐，她們和達賓家的小姐之間幾乎毫無相同點，但兩家姑娘都異口同聲地認為艾美麗雅一無是處。她們一致訝異自己的兄長居然覺得她很迷人。「我們對她仁慈得很，」兩位奧斯朋小姐說。她們有對濃黑細眉，家裡替她們聘請最優秀的家庭教師、專業老師及裁縫師。這對姐妹對艾美麗雅雖然極為親切，但總是一副高高在上的神氣，好像特意屈就她似地，搞得那可憐的小姑娘在她們面前手足無措，表面上像她們想的一樣呆笨。艾美麗雅知道她們是未來的小姑，只能努力喜歡她們。她和她們共度慵懶又漫長的早晨時光，氣氛既無聊又嚴肅。她恭敬地與她們及她們的家庭教師——骨瘦如柴、如修女般的惠爾特小姐——共乘華貴的私人馬車出遊。她們像賞賜似地，帶艾美麗雅去聽古樂器演奏會、聖經清唱劇，也去聖保羅探望那些接受她們慈善捐贈的孩子們。艾美麗雅和她們在一起時，總覺得壓力很大，連聽孩子唱聖歌時，她也不敢動情。

奧斯朋家過著極為舒適的生活，她們的父親十分富有，辦的筵席滿是豐盛菜色，她們來往的人物盡是王公顯貴，她們自認無人能及。當她們拜訪慈善醫院的禮拜堂，總坐在最佳的位子上。

67. 由英格蘭女校長梅格納女士寫的知名課本。
68. 亨利・赫爾茨，一八〇四～八八，奧地利鋼琴家、作曲家。

她們的生活井井有條，舉止莊嚴華貴，她們的娛樂活動不但正派，而且難以忍受，無趣透頂。每次艾美麗雅拜訪後，總是萬分慶幸自己又熬過一個早上！而奧斯朋小姐、瑪麗雅．奧斯朋小姐及修女般的惠爾特小姐，總是互相詢問：「喬治到底看上她哪一點？」每一天她們都更加狐疑。

有些苛刻的讀者不禁驚呼，為何如此？為什麼艾美麗雅在學校時人見人愛，朋友眾多，但一進社會卻飽受同性的藐視？我親愛的讀者，平克頓小姐的學校裡沒有半個男人，只有那位年紀很大的舞蹈老師，姑娘們當然不會為了**他**而爭風吃醋。然而兩位奧斯朋小姐的帥氣哥哥喬治，每天一用過早餐就出門去，一週有六天不回家吃晚餐，備受冷落的一對姐妹當然怨氣沖天。過去兩年的社交季，年輕的布洛克（他任職於蘭巴德街的哈克及布洛克父子銀行）努力向瑪麗雅小姐獻殷勤。當布洛克在正式舞會上邀請艾美麗雅共舞，可想而知，年輕的瑪麗雅怎麼會高興呢？但她故作心胸寬大的樣子，故作真誠地宣稱她高興得很。「我真高興你喜歡那個可人的艾美麗雅，」那支舞結束後，她親熱地對布洛克先生說道，「她和我哥哥喬治訂婚了。雖然她沒什麼過人優點，但她是世上最善良無邪的小姑娘，我們一家人都很疼愛她。」正所謂最毒婦人心！誰猜得到這番熱情的話語中，藏著**多麼深厚**的情誼！

惠爾特小姐和這兩位關懷哥哥的年輕女子，常常激動地表示，喬治．奧斯朋為艾美麗雅做了多少犧牲，他愛上她是件多浪漫又慷慨的事。她們讚嘆哥哥實在太偉大了。我不禁懷疑，喬治恐怕也聽信這番言論，相信自己是英軍中最迷人的軍官，人人都為了一些微不足道的理由而崇拜他。

如前所述，他每天一早就離家出門，一週有六天不回家吃晚餐，他的姐姐和妹妹都以為他拜倒在薩德利小姐的花裙下。全世界都以為他守在情人身邊，但其實他很少出現在艾美麗雅面前。達賓上尉去奧斯朋家拜訪他的朋友時，奧斯朋小姐（她對上尉很溫柔，總是催他講述軍隊故事，還關心探問他親愛的母親身體如何）多次笑著伸手指向廣場對面的宅邸，「啊，你要找喬治，就得到薩德利家去。**我們**從早到晚都看不到他的人影。」上尉一聽，臉上卻浮現遲疑而曖昧的笑容。他話鋒一轉，像個世故男子一樣聊起廣受社會眾人喜愛的話題，比如歌劇、卡爾頓宮上一場皇家舞會，或者天氣。

「瞧妳那個寵物，一副天真無邪的樣子！」上尉一走，瑪麗雅小姐就對珍小姐說，「當我提到可憐的喬治正在薩德利家站崗時，妳瞧他臉都紅了！」

「瑪麗雅，妳那位費德瑞克．布洛克怎不像上尉那麼正經，還真可惜啊，」姐姐回嘴道，甩了甩頭。

「正經！珍，我看妳是說笨拙吧！我可不希望我的裙襬被費德瑞克踩破，妳那位達賓上尉不就在帕金斯太太的舞會上，把妳的裙子踩了個大洞？」

「哈哈！費德瑞克哪有機會踩**妳的**裙襬？他不是忙著和艾美麗雅跳舞嗎？」

達賓上尉認為沒有必要讓年輕小姐們知道，他赤紅了臉、侷促不安的真正原因。事實上到奧斯朋家前，他才剛離開薩德利先生的宅邸。他當然是為了探望喬治而去的，但喬治人不在那兒，只有惹人憐惜的小艾美麗雅。她一臉哀怨，守在客廳窗戶旁。兩人言不及義的閒聊好一會兒，她才怯生生地鼓起勇氣，表示聽說軍團很快就要被派往國外，不知是真是假？還有，達賓上尉今天是否見過奧斯朋先生？

然而軍團尚未收到前往海外的命令，達賓上尉也沒見到喬治。「他一定是和他姐妹在一起，」上尉並自告奮勇表示，他可以去瞧瞧那個失蹤的人兒並找他過來。於是艾美麗雅滿懷感謝地讓他親吻她的手道別，他穿過廣場，而她等了又等，但喬治一直沒有現身。

那溫柔的小姑娘多惹人憐啊！她的心突突跳動，日日夜夜盼望著，相信他終會出現。你瞧，這樣的生活實在沒什麼好說，沒什麼足以稱為事件的有趣事兒。一整天下來，只有一種心情佔據了她的身心靈——何時他會過來？不管睡前還是醒來，她想的都是同一件事。當艾美麗雅向達賓上尉探詢喬治的行蹤時，我相信喬治正在斯瓦勒街和康納上尉打撞球。他是個活潑又愛社交的傢伙，各種需要技巧的遊戲都難不倒他。

有回喬治消失了三天，艾美麗雅戴上軟帽，前去拜訪奧斯朋家。「什麼！妳居然拋下我們的哥哥，到這兒來？」年輕小姐們問道，「艾美麗雅，你們是不是吵架了？發生了什麼事？快告訴我們！」當然，他們之間沒有任何爭執。「誰能和他吵架呀？」她眼裡滿是淚珠。她只是過來……過來瞧瞧她親愛的朋友；她們好一陣子沒見面了。這一天，艾美麗雅的言談舉止比往日還笨拙尷尬。當她愁悶地告退時，奧斯朋家的兩位小姐和家庭教師盯著她的背影，更加懷疑艾美麗雅到底用什麼手段迷住了喬治。

當然她們摸不著頭緒。這些姑娘睜著一雙烏溜溜的大眼打量著她，艾美麗雅當然渾身不自在。她只能想盡辦法的退縮，把真實的自己藏起來。我知道奧斯朋家的小姐們一眼就能看出喀什米爾披肩或粉紅緞裙的優劣；知道透納小姐把她的衣裙染成紫色，重新裁製為短大衣；也知道皮克福特小姐把她的貂毛外套改成手筒和衣上的裝飾。我向你保證，那兩位姑娘才智過人，這些事兒都逃不過她們的法眼。但世上有些事比毛皮或緞布，比所羅門王的寶藏，比示巴女王的所有華服，還更加高貴細微，蘊藏連許多行家都難以察覺的美麗。在陰暗的角落裡，有些甜美而謙虛的靈魂溫柔地悄然綻放，散發清香；而有些花園的裝飾品就像銅製暖床器一樣大，連太陽都相形失色。薩德利小姐並不是醒目的向日葵，我得說，人們若把一朵紫羅蘭畫成大理花那麼大，就太不合常規了。

一朵紫羅蘭當然不是大理花；一位仍在父親羽翼下，善良的年輕姑娘，過的並不是浪漫小說女主角那種刺激的生活。老鳥覓食時，可能會因陷阱或槍彈而受傷——比如到處飛行的老鷹，有時逃過一劫，有時也難免受傷；但那些待在鳥巢裡的芻鳥，被羽毛和草梗圍繞，則過著一點也不驚險精采的日子，直到起飛的那一刻終於到來。當蓓琪·夏普在鄉下展開她的羽翼，跳躍在各式各樣的枝椏與陷阱間，頗為成功地叼起食物並全身而退，艾美麗雅仍舒適愜意地窩在羅素廣場的家園。當她踏出家門，身邊不乏善心人士的指引；乍看之下，她或她藏身的那棟富麗舒適的家園，似乎永遠也不會遭遇不幸。她媽媽早上有例行事務待辦，每天都會搭馬車出遊，到處拜訪朋友和購物，這就是倫敦富有人家夫人、小姐們的娛樂，你也可稱這為她們的工作。她的爸爸則在西堤區進行他神祕的任務——當時歐洲各地接連爆發戰火，各個帝國都受到威脅，西堤區可是忙碌紛亂極了。當時《郵報》的訂閱戶成千上萬，帶給人們維托利亞的戰爭和莫斯科大火的新聞。晚餐時分，新聞小販有時在羅素廣場吹起號角，宣布快訊：「萊比錫戰役[69]爆發、多達六十萬兵士參戰、法國人大敗一場、二十萬人屍橫戰場」等等。有一、兩個晚上，老薩德利回家時臉色陰鬱。一發生此等大事，歐洲各地的股票交易隨之震盪不停，想當然耳，人們也跟著坐立難安。

與此同時，布魯斯貝里區羅素廣場卻平靜如常，好像歐洲沒有發生半點動盪似的。法軍從萊比錫撤退，不會影響薩葆先生一天在僕人廳裡一天吃幾餐；當盟軍湧入法國，晚餐鈴照舊在五點整響起。我不認為可憐的艾美麗雅關心布里延勒沙托[70]或蒙特米拉伊[71]的戰事。直到法國皇帝退位[72]，她對戰爭都興趣缺缺。當她一心一意地奔進喬治·奧斯朋的懷裡，滿心虔誠地闔起手掌，

69. 一八一三年十月，法軍對抗俄羅斯、普魯士、奧地利及其他各國三十萬聯軍。
70. 一八一四年一月二十九日，俄軍、普魯士軍對抗法軍的戰役。
71. 一八一四年二月十一日，俄軍、普魯士軍對抗法軍的戰役。
72. 拿破崙於一八一四年四月退位。

謝天謝地時，她身上才會迸發熾熱的感情，見證此景的人們都不禁大吃一驚。和平終於到來，歐洲大陸的戰火停歇。那個科西嘉人被推翻了，奧斯朋尉的軍隊不用渡海遠赴戰場。這就是艾美麗雅對世事的瞭解，歐洲的命運對她而言，不過是喬治．奧斯朋的動向。他沒有危險，她高唱讚美詩。他就是她的歐洲，她的帝王，她的君主和偉大的攝政王，他是她的日與月。我敢說，她恐怕以為倫敦市長官邸向國王致敬而辦的盛大舞會，是為了喬治而辦的。

我們已提過可憐的蓓琪．夏普小姐的本性，她看過大起大落，經歷貧困生活，這些都是她人生路上的良師。相反的，艾美麗雅人生中最後一位導師，就是愛情，而在這位受人歡迎的教授門下，我們見證年輕的姑娘有了多麼大的變化。艾美麗雅日日夜夜謹聽這位偉大導師的教誨，在十五到十八個月間，已學會許多祕密。而住她對面的惠爾特小姐及黑眼珠的年輕姑娘，甚至契斯克的老平克頓小姐本人，都對此一無所知！當然，那些古板正經的貞潔女子哪懂得愛情呢？平克頓姐妹或惠爾特小姐都與柔情素昧平生，我根本不敢想像她們與愛情有何關聯。瑪麗雅．奧斯朋小姐的確對哈克與布洛克父子銀行的費德瑞克．奧古斯特．布洛克先生「傾心」，但她的感情崇高無上，不管是老布洛克還是小布洛克，她都一視同仁。如果可以，她也願意嫁給老布洛克先生。她已下定決心──就像任何一位家世良好的年輕女子一樣，──想要住在倫敦公園街的房子裡，在溫布頓有間鄉村行館，一輛漂亮的私人馬車，兩匹高壯馬兒和幾名馬夫，並且享有哈克與布洛克父子銀行四分之一的盈收，這些就是費德瑞克．奧古斯特所代表的一切。若當時已有橙花（象徵女性純潔的橙花，是從法國進口到英國的；而在法國，每一家的女兒都是經由婚姻賣掉的），我敢說瑪麗雅小姐一定會戴著無瑕的橙花花冠，在那個年紀大而且痛風、禿頭、鷹勾鼻的老布洛克先生陪伴下踏入蜜月馬車。她會全心全意討他的歡心，保持端莊的風度，可惜的是，老先生已經名草有主，她只能將愛意投注在年輕的小合夥人身上。甜美綻放的橙花啊！前幾天，我看到托洛特小姐捧著橙花，在漢諾威廣場的聖喬治教堂踏進長途馬車，麥杜瑟拉勛爵尾隨她跳進車廂。她拉下車廂上的窗簾時，看起來多麼端莊嫻淑！她多純潔啊！浮華世界裡一半的馬車都聚集在這場婚禮上了。

但這種愛情，不是艾美麗雅學習的那種愛情。經過一年愛的教育，如今艾美麗雅已從女孩蛻變為真正的女人——很快地，等到那快樂時刻一到，她就會成為一位好妻子。這名年輕女子全心愛著攝政王軍隊中那名年輕軍官，我們對他已有一番粗淺的認識。（她的父母居然鼓勵甚至煽動她如此盲目的崇拜與愚蠢的愛意，也許實在太過輕率魯莽。）當她醒著，她無時無刻不在想他；當她祈禱時，總是以他的名字作結。她從沒見過如此帥氣又聰明的男人，瞧他騎馬的英姿！瞧他優雅的舞姿！簡而言之，他是一位英雄人物。人們讚揚王公貴族行禮翩翩，但他們跟喬治颯爽的姿態比起來，算得了什麼！她見過人人讚美的布魯墨爾先生，他怎能與喬治相比！歌劇院那些戴著高帽的美男子，沒有半個能與喬治媲美，他生來就該當童話故事中的王子。他放下身段，選擇一位卑微的灰姑娘，這是多麼高尚的節操呀！若平克頓小姐是艾美麗雅的親密友人，一定會勸阻她別盲目崇拜，然而，恐怕連平克頓小姐也對她束手無策。有些女人具備特別纖細的個性與直覺；就像有些女人生來就心機深重，有些女人則為愛而活。我祝福本書讀者中所有的單身漢，都能做出適合的選擇。

被蒙上雙眼的艾美麗雅小姐，冷酷地忽略她在契斯克最要好的十二名朋友，就像自私的人常做的那樣。她心上只想著一件事，而索泰爾小姐太過冷靜，艾美麗雅無法向她一訴情衷；她也無法向滿頭亂髮、聖基茨的女繼承人史華滋小姐吐露心事。她邀請孤兒小蘿拉．馬丁來家裡度假，我相信小蘿拉成了艾美麗雅的密友，而艾美麗雅保證婚後會邀請小蘿拉與她同住。她把愛情的一切知識都傳授給小蘿拉，對那小姑娘來說，這一定既實用又新鮮。啊！啊！恐怕可憐的艾美已為愛發狂了。

她的父母到底在忙什麼？居然沒有阻止女兒小小的心臟，失速地怦怦亂跳？老薩德利並沒有注意到她的變化，他近來為了西堤區的事務累壞了。薩德利太太不愛探問，甚至沒有嫉妒之心。喬斯先生不在家裡，人在切爾登漢的他被一名愛爾蘭寡婦追著跑。整個家裡只剩下艾美麗雅，隨心所欲地過日子，有時她實在太孤獨寂寞。她從來不懷疑她的喬治，深信他人一定去了近衛騎兵團辦事，或者他無法離開切特漢軍營。若他進了城，他得見見朋友和姐妹，和達官貴人來往。（畢竟他是每個地方最耀眼的人物啊！）若他在軍團，想必每天都操勞得很，無法寫封長信給她。我知道她把信藏在哪兒，我能像阿埃基摩[73]一樣潛進她的臥室偷信出來——像個阿埃基摩？不，那是個差勁角色。我只會像月光一樣，無害的窺視那張床，看著滿懷信仰的純潔女子沉浸於夢鄉。

我得說，奧斯朋寫的信不但短，又像大兵日記一樣平庸無奇，薩德利小姐寫給他的信卻冗長而深情洋溢；要是把她的信箋詳列於此，恐怕本書會增加好幾大冊，連感情最豐富的讀者也受不了。她不只寫滿一張張大紙，還在字裡行間畫上橫線加強語氣，她毫不猶豫地在紙上抄滿詩歌篇章，在想要強調的地方，發狂似地畫上底線，最後詳細描述她的心情。她文筆稱不上流暢，信裡的內容一再重複，有時她的文法有失精準，她寫的詩句則無視格律。但是，太太們，要是因句構不佳就無法感動人心，要是不懂三音格和四音格的差異就無法受人疼愛，那麼詩歌就會沒落，教師也只能流落街頭啦！

73. 莎士比亞劇作《辛白林》（*Cymbeline*）中的人物，曾潛入女主角伊摩琴的房中偷窺。

第十三章 感傷及其他

艾美麗雅小姐頻繁寫信的那個對象，我恐怕得說是個冷酷又吹毛求疵的人。不管奧斯朋中尉到了哪裡，總是收到多如雪片的信件朝他飛來，這成了軍營餐廳裡的笑話，令他難堪，要求侍從只能將信件送到他的私人房間裡。他甚至用其中一封信來點他的雪茄，令達賓上尉驚嚇萬分。我相信，要達賓上尉出錢買下那封信，他也心甘情願。

好一陣子，喬治都不願公開兩人的感情，他承認因為他有別的女人。「她可不是他第一個女人，」史普尼少尉跟史杜伯少尉說，「那個奧斯朋真是個情聖，戴馬拉拉那兒有個法官的女兒幾乎為他發了瘋。你知道他在聖文森還有個漂亮的黑人混血姑娘，就是派小姐。人們說自從他回到英國，他就像唐．喬凡尼一樣到處留情，老天爺！」

史杜伯和史普尼都認為「像唐．喬凡尼一樣到處留情」，是男人所能擁有的最棒特質，因此奧斯朋在軍團年輕男子間的聲名大噪。他擅長戶外運動，有副好歌喉，很會練兵，這些都讓他出名。父親供給他大量金錢，因此他花起錢來毫不手軟。他的大衣比任何軍官都要高級，而且有好幾件。他受到士兵愛戴，軍營餐室裡沒有半個男人的酒量比他大，連老上校海維杜波也甘拜下風。他比二等兵納克斯更擅長打架（納克斯當過班長，但因老是醉醺醺而降職，他曾是職業拳擊賽上的好手）。上板球場，不管是擔任打擊手還是投手，他都是最佳球員，總是代表軍團出賽。他騎的馬叫「油亮閃電」，是他私人的專屬坐騎，還在魁北克參加賽馬，贏了蓋瑞森杯。除了艾美麗雅，他多的是崇拜他的信徒。史杜柏和史普尼把他當作阿波羅神，達賓嘆服他的多才多藝，奧大德上校太太認為他是個優雅的年輕男子，讓她想起加索弗加提勛爵的二兒子，費茲傑羅德．弗加提。

史杜伯、史普尼和其他同袍，都對那位愛慕奧斯朋、老是寫信的神祕女子，懷抱最浪漫的幻想：他們臆測她可能是倫敦某位愛上他的伯爵夫人，或者是一名將軍的女兒，雖然已和他人訂婚，仍瘋狂地迷戀他。或者某位國會議員的妻子，打算和他一起駕著四馬大馬車私奔。不然就是某個愛到發狂的女子，兩人陷入一段會讓所有人蒙羞的戀情。不管他們如何猜想，奧斯朋全都不予置評，讓崇拜他的年輕人和朋友天馬行空地編織愛情故事。

要不是達賓上尉不小心的話，原本軍團士兵永遠也猜不到事情的真相。有天上尉在餐廳吃早餐，助理軍醫凱格以及上面提到的史杜伯和史普尼正在討論奧斯朋的神祕愛慕者。史杜伯臆測這名女子是夏綠蒂王后身邊的某位伯爵夫人，凱格則發誓一定是名聲敗壞的歌劇女演員。這些瞎猜令達賓大為不快，儘管口中仍嚼著夾了蛋的奶油吐司，儘管他根本不該說半句話，他還是忍不住衝口而出：「凱格，你這蠢蛋。你總是胡說八道，到處詆毀別人。奧斯朋才不會跟一名伯爵夫人或裁縫師的女兒私奔。薩德利小姐可是世上最迷人的年輕女性，他老早就和她訂婚了，在我面前，最好別亂開她玩笑。」滿臉脹得通紅的達賓不再多說，喝茶時幾乎嗆到自己。半小時內，這事就傳遍整個軍團上下，當天晚上奧大德上校太太就寫信給她的小姑，住在奧大德鎮的葛洛薇娜，要她不用急著從都柏林趕過來，因為年輕的奧斯朋早就訂婚了。

當天晚上，她喝著威士忌陶迪酒[74]，多禮地發表一段演說，向中尉賀喜。怒火攻心的中尉回到軍營，恨不得和達賓大吵一架（達賓當晚沒有參加奧大德上校太太的舞會，一個人坐在房裡吹著長笛，我敢說他還寫了不少憂傷的詩句），指責他洩漏了祕密。

「誰准你到處談論我的私事？」奧斯朋怒吼道，「為什麼整個軍團都說我要結婚了？那個愛咬舌根的老女人，佩琪．奧大德，怎麼會在晚宴上公然談論我的事兒，向英國三地的人們宣稱我訂婚了？不管如何，達賓，你怎麼有權跟別人說我訂婚了？你怎能干涉我的私事？」

「在我看來——」達賓上尉開了口。

「達賓，你真該死，」達賓的下屬打斷他，「我很感謝你，你幫我很多，我知道。但就算你大我五歲，我也沒必要老是聽你訓話。要是我非得忍受你那高高在上的氣焰，你對我的憐憫和恩賜，我還不如去死。憐憫和恩賜！我倒想知道你憑什麼在我之上？」

「你訂婚了嗎？」達賓上尉插口問道。

「就算我訂婚了，又關你或其他人什麼事？」

「你因訂婚而羞恥嗎？」達賓繼續問道。

「先生，我倒想知道你憑什麼問我這種問題？」喬治說道。

「老天爺，你該不會打算跟她分手吧？」達賓一邊說，一邊站起身。

「也就是說，你在問我，我是不是一諾千金的人，」奧斯朋嚴詞厲色地問道：「這是你的意思嗎？近來你對我說話的口氣實在——真讓人受不了。」

「我做了什麼？我只不過告訴你，喬治，你忽略了那個好女孩。我告訴你，你去倫敦時，你該去看看她，而不是在聖詹姆士街的賭場那兒廝混。」

「我看你是要我還錢給你吧，」喬治嘲笑似地瞪著他。

「當然我希望你還錢。我一直都要你還錢，不是嗎？」達賓回道，「你說話時老是一副財大氣粗的樣子。」

74. 加了蜂蜜、香料或香草的熱調酒。

「別說了，威廉，我請求你的原諒，」喬治突然懊悔起來，「你一直是我忠實的朋友，老天有眼，你用各種方式幫助我。我遇上麻煩，都是你幫我解決。當近衛隊的克勞利贏我一大筆錢，要不是你，我早就完蛋了。我知道沒有你我就完了。但你不該對我那麼嚴厲，你不該老是質問我。我當然愛艾美麗雅，我很喜歡她，你知道那些兒女之情。別一副氣沖沖的樣子，她沒什麼好挑剔的，我知道她很好。但是，你瞧，要是毫不費力就贏了，有什麼樂趣可言？放手一搏才好玩。別說了。軍團才剛從西印度群島回來，我當然在那兒有段情，但我結婚後就會從一而終，到時候我會信守諾言。我說——達賓，別生我的氣，下個月，等我爸爸送一大筆錢給我，我就給你一百鎊。我會向海維杜波請假，明天就去倫敦看看艾美麗雅。這樣好嗎？你滿意了嗎？」

「我怎能生你的氣，喬治，」好脾氣的上尉說道：「老朋友，錢的事呢，我知道若我缺錢，你就算只有一先令，也會毫不吝惜地跟我分享。」

「當然了，老天作證，達賓。」喬治一派大方地說道，雖然他總是把錢花得一毛不剩。

「我真希望你早點玩夠，喬治。那一天，可憐的小艾美小姐苦著一張臉問我你人在哪裡，要是你看到她的表情，你一定不會在乎那些撞球賭賽。你這浪子，快去安慰她吧。去寫封長信給她，做些讓她開心的事，就算一點小事，也會讓她心花怒放的。」

「我知道她……她很愛我，」中尉頗為自得地說道。接著，他就去交誼廳，和幾個活潑的同袍度過歡快的一夜。

此時，羅素廣場的艾美麗雅則望著照耀大地的祥和月光，同時望向切特漢軍營的方向，也就是喬治中尉的住處，想著她的英雄過得好不好。她想著，也許他正在輪哨，也許他露宿在外，也許他正在照顧受了傷的夥伴，或者在他那寥寂的房間裡研究戰術。她溫柔的思緒，就像一個個伸展翅膀的小天使朝天空飛去，沿著泰晤士河飛向切特漢與羅徹斯特，渴望偷偷窺探喬治的軍營……我想整座軍營的門都已密密實實關上，哨兵盡責地擋下任何有意闖入的事物，因此那群穿著白衣的小天使，完全沒聽到裡面的年輕軍官正在暢飲威士忌潘趣酒並高聲歡唱呢。

切特漢軍營那場談話的隔天，年輕的奧斯朋為了展示他信守諾言，準備回到倫敦城裡，好贏得達賓上尉的讚賞。「我想為她準備個小禮物，」奧斯朋私底下告訴他的朋友，「只是我沒錢了，得等我父親送錢來。」但達賓不願讓朋友大方溫柔的心意化為流水，給了奧斯朋先生數鎊鈔票，後者稍微遲疑後就收下了。

我敢說，他原本真心想為艾美麗雅買份好禮物，可惜的是，當他在費里特街下馬車時，珠寶店櫥窗裡的一只漂亮的男衫別針吸引了他的目光，令他無法克制衝動；等到他付了別針的款項，剩下的零頭也買不了什麼好東西了。何必煩惱？讀者也知道，艾美麗雅渴望的並不是喬治的禮物。當他到了羅素廣場，她好像見到了久違的陽光，雙眼立刻綻放動人光采。多少數不清的白天夜晚，那些擔憂、恐懼、淚水、隱隱的猜疑和令她輾轉反側的煩惱，全都被拋在腦後，此刻的她只在乎那無法抗拒的熟悉笑容。他在客廳門口對她燦笑——他帥氣挺拔，那漂亮的鬍子就像天神一樣迷人。薩葆宣布「奧斯『賓』上尉到了」（他擅自幫年輕軍官升了職）時，看到那小姑娘臉上泛起紅潮，興奮地跳起身，從窗邊守望的位子跑過來，他也不禁露出心領神會的笑容，接著就退出門去。客廳的門一關上，她就向喬治．奧斯朋中尉的胸口奔去，好像那兒才是她真正的歸屬。啊，妳這個心跳不已、激動喘氣的小姑娘！妳在森林中選擇一棵最漂亮的樹，它有著最筆直的樹幹，強壯的枝椏和厚實的葉子，妳決定在此棲息，建立小巢。然而這棵如此醒目的樹，可能在不久後就會被一擊倒地。人與樹，多麼古老的比喻啊！

與此同時，喬治溫柔地親吻艾美麗雅的前額和閃亮的雙眼，看起來就像優雅高尚的正直男子。她想著他身上那枚從沒見過的鑽石別針，實在是她這輩子看過最漂亮的飾品了。

觀察敏銳的讀者，看到我們年輕中尉之前的行徑，又得知前一天他和達賓上尉的短暫對話，想必已對奧斯朋先生的品性有了一番評斷。某位憤世嫉俗的法國人曾說，愛情這項交易中包含兩個當事人，一方深陷愛情之中，而另一方則勉為其難地接受被愛。陷入愛情的人，有時是男人，有時是女人。戀愛中的情郎，會誤以為姑娘的無動於衷，是端莊的表現，以為無聊代表的是保守美德，把空洞的眼神看作甜美的羞怯。簡而言之，錯把笨鵝當天鵝。滿懷愛意的女性，會在想像中為驢子穿上光榮耀眼的外衣；崇拜男子的無趣，視為直爽的男人氣概，崇拜他的自私，視為大男人的優越感，把他的愚蠢當作威嚴莊重，就像妖精王后緹坦妮雅愛上雅典織工一樣迷戀他[75]。我在世界各地都看到令人發笑的愛情鬧劇，但這對更是格外有趣，艾美麗雅深信她的愛人是大英帝國中最英挺勇敢的男子，恐怕連奧斯朋中尉也這麼自以為呢。

他有點狂野，但其他的年輕人不也如此？姑娘們愛浪子不愛懦夫，不是嗎？他還沒玩夠，但很快就會金盆洗手。既然戰爭已然結束，他很快就會退伍，那個科西嘉島的暴君已被流放到厄爾巴島。論功發賞也已結束，他的軍事才能與勇氣都無庸置疑，接下來也沒機會展現了。他的津貼再加上艾美麗雅的財產，這對戀人能在鄉下某個好地方買棟房子，過得舒舒服服。他會打打獵，種種田，他們會快快樂樂過一生。一旦結婚，他就不可能繼續待在軍隊。想想喬治．奧斯朋太太寄宿在某個鄉下旅舍裡，甚至更糟，隨夫君前往東印度或西印度群島，身邊盡是軍官，還要看奧大德上校太太的臉色！當奧斯朋告訴艾美麗雅奧大德上校太太的各種逸事，她笑得花枝亂顫。他太愛艾美麗雅，不可能讓她屈居於那個粗野可怕女人面前，過著軍人妻子的簡樸生活。他考量的不是自己——當然不是，他想的全是那個親愛的小姑娘。身為他的妻子，她應該和上流社交圈往來。對於他的這些提議，她當然全盤接受，她從來不會違背他的意思。

這對戀人談論著這些話題，用言語築起一棟又一棟的空中樓閣（艾美麗雅還用各式各樣的花園、鄉野小徑、鄉村教堂、禮拜學校……等作為背景裝飾，而喬治則想像著馬廄、獵狗和酒窖），度過非常愉快的數個小時。然而中尉只能在城裡待一天，還有很多至關緊要的事務待辦，因此他建議艾美小姐與她未來的小姑們一起用餐。艾美麗雅非常開心地接受這項邀請。他帶著她去見姐姐和妹妹，當她活潑地聊著天，她的活力與多話令未來小姑們訝異萬分，想著喬治可能徹底改造了她。接著他就告退了，前去處理他的事務。

簡而言之，他離家後就去查令十字街的一家糕餅店吃了冰，在帕摩爾大道試了幾件新外套，在老屠夫咖啡館消磨時間，並找來康納上尉。他們玩了十一局撞球，奧斯朋贏了八局。當他回到羅素廣場晚餐時，遲到了半小時，但他的心情爽快。

但老奧斯朋先生並不開心。當這位紳士從西堤區回來，看到兩個女兒和優雅的惠爾特小姐都在客廳迎接他，她們立刻注意到他的臉色陰鬱。事實上，連他心情好時，看起來也是腫脹泛黃，十分嚴肅。但這一天，他陰沉著臉，濃黑的眉毛愁悶地糾結起來，他那白色背心下的心臟似乎不安地跳動著。艾美麗雅一如往常的羞怯，顫抖著走上前與他打招呼，但他只低沉地咕噥一聲為回應，那隻多毛的手掌輕碰一下就立刻放開艾美麗雅的小手。他連握一下都不願意。

他愁眉苦臉地瞪著長女，後者立刻明白父親眼神中的訊息：「該死的，她怎麼會在這裡？」於是開口解釋：「爸爸，喬治進城來了，他現在去了近衛騎兵團，等會兒就回來吃晚餐。」

「喔，他會回來吃晚餐？是嗎？珍，我可不會等他回來才開動。」說完，這位可敬的男人就坐進他專屬的椅子裡。這間富麗堂皇的客廳，此刻四下沉寂，只聽得見巨大法國時鐘上的指針，一步一步走著。

75. 莎士比亞劇作《仲夏夜之夢》的典故。

那座華麗的大時鐘上，有「伊菲革涅亞獻祭」[76]的銅像作裝飾。五點一到，它就精準地響了起來，宛如教堂古鐘般肅穆。奧斯朋先生伸出右手，暴躁地拉響僕人鈴，男管家急急忙忙進了客廳。

「開飯了！」奧斯朋先生喊道。

「先生，喬治先生還沒回來，」男管家插嘴道。

「先生，去他的喬治先生！誰是主人？難道不是我嗎！**開飯了！**」奧斯朋先生的臉更加陰沉了。艾美麗雅發起抖來，另外三位姑娘立刻交換了眼神。樓下僕人廳裡的晚餐鈴順從地響了起來，宣布主人要吃飯了。一家之長穿著鑲銅扣的藍色華麗燕尾服，他一等鈴聲結束，立刻把手伸進後口袋，沒有多說一句話，就自顧自地下樓走進餐廳，還從肩頭往後瞅著身後那四位女子。

「親愛的，發生什麼事了？」當女孩們輕手輕腳地尾隨著家長下樓，其中一人開口問道，「我猜基金下跌了吧，」惠爾特小姐低聲道。這些姑娘一語不發、渾身顫抖地跟在她們面露怒色的首領後面，默默地在餐桌前坐下。他低沉地咆哮一段禱詞，聽起來就像在賭咒似地。僕人揭開盤子上銀製的大蓋子。坐在椅子上的艾美麗雅依舊顫抖不已，因為她就坐在奧斯朋先生旁邊，而另一邊的位子空無一人——那本是喬治的位置。

「要喝湯嗎？」奧斯朋先生直直盯著艾美麗雅，板著臉問道。他握著湯勺，幫艾美麗雅和其他女子舀了湯後，就沉默不語。

最後他說道：「把薩德利小姐的盤子收下去吧，她喝不下了——我也夠了。難喝透頂。希克斯，把湯撤了。珍，明天就請廚師走路。」

批評了湯品後，奧斯朋先生接下來也毫不留情地批評了魚，以簡短的幾句話粗野地挖苦一番，還咒罵了比林斯蓋特魚市場。說實話，他的評論倒頗為中肯。接著他又沉默下來，喝了好幾杯不同種類的酒，看起來愈來愈憂悶難解，直到僕人敲了門，通知喬治到家了，所有人都鬆了口氣。

他說他實在趕不回來。他一直在近衛騎兵營等道及列特將軍。不用上湯，魚也免了。隨便給他上道菜，他才不在乎吃什麼，上些羊肉之類的吧。好極了，他的好心情和父親的陰鬱形成鮮明的對比，他吃晚餐時喋喋不休，讓每個人都開心起來——至於最開心的是誰，相信大家都心知肚明。

正如往常奧斯朋公館裡氣氛沉重時一樣，小姐們聊了一番柳橙，喝了一杯葡萄酒後，就謹遵一家之長的暗示，起身離開餐廳，回到樓上的客廳，艾美麗雅盼望喬治很快就會過來。客廳裡的巨大鋼琴有皮製的琴蓋，琴腳雕著花紋，她開始彈奏他最喜歡（且近來才從歐洲傳來）的華爾滋舞曲，但這小小的計謀未能吸引他的出現。他沒聽見華爾滋的樂聲，而她彈得愈來愈無力，過了一陣子，挫敗的鋼琴家只能退開那巨大的樂器。她的三位朋友接著演奏了最活潑歡樂的新曲目，但她什麼也聽不見，只是坐著沉思這不祥的預兆。老奧斯朋如常的低吼，聽來就像在宣布她的死刑。他那冰冷的眼神尾隨著她，彷彿她犯了什麼錯似的。當僕人替她送上咖啡，她驚跳了起來，好像希克斯先生端過來的是一杯毒藥。詭異的氣氛四處漫延。啊，那些女人家呀！她們只顧著胡思亂想，讓那些不祥預感愈來愈強烈，她們把那些污穢的想法當成畸型的孩子，懷中的珍寶。

父親臉上鬱鬱不快的神色也令喬治．奧斯朋坐立難安。瞧那深鎖的眉頭、怒氣高漲的表情，喬治如何才能向父親大人索要那筆他念茲在茲的錢呢？首先，他讚美父親的美酒，通常他花言巧語一番後，老先生就會龍心大悅。

76. 伊菲革涅亞的父親阿伽門農，為了讓海面回復平靜、軍隊得以出征，犧牲了自己的女兒。

「我們在西印度群島，都喝不到那麼好的馬德拉酒，先生。你交給我的那批酒，海維杜波上校那天就拿走了三瓶呢。」

「是嗎？」老先生反問，「一瓶花了我八先令。」

「先生，你願意接受十二瓶六基尼的價格嗎？」喬治哈哈笑了一聲，「有位偉大的英格蘭男士，想要向你訂一些。」

「是嗎？」老紳士低聲咆哮，「我祝福他買得到。」

「先生，道吉列特將軍來切特漢時，海維杜波請他吃早餐，向我要了幾瓶酒。將軍也很喜歡——他想為最高司令訂一桶，最高司令可是殿下的左右手啊。」

「這的確是瓶好酒，」愁眉老先生的眉心稍稍舒展了些。喬治打算趁他沉浸於得意之中，在桃花心木的餐桌上提及重要的財務問題時，他的父親卻又嚴肅起來，不過多少親切了些。他要兒子搖鈴，命僕人送上波爾多紅酒。「喬治，讓我們嘗嘗波爾多紅酒是不是像馬德拉酒一樣美味，我相信殿下一定會喜歡馬德拉酒。喝酒時，我要跟你談談一件重要的事。」

樓上艾美麗雅的坐立不安，聽見餐廳命僕人端酒的鈴聲響起，她尋思，這鈴聲聽來既神祕又不祥。人們老是感受到各種不祥預兆，總有幾次成真。

「喬治，我想知道的是，」老先生將一杯酒一飲而盡，「我想知道的是，你和——你和樓上那個小傢伙，你們處得如何？」

「我想，先生，一切都很明顯，」志得意滿的喬治露齒而笑。「先生，很明顯了吧，這酒真是太棒了！」

「你說很明顯，這是什麼意思？先生？」

「怎麼了，先生？別這樣，別催我。我是個有分寸的男人。我——啊，我沒打算當個花心大少，但她的確深深地迷戀我，就算半盲的人也看得出來。」

「那你自己呢？」

「先生，你曾經要我娶她，而我不是照你的話做了嗎？兩位父親大人不早就這麼說定了嗎？」

「你的確是個好孩子。要是我沒聽到你在外的行徑，先生，你和塔剛勛爵、近衛隊的克勞利上尉、第西斯先生閣下還有那一票人幹的好事，我真會說你是個好孩子。先生，你得小心點，小心點。」

老紳士以極為莊重的口氣，一一列出那些貴族姓氏。他在家世顯赫的人面前總是卑躬屈膝，百般奉承的說「我的勛爵大人」，只有沒身分的英國人才會如此畢恭畢敬。他回到家裡，就在貴族名錄裡尋找自家姓氏，在日常對話中不時提及家族歷史，向女兒吹噓自家也沾了些貴族血統。他就像拿坡里的乞丐躺在陽光下一樣，臣服於貴族腳下。至於喬治，一聽到那些姓氏，心裡的警鈴大作。他擔心父親聽說了某些賭博交易，但很快他就放下了心，這位老道德家平靜地說：

「哎，年輕人就是年輕人。喬治，對我來說最大的安慰就是，與你出入的都是英格蘭最優秀的人物，正如我的期望，只要我的財富供得起——」

「先生，謝謝你，」喬治說道，立刻切入他的重點，「要和這些上流人士交遊，就不得不花錢，而我的皮夾，先生，你瞧瞧，」他拿出艾美麗雅親手織的皮包，那是愛的信物。皮包裡只有幾張一鎊鈔票，那是達賓給他的錢所剩的零頭。

「你不用擔心錢的問題，先生。你是英國堂堂商人之子，你不會缺錢用的。我的基尼跟那些貴族的錢一樣多，喬治，我的好孩子，我並不小氣。明天你就去西堤區，找查波先生，他會準備好的。只要你來往的盡是上流社交圈的人物，我都不會計較錢的事，因為只要在社交圈，你就不會出差錯。我沒有什麼值得驕傲的事，我的身世平凡——但你握有優勢，你該好好利用，多和年輕貴族來往。有很多貴族花不起錢，我的好孩子。至於那些風流事（此時那深鎖的眉頭下露出看穿一切的眼神，不大滿意地斜睨了他一眼）——少年人就是這樣，我只要求你一件事，要是你不從，我就一毛錢也不給你，我敢向老天發誓。那就是，你絕不能賭博。」

「啊，先生，當然，」喬治應道。

「但我們還是回到艾美麗雅這檔事吧，你為什麼非娶股票經紀人的女兒不可？何不娶個更有身分的姑娘，喬治？這就是我想知道的事。」

「先生，這是家族的決定，」喬治一邊說，一邊敲破榛果殼。「你和薩德利先生老早就談定這門親事了。」

「我不否認這回事，但先生，人們的地位隨時間而改變，我承認薩德利幫助我賺進大筆財富，或者不如說，他幫我找了個差事，而我憑自己的才智，在倫敦西堤區和牛脂交易坐穩了第一把交椅。我已報答了薩德利的恩情，而且近來他還一再要我幫忙，先生，我的支票簿就是證明。喬治，我私下告訴你一件事，我不看好薩德利先生的生意。查波先生是我最得力的助手，他可是個經驗老道的老滑頭，沒有人比他更瞭解交易所的事兒，而他不看好薩德利。哈克與布洛克銀行的人也開始躲他，我看，他恐怕動過帳簿的手腳，他們說那艘被美國私掠船『莫雷西號』拿下的『年輕艾美麗號』是他的船。事情就是這樣——除非我確認艾美麗雅真有一萬鎊身價，不然你不能娶她。我的家族裡不能出現一個跛腳鴨的女兒。先生，把酒拿來——不然就搖鈴要他們送咖啡過來。」

說完，奧斯朋先生就攤開晚報，這是會談結束的信號，喬治知道爸爸要打盹了。

心情激動的他，跑上樓去見艾美麗雅。這番父子長談，是否使他那晚一反常態，極盡溫柔地對待她？他熱切地逗她歡心，比過往更加和顏悅色，說話時也更機智。眼看不幸已籠罩他倆，他那不羈的心是不是對她溫柔了些？還是一想到即將失去眼前的可人兒，他才明白她多麼重要？

接下來的好幾天，她都仰賴那一晚的幸福回憶而活。她反覆咀嚼他的話語，回憶他的表情，他唱的歌曲，當他朝她靠過來，或從遠方凝望著她的神氣。對她來說，那一晚太過美好，她在奧斯朋公館裡，從不曾如此這般感嘆時光飛逝。薩葆先生送來她的披肩時，這位年輕姑娘幾乎為他來得太早而發起脾氣。

隔天早上，喬治到薩德利宅邸，柔情萬分地與艾美麗雅道別。接著他趕到西堤區拜訪查波先生，他父親最重視的職員，取得那位紳士開的支票，接著到哈克及布洛克銀行，以支票換得一大筆現金。當喬治走進銀行時，面色抑鬱的老約翰・薩德利剛好走出銀行的會客室。薩德利的教子心情振奮，實在無暇注意這位股票交易商沮喪的神情，或這位老好人望著他的哀悽眼神。小布洛克先生不再像過去幾年一樣，笑臉盈盈地送這位老紳士走出銀行。

當哈克及布洛克銀行的旋轉門在薩德利先生身後關上，行員基亞先生（他的工作就是親切地從抽屜裡將一張張嶄新鈔票拿出來，再用銅杓取出硬幣，交給客戶）朝他右邊的行員卓維先生眨了眨眼。卓維先生也心領神會地朝他眨眼。

「他不行了，」卓維先生低聲道。

「他還是會試一試的，」基亞先生應道，「喬治・奧斯朋先生，你想如何帶走這筆錢呢？」喬治飢渴地把鈔票全塞進他的口袋裡，當晚回到軍營，就在餐廳還了達賓五十鎊。

那天晚上，艾美麗雅又向他寫了封溫柔的長信。她滿心柔情萬縷，但那不幸的預感仍縈繞著她的心頭。她自問，奧斯朋先生為什麼露出那陰沉的表情？他和她的父親之間是否有了分歧？

她可憐的父親從西堤回來時神情落寞，家裡每個人都替他擔心。簡而言之，她在四張信紙上，寫滿了愛情、恐懼、希望和對未來的不安。

「可憐的小艾美……親愛的小艾美呀，瞧她多愛我，」喬治讀著那封例行的情書，「老天爺，昨晚的潘趣酒真讓我的頭痛欲裂！」小艾美還真是可憐哪。

第十四章 老克勞利小姐回家了

就在此時，有輛長途馬車駛在倫敦公園街上，車身上繪了代表未婚女士的菱形紋章，車廂後的露天活動椅上，坐了位悶悶不樂的女性，綠色面紗下的鬈髮都被風吹亂了；車廂前的駕駛座上，有個身材魁梧、備受主人信賴的男子和車夫坐在一起。車廂窗戶關得密密實實，肥胖的長毛狗一如往常地吐著舌頭，倚在神色不快的女子大腿上歇息。這是我們的朋友克勞利小姐，帶著她的一票隨從，從漢普郡回到城裡。馬車轆轆駛過公園街，停在一間極為舒適、設備一應俱全的屋子前，數名僕人立刻湧上去，把一大綑披肩、圍巾搬出車廂，還有名年輕女子捧著一堆外套斗篷下了車。藏在那一大團披肩裡的，就是克勞利小姐。僕人急急忙忙攙扶老病人上樓，送她回房上床休息。房間裡已生了火，整理妥當，迎接生病的女主人歸來。信差已出門去找她的醫生和藥師，他們趕了過來，問診、開了處方，克勞利小姐的年輕旅伴走進房裡聆聽他們的指示。接著醫生和藥師都告辭了，而那位年輕姑娘讓病人服用醫生指定的消炎藥。

隔天，近衛軍的克勞利上尉從騎士橋軍營駕馬過來探訪；他的那匹黑色坐騎把主人的病姑姑家門前的草踩得亂七八糟。上尉十分關切善良親戚的病況，說實話，她的健康的確堪慮。他發現克勞利小姐的侍女，也就是馬車上那位悶悶不樂的女子，反常地煩悶又沮喪，而姑姑的女侍伴布里吉斯小姐竟獨自在客廳掉眼淚。布里吉斯小姐一聽到她最親愛的朋友生了病，立刻急急忙忙地趕回主人家裡，然而她卻無法走進克勞利小姐的房間。克勞利小姐的藥物全交由一個陌生人照管，一個來自鄉下的陌生人——那個可惡的某某小姐。這位忠實的侍伴哽咽地說不出話來，心碎的她把那哭得紅腫的鼻子埋進手帕裡。

洛頓・克勞利請那位生悶氣的侍女向女主人通報他的來訪。然而急急忙忙奔出病房，下樓來迎接他的是克勞利小姐的新朋友。他急切地走上前去，而她將小手放進上尉的大手裡，還不屑地朝一臉驚訝的布里吉斯瞥了一眼。她朝年輕的近衛官打了手勢，領著他走出後方客廳，下樓到無人的餐廳去，這兒曾辦過許多愉快的晚宴。

這對男女在此談了十分鐘，他們談論的當然是樓上那位老病人的病情。談完後，餐廳的鈴歡快地響了起來，克勞利小姐那位魁梧又謹慎的男管家鮑斯先生立刻應聲進來（其實這兩人交談時，鮑斯先生剛好守在門上的鑰匙洞外）。接著上尉大搖大擺地走出大門，一隻手捲著鬍鬚，躍上門前那匹忙著踩踏草地的黑色駿馬，讓街上那些粗野的小男孩看得欣羨不已。馬上的他又朝餐廳窗戶望過去，同時握著馬鞭，控制那匹腳步優雅又活潑的馬——他一定從窗口看到了那名年輕女子的身影，接著她消失了，顯然上樓照顧病人去了，她照顧病人多麼無微不至啊。

我真想知道這名年輕女子究竟是誰？那天晚上，餐廳裡放了兩份餐具，僕人送上簡便的晚餐，用餐的是那位年輕姑娘和布里吉斯小姐。新來的看顧者一離開病床，侍女菲金太太立刻衝進女主人的房間，急急忙忙地服侍病人。

布里吉斯小姐傷心欲絕，毫無食慾，幾乎半口肉也沒吃。而年輕女子以最優雅的手勢握住刀叉，切開禽肉，請僕人送上蛋醬。當美味的蛋醬放在可憐的布里吉斯面前，她驚跳起來，震得桌上的湯匙發出刺耳的碰撞聲，接著哀怨的她又跌坐椅中，歇斯底里的痛哭起來。

「你何不替布里吉斯小姐倒杯酒？」年輕女子吩咐那位魁梧且謹慎的男管家鮑斯先生，他照做了。布里吉斯立刻抓住那杯酒，仰頭一飲而盡，哀嘆一聲後，她握住刀叉，把弄盤裡的雞肉。

「我想我們互相幫忙就可以了，」年輕女子以世故的口吻說道，「我們用不著鮑斯先生費心服侍。鮑斯先生，我們需要你時會搖鈴，到時再麻煩你進來。」於是鮑斯先生下樓回到僕人廳，且用最難聽的字眼咒罵他無辜的下屬，一名啥也沒做錯的男僕。

「布里吉斯小姐，瞧妳這副樣子，實在太可憐了，」年輕姑娘以冷淡甚至不乏嘲諷的語氣說道。

「我最親愛的朋友生了重病，而且還……還不肯……不肯見我。」布里吉斯抽抽答答地說著，心頭又湧上一陣哀傷。

「她已經好多了，親愛的布里吉斯小姐，妳好好安慰一下自己吧。她只是吃太多了——沒什麼大問題的。她之前更嚴重，現在已恢復不少，很快就會完全康復。她只是因為拔罐和服藥而有點虛弱，很快就會振作起來。希望妳別太難過，多喝點酒吧。」

「但她為什麼、為什麼不願意見我？」布里吉斯哭喊。「啊，瑪蒂達呀瑪蒂達，我們彼此扶持了足足二十三年哪！難道妳是這麼回報可憐、可憐的艾芮蓓菈？」

「可憐的艾芮蓓菈呀，妳就別再哭啦，」她幾乎要笑了出來。「她說她不想見妳的原因，是因為我比妳還懂得照顧她。我得說，整晚守在她床畔可不是件樂事，我真希望由妳來陪她呀。」

「我躺在那張熟悉的沙發上不知道多少年了，不是嗎？」艾芮蓓菈說道，「但現在——」

「現在她寧願由別人照料她。哎，病人總愛胡思亂想，要別人討她歡心，等她康復我就會離開了。」

「才不會、才不會呢，」艾芮蓓菈大喊道，急促地朝嗅鹽瓶嗅吸。

「布里吉斯小姐，妳說的是她不會好起來？還是我不會走？」另一位用一樣惹人厭的溫柔語調說道，「哎喲——不到兩個禮拜，她就會沒事啦，那時我就會回到女王克勞利鎮，去教我那兩個小姑娘，回到她們母親的身邊，那位夫人生的病，遠比我們這位朋友嚴重啊。我親愛的布里吉斯小姐，妳不用嫉妒我。我是個可憐人，沒有半個朋友，我不會傷害任何人，我不想取代妳在克勞利小姐心中的地位。我一走，她不到一週就會忘了我，而妳們兩人之間可是經年累月累積下來的深厚情誼。為我倒點酒吧，我最親愛的布里吉斯小姐，我們交個朋友吧，我很需要朋友。」

面對眼前的人溫柔懇求，耳根子軟的布里吉斯一下就被安撫得服服貼貼，不知如何回應的她只能向年輕姑娘伸出手。然而不消多久，被遺棄的哀怨重又湧上她的心頭，一想到脾氣變化無常的瑪蒂達，女侍伴再度苦悶地呻吟起來。過了半小時，兩人都吃完晚餐，蕾蓓卡．夏普小姐（沒錯，那位年輕女子就是她，多令人驚訝）上樓回到病人的房間去，以最禮貌殷勤的口吻，請可憐的菲金離開。

「謝謝妳，菲金太太，這樣就夠了。瞧妳多厲害呀！若我們需要任何東西，我會再搖鈴麻煩妳。謝謝妳。」於是菲金下樓了。她無人可傾訴、只能將怨恨埋在心底，嫉妒的風暴在她心中作亂，愈演愈烈。

瞧，當她步下通往二樓的樓梯，她心裡那陣嫉妒風暴，好似把客廳大門吹開了！當然不是真的，躡手躡腳打開門的，其實是布里吉斯小姐。她一直留心樓梯上的動靜，聽到菲金太太下樓時，地板發出的咿呀聲，還有她手中原本盛滿了粥的碗和湯匙的碰撞聲。

「怎麼樣？菲金？」菲金一走進客廳，另一人立刻問道，「珍，她好嗎？」

「布小姐，她有氣無力的，」菲金太太邊搖頭邊回答。

「她沒變好些嗎？」

「她啥也不說。我問她舒服了些沒有，她居然叫我閉上我的笨嘴！喔，布小姐，我從沒想到會有這一天！」女人家的淚腺又開始分泌了。

「菲金，這個夏普小姐究竟是誰？當我和我忠實的朋友，李奧納爾．戴拉梅爾教士和親切的教士夫人，在他們優雅的家裡共度聖誕佳節，我完全想不到有個陌生人，已經取代我在瑪蒂達心中的位置！我最親愛的瑪蒂達！雖然如此，她仍是我最親愛的瑪蒂達！」從她這番話，我們不難看出她愛好文學又感情豐富，布里吉斯小姐出版過個人詩集《夜鶯的顫音》呢！歡迎訂購。

「布小姐，他們全被那年輕女人『瞇』住啦，」菲金回答，「皮特爵士不肯放她走，但他不敢拒絕克勞利小姐。連牧師公館的布特太太也『當』不了她的『沒』力，沒見到她就不開心。上『威』為她瘋狂。克勞利先生嫉『吐』死了。克小姐一生病，她就啥人也不見，只肯讓夏普小姐陪她。我搞不懂出了啥差錯，我看哪，八成每個人都被下了『腰』，都『花』瘋啦。」

當晚，整夜沒闔眼的蕾蓓卡，寸步不離地照顧克勞利小姐。隔夜，老婦人安穩地睡了一覺，蕾蓓卡終於得以在床底的沙發上小憩幾個小時。克勞利小姐的元氣很快恢復，不消多久，她不只能聆聽夏普小姐描述，還能坐起來欣賞蕾蓓卡活靈活現地模仿布里吉斯小姐一臉憂愁的神態，開懷大笑。布里吉斯的抽噎，拿著手帕揩淚抹鼻的模樣，完美地在克勞利小姐面前重演，令她開心極了，連前來探病的醫生，也對夏普小姐的魔力嘆服不已。因為偉大的克勞利小姐以往一生病，就算只是微微著了涼，也會沮喪萬分、呼天搶地，恐懼大限將至。

克勞利上尉每天都來探問她的消息，蕾蓓卡小姐每天都向他通報姑姑的健康狀況。隨著克勞利小姐逐漸康復，可憐的布里吉斯也終於獲得女主人首肯，得以踏入房內。心腸軟的讀者必能想見這位多愁善感的女士多麼感動，兩人會面的情景必定十分感人。

很快地，克勞利小姐希望布里吉斯在她房裡待久一些，因為蕾蓓卡會淘氣地在當事人的背後，極為生動地模仿她，把她偉大的女主人逗得更加開心。

克勞利小姐為何生了這場不幸重病，又如何告別弟弟鄉下的大宅？背後的原因和經過說來不大光采，講述上流社會生活、多情感人的本書，實在不宜揭露。既然克勞利小姐堅持害她患病的是鄉間潮溼的氣候，我們又怎能暗示讀者，這名心思纖細敏感的上流女子，其實是因為吃得太多又喝了太多酒，才會身體不適？她在牧師公館一次賓主盡歡的晚餐中，吃了太多龍蝦。這場病來得又快又急，就如牧師說的，瑪蒂達差點就「一命嗚呼」了。克勞利全家上下心急如焚，人人都想知道遺囑的內容。洛頓．克勞利一心想在倫敦社交季開始前，確認自己能拿到四萬鎊。克勞利先生送來許多講道文章，希望她告別浮華世界和公園街，踏入靈性世界。但一名南漢普敦的良醫及時趕到，戰勝那些差點奪走她性命的龍蝦，老小姐得以回到倫敦，期望落空的從男爵沒有掩飾他的沮喪。

人人都忙著照顧克勞利小姐，傳信員每個小時都會向牧師公館那些關心她的人們通報她的健康狀況。與此同時，克勞利大宅的另一端有名女子真的生了重病，卻沒人關心，那就是克勞利夫人。皮特爵士請那位優秀醫生看過克勞利小姐後，也去瞧瞧克勞利夫人，這樣一來。他就省下一筆出診費。然而，醫生看過夫人之後只搖了搖頭，她孤獨地躺在臥房裡，愈來愈虛弱。沒有人在乎她，她簡直就像公園裡的一株不受重視的小草。

夏普小姐是名體貼的看護，把克勞利小姐照顧得無微不至，老病人只肯讓她餵藥，不准別人插手。兩位年幼的克勞利小姐因此失去家庭教師，無法獲得她珍貴的指導。在克勞利小姐回到倫敦前，菲金已受盡冷落。回倫敦後，忠實的侍女看到布里吉斯小姐和她一樣，被變心的主人棄置一旁，因嫉妒而心痛如絞，菲金終於獲得一絲悲哀的安慰。

洛頓上尉因姑姑的重病而延長假期，盡責地留在鄉下的家中，他總是待在她房間外的接待廳（她入住克勞利大宅裡的皇家套房，一開門會先進到一間藍色的小客廳）。他父親也常來這兒，不睦的父子總在姑姑房外巧遇。就算他輕手輕腳地步出走廊，也會看到他父親的房門大敞，那老人睜著如鬣狗般的雙眼瞪著外面。他們為何緊密關切彼此的動靜？當然是因為這兩人爭相扮演皇家套房裡，那位苦命女士最忠誠的看護人。蕾蓓卡常走出臥房，安慰他們兩人；或者不如說，她輪流安慰其中一人。兩位可敬的紳士都焦急萬分，想從值得信賴的小信使身上得知老小姐的病情。

到了晚餐時間，這位姑娘會下樓半小時，確保父子和平相處。一吃完飯她就上樓照顧病人，整晚不見蹤影。洛頓一如往常，騎馬去莫德貝里的第一五〇號軍營，把父親交給哈洛克斯先生及兌水蘭姆酒陪伴。夏普小姐守在克勞利小姐房裡整整兩週，已經筋疲力盡，但她的意志力有如鋼鐵，病房的繁忙與乏味沒有擊倒她。

直到多年之後，她才洩漏當時扛下重責大任的她，實在苦不堪言。那位平時活潑歡快的老小姐，一生病就變得暴躁倔強，她難以入睡，擔心死亡臨頭，長長的冬夜裡，她整晚躺著呻吟。身體健康時，她對未來不屑一顧，但此刻一想到未來，她就陷入顛狂幻想和痛苦之中。正值美好青春時光的讀者們，想像一下一名世故、自私、粗俗、忘恩負義又沒有宗教信仰的老女人，在痛楚與害怕中翻來覆去，連假髮也沒戴的樣子吧。趁你們還年輕，想像一下她的處境，趕緊學學怎麼去愛和祈禱！

夏普以不屈不撓的耐心，照顧這個顧不得禮節、失去優雅儀態的病人。沒有任何事逃得過她的法眼，她就像一名謹慎細心的管家，用各種手段安撫病人。她後來說了不少克勞利小姐生病時的有趣故事，講得她也紅了臉，胭脂也掩飾不了她臉上的紅暈。在克勞利小姐生病期間，夏普小姐從未發過脾氣，時時保持警醒，她睡得很淺，隨時注意病人的動靜，一有機會，就抓緊時機打一會兒盹，好振作精神。因此，她的外表沒有留下太多疲倦的痕跡，也許她的臉更蒼白了些，眼下的黑眼圈比往常深了點，但她一走出病房，總是滿臉堆笑，清新可人，就算她身披睡袍、戴著睡帽，也像穿著漂亮的禮服一般動人。

這就是上尉看到她的心情，他用粗野的字句述說他對她的迷戀，愛之箭射入他那孤寂的心房，尖端的倒刺牢牢鉤住了他。六週的光陰，讓他臣服於夏普小姐裙下。牧師公館的孀孀成了他的密友，世上那麼多人，他偏偏選中她當心腹，向她傾吐心情。她鼓勵他求愛，她看到他對她的迷戀，她嚴詞警告他；最後她又讚嘆那位小夏普，是全英格蘭最聰明、最風趣、最善良、最純樸、最溫柔的小姑娘，世上找不到比她最特別的人兒啦。洛頓不該玩弄她的感情——親愛的克勞利小姐絕不會原諒他。畢竟克勞利小姐也喜歡小家庭教師，把夏普小姐當作女兒般疼愛。洛頓必須離開——他得斬斷情絲，回到近衛隊，繼續他在倫敦的玩樂人生，萬萬不可玩弄清純小姑娘的感情。

軍官的悲慘處境感動了善良的牧師太太，常讓他在牧師公館與夏普小姐相聚，再把夏普小姐交給他，由他護送年輕姑娘回克勞利大宅，就如之前所述。夫人小姐們，有些男人陷入情網時，就算他們看到魚鉤和釣線，還有一整組為他們撒下的漫天大網，也會奮不顧身地咬住餌——他們視死如歸，非贏得愛情不可，他們吞下餌，被一把釣起，粗喘著氣落在岸上。洛頓看得出來，布特太太一心想撮合他和蕾蓓卡。他稱不上睿智，但他畢竟是個城裡人，參加過好幾年的社交季，他認為，布特太太的演說讓他陰鬱的靈魂找到一絲曙光。

「記住我說的話，洛頓，」她說，「總有一天夏普小姐會成為你家的人。」

「什麼意思？嘿，妳是說，她會成為我的堂弟媳嗎？布特太太？詹姆斯喜歡她，是嗎？」愛說笑的軍官詢問。

「才不只是堂弟媳，」布特太太暗示，她的黑眼珠閃過一道光芒。

「不會是皮特吧？我哥才不會娶她。那傢伙配不上她，而且他和珍．席普尚克斯小姐已訂了親。」

「你們這些男人啊，什麼也看不清，你這瞎了眼的傻傢伙！要是克勞利夫人有個萬一，夏普小姐就會成為你的繼母啦，就是這麼一回事。」

洛頓．克勞利先生嚇了一大跳，吐了口大氣，布特太太的宣言顯然令他大為驚駭，但他無法否認她的說法。他看得出來，父親顯然很欣賞夏普小姐。他也清楚老紳士的脾性，知道他是個無恥——洛頓的話只說了一半，就停住了。他的手指撚著鬍鬚，漫步回家，深信他已解開布特太太故佈的疑陣。

「老天爺，太糟糕了，」洛頓想，「太糟了，老天爺呀！我相信那女人一心想毀掉可憐的姑娘！她絕對會想盡辦法阻止那姑娘當上克勞利夫人，加入克勞利家。」

他一逮到與蕾蓓卡獨處的機會，就風度翩翩地提起父親對她的愛意。她一臉鄙視地甩了甩頭，直直望著他的臉，「哎，我想他的確喜歡我。我知道，其他人也明白。克勞利上尉，你不會以為我怕他吧？你不會以為，我無法捍衛自己的貞節吧？」小姑娘說道，看起來就像一位女王般莊嚴。

「呃，啊，怎麼……我只是提醒妳……妳明白，我希望妳小心點……只是這樣而已，」那位愛捲鬍鬚的先生解釋。

「你暗示會發生不光采的事，不是嗎？」她直截了當地問道。

「啊，天哪，真是的……蕾蓓卡小姐，」魁梧的龍騎兵急於辯解。

「你以為因為我出身貧困又沒有朋友，我就不懂得自重，是嗎？就因為那些有錢人毫無尊嚴，你就以為我也沒有，是嗎？你難道以為，我只是名家庭教師，不像你們這些漢普郡的貴族，我就不懂得人情事理，沒有感情？我可是蒙特莫朗西之後！難道你認為蒙特莫朗西家，比不上你們克勞利家嗎？」

當夏普小姐情緒激動地提起她的母系祖先時，隱約帶上一絲外國腔，使她那清脆響亮的聲音更加魅惑。「不，」她激動地對上尉說道，「我受得了貧困，但我絕不容人侮辱我……我能受人忽略，但不絕受人輕視，特別是……特別是你。」

她再也無法抑制自己的感情，失聲痛哭。

「別這麼說，夏普小姐……蕾蓓卡……老天爺……我以靈魂起誓，我絕沒有輕視妳！就算有人給我一千鎊，我也不可能這麼做。別哭了，蕾蓓卡！」

她走了。那天，她和克勞利小姐一起乘馬車出遊，此時克勞利小姐還沒生病。那天晚上吃晚餐時，蕾蓓卡一反常態，特別活潑多話。但不管那位迷戀她的沮喪軍官如何暗示、拚命朝她頷首或笨拙地表示異議，她都毫無反應，視而不見。兩人在晚餐桌上不斷針鋒相對——這場戰役的經過頗為無聊，勝負毫不意外。這位克勞利騎兵軍官因挫敗而瘋狂，每天都出門去。

而女王克勞利鎮的從男爵呢？要不是害怕姐姐的遺產眼睜睜從他手中溜走，他才不會容忍兩名親愛的女兒失去家庭教師的指導，放任她隨克勞利小姐前往倫敦。這位家庭教師太珍貴了，少了她，這棟老宅簡直像沙漠一樣難熬，她不但幫了他很多忙，還把家裡變得多麼溫馨又有趣呀。皮特爵士的小祕書一不在家，他的信件就無人抄寫糾正，沒人幫他管帳，他的家族事業和各種計畫都被棄置一旁。不用多說，他寫了無數遣詞嚴厲的信給她，而從他雜亂無章的拼字與文法看來，他還真需要一名聽寫員。他時而乞求，時而命令，要她趕緊回來。信差幾乎每天都送來一封從男爵免郵資的信，不是急切地哀求蓓琪回去，就是轉而向克勞利小姐懇求，說他的女兒少了家庭教師指導，大為退步，但克勞利小姐對弟弟的來信毫不在乎。

布里吉斯雖沒有被正式辭退，但實質上已不再是克勞利小姐的侍伴，掛著虛名的她成了家裡的笑柄。她獨坐在客廳裡，只有那頭胖嘟嘟的長毛狗陪著她，有時她會去女管家辦公室裡找煩悶的菲金太太聊天。老小姐無意讓蕾蓓卡離開，蕾蓓卡幾乎正式成為公園街的一分子。克勞利小姐和許多有錢人一樣，習於從下人身上獲得各種服務，等他們失去用處，就好心地容許他們離開。有錢人習於大恩不言謝，說實話，他們很少想到感謝。他們認為別人都有求於己，理所當然地接受別人的服侍。而你們這些可憐的寄生蟲、食客和隨從，也沒有什麼抱怨的理由！你們對富豪大亨的友情，也不過是想求他們賞點恩惠。你們愛的是錢，不是有錢的那個人。如果若克羅伊斯[77]和他的僕人調換身分，你們這些可憐的無賴，就會像牆頭草一樣改變效忠對象。

儘管蕾蓓卡看似純真，無微不至地照顧克勞利小姐，但我不敢肯定，她的溫柔、從不喊累的體貼周到，是否真的不曾讓狡猾的倫敦老小姐起疑。習於被人簇擁的克勞利小姐，心裡必曾隱約懷疑過這名朋友與看護員親切侍奉的用心。她當然不會忘記，沒人會無欲無求地付出。若她曾估量過自己對這個世界的看法，必定明白這世界如何看待她。說不定她也想過，不在乎別人的人，當然也不會有半個朋友

儘管如此，此時蓓琪帶給她所有的安慰和方便，因此她賞了幾件新禮服給蓓琪，還有一條舊項鍊、舊披肩，同時藉由忽略所有的親密友人，展現她對新心腹的重視，世上沒有比這更令人感動的友情證明了。她大略考慮過，未來要給夏普小姐一些恩惠：也許把她許配給藥師克倫坡先生，或者幫助她過上不錯的日子；再不然，等倫敦社交季一到，城裡變得熱鬧萬分，她也受夠夏普小姐了，總是能把她送回女王克勞利鎮。

克勞利小姐的玉體漸漸康復後，她會下樓坐在客廳，聽蓓琪唱歌，看家庭教師用各種方式逗她開心。等她元氣恢復，可以搭馬車出門了，陪在她身邊的還是蓓琪。她們去了許多地方，而且

77. 呂底亞王國最後一位君主，西元前五九五～五四六，極為富有。

基於兩人真誠的友誼，克勞利小姐甚至帶夏普小姐前往布魯斯貝里區的羅素廣場，到約翰．薩德利先生的住所。

在此之前，蓓琪和艾美麗雅之間當然有不少信件往來。雖然蕾蓓卡在漢普郡的那幾個月，兩人號稱至死不渝的友情的確比過去淡了不少。眼看隨著時光流逝，恐怕將煙消雲散。畢竟當時她們分別有不同的煩惱：蕾蓓卡得和雇主建立親密關係，而艾美麗雅也被煩人的心事佔據。但兩位姑娘一見面，就立刻撒腿朝彼此飛奔而去，兩人熱忱的情誼，不同於普通女孩間的友情。蕾蓓卡的擁抱充滿活力與熱情。惹人憐愛的艾美麗雅親吻朋友時，不禁紅了臉，為這陣子冷落朋友而羞愧。

她們第一次的重逢十分短暫。艾美麗雅正要出門散步，而克勞利小姐沒有進門，坐在門外的馬車上等待。她的隨從在附近閒晃，打量布魯斯貝里區的黑僕，老實的薩葆，還有這一帶的住戶。但當艾美麗雅帶著溫柔的微笑下樓（蕾蓓卡非把她介紹給克勞利小姐不可，克勞利小姐很想見她，只是她病得太重，下不了馬車），這位公園街的貴族不禁好奇，布魯斯貝里怎會出現這樣一位可人兒。害羞的年輕姑娘怯生生地走上前，優雅地向好友的女主人打招呼，她緋紅甜美的臉蛋立刻擄獲克勞利小姐的心。

這場會面結束，馬車立刻朝西行駛。克勞利小姐驚嘆道：「親愛的，那小姑娘多美呀！她的聲音多悅耳啊！我親愛的夏普，妳那年輕朋友還真漂亮，叫她來公園街坐坐，聽到了嗎？」克勞利小姐慧眼識人。她喜歡毫不做作、自然優雅的韻味，雖然艾美麗雅十分羞怯，卻使她更加純真。克勞利小姐喜歡美麗人兒圍繞在她身邊，就像她喜愛漂亮畫作和高雅瓷器一樣，一天之內，她像著迷似的，提到艾美麗雅六次之多。當洛頓．克勞利按時前來拜訪，吃著姑姑家的雞時，克勞利小姐又提起艾美麗雅。

此時，蕾蓓卡當然抓緊機會，宣布艾美麗雅已經訂婚了，她的未婚夫是奧斯朋中尉——他們兩人是青梅竹馬。

「他在一般步兵軍團，是嗎？」克勞利上尉問道。身為近衛軍官的他，花了好一段時間才記起那個軍團的編號。

蕾蓓卡說，似乎就是那個軍團。「那個軍團的連長是達賓上尉，」她說道。

「那個高大笨拙的傢伙，」克勞利說道，「一天到晚撞到人。我知道他，奧斯朋是個長得好看的男人吧，他是不是留著醒目的黑鬍子？」

「的確顯眼得很，」蕾蓓卡．夏普小姐說道，「我保證，他為此得意極了。」

洛頓．克勞利上尉的回答是一連串哈哈大笑，笑聲稍止，女士們就急著問他為何大笑。「他自以為會玩撞球，」他說，「我在可可樹俱樂部贏了他兩百鎊哪！他會打撞球！好個年輕蠢蛋！那天他什麼都要玩，什麼都要賭一下，可惜的是，他的朋友，達賓上尉硬是帶他離開，該死的！」

「洛頓呀洛頓，別那麼壞心眼，」克勞利小姐頗為讚賞地說道。

「女士，怎麼了？我認識那麼多步兵軍官，就屬他最蠢。塔剛和第西斯想從他身上攢多少錢，就能拿多少，只要能和勛爵一起亮相，要他下地獄也行。他們去格林威治吃飯時，他總是請客，而且他們還邀了一整連的士兵過去。」

「我敢說，那一連人多得很。」

「夏普小姐，妳說的沒錯，妳說的一向有道理，夏普小姐。滿滿一大連的好朋友——哈、哈！」上尉笑得愈來愈響，想著他說了個好笑話。

「洛頓，別那麼頑皮！」他姑姑喊道。

「哎，他父親是西堤區的商人，他們說他有錢得很。那些該死的西堤佬，非讓他們花點錢不可，我告訴你，我還沒揩夠他的油啊。哈、哈！」

「好吧，克勞利上尉，我會警告艾美麗雅的，怎能讓她嫁個賭博成性的丈夫！」

「他差勁透頂，是吧？嘿？」上尉板起了臉。接著他突然想到一個點子，又說：「老天爺，夫人，我說我們請他到這兒來罷！」

「他夠體面嗎？」姑姑探詢。

「體面？啊，他體面得緊。妳絕對想不到他居然不是貴族，」克勞利上尉回答，「等妳能夠待客，我們就請他來這兒吧，還有他那個……叫什麼名字啊……那個愛人……啊，夏普小姐，真抱歉忘了妳朋友的大名。總之，就是他的愛人，一起請她來吧。老天，我會寫封信給他，請他們過來，讓我瞧瞧他玩起皮克牌，是不是跟他的撞球技術一樣優秀。夏普小姐，他住在哪裡？」

於是夏普小姐告訴克勞利，奧斯朋中尉的倫敦地址。過了幾天，中尉就收到克勞利上尉字跡幼稚、有如頑童的信，裡面附上克勞利小姐的邀請函。

蕾蓓卡也寄了封邀請函給她親愛的艾美麗雅，而後者一聽說喬治也受邀，當然立刻答應出席。經過一番安排，艾美麗雅和公園街的女性共度早晨，她們都對她好極了。蕾蓓卡表現平靜，帶著高高在上的架勢，畢竟這兩人中，她比較聰明，老是佔上風，而她的朋友太溫柔又太謙卑，只要有人作主，她就會乖乖順從，因此恭順又好脾氣地接受蕾蓓卡的指示。克勞利小姐一點也沒有貴族的架子，十分親切地招待小艾美。她對艾美的迷戀絲毫不減，當著年輕姑娘的面，說她像個洋娃娃，又說她像個小侍女，或幅美麗的畫，眼神慈愛地瞅著她。有時上流世界對凡人的欽慕之情，連我也嘆為觀止，看到梅菲爾區的貴族紆尊降貴，真是人生一大樂事。然而，克勞利小姐的寵愛倒令小艾美麗雅十分疲倦，我得說，公園街的三位女士中，她恐怕和老實的布里吉斯小姐最處得來。她明白布里吉斯的善良，也懂得被忽視的苦楚，畢竟布里吉斯小姐實在稱不上有趣活潑。

喬治則在晚餐時抵達──他與克勞利上尉有場女賓止步的餐會。

奧斯朋家華麗的大馬車從羅素廣場，送奧斯朋少爺到公園街去，那些未受邀請的小姐們，故作漠不關心地望著哥哥離開，手上卻翻閱從男爵名冊，一找到皮特．克勞利爵士的頁面，立刻仔細閱讀，馬上就搞清楚克勞利家的歷史，上至其歷代祖先，下至遠近姻親，如賓紀勛爵……等等。洛頓．克勞利大方優雅地迎接喬治．奧斯朋，連聲讚嘆他的撞球技巧過人，詢問他何時想報上回的仇，對奧斯朋的軍團流露熱忱的興趣。他還表示若有機會，真希望每晚都與喬治打皮克牌，可惜的是克勞利小姐不准任何人在她家賭博，中尉的錢包倖免於難，不過僅此一晚。兩人相約下次在別的地方碰面，去瞧瞧克勞利想要賣的那匹馬，一起去海德公園試騎一番，當然還要吃頓飯，或者和其他有趣的朋友晚上出門尋歡。「當然，等你不用陪伴那位漂亮的薩德利小姐時，我們再出來，」克勞利邊說邊眨了眨眼，表示他明白兩人的感情。「好一個俏姑娘啊，以我的名譽發誓。不過，奧斯朋，」克勞利又加上一句，「我猜她有錢得很，對吧？」

奧斯朋不用陪伴那位小姐，他隨時都能和克勞利出去。隔天這兩人又碰面了，而克勞利大讚新朋友的騎術高明──句句真心誠意，接著又為他引見三、四名年輕貴族。能夠結交這些上流人物，讓心思單純的年輕中尉大為得意。

「你覺得那個夏普小姐如何？」兩名紈褲子弟把酒言歡時，奧斯朋問他的朋友，「她是個溫柔可人的小姑娘，在女王克勞利鎮，有她相伴，日子挺愜意吧？去年，薩德利小姐很喜歡她呢。」

克勞利上尉用他藍色的小眼睛，憤怒地瞪著中尉好一會兒。當奧斯朋上樓向美麗的家庭教師打招呼時，上尉的目光緊追不捨。雖然近衛軍官的妒火熊熊燃燒，但一看到夏普小姐對奧斯朋的態度，他的怒火立刻被澆熄了。

兩位年輕人走上樓梯。洛頓向克勞利小姐介紹奧斯朋後，奧斯朋趾高氣昂的走向蕾蓓卡，露出施恩的神氣。他原打算仁慈地對待夏普小姐，扮演護花使者，他甚至願意把她當作艾美麗雅的好友，與她握手。他說道：「啊，夏普小姐！近來可好？」並朝她伸出左手，以為她會因為受到如此恩寵而意外。

沒想到夏普小姐只微微伸出右手的手指，冷淡地微微頷首，她冷酷的神色令中尉渾身不自在。洛頓．克勞利在客廳另一頭見證這一幕，看到尷尬萬分的中尉，差點失聲大笑。對夏普小姐的反應大為意外的奧斯朋，呆愣了好一會兒，最後笨拙地低頭親吻夏普小姐伸出的手指，放棄與她握手。

「老天爺，她逼得他抬不起頭來！」上尉欣喜若狂地說道，而中尉則故作歡快地詢問蕾蓓卡在新環境過得好不好。

「新環境？」夏普小姐冷淡地重複，「你還真是好心，提醒我那可恨的往事！我的新工作很好，沒什麼好抱怨的，我的薪資豐厚——當然比不上惠爾特小姐，畢竟她可是羅素廣場兩位奧斯朋小姐的家庭教師。兩位小姐過得好嗎？當然，我不該逾越身分，問這種問題。」

「為何不能問？」奧斯朋大為驚奇地問道。

「還需要問嗎？在我留宿艾美麗雅家中的期間，她們從未放下身段，跟我說話，或者邀請我去你們家作客。不過，你也知道，像我們這種可憐的家庭教師，早就習慣被人蔑視了。」

「我親愛的夏普小姐！」震驚的奧斯朋衝口喊道。

「至少某些家庭就是如此待客，」奧斯朋的驚呼沒有打斷蕾蓓卡，她緊接著說，「你絕對想像不到，這兩家人真是天差地遠。我們家只不過是漢普郡的一戶人家，比不上西堤區的你們那麼富有。不過，至少我成了從男爵家的一員，為歷史悠久的英國世家服務。我想不用我說，你也知道皮特爵士的父親拒絕受封的事兒。你看見他們多麼善待我，我過得還不錯，那兒的環境的確很好。你願意探問我的近況，實在太仁慈了！」

奧斯朋怒急攻心，這個小家庭教師居然擺起架子，對他百般嘲諷，令這名年輕的英國雄獅感到渾身不自在。偏偏他又想不出任何理由，中斷這場令人愉悅的談話。

「我還以為妳很喜歡西堤區的商人家庭呢，」他高傲地回嘴。

「啊，你是說去年，我剛離開那間可怕又卑劣的學校的時候嗎？那時我的確如此。有哪個女孩不想離開校園，回到溫暖的家園悠閒度假？當時的我又懂什麼呢？但是啊，奧斯朋先生，十八個月改變了多少人事物！原諒我直言，但我的確與貴族共度了整整十八個月。但是呢，我能向你保證，艾美麗雅的確是朵冰清玉潔的蓮花，不管她到哪兒，都會受人疼愛的。好啦，我看得出來你心情好多了，這些西堤人還真是性情古怪！對了，還有喬斯先生——那位迷人的喬瑟夫先生現在過得如何啦？」

「我以為，去年妳並不討厭那位迷人的喬瑟夫先生，」奧斯朋寬容地說道。

「你太過分啦！好吧，別告訴別人，我的確沒有為他心碎，瞧你這張臉，表情多豐富又仁慈啊！你在暗示我某個問題對吧？當時，他若真對我開口，我不會拒絕。」

奧斯朋先生的神色顯然在說：「哎唷，瞧妳多善體人意啊！」

「你是不是在想，要是我有你當妹婿，必定是我的無上榮耀？想想看，我成為喬治．奧斯朋先生的嫂子，而堂堂喬治．奧斯朋先生是約翰．奧斯朋先生之子，而約翰是——啊，奧斯朋先生，你的爺爺是何方人士呢？啊，別生氣嘛，你沒辦法選擇自己的出身，而我也對你承認，我當然願意嫁給喬斯．薩德利先生，畢竟我只是一個身無分文的姑娘，哪裡能找到更好的出路？

現在你明白我所有的祕密了，我既坦白又誠懇。不管如何，你願意向我提起往事，實在非常仁慈，既仁慈又有禮。親愛的艾美麗雅，奧斯朋先生正和我聊起妳那可憐的哥哥喬瑟夫，他好嗎？」

夏普小姐就這樣，徹底擊潰喬治。這並不代表蕾蓓卡有理，但她成功將了喬治一軍，把他數落成了犯錯又無禮的一方。過不久，他就羞愧地逃跑了，想著他要是再多待一會兒，恐怕會在艾美麗雅面前出洋相。

雖然這一回蕾蓓卡佔了上風，但喬治並不是小人，無意搬弄是非，報復一名弱女子。不過，隔天他不由自主地向克勞利上尉掏心剖腹一番，訴說他對蕾蓓卡小姐的一些看法：他說她正如其姓[78]，狡猾精明得很，不但危險，又精通媚惑之術……等等。克勞利笑著同意奧斯朋說的一切，不到二十四小時，這些話就一字不漏地傳進蕾蓓卡小姐耳裡，這讓她對奧斯朋的看法更加堅定不移。女人的直覺告訴她，她的第一段戀情就是被喬治破壞的，而她當然為此十分欽佩他。

「我只是想警告你，」他對洛頓．克勞利說道，臉上露出心領神會的表情。此時，他已買下克勞利的馬，晚餐後又輸了不少基尼。「我只是想警告你。我懂女人，我勸你小心點。」

「謝謝你，我的好朋友，」克勞利露出感激不盡的眼神，「看來你清醒得很。」接著，喬治就離開了，想著克勞利說得沒錯，他清醒得很。

他告訴艾美麗雅他所做的事，提起他如何勸洛頓．克勞利提防那個狡猾、心機重的蕾蓓卡，並不忘稱讚克勞利是個直爽、優秀的男子漢。

「妳要他提防誰？」艾美麗雅驚叫。

「妳那個朋友，那個家庭教師。妳何必一臉意外的樣子。」

「啊，喬治，瞧你做了什麼好事？」艾美麗雅說道。愛情讓她女性的直覺格外敏銳，她很快就發現克勞利小姐和守貞的布里吉斯都沒察覺的祕密，當然一本正經、留著大鬍子的奧斯朋中尉也完全沒看出來。

在克勞利小姐家時，蕾蓓卡帶艾美麗雅四處參觀，這對好友終於有機會獨處，分享祕密心事，聊聊女性熱中的話題。艾美麗雅朝蕾蓓卡走過去，用那雙小手緊緊握住朋友的雙手，說道，「蕾蓓卡，我全看出來了。」

蕾蓓卡一聽，立刻親吻她。

兩名年輕女子再也沒提起這個令人喜悅的祕密，但這祕密注定過不久就要公諸於世。

上述事件過了一陣子後，蕾蓓卡．夏普小姐依然住在公園街女恩人的家裡，然而在陰鬱的葛雷特剛特街，又有一棟屋子掛起宣告家族成員過世的悼念喪章。這回掛起喪章的是皮特．克勞利爵士的宅邸，但過世的並不是這位可敬的從男爵，那是塊女性紋章。幾年前，皮特爵士的母親，老寡婦克勞利夫人辭世時，這塊紋章也曾掛在窗戶上，但喪期一過，它就被收進宅邸裡的某個角落。現在，它因可憐的蘿絲．道森又被掛出來，皮特爵士再度成了鰥夫。蘿絲．道森沒有家族徽章，因此盾形紋章上，克勞利家徽旁的是上一代夫人的家徽。但是上面的小天使既然迎接了皮特爵士的老母親，想必也不會拒絕克勞利夫人。喪章上，除了有代表克勞利家族的白鴿與蛇，下方還寫了「復活」二字。喪徽、紋章、復活，多適合當道德訓誡的主題呀！

病人唯一的親友，就是克勞利先生，他守候在她的床畔祈禱。在他的陪伴下，她安穩地告別人世。多年來，他是唯一一個對她好的人，這虛弱寂寞的靈魂僅有他一個朋友。早在她的軀體死亡前，她的心就死透了，她成為皮特．克勞利爵士的妻子時，就賣掉了真心。浮華世界裡，千千

78.「夏普」的原字Sharp有尖銳、精明、尖酸苛刻等意涵。

萬萬的母親與女兒都做著同樣的買賣。

當她斷氣時，她的丈夫人在倫敦，處理他繁雜的各種事務，和他的一票律師打官司。他沒空回家悼念亡妻，倒是有空拜訪公園街，而且還去了好幾次。他寫了很多短信給蕾蓓卡，懇求她、命令她、指示她立刻回到鄉下兩名學生的身邊，她們的母親病重，而兩位小姑娘無人陪伴，但克勞利小姐不願意讓夏普小姐離開。雖說倫敦的上流女士，一旦滿足朋友的陪伴後，把朋友趕走的速度沒人比得上克勞利小姐，而她喜新厭舊的速度也無人能及，但只要她的腸胃病還沒痊癒，她就離不開精力源源不絕的蕾蓓卡。

令人意外地，克勞利夫人的死訊在克勞利小姐家，不但沒有引起多少哀傷情緒，也很少被提及。「我看，我非得把舞會延到三號不可，」克勞利小姐說道。停頓了一會兒，她又加上，「我希望我那弟弟還有點節操，別再結婚了。」

「要是他又結婚，我哥皮特一定會氣瘋，」洛頓一如往常只在乎哥哥的反應。

蕾蓓卡什麼也沒說，不過，她看起來竟是全家族中最悲痛、最在乎夫人之死的人。那天，洛頓還沒離開，她就從客廳告退，洛頓請了喪假，隔天就要動身離開倫敦。不過，後來兩人又在樓下巧遇，談了一會兒。

隔天，克勞利小姐安靜地讀法文小說，而望向窗外的蕾蓓卡突然警覺地喊道，「女士，皮特爵士來了！」她的驚呼把克勞利小姐嚇了一大跳。蕾蓓卡一說完，樓下大門就傳來從男爵咚咚的敲門聲。

「親愛的，我不能見他，我不會見他的。叫鮑斯告訴他我不在家，不然妳下樓跟他說也行，我病得太重，誰也見不了，現在的我，實在無法忍受我那個弟弟。」克勞利小姐喊道，說完又讀起那本小說。

「爵士，她病得太重，無法迎接你。」蕾蓓卡下樓時，擋住了正要上樓的皮特爵士。

「正合我意，」皮特爵士回道，「我想見的是**妳**，蓓琪小姐，跟我到客廳去吧。」兩人一前一後進了客廳。

「小姐，我『咬』妳回女王克勞利鎮。」從男爵說道，雙眼牢牢盯著她。他脫下黑手套和那頂帽邊上別了一大塊黑紗的帽子。他的目光毫不鬆懈，緊緊盯著蕾蓓卡，看來詭異得很。夏普小姐差點發起抖來。

「我很想早點回去，」她低低地說，「只要克勞利小姐身體好一些，就回到——回到那些可愛的小姑娘身邊。」

「蓓琪，妳老是這麼說，足足說了三個月，」皮特爵士指出，「但現在妳還是和我姐姐在一起。等到她厭倦了妳，就會把妳當舊鞋丟掉，我告訴妳，我要妳。我得回去參加『帳』禮，妳到底來不來？來不來？」

「我不敢……我沒想到……我不該單獨……和你在一起，先生。」蓓琪說道，她顯然心情十分激動。

「我『菜』說一次，我要妳，」皮特爵士一邊說，一邊捶了下桌子，「沒有妳，我日子過不下去啦，在妳離開前，我不知道會那麼難『凹』。家全變了樣，不再是以往那樣，我的帳目又亂七八糟。妳**非回來不可**。回來吧，親愛的蓓琪，回來吧。」

「先生，我還能以什麼……什麼身分回去呢？」蕾蓓卡喊道。

「若妳願意，就回來當克勞利夫人吧，」從男爵回答，緊緊握住那頂別上黑紗的帽子。「我說出口了！這樣妳『鑾』意了吧？回來當我的妻子，妳配得起我，什麼身世，去他的，我見過那麼多貴族夫人，妳不比她們差。妳那小腦袋瓜聰明得很，比郡上所有的從男爵夫人還厲害，妳回來吧？要不要？」

「啊，皮特爵士！」蕾蓓卡驚呼，似乎深受感動。

「說妳願意，蓓琪，」皮特爵士繼續說，「我老了，但我健康得很，我還能活二十年。我會讓妳快樂，要是我虧待了妳，我保證我會下地獄。妳想做啥都可以，要買啥都沒問題，家裡隨妳布置。我會給妳一筆『欠』的。我什麼都願意。妳瞧瞧！」老人跪了下來，像個情聖似地朝她拋媚眼。

蕾蓓卡大為震驚地往後跳了一步。直至此時，我們都不曾見到夏普小姐如此難以自制。此時她再也無法自持，伸手抹去她這一輩子最真誠的淚水。

「啊，皮特爵士！」她說，「哎，先生——我……我……我已經結婚了。」

第十五章 蕾蓓卡的丈夫現身了一會兒

我相信我們的讀者感情豐富，各位讀到前一章戲劇化的最後一幕，想必眉飛色舞，畢竟世上有什麼畫面，比一名滿懷愛意的情聖跪在美女面前還要動人呢？

但當情聖聽到美女無情告白自己已名花有主，羞憤的情聖立刻從地毯上一躍而起，厲聲咒罵，令惹人憐的嬌小美女比先前更加驚恐。震驚的從男爵憤怒地破口大罵好一陣子，又喊道：「結婚了？妳開玩笑。蓓琪，妳在『凡』弄我。妳身上半毛錢都沒有，有誰看得『喪』妳？」

「我結婚了！結婚了！」傷心的蕾蓓卡淚流不止，情緒激動得哽咽起來。她拿起手帕遮住哭紅的雙眼，唯有倚著壁爐，才能勉強支撐她癱軟無力的身軀。那哀慟欲絕的身影，足以讓世上最冷酷的人心軟。「啊，皮特爵士，親愛的皮特爵士，千萬別誤以為我不懂得知恩圖報，我很感謝你仁慈地對待我。正因你如此慷慨，我才不得不向你吐露祕密。」

「去他的慷慨！」皮特爵士吼道，「那麼，妳究竟嫁給誰？妳在哪兒結的婚？」

「先生，讓我跟你回鄉下吧！讓我一如以往，忠實地服侍你！千萬、千萬別不准我回到那親愛的女王克勞利鎮！」

「那傢伙拋棄了妳，是吧？」從男爵說道，自以為瞭解發生了什麼事。「好吧，蓓琪……妳想回來，還是可以回來。魚與熊掌不能『欠』得。不管如何，我『踏』方的給了妳選擇。妳就『肥』來當家庭教師吧，如妳所願。」她伸出一隻手。她心碎地哭泣，淚珠滾滾滑落她的雙頰，也落在她倚靠的壁爐上。

「那浪蕩子跑掉了，是吧？」皮特爵士想藉此獲得一點慰藉，「算啦，蓓琪。**我會**照顧妳。」

「啊，先生！你說你很滿意你的小蕾蓓卡這陣子以來的服務，要是我能回到女王克勞利鎮，再次教育兩位小姐，像以前一樣當你的左右手，這會是我這輩子最大的榮幸。一想到你剛剛的告白，我的心就滿懷感恩。這是我發自內心的告白，絕無虛假。先生，我沒辦法當你的妻子，讓我……讓我當你的女兒吧。」一說完，蕾蓓卡以極為悲劇性的姿勢**跪**了下來，並且用雙手握住皮特爵士黝黑乾枯的手，把她那白皙美麗、柔軟如緞的手襯得更加醒目。她抬頭望著他的臉，表情哀愴但又流露對主人的信賴，然而就在此時——就在此時門打開了，克勞利小姐翩然而入。

從男爵和蕾蓓卡一進到客廳，剛好經過的菲金太太、布里吉斯小姐紛紛停步門前。她們偶然從鑰匙孔看見老人對家庭教師下跪，聽到老人不顧身分地求婚。他的話音剛落，菲金太太和布里吉斯小姐立刻三步併作兩步地衝上樓，闖入樓上的客廳，克勞利小姐仍在那兒讀法文小說。兩人七嘴八舌地向老婦人報告這令人震驚的大消息：皮特爵士向夏普小姐下跪求婚。若你們估算得出這對男女對話時間的長短——與此同時，布里吉斯和菲金太太跑到樓上客廳向克勞利小姐稟告，女主人大為震驚，立刻丟下手上那本比高特．勒布倫[79]的小說，並趕下樓——就會知道這個故事真實不虛。蕾蓓卡羞愧下跪時，克勞利小姐一定已進到房裡。

「跪在地上的是女方，不是男方啊，」克勞利小姐露出極為不屑的眼神，說話的口氣也盡是輕蔑。「她們跟我說，跪在地上的是**你**啊，皮特爵士。拜託你再跪一次，讓我瞧瞧這對迷人的佳偶！」

「我已向皮特．克勞利爵士道謝過了，女士，」蕾蓓卡站起身，「我已告訴他……告訴他我不可能成為克勞利夫人。」

「妳居然拒絕了他！」大為意外的克勞利小姐說道。站在門邊的布里吉斯和菲金也驚訝得四眼圓睜，張大了嘴。

「是的……我拒絕了，」蕾蓓卡哀傷地回答，幾近哽咽。

「皮特爵士，我耳朵沒失聰吧，你真的向她求婚？」老婦人問道。

「『四』的，」從男爵回答，「我求了婚。」

「而她，就像她剛剛說的，她拒絕了你？」

「『四』的，」皮特爵士咧開了嘴笑。

「看來你一點也不傷心嘛，」克勞利小姐評論道。

「一點也『鋪』，」皮特爵士回答，從容自若又開心得很，令克勞利小姐震驚得不得了，幾乎要瘋狂了。身分尊貴的老從男爵居然下跪，向一文不名的家庭教師求婚，遭到拒絕後，還能無所謂的哈哈大笑？身無分文的家庭教師居然拒絕一位每年有四千鎊收入的從男爵？這謎題超乎克勞利小姐的理解，遠比她喜愛的勒布倫小說還要離奇。

「我很高興你還笑得出來，弟弟」她說道，腦袋拚命想搞清楚發生了什麼事。

「那『咚』然，」皮特爵士說道，「誰想得到！這個狡猾的小魔鬼！好個狐狸精！」他對自己低聲說道，甚至開心得咯咯笑。

「誰想得到什麼呀？」克勞利小姐急得跺腳喊道。

「夏普小姐，妳好好祈禱吧，妳是不是在等攝政王離婚？妳覺得我們家配不上妳，是嗎？」

「女士，當妳進來時，」蕾蓓卡說道，「妳看到了我的窘態，難道我看起來對眼前這位……這位貴族大人的求婚不屑一顧嗎？妳以為我是個沒心肝的人嗎？你們如此疼愛我，仁慈寬厚地接

79. 一七五三～一八三五，法國作家。

納我這個孤兒……我這個被人遺棄的女子，難道你們以為我無血無淚嗎？啊，我的朋友們！我的恩人們！難道我不是用愛，用生命，用忠誠來回報你們對我的大恩大德？難道你們不准我向你們表達我的感謝之情？克勞利小姐？你們對我太好了，我的心滿溢對你們的感激——」說了這些，她就跌坐在椅子裡，她悽苦的表情讓在場的聽眾都融化了。

「不管妳願不願意嫁給我，妳都是個好女孩，蓓琪。而我永遠是妳的『盆』友，記好了。」皮特爵士說道，戴上那頂別了黑紗的帽子，離開了——這讓蕾蓓卡大大鬆了一口氣。顯然，克勞利小姐還不知道她的祕密，她還有一段緩衝時間。

夏普小姐用手帕捂住雙眼，上樓回房。布里吉斯原想跟著她，但蕾蓓卡點頭婉謝了。克勞利小姐和布里吉斯仍激動不已，兩人聚在一起討論這奇怪的事件。同樣震驚的菲金太太則下樓到廚房去，和那兒的男男女女述說這檔奇事。大受震撼的菲金太太認為她得立刻寫信，當晚就將信寄出。短箋裡寫著：「因職責在身，向布特．克勞利太太及教區牧師一家稟告，皮特爵士向夏普小姐求婚了，但她拒絕了他，令所有人吃了一驚。你們謙卑的僕人敬上。」

兩位老小姐在餐廳裡喋喋不休地談論皮特爵士的求婚和蕾蓓卡的拒絕多麼令人驚訝，可敬的布里吉斯小姐很高興再次與女主人獨處，兩人掏心剖腹地暢談一番。布里吉斯非常準確地猜測，兩人的結合必定受到某種強硬的阻礙，不然像她這樣的年輕女子，不可能拒絕如此有利的婚約。

「換成是妳，妳會答應吧，是不是？布里吉斯？」克勞利小姐溫柔地問道。

「能夠成為克勞利小姐的弟妹，是多大的榮幸啊！」布里吉斯巧妙地迴避了問題。

「哎，要是她接受了，她會當個稱職的克勞利夫人，」克勞利小姐評論道。家庭教師的拒絕撫慰了她的心，現在既然不用擔心蕾蓓卡踏入家門，她馬上變得思想開明，慷慨大方。「她很有頭腦，她一根小指頭就比妳整個腦袋還要強，我親愛的布里吉斯。她心思細密，經我一番調教，現在她待人接物都雍容大方，布里吉斯，她可是蒙特莫朗西家的人啊。雖然我個人討厭血統，但血源畢竟有點道理。在那堆虛華愚昧的漢普郡鄉巴佬之間，她足以勝任從男爵夫人，遠比那不幸的鐵匠之女好多了。」

一如以往，布里吉斯表示同意，兩人接著猜測「剛剛上演的愛情劇碼」中的各種情節。「妳們這些沒家人的孤女，總是滿腹愚蠢的柔情，」克勞利小姐說，「妳也知道，拿妳自己來說，妳不也曾愛上那個書法教師（布里吉斯，別哭了——妳老是哭個不停，流再多眼淚也沒辦法讓他復活呀！），我猜不幸的蓓琪也是太多愁善感，犯了傻——八成是愛上某個藥師、管家、或是畫家、年輕的副牧師……之類的人罷！」

「可憐啊！可憐的姑娘！」布里吉斯嘆道。她回想著二十四年前，那個患了肺結核的年輕書法教師，還有他那頭金色鬈髮。樓上房間那張老書桌裡，還藏了他以龍飛鳳舞的字跡寫下的信箋，至今仍是她珍重的寶物。布里吉斯再次嘆道：「可憐啊！可憐的姑娘！」她又回到當年那個只有十八歲，臉頰紅潤、毫無皺紋的青春姑娘，晚上她會去教堂，和那發了燒的書法老師一起顫抖地誦讀讚美詩。

「蕾蓓卡拒絕了求婚，」克勞利小姐興奮地說道，「我們家得為她做點事才行。布里吉斯，找出她愛上了誰，我會幫助他開個小店，或請他畫肖像畫，妳懂我的意思。或者跟我那個當主教的表親談談，說我會資助蓓琪，這樣一來我們就能辦場婚禮啦，布里吉斯，妳會為新娘做早餐，還能當伴娘呢。」

布里吉斯表示果真如此那就太棒了。她讚美親愛的克勞利小姐一貫的仁慈慷慨，接著上樓到蕾蓓卡的房間安慰傷心的姑娘，聊聊剛剛那場求婚、蓓琪的拒絕，小心刺探蓓琪之所以回絕的理由，同時暗示克勞利小姐寬厚的提議，想盡辦法找出贏得夏普小姐芳心的，究竟是哪位神通廣大的男子。

蕾蓓卡非常溫柔親切，但難掩傷心欲絕的神情。面對布里吉斯慈愛的安慰，她回以滿滿的感謝，並承認她的確心有所屬──啊，多神祕啊！布里吉斯小姐沒在鑰匙孔前多待幾秒，真是太可惜啦！蕾蓓卡似乎還有意透露更多祕密，但布里吉斯小姐進了蕾蓓卡的房間不到五分鐘，克勞利小姐就親自上陣──女主人親臨僕人房，這可是前所未聞的尊貴待遇啊！她急著知道結果，無法再等待她拖拖拉拉的女使者，乾脆直接上樓來。她命令布里吉斯退出房間。她大為讚嘆蕾蓓卡回絕從男爵的求婚。她詢問這場會晤的細節，想知道兩人過去的往來，搞懂為何皮特爵士會出人意料的求婚。

蕾蓓卡回答，她早就隱約察覺皮特爵士對她的厚愛，畢竟爵士向來習慣以坦白又直接的方式表達心情。她說承蒙爵士疼愛，實是無上的榮幸，但就算不提那個她目前不願告訴克勞利小姐的私人因素，光是皮特爵士的年紀、地位和生活方式，就讓兩人的結合無望。這位大情聖的妻子才剛過世，喪禮都還沒辦，世上哪位自尊自重的女子能夠在此時接受對方求婚呢？

「親愛的，妳講的全是一派胡言。要不是妳心裡已有別人，妳才拒絕不了他呢，」克勞利小姐直截了當地切入重點。「告訴我妳所謂的私人因素吧，究竟是哪些私人因素？妳心有所屬。誰奪走了妳的心？」

蕾蓓卡垂下眼睫，承認的確如此。「親愛的女士，妳的確猜中了，」她以甜美清純的聲音說道，話音微微顫抖。「妳想不到我這樣一名可憐又沒有朋友的女子，怎麼會陷入情網中，是吧？但貧窮無法阻止人們相愛，我倒希望貧窮能澆熄我的愛情。」

「我親愛的孩子，妳多苦命啊，」克勞利小姐喊道，此時她已準備好豐富的情緒，「我們的愛情難道真的無望？我們難道不得不守著祕密，日漸憔悴？告訴我吧，全說出來，讓我好好安慰妳。」

「親愛的女士，我真希望妳安慰得了我，」蕾蓓卡的聲音依舊哽咽。「妳說得沒錯，我的確需要安慰。」她自然而然地將頭倚在克勞利小姐的肩上，低低啜泣。老婦人儘管大感意外，但立刻湧上疼惜之情，以母性的慈愛擁抱她，說了各種撫慰溫柔的話語，誓言會永遠把她當作女兒來疼愛，傾盡全力幫助她。「親愛的，現在告訴我，那個人兒是誰呀？是漂亮的薩德利小姐的哥哥嗎？妳提過你們之間有過一段情。親愛的，我會問他這回事的，我會讓妳得到他，妳當然會得到他。」

「別再問我了，」蕾蓓卡回答，「妳很快就會知道一切。真的。親愛的、仁慈的克勞利小姐啊——我是否能稱妳為我親愛的朋友？」

「我的孩子，我當然是妳親愛的朋友，」老婦人回答並親吻她。

「我現在還不能告訴妳，」蕾蓓卡啜泣道，「我的處境太可悲了。但是啊，請妳一如既往地愛我——向我保證，妳會永遠愛我。」兩人相擁而泣，年輕女子的感傷，讓年長女士同情得落下淚來。克勞利小姐慎重發誓會永遠愛她，再三祝福她，又讚賞她的直率溫柔、感情豐富，說她是個讓人費解的小姑娘，最後才離開她的小徒兒。

現在，隻身一人的蕾蓓卡終於得以回想今天一整串意外的突發事件，回顧過去至今的大小事，臆測她是否有其他的路可走。讀者啊，你們認為此時夏普小姐——啊，抱歉，應該說蕾蓓卡太太才是——此時的心境為何？無所不知的作家在幾個章節之前，宣稱自己有如月光，能窺探艾美麗雅．薩德利小姐的閨房，看透她無辜枕頭上承載的一切苦悶與熱情，那他為什麼不能當蕾蓓卡的密友，看穿她所有的心事，成為年輕女子的祕密守護者呢？

讓我說分明。首先，富貴近在眼前卻不得不婉拒，讓蕾蓓卡流露出真誠的悔恨之情，令人動容。遇到了同樣情況，幾乎所有的正常人都會像她一樣，因為與好運錯身而遺憾萬分。這位女子身無分文又孤苦無依，但她本有可能成為從男爵夫人，每年與丈夫共享四千鎊，全天下的溫柔母親都能明白她的痛苦，不是嗎？這位努力工作、聰穎機靈、值得稱許的女子，得到尊榮的從男爵大人卑躬屈膝的求婚，眼看就能過上衣食無缺的好日子，但她偏偏無法接受。浮華世界裡所有的年輕貴族，有誰能不為她難過呢？我確信所有的人都能理解我們的朋友蓓琪多麼沮喪，也會同情她的遭遇。

我還記得，有天晚上我參加一場晚宴，身處於浮華世界之中。我注意到老陶迪小姐也在場，人人都注意到，她當晚特別關照律師布瑞芙萊斯先生的年輕太太，對她讚不絕口，雖然布瑞芙萊斯太太出身良好，但我們全都知道，她身無分文。

我自問，為什麼陶迪小姐拚命對她阿諛奉承？是不是布瑞芙萊斯先生接到某個法院案子？還是他的妻子突然繼承大筆財產？很快地，舉止直接的陶迪小姐，也直率地解釋箇中緣由。「你知道吧，」她說道，「布瑞芙萊斯太太是約翰．瑞德罕爵士的孫女。住在切爾登漢的瑞德罕爵士生了重病，再活也活不過六個月。布瑞芙萊斯太太的爸爸會繼承爵位，你瞧，她很快就會成為一名從男爵的女兒啦。」接著，陶迪小姐邀請布瑞芙萊斯夫妻下週務必去她家共進晚餐。

光是有機會成為從男爵之女，就能讓一名女子贏得世人推崇，當一名年輕女子失去成為從男爵夫人的機會，我們當然能體諒她的悲痛之情。誰想得到克勞利夫人那麼快就死了？有些女人老是生病，一轉眼卻又活過十個年頭，她看來也會如此——悔恨交加的蕾蓓卡想道，我居然有機會成為堂堂從男爵夫人！那老頭完全被我牽著跑。我本能回敬布特太太的照顧，將皮特先生一軍——自負的他故作親切，真令人難以忍受！要是我接受了，我會重新整修、裝潢那棟大宅。我原有我還會擁有全倫敦最華麗的馬車，坐在歌劇院的包廂，我甚至能參加下一年度的社交季。我原有機會獲得這一切，但現在，現在我的前途茫茫，不知何去何從。

但蕾蓓卡是個充滿決心與活力的年輕女子，她無法放任自己耽溺於無法改變的過去，這於事無補。因此，她只感嘆了一會兒，就明智地將注意力轉向未來。對此刻的她來說，未來更加重要，她評估自己的處境與希望，危機和轉機。

首先，她「結婚了」——這是很重要的事實。皮特爵士知道這回事。她並不太意外自己衝口坦承這件事，她當時必定迅速盤算了一番。既然這件事終將公諸於世，又何必死守祕密，等到以後再公開呢？皮特爵士向她求婚卻遭拒，此時一定會保持沉默，不會洩漏風聲。最重要的問題是，克勞利小姐會如何面對這個消息。蕾蓓卡心下惴惴，但克勞利小姐說過的每一句話，她都謹記於心。老婦人蔑視出身血統，發表過令人震驚的開明觀念，她熱愛浪漫與狂野，她寵愛姪子，可說縱容他的一切行徑。她再三重申自己多麼欣賞蕾蓓卡。蕾蓓卡想著，她那麼疼愛姪子，也許會願意原諒他犯下的所有錯誤，而她也習慣有我服侍，失去了我她恐怕不太好受。祕密公開時，場面一定十分混亂，她可能會激動得歇斯底里，也可能會爆發激烈的爭執，但接下來一定會有場大和解。不管如何，就算晚點再揭開真相，又有什麼好處？既然生米已經煮成熟飯，今天的問題，延到明天也躲不了。既然克勞利小姐終將得知這個消息，年輕女子審慎評估，要讓她經由何種管道得知最好，而她本人是否必須留下來，面對即將到來的腥風血雨，還是該避避風頭，等到第一波風暴平息後再做打算。沉思良久之後，她寫下一封信。

我最親愛的朋友：

我們時常討論的那場嚴重危機，已經**到來**。他們已得知我大半的祕密，而我想了又想，終於下定決心，此刻就是**揭露所有謎題**的時機。今早，皮特爵士來看我，而且——你猜猜看發生了什麼事？——**他正式向我求婚了**！有誰想得到！可憐的我。我本有機會成為克勞利夫人。若真如此，布特太太必定會氣得跳腳。還有**我的姨母**，想想看，我的地位居然有可能超越她！我居然會成為某人的繼母，而不是——啊，我渾身發抖，一想到我們很快就必須告訴眾人，我就顫抖不已！

皮特爵士知道我結婚了，但還不知道對象是誰。目前他還沒有勃然大怒，但我的姨母因為我居然拒絕他而「頗為生氣」。但她依然仁慈又寬厚地對待我。她甚至自降身分地說，我本能當個適合皮特爵士的好妻子，並誓言會當小蕾蓓卡的母親。當她知道這個消息，她一定會大為震驚。但除了一時的震怒之外，我們需要擔心其他的事情嗎？我不這麼認為；我**確信**我們不用為此煩惱。她如此寵愛你（你這個可恨的壞蛋），她必會寬恕你所做的**一切**；而且我相信，我在她心中的位置只次於你。要是少了我，她一定會難過得很。我最親愛的，**告訴我**我們將克服一切困難。你得離開那個可恨的軍團，放棄賭博、賽馬，當個**好男孩**，這樣我們就能在公園街住下來，姨母會把所有財產都留給我們。

明天三點，我會試著出門，老地方見。如果布小姐陪著我，那你非來晚餐不可，並把回信夾在《波圖斯主教講道集》第三卷裡。不管發生什麼事，快來見你的蕾。

信封上寫著，「致騎士橋馬鞍工兵坊巴奈特先生宅邸的艾麗莎．史黛爾斯小姐」。蕾蓓卡宣稱艾麗莎．史黛爾斯小姐是她過去的同學，近來兩人頻繁通信，而史黛爾斯小姐都會去馬鞍工兵坊收信。但我相信，本故事聰明的讀者們都已發現，這位艾麗莎．史黛爾斯小姐腳上套著銅馬刺，嘴上留上醒目的翹鬍子，就是我們那位洛頓．克勞利上尉！

第十六章　針插上的信

他們究竟如何結婚，與他人無關。一名已經成年的上尉和一名已達結婚年齡的年輕女子要在倫敦購買結婚執照，有什麼困難？他們有權踏入任何一座教堂，共結連理，又關別人何事？人人皆知，一個女人只要有心，必定找得到手段成其所願，不是嗎？而我個人認為，某天上午夏普小姐去見她親愛的朋友，羅素廣場的艾美麗雅．薩德利小姐時，有位長得與她神似的姑娘，可能在一位先生的陪伴下，走進西堤區的某座教堂。那位先生的鬍子還染了色呢！經過十五分鐘後，這名男子又護送姑娘坐上等候在旁的出租馬車，一場低調的婚禮就悄無聲息地結束了。

我們明瞭世事的人，又怎能質問一名紳士該不該娶誰呢？多少明智博聞的學者娶了他們的廚娘？艾爾頓伯爵[80]向來行事慎重，但他本人不就上演了私奔的戲碼嗎？希臘神話的阿基里斯和亞傑克斯不是都愛上了侍女嗎？一名頭腦不大重用的龍騎兵一輩子都不知道如何節制私欲，現在嘗到激情的滋味，難道他就會突然謹言慎行，拒絕耽溺一時的幸福，只因為必須付出代價？要是人人結婚時都謹言慎行，那世上人口就會大幅降低了！

就我而言，我認為洛頓先生的婚姻，是他人生中少數的真誠行為。迷戀一名女子，甚至決心娶她，沒人會說這是欠缺男子氣概的行為，小蕾蓓卡帶給這位魁梧戰士欽慕、喜悅、熱情、驚喜，讓他獲得無限自信，陷入瘋狂的愛戀，我相信夫人小姐都會為此動容，無法責怪愛得無可自

80. 約翰．史考特，一七五一～一八三八，第一任艾爾頓伯爵，英國律師與政治家。

拔的上尉。當她唱歌，每個音符都令他無趣的靈魂為之震盪，讓他龐大的身軀顫抖不已。當她說話，他側耳聆聽，盡全力思考，她吐出的每句話都令他嘖嘖稱奇。有時她愛開玩笑，他會反覆思索她話語間的意涵，往往隔了半小時後，才在大街上恍然大悟而縱聲大笑。他身邊那位駕著二輪輕便馬車的車夫，或和他一起在海德公園羅登道上騎馬的夥伴，常被他突如其來的笑聲嚇得大吃一驚。她說的話是他的神諭，她的舉手投足完美無缺，處處流露優雅與睿智。「她唱歌時……還有她畫畫時的模樣，」他在腦中細細品味，「在女王克勞利鎮時，她騎那匹暴躁母馬的樣子啊！」兩人獨處時，他會對她說：「老天爺，蓓琪，就算總司令或坎特伯里大主教這樣的職位，也難不倒妳，我說真的，老天爺。」他的迷戀異於常人嗎？但我們每天不都見到許多老實的海克力斯[81]被翁法勒[82]玩弄與股掌之間？還有許多蓄著鬍子的參孫躺臥在達麗拉[83]的大腿上，不是嗎？

當蓓琪告訴他大災難即將降臨，該付諸行動時，洛頓告訴蓓琪，只要她一聲令下，他就準備好赴湯蹈火，正如只要上校一聲令下，他就會帶著他的軍團衝鋒陷陣。隔天，他用不著將回信夾入《波圖斯主教講道集》第三冊中。蕾蓓卡輕易就找到藉口擺脫散步伴侶布里吉斯，並在「老地方」與她忠誠的朋友會合。

前一晚她已徹底思量一番，她告訴洛頓她深思後的結論。想當然耳，他同意了，不管她說什麼，他都會同意，深信她說的都是對的，附和她的提議是最好的辦法。他贊同只要過了一段時日，克勞利小姐就會體諒他們的苦衷，被他們的愛情感動，或如他所說的「心軟下來」。就算蕾蓓卡換了個看法，他也絕對會完全同意並遵照她的吩咐行事。「蓓琪，妳的頭腦好得很，夠我們兩人用了，」他說道，「妳絕對會帶我們走出困境。我也是見過不少大場面、大人物的人，但我從沒見過和妳一樣機智的人啊。」深陷情網的重騎兵率真地表達對愛人的敬意後，就去執行蓓琪計畫中他所負責的任務了。

他的任務很單純。他奉命以上尉本人和克勞利太太的名義，在布朗普敦或軍營附近租個安靜的小屋，當作新的落腳處。我們認為，謹慎的蕾蓓卡已下定決心要展翅飛翔。面對她的決定，洛頓樂得照辦，過去幾週來洛頓一直哀求她這麼做。因愛而急躁的他，開心得駕馬直驅目的地，找個適合的住所。房東太太說每週租金兩基尼，他一口答應，令房東太太懊悔沒有哄抬價格。他訂了鋼琴和足以塞滿半個屋子的花，還有成堆的貴重物事。在盲目熱情的驅使下，他善用沒有上限的賒帳方式，買了披肩、羊皮手套、絲襪、法國金錶、手環、香水等等，全都送進新家。他慷慨地大肆消費後，就去俱樂部吃晚餐，等待那個改變人生的重大時刻到來。

蕾蓓卡拒絕如此豐厚的求婚，令人讚嘆。她守著一個苦痛的祕密，令她憔悴。她毫無怨言，溫順地承受一切不幸，前一天發生的一連串事件，令克勞利小姐比往常更加憐惜蕾蓓卡。求婚、拒婚、結婚，只要跟婚姻有關的事，都會令一屋子的女人興奮不已，讓她們歇斯底里的同情心放肆發作。我是名人性的觀察者，而在貴族婚嫁時節，我經常出入漢諾威廣場的聖喬治教堂。我從未見到新郎的男性好友落淚，也沒看過事務員或主持婚禮的牧師流露情緒，但常常看到與新人毫不相關的女性感動得涕泗橫流——比如早就過了適婚年齡的老小姐，兒女滿膝的健壯中年婦人，當然還有那些頭戴粉色軟帽的美麗年輕女子。她們正值尋覓佳偶的時刻，自然對婚禮十分熱中。我得說，女人哭喊、啜泣、抽噎，都是婚禮上十分常見的畫面。她們將小臉藏在那些無用的小手帕裡，不管年紀老少，全都激動不已。當我那位朋友，打扮入時的約翰·畢姆利科迎娶美麗的貝

81. 希臘神話的大力士。
82. 希臘神話中利底亞的女王。
83. 參孫神奇的力量來自於他的頭髮。迷戀少女達麗拉的他，告訴她這個祕密。達麗拉剪下參孫的頭髮，讓他失去力量。

爾格拉維雅．葛林．帕克小姐時，所有女人都興奮得落下淚來，連那位帶我入座、矮小高傲的領座老婦也淚眼汪汪。我深深自問，她到底為何落淚？可能是因為自己結不了婚而哭泣吧。

總而言之，經過皮特爵士下跪求婚的大事後，克勞利小姐和布里吉斯就陷入感傷萬分的情緒之中，將所有柔情都宣洩在蕾蓓卡身上。要是蕾蓓卡不在，克勞利小姐就閱讀藏書中最哀傷的小說來尋求慰藉。藏著祕密心事的小夏普，成了當天的女英豪。

當天晚上，蕾蓓卡以更加甜美的歌聲吟唱，以更加詼諧的口吻談話，住在公園街的日子裡，那晚的她最活潑歡樂，讓克勞利小姐加倍憐愛她。她以輕鬆玩笑的語調談論皮特爵士的求婚，笑稱老頭一時愚蠢，犯了傻，但她的雙眼盈滿淚珠。她說她最渴望的事，就是永遠陪伴在女恩主身邊，布里吉斯不禁因輸她一截而心痛。

「我親愛的小傢伙，」老姑娘說道，「我可不打算讓妳在這兒苦守寒窯，這就妳不用擔心啦。但經過這陣風波後，妳也不用想回到我那可恨弟弟的身邊了。妳就在這兒陪我和布里吉斯。布里吉斯常想拜訪她的親戚。布里吉斯，妳想去的話，就去吧。但妳呢，我親愛的，妳得留在這裡，照顧我這個老女人。」

要是洛頓．克勞利沒緊張地在俱樂部裡灌下一杯又一杯波爾多紅酒，而是在此時現身眾人面前，與愛人一同跪倒在老閨女面前，坦承一切，也許姑姑眨眼間就會原諒他們。但為了成就本書，這對戀人偏偏沒有這種好運氣。我們接下來還會一一描述他們精采的境遇，要是克勞利小姐大方寬恕他們，讓他們有個棲身之所，保護他們，就不會有後面一連串的故事啦。

公園街這棟宅子裡有名來自漢普郡的年輕侍女，在菲金太太的吩咐下，她眾多的職務之一，就是每天早上提一大壺熱水到夏普小姐的房門前——雖然菲金太太寧願把這壺水打翻，不讓那位入侵者用。這小侍女從小在克勞利大宅長大，她的哥哥則在克勞利上尉指揮的部隊中服役，講真的，我敢說這位姑娘早已察覺本故事中的一些線索與跡象。總之，蕾蓓卡給了她三基尼，她買了一條黃色披肩、一對綠靴、一頂天藍色的帽子，帽上還插了紅羽毛裝飾。小夏普可不是個大方的人，她願意出錢，當然是為了買通貝蒂．馬汀，拜託她幫忙辦些事。

皮特．克勞利爵士向夏普小姐求婚的隔天，太陽一如往常地昇起，而樓上的侍女貝蒂．馬汀也一如往常，時間一到就去敲家庭教師的房門。

沒有回應。她又敲了一回，但裡面依舊沉寂無聲。提著熱水的貝蒂打開房門，走了進去。鋪著白色細棉布的單人床平平整整，就像前一天貝蒂整理時一樣。兩個小行李箱用細繩捆了起來，放在房間一端。窗前有張桌子，桌上有個又大又厚實的針插，鑲了粉紅色裡襯，織成女用睡帽的模樣，而上面的縫衣針之間，夾了一封信。那封信可能已經等了一整夜了。

貝蒂躡手躡腳地靠近，好像深怕吵醒了那封信似地。她看著信，又掃視整個房間，雖然大吃一驚，但又頗為得意。她拿起信，翻過來看看，大大笑咧了嘴，最後她才拿著信，去樓下布里吉斯小姐的房間。

我真想知道，貝蒂怎麼看得出來那封信是寫給布里吉斯小姐呢？貝蒂所受過的教育，全來自布特．克勞利太太的禮拜日學校，草書對她來說，就像希伯文一樣陌生。

「啊，布里吉斯小姐，」女孩大喊道，「喔，小姐呀，發生大事啦——夏普小姐不在她房裡，那張床沒有『痛』過，她一定逃跑啦。她留了封信給妳耶，小姐。」

「**什麼！**」布里吉斯尖叫起來。她丟下梳子，那幾綹稀疏又黯淡無光的頭髮落在她的肩膀上。「她私奔了！夏普小姐跑了！什麼！怎會發生這種事？」她急切地撕開信上的封印，如俗語說的，「飢渴萬分地吞下」信的內容。

那位逃亡者寫道：

親愛的布里吉斯小姐，妳是這世上心地最善良的人，希望妳會憐憫同情我的處境，並原諒我。我離開了這個曾經給我一名孤女無數慈愛與關懷的地方，我心如刀割，淚流不止，心裡不斷祈禱，並祝福妳們會平平安安。比我親愛的恩人更崇高的聲音在呼喚我，我必須面對我的任務，與我的丈夫會合。是的，我已結婚了。我的丈夫命令我前往那個屬於我們的清寒家園。親愛的布里吉斯小姐，我告訴妳這個消息，因為唯有纖細的妳，才知道如何——如何將這消息轉達給我最親愛的摯友和恩人。告訴她，我離開前曾在她家的枕頭上啜泣不止——當我生病時，那親愛的枕頭曾帶給我多少慰藉啊——我真希望能再次看到它——啊，要是我能再次踏入親愛的公園街，我會多麼高興！我渾身顫抖地等待我的命運！當皮特爵士屈尊地朝我伸出他的手，這是多麼崇高的榮耀啊，而我親愛的克勞利小姐曾說，我受之無愧；她居然認為一名可憐孤女足以勝任她的弟媳，我實在太感謝她了，願上天賜福於她！我告訴皮特爵士，我已經是已婚婦女。雖然他原諒了我，但我無法鼓起勇氣，我本該向他坦承一切——我無法當他的妻子，因為我已成了他的媳婦！我嫁給了世上最英勇的男子——克勞利小姐的洛頓，就是我的丈夫。在他的命令下，我開口允諾，將隨他前往我們清貧的家園。不管他要我去哪裡，就算是天涯海角，我也願意！啊，我優秀又仁慈的朋友，求妳代我和我的洛頓，向他最親愛的姑姑求情，他高貴的家族對我情深義重。代我們懇求克勞利小姐見見她的孩子們，不要拒他們於門外。我無法再寫下去了，只能不斷祈禱，願上天賜福給這棟對我意義重大的屋子裡每一個人，我就此離開。

愛妳且滿心感激的蕾蓓卡．克勞利敬上，於午夜

這封信件不只令人感動，內容也十分有趣，這代表布里吉斯小姐的地位恢復，再次成為克勞利小姐的頭號密友。她剛讀完，菲金太太就進來了。「布特．克勞利太太剛到，她搭漢普郡的郵

車過來的，她想要喝茶。小姐，妳可不可以下去準備些早餐？」

布里吉斯的行動出乎菲金意料之外。她身上仍舊披著睡袍，稀少凌亂的頭髮在她身後飄動，好幾張捲髮紙仍掛在她的額上，但她就這樣抓緊睡袍，飄飄然地下樓去見布特太太，那封宣布大好消息的信件仍被她捏在手中。

「啊，菲金太太，」貝蒂驚呼道，「發生『太』事啦。夏普小姐和『上費』跑了，跑去葛雷特尼林園那兒啦！」要不是她高貴的女主人才是我們的謬思，不能離題，不然還真想花上整整一章來描述菲金太太此時的心境變化呢。

布特．克勞利太太搭了夜車，因整晚趕路而疲憊不堪。客廳生起了火，木柴劈啪作響，她坐在火爐前暖暖身子。一聽完布里吉斯小姐關於兩人祕密結婚的情報，她立刻表示老天有眼，讓自己在這個非常時刻抵達倫敦，剛好能安慰即將受到重大打擊的克勞利小姐，她宣稱蕾蓓卡是個狡詐的小蕩婦，她早就懷疑這女人心懷不軌。至於洛頓．克勞利，她完全看不出來為何克勞利小姐特別寵愛這個姪子，在她眼中，洛頓是個迷途浪子，早就無藥可救。布特太太繼續說道，這可怕事件至少有個正面效果，那就是打開克勞利小姐的雙眼，認清姪子邪惡的本性。接下來布特太太享用了溫熱的烤麵包和一壺好茶。既然公園街宅邸多了一間空房，布特太太也就沒必要下榻旅舍啦——樸茨茅斯郵車本來要把她送到葛羅斯特客棧去。她命令鮑斯先生的助手把她的行李搬進那間才剛空下來的房間。

人人都知道，克勞利小姐通常不到中午不會離開臥室。早上，她會在床上喝熱巧克力，聽著蓓琪．夏普朗誦《晨間郵報》，享受輕鬆的娛樂，或閒散地度過上午。樓下的幾名密謀人士一致同意，沒有必要一大早就讓親愛的老姑娘發愁，等她下來客廳再說。先告訴她，布特．克勞利小姐從漢普郡搭郵車過來，會在葛羅斯特客棧留宿，她向老小姐問好，並希望與布里吉斯小姐共進早餐。公園街過去不會特別歡迎布特太太，但此刻發生了一連串大事，她的到來倒令眾人頗為高興。克勞利小姐想到能和弟媳聊聊剛過世的克勞利夫人、即將到來的葬禮，還有皮特爵士突然向蕾蓓卡求婚等八卦，就十分興奮。

等到老姑娘依平日習慣出了臥房，坐進客廳的主人扶手椅，幾位太太小姐也彼此擁抱一輪、問好一番後，密謀人士終於同意，該向女主人宣布令人震驚的壞消息了。要通知壞消息時，女人家總是費盡心思地利用各種委婉隱晦的暗示，給她們的好友一些「心理準備」，真是令人佩服，不是嗎？克勞利小姐的兩位朋友在宣布真相前，也費了一番工夫鋪陳，讓她愈來愈迷惑，直到心中的警鈴大作。

「她之所以拒絕皮特爵士呀，我親愛、最親愛的克勞利小姐，妳得有個心理準備，」布特太太說，「這都是因為……因為她無法克制自己。」

「她拒絕當然是有原因的，」克勞利小姐回道，「她的心另有所屬。昨天我就這麼告訴布里吉斯。」

「她才不只是**心有所屬！**」布里吉斯驚呼，「啊，我親愛的朋友，她已經結婚了。」

「是的，她結婚了，」布特太太接口。布特太太和布里吉斯小姐雙手緊握，兩雙眼直直望著不明究裡的受害者。

「叫她過來。她一出房間就叫她過來。那個狡猾的小傢伙，她怎麼沒告訴我？」克勞利小姐尖喊。

「她不會過來，至少不是現在。親愛的朋友，妳得有點心理準備……她已經離開好一陣子了……她……她走啦。」

「老天爺呀，她走了，那誰為我準備我的熱巧克力？快派人去找她，要她回來，我要她回來，」老小姐說道。

「她昨晚就逃啦，夫人，」布特太太喊道。

「她留了封信給我，」布里吉斯大聲說道，「她嫁給——」

「老天爺，先讓她準備一下啊。別折磨她，我親愛的布里吉斯小姐。」

「她嫁給誰了？」緊張又氣憤的老姑娘尖喊。

「她嫁給……嫁給一個親戚——」

「她拒絕皮特爵士啦，」那位受害者的吶喊打斷了她。「立刻說是誰，別讓我發瘋。」

「啊，女士……布里吉斯小姐，讓她喘口氣……她嫁的人是洛頓．克勞利。」

「洛頓娶了蕾蓓卡……一個家庭教師……沒人……離開我家，妳們這群蠢蛋、傻子，全滾出去……愚蠢的老布里吉斯……妳怎敢這麼做？妳也是同夥，妳讓他娶了她，妳以為這樣我就不會把錢留給他……都怪妳，瑪莎！」可憐的老小姐聲嘶力竭的尖叫，陷入歇斯底里，只能吐出斷斷續續的語句。

「女士，妳是說我故意讓自家親戚娶個畫師的女兒？」

「她母親可是蒙特莫朗西家的人，」老小姐嘶喊，使力拉響僕人鈴。

「她母親是歌劇舞女，她上台表演過，說不定還做了更下賤的事，」布特太太說道。

克勞利小姐發出最後一聲尖叫，就昏倒在椅子裡。她們不得不扶她回到她才剛離開的臥房，接下來她又陷入瘋狂好幾回。僕人去找醫生，藥師急忙趕到，布特太太扮演守在她床邊的護士，「她身邊該有家人陪伴，」這位親切太太說。

然而她才剛被送進臥房，又有人前來拜訪。這人也得知道發生了什麼事才行，因為來人是皮特爵士。「蓓琪在哪兒？」他一邊說，一邊走進屋裡。「她的行李在哪？她得和我一起回女王克勞利才行。」

「你還沒聽說她偷偷結了婚？」布里吉斯問道。

「那又如何？」皮特爵士反問，「我知道她結婚了，沒什麼好大驚小怪的。叫她快下來，別讓我乾等。」

「爵士，難道你不知道，」布里吉斯小姐問道，「她已經離開我們家，傷透克勞利小姐的心？她和洛頓上尉成親的消息，讓克勞利小姐去了半條命啊。」

當皮特・克勞利爵士聽到蕾蓓卡嫁給了他兒子，立刻爆出一連串不堪入耳的粗話，我們無法在此重複，而嚇得發抖的布里吉斯小姐只能匆匆退出客廳。我們就讓門在布里吉斯小姐身後掩上吧，留在裡面的老先生已經因怨恨和失望而發狂了。

隔天，他一回到女王克勞利鎮，就像瘋子一樣闖進蓓琪過去住的房間。他用腳踹開她的箱子，把她的書信、衣服和私人用品丟得到處都是。男管家的女兒哈洛克斯小姐拿走了一些東西，孩子們則拿走了剩下的衣飾，有的當作戲服穿。至於她們那位可憐的母親，幾天後就被送進墓園。她被放進滿是陌生人的墓穴裡，沒人為她哭泣，也沒人在乎。

洛頓和他嬌小的妻子，住進舒適小巧的布朗普敦新家，那天早上，她一直在試彈家裡的新鋼琴。新手套很合她的手，新披肩在她身上多美麗，新戒指在她纖細的手上閃耀，新手錶套在她的手腕上。兩人坐了下來，龍騎兵對妻子說道：「萬一老小姐不原諒我們呢？蓓琪，萬一她沒心軟呢？」

「**我會**讓你發大財的，」這位達麗拉輕撫參孫的臉頰。

「妳什麼都辦得到，」他說著，輕吻她那小巧的手。「老天爺，妳什麼都辦得到。我們有天會坐著馬車，去『星徽與勛章』那兒用餐的，老天爺。」

第十七章 達賓上尉買了架鋼琴

浮華世界中有個地方，世上最玩世不恭和最多愁善感的人會手挽著手一同前往；同時會看到開心的歡笑和痛心的淚水，形成最奇異的對比。人們會湧起溫馨和憂傷的情緒，或者陷入暴怒和憤世嫉俗之中，但都合情合理。《泰晤士報》的最後一頁，每天都刊登這地方的消息，已過世的喬治．若賓斯[84]先生常常高高在上地出現在那兒。我想，沒去過這地方的倫敦人可謂鳳毛麟角，重視道德的人到了現場，往往會湧起融和了驚奇和詭異的激動情緒，感慨地想著，風水輪流轉，有天終會輪到自己。就算你是個第歐根尼[85]，死後你的遺產代理人也會要握著槌子的拍賣主持人賣掉你僅有的財產。若你是個伊比鳩魯[86]，當你長眠，你那些藏書、傢俱、餐具、衣物和收在地窖的珍貴藏酒，也難逃公開競標的命運。

就算是浮華世界中最自私的人，看到朋友離世後，所擁有的一切都淪為拍賣會上的商品，也難免感到同情與遺憾。大富豪戴弗斯勛爵的遺體送進家族墓穴，雕像上的碑文真誠地歌頌他的美德，述說後代如何緬懷他，與此同時，他的財產全落進繼承人的手裡。那些曾坐在勛爵餐桌上的賓客們，如今經過那棟熟悉的宅邸時，誰能不低頭一嘆？過去，這熟悉的宅邸七點一到就燈火

84. 當時知名的拍賣會主持人。
85. 古希臘哲學家，崇尚簡樸生活。
86. 古希臘哲學家，重視身心的愉悅，崇尚享受。

通明，窗戶流洩著歡快溫暖的燈光，大門隨時敞開。當你走上那寬大的階梯，等候在旁的諂媚僕人會隨著你的步伐，高喊你的名字，一聲傳過一聲，直到你步入廳堂，看到好客的老戴弗斯熱情地迎上前來，歡迎他的朋友。他有多少的朋友啊！他提供朋友多少高尚的娛樂啊！人們到了這兒，全都機智風趣，但一踏出門就變得暴躁乖僻。在別的地方彼此抹黑、互看不順眼的仇家，到了這兒也搖身一變，舉止彬彬有禮，成了親熱的朋友。老戴弗斯自命不凡，但他家的廚師廚藝高超，有誰不會心甘情願地忍氣吞聲？也許他有點無趣沉悶，但有了華貴名酒相伴，話題怎會不熱絡呢？過去他常出入的俱樂部裡，那些悼念他的人如今交頭接耳說道，「不管要花多少錢，他那些勃艮第酒，我們非買下不可。」品雀先生說，「我在老戴弗斯拍賣會上買到這個盒子，」他掏出盒子，讓眾人傳閱欣賞。「這是路易十五一名情婦的盒子啊……多美啊，不是嗎？……瞧上面的小畫像，真是甜美。」接著他們聊起小戴弗斯如何揮霍老爸的財產。

然而那宅邸改變了多少！正面貼滿了帳單，上面以大寫明列所有傢俱的明細。樓上窗戶外掛了一塊破爛地毯，階梯骯髒不堪，六個搬運工人坐在那兒休息。門廳裡滿是皮膚黝黑的東方面孔，他們將名片塞在你的手中，想當你的出價代理人。老婦人和業餘收藏家侵門踏戶，上了樓梯，摸摸床柱上的罩簾，戳戳羽毛棉被，拍拍床墊，把衣櫥抽屜拉進拉出。求表現的年輕管家測量鏡子和掛簾的尺寸，看看合不合新主人的意。那些勢利傢伙啊，接下來好幾年都會得意地吹噓他們在戴弗斯拍賣會上買了這個或那個。而那位拍賣槌先生坐在樓下餐廳寬大的桃花心木餐桌前，揮著那把象牙拍賣槌，口沫橫飛，施展口才，時而熱情時而懇求，時而講理時而哀歎。他對手下大吼大叫，他諷刺德維茨先生衣衫不整，鼓勵莫斯先生下手，哀求、命令、咆哮，直到拍賣槌如命運般敲下，再輪到下一批貨品上場。啊，戴弗斯，當我們齊聚這張大桌上，坐在無瑕麻布前，用那組發亮餐具用餐時，誰想得到有天這位吶喊吼叫的拍賣家會坐上主人席呢？

當時，拍賣已進行了大半，品質精良、由上好工匠製作的客廳傢俱，精心挑選、數量稀少的著名好酒，這些都已被品味過人、不計價錢的買家買走了。至於精緻的家傳餐具套組，前幾天就售出。有批本區愛酒人士熱愛的好酒，我們羅素廣場的朋友約翰．奧斯朋深知它們的價值，命令管家前來買下。一部分的實用餐具則被西堤區的幾位年輕股票經紀人買走，現在只剩下不太貴重的物品，一般民眾才獲准參加拍賣。此時桌首的雄辯家正努力向聽眾推銷一幅畫，他詳細解釋畫作多麼優秀，雖然前一天的拍賣會上，它未受買家青睞，並不代表它不值得收藏。

「第三百六十九號，」拍賣槌先生大喊，「肖像畫，騎大象的紳士。誰願意為騎大象的紳士出價？布勞曼，把畫抬起來。讓大家好好瞧個仔細。」一位高瘦蒼白，帶著軍人氣質的男士，端正地坐在桃花心木餐桌上。此時他看到布勞曼手中的畫，不禁露出笑容。「布勞曼，把大象拿給上尉看看。先生，你覺得這幅大象如何？」然而他口中的上尉神色不太自在，漲紅了臉，把頭撇開了。

「那麼，這幅藝術品就從二十基尼開始吧？——十五，五，你們喊價吧。就算沒有騎大象，這名紳士至少也值五鎊。」

「我倒認為那人害這幅畫跌價啦，」一名愛說笑的男子評論，「不過呢，他倒是個少見的大胖子。」他一說完，房裡立刻響起一陣低笑，因為那位騎大象的男士的確肥壯得很。

「莫斯先生，別故意貶低這幅畫的價值，」拍賣槌先生說道，「讓人們把它當作一幅藝術品欣賞一下，瞧這雄偉的動物畫得多麼栩栩如生，畫中男士穿著淡黃色外套，手中握著槍，正要出發打獵。遠處，有棵榕樹和東方風情的高塔，看起來很像我們知名的東方領土上，某個有趣的地點。這幅畫值多少錢？來吧，男士們，別讓我在這兒耗上一整天。」

有人出五先令。那位軍官聽到出價還張望了一下，看誰出了如此慷慨的價錢。接著他看到一名軍官，挽著一位年輕女子，兩人顯然都被這一幕逗樂了。最終，他們以半基尼買下這幅畫。坐在桌前的軍官偷偷瞄著那對男女，神色愈來愈驚惶，看來心慌意亂。他將臉深深埋進領子裡，並背對他們，一心想迴避。

我們無意在此一一列出拍賣槌先生當天有幸向民眾公開販售的其他物件，但想特別提及一架小鋼琴，它本安放在樓上某個房間，至於客廳華麗的大鋼琴早已售出。那位年輕女子以靈活又嫻熟的雙手試彈小鋼琴，令坐在桌前的軍官再次吃了一驚，臉又漲紅了。等到這台小鋼琴上場，她的代理人就開始出價。

然而，有人出了更高價。有位猶太代理人為坐在桌前的軍官服務，而那位買下大象畫的男女，也請了位猶太經理人，兩個猶太人為這架小鋼琴激烈過招了一番，拍賣槌先生不忘在旁風點火。

雙方競價好一陣子後，買下大象畫的上尉和年輕女子終於放棄。主持人敲下拍賣槌，說道：「路易斯先生，二十五。」於是雇用路易斯先生的人士成了那台小鋼琴的新主人。交易結束後，軍官終於坐正，像是鬆了口氣似地。那對未能成功標下鋼琴的男女，就在此時瞥見他的臉，女子立刻對伴侶說道：

「哎，洛頓，那是達賓上尉呢。」

我想，蓓琪也許不滿意她先生租下的那架新鋼琴，或者琴主不願意繼續放任他們賒帳，把鋼琴收回，又或者她特別偏愛這台她剛剛試圖買下的舊鋼琴。它提醒她美好的往日時光，當時它放在我們親愛的艾美麗雅．薩德利的小起居室裡。而蓓琪常常彈它。

這場拍賣會位在羅素廣場的一棟老宅裡，本書一開始，我們曾在這兒度過數個黃昏。老約翰．薩德利已經一敗塗地，他債台高築又無力清償，股票交易所宣布他拖欠款項，接著他被宣告破產，公司也結束了。奧斯朋先生的管家買了些知名的波特酒，運到廣場對面的酒窖裡。那三位年輕的股票經紀人，針線街「斯賓格特和戴爾公司」的戴爾兄弟，以盎司計價，買下一打上好的銀湯匙、銀叉子，也買了一打的點心餐具。那些年輕股票經紀人都和老薩德利往來過，當時老先生對每個都慷慨大方，這三人也受過他的照顧，他們把這些餐具買下，寄給善良的薩德利太太作為報答。至於那架原屬於艾美麗雅的鋼琴，她可能想念得緊也需要它，威廉．達賓上尉對鋼琴一竅不通，就像他不知如何在繩索上跳舞一樣，想當然耳，他並不是為自己而買下這架鋼琴。

連接富勒姆路的一條街上有間可愛的小木屋。這條街有個浪漫的名字，叫做安娜－瑪麗亞西路，而小屋位在聖亞德雷德別墅區。這兒的房子都像娃娃屋一樣玲瓏可愛，當住戶從二樓窗戶往外望，路人絕對會以為他們的腳站在樓下客廳裡。屋前的小花園裡隨時都會見到圍著肚兜、腳套小紅襪、頭戴小帽的幼兒在玩耍嬉鬧。你會聽見小型立式鋼琴的琴聲和女子的歌聲。屋前欄杆上掛著小波特酒壺，晾在陽光下。到了黃昏，你會看見西堤區的事務員疲倦地回到這兒的家，薩德利先生的職員克萊普先生也住在這兒。薩德利先生失去一切後，那位善良的老先生就帶著妻女移居此地，避避風頭。

家道中落的消息傳到喬斯．薩德利的耳裡時，他依本性行事。他沒有回倫敦，但寫了封信給母親，告訴她，她能向他的代理人提領所需的款項，因此他失意落魄的老邁雙親免於立刻陷入貧困的窘境。寫完信，住在切爾登漢的他過著一如以往的日子。他駕著雙馬二輪輕馬車出門，喝來自波爾多的紅酒，玩紙牌，述說那些印度故事，而那位愛爾蘭寡婦也不斷安慰他、奉承他。雖然他的父母亟需用錢，但兒子的付出並沒有令老薩德利夫婦多感動。我聽艾美麗雅說，她父親一敗塗地後老是垂頭喪氣。他第一次抬起頭，是收到那幾名年輕股票交易員寄來的包裹，裡面裝了他們買下的幾套餐具，他看著那些刀叉湯匙，像個孩子似地嚎啕大哭，這個包裹原是送給他妻子的禮物，但最激動的倒是老薩德利先生。戴爾家的小兒子愛德華．戴爾以公司之名買下這組餐具，其實他很喜歡艾美麗雅，儘管她家道中落，他仍向她求婚。最後他在一八二〇年娶了握有大把財產的路易莎．卡茲，她父親是知名穀物商「希格漢與卡茲」的合夥人。戴爾夫妻現在過著豪奢的生活，和眾多家人住在莫斯維爾山丘的的華麗別墅裡。但我們不該分心回憶這位好紳士的生平，還是趕緊回到我們的故事吧。

我希望讀者沒有對克勞利上尉夫妻留下太好的印象，不會以為他們願意紆尊降貴，前往偏遠的布魯斯貝里區，探訪一個不但不是貴族，又沒有財富，無法為他們提供任何好處或服務的人家。蕾蓓卡曾在那棟老宅裡享受主人熱情大方的款待，如今她舊地重遊，卻看到這兒被掮客和貪小便宜的人們佔據，搞得天翻地覆，家傳珍品全被民眾褻瀆掠奪，她當然大為震驚。她逃離公園街一個月後，曾想起艾美麗雅，而洛頓也曾哈哈大笑地提起，他很願意與年輕的喬治．奧斯朋碰面。「他是個好相處的傢伙，蓓琪，」逃家的上尉說道，「我真想再賣匹馬給他，蓓琪。我想再跟他玩幾回撞球，現在他對我正有用處，克太太。哈、哈！」洛頓．克勞利雖這麼說，但他其實無意欺騙奧斯朋先生，只是像浮華世界所有的好賭紳士一樣，認為佔點鄰居的便宜是理所當然的事。

要老姑姑「心軟」，可不是件易事。一個月就這樣過了。洛頓每次去公園街，都被鮑斯先生拒於門外，公園街上沒有半棟屋子願意租給他們，他寄去的信沒有拆封就被退回。克勞利小姐病得很重，一直沒有出門，而布特太太寸步不離地守在她身邊。布特太太陰魂不散，令克勞利夫妻感到事有蹊蹺。

「老天，現在我終於明白以前在女王克勞利鎮，她為什麼老是幫助我們兩人幽會，」洛頓說道。

「那個奸詐的小賤人！」蕾蓓卡驚呼。

「算了，我並不後悔，只要妳也不後悔就好了。」依舊迷戀妻子的上尉喊道，他的嬌妻以親吻作答。丈夫對她毫無懷疑，全心信任，令她頗為感動。

「要是他更有頭腦些，」她暗自尋思，「也許我能助他成材。」她從未讓他知道她對他的看法，每當他述說軍隊馬廄和交誼廳裡的大小事，她總是毫不厭倦地側耳傾聽。他一說笑話，她就開懷大笑，不管他提到了誰，她總是興趣濃厚，比如馬兒生了病的傑克．斯貝特戴許，愛上賭場的鮑伯．馬汀蓋爾，即將參加障礙賽馬的湯姆．賽克巴斯。他回到家時，她總是笑容滿面，殷勤服侍他。他出門時，她催他快去。而當他待在家裡，她會為他彈琴唱歌，替他調配飲料，指揮廚娘準備晚餐，溫熱他的家居拖鞋，撫慰他的心靈。我聽我祖母說過，最優秀的女人都是偽君子：我們不知道她們到底隱瞞了哪些祕密；她們看起來純真無邪，與我們親暱無間，其實她們小心翼翼，不露痕跡；她們臉上總是流露自然真誠的笑容，其實全是誘騙、閃躲、消除對方防備的圈套。我指的不是那些賣弄風情的女子，而是那些模範人妻，那些看似集所有女性美德於一身的女子。誰沒看過女人掩飾笨丈夫的無趣，或平息凶惡丈夫的暴躁脾氣？我們接受她們表面溫順的臣服，並為此讚揚她們，錯把她們的虛偽視為真實。一個好的家庭主婦，必定是個巧妙的騙子，科奈利亞[87]的丈夫和波蒂法[88]的雙眼都被蒙蔽了，只是方式不同罷了。

受到妻子無微不至的照顧，老浪子洛頓．克勞利居然轉性，成了顧家又幸福的已婚男子，過去玩樂的夥伴都不認得他了。他以前流連的俱樂部裡，老朋友問過一、兩回他的行蹤，但並未特別想念他——在那些地方，浮華世界的人們絕少想念彼此。他的妻子很少外出，總是歡快地對他

87. 羅馬時代著名的賢妻。
88. 《聖經》故事中波第法的妻子，她誘惑約瑟，又誣告被他強暴。

微笑，舒適的小屋、美味的餐點，在家裡度過黃昏，這樣的生活不但令他感到新奇，又有種迷人的親暱氣氛。他們的婚事尚未公諸於世，也沒刊登在《晨間郵報》上。要是他的債主知道他娶了一文不名的女子，必會一窩蜂地衝過來討債。

「世上沒什麼人在乎我的死活，」蓓琪苦澀地笑了一聲。她很樂意等到老姑姑與他們重修舊好後，再宣布她的新身分。她就這樣住在布朗普敦，不接見任何人，只有她丈夫的幾位男性好友，偶爾光臨她的小客廳。這些人都被她迷住了。那些簡單的晚餐，愉快的談笑，餐後的音樂，讓每個人都開心極了。馬汀蓋爾少校從未想過確認他們兩人的結婚證書，賽克巴斯上尉十分佩服她調配潘趣酒的功力，年輕的斯貝特戴許中尉（他很愛打皮克牌，後來克勞利常邀他回家）顯然立刻就拜倒在克勞利太太裙下，但她行事謹慎，待客周到之餘舉止依舊端莊，常以克勞利的善妒好戰為藉口，因此克勞利是嫉妒戰士的聲名不脛而走。

城裡身世高貴、出入名流的紳士們，往往不會參與夫人小姐在客廳的談話，因此洛頓．克勞利的婚姻雖然成了漢普郡的話題——想當然耳，布特太太急於把這消息昭告天下，但倫敦的人們對這則傳聞不是不相信就是不在乎，甚至根本無人提起。靠著賒帳，他過著頗為舒適的生活。他的債台高築，要是上了法庭，得花上好幾年才付得清。但在城裡，許多人靠著舉債，過著比那些真正有錢的人奢華幾百倍的生活。一個男人走在倫敦街上，一下子就能指出那些駛過身邊的華麗馬車中，至少有一打人毫無收入，但這些人往來的全是貴族，商販奉承地朝他們的馬車鞠躬哈腰，他們過著奢侈無度的日子，但誰知道他們靠什麼過活？我們看到傑克．瑟瑞夫利斯騎著馬在公園裡漫步，或坐在那輛布洛漢四輪輕馬車裡，駛過帕摩爾大道，我們受邀去他家作客，用他那些上等的餐盤吃飯。「這一切到底如何開始？」我們問道，「又將如何結束？」

我曾聽傑克這麼說，「我親愛的朋友，歐洲每座城市裡都有我的債主。」有一天一切終會結束，但不管如何，此時的傑克享盡榮華富貴，只要能與他握手，人們就欣喜不已。雖然時不時就有人低聲批評他，但那些流言都被忽視，人們宣稱他是個善良開朗又不拘小節的傢伙。

我們不得不承認，蕾蓓卡就嫁給這樣的一名紳士。他家裡樣樣不缺，就是缺現金，他們很快就需要籌錢救急。有天他在《軍隊公報》上看到一則人事消息，〈喬治·奧斯朋中尉花錢與史密斯調換軍銜，即將升任上尉〉，洛頓針對艾美麗雅的情人發表了一番感想，於是這對夫妻決定拜訪羅素廣場。

拍賣會上，當洛頓夫妻打算去找達賓上尉，探聽蕾蓓卡的舊識遇到什麼樣的災難時，上尉早已消失，他們只能向某位休息的搬運工人或拍賣經紀人打聽。

「瞧瞧他們的鷹勾鼻，」蓓琪手裡拿著那幅畫，坐上了馬車，開心極了。「他們就像打完仗後，戰場上的禿鷹。」

「我不大知道他們的事，親愛的，我從來沒參加過拍賣會。問問馬汀蓋爾，他去過西班牙，是布萊茲將軍的副官。」

「薩德利先生是個仁慈的老好人，」蕾蓓卡說，「他遭逢如此不幸，實在令我難過極了。」

「啊，股票經紀人和破產，都是老生常談了，妳知道的。」洛頓拍去馬耳上的蒼蠅。

「我真希望我們買得起那些碗盤，洛頓，」他的妻子依舊感傷地說，「二十五基尼買那架小鋼琴，實在太貴了。那是她還在念書時，我們去布洛斯伍德的店裡替她挑的，當時只花了三十五基尼。」

「那個傢伙……啊，叫奧斯朋是吧？我想他現在會大哭一場吧，他的岳家徹底完蛋了，妳那漂亮的小朋友會多難過呢，嘿，蓓琪？」

「我敢說，她會撐過去的，」蓓琪微笑道。接著他們的馬車轔轔駛遠了，夫妻倆聊起別的事情。

第十八章　誰來彈奏達賓上尉買的鋼琴？

此刻，我們的故事意外進入一個非常時期，包含了重大事件與人物，緊隨歷史而發展。科西嘉人拿波崙．波拿巴[89]雖被流放到厄爾巴島[90]，但他不到一年就逃離。於普羅旺斯集結兵力後，他揮舞老鷹標幟的戰旗，再次朝首都前進，攻克一座又一座城市，直達巴黎的聖母院。我真好奇旗幟上那些帝國之鷹會不會望向倫敦，看見布魯斯貝里教區一個小角落發生的大小事件。讀者們恐怕會認為，在這個如此安靜的街區，人們大概根本沒發現拿破崙之鷹正擺動強壯的羽翼，在天空中來回盤旋。

「拿破崙從坎城登陸。」這樣的消息可能會在維也納造成恐慌，讓俄羅斯人拋下手上的紙牌，把普魯士人拉到角落裡商談。法國大使塔列朗[91]和奧地利大使梅特涅[92]交頭接耳，普魯士代表哈登柏格親王[93]和當時的倫敦德里侯爵[94]則困惑不已[95]。但是對羅素廣場的一名年輕女子，這樣的消息會造成什麼效果呢？她入睡時，家門外有更夫報時；她在廣場上散步時，周圍都有柵欄和門房守護；她要是去南漢普敦路買條絲帶，就連這麼短的一段路，也有握著手杖的黑薩葆跟在後面；她身邊總是有人服侍，為她更衣，送她上床休息，許多有羽翼或沒有羽翼的守護天使都照看著她。當偉大的皇帝擴展領土、發動戰爭，重大事件接連爆發，我不禁要問，好心的老天爺呀，祢偏偏要讓這些災禍波及這位年方十八，絕不會傷害任何人的小姑娘，豈不是太殘酷了些？她讀著戲院的演員名單，人人都對她輕聲細語，閒暇時就縫棉製的領結，做做針線活，好一朵嬌柔的溫室花朵啊！然而讀者們，就算你躲在霍本區[96]，也躲不過來勢洶洶的戰爭風暴，不是嗎？是的，拿破崙孤注一擲，而小艾美・薩德利也不得不付出代價。

首先，隨著拿破崙再次行軍，她父親的財產在一夕之間煙消雲散。幸運之神沒有眷顧這位老先生。投資失利，買賣交易一敗塗地，他以為會下跌的基金全都上漲，徹底破了產。還有什麼好多說？成功很少見，仰賴經年累月的經營，而人人都知道衰敗的腳步迅速且不費吹灰之力。老薩德利沒向家人求助，這間安靜而華麗的宅邸裡，似乎一切如常。善良的薩德利太太沒有發現任何變化，依舊過著安逸悠閒的生活，從事那到處拜訪、購物的職業。而他們的女兒自私地被愛情佔據了心神，想的盡是兒女心事，不在乎身邊的世界如何運轉。直到最後的打擊到來，這一家人終於破產。

那天晚上，薩德利太太正在寫晚宴的邀請函，奧斯朋一家剛辦了晚宴，她絕不能落於人後。約翰・薩德利很晚才從西堤區回到家裡，此時他沉默地坐在火爐旁，任由妻子滔滔不絕地說著話。身體不適的艾美，很早就神情落寞地回到樓上房間。「她不開心，」母親繼續說道，「她被喬治・奧斯朋冷落。這些人真愛擺架子，我都快受不了了。奧斯朋家的小姐們上次來拜訪，已經是

89. 拿破崙一世，一七六九～一八二一，一八〇四年創立法蘭西第一帝國，成為法國皇帝。
90. 一八一四年四月，依據《楓丹白露條約》，拿破崙被流放到地中海的厄爾巴島。
91. 夏爾・莫里斯・德・塔列朗－佩里戈爾，一七五四～一八三八，法國主教、政治家和外交家。
92. 克萊門斯・文策爾・馮・梅特涅，一七七三～一八五九，奧地利政治家，當時知名的外交家。
93. 卡爾・奧古斯特・馮・哈登柏格，一七五〇～一八二二，普魯士政治家，曾擔任首相。
94. 羅伯特・史都華，一七三九～一八二一，第一任倫敦德里侯爵，亦是卡索里亞子爵。
95. 前述四人都是維也納會議的成員。維也納會議是一八一四至一五年間，在維也納舉行的外交會議，主要討論法國大革命及拿破崙戰爭造成的各種問題。
96. Holborn，是倫敦歷史悠久的法律區，皇家司法院和律師學院均位於此區。

三週前的事。這陣子喬治來了倫敦兩趟，但都沒過來，可愛德華．戴爾居然在歌劇院看到喬治。我確定愛德華有意娶艾美，我想達賓上尉也對她有情——只是我討厭那家人，他們一家全是軍人。喬治真成了個時髦男子，當然也免不了軍人自負的氣息！我們必須讓人瞧瞧，我們家可不比奧斯朋家差。只要推愛德華．戴爾一把，你就會知道他多喜歡艾美。薩先生，我們得辦場晚宴才行。你怎麼不說話？約翰？我想就訂在兩週後的星期二，如何？你怎麼不說話哪？老天爺，約翰，發生什麼事了？」

太太朝丈夫跑去，約翰．薩德利從椅子裡跳起來迎接，伸手緊緊抱住她，急促地說道：「瑪麗，我們完蛋了。親愛的，我們得重新開始。我想應該立刻讓妳知道一切。」他渾身顫抖地說著，幾乎站不穩。他以為這個消息會擊垮他的妻子——他從未對妻子說過一句重話，但他才是最難過的那個人。妻子的驚嚇讓他無法承受，只能跌坐在椅子中，他的妻子反而溫言安慰他。她捧起他顫抖不已的手親吻，接著把手放在她的頸邊。她輕聲喚他「我的約翰，我親愛的約翰，我的老傢伙，我溫柔的老傢伙」，雖然她說的話零零碎碎，但滿懷愛意、柔情萬千。她那依舊充滿信任的聲音和愛撫，讓老先生難以言喻的感動，同時又傷心極了。他承擔太多重擔的心靈終於得到安慰，稍稍寬懷一點。

他們對坐整個長夜，可憐的薩德利先生終於打開陰鬱已久的心房，述說事業失敗的始末，還有他所經歷的各種難堪：幾個他認識最久老朋友背叛了他，但也有些人出乎他的意料之外，展現男子氣概，仁慈對待他……總之，他做了一番告解。此時他妻子才流露出真實情緒。

「老天爺，我的老天爺，艾美一定會心碎，」她說道。

父親完全忘了那可憐的女兒，正清醒而痛苦地躺在在他們上方的房間裡。她有朋友、家庭與慈愛的父母，但她孤獨無依。有多少人看得出來這一切？在這個毫無同情的世界，有誰向她伸出雙臂？她怎能向那些永遠也無法瞭解的人傾訴心情？我們溫柔的艾美麗雅只能孤獨地沉浸於寂寞之中。她有心事，卻找不到半個能夠傾吐的密友。她無法對老邁的母親訴說她的懷疑與憂慮，而那兩位未來的大小姑也愈來愈冷淡。連她自己也不敢面對那些疑慮與恐懼，然而它們老是縈繞在她的心頭。

她的心試圖相信喬治．奧斯朋不但是個好對象，而且對她忠誠一如既往，但她知道事實並非如此。多少次，他對她說的話毫無反應。多少次喬治的自私和冷淡，令她懷疑他的真心，但固執的她一一壓下那些疑惑。為愛犧牲一切的烈女，能向誰傾吐內心每天的交戰與折磨？連她的愛人也不太瞭解她。她不敢承認，那個她深愛的人其實不值得她的付出，也不敢去懷疑自己是否太早奉上真心。這位羞怯的閨女太過端莊，太溫柔，太信任，太軟弱，太姑娘家，一旦認定就無法將心收回來。我們男人就像土耳其人一樣多情，還逼迫女人臣服於我們的統治之下。雖然我們讓她們自由外出，不用披上面紗遮住面孔，讓她們戴上微笑的面具，披上成串的鬈髮，戴著粉紅色軟帽，但她們的心靈不能讓別的男人窺見，而她們毫無怨言地接受，同意待在家中當我們的奴隸。她們服侍我們，為我們吞下一切苦楚。

就這樣，一八一五年三月，當拿破崙一世從坎城登上歐洲大陸，路易十八逃亡，整個歐洲都驚惶不已，基金大跌，而老約翰．薩德利一敗塗地時，艾美麗雅小小的心房正承受著愛情的囚禁和折磨。

我們不會跟著可敬的老股票經紀人，經歷那些在他一敗塗地前受到的悲慘打擊和苦痛。股票交易所宣布他的公司倒閉，他不再踏入辦公室，他的支票全跳票了，他正式被宣告破產。羅素廣場的宅邸和傢俱都被查封拍賣，一家人被趕了出去，正如前面提及，搬到偏遠地區避風頭。

本故事中，時不時會出現薩德利家的僕傭。此時約翰．薩德利無心應付家裡的情況，因為貧窮，他不得不解雇所有的傭人。債台高築的人往往不會忘了僕人的薪水，這些可敬的人們很快就取得應有的薪資。雖然不得不離開如此善良的一家人，令他們不無遺憾，但並沒有因為離開好主人和好太太而難過太久。艾美麗雅的侍女說了很多安慰的話，但很快就在更上流的街區謀得一職，高高興興上任去了。黑薩葆熱愛自己的工作，決心開間酒吧。老實的布蘭金索普太太不只見證過喬斯和艾美麗雅的出生，連當約翰．薩德利向妻子求愛時，陪在女主人身邊的也是她。這些年她攢了不少錢，因此她堅持不支薪，繼續陪在薩德利夫妻身邊。她陪失勢的一家人搬到卑微的新家，照顧他們之餘也常常抱怨，好一陣子才離開。

現在薩德利與債主的談判開始了，讓羞愧的老先生難受得很。六週內他就變得老態龍鍾，比過去十五年來老得還快。所有的債主中，最頑固、最不肯讓步的，就是他的老朋友兼鄰居，約翰．奧斯朋先生。啊，薩德利一手幫助約翰．奧斯朋成家立業，後者欠了他多少恩情呀，兩人的子女早就訂下親事。然而奧斯朋之所以如此怨恨，正是這些長久往來造成的。

當一人欠了某人很多恩情，接著雙方翻臉爭吵，那麼受過許多恩惠的人，往往會比毫不相干的陌生人形成更強烈的威脅。人們為了為自己的冷酷無情開脫，不得不證明犯了罪的是對方。你並不是個自私又殘酷的人，你並不是為一筆生意失敗而憤怒——不，真相並非如此——一切都是因為你的事業夥伴太過卑劣，背信忘義，長久以來心懷最邪惡的鬼胎，迫使你一步一步掉入陷阱。為了保持一致性，原告必須證明被告是個徹頭徹尾的敗類——不然的話，那個原告就成了落井下石的壞蛋。

就常理而言，所有的債權人為了良心的安穩，都會深信陷入困境的人絕不無辜，本來就不大老實。他們隱瞞某些事，誇大幸運機會，隱匿真正的財務狀況，就算已經絕望，仍宣稱業務蒸蒸日上，雖瀕臨破產仍笑臉迎人（當然是苦笑），想盡辦法籌錢，用盡各種理由拖延付款期限，把命定的末日延遲幾天。得意的債權人痛斥他那節節敗退的對手，「不老實的傢伙都該下地獄。」理智的人冷靜地對那個即將滅頂的人說，「你這蠢蛋，你何必緊抓稻草不放？」權勢在握的人對那與深淵奮戰的人說，「你這壞蛋，你以為阻止得了《公報》宣布你破產的消息嗎？」誰沒見過那些最親密的朋友、最老實的男人為了錢而反目成仇，懷疑並譴責對方說謊？每個人都這麼做。我想人們說得沒錯，這個世界的確是罪惡之地。

過往的恩情，帶給奧斯朋無法承受的壓力，令他非常不快，衝突往往因此而愈演愈烈。最後，他不得不取消兒子與薩德利小姐的婚事。兩人交惡至此，已經無法挽回，他不僅破壞了那位可憐姑娘的幸福，她的名聲恐怕也會受到影響。奧斯朋先生不得不向世人證明可惡的不是自己，而是約翰．薩德利的本性低劣。

因此在債權人會議上，他殘酷無情地對待薩德利，處處蔑視後者，讓破產的老朋友傷透了心。他立刻禁止喬治與艾美麗雅往來，威脅兒子要膽敢忤逆他，就會面臨可怕下場，他同時詆毀那位可憐的無辜女孩是個品性卑劣又陰險的女人。你必須相信自己說出的每一個謊言，並不斷向人宣傳，你的憤怒和怨恨才會看起來前後一致。

當大難終於降臨：父親被宣布破產，一家人搬離羅素廣場，她和喬治的親事也被取消，她與愛人和幸福就此成了平行線，而她對世界的信念也徹底崩壞。約翰．奧斯朋寫了封冷淡的短信給她，說由於她父親的作為，兩家就此斷絕所有關係。當她收到這封信時，她並不像父母一樣震驚，令母親十分意外，至於約翰．薩德利，事業失敗、名聲敗壞已令他筋疲力盡，根本無力思考女兒的事情。蒼白的她，冷靜地接受壞消息。這不過是證實長久以來她早就注意到的那些險惡預兆罷了。她明知道不該拋棄理智，瘋狂愛上錯誤的人，她的罪過早已判定，如今只不過形諸文字。她默默讀著那些句子，像往常一樣，把心事都壓在心底。她本就隱隱察覺事情不對勁，過去她因不敢承認而受盡折磨，現在明確知道此情無望，她看起來似乎沒比之前更痛苦多少。雖然從寬敞的舊家搬到狹小的新家，但她似乎一無所覺。大半時間，她都沉默地待在自己的小臥房裡沉思，一天比一天更憔悴。我無意說，所有女性都會像她一樣，為愛而消瘦。我親愛的布洛克小姐，我相信妳絕不會像艾美麗雅這般心碎。妳是位謹守原則、意志強健的年輕女子。我也不敢說我會為此心碎，我得承認，我也曾為情心傷，但依舊存活下來。但世上有些人的心靈太過纖細脆弱，經不起打擊。

當老約翰·薩德利一想到或提起喬治與艾美麗雅告吹的婚事，他就怨恨不已，簡直像奧斯朋先生本人一樣憤怒難平。他詛咒奧斯朋全家人，咒罵他們全是無心無肺、忘恩負義的敗類。他發誓不管發生什麼事，都不會讓自己的女兒嫁給無恥之徒的兒子，命令艾美把喬治趕出她的腦海，把過去喬治送她的書信與禮物全退回去。

她默默答應，試著順從父親的命令，整理了兩、三件喬治送她的小玩意兒，並把細心珍藏的信件拿出來，重讀一遍——好像她對信上的字句還不夠倒背如流似的。但她無法拋棄它們，這實在太困難了。她再次把它們壓在胸前，就好像一名母親餵養已經斷氣的嬰孩。要是艾美麗雅不得不放下這最後的慰藉，她覺得自己若能苟活，也難逃發狂的命運。當那些信件送到她手中時，她曾經如何羞怯得紅了臉，眼睛閃閃發亮啊！她會心跳急促、步履輕快地找個沒人看得見的地方，只為了細細閱讀它們！就算信中言詞冷淡，溫柔的小姑娘也能把它們解讀成萬般柔情，就算內容簡短甚至自私，她總是為寄信人想好各種理由。

她曾對著這些毫無價值的紙張，一次又一次陷入沉想。她活在回憶裡，每封信都提醒她當時的情景。她記得多麼清楚呀！他的長相，他的口氣，他的打扮，他曾說過的隻字片語，他的表情舉止——這些紀念品是已逝戀情的遺骸，但也是她世上僅有的一切。她生命的意義，就是凝視愛情的屍體。

她期待死亡，渴望死亡。她想著，只要告別人世，她就能永遠伴他左右，跟他到海角天涯。我無意稱許她的行為，也不希望布洛克小姐視她為楷模。布小姐遠比這位可憐的小姑娘懂得控制感情，布小姐絕不會像艾美麗雅犯下如此輕率的錯誤，奮不顧身的求愛，坦承她的愛意，卻得不到任何回報——只有虛幻的承諾，轉眼就一筆勾銷，毫無價值。一場漫長的訂婚，只要一方同意就能繼續，但單憑一方也能推翻，而另一方卻得賠上一切賭注。

年輕小姐們，小心了，付出感情時千萬謹慎，步步為營。別大膽示愛，別將妳的心思公諸於世，最重要的是，別太容易動情。瞧瞧太過誠實、太早坦承心意的下場。別相信任何人，連妳自己都別太相信。向法國人看齊，結婚時別忘了律師才是妳的伴娘和密友。不管如何，一份感情只要令妳不快，就別繼續下去。也不要許下任何妳可能無法維持的保證，或無法收回的承諾。這才是愛情的準則，照著做妳們才能受人尊重，在浮華世界保住貞潔的名聲。

要是艾美麗雅聽得見，那個她因父親而無法生存下去的圈子裡，人們對她的評語，她就會明白自己犯了多麼嚴重的罪行，她的名聲陷入空前危機。史密斯太太說她從不知道艾美如此輕率大膽，而布朗太太一向譴責這種可怕的親密關係，艾美麗雅的下場正可當作她女兒的教材。「奧斯朋上尉當然不能娶有個破產父親的姑娘，」達賓家的小姐們說道，「她父親已把他們騙得夠慘啦。至於小艾美麗雅，她真的太過放蕩……」

「太過什麼？」達賓上尉吼道，「他們自幼就訂了婚，不是嗎？訂婚跟結婚一樣，都有效力，不是嗎？她是世上最甜美、純真、溫柔、如天使般的女子，誰敢批評她，我就要他好看！」

「啊，威廉，別對**我們**發那麼大的脾氣。我們可不是男人，怎打得過你呀，」珍小姐說，「我們可沒說薩德利小姐的壞話，但她一直以來的舉止實在**太冒失輕率**，我們並沒有侮辱她。而她的父母，只能說他們罪有應得。」

「現在薩德利小姐沒了婚約，你何不去向她求婚呢，威廉？」安小姐挖苦地問道，「這倒是門好親事，哈！哈！」

「我怎能娶她！」達賓漲紅了臉，迅速回嘴，「妳們這些年輕小姐，翻臉像翻書一樣快，難道妳們以為她也一樣嗎？要冷嘲熱諷，就去吧，但那位天使不會聽到妳們的冷言冷語。只因她既不幸又悲慘，就該被取笑嗎？安，妳就繼續笑她吧，妳是我們家最聰明的人，其他人都想聽妳如何開她玩笑呢。」

「威廉，我再提醒你一次，這兒可不是軍營，」安小姐回道。

「老天爺，妳敢提到軍營──我還真希望軍營裡有人敢像妳這樣說話，」這頭憤怒的英國雄獅吼道，「我倒想聽聽有哪個男人敢說她一句壞話，以天之名，我會要他好看。但男人不像妳們，安，只有女人家才聚在一起大呼小叫，嘲笑別人。妳們滾開，不要又用眼淚那一招，我只不過說妳們是群呆頭鵝罷了，」威廉．達賓看到安小姐的雙眼又開始發紅，淚珠就快掉下來了，馬上說道，「好吧，妳們不是呆頭鵝，是群天鵝──隨便妳們，只要別談薩德利小姐就好。」

他的母親和妹妹異口同聲地認為，那個愛調情、到處送秋波的小姑娘，已經偷偷把威廉迷住了，她們從沒見過上尉這副樣子。她們不禁瑟縮起來，想著艾美和奧斯朋的婚事告吹，她恐怕很快就會接受別的愛慕者或達賓上尉。這些可敬的年輕姑娘認為，如果處在艾美麗雅的困境，就前人經驗來看，上上之策就是找個新對象。不過她們尚未結婚，也不曾拋棄過情人，她們應該是基於個人的對錯觀念，而下此判斷。

「媽媽，軍團奉命出國，還真是件好事，」小姐們說道，「至少讓我們的哥哥避開了一場**危險**。」

此話不假。在這場浮華世界的家庭喜劇中，這就是法國皇帝扮演的角色。多虧這位偉大人物的干預，不然本故事就無法繼續。他不只摧毀了波旁王朝，還毀了約翰．薩德利。他抵達法國首都，召喚所有法國人為他效命，與此同時歐洲群起反抗。當整個法國和軍隊聚在巴黎戰神廣場上，向旗幟上的老鷹宣誓，四位強大的歐洲首領則忙碌地準備驅逐那頭老鷹，英國軍隊就是其中之一。我們的兩位主角，達賓上尉和奧斯朋上尉也將參與這場戰事。

拿破崙逃離厄爾巴島並登陸歐洲的消息，一傳到勇猛的某軍團，所有的軍士都精神一振，摩拳擦掌。只要聽過這支名聲響亮的軍團，就明白他們蓄勢待發，恨不得衝上戰場。不管是上校，還是位階最低的鼓手，都滿懷希望、野心和愛國的熱情，甚至感謝仁慈的法國皇帝打破歐洲的和平。某軍團熱切盼望的就是這一刻的到來，他們急於向同胞證明，他們和那些參與伊比利亞半島戰爭的軍士一樣驍勇善戰，西印度群島和黃熱病絲毫沒有削弱某軍團的勇氣與鬥志。史杜伯和史普尼希望不用花錢買軍職，能憑戰功升上連長。奧大德少校太太決心隨軍出征，寄望在戰事結束前，她就能在信尾以「奧大德上校太太」自稱。我們的兩位朋友，達賓、奧斯朋和其他人一樣興奮，只是方式不同：達賓先生沉默寡言，而奧斯朋先生活力十足，說話時格外宏亮。他們決心守衛國家，贏得屬於自己的榮譽和軍階。

歐洲的消息一傳來，整個國家和軍隊都陷入興奮狂熱之中，私人事務都被拋在一旁。喬治．奧斯朋升任上尉、擔任連長的消息剛宣布，他忙著準備即將到來的出征，渴望進一步晉升。那些在和平年代本會引起他興趣的事件，如今他卻無暇顧及。我們必須承認，老薩德利先生的悲慘遭遇，並沒讓他多難過。不幸的老人和債權人首次面談的那一天，他忙著試穿合身又帥氣的新制服。他的父親告訴他，那個破產者做了許多卑鄙、邪惡、可恥的行徑，再次重申他對艾美麗雅的處置，提醒兒子兩人的婚約已取消，毫無迴轉餘地。同時他給了兒子一筆豐厚的錢，付清那些令喬治更加英俊的新衣和肩章。這個出手大方的年輕人總是需要錢，他二話不說就接受了父親的資助。那棟他度過許許多多快樂時光的薩德利宅邸，如今貼滿帳單和查封封條。當他晚上步出家門（一到城裡，他就會去老屠夫咖啡館廝混）時，看到那些紙條反射著月光，顯得格外慘白。所以，艾美麗雅和她的父母已人去樓空，告別原本舒適的家園。他們去了哪裡？想到他們家道中落，他的確頗為傷心。那天晚上，他多愁善感地坐在老屠夫咖啡館，同伴們注意到他喝得特別醉。

過了不久，達賓也到了老屠夫。他提醒喬治多喝無益，而喬治解釋，他太難過了，只能靠喝酒排解憂愁。他的朋友開始笨拙地質問他，又莊重地問他的打算。但奧斯朋拒絕與朋友談論這個話題，只是不斷發誓，那個消息令他又震驚又難過。

過了三天，兩人回到軍營後，達賓去奧斯朋的房間找他，卻撞見他伏在案前，面前零亂地放了幾張紙。年輕的上尉顯然沮喪得很。「她……她把我過去給她的禮物退給我……都是些該死的小玩意兒。你瞧瞧！」那兒有個指名交給喬治・奧斯朋上尉的小包裹，上面有熟悉的字跡，周圍散落一些小東西：一枚戒指，一把他小時候在遊樂園買給她的銀色小刀，一條金鍊，一個放了一束頭髮的小金盒。「全完了，」他懊悔地哀嘆，「威爾，你瞧瞧。若你願意，就讀讀她寫的信吧。」

他伸手指向那封單薄的短箋，裡面只寫了幾行字：

我爸爸要我把這些東西退給你。它們都是過去的快樂日子裡，你給我的禮物。這是我最後一次寫信給你。面對這個重大的打擊，我想，我明白你和我一樣難過。如今，我們家深陷苦難，你我已不可能結合，我在此解除我們的婚約。我知道這整件事與你無關，奧斯朋先生冷酷地懷疑我們，也不是你的錯。但對我們來說，這實在是最難以承受的打擊。永別了。永別了。我希望上帝帶給我力量，讓我承擔這一切和其他的災難。願祂一如往常的賜福予你。

我會常常彈那架鋼琴——你的鋼琴。想必是你特地把鋼琴送給我。

艾

達賓心很軟。一看到女人與小孩難過痛苦，他就於心不忍。一想到心碎的艾美麗雅孤單一人，就讓這老實人苦悶憂慮。這封信讓他情緒激動，其他人恐怕會認為他缺乏男子氣概。他宣稱艾美麗雅是個天使，而奧斯朋全心全意地高聲同意。喬治也不禁回憶兩人的一生，想到她從小女孩長成亭亭玉立的少女，如此甜美，如此純真，如此迷人又單純，她的溫柔多情毫無任何矯飾。

失去這一切，多令人心痛！失去曾經擁有的一切！上千個溫馨的場景與回憶湧上他的心頭，在他面前，她總是如此善良美麗。然而，他自己做了些什麼蠢事啊？他想到自己的自私和冷淡，與艾美麗雅的純潔無瑕恰成強烈對比，他不禁因懊悔和羞愧而漲紅了臉。好一會兒，他把戰爭、榮耀及其他全拋在腦後，兩位朋友只顧著討論艾美麗雅。

他們長談一番後，雙雙陷入沉默良久。最後，奧斯朋問道：「他們現在人在哪裡？」事實上，一想到自己居然沒有動身尋找她，他感到慚愧極了。「他們在哪兒？信上沒有地址。」

達賓知道他們在哪裡。他不只把鋼琴送過去，還寫信給薩德利太太，請求她容許他前去拜訪。昨天，他不只見到薩德利太太，也見到艾美麗雅，之後才回到切特漢軍營來。事實上，那封令兩人如此傷心的訣別信和包裹，就是他親自帶過來的。

薩德利太太喜不自勝地迎接好心的達賓，為了他特地把鋼琴送來，感動不已。但她推測，**必定**是喬治要達賓送來的，這代表喬治有意求好。達賓上尉沒有糾正這場誤會，默默聽她絮絮叨叨地抱怨他們遭遇的一切不幸，心中滿懷同情。他安慰失去一切、陷入貧困的太太，奧斯朋先生居然對人生中第一位恩人如此冷酷無情，他同意應受譴責。等薩德利太太盡情傾吐心中的怨懟，心情多少平復不少後，達賓才鼓起勇氣，詢問他是否能見艾美麗雅一面。她依舊待在樓上房間裡，她的母親顫抖著領她下樓來。

她如同幽靈般面無血色，神情絕望得令人痛心，連老實的威廉．達賓看到她，都不禁嚇得倒抽一口冷氣。從那慘白而沒有表情的臉上，他看見死亡的預兆。艾美麗雅坐了一會兒後，就把那只小包裹放到他的手中，說道：「如果你願意，請把這個交給奧斯朋上尉，我……我希望他過得很好。你還來見我們，實在太有心了……我們很喜歡新家。我……媽媽，我想我該回樓上了，我有點虛弱。」說完之後，這位可憐的姑娘微笑一下，行了個禮，就退了出去。當母親扶著女兒上樓時，她回頭朝達賓望了一眼，眼神裡盡是哀傷。不用別人出聲懇求，深愛艾美麗雅的達賓實在承受不起如此的場景，他陷入無以言喻的悲痛、憂傷和恐懼之中。雖然見到了艾美麗雅，但他離開薩德利家時，卻覺得自己是名罪人。

奧斯朋一聽到朋友知道她的下落，立刻激動又緊張地問起可憐姑娘。她好不好？她看起來如何？她說了什麼？他的好友握住他的手，直直地望著他。

「喬治，她快死了，」威廉．達賓吐出這句話後，就再也說不下去。

薩德利家的小屋子裡，有名健壯的愛爾蘭女孩身兼一家人的僕役和侍女，負責所有的家務事。這個姑娘想盡各種辦法幫助艾美麗雅，安慰她。但傷心的艾美麗雅總提不起勁，甚至完全沒發現身邊的人的努力。

達賓和奧斯朋談過話後，過了四小時，這名女僕走進艾美麗雅的房間。艾美麗雅一如往常，坐在那些信件前沉思，那是她僅有的寶藏。女僕笑容滿溢，看起來高興極了。她用盡各種方式吸引艾美的注意力，但艾美完全沒發覺她就在身邊。

「艾美小姐，」女孩說道。

「我會下樓的，」艾美應道，但她根本沒抬起眼。

「有封信剛送到，」女僕繼續說，「一定出了事……一定有人……就在這兒，這是給妳的信。別再讀那些舊信啦。」她把信遞過去，艾美小姐拿起來，開始閱讀。

「我非見你不可，」紙上寫道，「最親愛的艾美——妳是我最親愛的愛人——最親愛的妻子，過來吧。」

喬治和她的母親都在門外，等著她讀完這封短箋。

第十九章　克勞利小姐受到無微不至的照料

我們已經看到克勞利小姐的貼身侍女菲金太太，一得知與克勞利家族有關的大小消息，就忍不住通知牧師公館的布特．克勞利太太，我們也提過那位好心太太對克勞利小姐的親密侍女總是格外仁慈，特別關照。布特太太向來對侍伴布里吉斯小姐親切有加，也成了她的朋友，藉由一些貼心殷勤的話語和空泛的保證，不需要花多少力氣，就收買了布里吉斯小姐的心，十分珍惜布特太太對她的禮遇。任何一位專業的經濟學家和管家都知道，空泛的保證與讚美不需要花多少錢，卻能令人開心感動，有了它，世上最簡樸的菜色也能變成絕世珍饈。哪個蠢蛋曾冒失地說過「華麗辭藻不能吃」？不用調味品，光靠言詞就能讓世上大半的粗食淡飯變成美味佳餚。不朽名廚艾列克斯．索耶[97]只花半便士做出的湯，比愚蠢廚師用了數磅的蔬菜與肉類做的還美味；同樣的，幾句簡單、令人愉快的句子，由技巧高超的人說出來，能施展出笨拙的人無法辦到的驚人效果。我們都知道，太濃郁的食物常令腸胃不適，但再多的讚美奉承我們也能一口吞下，永遠不會滿足。布特太太常對布里吉斯和菲金訴說她多麼欣賞、在乎她們，宣稱她要是像克勞利小姐一樣富裕，願意為兩位如此優秀又忠誠的朋友做多少事，讓她們對她的敬意與日俱增，對她滿懷感謝和信任，就好像布特太太真的給了她們很多恩惠似的。

相反的，洛頓．克勞利是名自私的龍騎兵軍官，從未替姑姑的副手做過半點好事，倒常直率表露他對那兩個女人的不屑。有回，他甚至讓菲金替他脫靴；另一回他把她趕入雨中，只為了幫他傳些內容不大光采的口信；就連賞錢時，他也把一基尼硬幣朝她身上丟，好像賞了她一巴掌般。既然姑姑把布里吉斯當作傻子，上尉當然有樣學樣，總是開她玩笑，比如用他的戰馬踢布里吉斯一腳。反觀布特太太，十分仰賴布里吉斯的品味，遇到困難必定徵詢布里吉斯的意見，讚美布里吉斯的詩句，用各種親切多禮的舉動，顯示她多麼欣賞布里吉斯。雖然說她送菲金太的禮物往往不過兩便士半，但她不忘用各種讚美包裝，於是感恩的貼身女侍把便宜的小禮物當成金塊一般的大禮，心中不時得意地幻想，一旦布特太太發了財，必定會賞給她更多令人稱羨的好處。

我指出這兩人截然不同的待人處世之道，是想提醒那些剛踏入社會的人們。我說，讚美每個人，千萬別當個吹毛求疵的傢伙。在當事者面前直截了當地讚美他，在他背後也別忘了稱讚他，確保他會從別人那兒得知你的讚美。千萬別錯失講好話的機會。柯林伍德男爵[98]一旦在自家土地上發現空地，就會從口袋裡掏出橡實種下，你也得在人生中隨時對別人美言幾句。橡實不用花錢就能拾得，但終有一天，它會長成健壯的大樹，讚美也是同樣的道理。

簡而言之，洛頓．克勞利一帆風順時，人們只是忍氣吞聲地服從他，而他一失勢，沒人願意出手相助，也沒人同情他。反觀布特太太，她一取得克勞利小姐家的控制權，當地駐軍立刻臣服於新領袖之下，從她的保證，她的慷慨，她和藹又溫柔的話語中，期待她會為他們帶來各種好處。

布特．克勞利太太從不認為洛頓受到一次挫折，就會接受失敗，她相信他必定會試圖贏回原先的地位。她知道蕾蓓卡既機靈又膽識過人，窮途末路的她絕不會不經掙扎就放棄。因此，布特

97. 艾列克斯．索耶，一八〇九～五八，法國知名廚師，曾擔任劍橋公爵的私人廚師。
98. 古斯伯特．柯林伍德，一七五〇～一八一〇，英國海軍中將，第一任柯林伍德男爵。他以身作則種植橡樹，希望人人向他看齊，確保英國有足夠的橡木來造船。

太太心知自己必須做好戰鬥準備，日日夜夜都不能掉以輕心，分分秒秒保持機警，以防敵人突然出手，或者設下地雷奇襲。

她雖然取得駐地，但她一開始並不確定真能贏得屋主的心。克勞利小姐能否堅持下去？她是否暗暗希望慘遭流放的對手歸來？老小姐喜歡洛頓，也喜歡蕾蓓卡，蕾蓓卡總逗得她笑聲連連。布特太太自知她的陪伴無法帶給這位都市女士太多的樂趣。「聽過那可恨的家庭教師唱歌後，我就明白自家女兒的歌聲多難聽，」牧師太太默默承認。「瑪莎和路易莎表演雙重奏時，她總是回房休息。吉姆總甩不掉那一板一眼的書生氣，我親愛的布特老談著他的狗和馬，這些都讓她百無聊賴。要是我帶她回教區公館休養，她會痛恨我們家每個人，不消多久必會逃跑。這樣一來，那個可憎的洛頓恐怕又會重獲她的寵愛，她就會成為那個惡毒女人夏普的待宰羔羊。不過，我看得出來她身體已大不如前，至少這幾週，她都下不了床。趁她臥病在床，我們得想個辦法，保護她免受那些無恥之徒的騷擾。」

老小姐身體健康時，要是有人膽敢說她氣色不佳或略帶病容，她就會哆哆嗦嗦，立刻派人找醫生過來。經過這場突如其來的家庭風暴，我敢說她的健康的確堪慮，連比她強壯的人都不一定受得了這些打擊。至少，布特太太認為自己職責在身，必須向醫生、藥師、侍伴、家中所有的僕從宣布，克勞利小姐情況危急，所有人都必須依她的指示行動。她派人在門外街道上，鋪滿深達膝蓋的乾草，還命人把門環拆下，鮑斯用來盛訪客名片的托盤也收了起來。她堅持醫生每天必須來兩趟。她每兩個小時就逼迫病人服藥。不管是誰踏進房間，她都會嚴肅地發出「噓噓噓」聲，好像大事不妙，連躺在床上的老小姐都被她嚇得魂不守舍。然而老小姐躲不開布特太太緊盯著她的小眼睛，因為她穩穩坐在床畔那張扶手椅裡。她老是把病房的窗簾放下，她的雙眼在黑暗中散發詭異的光芒。在昏暗的房間中，她像隻貓似地，悄無聲息地移動。克勞利小姐躺在床上好幾天，白天時，布特太太虔誠地朗讀書本給她聽；當黑夜來到，她只能聽見更夫報時，還有路燈劈啪燃燒的聲音；到了午夜，藥師悄悄前來探訪，最後再無動靜。漫漫長夜裡，她只能盯著布特太太那雙發光的眼睛，或瞪著昏暗的天花板，偶爾閃過一兩道微弱的黃色燈光。要是許癸厄亞[99]過上這種日子，恐怕也難逃生病一途，那麼這位可憐又緊張的老人，又怎麼撐得下去？我們提過，這位浮華世界的重要人物身體健康、精神飽滿時，思想開明得連伏爾泰先生本人也佩服，毫不在乎宗教或道德，但一旦被疾病控制，死亡的恐懼就籠罩她的心頭，老女士搖身一變成了個舉手投降的懦弱罪人。

故事書不該講述病床邊的宣道與宗教省思，我們也不會（依據現在小說家的風格）誘引讀者讀一篇講道文，畢竟讀者付錢想看的是一場喜劇。但就算不宣教，我們也必須謹記一個真相：浮華世界在眾人面前展示的喧嘩、成功、歡笑、喜悅，不一定會伴隨表演者走到幕後，有時他們也會意志消沉，失去一切希望，哀痛地懺悔。人一旦生了重病，就算回想過往最豐盛華麗的晚宴，也不會令他們開心。當美女的風華不再，留戀那些合身耀眼的華服，贏得滿堂采的舞步，也無法帶給她任何慰藉。到了人生中的某個時刻，就連政治人物，回想起功成名就的過去，也不會再神采飛揚。昨天的意氣風發，到了今天也只是過眼雲煙，特別是想到未知的未來——每個人都難逃那一天的來臨。啊，扮成小丑的人們啊！你們忙著咧嘴而笑，活力十足地翻筋斗，戴著那頂飾有鈴鐺、叮噹作響的戲帽，難道不曾感到厭倦？親愛的讀者朋友，你們是我的夥伴，這就是我的目的。我陪你們走一趟浮華世界，瞧瞧那兒叫賣不斷的店家與精采的表演，看過那些精采眩目、熱鬧喧囂後，我們就能各自回家，在沒人見到的地方品嘗自己的苦難。

99. 希臘神話中主司健康與衛生的女神。

「要是我家男人肩上的腦袋瓜還有點用處的話，」布特．克勞利太太暗自尋思，「在眼下這個時候，他正好能一展長才，幫助這位痛苦的老小姐！他說不定能讓她為過去大膽開放的行徑而懺悔，催促她盡一己之責，拋棄那個可恨的罪人，他不但讓自己丟臉，也讓整個家族蒙羞。布特說不定能引導她，對我親愛的四個女兒和兩個兒子公平些，我相信他們需要親戚所能提供的任何援助，這也是他們應得的。」

要改邪歸正，就得先譴責罪惡，布特．克勞利太太不遺餘力地向大姑數算洛頓．克勞利犯下多少罪過，令人痛恨。洛頓的嬸嬸列舉的罪狀，足以把一整個軍團的年輕軍官全打入地獄。當一個人犯了錯，最積極向世人揭露罪狀的，莫過於他的親戚。布特太太展現她多麼重視家族利益，對洛頓的過去瞭若指掌。她知道洛頓與馬克上尉那場醜陋紛爭的所有細節，洛頓本來就有錯，而他最後還殺了馬克上尉。她還知道多芙黛爾勛爵的事兒。勛爵的母親在牛津買了棟房子，好讓勛爵求學時有個穩定的住所。勛爵這輩子從沒玩過紙牌，但他一到了倫敦，去了可可樹俱樂部，就在洛頓的壞影響下，過起紙醉金迷的生活。不只如此，洛頓還騙了他四千鎊，讓勛爵痛苦極了。她活靈活現、鉅細靡遺地描述，洛頓毀了多少鄉下的仕紳家族：他讓那些人的兒子誤入歧途，不但丟了顏面，還陷入貧困；他誘拐那些人的女兒，讓她們墜入地獄。她知道洛頓的鋪張浪費，讓許多可憐的商販破產，她細數洛頓哄騙欺瞞的手段。面對世上最慷慨的姑姑，洛頓撒下多少瞞天大謊。她為姪子犧牲那麼多，他卻不知感恩，甚至還揶揄她。

身為一名虔誠的基督徒，又是克勞利家族中的一名母親，布特太太認為她有職責將這些故事一一告知克勞利小姐，讓她得知姪子的所有惡行。她費盡心思誹謗那個可憐人，毫無憐憫之心的她一點也不覺得心虛。不，她甚至相信自己在行大善事。她下定決心，展現最逼真的演技。是的，不管你的口才再好，但提到誹謗某人的品行，沒人比得上那人的親戚更厲害。我們必須承認，不幸的洛頓．克勞利本人真正做過的行徑，就足以讓他受到眾人的斥責，而布特太太信口胡謅的醜聞，只是對他的朋友們造成沒必要的傷害罷了。

既然蕾蓓卡加入了克勞利家族，布特太太當然愛烏及烏地探查她的過往身世。這位不屈不撓的鬥士為真相而奮戰，已下令拒絕所有洛頓的朋友來訪，也退回他的來信。接著，她坐上克勞利小姐的私人馬車，前去拜訪老朋友彌涅爾瓦女神在契斯克林蔭道上的宅邸。她向平克頓小姐宣布洛頓上尉被夏普小姐誘拐的消息，並從老朋友身上挖掘這位前家庭教師的身世，以及過去的奇聞軼事。字典學家約翰遜博士的好朋友情報豐富，急於分享，她命令潔米娜小姐拿來那位畫師的收據和信件。這封信是從關欠債犯的臨時拘留所寄來的；那封信請求預借薪水；另一封信則是衷心感謝契斯克的女士收容了蕾蓓卡；最後一封信是不幸的藝術家在病榻上寫下的，訴說他不久於人世，女兒將淪為孤兒，請求平克頓小姐擔任她的監護人。那疊信件中也有小蕾蓓卡年幼的字跡，不是哀求平克頓小姐幫助她的父親，就是表達她的感謝。

浮華世界的信件，恐怕是世上最諷刺的事物。拿一疊你十年前的好友來信來瞧瞧吧，現在他已成了你的仇家。再讀讀你姐妹寫的信吧！瞧瞧你們曾經如何相親相愛，直到為了二十鎊的遺產而反目成仇。翻出你兒子過去潦草的筆跡，現在他成了忘恩負義的傢伙，傷透你的心。或者拿出一疊自己的信，裡面歌頌著永恒的愛，流露熾熱的激情，但當那位情婦嫁給暴發戶，她把你的信盡數退回——現在，你對她的愛意也早已消逝，對你來說，她和伊莉莎白女王一樣過時。誓言，愛情，保證，祕密，感謝……過一陣子後俯首重讀，那些文字變得多麼可笑呀！浮華世界該立下法律，所有的文字檔案經過一段短暫但合宜的時間後，就必須一一消滅，唯一能留下來的，是各種帳單。江湖術士和厭世者推廣效力持久的日本墨水，這實在是邪惡的發明！那些人和他們帶來的新東西都該被消滅。浮華世界最優秀的墨水，應該在兩天後就完全消失，只留下一張潔淨的白紙，這樣你就能用同一張紙寫信給別人。

不屈不撓的布特太太告別平克頓小姐後，繼續追尋夏普父女的蹤跡，直達那位過世畫家以往在希臘街的住所。夏普先生的畫作仍然掛在小旅館的客廳牆上，畫中的房東太太穿著白色緞袍，她的丈夫的衣服上則有銅製鈕扣，夏普以這兩幅肖像畫取代房租。史托克斯太太很多話，馬上就和盤托出她所認識的夏普先生。她說他的生活放蕩，一貧如洗，人很善良又愛說笑，總是被法警和討債人追著跑。她受不了他的那個女人，但她很意外夏普先生居然等到她快死了才娶她。說到他那個女兒，實在是個奇特又野蠻的小潑婦，她的模仿技巧栩栩如生，總令大家開懷大笑，她會從酒吧幫爸爸買琴酒，這附近每間畫室都認識她。簡而言之，布特太太處心積慮，只想知道這位姪媳的父母身分、教育、行徑，要是蕾蓓卡知道有人如此調查她的身世，想必不會太高興。

這些勤勉調查的結果，當然全進了克勞利小姐的耳裡。洛頓．克勞利太太是歌劇院芭蕾舞女的女兒，她自己也上台演出過。她當過畫家的模特兒。她的成長環境惡劣，注定有其母必有其女。她和父親一起喝琴酒……等等。這個無藥可救的女人嫁給同樣無藥可救的男人。布特太太的故事宗旨就是，這對夫妻是徹頭徹尾的無賴，任何行為端正的人都不該再與他們往來。

滯留於公園街的這段期間，小心翼翼的布特太太收集了這些情報，都成了她戰鬥的糧草與火藥，她以此防禦這棟屋子，確保克勞利小姐抵抗得了洛頓和他妻子的圍攻——她知道這對夫妻終會發動攻擊。

但布特太太的縝密計畫中，難免有所失誤。她求好心切，以鐵腕管理大小事務，反而讓克勞利小姐病得更重，這實在毫無必要。雖然老病人不得不屈服於她的威權之下，但她太過嚴厲，讓受害者一有機會就想逃離她的箝制。愛好管人與掌權的女性，是女人中最厲害的角色，她們對所有人發號施令，比任何人都更清楚什麼對鄰居親友最好，但她們卻想不到手下的人有天也會反抗，也不明白過度專政會導致完全相反的後果。

拿布特太太來說吧，她用心良苦，世上沒有人比她更善良。她放棄睡眠、晚餐、新鮮的空氣，為她病重的大姑鞠躬盡瘁，幾乎連自己也要累倒。她事必躬親，不離老小姐一步，密切觀察病情，反而讓病人離棺材更近。有天，她向那位忠誠的藥師克倫坡先生提到，她如此犧牲，為何老小姐的病情不見起色。

「我親愛的克倫坡先生，」她說道，「我們親愛的病人，為了那個忘恩負義的姪子而臥病在床，而我確信自己已付出一切，只想讓她康復。就算我自己身體不適，也從未離開病床半步，我竭盡全力地照顧她，犧牲自己也在所不惜。」

「我得承認，妳的奉獻值得欽佩，」克倫坡先生深深鞠了一個躬，「但──」

「自從我來到這兒，我幾乎夜不成眠。為了堅守職責，我放棄了睡眠和自己的健康狀況，毫無休息。當我可憐的詹姆斯染上天花，我有雇用護士來看顧他嗎？當然沒有。」

「親愛的夫人，妳是位偉大的母親，妳是最偉大的母親，但──」

「身為家族中的一名母親，英國教士的妻子，我只是謙卑的謹守本分罷了，」布特太太接著說，語氣中帶著決心奉獻的崇高喜悅。「只要上天容許，克倫坡先生，我絕對不會，絕不會疏忽我的職責。別人讓那滿頭灰白的女士生了場大病，傷透她的心，」說到這裡，布特太太伸手指了指老克勞利小姐更衣室裡掛在架子上的棕色髮片，「但我絕不會棄她不顧。啊！克倫坡先生！我想，我確信，病人不只需要藥物緩解病情，也需要靈性的慰藉。」

「我親愛的夫人，我將說些我的觀察，」堅決的克倫坡語氣溫和地打斷她，「妳說的那一切的確令人敬佩，但我認為妳為了我們的好朋友，精神太過緊張，妳忽視自己的健康，全把精力耗在她身上。」

「我願意為了職責和我先生任何一位家人奉獻生命。」布特太太插嘴。

「是的，夫人，如果他們需要的話；但我們並不希望布特．克勞利太太真的失去性命，」克倫坡莊重地說道，「我和史桂爾斯醫生都認為，克勞利小姐是因為憂煩而生病，妳也知道。我們看到她多麼消沉，憂慮佔據了她的心。她為家族事務操煩。」

「她的姪子一定會下地獄，」克勞利太太喊道。

「她姪子的確令她困擾，而妳像名守護天使來到她的身旁，我親愛的夫人。我敢保證，妳的確是位善良的守護天使，妳想幫助她紓解這場災難造成的壓力。但史桂爾斯醫生和我認為，我們這位好朋友不需要別人寸步不離守在她身邊。她的確很沮喪，但困在床上恐怕只會令她更加沮喪。她需要換換環境，呼吸新鮮的空氣，享受歡樂的氣氛，她需要的是藥典中最能帶給人快樂的藥物，」克倫波先生笑了起來，露出那整齊的牙齒。「親愛的夫人，勸勸她起床，帶她離開沙發，排解她低落的心情，陪她坐馬車出遊，一會兒就好。這會讓她精神好些。原諒我的大膽，布特．克勞利太太，但這也會讓妳的臉龐紅潤起來。」

「她那壞姪子常去海德公園。我聽說那壞蛋有時會和無恥的同夥一起騎馬，」布特太太那隱藏在表面下的自私露出了尖爪，「要是她看到他，絕對會嚇得半死，我們只能扶她回床上。克倫坡先生，她千萬不能出門，只要我在這兒照看她，我就絕不會讓她出去。至於我自己的身體，誰在乎？先生，我樂意奉獻我的生命。在責任的祭壇上，我已貢獻了我的一切。」

這下克倫坡先生只能直白的說道：「夫人，要是她繼續被關在這間昏暗房間裡，我發誓我也救不了她的命！她精神太緊繃，我們隨時可能會失去她。妳希望克勞利上尉當她的繼承人嗎？夫人？我坦白地警告妳，妳正在助他一臂之力。」

「老天爺可憐可憐她！她性命已經如此危急嗎？」布特太太喊道，「怎麼會這樣？克倫坡先生，你怎麼沒早點跟我說？」

前一晚，克倫坡先生和史桂爾斯醫生在萊本．華倫爵士家裡見了面，爵士夫妻的第十三個孩子快要出世了。醫生和藥師共飲一瓶葡萄酒，同時討論了克勞利小姐和她的病情。

「克倫坡，那個漢普郡的女人真是惡毒得很，」史桂爾斯說道，「她緊抓著老提莉．克勞利不放。這馬德拉酒真棒。」

「洛頓．克勞利蠢透了，」克倫坡回道，「居然娶了個家庭教師！那個姑娘還真不簡單。」

「綠眼珠，白皮膚，身段窈窕，有顆聰明腦袋，」史桂爾斯評論，「她的確厲害。克勞利是個大傻子。」

「是啊，好一個傻子……他從來沒聰明過。」藥師回答。

「那老小姐當然會放棄他，」醫生說道。沉默一會兒後，他又說：「我看她會留下一大筆遺產，他們急著分錢。」

「哼！分錢，」克倫坡露齒而笑，「她每年付我兩百鎊的藥費，我才不會讓她死得那麼快。」

「兩個月內，她就會被那漢普郡女人害死啦，克倫坡，我的好傢伙，那女人得離開才行，」史桂爾斯醫生說道，「年紀一大把，需要人餵食，精神焦慮，心跳急促，腦壓高，中風……一下子就沒命啦。克倫坡，讓她起身走走，出門去，不然我開藥也開不過幾星期。你那每年兩百鎊的收入就報銷啦。」收到醫生暗示的可敬藥師，隔天才會如此率直地與布特．克勞利太太長談一番。

躺在病床上的老小姐成了布特太太的籠中鳥，沒有任何人靠近得了她。布特太太發動攻擊不只一次，勸誘老小姐更改遺囑。但每次她一提起這件悲哀的事兒，就重新燃起克勞利小姐對死亡的恐懼。布特太太看得出來，她必須想辦法讓病人的身體康復，恢復精力，才能實現她魂牽夢縈的目標。但要帶她去哪兒呢？這又是一個令她煩惱的問題。絕對遇不到混帳洛頓的安全地點，非教堂莫屬，但布特太太也明白，教堂絕不會讓克勞利小姐開心。「我們得去美麗的倫敦郊外瞧瞧，」她想道，「我聽說那兒是世上最詩情畫意的地方。」因此，她突然對漢普斯特德、赫恩西起了興趣，說杜威治多吸引人。她把病人送進馬車，帶她去這些近郊野外，一路上不忘消遣洛頓和他的妻子，向老小姐述說所有可能會令她更痛恨那對邪惡夫妻的故事。

可嘆的是，布特太太的鐵腕實在太緊了些。她的確讓克勞利小姐厭惡頑劣的姪子，但這位病人更痛恨她的獄囚。布特太太令她害怕，她渴望逃離弟妹的束縛。過了一陣子，她拒絕再去海蓋特和赫恩西。她想去海德公園。布特太太知道，她們可能會遇到該死的洛頓，而她料事如神。有天，她們在馬車道附近看到洛頓的無篷馬車，蕾蓓卡坐在他身邊。而在敵對陣營這兒，克勞利小姐坐在老位子上，左邊坐著布特太太，後座則是布里吉斯小姐和那頭貴賓狗。這是個千鈞萬髮的時刻。當蕾蓓卡認出那輛馬車，她的心噗通直跳。兩輛馬車錯身時，雙手交握的她，流露出哀傷的眼神，一臉關切且忠心耿耿地望著老小姐。洛頓渾身顫抖，染了色的翹鬍子下，他的臉孔紅得發紫。然而對面馬車上，唯一心軟的是老布里吉斯，她緊張地睜大雙眼，望著往日舊友。戴了軟帽的克勞利小姐，撇過了頭，直直望向蛇形湖。至於布特太太，她正開心地逗那隻貴賓狗，把牠喚作小寶貝，溫柔的小小狗，最漂亮的寵物。接著，兩輛馬車就像平行線，各自駛遠了。

「老天爺，一切都完了，」洛頓對妻子說道。

「洛頓，再試一次，」蕾蓓卡回答，「親愛的，難道你不能用車輪擋住她們的去路嗎？」

洛頓沒膽這麼做。當兩輛馬車再次狹路相逢，他從座位上站了起來，舉起手打算脫帽致意，他全心全意地望向那輛馬車。這一回，克勞利小姐沒把臉別開。她和布特太太直視洛頓的臉，但她們的眼神毫無感情，好像瞪著一個莫不相干的陌生人。他咒罵著跌坐下來，揮起馬鞭，直直駛離公園，奔向家園。

這對布特太太來說，實在是一場英勇且決定性的勝利。但她看得出來克勞利小姐顯然心神不寧，深深覺得類似的場景要是一再發生，實在太過危險。為了親愛大姑的健康考量，她下定決心，帶克勞利小姐出城一陣子。她強烈建議克勞利小姐去布萊頓散散心。

第二十章　達賓上尉成了月老

威廉．達賓上尉也搞不清楚自己怎成了喬治．奧斯朋和艾美麗雅這樁婚事的擁護者，甚至安排準備兩人的婚禮。但他不得不承認，沒有他，這場婚事絕不可能成真。一想到世上那麼多人，這件親事的責任偏偏降落到他的肩上，他也不禁苦笑。雖然主持這場婚姻，代表喬治出面交涉，是他遇過最艱困的一項任務，但一旦使命在身，達賓上尉絕不會多言，也不會猶豫，只會全力以赴。他深信要是準新郎退縮，薩德利小姐絕對會失望而死，他下定決心，不管如何也要讓她安穩地活下去。

我禁止自己細細描述喬治與艾美麗雅的見面情景。當喬治再次來到年輕的愛人跟前（或者該說，被愛人擁入懷中？），這一切都歸功於他朋友老實威廉的幫忙。一看到那張甜美臉蛋，飽受痛苦與絕望的折磨而日漸憔悴，比喬治還鐵石心腸的人也不得不心軟。當她說起自己的心碎，那真誠的溫柔口氣多惹人憐惜呀。當她的母親渾身顫抖，把奧斯朋帶到她的面前，她並沒有暈倒，長久以來過度悲痛的她，此時終於鬆了口氣，她將頭靠在愛人的肩膀上啜泣好一陣子，淚水汨汨而流，那是最溫柔也最舒暢的淚水。老薩德利太太終於寬慰了些，她認為最好讓兩個年輕人獨處一下，就任艾美在喬治的懷中哭泣，悄悄離開。艾美親吻著喬治的手，好像他是她的全能主宰，好像她是個卑下的罪人，渴求他的原諒與賜福。

甜美的艾美麗雅全心全意的臣服在他的面前，不只讓喬治．奧斯朋深受感動，還讓他頗為得意。看到眼前純真的身影完全信賴他，宛如奴僕般屈於在他腳下，一想到自己強大的魅力，不禁暗暗沾沾自喜。他會當個大方為懷的蘇丹，扶起雙膝跪地的以斯帖[100]，冊封她為皇后。她的哀傷與美麗，如同她的柔順一樣令他感動，因此他安慰她，扶她起來，好像她真是個需要他寬恕的罪人。他就是她的太陽，她的太陽被奪走了，因此她陷入絕望，凋零憔悴。如今，希望與熱情重回她的心中，點亮了她的臉龐。當艾美麗雅上床休息，你絕對認不出來，前一夜躺在枕頭上那張毫無生氣、不在乎身邊一切的消瘦臉蛋，和今天這張發著光的小臉，竟是同一個人。那個老實的愛爾蘭女僕為小姐的改變感到欣慰，請求在離開前，親吻突然浮現玫瑰色澤的小姐。艾美麗雅伸出雙手，環住女孩的頸項，像個孩子一樣真誠地親吻她。不只如此，當晚她還像個嬰孩一樣睡了場好覺。當朝陽射入她的房間，她在難以言喻的幸福中睜開雙眼。

「他今天會再過來看我，」艾美麗雅想道，「他是世上最棒、最好的男子漢！」事實上，她的心上人喬治自以為世上沒有生物比他還要大方：他相信與這個年輕姑娘成親，是極為偉大的犧牲。

當她和奧斯朋愉快地在樓上獨處，老薩德利太太和達賓上尉則在樓下熱烈討論目前的狀況，評估這對年輕戀人的機會和未來。薩德利太太展現女人本色，讓這對情侶獨處，盡情相擁。但她悲觀地相信，世上沒有任何力量能說服薩德利先生同意女兒嫁給喬治，因為喬治的父親是無恥之徒，邪惡可惡地背叛了自己。薩德利太太講了個冗長的故事，回顧過往幸福豪奢的日子，當時奧斯朋家住在新路，過著十分寒酸的生活。當他們把喬斯用過的幼兒用品送給他們，奧斯朋太太感激極了。而且，薩德利太太有次甚至讓奧斯朋太太到薩德利家生產。薩德利太太確信，可恨的奧斯朋忘恩負義的態度，傷透了薩先生的心，他絕對不會、永遠不會、萬萬不可能答應這門親事。

100. 《聖經．以斯帖記》的宮中美女，成為王后後，救了自己的族人。

「太太，看來他們非私奔不可了，」達賓笑著說，「學學洛頓．克勞利上尉和那小家庭教師的好榜樣——對了，她是艾美小姐的朋友呢。」真的嗎？真想不到！聽到這個消息，薩德利太太興奮極了。她真希望布蘭金索普太太在這兒親耳聽聽這回事。布蘭金索普一向不信任那個夏普小姐。喬斯多麼幸運地躲過一劫！於是，她再度向達賓細訴蕾蓓卡和巴格利烏拉收稅官之間，那段知名的情史。

不像艾美麗雅的母親，達賓擔心的倒不是薩德利先生的怒火。他坦言，與薩德利先生相比，他更擔憂羅素廣場那個眉毛濃黑、與俄國人交易的老暴君會做出什麼事。達賓尋思，奧斯朋先生早就斷然禁止這項婚事，他知道奧斯朋是個頑固得可怕的人，堅守自己的誓言。「喬治若想求得父親的原諒，」喬治的朋友宣稱，「唯一的機會就是在接下來的戰爭中出人頭地。要是他喪命了，這對情侶就只能在天上重逢。要是他無法立下功名，那該怎麼辦？他過世的母親留給他一筆錢，他老是說要用那筆錢買下少校軍階。不然的話，他就得賣掉所有財物，去加拿大挖礦，或者在鄉下某個小屋清貧的過一生。」達賓想道，既然喬治已抱得美人歸，就算得去西伯利亞墾荒，相信他也不會介意。有趣的是，我們這位荒唐又輕率的年輕人，從來沒想過貧窮會消磨喬治娶薩德利小姐的意願。畢竟，達賓從來不想擁有華麗的私人馬車和健壯馬匹，也不渴望大富大貴，與上流人士來往。

這些沉重的考量讓達賓認為，兩人必須盡快正式結婚才行。他自己是否也渴求這一切早點結束？畢竟一有人過世，人們總是盡快辦喪事，當告別的腳步近了，就希望盡快分道揚鑣。不管如何，達賓一旦插手，就展現令人嘆服的熱忱。他催促喬治事不宜遲，必須立即行動。他告訴喬治，只要他的名字榮登《軍隊公報》，他和父親就有和解的機會。要是有必要，他願意親自出面說服準新郎與準新娘的父親。每個人都知道軍團很快就要離開英格蘭，到國外參戰，他懇求喬治在上級下達出發命令前，盡快完成婚事。

為了女兒的婚事，就算要薩德利太太親自向先生宣布，她也不介意。在她的鼓勵與同意下，達賓去了西堤區的「木薯咖啡館」找薩德利先生。自從遭受命運悲慘的打擊，事務所關門大吉後，這位心力交瘁的可憐老人每天都去咖啡館辦公，在那兒收信並回覆信件，把它們整理成一大綑神祕文件。他的外套衣領下每天都藏著好幾綑這樣的信件。我見過最令人頹喪的情景中，莫過於事業失敗的男人所進行的各種交易、祕密事業和故作忙亂的樣子。他把富豪寫的信掏出來給你看，那些破舊油膩的紙上，寄信人為他的失敗感到難過，寫著各種會支持他的保證，而他把這些書信全攤在你的面前，那裡承載了他所有的希望。他渴望著東山再起，在未來大賺一筆。相信我親愛的讀者，必定在人生途中見過許多如此不幸的朋友。他把你拉到角落裡商談，從破爛外套的口袋裡掏出一大疊文件，拆下信箋上的細繩，用牙齒咬住，把他最重視的幾封信拿出來放在你的面前。他那絕望的雙眼緊盯著你，露出悲傷、渴望、接近狂亂的眼神。誰沒看過這種眼神呢？

達賓發現，過去那個氣色紅潤、活潑熱情、事業興隆的約翰．薩德利，已經變成這樣一個絕望又有點瘋狂的老頭。以往他的外套總是光滑乾淨，縫線潔白如新，銅製鈕扣閃閃發亮。現在他的雙頰瘦削，鬍髭叢生；他的飾領和領巾都皺巴巴的，下面的背心也鬆鬆垮垮。他以前常在咖啡館請小伙子喝一杯，是客人中講話最宏亮、笑聲最爽朗的一位，所有的侍者都圍在他身旁。現在的他，對木薯咖啡館那個也叫做約翰的侍者來說，只是一個卑微平凡的客人。在這間淒涼老舊的娛樂場所，那個紅著眼的老侍者穿著骯髒的襪子，裂了口的鞋子，工作內容是向老顧客送上封信膠、用錫杯裝的墨水、幾張白紙。在這兒，幾乎沒人吃喝。威廉．達賓年紀還小時，薩德利先生常賞他一點零用錢，而他常捉弄這位長輩。如今老薩德利向達賓伸出手，態度猶豫而卑微，尊稱他為「先生」。看到眼前挫敗的老人怯懦地迎接他，恭敬地稱呼他，一陣難堪與自責籠罩了威廉・達賓的心，好像自己是那個讓薩德利不幸的罪人。

「達賓上尉，很高興見到你，先生，」他偷偷朝訪客望了一、兩眼後說道。達賓高瘦的身材和軍人裝扮，馬上就引起一陣騷動。穿著破鞋子的侍者，那雙疲憊發紅的眼突然露出光采。有位身穿黑衣的老太太，平常都在吧台上那堆陳舊的咖啡杯之間打盹，此時她也醒了過來。「先生，你的父母，可敬的市政官及市政官夫人好不好呀？」當他說「夫人」時，他特意朝四周望望，瞧了那名侍者一眼，好像在說，「約翰，你瞧，我還是有人脈的，他們可是身分高貴、名聲響亮的大人物呢。」

「先生，你是要來與我談生意的嗎？在我的新辦公室落成前，所有事務都委由我那兩個年輕朋友戴爾和史匹格特代為處理。我只是暫時在這兒辦公而已，你知道的，上尉。先生，我能為你效勞嗎？你想喝點飲料嗎？」

達賓猶豫了好一陣子，才結結巴巴地表示，他既不餓也不渴。他來此不是為了要從事任何買賣。他只是來向薩德利先生問好，和一位老朋友見個面，握握手。最後他才吐出一番謊言：「我的母親很好……說實話，其實她身體很差。只要天氣一轉好，她就會立刻去拜訪薩德利太太。先生，薩德利太太好嗎？我希望她很好。」接著他停頓了一會兒，因自己的虛偽而感到心虛極了。那天天氣晴朗，陽光燦爛地灑在木薯咖啡屋外的卡芬廣場上。達賓先生又想起，自己一小時前才跟薩德利太太見面，更早前也是他駕著輕馬車，送奧斯朋去富勒姆，讓喬治和艾美麗雅有機會獨處。

「若能見到夫人，我太太一定會非常高興，」薩德利回答。他抽出一疊文件，「先生，你的父親寫了封十分仁慈的信給我，就在這兒，請容我恭敬地向他致意。達夫人若來寒舍拜訪，會發現我們住的小屋，遠遠比不上過去招待朋友的那棟宅邸，但我們小巧的新家很溫馨，換個環境對我女兒大有益處，她一向過不慣城裡的生活……先生，你還記得小艾美嗎？……是的，她吃了不少苦。」老先生一邊說，一邊四處張望。他坐著摸索那些紙張，把玩老舊的紅色絲帶，顯然心裡想著別的事兒。

「你是個軍人，」他繼續說道，「讓我問問你，威廉．達賓，有誰想得到那個科西嘉混蛋會從厄爾巴逃回歐洲本土呢？去年，各國君主都聚集於此，我們還在西堤設宴招待他們，先生，我們在聖詹姆斯公園參觀了康可德神廟，賞煙火，欣賞那座中國式的橋。我們都已為戰爭結束唱起讚美詩，有哪一個聰明人猜得到，和平竟會如此短暫，先生？讓我請教你，威廉，我怎麼想得到奧地利皇帝會是個可惡的叛徒呢？好一個徹底的叛徒，除此之外他什麼也不是！我不會說什麼漂亮話，我說他就是個該死的雙面叛徒，一個陰謀者，他一直打算讓他那個女婿凱旋歸來。我敢說，波拿巴逃離厄爾巴，根本是半個歐洲的貴族共同策劃的陰謀，先生，他們就是想讓基金大跌，毀掉英國。威廉，這就是我淪落至此的真相。這就是我的名字被刊在《公報》上的原因。這怎麼說，先生？我一敗塗地，全歸咎於我對俄國皇帝和咱們的攝政王深信不疑，一派忠心。你瞧瞧這個，讀讀我的文件。你看三月一日，當我買下法國費夫斯基金時的價格，再看看現在，先生，有人暗中勾結，不然那壞蛋逃不出厄爾巴島。當他逃跑時，英國特駐官在哪兒？怎會讓他逃走？他本該被射死的，先生。老天有眼，他本該被送上軍事法庭，開槍處決。」

「我們要出征了，我們要去追捕波拿巴，先生，」警覺到老人怒氣高漲的達賓應道。坐在他面前的薩德利先生，額頭上浮現了青筋，拳頭緊握，敲響那些紙張。達賓繼續說：「先生，我們會抓到他的。公爵已經到了比利時，萬事齊備，我們隨時都可能出發。」

「千萬別饒過他。把那壞蛋的頭顱帶回來，先生。把那懦夫射死，先生，」薩德利嘶吼，「老天有眼，我真想上戰場去——但我是個沒用的老頭，那該死的混蛋，還有這兒一群愛騙人的盜賊把我害慘了，先生。我親手幫助那些人，現在他們坐在私人馬車裡，耀武揚威，」他又說道，聲音有點嘶啞。

看到這位曾經對他十分慈愛的老朋友，因不幸而瘋狂，因憤怒、衰老而激動，達賓頗為難過。讀者們，對你們來說，財富與名聲就是一切，浮華世界的人們何嘗不也這麼想呢？讓我們為這位家道中落的男士掬把同情之淚吧。

「是的，」他繼續說道，「世上有很多你真誠相待，後來卻反過來陷害你的陰險惡人。你扶那些乞丐坐上馬，但他們毫不猶豫地踹你一腳。你知道我說的是誰，威廉．達賓，我的好孩子。我說的是羅素廣場那個炫富的傢伙。在他一文不名時，我就認識他了。我把他視為莫逆之交。現在我恨不得他再次成為以前那個乞丐。」

「先生，我從我的朋友喬治那兒，聽說過這回事，」達賓緊張地接口道，急於提到這次會面的重點。「他父親與你的爭執，讓他十分難過，先生。當然，我是奉他的口信而來。」

「喔，**原來**這是你來這兒的原因呀，你替他跑腿，是嗎？」老人一躍而起，咆哮道，「搞什麼？也許他可憐我，是吧？他倒挺仁慈的，那個傲慢的混帳，一副紈褲子弟的調調，擺著城西區那套裝模作樣的架子。他是不是還對我那棟房子垂涎不止？是嗎？要是我兒子像個男子漢，就該轟他一槍。他和他老爸一樣，都是壞蛋。在我家，我不准任何人提到他的名字。我咒罵自己當年怎會讓他進我的家門，我寧願看我女兒在我跟前喪命，也不准她嫁給他。」

「先生，喬治的父親如此絕情，並不是他的錯。你女兒之所以愛上喬治，不只是因為你一手促成的，也是因為他這個人值得她愛。你怎能如此玩弄這對年輕情侶的感情，為了自己而讓他們心碎呢？」

「別忘了，取消這場親事可不是他老爸，」老薩德利喊道，「是我禁止他們成親。那一家人和我家再也毫無關係。我的確卑微，但我並不下賤。不、不！你就這樣告訴他們全家——那對父子和他的兩個姐妹，還有其他人。」

「先生，我相信你沒權力拆散他們兩人，」達賓沉聲回應，「如果你不同意女兒嫁他，那你的女兒也只能在沒有你的祝福下成親。她不該因為你的錯誤而失去性命，或活在痛苦之中。在我心中，他們早就成了親，就像倫敦所有的教堂都已宣讀過他們的結婚預告一樣清楚明白。而且，要是奧斯朋先生的兒子不顧父親阻止，加入你的家庭，娶了你的女兒，這不是剛好反駁了他對你的指控嗎？」

當達賓指出這一點，老薩德利的臉上閃過某種類似得意的光采。但他仍然堅持，就算他同意了，艾美麗雅和喬治也絕無結合的可能。

「就算他爸不肯，他們還是結得了婚，」達賓笑著回道。他告訴薩德先生那個他不久前才通知薩德利太太的消息：蕾蓓卡和克勞利上尉私奔了。這顯然帶給老先生不少樂趣。「你們這些上尉，還真是群壞蛋！」他一邊說，一邊把那些信件用繩索捆成一疊，臉上隱約露出笑意，令那位剛好進來的紅眼侍者大為意外。自從老薩德利流連在這間悲慘的咖啡館，侍者就沒再見過老先生臉上露出這樣的表情。

一想到他的敵人奧斯朋會受到多大的打擊，老先生多少寬慰了些。他和達賓談完後，兩人十分友好地告別了。

「我的姐妹說她有幾顆像鴿子蛋一樣大的鑽石，」喬治笑著說，「它們會把她的臉蛋襯托得多好呀！當她的頸項戴上珠寶，一定會把她的黑皮膚照得明亮一些。她那烏黑的長髮像薩葆一樣鬈曲呢。我敢說，當她去宮裡時，她一定戴著鼻環，只要在那高高盤起的髮髻上再插根羽毛，她看起來倒像個美麗的野人。」

喬治正在和艾美麗雅談天，聊起他父親和姐妹最近認識的一位年輕貴族小姐；她現在成了羅素廣場奧斯朋一家最尊敬的人。聽說她在西印度群島擁有多得我也不知道有多大的農場，握有豐厚的財富，在東印度公司股票經紀員手中的名單上，她的姓氏旁被畫上三顆星[101]。她在薩里有棟豪宅，在倫敦波特蘭廣場也有房子。《晨間郵報》一提到這位富有的西印度女繼承人，就大加讚揚。海吉斯敦上校的遺孀海吉斯敦太太，是她的親戚，擔任她的「女監護人」，服侍她出入各種場合，替她掌管家務。這位西印度名媛在學校獲得完善的教育，剛畢業不久。住在德逢謝爾廣場的老哈克先生辦晚宴時（「哈克及布洛克父子銀行」與她西印度的家族長期往來），喬治和姐妹曾見過她。奧斯朋家的兩位小姐極為熱情，對她百般奉承，女繼承人也十分友善地回應她們。一位家財萬貫的孤女，多有趣啊！奧斯朋家的小姐們如此評論。當她們離開哈克家的晚宴，回到女伴惠爾特小姐身邊時，她們不斷討論著這位新朋友。她們已約定以後要常常見面，而且隔天她們就坐上馬車去拜訪她。這些欠缺上流社會歷練的女孩們，認為那位賓紀先生的親戚，海吉斯敦太太——也就是海吉斯敦上校的寡婦——太過高傲，老是聊著她那些顯赫的親戚。但若達是她們見過最棒的姑娘——最坦誠、仁慈、討人喜歡的女孩。她還需要一點兒培訓，但她本性善良。這些姑娘們立刻親暱地呼喚彼此的教名。

「艾美，妳真該瞧瞧她進宮時的打扮，」奧斯朋笑著喊道，「她初次進宮前，先來看我的姐妹，炫耀了一番。海吉斯敦太太的親戚，賓紀夫人負責引薦她。那個海吉斯敦跟每個人都是親戚。她的鑽石像我們去沃克斯豪爾遊樂園時看到的煙火一樣，足以照亮夜空。艾美，妳還記得沃克斯豪爾嗎？還記得喬斯大唱〈我最最親愛的小親親〉？再回來說那位小姐，她的膚色像桃花心木一樣黑，而她戴著滿滿的鑽石！親愛的，妳想像一下，就知道那對比多麼強烈！還有她髮上的白羽毛——那頭髮簡直是一堆羊毛！她的耳環像水晶燈一樣大，老天爺，說不定它們還真藏了蠟燭呢。長長的黃色裙襬在她的身後搖曳，簡直像鳥尾巴。」

那天上午，兩人再次相會，而喬治絮絮叨叨地說著這位黑美人，比世上任何一位男子還要長舌。艾美聽了這番描述後，問道：「她幾歲？」

「這位黑公主嗎？既然她才剛畢業，大約二十二、三歲吧。妳真該瞧瞧她的字跡！海吉斯敦上校太太常代她寫信，但有時基於隱私，她會親自寫張紙條，塞給我的姐妹；她把『緞』寫成『短』，『聖詹姆斯』寫成『尚』詹姆斯。」

「哎呀，她一定是史華滋小姐，那個能住進校長家的富家女孩，」艾美憶起那個心地善良的黑白混血兒。艾美麗雅離開平克頓小姐的學校時，史華滋小姐因為太傷心而哭得歇斯底里。

「她的姓正是史華滋，」喬治說道，「她的父親是日耳曼猶太人——他們說他是個奴隸主——多少和食人島有點關係。他去年過世，平克頓小姐監督她完成學業。她只會彈兩首鋼琴曲，唱三首歌，要是海吉斯敦太太替她糾正錯字，她也算得上識字，而珍和瑪麗雅把她當妹妹一樣疼愛。」

「我真希望她們也會喜歡我，」艾美難掩渴望。「她們對我總是很冷淡。」

「我親愛的好女孩，要是妳有二十萬鎊的身價，她們也會喜歡妳的，」喬治回答，「她們從小就被這樣教育到大。我們處在一個金錢至上的社會。我們每天和銀行家，還有西堤區戴著假髮的官員們往來，該死的是這票人——還有所有的人——跟妳說話時，都在口袋裡把玩著錢幣。我說的是那個會娶瑪麗雅的混蛋費德瑞克·布洛克，還有那個東印度的理事葛德摩爾，還有做牛脂買賣的第普利——那可是**我們的**生意啊，」喬治說著，有點不自在地笑了起來，臉上浮起一陣紅

101. 三顆星代表此人在東印度公司握有六千鎊的股票，相當於現今的三十萬鎊。

暈。「那一票一心想攢錢的粗俗傢伙，下地獄去吧！他們那些油膩膩的華麗晚宴，總是無聊得讓我昏昏欲睡。我父親那些盛大又愚蠢的宴會，令我難堪。我已經習慣和真正的貴族、世故的男人們往來，艾美，我受不了那群急功近利的商人。親愛的小姑娘，我們這群人中，只有妳真正像個名門淑女般行事、思考，妳是個大家閨秀，因為妳就是天使，妳生來就是如此。妳不需要否認。妳是真正的淑女。克勞利小姐不也這麼說嗎？她出入的可是歐洲最上流的社交圈呢。至於近衛軍的那個克勞利，他的確是個好傢伙，他娶了他真正愛的女人，我欣賞他。」

艾美麗雅為此也非常崇拜克勞利先生，她相信蕾蓓卡有了他，一定非常幸福，並希望她會原諒喬斯，對往事一笑置之。這對戀人坦然地談天說地，就像回到平靜的往日時光。雖然艾美麗雅明白顯示她對史華滋小姐的嫉妒之情，但她已恢復自信，並且向喬治坦承自己的偽善，她很害怕喬治會看上名媛的財產和她在聖基茨的龐大家業，放棄自己。事實上，喜不自勝的她，此刻根本沒有任何害怕、懷疑或憂慮。只要喬治回到她的身畔，任何女繼承人、絕世美女或危險，都無法對她帶來威脅。

達賓上尉下午滿懷憐憫地回到這對戀人的身邊，看到艾美麗雅回復青春的光采，他感到頗為欣慰。她縱聲而笑，如小鳥般吱吱喳喳，彈著鋼琴，唱起那些熟悉的老歌曲，直到鐘聲響起，提醒大家薩德利先生就快從西堤區歸來，這場歡樂聚會才結束。收到信號的喬治起身告退。

薩德利小姐唯有在達賓進門時，露出微笑朝他打了個招呼，就再也沒有注意到達賓的存在。事實上，她迎接達賓的笑容頗為虛偽，他的到來令她發火。但達賓看到她快樂的樣子，就已心滿意足，非常慶幸自己幫助她找回笑顏。

第二十一章 一場因女繼承人而起的爭執

任何年輕女子，若具備史華滋小姐的特質，恐怕都會備受眾人疼愛。她還不知道，老奧斯朋先生認識她時，就已湧起了一波雄心壯志。他積極又和藹地鼓勵兩個女兒與年輕的女繼承人發展親密的友誼，宣稱她是個好女孩，看到兩個女兒那麼喜愛她，身為父親的他衷心喜悅。

他對若達小姐說：「我親愛的小姐，我們在羅素廣場的家十分簡樸，妳無法在這兒找到城西區那些妳熟悉的豪奢生活與上流人物。我的女兒資質平庸，無拘無束，但她們都有顆純真正直的心，她們很喜歡妳，這實在是她們的榮幸。我再說一次，能認識妳是她們的榮幸。我只是個簡單、平庸而卑微的英國商人——不過我是個老實人，哈克和布洛克都是受我尊敬的朋友，他們可替我保證。當然令尊——真遺憾他已辭世——也是他們的客戶。妳很快就會發現，我們是個單純快樂且團結的家庭，我想也許稱得上受人敬重。我們桌上的餐食簡樸，我們都是平凡人，但我親愛的若達小姐，我們熱忱地歡迎妳來。讓我叫妳若達吧，一見到妳，我就感到親切，我說的絕無虛假。我是個直接的人，我喜歡妳。讓我們喝杯香檳吧！希克斯，為史華滋小姐倒杯香檳。」

老奧斯朋對自己所說的話深信不疑，他的女兒也口氣真摯地宣稱她們多喜歡史華滋小姐。浮華世界的人們總是情不自禁地緊緊依附家財萬貫的富豪，倘若世上任何一名英國人敢說，財富對他來說毫無影響力，金錢不會帶給他任何樂趣，那我絕對會對他不屑一顧。當有人告訴你，晚餐時坐在你身旁的人，身價高達五十萬鎊，你當然無法不興致盎然地望著他！要是連率直單純的人都喜愛金錢，那你們這些老練世故的凡人又多珍視它！金錢當前，他們立刻蜂擁而至，伸出雙臂熱情迎接。同時，他們對那位有趣的財富擁有人，也會立即洋溢關懷之情。我知道有些可敬的人相信，他們無法自由結交那些沒有家產或身分地位的人，唯有面對合宜的對象，他們才能自在地流露真情。過去十五年來，奧斯朋家中絕大多數的成員，都無法真心欣賞艾美麗雅・薩德利，卻能在短短一夜之間全迷上史華滋小姐，碰過一面之後，立刻掏心掏肺地細訴與她的友誼堅貞不移。這一切，就是最好的證明。

史華滋小姐與喬治多登對啊，他的妹妹和惠爾特小姐異口同聲地嘆道，她比那個平庸的小艾美麗雅好上千萬倍！喬治是個時髦的年輕男子，外表英挺，具備上尉的軍階，還有傲人的成就，豈不是史華滋小姐理想的丈夫人選嗎！波特蘭廣場的舞會，入宮進謁，踏入社交圈，認識一半的貴族……種種令人目眩神馳的場景不斷浮現在兩位奧斯朋小姐的眼前。面對這位討喜的新朋友，她們的唯一話題就是炫耀喬治認識多少名人貴族。

老奧斯朋也覺得史華滋小姐是兒媳的最佳人選。喬治該退役，成為國會議員，除了佔據時尚界，還得當個國家的重要棟梁。一想到託兒子之福，奧斯朋一姓可能會登上貴族名錄，他本人有望成為新男爵世家的祖先，血管裡流淌的老實英國血液就因狂喜而沸騰。他一直在西堤區與交易所之間奔波打聽，終於知道這位女繼承人坐擁多少財富，她的錢如何安排，持有多少房產。年輕的費德瑞克・布洛克是他的頭號消息來源之一，原本也有意把賭注押在這位小姐身上（年輕銀行家親口這麼說），可惜的是他已與瑪麗雅・奧斯朋訂了婚。既然無法娶得佳人歸，毫無私心的費德瑞克當然希望她成為自己的兄嫂。他對老奧斯朋提出建言：「讓喬治立刻出手，贏得她的芳心吧。打鐵趁熱，你懂的——趁她剛踏入社交圈。不出幾週，那些城西區的傢伙就會頂著響亮的頭銜，捧著老舊的佃農名單、租金列表，一舉擊敗我們西堤人。去年菲茲若芙斯勛爵就靠這招娶了葛羅格蘭小姐，帕德與布朗公司的帕德本來都跟她訂了婚呢，但還是被勛爵搶走了。奧斯朋先生，這門親事愈快愈好。這就是我的看法。」風趣的費德瑞克言盡於此。雖然當老奧斯朋走出銀行後，布洛克先生想起了艾美麗雅，回憶起她是個多麼漂亮的姑娘，對喬治一往情深。於是，他花了極為珍貴的十秒鐘，哀悼那年輕又不幸的姑娘。

當紈褲子弟喬治．奧斯朋在天才好友達賓的協助下，與艾美麗雅重聚，對她一訴衷情時，喬治的父親和姐妹正在替他策畫一場盛大姻緣，而他們完全想不到喬治有拒絕的理由。

當老奧斯朋提出他所謂的「暗示」，連最愚鈍的人都不會誤解他的真意。他抬腳把男僕踹下樓後會說，他不過是暗示男僕辭職罷了。他以一如往常的直率與周到，告訴海吉斯敦太太，他會在兒子與她家的小姐成親當天，給她一張五千鎊的支票。依照奧斯朋的說法，這也不過是個暗示罷了。他甚至為自己靈巧的外交手腕而自豪呢。最後，他也親自對喬治「暗示」一番：他命令兒子立即迎娶史華滋小姐，就像他命令管家開瓶好酒，或要求職員替他寫封信般自然。

父親專橫的暗示令喬治煩躁不安。此時的他，正耽溺於再次向艾美麗雅求愛的熱情與喜悅中，而艾美麗雅對他無以言喻的好。艾美麗雅風姿綽約，美麗動人，與女繼承人大異其趣，讓他更加深信與後者成親是惹人厭的荒唐想法。想想看，人們看到他和皮膚深褐有如桃花心木的姑娘肩並肩，同坐在馬車上或歌劇院包廂裡，會露出什麼表情啊！再加上，小奧斯朋跟老奧斯朋一樣固執，當他內心有所渴望，就會不惜一切代價取得。他一生氣起來，也跟老父發起脾氣來一樣狂暴。

父親正式暗示他向史華滋小姐求愛的那一天，他試圖敷衍老先生。「你早該計畫這件事了，先生，」他說道，「現在已經太遲啦，我們軍團隨時都要出發，到國外打仗。等我回來再說吧，如果我回得來的話。」接著他進一步表示，軍團每天都在等待離開英格蘭的命令，此時不適合談婚事。雖然他們可能會繼續在本國待上幾天或數週，但必須處理各項軍務，而不是談情說愛。等到他升上少校，光榮歸國，還有很多時間處理婚事。他口氣得意地說道：「我向你保證，你絕對會在《軍隊公報》上讀到我喬治．奧斯朋的名字。」

而父親則以他在西堤獲知的重要情報回應。他說再耽誤下去，城西區的年輕人一定會贏得女繼承人的芳心。要是他無法在出征前娶史小姐，至少必須寫下訂婚誓言，保證一回英格蘭兩人就正式成親。他繼續說，既然待在家鄉就能輕鬆賺到一年一萬鎊，若他還執意出征，根本是蠢蛋一個。

「先生，這麼說來，你寧願人們笑我是個懦夫，污蔑我們的家族姓氏，也要拿到史華滋小姐的錢。」喬治插嘴。

這句話讓老先生一時語塞，但他無法躲避。心意已決的他堅持道：「先生，你明天得回家吃晚餐。史華滋小姐來拜訪的每一天，你都得留在家裡，好好問候她。如果你手頭緊，就去找查波先生。」因此，喬治與艾美麗雅的情路又多了一道障礙。為此，他和達賓不只密會一次。我們都清楚，他的朋友認為他該怎麼做。至於奧斯朋，當他下定決心做一件事時，一兩個新障礙只會讓他的決心更加堅定不移。

奧斯朋家的家長處心積慮算計的對象，那位深膚色的姑娘，並不知道他們為她所安排的計畫。有趣的是，她那位好友兼女監護人沒有對她提起隻字片語。她以為兩位年輕小姐對她的讚美，全然出自真心誠意。我們前面已經提過，史華滋小姐非常熱情、容易感動，她以熱帶地區的熱情回應奧斯朋家的關懷。容我說句實話，我敢說她本人也對羅素廣場的這一家人懷抱某種自私的眷戀。簡而言之，她的確認為喬治．奧斯朋是個迷人的年輕男子。他們初次見面，是在哈克家的舞會，自從那一夜後，她就無法忘懷他好看的落腮鬍。我們都知道，她不是第一個迷上喬治鬍子的女人。喬治身上透著傲慢又憂鬱的氣質，既慵懶又不失氣勢。他看起來像個懷抱熱情與祕密的人，似乎藏了哀傷心事，渴望冒險。他的聲音厚實深沉。他會說，多悶熱的夜晚啊，或殷勤地問他的女伴是否需要冰塊。那憂傷的語氣，彷若在低語某個祕密，既像對她宣布她母親的死訊，又像是在對她告白愛意。他瞧不起父親圈子裡的那些年輕人，但那些下等人卻視他為英雄。有些人討厭他，冷冷地譏嘲他。另外也有人，像達賓一樣瘋狂崇拜他。他的落腮鬍已施展魔力，牢牢纏住史華滋小姐的心。

只要有機會見到喬治一面，這位單純又善良的年輕女子就急著去羅素廣場拜訪兩位親愛的奧斯朋小姐。她花了很多錢添購新禮服、手環、軟帽和誇張的羽毛。她耗費心神打扮自己，只為討這位王者歡心，她毫不保留地展現那些不值一提的才藝，渴望贏得他的賞識。奧斯朋家的小姐神情認真地懇求她表演音樂，於是她一次又一次地唱那三首歌，彈奏她僅會的兩首曲子。她怡然自得，毫不厭倦，甚至愈來愈滿意自己的演出。在這些歡快的時分，惠爾特小姐和她的女監護人坐在一旁，一起研讀《貴族名人錄》，談論著貴族軼事。

收到父親暗示的喬治，隔天近晚餐時分，懶洋洋地靠在客廳裡的沙發上，自然而然地陷入憂鬱中。他心情沉重，是理所當然的事。他已依照父親的指示，去西堤區拜訪查波先生。（老先生雖然對兒子一向大方，但他並不願意定時給兒子一筆錢，只會憑心情賞兒子零用。）那天他在富勒姆和艾美麗雅共度三小時。他一回到家裡，就看到姐姐和妹妹都穿著漿挺的洋裝坐在客廳裡，那位寡婦在角落咯咯笑，而老實的史華滋穿著她最喜歡的琥珀色緞面衣裳，戴著翠綠色的手環和數不清的戒指，以鮮花與羽毛、各種耳環和小裝飾品妝點自己，看起來就像在五月天打掃煙囪的女僕一樣艷驚全場。

姑娘們試了好幾次，想讓喬治加入話題。她們滔滔不絕地聊著時尚和裝潢，她們的長舌令他厭倦。他比較她們和小艾美的舉止，想著艾美的聲音多麼溫柔悅耳，而這群女人講起話來尖銳刺耳；她們的態度、手勢都僵硬古板，令他更加留戀舉手投足都謙卑嬌弱的艾美，思念她嫻淑的優雅姿態。可憐的史華滋就坐在艾美過去的位子上。她那戴滿珠寶的手指放在腿上的緞面裙褶裡，那些耳環墜飾閃閃發亮，她大大的雙眼靈活地轉動。她什麼也不做，只是心滿意足地坐在那兒，想著自己魅力無窮。在奧斯朋姐妹眼中，她就像她身上的緞布一樣迷人。

「該死的，」喬治曾對密友形容，「她像個中國娃娃，每天無所事事，只會露齒傻笑，擺動她的頭。老天爺，威爾，我必須想盡辦法克制自己，不然我真想把抱枕朝她一丟。」不過，他的確忍下內心的衝動。

奧斯朋姐妹開始彈奏〈布拉格之役〉。「別再彈那該——那首曲子，」坐在沙發上的喬治憤怒地喊道，「它要把我搞瘋啦。史華滋小姐，妳彈首曲子吧，或唱首歌也行，只要不是〈布拉格之役〉就好。」

「那我該唱〈藍眼瑪麗〉，還是歌劇〈內閣〉裡的詠嘆調呢？」史華滋小姐問道。

「〈內閣〉的那首曲子很好聽，」奧斯朋姐妹回道。

坐在沙發上的厭世者聽了，說道：「我們聽過那首曲子了。」

「要是我有歌詞的話，」史華滋溫順地說，「我可以唱〈達喝河〉。」這是富家小姐會唱的最後一首曲子。

「啊，〈塔霍河〉啊，」瑪麗雅小姐喊道，「我們有歌詞呢！」說完，她就去拿歌譜了。

當這首歌正流行，奧斯朋姐妹的一位朋友把這本歌譜送給她們；而在主題頁上，還寫著她們那位朋友的名字。史華滋小姐唱了這首曲子，贏得喬治的掌聲（他記得這是艾美麗雅最喜歡的曲子）後，她打算再高歌一曲，便翻動樂譜，卻剛好翻到了扉頁，看到角落題了「艾美麗雅・薩德利贈」。

「老天！」史華滋小姐驚呼，從琴椅上轉過身來，「這是我的艾美麗雅嗎？在漢默史密斯的平小姐那兒上學的艾美麗雅？我認得她的筆跡，一定是她。而且——快告訴我她好不好？她住在哪兒？」

「別提她了，」瑪麗雅．奧斯朋小姐急急忙忙地接了口，「她家太丟臉了。她父親騙了我爸爸。至於她，這兒已下了命令，不准再提起她的名字。」為了報復喬治粗魯地打斷〈布拉格之役〉，瑪麗雅這麼說。

「妳是艾美麗雅的朋友嗎？」喬治跳了起來，「史華滋小姐，願上天保佑妳。別相信那些姑娘說的話。她沒有做錯任何事，她是最棒——」

「你知道你不該再提起她，喬治，」珍喊道，「爸爸禁止過了。」

「誰敢阻止我？」喬治喊道，「我就是要談她。我說，她是全英格蘭最棒、最善良、最溫柔、最甜美的女孩。不管她家有沒有破產，我的姐妹連替她拿燭台也不配。史華滋小姐，如果妳喜歡她，就去拜訪她吧。此刻她正需要朋友。而我祈求老天賜福給她所有的朋友。替她說話的人，都是我的朋友，污蔑她的人，都是我的敵人。謝謝妳，史華滋小姐，」他走上前緊緊握住若達的手。

「喬治！喬治！」他的姐妹哀求地喊道。

「我說，」喬治凶狠地說道，「我感謝任何一名喜歡艾美麗雅．薩德——」話聲嘎然而止。老奧斯朋走進屋裡，怒火讓他的臉漲得通紅，那雙眼像煤塊般激烈地燃燒。

儘管喬治沒把話說完，但他的熱血熾熱地沸騰起來。不管是哪個奧斯朋，都無法迫使他屈服。他立刻鼓起勇氣，回應父親的怒目而視。他以毫不退縮的堅決眼神挑戰父親，令老人這回不得不敗下陣來，別開了眼。他感覺兩人幾乎要大打出手了。他說道：「海吉斯敦太太，讓我扶妳下樓用餐吧。喬治，把你的手臂交給史華滋小姐。」接著他們走出客廳。

「史華滋小姐，我愛艾美麗雅，我們年紀還小時就訂了婚，」奧斯朋對他的女伴說道。喬治在晚餐桌上口若懸河，連他自己都感到意外。而他父親更加緊張，深知小姐太太們一離開餐廳，父子難逃一場激烈爭執。

這對父子的差異在於，父親雖然脾氣粗暴，愛欺負弱者，但他兒子的膽識與勇氣都多他三倍，不但敢攻擊他，也有能力對抗他。喬治意識到他和父親即將爆發一場大戰，此時卻從容不迫地享受晚餐，談笑風聲，冷靜等待決鬥的時刻到來。相反地，老奧斯朋心神不寧，頻頻灌酒壯膽。與身邊的小姐太太對話時，他結結巴巴，喬治沉著的樣子更讓他暴跳如雷。看著喬治好整以暇地拋下餐巾，優雅地鞠了個躬，替小姐太太打開餐廳的門，等她們魚貫離開，更令老奧斯朋幾近瘋狂。喬治替自己斟了杯酒，一飲而盡，接著直直瞪視父親，好像在說：「近衛軍的紳士們，你們先出手吧。」老先生也打算喝杯酒，為自己壯膽，但那玻璃酒瓶撞上酒杯，發出清脆的響聲。

老先生的臉孔發紫，好像快喘不過氣來。他深呼吸一口氣才開口，「先生，你好大的膽子，今天居然在我的客廳裡，當著史華滋小姐的面，提到那個人的名字？先生，我問你，你怎敢這麼做？」

「先生，別說了，」喬治回道，「先生，別說敢不敢。你眼前是名英國陸軍上尉，不該提敢不敢。」

「先生，我想對我兒子說什麼，我就說什麼。要是我想，我會讓他一毛也拿不到。要是我想，我能讓他變成乞丐。我要說什麼**就**說什麼，」老奧斯朋說道。

「先生，我**雖是**你的兒子，但我也是名紳士，」喬治高傲地回嘴，「不管你要對我說什麼，或想怎樣命令我，我都懇請你謹慎用詞，煩請用我習慣的文雅辭彙說話。」

兒子毫不掩飾的傲慢態度，不是讓父親更加驚駭，就是更加怒不可遏。老奧斯朋偷偷恐懼，兒子恐怕已成為比他更高尚優雅的紳士。而我的讀者們也許已體會到，在浮華世界中，紳士的品性往往最為低劣，也最不值得信賴。

「我父親沒有給我你所享受的優秀教育，沒有提供我你所擁有的優勢，沒有給我你所獲得的金錢。如果我有**本錢**與**某些人**稱兄道弟，也許我兒子就沒資格在我面前誇耀，先生，在我面前擺出他那**高人一等**的架子和**城西區的傲慢**。」老奧斯朋以最譏刺的口吻吐出這幾個字。「但在**我那個年代**，真正的紳士絕不會侮辱他的父親。要是我對父親不敬，他早就把我踢下樓了，先生。」

「先生，我從未侮辱過你。我懇求你別忘了，你的兒子和你一樣，都是紳士。我深知你大方地提供我許多金錢，」喬治說道，手指碰到那天早上查波先生給他的一疊厚厚鈔票。「先生，你不厭其煩地提醒我這回事。我絕不會忘記的。」

「先生，我希望你也記得別的事，」那位父親回道，「我希望你也記得在這屋子裡——上尉，只要你願意**回來**，總讓我們**備感榮幸**——在這屋子裡，我才是一家之長，而那一家人，那個……那個你……我說……」

「那個什麼？先生？」喬治問道，眼也不抬，又替自己酙了杯波爾多紅酒。

他的父親震耳欲聾地咒罵一聲後，喊道：「我不准有人提薩德利家任何人的名字，先生，不准再提起那該死的一家人，先生。」

「先生，提起薩德利小姐的，並不是我。我的姐妹先對史華滋小姐批評她。以上天之名，不管我人在哪裡，我都會替她說話。在我面前，誰也不能說那小姐一句壞話。我們家帶給她的傷害已經夠多了，現在她家道中落，我認為沒有再侮辱她的必要。除了你以外，要是有人敢說她一句壞話，我就會開槍射了他。」

「你再說啊，先生，你再說啊，」老先生氣憤得雙眼凸出。

「再說什麼？先生？說我們如何欺負那位如天使般的女孩嗎？是誰要我愛她的？一切都是你的安排。我本會選擇別人，也許看上比你的圈子更高尚的貴族女子，但我服從你的命令。現在，我獲得了她的心，你卻命令我拋下她，折磨她，也許還希望我殺了她──而犯錯的並不是她。老天爺，這實在丟臉透了，」喬治的口氣愈來愈熱情激昂。他繼續說道：「這是一個如天使般的女孩，而你要我玩弄她的感情，要我當個朝秦暮楚的負心漢！她比身邊任何人都更加高尚，別人嫉妒她，只是因為她既善良又溫柔。真想不到世上居然有人會討厭她。先生，如果我遺棄了她，你認為她會就此忘記我嗎？」

「先生，我再也聽不下去這些該死的、多愁善感的胡說八道，」父親咆哮道，「在我家，誰也不能娶個乞丐。如果你願意拋棄一年八千鎊，你只消好好對我說，我就不會再給你錢。現在，先生，老天有眼，你去打包行李，滾出這屋子吧。先生，你到底走不走？從此之後，我再也不會命令你。你走不走？」

「否則我就得娶那個混血兒？」喬治反問，拉起他的襯衫衣領。「先生，我不喜歡她的膚色。先生，你不如去問問費里特市場對面，那個掃地的黑人要不要娶她。我絕不會娶一名非洲維納斯。」

奧斯朋先生狂野地拉響那個他用來召喚男管家端酒的搖鈴，要求僕人替奧斯朋上尉招輛馬車。

一小時後，喬治臉色蒼白地踏進老屠夫咖啡館，說道：「我做了。」

「做了什麼？我的好孩子？」達賓問道。

喬治說了一遍他和父親的爭執。

「我明天就娶她，」他咒罵一聲後說，「達賓，每一天我都更愛她，更不能沒有她。」

第二十二章 一場婚禮和一部分的蜜月之旅

就算是最冥頑不靈、最勇敢無畏的敵人，也無法在飢餓之下支撐太久。那場我們剛描述的父子對決中，老奧斯朋雖然敗下陣來，但馬上就找到了後路。他心想，只要喬治一缺錢，就會對他低頭。不巧的是，對決當天喬治的錢袋剛獲得新一波的補給。但老奧斯朋心想，那筆錢撐不了太久，喬治雖一時手頭無虞，但終究會屈服。這對父子接下來的幾天都沒有聯絡。兒子音信全無，的確令老父感到不快，但他並不擔心，正如他自己說的，他知道如何攻擊喬治的弱點，只要等待效果出現就好。他告訴女兒這場父子爭吵的結果，命令她們不要插手，吩咐喬治回來時，她們得裝作完全不知情的樣子，一如往常地迎接他。老奧斯朋每天都小心翼翼裝得毫不在乎，說不定他其實急切等待兒子歸來。但兒子一直沒有出現。有人去老屠夫咖啡館探問喬治的消息，那兒的人說他和他的朋友達賓上尉出倫敦去了。

那是四月底一個風強雨驟的日子。老屠夫咖啡館的那條街上，雨密密如鞭般落下。面色蒼白、神情憔悴的喬治．奧斯朋踏進咖啡館。他打扮華麗，穿著飾有銅扣的藍色外套，剪裁俐落的皮背心，全是當時流行的款式。而他的朋友瘦長的達賓上尉，也穿著釘了銅扣的藍外套，一改往常軍服配灰長褲的打扮。

達賓比他朋友先到，已在咖啡館裡坐了一個小時，甚至更久。他翻遍所有的報紙，但一個字也讀不下去。他抬頭看了時鐘好幾次，不然就打量窗外。大雨傾盆而下，街道上的行人隱隱約約，在閃著水光的石道上留下長長的倒影。他的手指在桌面上亂畫，幾乎把指甲咬光，差一點就咬到指肉（他常把那雙大手咬得滿是傷口）。他把茶匙放在牛奶壺上，擺弄它，又把它撥倒，一再重覆。他所有的肢體動作都在宣告他焦慮極了，想盡各種方法來殺時間——當男人焦急慌張，煩躁不安地等待某人或某事時，總是如此。

咖啡館裡其他的客人，有些是他的同袍。他們取笑他華麗的打扮和焦躁的模樣。有人問他是不是要去結婚？達賓大笑一聲，說要是他真的成親了，會送塊結婚蛋糕給他這位朋友，也就是工兵隊的華格斯泰芙少校。過了一陣子，如前所述，打扮華麗的奧斯朋上尉也出現了，他的臉色慘白，神情緊張。他掏出一條上面染了芬芳香味、寬大的班丹納黃色印花手帕，抹抹蒼白的臉。他和達賓握手致意，看看時鐘，並要侍者約翰替他倒杯陳皮酒。他緊張又熱切連灌兩杯。他朋友關心地問候他的健康狀況。

「達伯，我整夜沒闔眼，直到天亮，」他說，「頭痛得要命，渾身發燙。我九點起來，去土耳其澡堂洗了個澡。達伯，我告訴你，我就像回到魁北克，和洛克特決鬥那天一樣緊張。」

「我也是，」威廉應道，「那天早上，我遠比你更加緊張。我還記得你那天做了頓豐盛的早餐。現在，吃點東西吧。」

「威爾，你是個好老人。老朋友，讓我為你敬一杯，祝你身強體健，並告別——」

「別、別喝了，你喝了兩杯，夠了，」達賓打斷他，「約翰，把這酒收走吧。在那盤雞肉上撒些卡宴紅椒。不過你得吃快點。時間到了，我們該去那兒了。」

兩位上尉短暫的會晤與談話，約莫發生於十一點半左右。有輛馬車已在外面等了一陣子，奧斯朋上尉的僕從已把主人的寫字檯與衣箱搬到車廂內。兩位紳士撐著傘，急急忙忙坐進車廂。男僕上了駕駛席，喋喋不休地咒罵大雨和坐在他旁邊，渾身溼淋淋的車夫。「在教堂門前，我們會叫輛更好的馬車；這多少令人安慰了些，」他說道。於是馬車開動，駛過皮卡迪利，當時那兒的阿普斯利宮和聖喬治醫院仍是紅磚外牆，路燈仍靠燈油點亮，阿基里斯的雕像還未落成[102]，畢姆利科拱門[103]也還沒建成，上面那難看的騎士尚未高高在上的俯視這個路口。馬車駛向布朗普敦，在富勒姆路一間禮拜堂前停了下來。

一輛由四匹馬拉的四輪馬車已經停在這兒，旁邊還有一輛高級的出租馬車。由於大雨滂沱，附近行人稀少。

「該死的！」喬治說，「我說雇兩匹馬就好。」

「我的主人說要四匹馬才好，」等在一旁的是喬瑟夫．薩德利先生的僕人，他接口回答。喬治和威廉走向教堂時，喬和奧斯朋的男僕都同意，這是場「寒酸透頂的婚禮，既沒替僕人提供早餐，也沒發送任何禮品」。

我們的老朋友喬斯．薩德利走上前，開口道：「你來了。喬治，我的好傢伙，你晚了五分鐘。天氣真糟，不是嗎？該死的雨，簡直像孟加拉雨季剛開始的樣子。不過你等會兒就知道，我的馬車車廂不怕雨水。來吧，我母親和艾美都在祭具室裡。」

喬斯．薩德利看起來好極了。他比過去更胖，襯衫的領子更高，臉色也更紅潤。襯衫的波浪襯邊華麗地從色彩斑斕的背心上露出來，顯得十分招搖。當時，替靴子上漆的技術尚未問世，但他那雙美麗的腿上，套著閃閃發亮的赫森長筒靴，讓人想到老舊傳單上，有幅男士對著閃亮如鏡的靴子刮鬍子的圖畫。他穿著淺綠色外套，上面插了朵盛開的白色木蘭花，充滿喜慶氣氛。

簡而言之，喬治孤注一擲。他要結婚了。這就是他臉色蒼白、緊張不安的原因，他為此度過

102. 這座雕像為紀念威靈頓公爵而建，落成於一八二二年。
103. 指的是現今的威靈頓拱門，於一八二六～三〇年間，為了紀念英國成功擊敗拿破崙而修建。

無眠的一夜，整個早上都焦慮不已。我聽過已婚人士坦承，他們也有過同樣的心情。一旦結了三、四次婚，當然就會漸漸習慣，但第一次結婚，對每個人來說，都是場可怕的經驗。

新娘穿著棕色的絲質長袍（後來達賓上尉曾對我形容過她當天的打扮），戴著一頂飾有粉色緞帶的草帽，草帽上別著來自香堤依的白色蕾絲面紗，遮住她的臉蛋。那塊蕾絲是她哥哥喬瑟夫．薩德利先生送她的禮物。達賓上尉請求艾美接受他的贈禮——一條金鍊和手錶，此時她也把它們戴在身上。她的母親則送她一枚鑽石別針，這可說是老太太僅剩的珠寶。隨著儀式進行，坐在長木凳上的薩德利太太啜泣了好一會兒，愛爾蘭女僕和房東克萊普太太忙著安慰她。老薩德利先生並沒有出席，喬斯扮演新娘父親的角色，將新娘的手交給新郎，而達賓上尉擔任朋友喬治的伴郎。

除了教堂職員、牧師、新婚夫妻、家屬和幾位參與者，教堂裡再無其他人。兩位先生的貼身男僕高傲地坐在一旁。窗外，大雨如注。當牧師沒有說話時，你只聽得見嘩啦嘩啦的雨聲，還有台下老薩德利太太的嗚咽聲。牧師的聲音哀戚地在空洞教堂內迴響。奧斯朋的「我願意」聽起來非常低沉。輪到艾美時，她聲音發顫，真心誠意地回應牧師，但除了達賓上尉，其他人幾乎都聽不到她的聲音。

儀式一結束，喬斯．薩德利就走上前親吻妹妹，也就是今天的新娘。這是幾個月來兩人的首次見面。喬治原先陰鬱的表情已煙消雲散，看起來頗為自豪，神采奕奕。「接下來就輪到你了，威廉。」他友善地將手放到達賓的肩上。達賓走上前，與艾美麗雅親碰臉頰致意。

接著，他們走進祭具室裡，在結婚證書上簽名。「願上天保佑你，老達賓，」喬治說道，緊緊抓住達賓，眼中隱約閃過一絲水氣。威廉沒說話，默默點頭回應。他的心裡太過激動，什麼話也說不出口。

「寫信給我，你想過來就過來，你知道的，」奧斯朋說道。薩德利太太跟女兒告別時，歇斯底里地哭天搶地一番。接著新婚夫妻走向馬車。「你們這些混帳，別擋路，」喬治向教堂門外一小群被雨淋溼的孩童喊道。新婚夫妻步向馬車時，兩人的臉也被雨水淋溼了。四匹馬拉的大馬車上，車夫溼淋淋的外衣別著代表新婚的花結，隨風擺動。馬車駛離教堂，濺起一陣污泥，幾名孩童發出不滿的呼聲。

威廉．達賓孤伶伶地站在教堂門口，目送新人遠去。那一小群觀眾出聲嘲笑他。但他完全不在乎孩童和他們的譏嘲，忙著思索別的事兒。

「達賓，去我家吃頓午飯吧。」身後，有人對他喊道。一隻胖嘟嘟的手放上他的肩膀，打斷了老實人的白日夢。但上尉無心和喬斯．薩德利大吃大喝一番。他伸手扶啜泣不止的老太太和兩位女伴上了馬車，喬斯也坐了進去。上尉一語不發就離開了。馬車也跟著駛離教堂，那群孩童又發出嘲諷的呼聲。

「你們這些小乞丐，拿去吧，」達賓丟給他們一些六便士硬幣，說完，他就獨自走進雨中。一切都結束了。他們結婚了，希望兩人幸福，他對上蒼祈禱。自從長大後，他從未如此痛苦孤寂過。他心痛地希望這幾天快點過去，也許他還有機會見到她。

婚禮結束後過了十天，我們熟悉的三位年輕男子到了布萊頓，享受怡人景致，一邊是美麗的屋宇，每棟房子正面都有漂亮的多角凸面窗，另一邊則是蔚藍無際的海洋，兩者都是布萊頓給遊客的獻禮。倫敦來的遊客有時望向海洋，著迷於那兒的風景，對無盡波浪上的點點白帆微笑，任由上百架更衣車的輪子輾過他的藍色衣襬。有時出現一名愛熱鬧人世更勝風景的遊客，他會凝望那一扇扇的凸角窗。其中有扇窗傳來陣陣琴音，有位鬈髮女子每天坐在鋼琴前練習六小時，那清脆的樂音讓其他房客都聽得如痴如醉。而在另一扇窗前，漂亮保姆波莉正搖晃臂彎裡的小少爺，少爺的父親在樓下的窗戶前忙著吃蝦，同時急切地翻閱《泰晤士報》，好像要把那份報紙也吞下肚。遠處，萊瑞家的幾位小姐到處張望重裝步兵軍團的年輕軍官的身影，他們此時想必在峭壁上漫步。也可能出現某位西堤區的男子，突然對航海產生興趣，站在和六磅炮一樣大的望遠鏡旁，朝海面瞭望，好像正在指揮每一艘遊船、捕鯡魚船，每一間移往水中或正準備上岸的水上更衣車……等等。但我們哪有心思描述布萊頓？布萊頓不就跟拿坡里差不多，只是乾淨了些，也有群人脈廣的騙子四處行騙。布萊頓永遠那麼生氣勃勃，就像小丑的外套一樣歡樂又俗氣。在這個故事的年代，從倫敦到布萊頓得花上七個小時，如今只要一百分鐘的車程就能抵達。要不是喬安維爾親王到來並轟炸此地，我們恐怕還不知道這兒離法國有多近。

「住在服飾店樓上的那個姑娘，還真是嬌豔動人，」散步的行人中，有名男子對同伴說，「老天，克勞利，你看到我經過時，她對我眨了眨眼嗎？她那眼神多挑逗哪！」

「別傷了她的心，喬斯，你這浪子，」另一人說道，「你這唐璜，別去玩弄她的感情！」

「少來了，」喬斯．薩德利頗為得意地應道，向那個他們談論的女僕拋了一個最迷人的媚眼。此時的喬斯，打扮得甚至比妹妹婚禮那天還要華麗。他穿著最浮誇的背心，看得出來一件就要花上一大錢。他身披軍用長外衣，上面有各種飾扣、黑扣、裝飾和蜿蜒的繡紋。他近來愛上軍裝風格，常常打扮得像個軍人。他和兩位軍人好友一同散步，踏響靴子上的馬刺，大搖大擺地朝所有他有意擄獲的女僕射去犀利又多情的眼神。

「好孩子們，在太太回來前，我們該做些什麼？」打扮華麗的男子問道。兩位太太坐他的馬車外出兜風，去洛丁庭那兒。

「我們玩玩撞球吧，」他的一位朋友應道，這人的翹鬍子還上漆定型，閃閃發亮。

「不，該死的。不，上尉，」喬斯警覺地拒絕，「克勞利，我的好傢伙，今天不玩撞球。昨天那場就夠我受了。」

「你打得很好，」克勞利笑著說，「奧斯朋，他打得是不是頂好？他那五杆是不是太厲害了？啊？」

「厲害極了，」奧斯朋應道，「喬斯真是撞球界的奇才。不只撞球，每件事都難不倒他。我真希望這附近有獵虎行程！這樣晚餐前我們就能去打打獵，捉幾隻老虎。又一個漂亮女孩！喬斯，你瞧瞧，她的腳踝多美呀。再跟我們說一次你去獵虎的事兒，說說你在叢林裡如何厲害——克勞利，那故事精采極了。」說到這裡，喬治・奧斯朋打了個呵欠。「這裡太悠閒了，」他說道，「我們該做什麼好？」

「何不去看看史奈菲勒剛從勒維斯市集買的那幾匹馬？」克勞利提議。

「若我們去那兒，還可順道去杜頓酒吧吃些果凍，」淘氣的喬斯說道，想要一石二鳥。「杜頓酒吧那兒的姑娘漂亮極了。」

「若我們去瞧瞧『閃電』號呢？時間也差不多了吧？」喬治說道。這提議比馬廄和果凍得到更多支持，於是他們去公共馬車辦公室見證「閃電」號快捷馬車的抵達。

他們悠閒的散步時，喬斯・薩德利那輛用了許多繁複紋章裝飾的無篷馬車，正好駛了過來。喬斯過去常在切爾登漢駕這輛豪華馬車出遊，當他隻身出門，看起來既威嚴卻又難掩落寞之情，雙臂總是交握胸前，頭上的帽子歪歪斜斜。但身邊一有姑娘陪伴，他看起來就開心多了。

此時坐在車上的是兩名女子。金色頭髮的女子個子嬌小，穿著當時正流行的衣飾，另一人穿著棕色絲質長袍，頭上戴了頂飾有粉紅緞帶的草帽，帽下是張玫瑰色的圓潤臉蛋，那歡快的笑容讓人看得入了迷。馬車駛近三位男士，身穿棕袍的女子命車夫暫停。她顯然不太習慣下命令，神色頗為緊張，臉一下子就漲紅起來。「這場出遊棒極了，喬治，」她說，「而且……而且我們很開心回到布萊頓。喬瑟夫，別讓他在外面待得太晚。」

「薩德利先生，別帶我們的丈夫去做壞事啊，你這邪惡的傢伙，真邪惡，」蕾蓓卡說道，伸出那戴了法國小山羊皮手套的漂亮手指，對喬斯搖了搖。「別玩撞球，別抽菸，別做蠢事！」

喬斯只能喊道：「我親愛的克勞利太太……啊！我以我的名譽向妳保證！」這就是他的回答。他努力表現不失禮的迷人風采。歪著頭的他笑咪咪地望向坐在馬車上的那位女子，一手放在身後，握著枴杖，戴了鑽石戒指的另一隻手則擺弄襯衫上的波浪領和背心。當馬車駛離，他親吻手上的鑽石，對車上兩位美麗女子送去一個飛吻。他真希望切爾登漢、喬林基[104]、加爾各答的人都能看到此刻的他，姿態瀟灑地揮手告別一位艷光四射的美女，身邊還站著近衛軍的洛頓·克勞利這樣知名的大人物。

我們青春的新娘與新郎選中了布萊頓，作為度蜜月的地點，在「船」旅館訂了幾個套間，享受舒適的環境與寧靜的氣氛。但幾天後喬斯就到了，安祥寧靜的氣氛也就此告別新婚夫妻。不過，他不是新婚夫妻在這兒唯一的同伴。有天下午，這對新人在海邊散過步，正要掉頭回旅館時，正巧遇見了——還會有誰？——蕾蓓卡和她的丈夫。他們立刻認出彼此，蕾蓓卡朝她親愛的朋友飛奔而去，兩人緊緊相擁。克勞利和奧斯朋頗為愉快的握手致意。接下來幾個小時內，蓓琪就找到方法，讓奧斯朋不再掛懷兩人上回那場尷尬的碰面。「親愛的奧斯朋上尉，你還記不記得我們曾在克勞利小姐家見過一次面呢？我那時對你真是太無禮了。我以為你不在乎親愛的艾美麗雅，為了這事生氣得很，所以才會那麼尖酸刻薄，忘恩負義。請你原諒我！」蕾蓓卡說道。她真誠地朝喬治伸出手，那態度如此誠摯，打動得了任何人的心，喬治也不得不接住她的手。我的孩子們，謙虛坦白地承認自己的錯誤吧，你絕對猜不到這會帶來多少益處。我曾認識浮華世界裡一位備受敬重的紳士，他有時會故意對鄰居做些無傷大雅的壞事，再展現男子漢的氣概，率直地向鄰居致歉。接下來發生什麼事？我那朋友科洛奇．杜雅人見人愛，大家都承認他性情魯莽，但讚美他十分老實、毫不做作。蓓琪謙卑的道歉，讓喬治．奧斯朋相信她的真誠。

兩對年輕夫妻有很多故事要向彼此訴說。他們討論了各自的婚禮，毫無保留且熱忱地分享未來的打算。達賓上尉會代替喬治，向他的父親通知婚事，而小奧斯朋一想到父親的反應，就不禁渾身顫抖。洛頓的希望全寄託在克勞利小姐身上，但她依舊沒有讓步。夫妻倆每次去老小姐在公園街的住所，總被擋在門外，關懷克勞利小姐的姪子與姪媳決定追隨她的腳步，來到布萊頓。他們安排了眼線，守望老小姐的動靜。

「我真希望你們見見洛頓的幾位朋友，他們常過來拜訪，」蕾蓓卡笑著說，「親愛的，妳見過討債人嗎？或者法警和他的副手？上週，那兩個可恨的壞蛋就守在我們家對面的蔬果商那兒。我們得等到星期天才出得了門。要是姑姑不願憐憫我們，真不知該如何是好啊？」

聽到蕾蓓卡伶牙俐齒地取笑那些討債人，令洛頓哈哈大笑。他嚴詞立誓，宣稱全歐洲沒有女人像他妻子那麼機靈慧黠，還能替他安撫債主。他們剛結婚沒多久，她就開始處理他的債務，而她丈夫立刻發現賢妻的能力驚人，帶給他不少好處。他們到處賒帳，一天到晚收到帳單，嘗盡無錢之苦。但這些債務是否影響洛頓的好心情？完全沒有。浮華世界的每個人必定都注意到，那些生活奢侈的人，往往都欠了一大屁股債，但他們從未因此而放棄任何一樣事物。他們活潑歡快，無所顧忌。洛頓和妻子住進布萊頓飯店裡最舒適的一間公寓。他付第一筆款項時，房東甚至恭敬地對尊貴的客人鞠躬哈腰。洛頓縱飲美酒，享用美食，世上沒有任何貴族比他更厚顏無恥。只要你一表人才，穿著全新的靴子和華貴服飾，態度歡快之餘又不失強勢魄力，就能在長期往來

104. 印度西孟加拉邦城市。

的銀行獲得大筆借款。

兩對新婚夫妻常去彼此的住處拜訪。過了兩、三個晚上，有天傍晚兩位太太在旁邊談心時，男士玩起了皮克牌。過了幾天，喬斯·薩德利坐著他那輛敞篷大馬車加入兩對夫妻，和克勞利上尉玩了幾場撞球。皮克牌和撞球都讓洛頓的錢袋再次豐盈起來。雖然他心情有時難免低落，但這些現金帶給他不少慰藉。

就這樣，三名紳士沿街而行，去看「閃電」號駛進布萊頓。馬車裡裡外外全是乘客，列車員吹響那熟悉的哨音，「閃電」號快車從街上疾駛而過，一分不差地停在列車辦公室前方。

「哈囉！老達賓在那兒，」喬治喊道，看到老朋友坐在列車車頂上，高興得很。達賓答應會來布萊頓相聚，但直到此時才抵達。「老朋友，你好嗎？真高興你南下過來，艾美見到你一定很高興，」奧斯朋說道。達賓一下車，喬治就溫暖地握住同伴的手，接著他焦急地低聲問達賓：「有什麼消息？你去了羅素廣場嗎？老先生怎麼說？快告訴我一切。」

達賓臉色凝重，面色發白。「我去見了你父親，」他說，「艾美麗雅——喬治太太好嗎？我很快就會告訴你發生了什麼事，但我得先告訴你最重要的消息，那就是——」

「老朋友，快說吧，」喬治催促。

「軍團收到命令，即將前往比利時。所有的軍隊都要去，包括近衛軍。海維杜波因痛風而去不了，氣極敗壞。司令官由奧大德擔任，我們下周就從切特漢上船。」戰爭的消息令我們的新婚夫妻大為震驚，所有男士都嚴肅地板起了臉孔。

第二十三章 達賓上尉鼓動三寸不爛之舌

友情究竟蘊藏何種難以抗拒的魔力?為什麼一個平時懶散、冷漠、害羞的人,經過友情的催眠,居然為另一人搖身一變,成為明智、主動、堅決的人?就像艾列克斯被艾略特森醫生[105]催眠幾次之後,就突然變得不在乎痛苦,能用後腦勺閱讀,看得見數哩外的景象,預知下週發生的事,還展現各種驚人能力,然而,平常的他是絕不可能辦得到這些事情。在這俗世中,在友情的號召之下,最為謙和的人也會變得大膽,害羞的人變得自信過人,懶惰的人變得積極主動,或者讓莽撞行事的人變得謹慎冷靜。

不過從另一方面來看,在什麼情況下,一名律師會刻意迴避,轉而由其他博學的同業提供意見呢?當醫生生了病,什麼原因會讓他求助於別的醫生,而不是坐下來,對鏡子檢查自己的舌頭,在書桌前自行開藥方呢?我提出這些問題,就讓聰明的讀者思索答案。機靈的你們立刻就會想到,人多麼容易信任他人又易於猜忌,既柔軟又固執,能輕易斷言他人之事,但面對自己的事卻容易膽怯。至於我們的朋友威廉・達賓,他的個性本就容易服從他人,無庸置疑。要是他的父母施加壓力,命他向廚娘求婚,他極有可能會去廚房照辦。若單純為了自己的利益,就算只是要他走過一條街,他也舉步維艱。這樣的達賓卻為了喬治・奧斯朋的婚事而焦頭爛額,像那些自私的戰略家,為一己私利而積極奔波。

105. 約翰・艾略特森,一七九一~一八六八,英國醫生,於一八二〇年代開始研究催眠。

當我們的朋友喬治和他年輕的妻子，在布萊頓享受蜜月剛開始的幾天，沉浸於新婚的甜蜜裡，老實的威廉則留在倫敦，成了喬治的代表，完成這場婚禮之後的各種事務。他的職責包括拜訪老薩德利和他的妻子，確保老先生心情愉快，讓喬斯和他新妹婿頻繁出遊，這樣一來，喬斯身為巴格利烏拉收稅官的地位與官職，也許能讓他失勢的父親多少感到安慰，願意與老奧斯朋結為親家。最後，達賓還得向老奧斯朋通知這項喜訊，竭力避免激怒這位老人。

達賓認為，在向一家之主宣布這項消息之前，最好先向其他家庭成員示好，若有機會，先贏得兩位小姐的支持。他默默尋思，她們不可能真的生哥哥的氣。一提到浪漫的婚禮，女人絕無法氣得起來。她們會先哭天搶地一番，但終將和哥哥重歸舊好。有了兩位奧斯朋小姐當生力軍，就能聯手圍攻老奧斯朋先生。足智多謀的步兵上尉苦思良久，尋找一些愉快的方式或計策，慢慢地讓兩位奧斯朋小姐明白兄弟的祕密。

威廉詢問母親近來的活動，毫不費力就知道她和朋友在今年社交季會舉辦哪幾場宴會。在這些場合，他極有可能見到奧斯朋姐妹。雖然熱愛盛大晚會與晚宴的男士不少，但這些偏偏是達賓最痛恨的事。儘管如此，他還是很快就得知奧斯朋姐妹這幾天會出席某個宴會。他去了舞會，分別與兩位奧斯朋小姐跳了幾支舞，舉止殷勤有禮，甚至鼓起勇氣，請求隔天上午與奧斯朋小姐見個面。當奧斯朋小姐同意後，他說他想與她分享一則極為重要的消息。

聽到他這麼說，她為何突然驚跳得退了一步？她深深地凝視他好一陣子，接著穩住重心，看起來好像隨時就會跌進他的懷裡。要不是他意外地踩到她的腳趾，她恐怕會難以自持。為什麼達賓的請求令她如此激動慌張？這些問題的答案，永遠也不會有人知道。隔天，他去了奧斯朋家，珍在客廳裡迎接他，而她的妹妹瑪麗雅不在場。惠爾特小姐表示，她得去找二小姐，也退了出去。就這樣，上尉和奧斯朋小姐落了單。他們沉默良久。壁爐上，那只雕著伊菲革涅亞犧牲像的時鐘發出刺耳又無禮的滴答聲。

「昨天的舞會多麼有趣啊，」過了好一陣子，奧斯朋小姐終於開口，鼓勵達賓接話。「而且……達賓上尉，你的舞技真是進步太多了！一定是受到高人提點吧，」她又加上一句，友善地調侃他。

「妳該瞧瞧我和軍隊裡的奧大德少校太太跳蘇格蘭高地舞的樣子。我還跳了捷格舞——妳看過捷格舞嗎？不過，奧斯朋小姐，妳的舞技太高明了，我相信任何人都能與妳跳舞。」

「上校夫人是否年輕貌美呢？上尉？」厲害的審問官繼續發問，「啊，當軍人的妻子實在太辛苦了！我想不到軍人還有力氣跳舞。更何況，現在正值戰爭時刻！啊，達賓上尉，有時我想到親愛的喬治身為可憐的士兵所必須面對的危險，就不禁顫抖起來。達賓上尉，在某軍團中，可有結了婚的軍官呢？」

「我得說，她也太積極了吧，」惠爾特小姐想道。守在門縫前的家庭老師雖這麼低喃，但房裡的人沒有聽到她的評論。

「我們之中，有位年輕人才剛結婚，」達賓抓緊時機，切入重點。「新人已經訂婚多年，現在這對夫妻可謂一貧如洗。」

「啊，多令人感動啊！啊，多浪漫啊！」當上尉提到「多年」及「一貧如洗」時，奧斯朋小姐不禁喊道。

「他是軍團中最棒的年輕軍官，」他繼續說道，「軍隊中，沒人比他更勇敢、更英俊。而他的妻子啊，真是迷人極了！妳一定會很喜歡她！奧斯朋小姐，妳一旦認識她，一定會非常喜歡她的。」年輕小姐想道，重大的時刻終於降臨。此刻，達賓的緊張急躁顯而易見：他的臉擰皺起來，形成好幾道鮮明的皺紋，他的大腳重重地踏著步，手指急切地扣上軍外套的鈕扣又解開……

我敢說，奧斯朋小姐以為只要讓他喘幾口氣，他就會一訴衷情，迫不及待地洗耳恭聽。而那座伊菲革涅亞獻身的神壇，顫動了一會兒後，開始敲響十二點整的鐘聲。那鐘聲好像會一直敲到一點似的——心急如焚的待嫁閨女，真希望這宣告單身生活結束的喪鐘趕快打完。

「不過，我前來拜訪，並不是要討論婚禮……那場婚禮就是……那是……不，我指的是……我親愛的奧斯朋小姐，我是要討論我們親愛的朋友喬治的事，」達賓說道。

「喬治的事？」她那挫敗的聲調，讓客廳大門後面的瑪麗雅和惠爾特小姐都笑了起來。就連無恥可恨的達賓自己都差點失笑。他並不是對奧斯朋小姐的心意一無所知，就連喬治也常親暱地調侃他，「該死的，威廉，你為什麼就不娶老珍呢？只要你求婚，她一定馬上答應。我以五鎊下注，我賭她一定會答應的。」

「是的，我是要談喬治的事，」他繼續說，「他和奧斯朋先生之間有些意見不合。而我如此重視他——妳知道，我們就像對親兄弟——我不只衷心希望，也祈禱這場爭執能安然落幕。奧斯朋小姐，我們就快要去海外出征了。我們一收到命令，恐怕當天就要出發。誰知道上了戰場後會發生什麼事？親愛的奧斯朋小姐，別緊張，這對父子告別前，得重修舊好才行。」

「達賓上尉，他們兩人沒有起爭執，爸爸不過像平常一樣，激動了些，」小姐說，「我們每天都在等喬治回來。爸爸只是替喬治著想罷了。只要他一回來，我確信一切就沒事了。至於親愛的若達，那天她非常悲憤地離開，但我知道她會原諒他的。上尉，女人家心軟，從來不會記仇的。」

「妳真是位天使，我知道妳寬大為懷，」達賓先生機靈地以諂媚的口吻說道，「而男人，一想到他讓女人受苦，就無法原諒自己。要是一個男人失信於妳，妳會有什麼感受呢？」

「我將化為灰燼……我會從窗戶跳下……我會吞下毒藥……我會終日以淚洗面，直到告別人世。我知道我會如此，」小姐喊道。她雖然無意自殺，但她倒是深刻體會過心痛的滋味。

「世上也有其他人，」達賓繼續說道，「像妳一樣如此堅貞又善良。奧斯朋小姐，我說的並不是那位西印度的女繼承人，而是喬治曾經愛過的可憐姑娘，她還是個小女孩時，眼裡除了喬治就沒有他人。儘管她一貧如洗，但我看到她毫無抱怨之辭。雖然她沒有犯一絲過錯，卻落得心碎的下場。我說的是薩德利小姐。親愛的奧斯朋小姐，妳有顆寬大的心，難道妳能因兄弟對她的忠誠，而生他的氣嗎？萬一他真的拋棄她，他難道原諒得了自己？請當她的朋友吧，她一向喜歡妳。而我……我受喬治之命來此，告訴妳他認為他與薩德利小姐的婚約，是他最神聖的責任。我請求妳，至少站在他那一邊。」

達賓先生一激動起來，只要克服一開始的猶豫和頭幾個字的結巴，接下來就能滔滔不絕。此時他展現令人刮目相看的口才，令小姐印象深刻。

「啊，」她說道，「這實在是……最令人意想不到……最令人痛心……最意外的——爸爸會怎麼說呢？他會因喬治放棄眼前的大好機會而不滿，但至少他有你，達賓先生，你十分勇敢地代他發言。不過，這全都於事無補，」她停頓了一會兒，才說下去，「我替可憐的薩德利小姐難過，這是當然的……你知道，我真心替她遺憾。我們從不認為他們兩人相配，雖然我們總是非常友善地接待她——我們真的對她很好。但爸爸絕不會同意的，我知道。而且，身為一名家教良好的女性，你明白的……一名女性的心思……我們必須懂得輕重緩急……非這樣不可……喬治非放棄她不可。親愛的達賓上尉，他必須這麼做。」

「難道愛人一遭遇不幸，男人就必須放棄他所愛的女人？」達賓向奧斯朋小姐伸出了手，「親愛的奧斯朋小姐，這是妳給我的忠告嗎？我親愛的年輕小姐啊！妳得當她的朋友才行。他沒辦法放下她，他絕不能放下她。還是妳認為，萬一妳家道中落，難道男人也該棄妳而去嗎？」

達賓機敏的反詰，的確動搖了珍．奧斯朋小姐的心。「上尉，我實在不知道，像我們如此可憐的姑娘，該不該相信你們男人說的話，」她說道，「女人的溫柔，讓她很容易相信聽到的言語。但我真怕你們全是些殘忍、極為殘忍的騙子。」達賓深刻體會到，奧斯朋小姐向他伸出的手，向他傳來十分沉重的壓力。

他警覺地放下她的手。「騙子！」他說道，「不，親愛的奧斯朋小姐，男人當然不是騙子。你的弟弟不是騙子。自孩提時代開始，喬治就一直愛著艾美麗雅．薩德利。財富也不會讓他另娶他人，他只會娶她。他該棄她而去嗎？妳會建議他這麼做嗎？」

面對這樣的質問，另有心思的珍小姐該如何回答呢？她答不出來，只能迂迴地說道：「要是你這麼想，那麼你是個非常浪漫的人。」而威廉上尉沒有否認她的看法。

接下來他又發表幾段殷勤有禮的演說，等到他認為奧斯朋小姐應該已有心理準備，就對她開誠布公。「喬治無法放棄艾美麗雅……因為喬治已與她成親了。」接著，他敘述兩人的重逢，這些我們都已知道了。他述說那位可憐的姑娘差點香消玉殞，要是她的愛人沒有信守諾言，她恐怕已不在人世。薩德利堅拒這場婚事，而他們買了結婚執照。喬斯．薩德利從切爾登漢趕來，將新娘的手交給新郎，他們搭著喬斯的四馬大馬車前往布萊頓度蜜月，喬治仰賴他仁慈的姐妹幫助他與父親重修舊好——她們都是真誠溫柔的女子，想必願意為了兄弟這麼做。接著，威廉請求再次前來拜訪，她立刻一口答應。威廉推測，不消五分鐘，這消息絕對會傳到其他女眷耳裡，接著就恭敬地行了禮，告別了奧斯朋小姐。

上尉的推測正確。他才剛踏出門，瑪麗雅小姐和惠爾特小姐就急急奔到奧斯朋小姐身邊，後者立刻將這大消息合盤托出。老實說，這對姐妹並沒有為此而生氣。很少姑娘抵擋得了私奔的神奇魔力，不可能硬起心腸，為此大發脾氣。想到艾美麗雅同意與情郎私奔，展現過人的決心，她們也不禁嘆服，對艾美麗雅的評價提高不少。她們嘰嘰喳喳地討論整個過程，想著爸爸會說什麼又會怎麼做，此時有人用力地敲響大門。那如雷貫耳的聲音，讓這些忙著密謀的女子全都驚跳起來。她們想，一定是爸爸回來了。但門口的不是他，而是費德瑞克·布洛克。他已和兩位小姐約好，今天要帶她們參觀花展，因此從西堤區過來接她們。

我們猜得到，不用多久這位紳士也知道了祕密。但不同於奧斯朋姐妹臉上的感動表情，他聽完之後卻露出極為訝異的神色。布洛克先生是位世故男子，還是家富裕銀行的年輕合夥人。他知道金錢的真義和價值。他那小小的眼珠閃過期待的光采，讓他忍不住對身邊的瑪麗雅微笑。他想著，喬治先生做了這樣的瘋狂事，眼前原有三萬鎊財產的瑪麗雅小姐，身價恐怕又提高不少。

「老天爺！珍，」他頗有興味的打量姐姐，「要是他沒向妳求婚，他一定會後悔！妳說不定會拿到五萬鎊呢。」

直到此刻，奧斯朋姐妹完全沒想到錢的事兒。但此時費瑞德·布洛克活潑又不失優雅地調侃她們，詼諧歡快地討論金錢，等到愉快的上午結束，這對姐妹不禁為了身價看漲而得意起來。接著三人一同回去用餐。我值得敬重的讀者們，萬萬不可斥責這些自私想法有違人性。就在今天早上，我從里奇蒙德搭上公共馬車，換馬時，坐在車頂的本書作者看到三個小孩在路邊的泥坑裡玩耍。他們渾身骯髒，但對彼此親切友善，三人快樂地玩在一起。有個年紀較小的孩童向這三個孩子跑過來。「波莉，」她說道，「妳姐姐拿到一便士。」一聽到這句話，孩子們立刻從泥坑裡跳起來，跑去向佩琪獻媚。當公共馬車再次開動時，我看到佩琪趾高氣昂地走向附近賣棒棒糖的婦人，身後有列小孩子亦步亦趨地追隨她。

第二十四章　奧斯朋先生取下家傳《聖經》

先行通知奧斯朋姐妹後，達賓急急趕往西堤區，進行其他的任務，這也是最艱難的一部分。一想到即將面對老奧斯朋先生，達賓就緊張失措。他不只一次想讓老奧斯朋先生從女兒那兒得知這個消息，畢竟他清楚得很，她們無法保守祕密太久。但他已答應要向喬治報告喬治老先生得知後的反應，只好親自前往老奧斯朋在西堤區泰晤士街的帳務辦公室。他事先已派人送信給奧斯朋先生，請求他應允接見自己半小時，好討論他兒子喬治的事。達賓的信差離開奧斯朋先生的辦公室後，向達賓回報說，奧斯朋先生誠摯地向他問好，希望立刻就與上尉見面。因此達賓前去面對這艱難的一刻。

一想到那個祕密，罪惡感就湧進上尉心中，他感到自己得負一半的責任。可想而知，兩人的會面想必氣氛緊繃，恐怕還會鬧得天翻地覆。一臉陰沉的他，窘迫不安地踏入奧斯朋先生的公司，經過外面查波先生的辦公間時，那位職員從桌上抬起頭來，開玩笑地露出等著看好戲的表情，更令達賓狼狽不已。查波先生對他眨了眨眼，點頭致意，用手上的筆指了指老闆的辦公室大門，以氣人的詼諧口吻說道：「老闆就在裡面。」

上尉一走進辦公室裡，奧斯朋先生立刻站起身，熱情地與達賓握手，口中說著：「我親愛的孩子，你好不好呀？」老先生的熱忱讓代表喬治的使節更加羞慚。達賓的手軟趴趴的，毫無生氣地被老先生握住。他心想，這一連串的事件多少由他而起。是他把喬治帶回艾美麗雅身邊。他讚許、鼓勵甚至主導喬治的婚禮，如今他來此向新郎的父親傳達婚訊。而這位老父親卻滿臉笑容地迎接他，友好地輕拍他的肩膀，對他說，「達賓，我親愛的孩子」。這位特使真覺得自己罪該萬死。

奧斯朋毫無疑心，深信達賓是來宣布兒子舉白旗投降了。當達賓的信差過來時，查波先生正在和老闆討論喬治與父親的爭執，兩人都相信喬治派了達賓來向父親說情，他們已等待這一刻好幾天啦。奧斯朋先生對職員說：「老天爺！查波！我們將辦一場多盛大的婚禮！」他用力彈響肥壯的手指，把玩口袋中所有的基尼和先令，用勝利的眼神瞅著下屬。

此時奧斯朋的兩手也插在口袋裡把玩錢幣。他坐了下來，露出「一切盡在他預料之中」的得意表情，看著眼前一臉茫然的達賓默默坐了下來。「當了上尉，怎麼還是一副鄉巴佬的樣子，」老奧斯朋想道，「真奇怪，喬治怎麼沒好好教他點風度呢。」

達賓終於鼓足勇氣，開了口。「先生，」他說道，「我帶來非常沉重的消息。今天早上，我去了騎兵營一趟。我們的軍團很快就會被派往海外，本週週末之前就會前往比利時。你知道的，先生，我們必須奮勇殺敵，才有機會回到祖國，恐怕會有非常多的人陣亡。」

奧斯朋沉下了臉。「我的兒——先生，我敢說，軍團會奮勇作戰的，」他回道。

「先生，法軍實力堅強，」達賓接口，「俄軍和奧軍必須花不少時間才趕得過來；因此我們會領頭作戰，先生。我相信，波拿巴一定會讓我們吃上不少苦頭。」

「達賓，你想說什麼？」他的對手說道，露出不自在的神情，對他怒目而視。「我相信，英國人絕不會怕那個該——那個法國人吧？嘿？」

「我的意思是，在出征之前，想想每個士兵可能會遇到多少危險……如果你和喬治之間有任何不快……先生，若是您們能……能握手和解，對大家都好，不是嗎？若你們不願重修舊好，要是發生了什麼事，我想你絕無法原諒自己。」

可憐的威廉・達賓漲紅了臉，感到既羞愧又可恥，不得不承認自己實在是名叛徒。對他來說，也許這一切根本沒必要發生。為什麼不讓喬治晚一點結婚呢？何必如此急切地催促喬治成親？他隱約知道，喬治就算拋棄艾美麗雅，也不太可能會因此心痛至死。至於艾美麗雅，她**也有可能**從失去愛人的心碎中慢慢恢復。是他促成兩人結褵和接下來發生的所有事。為什麼他要促成這場婚事？是因為他太愛艾美麗雅，無法放任她痛苦？還是他無法忍受這兩人的感情懸而未決，寧願趕緊讓生米煮成熟飯？就像一有人過世，我們就急著辦喪禮，當我們知道將與愛人分別就心煩意亂，唯有真的分開後，才能鬆口氣。

「威廉，你是個好人，」奧斯朋先生的口氣和緩不少，「我和喬治不該在氣憤中告別，你說的沒錯。你瞧瞧，我為他付出了那麼多，已善盡一名父親的職責。我敢保證，我給他的錢，比你父親這輩子給你的數目還多三倍。但我沒有為此到處炫耀。為了他，我幹了多少苦差事，費盡我的才智和勞力，我就不多說了。你問問查波。你去問問喬治自己。你去西堤區打聽一下，所有的人都會告訴你。我向他提議一門親事，要是能娶那位小姐，就連貴族也會驕傲的……這輩子，我就拜託他這麼一件事……但他拒絕了我。我錯了嗎？這場爭執是**我**造成的嗎？自他出生以來，我像個犯人似地賣命工作，不是都為了他好？沒人敢說我是個自私自利的人。讓他回來吧。我說，我已經向他伸出了手；我說，忘卻並寬恕。至於要在此時成親，絕不可能。我可以讓他和史小姐和好，先別結婚，等他打完仗，當了上校後再結婚吧。老天爺，他會升上校的，絕對會，有錢能使鬼推磨。我很高興你勸了他。我知道是你，達賓，過去你就幫他解決過不少難題。讓他來找我吧。我不會對他太嚴厲的。今天你也一起來，我們一起在羅素廣場吃頓飯吧。你們兩個都來，老地方，老時間，我會請你們吃鹿頸肉，我不會對他問東問西。」

老先生對他的稱讚與信任，都讓達賓心如刀割。奧斯朋先生說得愈多，他愈覺得自己罪加一等。「先生，」他說道，「恐怕你搞錯了。我相信你誤會了喬治。喬治非常高尚，絕不會為了獲得財富而結婚。你威脅了他，告訴他要是不從，就別肖想繼承權。既然如此，他不得不反抗。」

「怎麼說？該死的，你不會說給他一年八千到一萬鎊是在威脅他吧？」奧斯朋仍不改那令人冒火的玩笑口氣，「老天爺，要是史小姐願意嫁給我，我立刻娶她。膚色深了些又怎樣？我可不在乎。」老先生露齒而笑，擺出一臉一切都逃不出他手掌心的神情，還發出粗啞的笑聲。

「先生，你忘了奧斯朋上尉已有婚約在身，」特使嚴肅地說道。

「什麼婚約？你在說什麼呀？你該不會是指——」奧斯朋先生想到那回事，驚訝與怒氣同時湧上來。他繼續說道：「你是說，他這該死的蠢材，還放不下那個破產老騙子的女兒吧？你該不會是來告訴我，他想要娶**她**？他要娶**她**，還**真是**個笑話。我的兒子，我的繼承人，要娶一個貧民窟的乞丐女兒？天殺的，要是他真想這麼做，那他就去買把掃帚，準備去當清道夫吧。這下我都記起來啦，她老是向他賣弄風騷，朝他拋媚眼。果然是有其父必有其女。」

「先生，薩德利先生曾是你的摯友，」達賓插嘴。他感到怒火開始在心中熊熊燃燒，這幾乎令他高興起來。「當時，你可沒說他是個乞丐或騙子。是你一手促成這兩人的婚約。喬治無意當個朝秦暮楚的——」

「朝秦暮楚！」老奧斯朋怒吼道，「朝秦暮楚！哎唷，該死的，我兒子那天晚上對我擺出高高在上的架子，就說了這四個字。那是兩週前的星期四。明明讓他加入軍隊的是我，他倒大言不慚地反過來教訓我，說他是個堂堂正正的英國軍人。難道背後指使他的人，是你？是嗎？上尉大人，我服了你。你想讓我家出個乞丐。謝謝你的所作所為，上尉。娶**那女人**，還真的咧！他怎會想娶她？他怎麼會！他何必娶她？我向你保證，他們用不著結婚，她也會纏著他不放的。」

「先生，」達賓掩飾不了心中的怒火，站了起來，「在我面前，絕不容任何人批評那位小姐，你也不例外。」

「喔，輪到你要教訓我一頓，是嗎？別說了，讓我搖鈴，叫人送上兩把手槍吧。喬治先生派你過來，是要你好好侮辱他的父親，是嗎？」奧斯朋一邊說，一邊拉響了鈴。

「奧斯朋先生，」達賓顫抖地說道，「你才是侮辱別人的那個人，你辱罵著世上最完美的人。先生，你最好口下留情，因為她可是你兒子的妻子。」

吐出最後這句話，達賓感到自己再也說不下去，隨即走出了房間。奧斯朋跌坐在椅子裡，眼神狂野地瞪著達賓的背影。聽到鈴響的職員隨即走進去。上尉還沒走出奧斯朋公司的那棟樓房，就被查波先生趕上了。這位首席職員連帽子也沒戴，急急忙忙從他身後奔來。

「老天爺，發生了什麼事？」查波先生拉住上尉的衣襬，問道，「老闆暈倒啦。喬治先生做了什麼事啊？」

「他已在五天前娶了薩德利小姐。」達賓回答，「我是他的伴郎，查波先生，你得替他說幾句話。」

老職員搖了搖頭。「上尉，若這就是你帶來的消息，那實在太糟糕了。老闆絕不會原諒他的。」

達賓拜託查波告知他後續發展，把信送到他暫住的飯店去。接著他煩悶地朝西邊走，心神不寧地想著過去和未來。

那天晚上，羅素廣場上的這家人吃晚餐時，大家發現坐在老位子的一家之長鬱鬱不樂。平常他一露出煩悶的表情，全家人就一言不發。餐桌上除了奧斯朋姐妹，還有布洛克先生，他們都猜想奧斯朋先生必定知曉了那個大消息。他那陰沉的表情，令布洛克先生不知所措，只是沉默，連大氣也不敢吭。但他對坐在身旁的瑪麗雅小姐和坐在女主人席的珍小姐，都比平常更加溫柔體貼。

至於惠爾特小姐，則獨自坐在另一側，和珍・奧斯朋小姐隔了一段距離。喬治在家時，會坐在惠爾特和珍之間。此時桌上也擺了他的餐具，等著這位逃家的兒子回來。晚餐時，除了餐具碰撞的叮噹聲，就只有勉強保持笑容的費德瑞克先生，偶爾無力地低語幾個字。除此之外，餐廳死氣沉沉，安靜極了。連在旁服侍的僕人也躡手躡腳。喪禮上的寂靜完全比不上奧斯朋家的肅靜可怕。奧斯朋先生一語不發地切著那塊他原本邀請達賓一起品嘗的鹿頸肉，分到每個人的盤子裡。但他幾乎沒嘗自己盤裡的那塊肉，只顧著猛喝酒。旁邊的男管家不斷替他倒酒。

晚餐即將結束時，老先生先掃視過面前的每個人，最後瞪著喬治座位上的餐盤。他伸出左手手指，指向那副餐具。他的兩個女兒看著他，不明白他的手勢，也可能她們故意不想明白。僕人們一開始也搞不懂他的用意。

「把那副餐具撤下去，」他終於開口。咒罵一聲後，他站了起來，椅子被他的雙腿往後推。老先生走進了書房。

奧斯朋家的餐廳後面，就是一般人稱為書房的地方。對這位一家之長而言，這兒是家裡最神聖的一間房。不想上教堂的時候，奧斯朋先生會在這兒度過星期日上午，每天早晨，他都坐在那張暗紅色皮椅裡讀報。書房裡有幾座書架，裡面擺著厚實的權威著作，書皮上都鑲著金字，包括《年度重要文獻集》、《紳士雜誌》、《布萊爾講道集》，還有休謨與斯摩萊特的《英格蘭歷史全書》。他放任那些書呆坐在書架上，過了一年又一年，從不曾翻閱過它們，但家裡沒有半個人膽敢去碰觸那些書本。唯有在極為少見、沒有晚宴的星期天傍晚，他會拿出放在《貴族名人錄》旁的紅皮《聖經》和《禱告集》，搖鈴命僕人全到餐廳裡集合。奧斯朋先生會用莊嚴宏亮的聲音，向全家上下朗誦講道文。家裡所有的成員、孩童、僕人，一進到這房裡都不禁畏畏縮縮。奧斯朋先生在這兒確認女管家的帳目，檢查男管家的藏酒錄。在這兒，他只要一搖鈴，就能越過新鋪了礫石的中庭，控制馬廄後門的出入。車夫進了這座中庭，就好像船隻進了船塢一樣，在書房，奧斯朋一從窗戶探頭，就能對著他的面咒罵一番。惠爾特小姐一年會進書房四次，都是為了領薪水，他的女兒也來此領取她們每季的零用錢。喬治還是個小男孩時，曾在這房裡被父親用馬鞭打過好幾次，而他母親則守在門外的樓梯，聽著那一下又一下鞭打聲，心痛極了。喬治很少在挨打時失聲哭叫。他那可憐的母親常常在他出了書房後，偷偷地愛撫他、親吻他，給他些零用錢當作安慰。

壁爐上放了一張全家人的肖像畫，自從奧斯朋太太過世後，這幅畫就從前廳移到書房裡。畫裡，喬治騎著一匹小馬，姐姐珍朝他捧著一束花，母親則牽著妹妹。他們全都有著紅潤的雙頰、飽滿的紅唇，以家庭群像應有的方式對彼此傻笑。現在，母親長眠地下，早就被家人遺忘；姐妹和兒子分別從事上百種不同的興趣，忙碌各自的事務，雖然他們仍時常見面，但並不特別親密。再過幾年後，等到畫中人都變老，這幅家族群像會成為多麼苦澀的諷刺畫啊。畫中的他們如此稚氣，上演著感情真摯的滑稽劇，露出虛假的笑容，故作純真，還為此洋洋得意。餐廳裡移走這幅畫後，轉而放上奧斯朋先生十分莊嚴的肖像畫，畫裡還有那座寬大的銀製墨水台和扶手椅。

晚餐後，老奧斯朋進到這間書房裡。在他身後的那幾個人都鬆了口氣。僕人退出後，他們才開口談話，但全都壓低了音量。接著他們悄悄上樓回到客廳，布洛克先生輕手輕腳地陪伴她們，但他那雙鞋踩在地板上，仍難免嘎吱作響。他可無意獨坐在餐廳裡喝餐後酒，光想到和那位震怒的老先生只有一牆之隔，就令他恐慌。

天黑後又過了一小時，等不到主人按鈴的男管家，終於鼓起勇氣敲響書房的門，替奧斯朋先生送上蠟燭和晚茶。這位一家之長坐在扶手椅裡，假裝正在讀報。僕人將蠟燭和茶點放在他身旁的桌上後，默默退了出去。奧斯朋先生起身，在僕人身後鎖上書房的門。這下子，全家人都知道大事不妙了，喬治先生大難臨頭，恐怕很快就會陷入悽慘的境地。

奧斯朋先生閃亮而寬大的桃花心木寫字檯裡，有個專屬於兒子的抽屜，裡面放滿了有關喬治的各種文件書信。這兒放了小喬治一路長大成人的回憶：有他贏得的字帖和圖畫本，上面滿是他親筆寫下的字跡和親手畫的圖，還有他父親的筆跡。有喬治這輩子第一次寫的信，以大大的草寫字體向爸媽表達敬愛之情，並請求他們給他一塊蛋糕。而在這些信中，喬治也多次提到他親愛的教父薩德利的名字。老奧斯朋翻閱著這些信件，每次看到那個可恨的名字，就憤怒地吐出一聲咒罵。憤懣的恨意與失望糾結著他的心。這些信件上都有他親自寫下的註解，加上記號，並用紅絲帶捆起來。註解寫著：「喬兒，要五分錢，一八××年四月二十三日，已於四月二十五日回信」；或者，「喬兒想要一匹小馬，十月十三日」……等等。另外還有許多疊文件，一疊標上「史博士學院的帳目」，另一疊則是：「喬治的裁縫師帳單、購衣單據，喬治請我為他結清，六月」……等等。除此之外，還有喬治從西印度群島寄來的信、他的代理人寄的信、宣布他升職的新聞，一條他還是兒童時用的馬鞭，一個裝了喬治頭髮的墜飾，他媽媽以前總把它戴在身上，如今老先生用紙包了起來。

憂傷的老人一一翻閱著往日回憶的紀念品，陷入沉思，不知不覺就過了好幾個小時。這裡藏著他珍視而虛榮的希望，他的雄心壯志。他多為自己的兒子驕傲啊！那是他見過最可愛的孩子。每個人都說，喬治看起來像貴族之子。他們去邱園時，一位王族公主注意到他，還親吻了他，詢問他的名字。西堤的男人彼此之間會炫耀什麼？難道世上有哪位王子受過比喬治更多的寵愛嗎？他為兒子買下所有金錢買得到的東西。他曾在喬治的結業日，坐在四匹馬拉的馬車裡，穿著簇新禮服，前往喬治的學校，還朝那些男孩們拋出幾先令。喬治前往加拿大前，他去喬治的軍站探訪，請了所有軍官一頓豐盛的筵席，桌上擺滿各種珍饈，足以款待約克公爵。當喬治簽下帳單，他從未拒絕付款，不是嗎？那些帳單都在這兒，老父親一聲不吭地全結清了。喬治有好幾匹連將軍也負擔不起的良駒呢！他還記得上百個日子裡，喬治會在晚餐後才踏進餐廳，大搖大擺地像個貴族似地。他坐在首位，而喬治會在他身旁坐下來，兩人一同喝酒。他想起在布萊頓，當他清理籬笆、和獵人討論事務時，喬治則在旁騎著小馬。他想起攝政王接見喬治的那一天，整個聖詹姆斯宮找不到比他更英挺的年輕人了。付出了這麼多，結果卻是如此！喬治娶了個一文不名的窮女人，放棄眼前的職責和財富，一走了之！屈辱與憤怒襲擊他的心，令人痛不欲生的怒火一波波朝他襲來。喬治斷送了前途，拋棄了親情。這個世故的老男人，如今因自尊受損、父愛遭拒，承受著多麼錐心的痛苦！

喬治的父親一一檢視這些書信，有時拿起這一份、那一份信件深思好一會兒，回憶那些過往的快樂時光，心胸充臆了最苦澀、最無助的哀怨。他把那些收藏在抽屜多年的文件全拿出來，鎖進一只文件匣裡，綁上絲帶，最後以私印封蠟。接著他打開書櫃，拿下那本我們提過的紅皮大《聖經》。這是一本非常重要且莊嚴的厚書，但很少被人注意，封面上的金字熠熠生輝。書內的第一頁，有幅亞伯拉罕奉獻以撒的畫。在扉頁上，奧斯朋依據傳統，以商人氣息的寬大草寫字體，記錄下他的結婚典禮及妻子過世的日期，還有孩子們的生日和教名。第一個是珍，接著是喬治．薩德利．奧斯朋，再來則是瑪麗雅．法蘭西絲，還有每個孩子受洗的日子。他拿起筆，小心翼翼地劃去喬治的名字。等到墨水乾了，他才將這本書放回原本的位置。接著他從另一個收藏他私人文件的抽屜裡，取出一份。他仔細讀了上面的內容後，就把它揉皺，並用蠟燭點上火，放任它在爐架上熊熊燃燒，直至化為灰燼。他燒掉的是他的遺囑。他坐下來，寫了封信，然後搖鈴喚來僕人，命他明天一早就把信送出。此時天已亮了。等他上樓回房休息時，陽光已灑落整座奧斯朋公館，羅素廣場上的鳥兒們在清新綠葉間歌唱。

威廉・達賓急於討好奧斯朋的家人與屬下，想盡辦法替陷入困境的喬治多爭取幾位盟友。他知道豐盛晚餐和美酒對男人的威力，因此他一回到旅店，就以最熱忱的文字，請求湯瑪斯・查波先生隔天與他在老屠夫共進晚餐。人在西堤的查波先生還沒下班，就收到了邀請函。他的回覆如下：「查波先生向達賓上尉致上最深的敬意，很高興得此無上榮幸，與上尉會面。」那天晚上，當他回到桑默鎮的家，立刻把邀請函和回信的草稿都拿給查波太太和女兒們觀賞一番。一家人圍坐喝茶時，還熱烈地討論軍官和城西區的紳士們。等到女兒們回房休息，查波夫妻談起老闆家裡發生的一連串奇事。這位職員從未見過老闆如此激動。達賓上尉離開後，他去奧斯朋先生的辦公室，發現老闆臉色發黑，已經暈過去了。他確信奧先生和年輕上尉間發生一場激烈爭執。老闆要查波列出奧斯朋上尉過去三年花的每一筆錢。「他花了很大一筆錢，」首席職員說道。他數算著少爺流水般的花費，對老闆和小主人的敬意又多了幾分。老爺和少爺因薩德利小姐而起了歧異。查波太太誓言，年輕姑娘差點失去像上尉這樣英俊的未婚夫，實在令她感到惋惜。不過，薩德利小姐的父親是可恨的投機客，而他發的股息少得可憐，因此查波先生對薩德利小姐的評價不高。在倫敦西堤區裡，他最敬重的就是奧斯朋一家人。他熱切希望喬治上尉娶某位貴族之女。和他的老闆相反，查波先生那天晚上睡了一場好覺。隔天吃早餐時，他的食慾好極了，雖然他那簡樸的杯子裡，只能加便宜的紅糖。吃完後，他擁抱孩子們，穿上最好的教堂用西裝和有波浪領的正式襯衫，向一旁欣賞他英姿的妻子保證，絕不會和達賓上尉喝太多酒。

他一如往常地抵達西堤區。熟悉老闆的職員們，一看到奧斯朋先生的表情都大吃一驚。這是有原因的，他們從未見過老闆的面容如此枯槁，毫無生氣。十二點整，希克斯先生（他是貝德福街上的「希克斯與布萊瑟威克律師事務所」合夥人）依約前來，很快就被迎進老闆的私人接待室。兩人閉門密談了超過一個小時。快到一點時，查波先生收到達賓上尉的信差送來的短箋，裡面有封託他轉交給奧斯朋先生的信，於是他走進接待室裡，把信交給老闆。過不久，查波先生和低他一階的伯區先生都被喚進接待室裡，奉命當一份文件的見證人。「我立了新遺囑，」奧斯朋先生說道。於是這幾位紳士一一在文件上簽名。除此之外，沒有人敢說一字半句。希克斯先生出來時，臉色格外凝重。他嚴肅地看了查波先生一眼，但並沒有多加解釋。那一整天，大家都注意到奧斯朋先生比往常安靜得多，而且特別溫和。這實在令人大吃一驚，從他不悅的表情看來，下屬原以為他會大發脾氣，但一整天下來，他沒有用難聽的話侮辱任何人，也沒有咒罵半句。他很早就離開公司，不過他在離開前，再次叫他的首席職員到辦公室來，和平常一樣下了些指示後，猶豫了好一陣子，才心不甘情不願地開口問查波知不知道達賓上尉是否仍在倫敦？

查波回答，他相信達賓上尉仍在城裡。當然，他們兩人都知道他一定還沒出城。

奧斯朋把一封信交給查波，信上寫了軍官的名字，要求查波立刻親自把這封信交到達賓手上。

「這下子，查波，」他拿起帽子，露出奇異的表情，「我終於放心了。」此時時鐘敲響兩點整，費德瑞克．布洛克先生到了，顯然他和奧斯朋先生有約，兩人就相偕離開辦公室了。

達賓先生和奧斯朋先生的連隊隸屬於某軍團，他們的團長是一位老將軍，第一次作戰時是在魁北克，長官還是沃爾夫少將。如今他年紀已大，身體虛弱，不適合指揮作戰。但他對軍團的熱情絲毫未減，因此仍擔任名義上的團長，常招待團中幾位年輕軍官同桌用餐。這樣的熱情款待，我相信現在的軍隊中非常少見。達賓上尉格外受到老將軍賞識。達賓精通軍事文獻，熟知腓特烈二世、瑪蒂爾達皇后和他們的戰事，跟將軍一樣博學。將軍並不在乎眼前的戰事，反而難忘五十年前的謀略家。在奧斯朋先生新立遺囑，查波先生換上最好的波浪領襯衫的這天早上，老將軍召喚達賓與他一起吃頓早餐。接著，他提早幾天告知這位深得他歡心的年輕軍官，接下來會發生的事——他們會收到前往比利時的軍令。軍團必須準備好隨時出發，給騎兵營一兩天的時間準備。只要一安排好交通方式，他們週末前就會上路。軍團駐紮於切特漢時，已有新兵加入，老將軍希望這支曾在加拿大擊敗蒙卡姆、在長島打垮華盛頓先生的軍團，會在戰亂頻仍的低地國，再次證明他們不負歷史的榮名。

「因此，我的好朋友，如果你在這兒有任何事要辦，」老將軍伸出那顫抖蒼白的老手，捏了一些嗅鹽，指指在睡袍下那顆虛弱跳動的心臟，說道，「如果你有心上人需要安慰，想對你爸媽告別，立下遺囑，那我建議你立刻進行，切勿拖延。」說完，老將軍伸出手指，讓他年輕的朋友握一下，而那灑滿髮粉、綁著辮子的頭慈愛地點點頭，當做道別。達賓一走出去，老將軍的臥室門就關上了。於是達賓坐下來，寫了封「情書」（他很自豪他的法文），給國王戲院的亞曼納德小姐。

這個消息讓達賓心情沉重，他想到我們在布萊頓的朋友，難堪地意識到，第一個浮現在他腦海的人永遠是艾美麗雅。不管他醒著還是睡夢中，不分日夜，他總是先想到艾美麗雅，才想到父母、妹妹和責任。他回到飯店，送了封短信給奧斯朋先生，通知他剛剛收到的消息。他希望這消息能軟化那位父親的心，讓他和喬治和好。

送這封短信的信差，就是前一天將達賓的邀請函交到查波手上的那個人。一看到這位信差，奧斯朋的首席職員不禁心生警覺。短信上了封印，當他打開時，深深擔心他期待的那場晚餐要被推遲。但他打開的只是另一封信的信封，字條上寫著，煩請他將信轉交給老闆，這時他不禁鬆了口氣。不只如此，達賓還提醒他別忘了今晚之約。（「五點半見，」達賓上尉寫道。）雖然查波先生很關心老闆一家人，但，你們要他怎麼做？現在，一場盛大晚餐對他來說，遠比世上其他人的生死更加重要。

達賓外出辦事時，理所當然地將老將軍透露的消息，傳達給他遇見的所有軍官。他在代理人那兒遇到史杜伯少尉，通知他出征的消息。滿腔熱血的史杜伯立刻去軍事用品店，買了把嶄新的劍。雖然這位年輕小伙子不過十七歲，身高不過六十五英寸，天生體質孱弱，而且因喝了太多兌水白蘭地，年紀輕輕但健康已堪慮，但他勇氣十足，擁有一顆好戰的獅子之心。他用各種方式試用、彎曲、甩弄他的武器，想像他會如何用它刺殺法國人。他喊道：「喝！喝！」充滿活力地踏著那雙小腳，伸出劍尖，朝達賓上尉刺去一、兩回，而達賓哈哈大笑地用竹杖把他的劍架開了。

從史杜伯先生的身材和瘦削的體形就知道，他屬於輕步兵。而史普尼少尉正好相反，個子高的他，隸屬達賓上尉的擲彈兵連。他試戴一頂嶄新的熊皮帽，看起來多了幾分野性的氣息，又有點老成。兩位年輕人相偕去老屠夫吃飯，點了豐盛的晚餐，好整以暇地寫信給守在家鄉慈愛又著急的父母。他們的信充滿真摯的親情，滿懷勇氣，也有不少錯字。啊！那時，英格蘭有許多熱切跳動的心，而在鄉下，則有很多流淚的母親，不斷祈禱。

達賓原打算寫信給喬治．奧斯朋，但一看到年輕的史杜伯在老屠夫咖啡館的桌上振筆疾書，淚水從他的鼻子滑下，落在信紙上（這位年輕人想到母親，也想到母子恐怕永遠無法再次相見），達賓就改變心意，收起紙筆。「何必呢？」他說道，「讓她快樂地度過今晚吧。明天一早我去向父母告別，接著親自去布萊頓吧。」

於是他站起身，將他的大手放在史杜伯的肩上，鼓勵這位年輕士兵。上尉告訴他，要是他放棄兌水白蘭地，既有紳士風度又心地善良的他，絕對會是一名好軍人。這些話令史杜伯的眼神發亮，因為軍團裡人人都很敬重達賓，他是最棒的軍官，也是最聰明的人。

「謝謝你，達賓，」他用手指抹了抹溼潤的雙眼，「我只是……我剛告訴她我會當個好軍人。啊，先生，她真的很疼我。」他的眼睛又蒙上一層水氣，我不敢否認，心軟上尉也不禁眨了眨雙眼。

兩位少尉、達賓上尉及查波先生四人在同一間包廂裡用餐。查波帶來奧斯朋先生的信，信中奧斯朋先生簡短地向達賓上尉致意，並請他將裡面的另一封信交給喬治．奧斯朋上尉。除此之外，查波不知道其他事情。他坦承奧斯朋先生面容枯槁，描述老闆與律師開了個會，訴說老闆居然一整天都沒咒罵任何人，令他嘖嘖稱奇，而且——特別是酒過三巡後——他又提出各種臆測與假設。但隨著一杯又一杯的酒，他的話語愈來愈模糊，最後變得毫無邏輯可言。到了深夜時分，上尉將他的客人送上出租馬車。查波不斷打著酒嗝，並賭誓他會永遠服侍上尉，永遠當他忠誠的朋友。

達賓上次告別奧斯朋小姐時，我們提到，他請求奧斯朋小姐應允他再次前去拜訪。這位待嫁老閨女隔天等了他好幾個小時。也許，要是他真的去了，並向她提出那個她準備答應的問題，那麼她就會宣稱自己站在弟弟那邊，這樣一來，喬治和他震怒的父親也許還有和解的可能。但雖然她在家中枯坐，等了一個小時又一小時，上尉卻未曾現身。他有自己的事要處理，得去拜見父母，安慰家人。接著趕忙搭上「閃電」號快車，南下去找他在布萊頓的朋友。

而在同一天，奧斯朋小姐聽到父親命令全家人，不准再讓愛插手的混帳——也就是達賓上尉——踏入他的家門，她那些深藏於心中的希望與幻想，全在這一刻破滅了。費德瑞克．布洛克先生來了，他對瑪麗雅和心碎的老先生格外體貼溫柔。雖然老奧斯朋說「我終於放下心了」，但他為了確保個人平靜而採取的手段，似乎仍未發生安定心神的效用，而過去兩天發生的一切事情，顯然對他造成嚴重的打擊，已徹底擊垮了他。

第二十五章　本書主角都認為，離開布萊頓的時候到了

到了「船」旅館，達賓一見到兩位太太，立刻變得快活又多話。由此可見，隨著時光流逝，這位年輕軍官也愈來愈世故，深諳虛偽之道。與已適應新身分的喬治．奧斯朋太太見面時，他努力壓抑真正的心情，同時還得掩飾心裡的擔憂，不知自己帶來的不幸消息，會如何影響這位女子。

「喬治，儘管我個人相信，」他說道，「三週內法國皇帝就會帶著騎兵和步兵，與我們正面對戰，讓公爵左支右絀，相比之下，之前西班牙的半島戰爭不過是場孩童的比試罷了。雖然如此，你不用向奧斯朋太太提到這些事。你懂的。說不定我們不需要真正上戰場，我們雖然要去比利時，但說不定只是場軍事佔領任務。許多人都這麼認為。再說，布魯塞爾有很多貴族家的太太和小姐。」就這樣，兩人同意以無害的方式，向艾美麗雅揭露英軍在比利時的任務。

計畫已定，達賓以虛偽的歡快態度問候喬治．奧斯朋太太，試圖擠出一、兩句讚美，奉承剛成為人妻的她，但我們不得不說，他的讚美實在笨拙透頂，總是說到一半就接不下去。他們開始聊起布萊頓，海邊的空氣，歡樂的氣氛，路上的美麗風景，「閃電」號快車與馬匹的種種優點……這些話題，艾美麗雅都一竅不通，倒是讓細心觀察上尉的蕾蓓卡感到非常有趣。當然，蕾蓓卡總是留心觀察每個遇到的人。

我們必須承認，小艾美麗雅覺得丈夫的好友達賓先生頗為煩人。他有大舌頭，說起話來發音不準；他長得普通，太過純樸；他的舉止笨拙，毫無吸引人之處。但達賓是丈夫忠誠的好友，她也只能假裝喜歡他。對她來說，仰慕丈夫的人太多，達賓對丈夫忠心耿耿，實在是不值一提的優點。她認為喬治過於大方仁慈，才會與這位同袍結成好友。喬治常在艾美麗雅面前，模仿達賓的口吃和遲鈍的樣子，雖然為了平衡事實，喬治也大力讚揚好友的優點。此刻的艾美麗雅，終於實現畢生的願望，得意極了，再加上她還不瞭解達賓的為人本性，因此她根本不在乎他。而他也明白她對自己的看法，只是謙卑地默默接受。有天她終將進一步認識他，對他的看法也將全面扭轉，但目前時機未到。

至於蕾蓓卡，達賓上尉在兩位太太面前現身不過兩小時，她已對他的祕密瞭然於心。她並不喜歡達賓，私下還頗為懼怕他，她實在無法對他產生好感。達賓太過老實，蕾蓓卡無法施展詭計或用諂媚的話語影響他，而且他直覺地嫌惡她，迴避她。和其他女性一樣，蕾蓓卡生來容易嫉妒，看到達賓對艾美麗雅的仰慕，她就更加討厭他。雖然如此，在他面前，蕾蓓卡總是非常尊敬他，不忘表現她的熱心關懷。畢竟，達賓可是奧斯朋家的朋友！達賓是她恩人的朋友呢！她誓言自己會永遠真誠的喜愛他。她調皮地對艾美麗雅說，她還記得那晚達賓在沃克斯豪爾遊樂園的樣子。兩位太太離開客廳，為晚餐更衣時，蕾蓓卡還開了達賓的玩笑。至於洛頓．克勞利，他根本沒注意到達賓，只把他當作一個善良的傻子，是個未受上流教育的西堤人。而喬斯則威風凜凜地對他擺架子。

喬治隨著達賓走到他的房間，私下聊聊。達賓從桌上拿起那封奧斯朋先生交代他轉交給兒子的信。「這不是我父親的筆跡，」喬治說道，心下警鈴大作。這封信是奧斯朋先生的律師寫的，內容如下：

先生：

奉奧斯朋先生之命，在此通知您，他已告訴過您他的決心，而他堅守誓言。由於您已按個人意志而完成婚事，他不再視您為奧斯朋家庭的一份子。他的心意已決，不容改變。

他在您未成年時付出的金額，以及近來您任意以他為名而簽下的帳單，總金額遠遠超過您應得的數目。但奧斯朋先生交待我告訴您，他放棄向您索討的權利。您母親，已逝的奧斯朋太太留下遺產六千鎊，將以三等分轉入您與珍．奧斯朋小姐及瑪麗雅．法蘭西絲．奧斯朋小姐名下。只要您出具收據，您應得的兩千鎊，年息百分之四，按當天匯率計算，就會支付給您或您的代理人。

您忠誠的僕人，S. 希克斯敬上

一八一五年五月七日，於貝德福街

附註：奧斯朋先生要我告訴您，不管您基於此件事或何種理由，只要您再寄出任何字條、信件，都會被他退回，他不願意再與您有任何聯繫。

「你倒把這事處理得漂亮極了，」喬治惡狠狠地瞪著威廉．達賓，「達賓，你自己讀讀吧。」說完，他就把父親的信往達賓身上一丟。「老天爺，我成了個乞丐！就因為我該死的多愁善感！為什麼我們不多等一會兒？之前作戰時，一顆炮彈差點了結我的性命，而這一回恐怕也是如此。要是艾美成了一名乞丐的寡婦，對她有什麼好處？還不如不結婚。這都是你幹的好事。我不結婚，沒放任你毀了我，你就不爽快。兩千鎊！兩千鎊能做什麼呀？不到兩年就花光了。自從南下到布萊頓，光是玩牌和撞球，我已經欠克勞利一百四十鎊啦。你還真是懂得如何搞定男人啊，真厲害得緊。」

「目前的處境的確很艱難，沒什麼好說的，」達賓面無表情地讀完那封信後說，「你說的沒錯，部分是我造成的。不過，有些人倒很想變成你哪，」他加了一句，苦澀地笑了一下。「你想想，軍團裡有幾個上尉拿得到兩千鎊？在你父親回心轉意前，你只能靠軍餉過活；要是你不幸陣亡，你的妻子一年拿得到一百鎊。」

「像我這樣生活的男人，怎能光靠軍餉和一年一百鎊過活？」怒氣衝天的喬治大聲嘶吼，「達賓，你說這種話真是愚蠢透頂。這樣一點點薪水，怎夠我保持我的社會地位啊？我改不了我的生活方式，我得過舒適的生活。我可不像麥克惠特爾，從小吃麥片粥長大，或像那個老奧大德，靠馬鈴薯過活。難道你以為我會讓妻子去收拾士兵的換洗衣物，或者坐在貨車上，跟著軍團四處征戰？」

「好啦、好啦，」達賓依舊好脾氣地說，「我們會替她找好一點的交通工具。但喬治，我的好兄弟，試著記住，你現在只是個被廢位的落難王子。在暴風雨過去之前，你只得低調些。他不會氣太久的，只要你的名字榮登《公報》，我就會去勸你的老父親回心轉意。」

「榮登《公報》！」喬治接口，「《公報》的那一版？是陣亡受傷的回國名單嗎？我看我會名列前茅呢。」

「呿！等到我們真受了傷，你就不愁沒時間大吼大叫啦，」達賓說，「要是真發生什麼事，喬治，你知道的，我還存了點錢，而且我獨身一人，沒有家累，我絕不會在遺囑中忘了我的教子的，」他笑著加上最後一句。這場爭執就這樣結束了，就像這兩位朋友過去的許多場爭執一樣。奧斯朋老是說，他無法生達賓的氣太久。他總是沒來由的痛罵達賓一頓後，又心胸寬大的原諒了他的老友。

而在克勞利夫妻的房裡，洛頓從他的更衣室，對在另一間房打扮的妻子喊道：「蓓琪，我說呀。」

「什麼？」蓓琪尖著聲應道。她正從背膀上望向鏡中自己的背影。她穿著世上最純淨清新的白袍，雙肩赤裸，頸上戴了細細的項鍊，配上淺藍色的腰帶，看起來儼然就是一位青春無邪的幸福少婦。

「我說，奧斯朋先生要隨軍團出征，奧太太該怎麼辦呀？」克勞利一邊說，一邊走進房裡。他手握兩把巨大的梳子，左右開弓地梳著頭髮，而他那雙眼正濃情脈脈地望著美麗嬌小的妻子。

「我猜她會把雙眼哭瞎，」蓓琪應道，「為了出征的事情，她在我面前至少已哭哭啼啼六、七回啦。」

「那妳呢？我猜**妳**毫不在意？」妻子冷酷無情的樣子，讓洛頓有點兒不快。

「你這混蛋！難道你不知道我打算跟你走嗎，」蓓琪回嘴，「而且，你不一樣。你的身分是杜夫特將軍的副官。我們不用去前線，」克勞利夫人說道。她猛一抬頭，髮絲隨之擺動，那嫵媚的神態讓她丈夫動了情，不禁低下頭來親吻妻子。

「親愛的洛頓，難道你不認為……你最好在那位邱比特離開前，討回他欠你的錢？」蓓琪繼續說道，想著如何射出致命一箭。她把喬治・奧斯朋喚作邱比特。她經常當面稱讚他的相貌英俊，一表人才。喬治有時會在睡前半小時，到洛頓的房裡裡聊聊天，而她總是貼心地關注他的一舉一動。

她常說他是個無藥可救的浪蕩子，威脅要告訴艾美他的惡行惡狀，還有他淘氣的揮霍習慣。她為他奉上雪茄，替他點火。她深知這種舉動對男人的影響力，畢竟她已在洛頓・克勞利身上演練過同樣的招式。喬治認為她是個活潑、歡快又淘氣，討人歡心且獨一無二的姑娘。當四人出門同遊或共進晚餐時，蓓琪光芒四射，可憐的艾美完全比不上她。克勞利太太和喬治你一言我一語地談笑，艾美總是沉默而羞怯地坐在旁邊，而克勞利上尉則忙著吃飯飲酒，沒空閒談。喬斯加入後，他成了與克勞利共享美食好酒的好夥伴。

艾美不明白自己為何對朋友心懷警戒。蕾蓓卡很機靈，有用不完的活力，能力過人，這些都讓艾美麗雅不安又沮喪。她才和奧斯朋新婚一週，喬治已經對她感到厭煩，渴望著其他人的陪伴！一想到兩人的未來，她就惴惴不安。她尋思，我該如何當個稱職的伴侶呢？我這樣一個卑微的傻女孩，要如何勝過她的聰穎和機智？他多麼高尚啊，選擇了我作為他的妻子……他放棄了一切，屈就於我！我早該拒絕他！但我狠不下心。我本該留在家裡，照顧可憐的爸爸——這是她第一次想到雙親。一想到自己忽略了父母（這個指控並非空穴來風，而可憐的孩子為此良心不安），她就羞愧得雙頰發燙。啊！她想著，我真是自私又邪惡——我自私地忘了他們的哀痛，自私地強迫喬治娶我。我知道我配不上他，我知道少了我，他會活得更快樂，然而我還是……但我試過，我真的試過，我原本要放棄他的。

誰想得到結婚不到七天，這些想法和悔恨就一股腦兒湧上新婚女子的心頭，令她難受極了，但事實就是如此。達賓加入的前一晚，這群年輕人共度了一個月色清明的美好五月夜。客廳的窗戶朝陽台大敞，溫暖的空氣裡摻著花朵的芬芳。洛頓和喬斯坐在室內下雙陸棋，喬治和克勞利太太則並肩站在陽台上，望著眼前平靜的大海，在月色映照下閃閃發亮。無人注意的艾美麗雅坐在寬大的椅子裡，默默旁觀眼前的兩群人。溫柔的她寂寞不已，絕望與懊悔就是她唯一的朋友。新婚不過一週，兩人已如此疏遠！她一想到未來，眼前就浮現哀傷的景象。但艾美太過羞怯了，她不敢面對現實。打個比方來說，她無法在沒有人指引保護下，獨自航向那片廣大的海洋。我知道史密斯小姐不欣賞她。但親愛的女士呀，世上有多少女子像妳一樣堅強無畏呢？

「老天呀，多麼美好的夜色！瞧瞧月亮多麼明亮！」喬治嘆道，吐了一口雪茄，一陣煙霧冉冉飄向天際。

「大海的氣息多麼新鮮啊！我迷戀這樣的味道。誰想得到月亮距離我們二十三萬六千八百四十七哩遠？」蓓琪加上最後一句，微笑地凝視皎潔的圓月。「瞧我還記得這麼長的數字呢！我是不是聰明得很！哎！在平克頓小姐的學院裡，我們全在背誦這些東西！大海多麼平靜，一切都如此開闊而清晰。我得說，我想我幾乎看得見法國海岸哪！」她明亮的綠眸子朝遠方望去，射進夜色裡，好像她真能望穿黑夜。

「有一天，我打算在早上做某件大事，你猜不猜得到我想做什麼？」她問道，「我發現我的泳技不錯。我希望有天，在克勞利姑姑的侍伴面前——就是那個老布里吉斯，你知道的，你還記得她吧，那個有鷹勾鼻的女人，她的頭上只剩下幾綹長髮——布里吉斯游泳時，我打算偷偷潛到她的身下，和她來個水下大和解。你說，這計策是不是高明得很？」

想到兩位女子的水下會面，喬治開懷大笑。「你們兩個吵起來啦？」洛頓大喊道，令陽台上的一對男女咯咯笑起來。艾美麗雅心裡一陣波濤洶湧，她覺得自己簡直像個傻子，於是退回房去，獨自啜泣。

本章的故事注定必須以忽前忽後、看似躊躇不前的腳步來敘述，有時剛提到隔天的事，我們又會突然地退到前一天，好向讀者完整而忠實地呈現整個過程。當諸君坐在皇后陛下的客廳裡，你望見大使與權貴的馬車正轔轔駛進隱祕的私人入口，而另一端，瓊斯上尉陪同數位女士，等待她們的輕便馬車抵達。在財政部祕書的接待廳裡，你會看到半打的請願人正耐心等候被接見，按順序被叫入房中，此時突然有位愛爾蘭人或某位身分尊貴的人士抵達，立刻插了隊，直接被迎進財政部次長的辦公室裡，任由房外的其他人苦候。而在本故事中，作者不得不偏袒一方，主持正義。雖然有許多微小事件該敘述，但我得先把它們擱置一旁，等到大事件發生時，再舊事重提，而達賓抵達了布萊頓，就是提及這些小事件的絕佳機會。達賓之所以趕到這兒，是因為近衛軍和某軍團都奉命前往比利時。威靈頓公爵在那兒集結各方軍力，準備出征。我說，如此重大的時機，正好能講述許多組成本故事骨架的小事件。因此一些無傷大雅的混亂與時間點的錯置，也是情有可原，且不得不為之。我們目前的時間線，僅超越第二十二章一點點，在這個獨一無二的日子裡，達賓剛剛抵達布萊頓，所有的角色都在晚餐前，分頭回房更衣。

喬治不知是心腸太軟，還是太忙於把弄他的領巾，總之他沒將同袍從倫敦帶來的消息，立刻轉告艾美麗雅。不過，他倒是拿著那封律師信，以嚴肅莊重的神氣，踏入妻子的更衣室。他的妻子一天到晚擔心厄運臨頭，此刻看到他那肅穆的姿態，立刻想著最可怕的災禍終於到來。她跑向丈夫懷中，哀求親愛的喬治告訴她一切。他被派往海外，下週就要上戰場了——她確信這就是讓他心煩意亂的所有原因。

她親愛的喬治迴避前往海外出征的問題，只是哀傷地搖了搖頭，嘆道，「不是，艾美，不是軍團的事。我並不在乎我自己，我只在乎妳。我收到父親那兒傳來的壞消息。他不願再與我有任何聯繫。他拋棄了我們。我們將陷入窮困之中。我不怕過苦日子，但妳，我親愛的妳，妳怎受得了這一切呢？妳讀讀這封信吧。」他把信交給她。

艾美麗雅的雙眼露出了警覺的眼神，認真聽她高貴的英雄傾吐自己對她一往情深，只為了她而煩憂。接著她在床上坐了下來，細讀那封喬治以烈士之姿交給她的信。不過她一讀完了信，烏雲就從她的臉上散去。我們之前已提過，對柔情萬縷的女人來說，與相愛的人共度貧窮艱困的日子，並不會帶來痛苦的聯想。事實上，一思及此，艾美麗雅倒是頗為樂意。不過她一意識到，在如此嚴峻的時刻，自己卻默默竊喜，就一如往常地羞愧萬分。她立刻壓抑內心的喜悅，端莊地說道，「啊，喬治，一想到與父親分離，你一定難過得痛不欲生吧！」

「的確如此，」喬治愁容滿面地應道。

「但他不可能生氣太久的，」她接著說，「我確信沒人能生你的氣太久。他一定會原諒你，我最親愛、最仁慈的丈夫。要是他不原諒你，哎，我絕無法原諒自己。」

「我可憐的艾美呀，令我痛苦的，不是我自己的不幸，而是妳呀，」喬治說，「我並不在乎過貧窮的日子。而且老實說，我認為單憑我自己的才智，我也賺得了錢。」

「當然，你那麼足智多謀，」他的妻子立刻回答，想著戰爭終會結束，而她丈夫馬上就會升上將軍。

「的確如此，總之我有辦法謀出路，」喬治接著說，「但妳呢？我親愛的女孩，妳將失去舒適的生活和地位，我如何忍受得了呢？妳是我的妻子，妳本該享有一切。我最親愛的女孩淪落在軍營裡，成為一名士兵的妻子，隨著軍團趕路，不得不忍受令人難堪的困擾，欠缺各種生活必需品！一想到這些，我就難過極了。」

想到這就是令丈夫擔心的原因，艾美安心了些。她握住丈夫的手，臉上迸發迷人的光采和微笑，唱起她最愛的那首歌，〈沃平老梯〉的段落。這首曲子的女主角責怪她的湯姆粗心大意後，向他保證「會幫他縫補長褲，也會替他端上兌水烈酒」，只要他真心不變，總是溫柔待她，永不分離。她唱完後，停了一會兒，臉上露出最美麗幸福少婦風采，說道：「更何況，喬治，兩千鎊可是一筆大錢呢！不是嗎？」

她的天真把喬治逗得笑出來。他們終於相偕下樓，進了餐廳，艾美麗雅緊緊挽著喬治的手臂，神色親暱，唇間仍哼著〈沃平老梯〉的曲調。此時她一掃前幾天的陰霾，心情既輕鬆又喜悅。

接下來這場頗為冗長的晚餐，一點也不沉重沮喪，氣氛反而活潑歡快。在喬治心中，雖然那封通知他失去繼承權的信令人絕望，但參戰的興奮情緒沖淡了失落感。達賓依舊多話，稱職地扮演炒熱氣氛的角色，說著軍隊在比利時的各種趣事，把大夥逗得哈哈大笑。晚餐桌上只有歡欣鼓舞的氣氛，一行人熱切聊著時興的話題。機靈的上尉很有目的性地聊起奧大德少校太太如何整理她和少校的行囊，把少校最引以為豪的肩章塞進茶葉罐裡，而她那頂出名的黃色頭巾帽和極樂鳥羽，卻都用牛皮紙精心包了起來，鎖進少校的錫製三角帽匣。她心裡幻想著到了根特，她那帽子和七彩羽毛不知會在法國貴族間或布魯塞爾的軍人舞會上，引起多大的轟動呢。

「根特！布魯塞爾！」艾美麗雅突然大吃一驚，尖叫一聲。「喬治，難道軍團被派往國外了？要離開英國了嗎？」那張原本笑盈盈的甜美臉蛋，露出驚慌的表情。她直覺地把身體挨近喬治。

「親愛的，別擔心，」喬治溫柔地安撫她，「只不過是段十二小時的路程罷了，妳不會受傷的。艾美，妳也該去那兒。」

「我會一起去，」蓓琪說道，「我們是參謀部的眷屬。杜夫特將軍老愛和我調情。洛頓，你說是不是呀？」洛頓一如往常的縱聲大笑。威廉．達賓則滿臉通紅，他開口道：「她不能去。」他原想加上「想想那兒多危險」，但整頓晚餐，他費盡口舌，不就忙著證明戰爭一點也不危險嗎？他困窘得說不出話來，只能沉默。

「我非去不可，我當然會去，」艾美麗雅激動地喊道，而喬治輕撫她的下巴，讚許她的決心。喬治問在座的朋友，有誰見過像她一樣凶悍的妻子？眾人紛紛同意，她需要陪在丈夫身邊。「我們會讓奧大德太太照顧妳的，」他說道。然而，只要丈夫在她的身旁，她哪需要別人陪伴呢？就這樣，新婚佳偶避免了一場苦澀的分離。雖然戰爭與危險伺機而動，但在它們降臨前，也許還有好幾個月的平靜日子可過。不管如何，目前戰爭尚未開始，羞怯的小艾美麗雅沉浸在幸福中，好像戰爭永遠不會到來。看到她喜悅的神色，達賓也不得不在心中接受如此安排。對此刻的達賓而言，能夠見到她，就是他最大的榮幸，也是他生命中唯一的願望。他在心中默默想著要如何關照並保護她。他想，要是我娶了她，我絕不會讓她隨軍團出征。但喬治才是她的丈夫，而他無意勸退艾美麗雅。

過一陣子，蕾蓓卡伸出手環抱女友的腰肢，帶著她退出餐廳。聚在餐桌上的男人們還有許多要緊事得討論。男士們個個摩拳擦掌，歡樂地飲酒談笑。

隨著夜色慢慢降臨，洛頓收到妻子送來的一張小字條。雖然他看完內容就立刻隨手揉成一團，用蠟燭燒成灰燼，但我們有幸偷偷從蕾蓓卡伏案寫字的肩膀後，讀到字條的內容。「大好消息，」她寫道，「布特太太離開了。今晚要從邱比特那兒拿到錢，他很可能明天就會啟程。記好了。蕾。」因此，當這群人準備離開餐廳，加入兩位太太一同喝咖啡時，洛頓輕觸奧斯朋的手肘，風度優雅地說道，「奧斯朋，我說，我的好孩子，如果方便的話，多勞你處理一下之前的那件小事。」雖然此時喬治手頭不太方便，但他還是先從皮夾中掏出幾張紙鈔，付了一筆不小的賭債。剩下的欠款，他則簽了一張票據，委託代理人一週後結清。

這件事情解決後，喬治、喬斯和達賓抽著雪茄，開了場戰事研討會。三人一致同意隔天就該搭著喬斯的敞篷大馬車，回到倫敦。我猜想喬斯寧願在布萊頓多待幾天，等到洛頓．克勞利離開再走，但達賓和喬治推翻了他的打算。喬斯只能同意用他的私家馬車送大夥回到城裡。為了體面，他訂了四匹馬。就這樣，一行人打算隔天吃過早餐後，立刻出發。那天早上，艾美麗雅很早就起床，手腳俐索地打包好她的小行李箱，而躺在床上的奧斯朋則斥責她怎麼不找個女僕幫忙。不過太過興奮的艾美麗雅寧願自己完成這個任務。但一想到蕾蓓卡，一陣不安就悄悄爬上她的心頭。雖然她們告別時，不忘溫柔地親吻彼此，但我們都知道嫉妒的本質，艾美麗雅除了具備其他的女性美德，當然也少不了嫉妒之心。

除了這些來來去去的人物，千萬別忘了我們還有幾位熟悉的老朋友——那就是克勞利小姐和一票侍候她的僕從，此刻也正在布萊頓。雖然蕾蓓卡和她丈夫的旅館，距離衰弱的克勞利小姐下榻的地方，只有幾呎之遙，但這位女士的大門依然無情地拒絕他們，就像在倫敦一樣。只要她的弟妹守在她身邊，布特太太就會確保親愛的瑪蒂達不會與姪子會面，免得她心情激動。老閨女出門兜風，忠誠的布特太太會和她一同坐在車廂裡。克勞利小姐坐在椅子裡乘涼，布特太太也會上前坐在一邊，而老實的布里吉斯則坐在另一側。要是她們剛好撞見洛頓和他的妻子，儘管洛頓老是示好地脫帽致意，克勞利小姐一行人卻板著臉，冷酷無情、視而不見地走過去，令洛頓漸漸失去信心。

「我們何必南下呢！一切都和倫敦時一樣，」洛頓上尉經常垂頭喪氣地嘆道。

「住在布萊頓的舒適旅館，總強過被關進法院巷的欠債牢房，」他的妻子應道。她看起來倒比丈夫振作得多。「想想墨西斯警官先生的那兩名手下，他們守著我們家整整一週。洛頓，我的愛，雖然咱們在布萊頓，只能與一群傻子作伴，但有喬斯先生和邱比特上尉，總比被墨西斯的手下盯著好得多。」

「我猜，說不定那些法院訴狀已經追著我到布萊頓啦，」洛頓接口，神情依舊低落。

「要是他們真追來了，我們總想得到辦法悄悄溜走，」無畏的小蓓琪說道。她進一步指出，能夠遇見喬斯和奧斯朋，為她丈夫帶來多大的安慰及好處。與這兩人往來，讓洛頓・克勞利賺到一點他們亟需的現金。

「但那些零頭根本無法結清旅館帳單，」近衛軍官說道。

「我們何必付清全額？」太太說道，不管什麼問題都難不到她。

克勞利小姐家僕役廳中的男性僕從，依然與洛頓的貼身男僕保持聯繫，而貼身男僕在主人的吩咐下，只要遇到克勞利小姐的車夫，必會招待對方喝杯酒。這樣一來，我們的年輕夫妻依舊對老克勞利小姐的行動瞭若指掌。恰好蕾蓓卡身體不太舒服，去了趟藥局，而這間藥局正好也負責老閨女的藥物。因此，洛頓夫妻手上的情報十分完整。布里吉斯小姐雖屈於壓力之下，不得不戴上冷淡的面具，但她私下其實對洛頓和他的妻子毫無敵意。她生來有副好心腸，容易原諒別人。現在她不需要嫉妒克勞利小姐對蕾蓓卡的偏愛，也就不再討厭蕾蓓卡，甚至想念起後者的好脾氣與柔聲軟語。再加上趾高氣昂的布特太太強行虐政，她、侍女菲金太太還有克勞利小姐所有的僕人，想當然耳都叫苦連天。

一如世間常理，許多女人儘管用心良善，卻過度蠻橫，一開始的成功讓她佔盡贏面，但她卻毫不猶豫地耗盡優勢。幾週下來，她讓老病人對她百依百順，那可憐的老閨女完全聽任弟媳處置，甚至不敢對布里吉斯或菲金抱怨自己成了那女人的囚犯。克勞利小姐每天都要喝葡萄酒，但現在都得先讓布特太太計算過分量才行，而她總是精準得不容他人提出異議。這一切令菲金太太和男管家都叫苦連天，因為布特太太剝奪了他們控制雪莉酒的權力。她嚴格控管牛羊內臟、果凍、雞肉的數量，要訂購多少全由她說了算。早晨、午間、夜晚，她都會準時將醫生開的難喝藥物送到病人面前，命令病人順從地一飲而盡，連菲金太太都不禁說：「我可憐的小姐像羔羊似地乖乖吞藥。」她決定克勞利小姐能上馬車兜風，還是坐在椅子裡任心思馳騁。簡而言之，養病的老小姐已淪落為那位一板一眼、充滿母性又有道德感的布特太太的寵物。要是病人含蓄婉謝她的控管，要求多吃幾口晚餐或少喝幾滴藥水，她的看護就會拿死亡來威脅她，而克勞利小姐立刻放棄掙扎，乖乖聽話。「她垂頭喪氣，」菲金對布里吉斯說，「這三週來，她居然都沒罵我蠢！一次都沒有！」

最終，布特太太決心解雇老實的侍女、魁梧又忠誠的鮑斯先生和布里吉斯小姐，命兩個女兒從牧師公館趕來，親自護送老病人到女王克勞利鎮去。不過一場突如其來的意外打壞了她的計畫，她不得不暫時離開她鍾愛的職位。她丈夫布特．克勞利牧師，有天晚上在回家路上從馬背摔了下來，跌斷了鎖骨。傷口發炎，他高燒不退，布特太太不得不離開薩塞克斯，趕回漢普郡。離開前她不忘向親愛的朋友再三保證，只要布特先生一康復，她就會回來，同時嚴厲吩咐僕人該如何照顧他們的女主人。等她一踏上往南漢普敦的公共馬車，克勞利小姐全家上下額手稱慶，大大鬆了一口氣。過去好幾週以來，這一家人都沒有享受過那麼輕鬆悠閒的氣氛啦。那天下午，克勞利小姐沒有服藥，鮑斯先生開了瓶雪莉酒，任自己和菲金太太獨享。那天晚上，克勞利小姐和布里吉斯小姐盡情打皮克牌，告別波圖斯主教的講道文。一家人好像回到古老童話故事中，一根棍子忘了打狗，於是皆大歡喜，人人過著平和又幸福的日子。

每週大概有兩、三回，布里吉斯小姐會起個大早，前往海邊的活動更衣車，換衣下水。她身披法蘭絨浴袍、頭戴油布帽，好整以暇地戲水一番。我們已注意到，蕾蓓卡很清楚布里吉斯小姐的習慣，雖然她無意像自己說的那樣，在水中偷襲布里吉斯，但她卻偷偷地在神聖不容侵犯的布篷下現身，讓布里吉斯小姐大吃一驚。洛頓太太決心等布里吉斯泡過水後，正值神清氣爽、活力充足時，來場突襲，因為此時的布里吉斯通常心情愉悅。

所以，讓我們回到蓓琪起個大早的那一天。她在面海的起居室裡架好望遠鏡，對準海灘上那一間間裝有滑輪的活動更衣車。當她看到布里吉斯抵達沙灘，進入其中一間更衣車，把車子移入海水中，蓓琪立刻趕到海灘上。等那位海妖玩夠了水，踏出更衣車，走上滿是砂礫的海灘，立刻被蓓琪逮個正著。多麼美好的一幅景色啊，美麗的海灘，戲水姑娘的臉龐，延著海灣漫延的石礫，還有面海的建築物，這一切都沐浴在晨光中，閃閃發亮。蕾蓓卡臉上露出慈愛又溫柔的微笑，朝步出更衣車的布里吉斯小姐伸出白皙小巧的手。布里吉斯小姐怎麼拒絕得了蕾蓓卡親切的招呼呢？

「小姐——不，克勞利太太，」她說道。

克勞利太太抓住布里吉斯的手，一把拉到她的心口。接著她突然衝動地伸出雙臂，把布里吉斯擁入懷中，關愛地親吻她。「我親愛、親愛的朋友呀！」她的語調中自然流露最真摯的友情，不由分說，布里吉斯小姐立刻心軟了，連旁邊戲水的女子看到這幕情景，也大受感動。

蕾蓓卡不費吹灰之力，就讓布里吉斯停步，兩人歡快又熱切地密談一番。自那天早上，蓓琪突然消失在克勞利小姐的公園街宅邸開始，直到布特太太令人開心地離開，布里吉斯娓娓道來這中間發生的大大小小事件。她以女人都喜歡的精準與詳盡，細訴克勞利小姐的各種症狀，述說這場怪病多奇特，又用上哪些療法和藥物。太太小姐可曾厭倦抱怨？可曾討厭談論醫生？至少此刻的布里吉斯繞著這兩個話題喋喋不休，毫無厭煩之意。蕾蓓卡也專心地洗耳恭聽，一點也沒有不耐煩的神色。蕾蓓卡真心地感謝天地，幸好親愛又善良的布里吉斯，忠誠且無價的菲金，全都陪伴在女恩主身邊照顧她，沒有被趕走。感謝老天保佑！雖然蕾貝卡似乎忘恩負義地傷了克勞利小姐的心，但她所犯下的過錯，難道不是人之常情？只要是有情有愛之人，都能體諒她的苦楚，不是嗎？她怎能克制自己，把手交給那個奪走了她的心的男人呢？感情豐富的布里吉斯聽到蕾蓓卡的哀求，只能望向蒼天，同情地深嘆了口氣，想著多年前的她，不也嘗過一往情深的滋味嗎？她不得不承認蕾蓓卡犯下的，並不是不容饒恕的罪孽。

「我怎能忘記，她那麼好心善良，慈愛地照顧我這個孤苦無依的孤女呢？不，就算她離棄了我，我也忘不了她的好，」蕾蓓卡說道，「我會一直敬愛她，我願意為她奉獻我的生命。她是我的大恩人，也是我深深愛的洛頓最慈愛的姑姑。我不只敬愛克勞利小姐，也深深地崇拜她。親愛的布里吉斯小姐，我愛她勝過世上所有的女性，凡是效忠她的人，我也愛他們。我絕不會像那個可恨的、壞心眼的布特太太，虐待克勞利小姐忠誠的朋友。洛頓也衷心敬愛他的姑姑，」蕾蓓卡接著說，「雖然他的舉止看起來總是那麼粗野，那麼粗心大意，但他淚水盈眶地說過上百次，他感謝上蒼賜福，讓他最親愛的姑姑有兩位令人欽佩的看護人，也就是一心為她好的菲金和令人欽佩的布里吉斯小姐。」

布里吉斯小姐十分擔憂惡夢恐怕就要成真，要是沒人阻止布特太太的可怕詭計，她終會把克勞利小姐喜歡的每個人都攆走，把老小姐關進牧師公館，成為其中一個痛不欲生的怪物。而蕾蓓卡懇求布里吉斯小姐，別忘了蕾蓓卡和洛頓，雖然他們家境貧寒，但他們家的大門永遠為她敞開。

「親愛的朋友，」蕾蓓卡激動地喊道，「有些人絕不會忘了杯水之恩！女人並不全像布特．克勞利太太那樣邪惡！雖然我不該對她有任何怨懟之心，」她又補充，「雖然我也被她利用，成了她陰謀下的受害者，但我之所以能與親愛的洛頓相守，不全拜她之賜嗎？」於是，蕾蓓卡向布里吉斯吐露布特太太在女王克勞利鎮布下的計策。雖然蕾蓓卡在此之前想不透，但此刻她已看清來龍去脈，明白為何布特太太用盡心機、想盡辦法，只為了撮合她和洛頓。如今，這對無辜的男女跌進布特太太為他們布下的天羅地網，真心相愛並決定結婚，而他們的人生，也成功被她毀了。

蕾蓓卡所言不假。布里吉斯很清楚布特太太的計謀。布特太太是洛頓和蕾蓓卡的媒人。雖然蕾蓓卡的確是布特太太手下無辜的受害者，但克勞利小姐已不再關心蕾蓓卡。布里吉斯無法不告訴她朋友這哀傷的消息。老小姐絕不肯原諒莽撞的姪子結下這門親事。

蕾蓓卡對此自有看法，仍舊懷抱希望。要是克勞利小姐現在還不願寬恕他們，也許在未來她終會退讓。就算現在，在洛頓與從男爵爵位之間，也只剩下可恨的皮特．克勞利擋在中間。要是皮特出了什麼事，那麼洛頓繼承爵位也是理所當然的事。不管如何，能夠揭露布特太太的詭計，同時向人述說自己備受自責之苦，蕾蓓卡已感到滿足。這些也許能助洛頓一臂之力。蕾蓓卡與舊友重逢，熱烈地談了一小時後，才依依不捨地道別。她確信不出幾小時，這段對話就會傳進克勞利小姐的耳裡。

一結束這場會晤，蕾蓓卡立刻急急忙忙趕回旅舍。前一晚共進晚餐的所有賓客，全聚集在那兒，吃頓離別早餐。蕾蓓卡和艾美麗雅情同姐妹，前者溫柔地向艾美麗雅告別，不時用手絹頻頻拭淚，又擁抱好友數次，好像她們就此訣別似的。她還在窗邊揮舞手絹（附帶一提，手絹乾得很），目送那輛馬車遠去，才回到早餐桌前。她吃了不少蝦子，顯然為了流露各種情感，讓她餓壞了，胃口大開。她一邊享用美食，一邊向洛頓解釋她早晨散步時遇到了布里吉斯。她滿懷希望，熱情地與丈夫分享。不管開心還是憂傷，她通常都能讓丈夫的情緒隨她的心情起伏。

「如果你願意的話，親愛的，你現在該坐在寫字檯前，向克勞利小姐寫封動人的短信，說些你是她的好姪子之類的話。」於是洛頓坐了下來，提筆寫道：「布萊頓，星期四。」又迅速寫下「我親愛的姑姑」，但提筆至此，我們勇敢無畏的軍官已江郎才盡。他咬著筆尖，抬頭望向妻子。看到丈夫一臉沮喪的表情，她不禁哈哈大笑。這小女子把雙手在背後交叉，在房裡來回踱步，開始朗誦一段文字，丈夫聞言立刻照寫。

「在離開祖國、投入戰事之前，面對恐將喪命的可能——」

「什麼？」洛頓驚訝地反問。但這句話令他感到有趣得很，他很快就露齒而笑，提筆寫在紙上。

「恐將喪命的可能，我在此——」

「蓓琪，為什麼不說『我在這裡』？妳瞧，妳的文法不對，」龍騎兵打斷她。

「我在此，」蕾蓓卡堅持，還跺了一下腳，「我在此向我最親愛的朋友告別。您是我此生第一位摯友。我可能就此一去不回。在出征之前，我再次向您懇求，賜予我最後的機會。您是這輩子最疼我、最愛我的人，我想握住您的手。」

「最疼我的人，」洛頓一邊重複，一邊急忙寫下妻子說的話，嘆服自己寫信的功力高明。

「我對您一無所求，只希望我們拋下恩怨再分手。雖然我為家族而自傲，但我並不非妄自尊大的人。我娶了一名畫家的女兒，我並不為這場婚事感到羞愧。」

「我毫不羞愧！要是我說謊，我保證我會下地獄！」洛頓衝口而出。

「你這老笨蛋，」蕾蓓卡調侃他，捏住他的耳朵，瞧瞧他有沒有寫錯了字。「懇是心部，不是土部，妄的下面不是心，是女啦。」於是洛頓修改這幾個字，並向他學識淵博的小妻子鞠躬致敬。

「我想您已明瞭我如何愛上她，」蕾蓓卡繼續口述，「我知道布特．克勞利太太不但肯定我的感情，且進一步鼓勵我的追求。但我並不怪她。我娶了一名家境清寒的女子，願意承擔後果。親愛的姑姑，如果您不願意見我，我就不再出現在您的門前。不管您的決定如何，我都不會出言抱怨。我希望您能瞭解，我愛您，並不是為了您的財產，而是因為您本身。我希望在離開英格蘭之前，能與您重修舊好。請求您，讓我在離開前見您一面。再等幾週或幾個月，可能就來不及了，我不願不與您告別，就離開祖國。一思及此，我就難過得很。」

「我故意讓句子簡短有力，」蓓琪解釋，「這樣她就不會發現是我口述的。」於是，這封真情流露的信，假裝要寄給布里吉斯小姐，送到了克勞利小姐的住處。

當布里吉斯神祕兮兮地交給老克勞利小姐這封坦白直接的信時，收信人笑了起來。「現在布特太太不在了，我們馬上來讀讀這封信吧，」她說，「布里吉斯，唸給我聽。」

當布里吉斯唸出信中的內容，她的女主人笑得更大聲了。布里吉斯承認，這封情意真摯的信深深感動了她。「妳這呆頭鵝！妳難道看不出來，」克勞利小姐對布里吉斯說，「妳難道看不出來這封信裡沒有半個字出自洛頓的手？他這一輩子，每次寫信給我就是向我要錢，而且到處都是錯字和修改的痕跡，文法更是亂七八糟。是那個狡詐的小家庭教師要他寫的。」克勞利小姐心想，他們全都一個樣。他們都想要我死，對我的錢虎視眈眈。

她思索了好一會兒，才頗為冷淡地開口說道，「我倒不介意見洛頓一面。要是不和他握握手，以後恐怕也沒機會了。既然不會有人在這兒呼天搶地，何不見他一面？我不介意。但人的耐性是有限度的。親愛的，聽好了，我恭敬地拒絕洛頓太太來此，我可受不了那個——」克勞利小姐只說了一半，布里吉斯小姐就開心得快暈倒了。她想，讓姑姪兩人見面的最佳方式，就是克勞利小姐坐輪椅出門透氣的時候。她要洛頓在懸崖那兒等待。於是，他們就在那兒見了面。看到往日最受她寵愛的姪子，克勞利小姐是否心軟，心裡是否起了波濤，這些我都不知道。她帶著微笑，心情開朗地朝姪子伸出兩根手指，就好像他們前一天才剛見過面。至於洛頓，他漲紅了臉，緊扭著布里吉斯的手，對這場會面心花怒放卻又困惑不已。也許他只是見錢眼開，也可能他真心敬愛姑姑，又或者看到受病痛折磨數週之久的姑姑，變得如此消瘦，令他百般不忍。總之，他心情大為激動。

這場會面結束後，他向妻子描述兩人見面的經過，說道：「老姑娘對我好極了。在我面前，她總是那個樣子。但我覺得，妳知道的，我有種奇怪的感覺。總之就是一些怪怪的感覺。我走在那個不知怎麼稱呼的東西旁邊，妳懂我的意思，我陪她，一直走到她住處的門口。鮑斯把她抬了進去，我真的很想跟進去，只是——」

「洛頓，**你沒跟進去？**」他的妻子尖叫起來。

「沒有，親愛的，那時我嚇都嚇死了，我根本啥也不敢做。」

「你這傻子！你本該跟著她進去，永遠也別出來！」蕾蓓卡說。

「別罵我，」魁梧的近衛軍官不滿地說道，「也許我的確**是個傻子**，蓓琪，但妳不該這麼說。」

他以憤怒的表情瞪了妻子一眼，這可不是件令人愉快的事。

「好吧，親愛的，明天你得留心她的行蹤，去看她。記好了，不管她要不要你去，你都得去見她，」蕾蓓卡試圖安撫她氣憤的另一半。而他回嘴說，他會做他想做的事，要是她能管好她的舌頭，他會感謝萬分。說完，這位受傷的丈夫就離開了，整個上午都在撞球間裡度過。他一句話也不吭，悶悶不樂又疑神疑鬼。但當晚他就屈服了。一如往常，他承認妻子比他聰穎精明得多，又有先見之明。他哀傷地承認，她預見了他的失誤會造成的後果。

姑姪兩人斷絕音訊那麼久，現在克勞利小姐見到他、與他握了手，多少動了些感情，事後她為此沉思了好一陣子。「布里吉斯，洛頓變得很胖，又老了不少，」她對侍伴說道，「他的鼻子通紅，而且他的衣著粗劣難看。他和那女人的婚事，讓他變得庸俗了。布特太太老是說他們會一起喝酒，我看她說得沒錯。的確，他身上散發令人嫌惡的琴酒味。我聞到了。妳沒發現嗎？」

雖然布里吉斯說布特太太總在背後說每個人的壞話，但這於事無補。布里吉斯說自己雖然身分低下，但看得出來布特太太是個——

「是個老奸巨猾的女人？是的，她的確是，而且她總是說所有人的壞話。但我確信那女人放任洛頓喝酒。那些卑賤的人都愛喝酒——」

「女士，他一看到妳就激動萬分，」侍伴又說，「妳還記得，他就要上戰場了，危險就在眼前，我敢說妳——」

「布里吉斯，他究竟答應要給妳多少錢？」老閨女尖喊一聲，怒氣直衝腦門。「好了，妳又要哭了，我就知道。我最討厭愛哭鬼。為什麼我總不得安寧？要哭就回妳房間哭吧，派菲金來陪我——算了，別走，坐下來，擤擤你的鼻涕。別哭了。寫封信給克勞利上尉。」可憐的布里吉斯聽話地在一疊信紙前坐下來。那疊紙上滿是用力的速寫字跡，都是老閨女前陣子的聽寫員布特太太留下的。

「開頭寫下『我親愛的先生』，嗯，還是『親愛的先生』就好，說妳奉克勞利小姐之命——不、說妳奉克勞利小姐的醫生，克瑞墨先生之命，通知他，由於我的健康情況仍不穩定，所有會引發激烈情緒的情況都可能造成危險，因此我不得不推拒與任何家人親戚見面，也無法談論家庭事宜。接著寫些感謝他到布萊頓來的話，然後請他不要為了我而佇留於此。布里吉斯，妳可以再加上一句，我祝福他旅途平安，要是他願意花點時間，去格雷律師學院廣場見我的律師，他會收到一封通知。好的，這樣就行了，這樣他就不會再待在這兒了。」好心的布里吉斯心滿意足地寫下老小姐口述的字句。

「布特太太一走，他就趕來抓住我，」老小姐絮絮叨叨地說不停，「實在太過分了。布里吉斯，親愛的，寫封信給克勞利太太，告訴她，我們不需要**她**。不……我們不需要她……我們也不會讓她回來。在我的家裡，我不是任何人的奴隸……我才不要被人餓死，也不要被人下毒。他們都想殺了我……所有人……所有人。」就這樣，孤寂的老人尖聲哭泣起來。

她很快就要在浮華世界演出最後一幕了。廉價又俗氣的燈一盞接著一盞熄滅，舞台上那深色的布幔就快要落下來了。

龍騎兵與妻子讀著老小姐的信，一開始看到她不願與他們夫妻和好，的確頗為失望，但信的最後，布里吉斯滿心歡喜地照著女恩人的吩咐，要洛頓去倫敦見克勞利小姐的律師，這多少安慰了龍騎兵和他妻子的心。而老小姐寫信的目的也立刻發生效果，洛頓恨不得趕快回倫敦。

他用喬斯和喬治輸給他的錢，結清了布萊頓旅舍的款項。那位老闆大概沒想到，直到前一天，這兩人都拿不出半毛錢來付帳，因為蕾蓓卡早就把價值珍貴的家當，全交給喬治的僕人保管，由他們護送回倫敦。她就像一名將軍上戰場前，把行李往後方送。隔天，洛頓和妻子就搭著馬車離開布萊頓。

「我真希望能在離開前再見老姑娘一面，」洛頓說，「她看起來又瘦又倦，我敢說她活不了多久。不知到了韋克斯那兒，他會給我多少面額的支票。兩百鎊吧，絕不可能比兩百鎊少。嘿，蓓琪，妳說呢？」

由於米德塞克斯警官的手下不斷探訪克勞利夫妻的住所，洛頓和妻子沒有回去布朗普敦的住處，轉而找了間旅店投宿。隔天一大早，蕾蓓卡去老薩德利太太在富勒姆的家，拜訪她親愛的艾美麗雅和布萊頓的夥伴時，她沿著郊區外圍的路走，遠遠就望見那些警察。不過蕾蓓卡的朋友不在家，他們全都去了切特漢，接著會去哈維奇搭船，和軍團一起朝比利時出發。可憐的老薩德利太太隻身一人，滿臉淚痕，傷心極了。蕾蓓卡離開薩德利家後，再與丈夫會合。而洛頓去了格雷律師學院。當他知道自己的命運後，怒氣沖沖地回到旅舍。

「老天爺，蓓琪，」他說，「她只給我二十鎊！」

雖然這讓他們的生活陷入困境，但這個笑話實在太高明了。看著洛頓頹喪的樣子，蓓琪不禁哈哈大笑。

第二十六章　從倫敦到切特漢

離開布萊頓時，我們的朋友喬治已經習慣像個重視時尚、地位尊貴的男子一樣，出入都搭乘四匹馬的四輪大馬車。氣派的馬車駛向卡文第什廣場的高級飯店，飯店已準備好華麗的大套房，裡面還分為數個廳房。寬大的餐桌上已擺好精緻的餐具杯盤，六名黑人侍者沉靜地守在旁邊，等著迎接年輕紳士和他的新娘。為了配合飯店富麗堂皇的氣氛，喬治對喬斯和達賓說話時，活脫脫像個尊貴的王公貴族。這是艾美麗雅第一次擁有喬治所謂的「她的餐桌」，坐在主位的她，顯得格外羞怯緊張。

喬治對葡萄酒大放厥詞，闊氣地使喚侍者，而喬斯大口吃著龜肉，心滿意足。達賓在旁替他盛菜。盛著龜肉的大缽就放在奧太太面前，但她從沒吃過這道菜，因此她替薩德利先生盛菜時，沒舀起最美味的龜脊肉和龜肚肉。

奢華菜色和華麗套房，都令達賓先生擔憂。吃過晚餐，坐在大扶手椅的喬斯打起瞌睡後，達賓就出言告誡喬治，說這些龐大甲魚和上等香檳足以宴請主教。但他的建言只是對牛彈琴。「我習慣這種生活了，就算旅行也是一樣，」喬治說，「更何況，我的妻子該過著貴族夫人般的生活。去他的，只要我還有點辦法，就會滿足我妻子的一切欲望。」這位慷慨的男士為自己的氣派頗為自豪。就算達賓試著說服他，甲魚湯並不會讓艾美麗雅感到幸福，他也充耳不聞。

晚餐結束後過了一會兒，艾美麗雅羞怯地表示想去富勒姆見母親一面。喬治低聲咕噥了一陣，才同意她的請求。她默默走進寬敞的臥室，望著立在正中央的那張陰森森的大床。僕人說，

「當盟國諸君在倫敦避難時，沙皇『哈』歷山大的姐妹就曾『碎』在這張床上呢！」期待回娘家的她，迫不及待地戴上小軟帽，披上披肩。但等她回到餐廳，喬治仍在啜飲波爾多紅酒，毫無動身的意思。「親愛的，你不跟我一起去嗎？」她問喬治。不，「她的親愛的」不想去，今晚他有「事」要辦。他的僕人會替她招輛馬車，陪她過去。馬車抵達飯店門口，失望的艾美麗雅只能無奈地朝丈夫望了一兩眼，與他告別，憂傷地步下那雄偉的樓梯。達賓上尉跟在她的身後，護送她上了馬車，望著馬車駛離。喬治的貼身男僕不好意思當著飯店人員的面，告訴車夫地址，只說等會兒再替他指路。

達賓回到熟悉的家和街區，又去了趟老屠夫，想著要是能陪奧斯朋太太搭著馬車出門，會是多美好的一件事呀。但喬治和達賓的喜好顯然大不相同。喬治喝夠了酒，就買了半價票，去戲院看基恩先生主演的《威尼斯商人》。奧斯朋上尉熱愛戲劇，也曾在軍團參與幾齣高雅喜劇[106]的演出，擔任要角的他大獲好評。至於喬斯，直到天色暗了下來他還在打盹。直到僕人移走桌上空空如也的醒酒瓶，喬斯才被僕人的動靜吵醒。僕人又去出租馬車站找車夫，把這位肥胖的大人物送回他的住處，讓他上床休息。

讀者們不用懷疑，喬治・奧斯朋太太的馬車一停在那低矮的花園鐵門前，薩德利太太立刻衝出來，以充滿母愛的雙臂和柔情，迎接那位流著淚水、渾身顫抖的新婚妻子。在花園的老克萊普先生只穿了襯衫，正在修剪花草，立刻警覺地退開。愛爾蘭女僕從廚房裡衝出來，滿臉笑容地說：「上帝保佑妳。」癱軟無力的艾美麗雅幾乎無法沿著石板路走進客廳。

相信每位還有點人性的讀者，都能想像這對母女的水門大開，在這避難的小窩相擁而泣。女

106. 一種喜劇類型，主題嚴肅，強調對話的機智與諷刺情節。

人們何時不掉淚呀？不管在歡喜或憂傷的場合，或當生活中發生了大大小小的事，母親與女兒總會放任淚水流洩，特別是經過婚禮這類的大事後，她們更是滿懷柔情。哭泣還有令她們神清氣爽的效用。我親眼見過彼此痛恨的女人，一提到婚禮，就盡釋前嫌，毫不猶豫地親吻彼此，相親相愛的哭成一團。當她們陷入情網，還會變得更加敏感纖細！女兒結婚時，慈愛的母親總覺得自己好像又結了一次婚。結婚後呢，人人皆知那些祖母外婆都變得母性大發，不是嗎？事實上，一名女子必須當了祖母後，才真切瞭解母親的真義。讓我們給艾美麗雅和她的媽媽一點隱私吧，讓她們在黃昏的客廳裡，盡情地低語嘆息，又哭又笑。老薩德利也沒去打擾她們。馬車駛近家門時，老薩德利並沒猜到來客是誰。他並沒有衝出家門迎接女兒。他一如往常地在自己房間，忙碌於書信帳本之間。但女兒進來問候他時，他非常親熱地吻了她。他到客廳和母女坐了一會兒，但過不久，就明智地退出客廳，讓母女恣意暢談。

喬治的貼身男僕以目空一切的傲氣，冷眼望著只穿著襯衫的克萊普先生替花園的玫瑰叢澆水。不過當老薩德利先生走出屋外，高傲的男僕還是脫帽致意。老薩德利向男僕探問女婿的近況外，也問起喬斯的馬車，好奇喬斯是否將馬匹也送去了布萊頓。不只如此，他也和男僕聊起該死的叛徒拿破崙和歐洲戰事。愛爾蘭女僕端著盤子出來，送上了一瓶酒，而老先生堅持男僕與他共飲。他賞了男僕半基尼，意外的男僕不屑地收進口袋。「崔特，讓我們敬你主人和女主人身體健康吧，」薩德利先生說道，「剩下的就留給你，你帶回家喝吧，崔特，敬你自己一杯。」

九天前，艾美麗雅告別了娘家的小屋子，然而她的生活自那天起變了多少啊。已成少婦的她與待字閨中的自己之間，隔了一座鴻溝。此刻的她，宛如截然不同的另一個人。她像個旁觀者一樣，回顧那個深陷情網的青春閨女，日思夜想，只有一個人佔據她的思緒，對其他的事毫不在乎。面對父母的疼愛，她也許稱不上不知感恩，但她漠不關心，好像接受父母的關懷是她無法擺脫的責任。她所思所想，都只渴望一件事的實現。那些日子明明只是幾天前而已，如今卻遙遠得難以觸及，過去的自己令她羞慚，而一想到父母的疼愛，更懊悔自己不懂世事。贏得獎賞，過著夢寐以求的生活的人，是否仍被疑惑所困，感到空虛？小說家往往在筆下的男女主角步入婚姻殿堂後，就讓故事落幕，好像婚姻本身一點也不戲劇化，滿懷疑惑與掙扎的日子就此告終。好像在婚姻的國度，草木長綠，鳥語花香，夫妻除了挽手依偎之外無事可做，就這樣幸福地漫步前行，直到邁入老年。但我們的小艾美麗雅才剛踏入這座嶄新的國度，就已驚慌不安地急急回望，看著湍急水流另一端的遙遠河岸，那些友善的故人哀傷地朝她揮手道別。

為了歡迎新嫁娘回家，她的母親認為應該要準備一些餘興活動，但連我也不明白這其中的道理。母女相見的激情漸漸平息後，她就向喬治．奧斯朋太太告退，潛入樓下的僕人區，那兒不但是廚房，也算是某種接待室。克萊普先生和他的妻子通常都在這兒，晚上愛爾蘭女僕弗菈尼根小姐洗好碗盤、為薩德利太太拆下捲髮紙後，也會在這兒。薩德利太太親自準備一頓華麗豐富的晚茶。每個人都有各自表達慈愛的方式，薩德利太太則認為，在雕花玻璃碟上盛滿柳橙果醬，配上瑪芬，對初為人婦的艾美麗雅，是最令人愉快的點心。

當樓下正忙著準備美味的茶點，艾美麗雅也離開了客廳。她不知不覺地走上樓，踏入婚前睡的那個小房間，坐進那張她曾度過許多苦澀時光的椅子裡。她好像與老友重逢般，深深地坐進扶手椅裡，陷入沉思。她回想著離開這張椅子後的生活，回憶那看似遙遠的過去，突然一陣悲從中來。她總是渴望著某樣事物，但現在她獲得了它，卻沒有感到喜悅，只帶來無盡的疑惑與憂傷。浮華世界中有多少人浮浮沉沉，而我們可憐的小姑娘成了個無害而迷失的漫遊者，這就是她的命運。

她坐在這裡，回想心中那個令她迷戀不已、甘願踏入婚姻的喬治。她是否敢對自己承認，那個她崇拜多年、年輕又偉大的英雄，事實上是個截然不同的男人？一個男人必須可惡透頂，還要經過許多、許多年的時光，才能讓女人拋下驕傲和虛榮，坦承這樣的真相。此時，蕾蓓卡那雙閃閃發亮的綠眼珠和邪惡的笑容浮現在她腦海，令她沮喪極了。她就陷坐在椅子裡，一如以往沉思自己的事情，無精打采地陷入憂傷之網，就像那天，老實女僕為她遞上那封喬治再次求婚的信時。

她望著不過幾天前仍屬於她的潔白小床，想著她多麼希望再次睡在這兒，隔天早上醒來時，她會發現回到過去，一切如常，母親正對著她微笑。她恐懼地想起在寬廣華麗的飯店臥室裡，那張披著錦緞的陰森大床。它在卡文第什廣場的大飯店裡等著她。親愛的白色小床呀！她在這兒度過多少數不清的夜晚，任淚水溼了那個枕頭！她曾經如何絕望，希望躺在床上死去。現在，她的願望全都實現了，那個她曾以為再也得不到的愛人，如今永遠屬於她了，不是嗎？慈愛的母親啊，無數的日子裡，她曾如何滿懷耐心與柔情地守在這張床旁，照看女兒！艾美麗雅起身，在床畔跪下。這個傷心膽怯、善良溫柔的姑娘尋求某種安慰。我們必須承認，這位小姑娘過去很少尋求宗教的慰藉，迄今，愛一直是她的信仰。但她傷心又失望的心房如今渴求別的安慰。

我們是否有權重複或偷聽她的祈禱？兄弟們，這一回她的祈禱是超越浮華世界的祕密，而我們的故事僅限於浮華世界。

雖然如此，當薩德利太太的晚茶大功告成，我們的少婦步下樓梯時，已比之前開心不少。她不再像這幾天意志消沉，怨嘆自己的命運，思索喬治的冷淡或蕾蓓卡的綠眼珠。她走下樓，親吻父母親，與老先生談天，讓他一掃平日的陰霾，大為開心。她坐在達賓替她買回的鋼琴，唱起父親最愛的老歌。她讚嘆茶點的美味，稱許放在碟中的柳橙果醬，展現精緻的品味。她決心帶給每個人喜悅，而她自己也漸漸高興起來。她回到飯店，獨自在那張布幔高掛的陰森大床上沉沉睡去。當喬治從戲院回來，吵醒了她，她臉上仍掛著微笑。

喬治隔天還有更重要的「事」待辦，比去看基恩先生演出《威尼斯商人》的夏洛克還要重要。他才剛到倫敦，就已寫信給他父親的律師，趾高氣昂地表示隔天要與他們會面。為了付飯店帳單還有他在撞球檯和牌局中輸給克勞利上尉的債務，他的現金所剩無幾，他的錢包亟需在出發前獲得補給。無法可想的他，只得麻煩律師立刻將他應得的兩千鎊交給他。他堅信父親不消多久就會讓步。像他這樣一位盡善盡美的優秀兒子，世上有哪位父母會那麼頑固，一直生他的氣呢？要是他本身的優點和過去的表現不足以軟化父親的心，那麼喬治決心要在接下來的戰役中大出風頭，讓老先生不得不屈服。要是世事不如所願呢？呸！世界將臣服於他的腳下。他在牌桌上的手氣會變好，而且兩千鎊夠他花好一陣子了。

因此，他又送艾美麗雅上馬車去找她的母親，並下了嚴厲的命令，要兩位太太為了接下來的異國之行盡情採買，購入所有符合喬治．奧斯朋太太身分的必需品。她們只有一天的時間採買所有的衣裳，可想而知這是多麼艱鉅的任務，兩人急急忙忙地到處奔走。薩德利太太再次坐上馬車，穿梭於服裝店、布店之間，殷勤的店員和禮貌的老闆總是親自送客，護送她們登上馬車。薩德利太太似乎又回到過去的體面生活。自從厄運降臨，這是她第一次真心感到快樂。艾美麗雅太太也喜愛購物。討價還價，欣賞美麗的物品並買下它們，都令她開心。（世上的男人——包括最偉大的哲學家——誰會在乎那些不喜歡購物的女人呢？）她服從丈夫的命令，替自己買了些小禮物，還買了不少女性的衣帽首飾。所有的商家店員都對她的品味讚不絕口，嘆服她優雅的鑑賞力。

對馬上就要發生的戰事，奧斯朋太太不太擔心。那個波拿巴不消多久就會一敗塗地。每天都有郵船從馬蓋特出發，送知名人物和名聲顯赫的夫人前往布魯塞爾和根特。人們把比利時當作時髦的旅遊勝地，而不是未來的戰地。報紙嘲笑那個突然再次奪得權位的科西嘉騙子。這個卑劣傢伙怎能抵擋得了歐洲各國的大軍和足智多謀的偉大威靈頓！艾美麗雅蔑視拿破崙，不用說，溫柔嬌嫩的她會有這樣的想法，都是來自身邊他人的說法，因為她太過謙虛，深信自己的腦袋不管用。簡而言之，她和母親大肆採買了一整天。她首次踏入倫敦的上流社會就展現熱誠的活力，贏得好名聲。

與此同時，喬治交叉雙臂，帽子斜戴，帶著軍人的傲慢神氣前往貝德福街。他昂首闊步地踏入律師事務所，好像那兒的職員全聽他的命令行事。他來勢洶洶，以自負的口氣，命令職員去通知希克斯先生，奧斯朋上尉已大駕光臨。他把比自己聰明三倍、賺的錢比他多五十倍、經驗比他老道上千倍的律師，視為不值一提的平民。為了討奧斯朋上尉開心，律師理當立刻放下手邊事務，卑躬屈膝地迎接他。當他坐在那兒，用手杖敲響靴子，想著這兒全是一票悲慘可憐的傢伙時，完全沒注意到從首席職員到見習生，從衣衫簡樸的抄寫員到因為衣服緊得透不過氣而臉色發白的跑腿，整個事務所的人都以不屑的眼神瞅著他。那些悲慘可憐的傢伙全知道他的事：晚上，他們在法律人光顧的酒吧裡，一邊喝酒，一邊和其他職員談論他。在倫敦，沒有律師和事務所職員不知道的事兒！沒有任何事情逃得過他們的法眼，他們的家族沉默的主宰我們的首都。

喬治踏入希克斯先生的辦公室，也許他期待會聽到對方表達父親退讓或有意和好的消息。也許他趾高氣昂的態度、冷酷的淡漠，都只是為了表現他的堅決與勇氣。但氣勢凌人的喬治，面對的是神情淡漠的律師，令他的得意洋洋變得既尷尬又詭異。上尉進門時，律師假裝在一張紙上寫字。「先生，請坐，」他說，「等一會兒，我就會處理你的小事。波先生，麻煩拿付款單過來。」說完，他又埋頭寫字。

波先生取來文件後，他的老闆就照當天的匯率，計算那筆兩千鎊基金的現價。接著他詢問奧斯朋上尉要拿一張可在銀行兌換的支票，還是要委託銀行用這筆錢投資股票。「有位負責前奧斯朋太太事務的遺產管理人出城去了，」他不帶感情地說道，「但我的客戶希望達成你的願望，已辦好手續，只求盡快解決與你之間的一切業務。」

「先生，給我支票，」上尉非常肯定地說道。當律師在支票上寫下金額時，他又加上一句：「先生，那些零頭就免了吧。」他自以為如此展現寬宏大量的氣魄，會讓那挖苦他的老人漲紅了臉。他把那張支票收進口袋，大搖大擺走出了事務所。

「不用兩年，那傢伙就會被關進監獄啦，」希克斯先生對波先生說道。

「奧先生不會讓他進監獄的。他會心軟的。先生，你不這麼認為嗎？」

「那老頑固絕不會心軟，」希克斯先生應道。

「他真沉不住氣，」職員說道，「他一個禮拜前才結了婚哪。昨天戲院散場時，我看到他和其他幾個軍人扶海芙萊太太上馬車呢。」這些可敬的先生還有別的事務要忙，很快就把喬治．奧斯朋先生拋在腦後。

這張支票指名由我們的朋友，蘭巴德街上的哈克與布洛克銀行兌現。喬治仍舊一臉得意，去了銀行，領屬於他的錢。當喬治走進銀行，費德瑞克．布洛克先生原坐在辦公室裡，和一位正經的行員檢視帳簿。但他一看到上尉進來，那張黃臉就變得死白，心虛地退到最裡面的會客室去了。喬治從未一口氣拿到那麼多鈔票，忙著數錢的他無心注意那個追求他妹妹的男子，更遑論他慘白的臉色或刻意的迴避。

費瑞德．布洛克把喬治現身取錢的事情，告訴老奧斯朋。「他毫無愧色地走進來，」費德瑞克說，「他取走所有的錢，半毛也不留。那點兒錢能讓他活多久啊？」奧斯朋咒罵一聲，表示他毫不在乎喬治何時或多快把錢花光。現在，費瑞德每天都在羅素廣場吃晚餐。至於喬治，整體而言，他對這一天非常滿意。他個人的行李都整理好了，隨時就能上路。他以支票結清艾美麗雅的款項，交由代理人處理，就像個家財萬貫、出手闊綽的貴族。

第二十七章　艾美麗雅加入軍團

喬斯華麗的馬車停在切特漢一間旅館前，艾美麗雅一眼就認出達賓上尉親切的臉。他已在這條街上來回踱步一小時，等著迎接他幾位朋友。上尉身穿雙排扣軍裝大衣，肩膀上飾有金屬肩章，配戴深紅的腰帶和長劍。他威風凜凜的軍人神氣，令喬斯因有這樣一位體面的朋友，而頗為得意。肥壯的印度官員格外熱情地與達賓打招呼，和過去在布萊頓或龐德街遇到達賓的神色大不相同。

史杜伯少尉跟在達賓上尉身邊。這輛敞篷雙馬四輪大馬車駛近旅舍時，他不禁出聲喊道：「老天爺，好一個美麗佳人！」他對奧斯朋的選擇讚不絕口。艾美麗雅穿著她結婚時的那件長袍，配上粉色緞帶，這段急促的旅程和室外的空氣，令她臉頰緋紅，看起來既清新又美麗。少尉的讚美一點也不誇張，而這聲讚嘆也為他贏得達賓的歡心。達賓舉步上前，扶少婦步下馬車。史杜伯看到她朝上尉伸出的小手多麼秀麗，她那踏在階梯上的小腳多麼甜美，不禁紅透了臉，傾盡全力朝她行了個最完美的禮。而艾美麗雅看到少尉軍帽上繡的軍團編號，立刻羞怯地微笑回禮，令年輕的少尉看傻了眼，忘了移動。從那天開始，達賓就特別善待史杜伯先生，當兩人獨自散步或在在彼此的臥房聊天時，他常鼓勵少尉多聊聊艾美麗雅。事實上，在某軍團中，熱愛並崇拜奧斯朋的年輕士兵常常聊起奧斯朋太太，她在軍團引起一陣騷動。她那毫不造作的舉止，溫柔又謙虛的儀態，贏得兵士單純的心。她的純真甜美，實在難以用文字描述，但誰沒在女人中發現這樣的女子呢？誰未曾欣賞過那些擁有一切美德的女子，雖然她們對你說過的話，跟她們在跳急促的方塊舞或炎熱夏天時說的話一樣少，又有什麼關係？喬治在他的軍團獲得眾人擁護，此時年輕士兵對他的評價更是扶搖直上。他勇敢地選擇這位沒有嫁妝但美麗優雅的女子為終身伴侶，令大夥兒佩服不已。

旅舍的接待室已準備就緒，等著迎接這些旅客。艾美麗雅進了接待室，意外收到一封指名給奧斯朋上尉太太的信。這封短箋用粉紅色的信紙寫成，折成三角形，信上用大量淺藍色的蠟封好，封蠟章圖案是一隻白鴿和一根橄欖枝。而紙上的字跡寬大，看起來是一名女性寫的，筆跡隱隱帶著猶豫。

「是佩姬．奧大德寫的，」喬治笑著說，「我認得那個印章。」他說得沒錯，奧大德少校太太請求奧斯朋太太參加當晚的一場友好的小型見面會。「妳非去不可，」喬治說，「到時妳就會更瞭解我們的軍團。奧大德是我們的指揮官，至於太太們，就聽佩姬指揮。」

奧大德太太的信為他們帶來不少樂趣，但幾分鐘後，接待室的門猛然一開，走進一位肥壯而活潑的太太。她穿著騎馬裝，後面跟著幾位軍官。

「我怎可能等到晚會呀！喬『吉』，我親愛的好傢伙，快把你夫人介紹給我。太太，見到妳真是我的『隆』幸。容我向妳介紹我的先生，奧大德『稍』校。」身穿騎馬裝的活潑太太熱忱地抓住艾美麗雅的手，後者馬上明白她就是丈夫常常取笑的那個女人。「妳一定常常聽妳先生聊起我吧，」那太太活力十足地說道。

「妳一定常常聽到她的事兒，」她的丈夫奧大德少校附和。

艾美麗雅微笑地應道：「的確如此。」

「但他倒很少對我提起妳呀，」奧大德太太接口道，又加上一句：「喬治真是個邪惡『懷』蛋。」

「不過我要保釋他，」少校一面說，一面擺出心知肚明的表情，逗得喬治哈哈大笑。奧大德太太用她的馬鞭輕抽一下，要少校別說話，再次要求喬治向艾美麗雅介紹她。

「親愛的，這位就是，」喬治歡快地說道，「我非常仁慈、溫柔又優秀的朋友，奧洛麗雅·瑪格瑞塔，又稱作佩姬。」

「說得好，正是如此，」少校插嘴。

「又稱作佩姬，也就是我們軍團的麥可·奧大德少校夫人。她的父親是基戴拉郡瑪洛尼河谷的費茲朱洛德·貝茲福德·德·博格·瑪洛尼。」

「而且他在都柏林的墨彥廣『常』也有房產，」太太平靜又自豪地補充。

「而且在墨彥廣場也有房產，當然，」少校低聲道。

「親愛的少『叫』，你就是在那兒『催』求我的哪，」太太說道。少校一如往常地同意太太說的每一句話。

為了大英國王出征世界各地的奧大德少校，在軍旅生涯不時展現過人的識膽與勇氣，但私下，他卻是世上最謙卑、沉默、溫順、逆來順受的男人，對妻子百依百順，好像他是她的跑腿男童似的。在軍營的交誼廳裡，他總是默默坐著，大口大口地喝酒。喝夠了蒸餾酒，就一言不發地回家。當他開口說話，總是同意每個人說的每一件事。脾氣溫良的他過著悠閒的生活。印度最炙熱的太陽不曾激怒他，瓦爾赫倫[107]的寒冷也沒讓他發抖。他踏著冷靜的步伐，步上戰場，就好像走進餐廳一樣自在。當他必須以馬肉果腹，他依舊食慾驚人，就好像在吃上等的甲魚肉一樣，滿足得很。他有個老母親，奧大德城的奧大德太太。他這輩子只做過兩件違背母親意願的事，那就是逃家從軍，和堅持娶其貌不揚的佩姬·瑪洛尼。

住在瑪洛尼河谷的瑪洛尼一家共有十一個孩子，其中有五個女兒。她的丈夫雖是她的表兄弟，但由於是她母親那邊的親戚，因此沒有瑪洛尼貴族的頭銜。佩姬相信瑪洛尼家族是世界上最著名的家族。婚前，瑪洛尼小姐在都柏林度過九個社交季，又在巴斯和切特漢度過兩個社交季，但都找不到夫君，於是前往西印度群島，和某軍團的太太們往來。當時，她的未來夫君才剛調到某軍團。

奧大德太太才和艾美麗雅（或任何人）在一起不用半小時，友善的她就會向新朋友詳述她的身世和家族歷史。「我親愛的，」她好脾氣地說，「我原認為我的小姑葛洛薇娜是喬『吉』的理想伴侶，他們要是結了婚，我們就成了姻親，他等於是我的妹夫啦。但這些都過去啦，既然他已和妳共結連理，我決定把妳當作我自己的妹妹，就讓我當妳的姐姐，好好照顧妳，我會把妳當家人一樣疼愛的。老天爺，瞧妳的臉蛋多動人，妳的儀態多優雅，我相信『沒』個人都同意。總而言之，我們算是一家人了。」

「她說得沒錯，她會把妳當妹妹疼的，」奧大德頗為贊同地說道。艾美麗雅發現自己突然多了那麼多家人親戚，感到有趣得很，同時心懷感激。

「我們都是好人，」少校太太接著說，「軍隊中，妳找不到比我們更加團結的軍團了，大夥兒在交誼廳裡總是和樂融融。沒人爭吵、鬥嘴、造謠，我們之間從不說別人壞話。我們都深愛彼此。」

「梅格尼斯太太特別愛妳哪，」喬治笑著調侃。

「梅格尼斯上尉太太和我已經和好啦，雖說她之前對我的態度，讓我傷心得頭髮都白了。我看這些白頭髮會跟著我下葬哩。」

107. 荷蘭澤蘭省的一座島嶼。

「親愛的，我的佩姬，妳的瀏海依舊烏黑漂亮得很哪，」少校喊道。

「別說啦，麥克，你這蠢『柴』。親愛的奧斯朋太太，他們這些做丈夫的全都一個樣。說到我的麥克，我常告誡他，除非要下命令，或者要吃肉喝酒，不然就乖乖閉緊嘴巴。我會告訴妳軍團的一切。我們獨處時，我會告訴妳哪些事兒要注意。現在，把妳的哥哥介紹給我吧。他實在是個魁梧的好男人，讓我想到我的表親，丹·瑪洛尼，我親愛的，他是巴利瑪洛尼家的人，你知道他娶了歐依斯特城的歐菲莉亞·史古利，她是波多第勛爵的表親哪！薩德利先生，認識你是我的『隆』幸。我想，今天你會跟我們一起在軍營的餐廳用餐吧。（麥克，你得小心那個該死的醫『參』，不管如何，為了我今晚的派對，你可不能喝醉呀。）」

「我的愛，這是妳為我們辦的第一百五十場告別晚宴了，」少校插嘴，「我們玩牌時，不會欺負薩德利先生的。」

「辛波，去幫我辦點事（辛波是我們軍團的少尉，我親愛的艾美麗雅。我忘了向妳介『掃』他啦）。快去找泰維許上校，說奧大德少校太太向他致意，告訴他奧斯朋上尉帶他的大舅子來啦，五點整就會帶他去參加第一百五十號聚餐。至於妳呢，我親愛的，如果妳不介意，我們先在這兒吃些小點心吧。」奧大德太太話還沒說完，收到命令的年輕少尉就急急忙忙跑下樓去了。

「服從是軍隊的靈魂。艾美，我們得去盡我們的責任了，就讓奧大德太太在這兒陪伴妳，教妳軍隊的一切吧，」奧斯朋上尉說道。就這樣，兩位紳士伴在笑咪咪的少校左右，走出了接待室。

這下子，艾美麗雅終於完全屬於奧大德太太。急躁的少校太太滔滔不絕地分享各種資訊，實在令人吃不消。她告訴艾美麗雅上千個奇特人物，一想到加入了一個多麼龐大的家族，少婦就驚訝得不得了。「海維杜波太太是海維杜波上校的妻子，她在牙買加死了。她會死，一方面是因為黃『樂』病，一方面是因為心碎了。那可恨的老上校呀，頭禿得像顆炮彈，居然對當地低賤的小姑娘擠眉弄眼。梅格尼斯太太呢，雖沒受過什麼教育，但她是個好人，就是有張巧言令色的嘴巴，她一玩起惠斯特牌，連自己的娘也敢騙。柯克上尉太太一聽到要玩場老實的牌局，她那醉醺醺的眼就會往上翻。但是我得說，我那世上最虔誠的老爸，我的戴恩．瑪洛尼叔叔，還有我們那個當主教的表親，每晚也會打打盧牌或惠斯特哪。不過話『縮』回來，她們這次都不會去布魯塞爾。」奧大德太太補充，「芬妮．梅格尼斯會去娘家暫住，她媽媽常在伊斯靈頓鎮賣煤塊和馬鈴薯。那兒根本稱不上倫敦哪，不過她老是誇耀她父親有多少艘船，她還會指給我們看河上哪些是她爸爸的船呢。柯克太太和她孩子會待在這兒，暫住在貝瑟達廣場，好離她最喜歡的牧師瑞姆蕭爾博士近一點。邦尼太太的情況很有趣……她一向信仰虔誠，這回她又懷孕了，她已經替中尉生了七胎啦。波斯基少尉的太太呢，她只比妳早兩個月加入軍團，但是親愛的，她一天到晚和湯姆．波斯基『嘈』架哪，『嘈』了二十次啦，『嘈』到全軍營都聽到了。人們說，他們還會摔碗盤，湯姆從未解釋他眼上的黑青是哪兒來的。他太太會回娘家，她媽媽在里奇蒙德辦了間女子中學呢。真可惜，她好不容易才從那兒逃出來，這回又不得不回去！親愛的，妳在哪兒受教育呀？我在都柏林附近的布特斯鎮，伊利西斯林園的法拉納漢夫人那兒上學，有位侯爵夫人教我們地道的巴黎腔調，還有位退休的法國少將陪我們練習呢。那兒的學費貴得很哪。」

艾美麗雅驚奇的發現，自己居然加入了這樣一個雜亂的大家族，而奧大德太太成了她的姐姐。吃晚餐時，奧大德太太向其他女眷介紹她。艾美麗雅沉默寡言、脾氣溫和，也沒有沉魚落雁的美貌，因此大家都對她留下了好印象。只是參加完第一百五十號晚宴的男士一步出餐廳，加入太太們的行列時，他們全拜倒在艾美麗雅裙下。不消說，她的新姐妹立刻看她不順眼。

「我希望奧斯朋真的收心，不再幹那些荒唐事啦，」梅格尼斯太太對邦尼太太說道，「要是浪子真能回頭當個好丈夫，那麼嫁給喬『吉』的她未來一定很幸福，」奧大德太太則對波斯基太太這麼說。艾美麗雅一來，波斯基太太就不再是軍團中的新嫁娘，地位被篡奪的她對艾美頗為不滿。至於柯克太太呢，這位瑞姆蕭爾博士的門徒向艾美麗雅提出一、兩個宗教的問題，瞧瞧她的靈性是否覺醒，是不是一名真正的基督徒。奧斯朋太太單純地回答了她的問題，她立刻明白艾美麗雅仍未覺醒，立刻拿來三本附插圖的小書，分別是《淒涼荒野》、《旺茲沃思公園裡的洗衣婦》及《英軍最高明的步兵》。柯克太太囑咐艾美麗雅睡前一定要讀完這三本書，下定決心當晚就要喚醒她的靈性。

所有的男人都圍繞在同袍的美麗妻子身旁，展現男人氣概，以軍人的殷勤討她歡心。她成了這場小小戰役的贏家，心情大為振奮，雙眼也多了幾分動人的光采。看到妻子受眾人歡迎，喬治得意洋洋。面對男士的熱情和讚美，妻子雖然難掩一絲天真和羞怯，但態度優雅又落落大方，也令他十分滿意。穿著軍服的他，當然是整間屋子裡最英俊的男人，其他人根本比不上他！艾美麗雅感到丈夫關愛的視線，也因他的仁慈而喜悅。「我會善待他所有的朋友，」她默默下定決心，「我會愛他的朋友，就像我愛他一樣。我會永遠當個快活、好脾氣的妻子，讓他一回到家就感到幸福。」

當然，整個軍團都鼓掌歡迎艾美麗雅加入這個大家庭。每個上尉都認同她，每個中尉都稱讚她，而每個少尉都崇拜她。來自愛丁堡的老軍醫卡特勒，還紆尊降貴地檢視她的法文底子，並且用他最流利的三句法文名言測試她。年輕的史杜伯在每個男人的耳邊低語：「老天爺，她還真是個美女呀，不是嗎？」他整晚目不轉睛地盯著艾美瞧，只有僕人送上尼格斯熱香料酒時，才稍稍分了神。

至於達賓上尉，整個晚上都沒和艾美麗雅說到半句話。不過他和第一五〇號軍團的波特上尉護送喬斯回旅舍。喝多了酒的喬斯又變得多愁善感，不只在餐廳裡向男士們說了獵老虎的故事，也對戴頭巾帽、插著天堂鳥羽的奧大德太太，唱作俱佳地重講一遍。達賓把印度收稅官交到他僕人手中後，就在旅店外面一邊抽雪茄，一邊漫步。與此同時，喬治和年輕軍官握手道別，小心翼翼地為妻子披上披肩，把她帶離奧大德太太的掌控。不過那些年輕人還是跟在她身後，護送她上了輕便馬車。當馬車駛離，他們全在後面觀呼。當新婚夫妻回到旅舍，艾美麗雅伸出小手，讓達賓扶她下馬車時，她笑著調侃達賓整晚都沒和她說話。

直到旅店和街道都已沉寂好一陣子之後，達賓上尉仍一口又一口抽著有害身心的雪茄。他望著喬治的起居室，看著房裡的燈火熄滅，隔壁臥室的燈光亮起。當他回到自己的營區，已近黎明時分。他聽見河上的船隻發出歡呼聲。那些貨船已準備好，即將要在泰晤士河卸貨了。

第二十八章　艾美麗雅進軍低地國

因應此特別時機，英王政府安排了護送軍團和軍官前往歐洲大陸的特遣船。奧大德太太的那場晚宴後，過了兩天，河面上停了數艘東印度公司的船，船上發起一陣陣歡呼，迎接聚集在河岸上的軍人。樂隊演奏《天佑吾王》，軍官揮舞軍帽，船員則熱情地為他們喝采。船隻順河而行，航向比利時的奧斯坦德，兩旁還有護航隊。至於喬斯，他豪邁地答應負責護送妹妹、少校太太及她們的行李，包括那著名的天堂鳥羽毛和頭巾帽。他們與軍團的後勤補給隊同行。我們的兩位軍官太太坐著馬車，順利抵達藍斯蓋特，那兒有許多定期客輪往來於英國和比利時之間。他們搭上一艘船，很快就到了奧斯坦德。

接下來這段日子裡，喬斯經歷的大小事件，多年後都會成為他津津樂道的話題，他不再提及獵虎之旅，轉而描述更高潮迭起的滑鐵盧大戰。一答應護送妹妹前往歐洲，他就不再修剪上唇的鬍髭。在切特漢，他從不錯過軍隊的演習和操練。當他的「軍官弟兄」說話時，他全神貫注地聆聽，有時他連著好幾天請他們吃飯，盡可能把那些軍事名詞牢記在心。他潛心擴充軍事知識，十分熟悉軍團的奧大德太太幫了他很多忙。終於，這一行人搭上「美麗玫瑰」號，航向目的地。那天他穿了一件飾有穗帶的軍裝大衣和帆布長褲，頭上戴了鑲有漂亮金色穗帶的軍便帽。他的馬車跟著他上了船，而他本人又大言不慚的宣稱要加入威靈頓公爵的軍隊，人們都以為他是位地位顯赫的大人物，可能是軍隊後勤站的部長，至少也是名政府特使。

這段航程讓他吃盡苦頭，兩位太太也不例外。軍隊的運輸船和「美麗玫瑰」號幾乎同時抵達，客輪一航進奧斯坦德的港口，艾美麗雅看到載著那支軍團的運輸船，立刻又神采奕奕。有氣無力的喬斯立刻前往旅館，達賓上尉則負責護送兩位太太。喬斯先生此時身邊沒有男僕服侍，因為他的僕人過慣大魚大肉的生活，在切特漢就和奧斯朋的男僕私下討論一番，堅決拒絕跨海到歐洲大陸。在出發前一天才被男僕遺棄的薩德利先生，緊張地不得了，幾乎想放棄這趟旅程，但達賓上尉厲聲斥責他，毫不留情地嘲笑他一番，說他那兩撇鬍子都白長了，喬才終於屈服上船。喬斯抱怨達賓變得很愛管閒事。因此在奧斯坦德，達賓除了護送兩位太太，還要處理喬斯的馬車和行李，確保它們被搬下船，通過海關。為了取代出身良好、過慣好日子、只會講英文的倫敦僕人，達賓替喬斯一行人找了個矮小的比利時奴僕。這個皮膚黝黑的僕人懂的辭彙很少，但做事俐落，總是稱呼薩德利先生為「我的勛爵老爺」，很快就贏得主人的歡心。奧斯坦德如今已變了不少，現在去那兒的英國人多半沒有勛爵的氣派，而他們的行事作風，也不完全不像我們英國世襲的貴族。他們與過去英國遊客最大的差別，就是打扮邋遢，衣服骯髒，愛打撞球、抽雪茄、喝白蘭地酒，在油膩膩的小飯館吃飯。

反觀當時威靈頓公爵軍隊下的每個英格蘭人，都謹守原則，絕不白吃白喝，不會賴帳。這讓我們想起某人說過，英國人人都愛開店當老闆。一個熱愛商業貿易的國家，居然能集結一群信用優良的消費者組成一支軍隊，還有辦法供養這批戰士，實在很有福氣。這票軍人保護的祖國，並不以好戰聞名，過去有很長一段歷史，都是別人在他們的土地上爭奪打仗。本書作者也曾前往滑鐵盧，目光銳利地四下研究。當時我們雇了名身材魁梧的車夫，他看起來就像名好戰的老兵。我們問他是否上過戰場。「我才沒那麼笨呢，」他用法文回答。絕沒有半個法國人會像他這麼說話，或承認有過這樣的想法。但從另一方面說來，我們那輛四匹馬拉的公共馬車上，其中有名馬夫的真實身分是子爵，他是某位破產的法蘭西帝國將軍之子。在路上，就算只有一便士的啤酒可喝，他也毫不在意。這故事的寓意實在深遠。

一八一五年初夏，這個平坦、繁榮、友善的國家展現前所未有的富裕繁榮面貌。穿著紅色軍服的英國軍隊湧進這兒的綠色田野和安靜城鎮，條條大路上盡是漂亮的英國馬車，寬大的運河船載滿了富裕的英國遊客。船隻平穩地航行在茵茵牧草、可愛古樸的村鎮、隱身古老森林的古老城堡之間。士兵聚在鄉村酒館喝酒，絕不拖欠酒錢。當蘇格蘭高地人唐諾借宿在佛蘭德人的農舍裡，主人讓和珍妮特出門到乾草堆裡幹活時，他會幫忙搖晃小嬰兒的搖籃。我們的畫家至今仍熱愛以軍事為主題作畫，我也提起筆，在本書中呈現英國作戰的誠實原則，這一切就像海德公園的景色一樣美好而和平。與此同時，拿破崙隱身在前線堡壘之後，準備大戰一場。這些謹守秩序的人們將會奮勇殺敵，浴血戰鬥，其中有許多人就此倒地不起。

對威靈頓公爵的真誠信念，讓英國成了一個熱情激昂又瘋狂的國家，可與拿破崙在法國引起的旋風比擬。在此危險時刻，人們對領導者十足的信心，全國看似井井有條地動員起來，都為了抵抗外敵而努力，再加上其他國家也在旁大力協助，因此人們的警覺心不太敏銳。我們的旅客中有兩位非常害羞的人，他們就像其他眾多的英國遊客一樣，沒有意識到大難將臨。至於那支著名的軍團，其中好幾名軍官我們都十分熟悉。他們踏上運河船，從布魯日前往根特，朝布魯塞爾前進。喬斯則陪伴兩位太太搭乘客船。相信所有熟悉法蘭德斯的旅客，此時都會記起他們曾在那兒享受的種種奢侈待遇和住宿。運河船雖然行進緩慢，但可稱為世上最舒適的船隻，提供豐富的美酒佳餚。話說有位英國旅客，有回在比利時待了一週。一搭上這些船，他立刻被低廉的船價所提供的美食好酒深深吸引。愛上搭客船的他，自此之後老待在往來於根特與布魯日的船上，直到鐵路問世，他最後一次搭乘運河船時，選擇了跳河自盡。當然喬斯不會仿效這位人士，但他享受的奢侈待遇更勝那位老先生，奧大德太太則堅持享盡榮華富貴的他，只要娶她的小姑葛洛薇娜，就此生無憾了。他坐在船艙屋頂上，整天喝著法蘭德斯啤酒，對他的僕人伊斯朵兒大呼小叫，不忘向太太小姐們獻殷勤。

他勇氣十足，無所畏懼。「波拿巴膽敢攻擊我們！」他吶喊道，「我親愛的妹妹，我惹人憐的艾美呀，不用害怕。我們不會遇上任何危險。兩週內，同盟國的軍隊就會抵達巴黎啦。我告訴妳，到時候我會帶妳去皇家宮殿用餐。我向老天爺保證！三十萬的『鵝』國大軍正從梅因茲和萊茵河進入法國，維特根施泰因和巴克萊·德托利率領三十萬大軍哪！我可憐的妹妹，親愛的，妳對軍事一竅不通。但我清楚得很，我告訴妳，法國的步兵絕對擋不了『鵝』國步兵，波拿巴沒有半個將軍夠資格替維特根施泰因拿蠟燭。而且還有五十萬的奧地利大軍，由施瓦岑貝格和卡爾大公指揮，現在他們已逼近國界啦。還有英勇的布呂歇爾元帥帶領的普魯『斯』軍隊哪。現在繆拉也死了，妳說法國有哪個騎兵比得上布呂歇爾元帥？嘿，奧大德太太，妳覺得我們的這位小姑娘需要害怕嗎？伊斯朵兒，你覺得有需要害怕嗎，嘿，先生？替我端杯啤酒來。」

奧大德太太說她的「葛洛薇娜不怕世上的任何男人，一個法國人怎麼嚇得倒她」，接著眨了眨眼，搖搖手中的那杯啤酒，顯然她很喜歡這種飲料。

我們的收稅官朋友由於前陣子經常與「敵人」相處——或不如說，切爾登漢和巴斯的女士們——過去的純真和羞怯幾乎在他身上消失無蹤。現在的他，尤其有了酒精助陣後，成了一個口沫橫飛的男子。他在軍團中頗受人喜愛，因為他豪奢地款待年輕軍官，而他故意擺出的軍人神氣總令他們感到有趣。軍隊中有支著名軍團行進時揮舞山羊旗，另一支則揮舞鹿旗，因此喬治敬重地對大舅子說，他率領的是一支以大象為標幟的軍團。

喬治認為，既然艾美麗雅加入軍團，就不得不與某些人物往來，但她們令他難堪得很。他告訴達賓，他決心盡快換到更優秀的軍團（不消說，這令達賓備感欣慰），好讓妻子遠離那些低俗的婦人。男人比女人更容易因與庸俗的人交遊往來而感到羞恥，有些知名的上流女士，倒愛與低俗的人往來。雖然艾美麗雅的丈夫認為這種難堪是性情高雅、心思細膩的表現，但自然又毫不做作的艾美倒從來不曾有過那些虛偽的情緒。帽上插著公雞羽毛的奧大德太太，肚上有個非常大的自鳴報時錶，她任那只錶隨時隨地響起來，絮絮叨叨地說著當她完成結婚典禮，步上馬車時，她的「爸把」如何把這只錶送給她。少校太太的奇裝異服和各種特質，都令奧斯朋上尉厭惡，一想到妻子和少校太太往來，就令他的心如刀割。但艾美麗雅並不為此感到尷尬，她認為少校太太老實又有趣，實在是個特別的人物。

這一行人旅行的路線聲名大噪，後來幾乎每個中產階級的英國人都追隨同樣的旅程。一路上雖有不少博學的乘客陪伴，但全都比不上奧大德少校太太有趣。「親愛的，再來說說那些航行在運河的『酸』吧！妳真該瞧瞧來往於都柏林和巴林納斯洛之間的運河『酸』速度多快！它們是我們那兒最方便的交通工具。當然，我們還有很多美麗的牛群。我那好『爸巴』有頭四歲的母牛，讓他贏到『晶』牌獎哪（而且總督大人還咬了一口，說他這輩子沒『疪』過更美味的牛『漏』啦）。這兒的牛完全比不上他那頭母牛哪。」

喬斯嘆息地附和：「世上只有英格蘭生產的牛肉，肥瘦有致，紋理完美哪！」

「但只有愛爾蘭贏得過英格蘭，你們那兒最美味的牛肉都來自愛爾蘭，」少校太太說道。她熱愛家鄉，理所當然地宣稱自家牛肉遠比英格蘭優秀。明明是她先比較布魯日和都柏林的牛肉市場，但她卻堅稱兩者完全無法比較，對這兒的牛肉嗤之以鼻。「要是有人能告訴我，市場上那個塔是做啥用的，我會很感謝他。」她說道，笑得花枝亂顫，那座老古塔差點被她的笑聲震垮。

他們走過市集，那兒滿滿都是英國軍人。早上，英軍的號角聲喚醒他們；晚上，英國軍樂隊的笛聲和鼓聲伴他們入夢。英國和全歐洲都武裝起來，等待歷史上最重要的事件爆發。而老實的佩姬・奥大德只顧著細訴貝林納法德[108]、瑪洛尼家的馬廄裡的馬兒和波爾多紅酒。喬斯・薩德利打斷她，插嘴聊起丹丹的咖哩和米飯。至於艾美麗雅，則忙著思念她的丈夫，想著她該如何淋漓盡致地展現對他的愛。對他們來說，這些彷彿是全世界最重要的話題。

有些人喜歡暫時放下史書，臆測要是沒有發生那場重大戰爭，世界會變成什麼模樣。這種假設令人困惑，但也是種有趣的思考方式，能自由發揮創意，不無益處。這些人常認為，拿破崙逃離厄爾巴的時機實在太差勁了。他的老鷹展翅高飛，從聖胡安灣一下子就飛到聖母院。本國的歷史學家告訴我們，同盟各國的軍隊早就蓄勢待發，只要一聲令下，就會立刻攻擊逃離厄爾巴的法國皇帝，這簡直是天意。

事實上，維也納會議那些來頭顯赫的人物，盡是一票謀求私利的傢伙，每個人都想依據自己的期望瓜分歐洲各王國，為此爭吵不休。就算沒有法國皇帝，他們也會派出本國軍隊，彼此廝殺一場。但重回歐洲的拿破崙是他們共同的眼中釘，令他們又恨又怕，迫不得已只好合作。這個國王剛奪走波蘭，決心捍衛領地；另一個則劫掠半個薩克森地區，誓死維護這塊肥肉。三分之一的人都對義大利虎視眈眈。每個人都指責別人太過貪婪。要是科西嘉人在監獄多待一陣子，等這群人爭得面紅耳赤再回來，他說不定真能輕易完成一統歐洲的大業。但若真是如此，我們的故事和我們所有的朋友又會變得如何呢？要是海枯石爛，海會變成什麼樣子？

與此同時，人們一如往常的活著、忙碌著，盡情縱欲享樂，好像好日子永遠也不會結束，好像前方沒有敵人虎視眈眈。我們的旅客抵達了布魯塞爾，這裡是他們軍團的駐紮地。這群富裕遊客立刻發現，這兒面積雖小，但足以稱為最歡樂美好的歐洲首都之一，具備所有浮華世界令人目

108. 位在愛爾蘭北部。

眩神迷的餘興節目。這兒到處都是可以賭博的酒館，還有各種舞會；美食佳肴等著塞滿饕客喬斯的肚子；令人驚嘆的卡特拉妮[109]在戲院贏得滿堂采；美麗的馬車道，滿街衣著華麗的軍官讓一切變得更加有趣美好。小艾美麗雅目不轉睛地欣賞這座獨特的古老城市，居民的奇特服飾和美麗的建築，第一次出國的她隨時都發現新的驚喜。這幾週以來，她都住在華麗的旅館裡，由喬斯和奧斯朋支付旅費。寵愛妻子的奧斯朋花錢如流水。我敢說這兩週，艾美麗雅過著任何一名離開英格蘭的新嫁娘所能想像的最快樂幸福的日子，而她的蜜月也在此時結束了。

在這幸福的期間，每天都帶給所有人新奇和歡樂。他們拜訪教堂，參觀畫廊，駕著馬車出遊，或去聽歌劇。軍樂隊不分晝夜的演奏樂曲。英格蘭最偉大的人們在公園裡漫步，那兒老是有軍隊辦的慶典。每天晚上，喬治帶著新婚妻子搭著輕便馬車遊山玩水，一如以往地洋洋自得，甚至發誓自己轉了性，成了愛家的好男人。與**他**共乘馬車出遊！他妻子那小巧的心臟怎能不為此興奮得心跳加速呢？這段日子裡，她寫給母親的家書盡是讚美與感謝。她的丈夫囑咐她多買些蕾絲、帽子、珠寶和各種華而不實的小玩意兒。啊，他真是世上最善良、優秀、大方的男人！

在城裡每個公共場所，都是勛爵、夫人和知名人物的身影，令喬治道地的英國靈魂喜悅得激動不已。在祖國時，身分高貴、地位顯赫的人物有時會露出愉悅而冷淡態度，行徑傲慢，但到了布魯塞爾，他們就把階級之分拋在腦後，毫不拘束地現身公眾場合，不在乎往來的人是何身分，沒有在家鄉的架子。有位統領一師的將軍辦了場晚宴，喬治的軍團也隸屬這一師，身為上尉的他受邀參加。那天晚上，他居然和巴瑞克斯勛爵的女兒，布蘭琪．提索伍德小姐共舞，令他備感榮幸。他忙著為兩位貴族夫人添冰塊、端酒水，甚至在人群中推來擠去，為巴瑞克斯夫人找她的馬車。當他回到家，立刻吹牛他和伯爵夫人的交情多好，宣稱自己達成連他父親也辦不到的成就。隔天他拜訪兩位夫人，和她們一起在公園裡騎馬，邀請她們一起到知名餐廳共進晚餐。當她們接受他的晚餐邀請，他實在大喜若狂。老巴瑞克斯食慾驚人且沒什麼架子，在哪兒吃晚餐都好。

「我希望除了我們家的女眷以外，不會有其他女子參加，」當巴瑞克斯夫人想到自己輕率地接受喬治的邀請，不禁開口說道。

「老天爺呀，媽媽……妳該不是說，那男人會帶他的妻子來吧，」布蘭琪小姐驚叫道。這位婦人前一晚還含情脈脈地倚在喬治懷中，跳著剛從國外傳來的華爾滋舞。「男人不難相處，但他們的女人……」

「他們的妻子才對。他剛結婚，聽說娶了個美若天仙的姑娘，」老伯爵說道。

「好了，我親愛的布蘭琪，」母親開口道，「我想，既然爸爸想去，那我們就非去不可。妳知道的，等我們回到英格蘭，就不用和他們往來了。」他們下定決心，回到倫敦後，就算在龐德街上巧遇，也會裝作不認識這些新朋友。就這樣，這些貴族參加了喬治在布魯塞爾張羅的晚宴，甚至放下架子，接受他結清帳款。為了展現貴族風範，他們刻意讓喬治的妻子難堪，談天時刻意冷落她。這些出身優秀的英國女性最擅長展現這種威風神氣。對經常拜訪浮華世界又愛好哲理的人來說，觀察貴族女性如何對待身分比她們低下的同性，可是人生一大樂事。

老實的喬治為了這場晚宴傾囊而出，但對艾美麗雅來說，卻是蜜月期間最令人難受的一場活動。她對媽媽鉅細靡遺地描述這場晚宴：當她對巴瑞克斯公爵夫人說話，後者卻不回答；布蘭琪小姐拿著鏡片盯著她瞧；她們的行徑讓達賓上尉氣急敗壞；晚宴過後，勳爵閣下要求看看帳單，還宣稱這是一場差勁透頂的晚餐，難吃極了。雖然艾美麗雅在家書中詳述這些故事，明列賓客的無禮和自己的難堪，但老薩德利太太還是樂不可支，到處炫耀巴瑞克斯公爵夫人成了艾美麗雅的

109. 安潔莉卡・卡特拉妮，一七八〇～四九，著名的義大利女高音。

朋友。很快地，兒子如何宴請貴族和貴族夫人的消息就傳到西堤區的奧斯朋耳裡。

喬治・杜夫特如今已升為中將，受封爵級司令勛章。那些後來才認識杜夫特中將的人，常會在社交季期間，見到他穿著緊身衣，腳踏漆皮高跟靴，步履蹣跚但仍帶著得意洋洋的氣勢，漫步在帕摩爾大道上，朝頭戴軟帽的女子拋媚眼；或者騎著醒目的栗色馬，在海德公園往那些有篷馬車擠眉弄眼。這些人絕對難以想像，杜夫特爵士曾是半島戰爭和滑鐵盧戰役中英勇的軍官。現在的他頂著一頭濃密的棕色鬈髮和濃黑眉毛，把鬍子染成深紫色。但在一八一五年，他的頭髮是金色，頭頂禿了一塊，身材粗壯結實。現在的他消瘦矮小不少，已快八十歲了。就在他七十大壽前夕，他頭上原本稀疏的白髮突然全長了回來，還變成棕色鬈髮，鬍子和眉毛也變成現在的顏色。壞心的人說他的胸口塞滿了棉花，至於他那頭永遠不會留長的頭髮，根本是頂假髮。杜夫特跟自己的兒子多年前就吵翻了，他的孫子湯姆・杜夫特後來宣稱，法國女演員戴・哲西小姐曾在舞台後的化粧間拔下他祖父的頭髮。不過湯姆是個惡毒又嫉妒的人，至於將軍到底是不是戴了假髮，跟我們的故事也毫無關係。

有天，某軍團中我們熟悉的幾位朋友閒逛在布魯塞爾的花市裡。他們已去過了市政廳，而奧大德少校太太宣稱布魯塞爾的市政廳完全比不上她「爸巴」那棟瑪洛尼祖宅華麗雄偉。此時，一位軍官騎馬來到花市，身後還跟著一名傳令兵。他下了馬，走在花花草草之間，選了金錢所能買到的一束最美麗的花束。嬌艷的花朵以包裝紙捆了起來，軍官再次上馬，把花交給他的屬下。他的屬下滿臉笑容地握住花束，跟著他雄赳赳氣昂昂的長官後頭離開。

「你們真該瞧瞧瑪洛尼河谷的花兒，」奧大德太太評論道，「我『爸巴』有三個蘇格蘭園『聽』，還有九個助手。我們的溫室加起來足足有一英畝，而且松樹隨處可見。我們每串『伯』萄都重達六磅。我以我的榮譽和名聲發誓，我們的木蘭花，每朵都跟『雜』壺一樣大哪。」

壞心眼的奧斯朋愛開奧大德太太的玩笑，令艾美麗雅難受不已，哀求他饒過少校太太。從不嘲笑奧大德太太的達賓，這一回也不禁咧嘴而笑，他刻意落在人群後頭，直到隔了一段適當距離後，才大笑出聲，把身邊的商販和客人嚇得大吃一驚。

「那笨蛋在笑什麼鬼？」奧大德太太說道，「他的鼻子是不是流血了？他老說他的鼻子會流血，他必須把所有的鼻血都擠出來才行。奧大德，你說說，瑪拉尼河谷的木蘭花，是不是跟『雜』壺一樣大？」

「當然啦，佩姬，它們比茶壺還大呢，」少校說道。就在此時，那位買花的軍官出現了，打斷了他們的對話。

「好一匹駿馬！那人是誰？」喬治問道。

「你們真該瞧瞧我哥哥莫羅伊．瑪拉尼的馬，牠叫莫雷西，牠在克拉贏了賽馬呢，」少校太太喊道，正打算繼續講述家族的故事，但她先生卻打斷了她。

「那是杜夫特將軍，他是某騎兵師的指揮官，」語畢，他又低聲加上一句，「他和我一樣，在特拉維拉被射中同一側的腿。」

「你就是在那場戰役中升了官呀，」喬治笑著說，「原來是杜夫特將軍！這麼說來，親愛的，克勞利夫妻想必也到啦。」

艾美麗雅的心沉了下去，但她不明白為什麼。陽光似乎不再耀眼，突然之間，那些高高聳立的古老屋頂和山形牆，都不再如詩如畫。雖然那天是五月底最美好明媚的日子，眼前正是迷人的黃昏。

第二十九章　布魯塞爾

喬斯先生為他那輛敞篷馬車租了兩匹馬。時髦的英倫馬車再配上良駒，這位紳士成了布魯塞爾大街上頗引人注目的人物。喬治買了一匹馬給自己，他和達賓上尉每天都騎著馬，隨侍在喬斯的大馬車旁，陪伴喬斯和他妹妹出門遊玩。那天，他們一如往常朝公園晃去；在那兒，喬治關於洛頓·克勞利夫妻來到布魯塞爾的預言獲得了證實。一小群騎士聚在公園裡，裡面有幾位布魯塞爾鼎鼎大名的人物，而蕾蓓卡也在這群人之間。她身上的騎馬裝時髦好看，緊緊貼合她的身材。她騎著一匹美麗的阿拉伯小馬上，姿態完美。這歸功於她在女王克勞利鎮期間，從男爵、皮特先生和洛頓都替她上過好幾堂騎馬課。英勇的杜夫特將軍就在她的身邊。

「那一定就是『空』爵本人，」奧大德少校太太對喬斯喊道，喬斯的臉立刻漲得通紅。「坐在栗色馬上的則是阿克斯橋勛爵。瞧瞧他多優雅呀！我的兄弟莫羅伊·瑪拉尼，根本和他是對雙胞胎嘛。」

蕾蓓卡並沒有朝馬車走來。但她一發現馬車上坐著她的老友艾美麗雅，立刻以落落大方的神態朝艾美微笑，點了點頭，以輕快的手勢朝馬車送了個飛吻，接著繼續和杜夫特將軍閒聊。後者問道：「那個戴了金邊軍帽的胖子是誰呀？」蓓琪回答，「他是東印度公司的官員。」倒是洛頓·克勞利離開他的同袍，駕馬走向馬車。他熱情地與艾美麗雅握手，對喬斯說道，「哎呀，老朋友，你好不好呀？」看到奧大德太太的臉和頭上黑色的公雞羽毛，他傻愣了好一會兒，讓少校太太以為自己迷倒了這位軍官。

原本落在後方的喬治，此時與達賓一同騎上前來。他們抬手碰碰帽沿，向眼前幾位大人物致敬，被眾人圍繞的克勞利太太立刻吸引了奧斯朋的視線。當他看到洛頓輕鬆自在地靠在喬斯的馬車旁，和艾美麗雅聊天，他非常高興。他真誠地與副官打招呼，但對方倒沒那麼熱忱。至於達賓，只和洛頓禮貌地互相點頭致意，維持基本的禮節。

克勞利告訴喬治，他們和杜夫特將軍都下榻於「公園大飯店」。喬治則忙著邀請朋友到他們的住處來作客。「真抱歉我沒早點與你碰面，」喬治說，「三天前，我們去了餐廳[110]用餐——餐廳還真是個好地方。巴瑞克斯伯爵和伯爵夫人、布蘭琪小姐與我們一起吃飯呢，他們都很親切。真希望你也在場。」這樣一來，奧斯朋確保朋友知道自己成了上流社會的人物後，就與洛頓告別。洛頓跟著神糾糾氣昂昂的騎兵連，朝一條慢跑道騎去；而喬治和達賓恢復一人一馬，各騎在馬車兩側的隊行。

「『空』爵看起來多有精神，」奧大德太太評論道，「韋爾斯利家和瑪洛尼家稱得上是親戚哪。但可憐的我，當然不曾幻想過向他自我介紹囉。只能期待『空』爵大人哪天會記起我們的親戚關係。」

「他是位偉大的軍人，」喬斯說道。那位大人物離開眼前後，他才終於放鬆下來。「有哪場戰役，比得過他在沙拉曼卡打的大勝仗？嘿，達賓，你說呢？但他是在哪兒學會這些戰術的呢？在印度！我的好傢伙！記好了，叢林就是磨練一名將軍的好學校。奧大德太太，我認識他本人呢。我們曾在丹丹參與同一場晚會。當時卡特勒小姐也在，她是砲兵團的卡特勒的女兒。真是個

110. 餐廳（非飯店提供住客餐食的餐廳）在十八世紀出現，法國大革命後，許多為貴族服務的廚師必須另謀生路，轉而開辦餐廳。餐廳到了十九世紀才漸漸盛行。

好姑娘。」

他們遇見了這幾位大人物，一路上聊得起勁，甚至到了晚餐時間還停不下來。直到去歌劇院時，才稍稍安靜下來。

一切就像在老英格蘭一樣。歌劇院裡坐滿了熟悉的英國面孔，瀰漫著英國女性愛用的香水味。奧大德太太打扮得不輸任何一位女性，鬈髮垂在她的前額，戴了一組愛爾蘭鑽石和煙晶飾品——據她的說法，她的首飾比劇院裡的所有裝飾都更閃亮耀眼。雖然她的言行舉止令奧斯朋感到難堪，但她絕不會錯過年輕朋友有趣的娛樂節目，深信每個人都為她著迷，渴望她的陪伴。

「親愛的，」喬治對妻子說，「這陣子以來，她的確幫了妳不少。」他實在無法安心讓她處在這樣的環境裡。「現在蕾蓓卡來了，多棒呀。有她陪妳，我們就能把那個該死的愛爾蘭女人甩掉。」但艾美麗雅沒有回答好還是不好，我們又怎能探知她的心情？

奧大德太太對布魯塞爾歌劇院的第一印象頗為平淡，她認為它完全無法與都柏林費區安柏街上的戲院相比，法國的歌曲也比不上她家鄉的音樂悅耳。她以洪亮的嗓音和朋友分享她的意見，還得意洋洋地搧動手上的大扇子，發出嘩啦嘩啦的噪音。

「洛頓，艾美麗雅身邊那個奇特女子是誰呀？我的愛。」對面包廂裡，有位少婦開口問道。雖然一回到家，她與先生獨處時總是相敬如賓，但在外人面前，她卻像個依偎丈夫身旁的溫柔妻子。

「你沒看到那女人的頭巾帽裡插了黃色的裝飾品？她穿著紅緞晚禮服，還戴了一只大錶？」提出問題的女子身邊坐了一位中年男子。他佩戴數枚勛章，穿了好幾件背心，頸間繫著白領巾。他應道：「妳是說那個穿白衣、身材嬌小的漂亮姑娘身邊的女人，對嗎？」

「將軍，那個穿白袍的漂亮女人就是艾美麗雅。你這淘氣的傢伙，盡盯著漂亮姑娘瞧。」

「哪有！世上我只在乎一位美女！」將軍開心地說道。他身旁的女子用手中的一大束花，輕拍了將軍一下。

「老天爺，真的是他耶，」奧大德太太說道，「那『速』花，就是他今天在花『寺』買的！」艾美麗雅和蕾蓓卡對上了眼，後者再次輕輕朝朋友送了個飛吻，但少校太太卻誤以為蕾蓓卡在向她致意，擺出優雅的姿態，微笑回應。見證這一幕的可憐達賓不得不努力克制喉間的笑聲，急急退出包廂。

舞台上演完了一幕，喬治就走出包廂。他原打算去對面包廂，向蕾蓓卡打招呼，不過他在大廳裡就撞見了克勞利，兩人分享這兩週來發生的大小事件。

「你從我代理人那兒拿到支票了嗎？」喬治世故地問道。

「拿到了，我的好孩子，」洛頓回答，「你想贏回去的話，我隨時候教。你家長輩原諒你了？」

「還沒，」喬治說道，「但他終會讓步。你知道，我從母親那兒繼承了一筆財產。你家姑姑呢？她氣消了沒？」

「該死的守財奴，那老女人只給了我二十鎊。我們何時再聚聚？將軍星期二會出去聚餐。你星期二能來嗎？我說，叫薩德利把他的鬍子修掉吧。那男人只是一個文官罷了，瞧他頂著鬍子，外套上繡了那些花扣，成何體統！再會啦，你星期二想辦法過來吧。」一說完，洛頓就和兩位神氣又時髦的年輕男士走開了，他們都是將軍旗下的幕僚官。

洛頓居然特意挑將軍不在的日子，邀請喬治過去用餐，令他不大快活。「我去向你太太打個招呼吧，」他說道。洛頓聽了就說：「嗯，你想去就去吧。」洛頓看起來鬱鬱不樂，而另外兩位年輕軍官交換了心照不宣的眼神。喬治告別這三人，走過大廳，前往將軍的包廂。他之前已細心算過他的包廂是哪一間。

一個清朗的聲音以法文說道：「請進。」門一開，我們的朋友就看到了蕾蓓卡。她一躍而起，輕拍一下，雙手朝喬治伸去。看起來見到喬治令她心花怒放。戴著勛章的將軍板起臉，皺眉瞪著這名不速之客，那凶狠的眼神彷彿質問著，你這傢伙是誰呀。

「我親愛的喬治上尉！」小蕾蓓卡興高采烈的喊道，「你人真好！還特地過來呢！將軍和我兩個人正無聊得緊呢。將軍，這位就是我的喬治上尉，你常聽我聊起他的事兒。」

「當然，我知道你，」將軍微微彎了腰，「喬治上尉在哪個軍團？」

喬治回答他在某軍團，心底多麼希望自己屬於某個名聲響亮的騎兵團呀。

「我相信，你們才剛從西印度回國不久。尚未見識過最近的戰事。你們駐紮在此，是嗎，喬治上尉？」將軍傲慢地說道，語調間透著殺氣。

「他不叫喬治上尉，你這傻子，他叫奧斯朋上尉，」蕾蓓卡說道。她身旁的將軍仍用凶惡的眼神，輪流掃視這兩人。

「啊，奧斯朋上尉！當然了！你是L. 奧斯朋家的親戚嗎？」

「我們的族徽相同，」喬治說道。此話不假。十五年前，奧斯朋先生剛有能力建造專屬的私人馬車時，特地去倫敦長畝巷請教一位紋章官員，選定了貴族名錄中L. 奧斯朋家族的家徽，畫在自己的馬車上。聽到喬治的回答，將軍沒有回應，拿起了望遠鏡——那時夾鼻式眼鏡還沒有發明，假裝正在欣賞劇院。但蕾蓓卡看到他心不在焉，眼神頻頻朝她的方向飄去。他充血的眼睛正斜睨著她和喬治。

她對喬治加倍殷勤。「我最親愛的艾美麗雅好不好呀？我何必多問，光瞧瞧她多美麗動人，我就明白了！她身邊那個看起來善良又好心的太太是誰呀？不會是你的愛人吧？哎呀！你們這些邪惡的男人！啊，薩德利先生正在吃冰。瞧他吃的津津有味！將軍，我們何不吃些冰呢？」

「要我去幫妳買嗎？」將軍氣沖沖地說道。

「我懇求妳，讓**我**去吧，」喬治接口道。

「不用了，我要去艾美麗雅的包廂。她是我親愛的甜美姑娘！喬治上尉，讓我挽你的手臂吧。」說著，她朝將軍點了點頭，就往大廳走去。兩人一落單，她就朝喬治拋去一個含義深遠的怪異眼神，彷彿在說，「你沒看到這兒的情況嗎？你瞧我怎樣把他當個傻子耍？」可惜的是，他並沒有看到。他深深沉浸在自己的心事裡，為自己具備無人能擋的魅力而志得意滿。

蕾蓓卡一和勝利者退出包廂，將軍就壓低聲音咒罵了好幾聲。他的用詞不堪入耳，就算我把它們寫下來，印刷廠的排字工人恐怕也不敢印出來。這些咒罵發自將軍的內心。想想看，人心能夠創造這些充滿欲望、憤怒、狂野又滿懷恨意的低穢之詞，情急之下甚至真會說出口來，多麼令人驚奇啊。

而在對面包廂，艾美麗雅溫柔的雙眼，也焦躁不安地凝視那對令將軍嫉妒得發狂的男女。但蕾蓓卡一踏入她的包廂，艾美就不顧眾目睽睽，歡喜若狂地朝朋友飛奔而去。現場觀眾都見到她真情流露的擁抱朋友，至少舉著望遠鏡、緊盯奧斯朋一行人的將軍，清楚看見了這一幕。洛頓太太也親熱地和喬斯打招呼，崇拜地欣賞奧大德太太碩大的煙晶別針和閃亮的愛爾蘭鑽石，不敢相信它們並非來自印度的哥康達。她談笑風生，忙碌不已，一會兒轉身、一會兒扭腰，對這人微笑，對那人竊笑，對面的望遠鏡將一切盡收眼底。眼看芭蕾舞就要開始（沒有任何一位舞者的演技比蕾蓓卡更厲害，也沒有人的表情比她更生動），她才匆匆走回自己的包廂，只是這一回她挽著達賓上尉的手。不，她不要喬治護送她，他得留在包廂裡，陪伴他最親愛、人美心又善的小艾美麗雅。

「那女人還真是個騙子！」從蕾蓓卡的包廂回來後，老實的達賓低聲對喬治說道。他護送蕾蓓卡回去時，一句話也不肯說，臉色陰沉地像殯葬業者。「她像條蛇一樣扭腰擺臀。喬治，你沒看到她在這兒時，從頭到尾都在演戲給對面的將軍看嗎？」

「騙子！演戲！別說了，她是全英格蘭最善良的小婦人，」喬治露出雪白牙齒笑著應道，伸出手指捲了捲他那漂亮的鬍子。「達賓，你太不食人間煙火了。傻子，你瞧瞧，現在她忙著跟杜夫特講話啦。瞧瞧他笑得多開心！老天，她的肩膀多美！艾美，妳怎麼沒帶一束花來呢？每個人手上都有一束花哪。」

「說得好，那你怎麼沒『滿』一束給她呢？」奧大德太太說道。艾美麗雅和威廉．達賓同聲感謝她及時而中肯的發言。但兩位女子沒有進一步反攻。世故老練的敵人突然華麗登場，談笑自若，說的全是最時髦的話題，完全震懾了艾美麗雅。連奧大德太太也不得不屈服於蓓琪的光采之下，沉默了好一會兒，整個晚上都沒再提起瑪洛尼河谷。

歌劇那晚之後隔了幾天，達賓對他的朋友說道：「喬治，你到底打算何時戒掉賭博？你答應過我。你不會要到死了才停手吧？」

他的朋友回嘴：「那你何時才要戒掉愛說教的習慣？見鬼了，你到底在緊張什麼勁？我們玩得很小，昨晚可是我贏了。你該不會要說，克勞利會作弊吧？總之，只要玩得公平，一整年下來，輸贏差不了多少。」

「就算他輸了，我也不相信他付得出錢，」達賓說道。但他的建言毫無效果，只是對牛彈琴罷了。副官夫妻的套房雖然緊臨將軍的房間，但現在杜夫特將軍老是在外用餐。克勞利永遠歡迎喬治的大駕光臨，兩人現在幾乎同進同出了。

當艾美麗雅和喬治前往飯店拜訪克勞利夫妻，艾美麗雅的舉止差點引發這對新婚夫妻的第一場爭執。顯然艾美麗雅一開始就不大願意出門，見到了老朋友克勞利太太，她卻擺出桀驁不馴的態度，喬治為此暴跳如雷，氣憤地責罵妻子，但艾美麗雅一句話也不回。不過，當他們再次拜訪克勞利夫妻時，她感到丈夫眼神凌厲地望著自己，而蕾蓓卡的眼光也在她身上來回逡巡，令她比之前更加扭怩不安。

當然，蕾蓓卡對她加倍關愛，決心不把朋友的冷淡放在心上。「我想，自從她父親的名字被登在——自從她父親遭逢**不幸**後，她的自尊心更強了，」蕾蓓卡說道。為了喬治著想，她好心換了含蓄的說法。

「我發誓，當我們在布萊頓時，我還把她的嫉妒當作對我的奉承！我想，現在我、洛頓和將軍全住在一起，難免她感到憤慨不平吧。但是我親愛的朋友呀，以我們微薄的收入，不得不與朋友分擔住宿費用呀，不然還能怎麼辦？難道你們認為洛頓會放任別人玷污我的名譽嗎？不過，我當然對艾美感到抱歉，非常抱歉。」洛頓太太說道。

「呸！嫉妒！」喬治應道，「沒有女人不嫉妒。」

「男人也一樣啊。在歌劇院的那天晚上，你不是吃了杜夫特將軍的醋嗎？而將軍不也嫉妒你？哎，我只不過跟著你去拜訪你那傻氣的小妻子，他就氣得想吃了我。難道我在乎的真是你們兩個人嗎？」克勞利太太輕快地甩了甩頭，「你要不要在這兒吃晚餐？我們的龍騎兵要和總司令吃飯呢。傳來令人激動的大消息啦，他們說法國人已過了國界。今晚我們就一起安靜地吃頓飯吧。」

不顧身體不適的妻子，喬治接受了蕾蓓卡的邀請。他們六週前才剛結婚，但現在，眼前有個女人嘲弄自己的妻子，對她冷笑，但他一點也不生氣。這個好脾氣的傢伙甚至不生自己的氣。他默默對自己承認，這真是糟透了，但管它的，要是有個漂亮女人心甘情願地**貼**上來，男人又能怎麼辦呢？你們明白吧？他以前常常說，「女人這檔事，我不大在意」，與史杜伯、史普尼和軍營餐廳裡的同袍交換心領神會的眼神，頷首微笑。而他對女人的本事，正是他贏得眾人敬重的原因。浮華世界的男人要贏得榮耀，第一個手段是打場勝仗，第二個就是征服女人芳心。不然的話，少年何必吹噓他們的情史，唐璜又怎會受人歡迎呢？

深信自己在情場攻無不克，注定征服女人心的奧斯朋先生，無意抵抗命運對他的召喚，反而欣然自得地接受他的使命。既然艾美沒有說什麼，吃醋的她只是悶悶不樂地默默沉思，沒有鬧得他不可開交，喬治樂得相信，妻子完全沒發現那件他朋友全都瞭若指掌的事兒，也就是他和克勞利太太一天到晚調情，已到了無可救藥的地步。只要蕾蓓卡落單，他就會陪她騎馬外出。他假裝軍務繁忙，無暇顧及妻子，但這些胡說八道當然沒騙倒艾美麗雅。他冷落妻子，頂多只有她哥哥陪著她，而他自己則在克勞利夫妻的住處度過黃昏夜晚。他輸給克勞利先生一大筆錢，還眉飛色舞地想著，克勞利太太愛他愛得死去活來。這對夫妻，一個以甜言蜜語勾引年輕男士，另一個則仰仗牌技贏走他的錢。當然，可敬的克勞利夫妻也許從未真的密謀或擬訂計畫，但他們默契十足。毫無芥蒂的洛頓，放任奧斯朋隨意地出入夫妻倆的房間。

新朋友佔據了喬治所有的心思，他和威廉・達賓不再像過去那樣密切往來。不管在公開場合或軍營，他都刻意迴避達賓。我們也看得出來，他並不喜歡年紀長他幾歲的達賓不厭其煩地說教。喬治的某些行為也許真的激怒了達賓上尉，讓他也變得冷淡。就算有人告訴喬治，儘管他的鬍子濃密又自以為是，但他仍像個少年一樣天真青澀，又有何用？就算有人告訴他，洛頓早就剝了他好幾次皮，現在又故技重施，等到喬治的錢一花完，就會不屑地拋下他，又有何用？喬治只會當耳邊風。達賓去奧斯朋的住處拜訪，但好幾天都無緣見老朋友一面，也省了一番令人不快又於事無補的對話。我們的朋友喬治正盡情享受浮華世界，而他的事業似乎扶搖直上。

自從大流士[111]時代之後，再也沒有軍隊像一八一五年這支由威靈頓公爵率領、駐紮於低地國的軍隊，吸引那麼多商販尾隨在後。這群人直到戰爭開打的前一刻，還在盡情享受盛宴，忙著跳舞，徹夜狂歡。同年六月十五日，一位身分崇高的伯爵夫人在布魯塞爾辦了場空前盛大的舞會。消息才剛傳出，全城就陷入一片狂熱興奮之中。當時也在布魯塞爾的數位女士都告訴我，不管是太太還是小姐，這場舞會成了全城女性最關心的話題，近在眼前的敵軍也被拋在腦後。英格蘭女性以超乎常人的積極，爭奪、謀取、甚至祈求獲得舞會的邀請函，一心只想加入偉大祖國的上流社交圈。

喬斯和奧大德太太一心盼望有人會開口邀請他們，但最終還是無法取得入場門票。不過我們另外幾位朋友就幸運多了。為了回報喬治上次在餐廳的宴請，巴瑞克斯勛爵賜給奧斯朋上尉夫妻一張邀請函，讓喬治興高采烈。達賓軍團所屬的步兵師，由一位和達賓有私交的將軍指揮，因此他也收到了邀請函。有天他去拜訪奧斯朋太太時，掏出了那封邀請函，令喬斯嫉妒得很，而喬治還想不透達賓怎麼成了上流社交圈的一員。當然，洛頓夫妻也受到邀請，畢竟他們是騎兵團將軍的朋友呀。

喬治為艾美麗雅訂購新衣裳和各種首飾。到了舞會當天，他帶著妻子搭乘馬車，駛向眾人引頸期盼的舞會，然而這場舞會上，艾美麗雅可說半個人也不認識。巴瑞克斯夫人認為，送了張邀請函給喬治已仁至義盡，再也無意和他往來，喬治卻在舞會到處尋找勛爵夫人。他找了張長凳安置艾美麗雅，任她獨坐沉思，而他卻沾沾自喜地想著，他替她買了許多漂亮衣裳，還帶她到舞會來，讓她盡情享樂，真是位好丈夫呀。獨坐一角的艾美麗雅盡想些不快樂的事情，除了老實的達

111. 波斯國王。

賓，沒人來打擾她。

艾美麗雅對舞會漠不關心，令她的丈夫頗為惱火。與此同時，洛頓・克勞利太太出場了，立刻艷驚四座。她很晚才抵達，神采飛揚的她打扮得華貴動人。儘管舞會上眾星雲集，但她一出現，人們紛紛轉頭過來，把望遠鏡對準了她。她從容大方，就好像以前在平克頓女校，護送小女童前往教堂似地安詳自在。在場有不少她認識的男士，打扮時髦的年輕男子紛紛圍在她的身旁。至於太太小姐呢，她們竊竊私語，說她是蒙特莫朗西家的親戚，洛頓把她從修道院帶走。聽她那道地的法文，也許這消息的真實性不低。她們一致同意她的儀態大方，看來身世不凡。她身邊立刻擁上多達五十名追求者，人人都希望贏得與她共舞的榮幸。但她說她已名花有主，今晚無意搶了各家閨秀的光采，只會偶爾跳一、兩支舞。接著洛頓太太急急走向無人注意的角落，那兒坐著愁眉苦臉的艾美麗雅。洛頓太太親切地對艾美麗雅噓寒問暖，又以居高臨下的態度對待她，指出朋友衣著上的缺點，批評她的美髮師，驚奇她怎能打扮得如此寒酸，發誓隔天要派自己的裁縫師替她服務。她完全擊潰了艾美麗雅。接著她話鋒一轉，讚嘆這場令人愉快的舞會，說所有的知名人物都到齊了，只是有**幾個**名不見經傳的傢伙。不過短短兩週，參加上流社交圈的三次晚宴後，這位少婦已十分熟悉上流社會的各種行話，連出生顯赫的貴族也比不上她。人們只能從她流利的法文臆測，她並不是出生於英國貴族世家。

蕾蓓卡一坐在她親愛的朋友身邊，原本放任艾美枯坐一旁，只顧著走向舞池的喬治，立刻又折了回來。蓓琪正絮絮叨叨地向奧斯朋太太述說她的上尉丈夫做了多少傻事。「老天爺，親愛的，妳不能再讓他賭博了，」她說道，「不然他會毀了自己。他和洛頓每晚都在玩牌，你知道喬治窮得很，要是他再不小心，洛頓會把他每一分錢都贏光的。妳這粗心大意的小傢伙，怎麼不勸勸他呢？妳何不到我們那兒吃晚餐，別再和達賓上尉守在家裡大眼瞪小眼啦？妳丈夫的腳還真是漂亮，瞧瞧他這不就過來了！你這浪蕩子跑哪兒去啦？艾美想你想到掉眼淚啦。你是要來帶我跳方塊舞嗎？」說著，她就把花束和披肩留在艾美麗雅身旁，拉著喬治跳舞去了。只有女人才懂得如何讓人遍體鱗傷，她們嬌小的身軀宛如尖端抹上毒藥的箭，比男人那些武器鋒利千倍。我們可憐的艾美，生來不會怨恨，一輩子未曾出言譏嘲任何人，如今落在那殘忍的敵人手中，毫無反擊之力。

喬治和蕾蓓卡跳了兩、三支舞……但艾美麗雅根本不知道他們共舞幾回。她只是坐在角落，被世人遺忘，直到洛頓走上前來，笨拙地與她交談幾句。後來，見義勇為的達賓上尉為她端來飲料點心，坐下來陪伴她。他不想詢問她為何一臉憂傷，但艾美麗雅為了解釋即將洶湧而出的淚水，告訴他克勞利太太警告她，喬治戒不了賭博。

「男人一迷上賭博，就算會被手腳笨拙的流氓騙得一敗塗地，也毫不在乎。真是讓人想不透，」達賓說道。對此，艾美應了聲：「你說得對。」但她根本想著別的事兒。令她痛苦不堪的，並不是丈夫輸了錢。

喬治終於回到艾美麗雅面前，但他是為了替蕾蓓卡拿披肩和花束才過來的。她要走了。她甚至無意過來，向艾美麗雅道別。可憐的少婦任由丈夫來了又去了，一句話也沒說，只是垂頭喪氣。由於早先有人來找達賓，因此他暫時離開了艾美，一臉嚴肅地低聲與朋友，也就是步兵師的將軍談話，完全沒發現喬治的行徑。喬治就這樣跟那束花一起消失了。他把花束交還給它的主人時，在花朵間夾了一張小紙條，就像一條蜷起的蛇，隱身於花葉間。蕾蓓卡立刻注意到那張小紙條，而且她早就學會如何處理這種事。她伸手握住花束，兩人目光相接，喬治立刻明白她知道裡面藏了什麼。她的丈夫仍沉浸在自己的思緒中，急急護送太太離開，似乎沒發現朋友與妻子間心照不宣的眼神。當然，這些都是無關緊要的小事。蕾蓓卡朝喬治伸出手，意有所指地眨眨眼，行了個屈膝禮就隨丈夫離開。喬治則接過她的手並鞠了躬，克勞利說了幾句話，但他沒有回應，他恐怕連聽都沒聽見。他因勝利和興奮而激動不已，什麼也沒說就目送他們離開。

喬治的太太就算沒看到整個過程，至少看到了兩人交換花束的那一幕。當然，蕾蓓卡使喚喬治過來，幫她拿披肩和花束，都是再自然不過的事，過去幾天來，他向她獻了多少次殷勤，不是嗎？但現在，這一切都令艾美麗雅不堪負荷。她突然把身子往旁邊的達賓一靠，說道：「威廉，你對我一向很好……我……我實在很不舒服。送我回家吧。」她沒發現自己像喬治一樣，直呼達賓的名字。達賓立刻陪她離開，她的住處並不遠。當他們穿過人群，舞會裡裡外外的賓客都沒有多加注意。

之前有兩、三回，喬治與好友尋歡作樂後，回家發現妻子還醒著等門，就大發脾氣。因此艾美麗雅一回到住處就上床休息。她並沒有睡著，但路上那些熱鬧與喧嘩，響亮清脆的馬蹄聲，都沒傳進她的耳朵裡。別的煩惱佔據了她的心頭，讓她徹夜無法闔眼。

此時，欣喜若狂的奧斯朋直直走向牌桌，瘋狂地下注。他贏了好幾回合。「今晚我好運當頭，」他說道。但幸運之神的眷顧，也無法緩和他的興奮。過一陣子他就突然起身，把贏的錢全都帶走，接著去餐室那兒一杯接一杯的猛灌酒。

當他正和身邊的人高談闊論，歡快地縱聲大笑，達賓找到了他。為了找朋友，達賓四處奔走，還去牌桌繞了一圈。此時達賓面如死灰，和朋友因喜悅而漲紅的臉孔大異其趣。

「哈囉，達伯！老達伯，快來喝一杯！公爵的葡萄酒真是美味。先生，給我多倒一杯，」他伸出酒杯的手抖個不停。

「喬治，走吧，」達賓依舊臉色凜然，「別喝了。」

「喝呀！世上沒有更好的酒了！你也敬自己一杯吧，老傢伙，瞧瞧你那尖瘦的下巴，開心一點。我這杯敬你。」

達賓靠了過去，在喬治耳邊低語幾個字。喬治一聽驚跳起來，狂喜地歡呼一聲。他把手中的酒一飲而盡，啪的一聲把酒杯放在桌上。在朋友扶持下，他匆匆忙忙地走開了。「敵軍已過了松布耳河，」威廉說道，「左翼軍隊已上前迎戰了。走吧，三小時內，我們就要出發了。」

這場戰役，已讓喬治等得望眼欲穿，如今消息來得多麼突然啊！喬治走著，渾身因興奮而顫抖不已。現在，情愛與私通還有什麼意義？當他急急走回住處，腦裡閃過成千上百個念頭，想著至今的人生和未來的機會，想著等待著他的命運，想著他的妻子，想著她也許有了身孕，而他還來不及見孩子出世，就不得不離開。啊！他多希望今晚的一切都沒發生！這樣他就不用受良心譴責，可以清白地與溫柔又真誠的妻子告別，他實在太不珍惜妻子對他的一往情深了！

他思索著短短的婚姻生活。過去幾週內，他幾乎把那筆微不足道的財產花光了。他實在太莽撞、太任性了！要是他出了什麼不幸，她要靠什麼過活？他實在配不上她。為什麼他要娶她？他根本不適合婚姻。為什麼要違抗父親呢？父親總是對他那麼慷慨。希望、悔恨、野心、柔情和自私的懊悔，全一股腦兒湧上他的心頭。他坐下來向父親寫信，再次想起那回父子爭執時他說的話。當他寫完這封訣別信，天邊已漸漸亮了。他封上蠟，虔誠地附上一吻。他想著自己如何拋棄大方的父親，回憶著那固執的老人為他做了多少好事。

他回到家裡時，朝臥房望了一眼。他看到艾美麗雅安靜地躺在床上，雙眼緊閉。他很慶幸她睡著了。離開舞會後，回到軍營駐紮的地區，他發現下屬早就忙著為上路準備。他比了比手勢，那人便明白他的意思，手腳俐索又安靜地整理他的行囊。他該踏進臥房，吵醒艾美麗雅嗎？還是寫封便箋給她的哥哥，由他宣布這個大消息？他猶豫不決。最後他終於踏進臥房，看妻子最後一眼。

其實他第一次朝臥房探頭時，她就醒了，只是一直緊閉雙眼，不願無法入眠變成對他的責難。當他再次進來，這個羞怯的小姑娘寬慰不少。他躡手躡腳地離開後，安心的她朝向他的方向，淺淺小睡了一會兒。現在喬治再一次踏入臥房，比之前更加小心翼翼。蒼白的夜燈照在她那張甜美而憔悴的臉蛋上，發紫的眼皮緊閉，長長的睫毛垂下來。她白皙圓潤又細嫩的手臂壓在被子上。老天爺！她多麼純真，多麼溫柔，又多麼孤獨！而他呢，他是自私、殘忍、邪惡、犯了罪的男人！羞愧的他站在床腳，看著那熟睡的女子。他怎敢……他是誰，他怎有資格為一名如此無瑕的女子祈禱！願上天保佑她！願上天保佑她！他走向床畔，凝神望向妻子的白皙玉手，既小巧又柔軟，靜止不動的放在那兒。接著他無聲的彎下腰，靠向那蒼白溫柔的臉孔。

他一彎腰，妻子美麗的手臂就圍繞住他的脖子。「喬治，我沒睡著，」惹人憐的小婦人說道。她輕輕哽咽一聲，彷彿她那挨著他的心房就要碎裂。可憐的女孩，她為什麼徹夜難眠？就在此時，軍營的號角聲清晰地響了起來，傳遍大街小巷。在步兵的鼓聲與刺耳的蘇格蘭風笛聲中，全城都醒了過來。

第三十章 〈我離開的那個姑娘〉112

我們並不是軍事小說家。我們的位置並不是上前線，而是陪伴那些不上戰場的人們。當甲板上空無一人，戰事一觸即發，我們全躲到下面的船艙，溫順地等待。當英勇的軍人在我們頭上戰鬥，我們若現身，只會造成他們的困擾。因此，我們只會送某軍團到城門，就讓奧大德少校帶領軍士，盡他們的責任，至於我們，則回到少校太太身旁，照看女眷和行李。

少校夫妻不像我們其他的朋友，參加了上一章的舞會，因此他們有充分的時間躺在床上，享受休息帶來的益處，那些把玩樂視作責任的人們可沒辦法享有這些好處。「我親愛的佩姬，我相信，」心平氣和的少校把頭上的睡帽往耳邊拉好，「過一、兩天，又會有另一場大舞會，演奏許多人都沒聽過的新舞曲。」對他來說，喝杯酒後回房休息就是世間至高無上的快樂，其他的娛樂全比不上。至於佩姬，她本希望能在舞會上炫耀她的頭巾帽和天堂鳥羽毛，但當她得知丈夫帶回家的大消息後，心情就沉重下來。

「我希望『妮』在集合號角響起前半小時，就把我叫醒，」少校對妻子說，「親愛的佩姬，一點半就來叫我吧，幫我準備好行囊。奧太太，說不定我沒法回來吃早餐。」這番話代表他認為，軍團隔天一大早就會出征。話音一落，他就睡著了。

奧大德太太是位好主婦。穿著襯衣、頭上捲著捲髮紙的她，體認到在這個重大的時刻，她有

112. 一首可追溯至伊麗莎白一世時期的民謠，有許多不同歌詞的版本。

很多事要忙，沒空酣睡。「等到麥克走了，多的是睡覺的時間，」她想道。她替先生打包行李，整刷他的斗篷、軍帽和每一套軍服，按穿著順序放好。她在斗篷的幾個口袋裡，分別裝了一包輕便的口糧，一個用柳條包住的長口瓶，一把小巧的手槍。長口瓶裡裝了將近一品脫的上好干邑白蘭地，這是她和少校都非常喜歡的酒。她那只自動報時錶一指向一點半，宛如喪鐘般響了起來。它美麗的主人認為，這聲音像教堂鐘聲一樣莊嚴。

奧大德太太喚醒少校，就像他們在布魯塞爾共度的每個早晨，她已為他準備好一杯咖啡。這位可敬太太的忙碌準備，不正是愛的象徵嗎？誰敢說那些多愁善感女子以淚水和激動情緒所表現的愛，比奧大德太太更深情？隨著號角吹起，城裡四處響起陣陣鼓聲。奧大德夫妻坐下來共飲一壺咖啡，這豈不是比盡情宣洩情緒更有用，更有助於實現目標？她的愛讓少校神清氣爽地上路。他精神集中，衣冠楚楚，臉色紅潤，鬍子也修得整整齊齊。他雄糾糾地坐上馬背，整支步兵軍看到他抬頭挺胸的氣勢，全都充滿信心，高聲歡呼。這名勇敢的婦人站在陽台上守望，當軍團經過，所有的軍官都朝她致敬，而她則揮手祝福。我敢說，她之所以沒有親身率領某軍團上戰場，絕不是她勇氣不足，而是基於女性的貼心與美德，不然勇氣不落人後的她必會一馬當先。

每到星期天或重大時刻，奧大德太太就會拿出副主教叔叔的講道集，莊重的朗誦禱文。不管是她隨軍團四處旅行，或等待軍團歸來時，這本講道集都曾帶給她無以倫比的慰藉。當他們從西印度群島回到英格蘭，厚重的講道集已變得破破爛爛，但她仍愛不釋手。軍團踏出布魯塞爾後，她就翻閱這本書，陷入沉思。也許她根本沒留意書上的文字，或者她心有所思。不管如何，她夜不成眠。親愛麥克的睡帽仍留在枕頭上。那天晚上，許多女人都和她一樣輾轉反側。那個傑克或唐諾揹上軍背包，走向榮耀，跟著〈我離開的那個姑娘〉的音調大步邁進。而那個留在後方的她，默默承受分離的苦痛，有用不盡的時間去思索、臆測和回憶。

蕾蓓卡太太深知懊悔毫無用處，也明白沉浸於情緒中只會讓人更加難過，因此明智地下定決心，絕不流露無謂的哀傷。她以斯巴達人的冷靜沉著應對丈夫的離去。與這位堅決的小婦人相比，不得不告別妻子的洛頓上尉則難過極了。這個性情粗野的男子，已完全被蕾蓓卡馴服，他全心全意地敬愛她，崇拜她，拜服於她腳下。過去幾個月，是他這一輩子最幸福快樂的時光，而這一切全歸功於他的妻子。過去，賽馬場、交誼廳、狩獵場和賭桌帶給他許多快樂，他曾追求過裁縫師、芭蕾舞伶和其他女子，經歷過不少愛情，也有過其他小小的成就，但那些樂趣如今都變得索然無味。對這位從軍的阿多尼斯[113]來說，什麼都比不上這場婚姻所帶給他的幸福喜悅。蕾蓓卡懂得取悅丈夫的方法，他發現世上沒有一個地方比得上家，而他從童年時代至今的所有朋友，都比不上妻子，她的陪伴就是他快樂的泉源。他咒罵自己過往做過的傻事和奢侈放縱，哀嘆自己債台高築，隨著妻子在社交圈的地位看漲，他卻成了她的絆腳石。當他還是個單身漢，他從不曾為此煩心，但一結了婚，他就常在午夜時分，向蕾蓓卡怨嘆自己的無能。這樣的轉變連他自己都嘖嘖稱奇。「搞什麼鬼，」他會這麼說，或使用他乏善可陳的字彙庫中，更強烈的字眼。「結婚前，我根本不在乎自己簽下多少帳單，只要債主願意等，或老闆願意讓我再延三個月，我才不會為這些事煩惱。但我結婚後，我以名譽向妳發誓，除了展期之外，我再也沒簽下半張賒帳單。」

蕾蓓卡總是知道如何驅散他的憂慮。「怎麼了，我最親愛的傻男人，」她會說，「我們還有你姑姑呢！要是她讓我們失望了，不是還有你說的《公報》嗎？只要你升職，我們還有什麼好怕。要是行不通，別擔心，等你那個布特叔叔一升天，我還有別的打算。你們家總讓弟弟去當教士，你也可以賣掉軍銜，改行當個牧師，不是嗎？」她說的話總讓洛頓哈哈大笑。也許你也曾在

113. 希臘神話中一名相貌俊美的神。

半夜，聽到飯店裡傳出如雷的笑聲，認出偉大龍騎兵爽朗的聲音。睡在這對夫妻樓上的杜夫特將軍，就曾在臥房裡見識他爽朗聲音足以穿牆。隔天吃早餐時，蕾蓓卡會活靈活現地，向杜夫特將軍重演前一晚的情景，甚至幻想洛頓第一次講道會說些什麼話，把將軍逗得樂不可支。

但這一切都已成了過去式。戰爭開打的消息一傳來，軍隊上上下下全都整裝待命，洛頓也變得愈來愈嚴肅。蓓琪為此取笑他，令騎兵團的上尉頗為難受。「蓓琪，妳該不會真以為我怕死吧，」他微微顫抖著說道，「我相信妳不會這麼想。但我很容易就成為敵人的目標。要是我真倒下來了，我的妻子，甚至其他家人，只能孤苦無援地苟活。我本該好好照顧你們，卻讓你們無依無靠。總之，克太太，戰爭一點兒也不好笑。」

蕾蓓卡以無數的愛撫和溫言軟語，安慰受了傷的愛人。最終，勇氣十足的男人像平時一樣，屈服於她的活潑與幽默感之下，她才停止了這場滑稽劇，擺出嫺淑溫婉的表情。「我最親愛的愛人呀，」她說道，「你該不會真以為我毫無感情吧？」很快地，她的眼眶就擠出幾滴淚水。但當她抬頭望向丈夫，臉上仍不忘掛著微笑。

「妳過來看看，」他說，「要是我真遭遇不幸，讓我們瞧瞧妳能得到什麼。上回我手氣不錯，這兒還有兩百三十鎊。我口袋裡有十枚法國金幣，這些就夠我用了，反正將軍像個王公貴族似的，大方結清了所有帳單。要是我真被射中，妳也不用花什麼錢為我辦喪禮。小姑娘，別哭了，說不定我還能活一陣子，多惹妳生氣幾回。我不會把那兩匹馬帶走，我會騎將軍的灰馬，牠比較便宜。我已跟將軍說，我的馬瘸了腿。要是我完了，妳能用那兩匹馬換點錢。昨天葛里格出價九十鎊要買那匹母馬，當時開戰的消息還沒傳來呢。但我固執得很，若沒有一百鎊我絕不肯賣。那匹公馬布爾芬奇隨時都能賣到好價錢，但我想妳最好在這兒賣掉，因為我在馬商那兒欠了不少錢，我想妳別帶牠回英國比較好。將軍給妳的那匹母馬也能賣個好價錢，而且這兒馬廄費用沒倫敦那麼高昂，」洛頓補充一句，笑了一聲，「那個行李箱足足花了我兩百鎊——不如說我因它欠了兩百鎊。那些金蓋酒瓶一定值三、四十鎊。太太，妳一定得把那些東西，連同我的襯衫扣針、戒指、手錶、鍊子和其他物事拿去當鋪。它們都值不少錢。我知道克勞利小姐為了那只滴滴答答的小玩意兒還有它的鍊子花了一百鎊。那些金蓋酒瓶呀！該死的，我很抱歉沒多帶幾瓶在身上。要不是愛德華硬把那個鍍銀的鞋拔賣給我，我就能多買個行李箱、一只銀製暖床器和一套餐盤呢。總而言之，我們只能好好運用所有財物，蓓琪，妳懂的。」

克勞利上尉就這樣安排後事。婚前他只顧得了自己，但過去這幾個月以來，愛情馴服了這位龍騎士，在他身上施展魔法。如今他低頭數算自己擁有的各種物事，想盡辦法估算萬一他慘遭不幸，它們能為他妻子掙多少錢。他拿了支鉛筆，以孩子氣的筆跡列出他的各項動產的可能價錢，算算要是他妻子成了寡婦，能換多少現金。比方來說，他寫下：「我的曼頓牌雙管長槍，應可賣四十基尼；我的騎馬用斗篷，內裡是黑貂毛，五十鎊。我那把裝在紫檀木盒裡的決鬥用手槍（我就是用這把手槍射了馬克上尉），二十鎊。我的標準馬鞍槍套和馬具；我的勞瑞牌馬具……」他將所有的私人物品都交給蕾蓓卡處置。

上尉徹底實行節約守則，穿上最老舊的制服、配戴最破爛的肩章，把比較新的衣飾都交給妻子（或未來的寡婦）保管。這位在溫莎與海德公園出了名的時髦男子，現在穿得像名中士似的，一身樸素地踏向戰場。他的口中呢喃不停，為他的女人祈禱。他一把將她從地上抱起，緊緊摟住她一分鐘，把她壓在他那急跳不已的胸口上。他的臉色泛紫，眼神黯淡無光。接著他放下了她，轉身離開。他駕馬騎在將軍身畔，沉默地抽著雪茄。部隊已先行離開，他們急急朝前方趕去。直到他們騎了數哩之後，他才把一直捲著鬍鬚的手放下，打破沉默，說了幾句話。

至於蕾蓓卡，就像前面提過的，明智地決定不要在丈夫離開時，流露無謂的感情。她從窗口朝他揮手吻別，直到他的身影漸去漸遠，她仍守在那兒，朝他離開的方向望。晨光中，教堂的尖塔和那些古雅老屋的屋頂漸漸染上朝陽的紅暈。她一整夜都沒有休息，身上仍穿著那襲美麗的舞會禮服，微微散亂的鬈髮垂在她的頸間。只顧著守望的那雙眼下面浮起黑影。「我這副樣子多嚇人啊，」她望著鏡子裡的自己，「這件粉紅衣裳讓我看起來多麼蒼白！」她脫去華服，此時一張字條從緊身衣裡掉了出來。她微笑地拾起，把它鎖進化粧箱裡。她把早先帶去舞會的那束花放進花瓶，加了水。接著她上了床，沉沉地睡了一覺。

她醒來時，已經十點了。整座城市靜悄悄地。她喝了杯咖啡。經過黎明前的忙亂與哀傷後，早晨不可或缺的咖啡帶給她一點安慰。

簡單地打發早餐，她拿起老實的洛頓前一晚列下的資產明細，審視自己的處境。要是丈夫真的有了萬一，整體而言，她的身價還不錯。除了丈夫留下的那些財產——回想兩人剛結婚時，她就曾衷心讚揚過洛頓的慷慨大方——她身邊還有些珠寶首飾和嫁妝。除此之外，她還有那匹小母馬，而她的奴隸和追求者——杜夫特將軍，也送給她許多價值不斐的禮物。在一場拍賣會上，一名破產的法國將軍夫人把財產都拿出來賣，而將軍為她買下數條喀什米爾披肩，此外，他也在許多珠寶店買首飾送她。她的愛慕者藉此宣揚他的品味和財富。至於洛頓口中的「滴滴答答的小玩意兒」，指的是懷錶，蕾蓓卡的房裡到處都聽得到它們的響聲。有天她提到，洛頓送她的那只英國製的錶停了，隔天就有人送來一只標著「勒華伊」[114]的精巧懷錶，鍊子和錶蓋上都鑲了美麗的綠松石，還有一只鑲滿了珍珠的「寶璣」[115]錶，小巧的錶面跟半克朗硬幣差不多大。一只是杜夫特將軍送的，另一只則由奧斯朋上尉大方致贈。奧斯朋太太一只錶也沒有。但我們得為喬治說句話，要是艾美開口的話，想必他也會送她的。至於留在英格蘭的杜夫特將軍夫人，雖然她沒有懷錶，但她從娘家母親繼承了一個能報時的老玩意兒，幾乎和洛頓說的暖床器一樣大。要是商人赫威爾和詹姆斯先生列出店裡所有商品的買主，恐怕會意外發現幾位常客的名字反覆出現在名單上。如果男士買下的所有物品，都送到明媒正娶的妻子和女兒手中，浮華世界的上流家庭恐怕都塞滿了耀眼的珠寶啦！

蕾蓓卡太太一一計算每件物品的價值，心中湧起一股濃濃的勝利感和得意。要是不幸真的降臨，她至少擁有六百到七百鎊，隨時可以東山再起。整個上午，她忙著整理、排列、尋找所有財產，最後心滿意足地將它們收起來，全都上了鎖。洛頓的筆記簿裡夾了張指名由奧斯朋往來的銀行支付的二十鎊支票，這讓她想起奧斯朋太太。「我去兌現這張支票吧，」她自言自語，「辦完之後再去拜訪可憐的小艾美。」若說我們寫的是本沒有英雄人物的小說，至少我們還有位女英豪。朝戰場進發的英軍中，沒有半個男人——包括偉大的威靈頓公爵——像這位不屈不撓的小婦人一樣，面對眼前的危險與困難，依舊冷靜沉著，從容不迫。

還有位我們熟識的朋友也被軍隊留在後方。既然他不是名戰士，我們理當瞭解一下他的心情和行為。他是我們的朋友，前巴格利烏拉收稅官。清晨未到，他就像其他人一樣，被軍隊的號角聲吵醒了。儘管英軍的鼓聲、號角、風笛此起彼落，但他不僅好睡，還十分眷戀他的床，本有可能一路睡到平時的起床時間。但是有人打擾了他。那個人不是住在同一間旅館的喬治・奧斯朋，他的妹婿一如往常忙著自己的事，沉浸與妻子分離而哀痛中，根本無暇理會呼呼大睡的大舅子。吵醒喬斯・薩德利的不是喬治，而是達賓上尉。他把喬喚醒，堅持在出征前與他握手告別。

「你真好心，」喬斯打著呵欠，心裡暗暗咒罵上尉。

114. 法國知名錶商，成立於一七八五年。
115. 亦是法國知名錶商，成立於一七七五年。

「你知道的……我……我實在不想不告而別，」達賓斷斷續續地說道，「因為，你懂的，有些人恐怕永遠也回不來了，我想確認你們都過得好，而且……而且那些事兒，你明白的。」

「你指的是什麼？」喬斯揉著眼睛問。雖然上尉宣稱他十分在乎喬斯，但他根本沒聽見對方的問話，也沒朝這位仍戴著睡帽的肥壯男子看一眼。虛情假意的軍官望著喬治的套房，全心傾聽那兒的動靜。他在喬斯的房裡來回踱步，撞上椅子，用指節敲響桌面，咬著指甲，以及其他各種顯示他內心激動不安的小動作。

喬斯一向瞧不起上尉，現在更覺得他是個膽小鬼。「達賓，我能為你做些什麼嗎？」他以諷刺的口吻問道。

「讓我告訴你，你能做哪些事兒吧，」上尉走近他的床，「我們十五分鐘內就要出發了，薩德利，喬治和我可能永遠都回不來。你聽好了，在你確知戰爭結果之前，別驚動任何人。你得留在這裡，照顧你的妹妹，安慰她，確保她不會受到任何傷害。要是喬治出了什麼事，你得記得，她在這世上，只剩你一個人可以依靠了。要是軍隊出師不利，你就護送她回到英格蘭，而且你得向我保證，你絕不會遺棄她。我知道你不會，至少在金錢上，你對她一向大方。你需要錢嗎？我是說，萬一有任何不幸，你是否有足夠的錢回英格蘭？」

「先生，」喬斯擺出莊嚴的架勢回答，「要是我需要錢，我知道該怎麼做。至於我妹妹，用不著你告訴我該如何照顧她。」

「喬斯，你真是個男子漢，」上尉好脾氣地說道，「我很高興喬治把她交託給你這樣的好人。那麼，我能把你的保證轉告給喬治吧？我能告訴他，要是出了什麼意外，你會照顧他的妻子，是嗎？」

「當然，當然，」喬斯先生回答道。達賓想得沒錯，喬斯是個出手大方的人。

「要是我軍敗退，你會護送她離開布魯塞爾？」

「敗退！該死的，先生，英軍絕不可能失敗。用不著嚇唬我，」這位肥壯的英雄在床上大吼一聲。看到喬斯保證會照顧妹妹，達賓終於放下懸宕已久的心。「至少，」達賓想，「要是真的發生不測，至少她能安全離開。」

也許達賓上尉暗暗期待隨軍團上路前，再看艾美麗雅一眼，獲得個人的安慰和滿足，如此醜惡自私的想法當然得受到嚴厲的懲罰。喬斯的房門通向客廳，那兒是他與奧斯朋夫妻共用的起居空間，他的房門對面就是艾美麗雅的臥房。號角吵醒了所有人，現在已不用再費心掩飾軍隊即將上戰場的消息。客廳裡，喬治的僕人忙著打包，奧斯朋則在這兒和隔壁房間來回走動，把他要帶上戰場的物品一一丟給僕人。此時，達賓的確一償所願，再次望見了艾美麗雅的臉龐。只是，那是張多讓人難過的臉啊！她的臉蒼白如紙，掛著狂亂又絕望的表情。從此之後，達賓一想到她當時的面容，就覺得自己是個罪人。那張臉龐令他心痛得難受又掛念不已。

穿著白色晨袍的她，放任頭髮散落在肩上，那雙毫無生氣的大眼死氣沉沉。她想幫忙準備，想證明在這個重大時刻，她也能出力相助。可憐的姑娘從抽屜裡掏出喬治的肩帶，但她握住了肩帶後，就茫然地跟著喬治的身影走來走去，什麼也說不出口，只是看著他打包行李。她走出臥房，倚著牆，把那條肩帶壓在胸口上，深紅色的肩帶看來就像她心口汩汩流下的一道鮮血。我們好心腸的上尉看到她，震驚不已，沉重的罪惡感淹沒了他的心頭。「慈悲的上天哪，」他想，「我怎能打擾哀慟欲絕的她？」此時做什麼也只是徒勞，沒有任何方法能安慰或減輕她說不出口的痛苦。無力安慰艾美的他，只能站在那兒望著她，他就像一名看著孩子受苦的父親，因同情與憐愛而心如刀割。

喬治忙完了，終於握住艾美的手，帶她回到臥房。他獨自走出房間。此時已到了出發的時刻，他就這樣離開了。

「感謝老天，終於結束了，」喬治一邊走下樓梯，一邊想道。他的手臂下掛著佩劍，步伐輕快地跑向軍隊集結的地點。四處都保持高度警戒。其他的軍官士兵也都急急地跑出營舍，往那兒跑來。喬治的脈搏急切跳動，臉頰浮現紅暈，偉大的戰爭遊戲即將展開，而他就是其中一名玩家，懷疑、希望和喜悅多麼激烈地衝擊他的心呀！這場輸贏的代價多麼高昂！就算把他過去玩過的賭局加起來，恐怕也比不上這一場爭奪吧？這個年輕男子自從少年時代，就全心投入所有需要運動技巧和勇氣的比賽，樂於與他人較勁，未曾遲疑。不管在學校還是軍團裡，他都是名優秀的戰士，所到之處都受到同伴的歡呼與讚賞。從少年時期的板球賽，到軍隊營地的競賽，全都難不倒他。他摘下上百次的冠軍頭銜。不管他身在何處，男人女人總是崇拜他，佩服他。一個男人到底靠什麼，才能迅速贏得人們的喝采？除了優越體能、活力與膽識，還有什麼？不管時代如何變遷，詩歌與浪漫史傳頌的總是心智、體力與勇氣。從特洛伊之戰直到今天，詩歌裡的英雄總是一名戰士。我不禁好奇，是不是男人心裡都住著膽小鬼，才會如此崇拜勇氣？他們是否因此才將軍事的膽識，視為贏得獎賞與仰慕最重要的特質？

隨著開戰號角一聲急似一聲，喬治急不可待地離開他玩弄已久的溫柔雙臂。他心中不免有些羞愧，想著該多陪她一會兒，但妻子對他的影響力十分薄弱。他所有的朋友們——那些我們偶然瞥見的人物——都像他一樣既興奮又急切，從指揮軍團的強壯老少校，到當天負責揹軍旗的小個子史杜伯少尉都興致勃勃。

當他們朝戰場前進時，太陽剛好升起，揭開一幅英勇的畫面。樂隊走在前頭，演奏行軍樂曲，引領著步伐整齊劃一的軍隊。接著是擔任指揮官的少校，騎著那匹名叫皮拉穆斯的壯碩好馬，接著是擲彈兵團，由一名上尉領軍，中央則是握著旗幟的幾名資深和新進的少尉旗手。接下來就是喬治率領的步兵連。經過住處時，他抬起了頭，對艾美麗雅露出微笑，接著頭也不回地前進。軍樂聲也隨著他的腳步，漸漸遠去。

第三十一章 喬斯・薩德利照顧妹妹

既然所有的高級軍官都在別的地方值勤，留守在布魯塞爾的小小團體裡，喬斯・薩德利就成了指揮官。他的手下除了生了病的艾美麗雅，還有比利時僕人伊斯朵兒，和什麼活兒都幹的女傭。雖然喬斯心神不寧，忙亂的清晨、達賓突如其來的拜訪，都打斷了他寶貴的休息時間，但就算睡不著，喬斯仍舊在床上翻來覆去好幾個小時，才按平時時間起床。太陽已經高掛天空，我們某軍團的英勇好漢已行軍了數哩遠，而我們這位印度官員才披上滿是花朵的睡袍，步出臥房吃早餐。

妹婿的離開並不令他難過。也許喬斯暗自慶幸奧斯朋終於離開，因為在喬治面前，他只能屈居次位，而且奧斯朋毫不掩飾對這位肥胖文官的輕蔑。但艾美一直對哥哥很好，既周到又體貼。她指示女傭，想盡辦法讓他過得舒舒服服，指揮廚子製作他喜愛的菜餚，陪他散步或兜風。她總是陪在哥哥身邊，至於喬治？她不知道他去了哪裡。只有艾美麗雅甜美的面容，能緩和哥哥的怒氣和丈夫的嘲弄。為了哥哥，艾美麗雅多次委婉地向丈夫抱怨，他對大舅子的戲謔太無禮，但她丈夫總是理直氣壯地打斷她的懇求。「我是個直爽的人，」他說道，「我從不掩飾我的想法，就像所有的正派男子。親愛的，妳要我如何敬重像妳哥哥那樣的傻子呢？」因此，喬斯頗為高興喬治終於離開了。櫃子上仍放著喬治那頂素色帽子和手套，喬斯一想到它們的主人已不在城裡，心頭就洋溢一種我不知該如何形容的祕密快感。「今天早上，他終於不會再花枝招展地晃來晃去，也不會無禮地惹我生氣了，」喬斯想道。

「把上尉的帽子收到門廳去吧，」他對僕人伊斯朵兒發出命令。「說不定他再也用不到啦，」瞭解主人脾性的僕人諂媚道。他也很討厭喬治，因為喬治像其他英格蘭大爺一樣，總是對他頤指氣使，傲慢得很。

「問一下夫人要不要來吃早餐吧，」薩德利先生威嚴十足地說道。他不太想和僕人分享他的喬治的厭惡，這令他感到難堪。但事實上，他早就向這位貼身男僕抱怨妹婿好幾回。

哎呀！夫人不想吃早餐。男僕一邊說，一邊切下喬斯先生愛吃的麵包片。她的女僕說，夫人病得太重，自從她丈夫出發後，就一直惶恐不安。憐惜妹妹的喬斯為她倒了一大杯的茶，這是他展現關愛的方式。不只如此，他還進步不少，除了把早餐端進妹妹的臥房，他還費心思索她會想吃什麼美味的佳餚。

上尉出發前，奧斯朋的男僕忙著整理主人的行囊，喬斯的貼身男僕伊斯朵兒鬱鬱不樂地在一旁觀望。首先，他痛恨奧斯朋先生，因為喬治愛對下人擺架子，而歐洲大陸的僕人可不像我們英國那麼好脾氣，他們不喜歡蠻橫的主人。第二，他看到許多貴重物品都被奧斯朋的男僕收走，一想到萬一英國失利，自己也拿不到那些寶貝，他就氣憤難平。他和其他許多布魯塞爾人和比利時人一樣，深信英國必敗。大部分人都認為，法國皇帝會分化普魯士和英國軍隊，將他們一一殲滅，三天內就會攻進布魯塞爾。到時候，他現在的主人不是被殺了，就是踏上逃亡之途或淪為囚犯，而那些財產都將歸於「伊斯朵兒老爺」名下。

他依照每天的慣例，服侍喬斯進行繁雜又累人的盥洗儀式。忠誠的僕人拿起各種物事，為主人打扮，心下則忙著忖度英軍潰敗後，他要怎麼處置這些東西。他打算把銀製精油瓶和一些小裝飾品，送給一位他愛慕的年輕女子。他會留下英國餐具，還有那只鑲了紅寶石的大別針。上好的波浪領襯衫，配上金邊的軍帽和飾有繡扣的大衣，再別上紅寶石別針，看起來一定時髦得很。

喬斯的大衣只要稍加修改，就會變得很合身。當然，還要搭配上尉的金頂手杖，還有鑲了紅寶石的雙環戒——說到這枚戒指，他可以改造成一對美麗的耳環。他想像自己穿上這套華服後，想必宛如阿多尼斯在世，輕鬆就能擄獲芮恩小姐的芳心。當他把一對袖扣別在薩德利先生肥胖浮腫的手腕上，他想道，「這些袖扣多適合我啊！我想要它們；還有隔壁房裡，上尉那雙有銅馬刺的靴子。老天爺呀！要是我穿它們去綠巷，一定會造成騷動！」當他以靈巧的手指輕捏主人的鼻子，俐落地修整喬的下巴，伊斯朵兒老爺的想像力盡情馳騁，幻想著自己穿上有華麗繡扣的外套和蕾絲衫，走在綠巷裡，身邊還有芮恩小姐陪伴。他會在河畔旁悠閒漫步，或在運河旁的樹下乘涼，觀察平底船緩慢地在河道間航行；也可能前往拉肯，在旅途上選間啤酒屋歇息，坐在長板凳上喝一杯法洛啤酒[116]，消消暑氣。

幸運的是，喬瑟夫．薩德利先生有別於各位讀者，完全不知道僕人心裡想的事情，不然他的心情可就無法那麼平靜。當然，我們也都不知道自己雇用的那些約翰或瑪莉怎麼看待我們。僕人如何看待我們！要是得知身邊最親密的下人或深愛的家屬對我們的看法，我們恐怕會心驚膽顫，恨不得離開這個世界。這些事實在太難以承受。就這樣，喬斯的僕人虎視眈眈地望著他的受害者，就像利登霍爾街上那頭茫然的烏龜，不知道自己已被佩恩特先生的一名助手，標上寫了「明日湯品」的卡片。

相比之下，艾美麗雅的女僕就沒伊斯朵兒那麼自私。在這個仁慈溫柔的少婦身旁，很少僕人抗拒得了她的甜美與親切，總是對她忠誠耿耿，關懷備至。在這個哀傷的早晨，廚娘寶玲就忙著安慰女主人，比任何人都更關心艾美麗雅。艾美麗雅在窗邊目送軍團出征，直到最後一把刺刀都消失在遠方，她也沒有離開。當廚娘找到她時，艾美麗雅已在窗邊一動也不動地坐了好幾個小時，一句話也說不出來，憔悴極了。這位老實的僕人立刻握住太太的手，用法文說道，「太太，堅持下去，我的男人不也從軍去了？」說著，她不禁哭泣起來。她抱住艾美麗雅，處境相同的兩位女子相擁而泣，互相安慰。

在這個早上，喬斯先生的伊斯朵兒在老爺住所和市中心之間來來回回，也去了公園附近英國人聚集的飯店、旅舍，向那兒的男僕、信差、僕役打探國外的消息，為主人帶回各種情報。這些人心底都默默支持法國皇帝，深信他很快就會贏得這場戰爭。皇帝在阿凡斯內[117]發表的演說，早就傳遍布魯塞爾的大街小巷。「士兵們！」傳單上寫著，「今天是馬倫哥[118]和夫力德蘭[119]戰役的週年，這兩次戰役扭轉了歐洲的命運。後來發生了奧斯特里次[120]和瓦格蘭[121]戰役，但我們太過慷慨。我們相信那些王公貴族的誓約與保證，容忍他們保住王位，而我們卻深陷水深火熱之中。讓我們再次挺身前進，與他們正面對決。他們和我們一樣，都是血肉之軀，不是嗎？士兵們！今天這些趾高氣昂的普魯士人，在耶拿以三人對我們一人，而在蒙密里，則耗上六人才對得了我軍一人。那些曾淪為英軍戰囚的人，可以告訴同袍，他們被困在英軍船上時，受盡多少可怖的折磨！他們全是瘋子！一時的強盛蒙蔽了他們的雙眼，要是他們真敢踏上法國的土地，這兒將成為他們的葬身之地！」不過法國人的支持者預言，皇帝將風馳電掣地取得勝利，他們一致同意普魯士人和英國人都將淪為階下囚，只能跟著勝利軍隊的腳步，以戰犯的身分回到家鄉。

116. 一種源自中古時期、布魯塞爾出產的啤酒。
117. 法國北方靠近國界的一座城市。
118. 馬倫哥戰役爆發於一八〇〇年六月十四日，法蘭西第一共和國對抗神聖羅馬帝國。
119. 夫力德蘭戰役爆發於一八〇七年六月十四日，法蘭西帝國對抗俄國。
120. 奧斯特里次戰役爆發於一八〇五年十二月二日，法蘭西帝國對抗神聖羅馬帝國與俄國聯軍。
121. 瓦格蘭戰役爆發於一八〇五年七月六日，法蘭西帝國對抗奧地利。

男僕將這些看法，一股腦兒全向薩德利先生通報。他聽聞威靈頓公爵出發了，集結軍力，但前一晚的攻擊已被法軍擊潰。

「擊潰，呸！」喬斯應道。吃早餐時，他的精神特別強健。「公爵擊敗過皇帝的所有將軍，這次他也會一戰即勝！」

「他的文件都被燒毀，他已沒有影響力，他的軍營都被達爾馬提亞公爵[122]控制了。」喬斯的情報員回答，「他本人的飯店領班告訴我的。里希蒙公爵的人忙著打包，公爵本人已經逃跑了，公爵夫人還留著，忙著監督僕人打包餐盤，接著就要去奧斯坦德加入法國國王。」

「夥計，法國國王人在根特，」喬斯回嘴，不大相信。

「昨晚他已逃到布魯日，今天就會抵達奧斯坦德。貝希公爵已經成為囚犯。想保命的人得趕快啟程，明天堤防就要潰決，當整個國家都被水淹沒，還有誰能倖存？」

「先生，你真是一派胡言。不管波拿巴帶多少人上戰場，我們都有三倍的軍隊應戰，」薩德利先生駁斥道，「奧地利人和俄國人都進軍了。他會，而且必定會被我們擊敗。」喬斯往桌上拍了一下，肯定地說道。

「在耶拿，普魯士也率領三倍軍力，但他在一週內就控制了他們的軍隊和整個王國。在蒙密里，他們的軍隊人數是六倍之多，但到了他面前，都是一群不堪一擊的綿羊。奧地利派出軍隊，但是法國皇后[123]和羅馬王[124]會阻擋的。至於俄國人，呸！他們會撤退的。大家都知道英國人在那可惡的船上如何虐待我們勇敢的士兵，絕不會有人向英國投誠的。你瞧瞧，一切都寫在這兒，清楚分明，這是我們皇帝與國王閣下的宣言。」這下子，他已坦然承認自己支持拿破崙。伊斯朵兒從口袋裡掏出那張傳單，神色嚴肅地往主人臉上一丟。他已把那件飾有繡扣的外套和其他珍貴物事，全看作自己的財產了。

就算喬斯的警覺心不夠敏銳，此時也難免心浮氣躁。「把我的外套和帽子拿來，先生，」他說道，「跟著我。我會親自確認這些消息的真假。」當喬穿上那件飾有穗帶的華麗外套，伊斯朵兒心中升起熊熊怒火。「大人，我勸你別穿那件軍外套，」他說道，「法國人誓言，絕不會讓任何英國士兵活下來。」

「安靜！你這傢伙，」喬斯說道，表情依舊堅決不移。他以大無畏的決心伸手，套進大衣的袖子。正當他英勇地準備外出時，洛頓・克勞利太太剛好過來拜訪艾美麗雅，沒有按門鈴就踏入前廳，見證了喬斯帥氣的表演。

蕾蓓卡一如往常，打扮得既俐落又時髦。洛頓出發後，她安安穩穩地睡了一覺，此時容光煥發。在這個緊張的日子裡，城裡每個人都惶惑不安，此時她那掛著笑容的粉嫩臉龐，顯得格外迷人。她看到肥胖的喬斯正扭動身軀，想盡辦法要把自己套進那飾有穗帶的外套裡，不禁笑了出來。

「喬瑟夫先生，你要從軍了嗎？」她說道，「難道沒有半個人要留在布魯塞爾，保護我們這些可憐的女人家？」

此時，喬斯終於穿上外套，滿臉通紅地向前來拜訪的麗人，結結巴巴地道歉。「經過今早這番忙亂，還有昨晚舞會的疲累，她怎能仍然如此美麗？」至於未來的伊斯朵兒老爺，此時把喬斯那件繡花的睡袍，收進隔壁的臥室裡。

122. 即尼古拉斯・讓・德蘇爾特，一七六九～一八五一，法國軍事首領和政治家。
123. 拿破崙第二任妻子瑪麗・路易莎，其父是奧地利皇帝法朗茨一世。
124. 拿破崙二世，一八一一～三二，自出生就被封為「羅馬王」。

「真感謝你的關心，」她一邊說，一邊伸出雙手，握住喬斯的一隻手。「所有人都心驚膽顫，但你多冷靜從容啊！我們親愛的小艾美好嗎？這場分離一定深深傷透了她的心。」

「她哀慟欲絕，」喬斯說道。

「你們這些男子漢，什麼事也不怕，」克勞利太太說道，「你們不在乎分離，也瞧不起危險。你就承認吧，我知道你要從軍去了，任我們獨自面對命運。我知道你要從軍……我看得出來。一想到這兒，就令我害怕極了。喬瑟夫先生，當我獨自一人，我有時會想起你，我是真心的。所以我立刻趕過來，哀求你千萬別拋下我們。」

蕾蓓卡的這番話也許能解釋成：「我親愛的先生，要是軍隊遭遇任何不測，要是我們不得不撤退，我希望你那寬敞豪華的馬車能替我留一個座位。」不過，我不確定喬斯明不明白她的意思。在此之前，這位太太在布魯塞爾對他視而不見，令他難過得很。克勞利夫妻從來沒有向身邊的大人物介紹過薩德利先生。蕾蓓卡從未邀請他到她家作客，因為他個性羞怯，玩起牌來小心翼翼，而且他令喬治和洛頓感到無聊。也許那兩名男子不希望有人見證他們多采多姿的消遣娛樂。「啊！」喬斯心想，「現在她需要我，她才來找我！當她半個人都沒有，她才來找老喬瑟夫．薩德利！」就算他懷疑她的真心，但想到蕾蓓卡居然認為他有從軍的勇氣，仍讓他不無得意。

他的臉又變得更紅了，擺出大人物的氣勢。「我真想親眼見證戰爭，」他說，「只要是男子漢都會想上戰場，妳知道的。我在印度的確見過一些戰事，但比不上這次規模驚人。」

「你們這些男人，不計代價只求一時的快樂！」蕾蓓卡回嘴，「今早克勞利上尉開開心心地與我道別，好像他是出門和朋友打獵似的。他在乎什麼？你們這些男人哪懂得被遺棄的女人多麼痛苦，受盡多少折磨？」她的內心低語，這個好吃又懶做的胖子，哪可能真的跑去從軍？「啊，親愛的薩德利！我來向你尋求慰藉……希望你行行好，安慰安慰我。整個早上，我都跪在地上全心祈禱。一想到我們的丈夫，我們的朋友，我們勇敢的軍團和盟友急急衝向可怕的危險中，就讓我顫抖不已。我來此尋找庇護和我的另一位朋友——此刻我僅有的一位朋友——並勸他千萬別踏入那駭人的危險中！」

「我親愛的夫人，」喬斯接口，此時他已多少被蕾蓓卡收服，「別擔心。我只是說，我很想參戰而已。哪個英國人不想上戰場？但我肩負責任，必須留在此地。我可不能拋棄隔壁房間裡，我那可憐的妹妹。」他抬起手，指向艾美麗雅的房門。

「真是一位情操崇高的好哥哥！」蕾蓓卡嘆道，拿著手絹靠近眼角，聞著上面的古龍水香氣。「我真誤解了你，你有個好心腸。我還以為你是個沒心沒淚的男人。」

「啊，以我的名譽起誓！」喬斯說道，好像他就要把手放在《聖經》上發誓似的，「妳的確誤解了我……我親愛的克勞利太太。」

「我的確犯了錯。你對你妹妹一片真心。但我可沒忘了兩年前你對我的虛情假意！」蕾蓓卡說道，直直望了喬一眼，又立刻撇過頭，瞅著窗外。

喬斯漲紅了臉。蕾蓓卡懷疑他沒心，但此時他的心臟激烈地跳動不已。他記起從她身邊逃開的日子，想起她點燃了他心中的熱情；他曾帶著她，一起坐那輛雙馬輕型馬車出遊；她為了他織了一只綠色錢袋，而他曾如痴如醉地坐著，直直盯著她那潔白的雙臂和明亮的眼眸。

「我知道，你一定覺得我不知好歹，」蕾蓓卡繼續說道。她的眸子離開窗戶，再次直直凝望著他。她的聲音微微顫抖，低低地呢喃，「這一陣子每次見到你，你的冷淡，你迴避的眼神，你的態度……連我剛剛踏進門時，你的神態，全都證明我的想法。但你想想，難道我就沒有迴避你的理由嗎？這個問題，就留給你的心去回答吧。你以為我的丈夫會歡歡喜喜地迎接你嗎？我承認克勞利上尉對我很好，從未對我說過一句難聽的話，但他說過的唯一一次重話，就是因為你……而且他說得很狠，太狠了。」

「老天爺啊！我做了什麼？」驚喜與困惑交加的喬斯問，「我到底做了什麼？我到底對……對……？」

「難道嫉妒不正是最好的理由？」蕾蓓卡點明，「他為了你而折磨我。不管過去我們曾有任何可能……但我的心現在只屬於他。你說，我有罪嗎？我不是無辜得很嗎？薩德利先生。」

喜悅讓喬斯熱血沸騰，他打量這位拜服於他的魅力之下的受害者。只消幾句巧妙曖昧的話語，一、兩個心領神會的溫柔眼神，他就將懷疑與保留全拋在腦後，胸口洶湧澎湃不已。自從所羅門時代以來，有哪個聰明男人躲得了女人溫言軟語的玩弄？「要是發生最糟糕的慘劇，」蓓琪尋思，「我至少有條後路。那輛四輪大馬車會有我的位子。」

要不是此時喬斯的貼身男僕伊斯朵兒再次現身，忙著處理家務瑣事，真不知熱情洋溢的喬瑟夫先生接下來會做出如何激情澎湃的愛情宣言哪。正準備訴說情衷的喬，不得不把情話全吞下肚，激動的他快悶壞了。而蕾蓓卡也意識到，此時已到了離開的時刻，她得走進門去安慰她最親愛的艾美麗雅。她以法文說道：「再會了。」接著親親她的手，給喬瑟夫先生一個飛吻，就輕輕敲響他妹妹的房門。她一走進去，將房門在身後闔上，喬斯立刻跌進椅子裡，瞪著她消失的方向，又是嘆氣又是喘息，臉色難看得很。「我的老爺，你的外套太緊了些，」伊斯朵兒說道，仍打著那件華麗外套的算盤。但他的主人根本沒聽見他的話，心思全被別的事情佔據：他熱烈想著那迷人的蕾蓓卡，幾乎要發狂了。但一想到善妒的洛頓．克勞利，罪惡感又湧上他的心頭。他想到洛頓那惹人厭的翹鬍子，在決鬥用的手槍裡裝滿子彈，隨時會扣下扳機，就膽怯起來。

蕾蓓卡的出現令艾美麗雅恐懼，讓她想躲起來。她想起了外面的世界和昨天的情景。本來她忙著擔憂未來，忘了蕾蓓卡的存在，也忘了嫉妒，一心只掛念離開的丈夫身陷危險之中。直到這個無所畏懼的世故女子拉開門上的鎖，打斷她的沉思，現身在她的面前，我們才得以窺探這間憂傷的房間。可憐的少婦在地上跪了多久呀！她究竟默默祈禱了幾個小時？她的心多麼悽苦疲憊呀！那些記錄戰爭的史學家，為光榮的戰鬥和勝利訴說無數熱血激昂的故事，卻很少告訴我們戰爭的這一面。戰爭的進程中，也有十分卑微的一幕：當眾人高唱凱旋之歌，縱情歡呼和慶賀勝利時，你不會聽見寡婦的號哭和母親的啜泣聲，但這些心碎的人們從未停止哭泣。在勝利的喧鬧聲中，沒人聽見他們卑微的抗議。

艾美麗雅看到蕾蓓卡穿著窸窣作響的簇新絲裙，戴著閃閃發亮的珠寶，晶亮的綠眼珠直直對著她瞧，伸直了雙臂要給她一個擁抱，卻差點被絆倒。她一開始十分驚嚇，但很快地，怒火取代了震驚。她原本蒼白如紙的臉龐漲得緋紅，冷冷地回望蕾蓓卡，讓她的敵人大吃一驚，多少感到難堪。

「親愛的艾美麗雅，妳憔悴得很，」訪客伸手握住艾美麗雅的手，「怎麼了？不知道妳好不好，我實在沒辦法安心。」

艾美麗雅抽回了她的手。這溫柔少婦出生至今，未曾拒絕相信任何人好意或關懷，也不曾冷淡以對，但這一回她卻渾身顫抖地抽回了手。「蕾蓓卡，妳為什麼來這裡？」她那大大的眸子嚴峻地瞪著蓓琪。她的眼神令訪客侷促不安。

「她一定看到他在舞會上遞給我那張紙條，」蕾蓓卡尋思。「親愛的艾美麗雅，別激動，」她垂下眼，「我來只是想知道我能不能……只是想知道妳好不好。」

「妳好嗎？」艾美麗雅反問，「我敢說妳好得很。妳不愛妳的丈夫。要是妳愛他，妳絕不會過來這裡。告訴我，蕾蓓卡，我是不是總對妳親切有加？我何曾傷妳的心？」

「妳說的沒錯，艾美麗雅，妳一向對我很好，」她仍低垂著頭。

「當妳一貧如洗，是誰把妳當作朋友？我難道沒有把妳當作我自己的姐姐嗎？在他娶我之前，妳看過我們曾經多麼恩愛。那時，我是他的一切，不然他怎會為了我，放棄他的財產，他的家人？高尚的他為了讓我快樂而放棄一切，不是嗎？為什麼妳要介入我的愛人和我之間？這是上帝見證的姻緣，妳憑什麼拆散我們，奪走我愛人的心……那可是我的丈夫呀。難道妳自以為會像我一樣愛他？他的愛，就是我的一切。這些妳都知道，但妳把他從我身邊奪走。蕾蓓卡，妳太可恥了，你是個可惡的壞女人，妳是虛偽的朋友，也是不忠的妻子。」

「艾美麗雅，我對天發誓，我沒有做任何傷害我丈夫的事，」蕾蓓卡說道，別過臉去。

「那對我呢？蕾蓓卡？妳也問心無愧嗎？妳並沒有成功，但妳的確試圖傷害我。問問妳自己的良心吧。」

蕾蓓卡心想，她根本什麼都不知道。

「他還是回到我的身邊。我就知道他會回來，我知道別人的虛情假意、阿諛奉承都無法讓他棄我而去，我知道他終會回來。我向天祈禱，他終會回來我身邊。」

可憐的少婦以蕾蓓卡從未見過的氣勢，理直氣壯且辯才無礙地說出這些話，令眼前的蕾蓓卡一時啞口無言。「而我，我對妳做了什麼，」艾美麗雅以更惹人哀憐的口氣說道，「讓妳試圖搶走我的他？我們才結婚六週而已。蕾蓓卡，妳不該如此傷害我，然而從我們結婚第一天開始，妳就存心毀滅這場婚姻。現在他離開了，難道妳是來看我多傷心難過的嗎？」她繼續說道，「過去兩週來，妳傷透了我的心，至少今天妳該饒了我吧。」

「我……我從未來這兒過，」蕾蓓卡辯解，不幸的是這的確是事實。

「沒錯，妳從沒來過這兒，但妳把他帶走了。現在，妳是要來這兒把他帶走嗎？」她繼續說，音調高昂起來。「他本在這兒，但現在已離開。他曾坐在那張沙發上。妳不准碰它。我們曾坐在那兒談心。我坐在他的腿上，雙臂圈住他的脖子，一起向『我們的天父』祈禱。是的，他曾在這兒，而他們來了，把他帶走了。但他向我保證，他會回到我身邊。」

「他會回來的。我親愛的，」蕾蓓卡說道，艾美麗雅的激昂言詞也感動了她。

「妳瞧，」艾美麗雅又說，「這是他的飾帶……瞧它的顏色多美呀，妳說是不是？」她抬起手，親吻飾帶上的流蘇。當天稍早，她曾把飾帶環繞她的腰際。此時，她已忘了心中的怒火與嫉妒，甚至忽略敵人就在她眼前。她自顧自地在房內漫步，走向那張床，輕撫喬治的枕頭，臉上幾乎浮現一絲笑意。

蕾蓓卡也沉默地起身，退出房間。「艾美麗雅好嗎？」仍坐在椅子裡的喬斯出聲問道。

「得有人多陪陪她，」蕾蓓卡應道，「我想她不太好。」語畢，她拒絕薩德利先生哀求她多留一會兒，和他共享已吩咐僕役準備的餐宴，沉著臉離開了。

蕾蓓卡生性善良，個性體貼，而且她的確喜歡艾美麗雅。雖然艾美對她嚴辭厲色地痛斥一番，但聽在她的耳裡，卻像是聽到奉承話一樣受用——那是手下敗將的哀嚎啊。她在路上遇到奧大德太太。後者去了教堂，但主教的講道完全無法平撫心裡的難過，正寂寞地在公園漫步。蕾蓓卡走上前，向奧大德太太搭訕。面對洛頓·克勞利太太突然殷勤相待，少校太太十分訝異。克勞利太太告訴她，可憐的奧斯朋太太傷心絕望，幾乎因哀慟而發了狂，要這位好心腸的愛爾蘭女人快去安慰她最喜愛的少婦。

「我自己就夠煩惱了，」奧大德太太嚴肅地說，「我想可憐的艾美麗雅今天恐怕不想被人打擾。不過，要是她真如妳所說那麼痛苦，連曾經極為喜愛她的妳都安慰不了她，那麼我會去瞧瞧我是否能給她一點慰藉。祝『尼』早安，太太。」說完，這位身上戴著自動報時器的太太甩了甩頭，告別克勞利太太，完全不想在她身邊多待一會兒。

蓓琪瞅著少校太太大踏步離開，唇邊浮現一抹微笑。她很有幽默感，看見退卻的奧大德太太臉上那失敗者的表情，幾乎讓克勞利太太忘了剛才的沉重心情。「讓我為『尼』效勞，『俺』親愛的太太，真高興見到『尼』如此開『辛』，」佩姬想道，「反正，**妳**才不會因哀傷而哭紅了眼。」她一邊想，一邊大步前進，很快就朝奧斯朋太太的旅舍走去。

可憐的少婦仍維持蕾蓓卡離開時的姿勢，默默站在床畔。被哀痛撕扯的她幾近瘋狂。少校太太的心智比她堅強得多，想盡辦法撫慰她年紀尚輕的朋友。「艾美麗雅，親愛的，妳得撐下去，」她關切地說道，「他們凱旋歸來時，可不能讓他看到妳病懨懨的樣子。此時，向上天乞求憐憫的可不只妳一個女人。」

「我知道。我太壞了，太軟弱了，」艾美麗雅說道。她深知自己不堪一擊，不過一位堅強朋友的出現，提醒她別再自哀自憐。有自制力高的朋友在身旁陪伴，她感到好多了。她們互相陪伴打氣，直到兩點。她們的心守著軍團，隨著男人的步伐漸行漸遠。可怕的憂懼——祈禱、害怕與言詞無法描述的悲傷——都隨軍團一起踏上戰場。這就是女人在戰爭的付出。不管男女，都為戰爭犧牲奉獻，男人獻出他們的血液，女人則獻出她們的淚水。

兩點半到了，喬瑟夫先生每天最重視的事件終於降臨：午餐時間到了。奮勇戰鬥，視死如歸的戰士也非吃飯不可。他進了艾美麗雅的臥房，試圖勸誘妹妹與他共進午餐。「試著吃點東西吧，」他說，「有道很美味的湯。艾美，試著喝一點。」說完，他親吻她的手。這麼多年來，他只在妹妹的婚禮上親吻過她的手。「你人真好，真體貼，喬瑟夫，」她說道，「每個人都親切得很，但是，如果你不介意的話，今天我只想待在房裡。」

不過湯的香氣吸引了奧大德太太，她想著，不妨忍耐一下喬斯先生。於是兩人坐下來，共進午餐。「願上天賜福這些肉，」少校太太莊嚴地說道。她想著她那老實的麥克，一馬當先地率領整支軍團。「那些可憐的孩子今天只能吃頓寒酸的晚餐了，」她說完，嘆了口氣，接著像位哲學家一樣開動。

隨著美食下肚，喬斯精神大振。他舉杯祝願軍團一切平安。事實上，只要能喝杯香檳，他根本不在乎理由。「讓我們敬奧大德和英勇的某軍團一杯，」他說道，豪氣地朝客人鞠了一躬。「嘿，奧大德太太，喝一點吧？伊斯朵兒，替奧大德太太斟杯酒。」

突然之間，伊斯朵兒驚跳起來，少校太太放下手上的刀叉。向南的窗戶大開，從陽光灑落的遠方屋頂上，傳來一陣低沉的響聲。「那是什麼聲音？」喬斯問道，「你這傢伙，還不倒酒？」

「那是炮火聲呀！」伊斯朵兒用法文說道，朝陽台跑去。

「願上帝保護我們。那是大炮擊發的聲音！」奧大德太太喊道。她猛地站了起來，跟著伊斯朵兒跑向窗邊。上千張蒼白又恐慌的臉紛紛出現在一扇扇窗戶前，焦急地望向遠方。過不久，幾乎全城的人都湧上大街小巷。

第三十二章 眼看戰爭即將結束，喬斯逃跑了

我們平靜的倫敦城從來沒見過——懇求上帝永遠也別讓倫敦見證——戰爭將臨時，全城陷入慌亂緊張的情景，而這一幕正在布魯塞爾上演。爆炸聲從納木爾門的方向傳來，人們慌慌張張地朝那兒衝去，也有許多人駕馬騎在平坦的馬車道上，趕在前面，好搶先得知軍隊的消息。每個人都向身邊的人探聽，偉大的英國貴族和夫人小姐全都拋開身分之別，向完全不認識的陌生人搭話。支持法國皇帝的人欣喜若狂，全湧上了街，鼓譟著他將贏得勝利。店家全打烊休息，店主興奮地加入這場喧囂混亂之中。女人紛紛跑向教堂，禮拜堂裡擠滿了人，直接跪在台階或石板路上祈禱。低沉的大炮轟隆隆地響了一聲、又一聲、再一聲。過不久，就見到載滿旅客的馬車往城外駛去，急急地趕往根特關口。法國皇帝支持者的預言，變成正在發生的現實。人們說，「他把敵軍劈成兩半。」、「他率領軍隊，直直朝布魯塞爾趕來。他會戰勝英國人，今晚就會入城了。」、「他會戰勝英國人的，」伊斯朵兒對主人尖聲喊道，「今晚就會入城了。」這位僕從來回奔波於數間旅舍與大街之間，每次回到主人面前，都帶來可怕的新消息。喬斯的臉色愈來愈蒼白，這個肥壯的男人開始緊張起來。喝下再多的香檳，也不能為他壯膽。天還沒黑，他已驚慌得魂不守舍，正好稱了伊斯朵兒的心，他顯然打著主人那件華麗外套的主意。

此時，女人都不在客廳裡。堅強的少校太太聽到炮聲後，沒多久就想起她那個還待在隔壁臥房裡的朋友，立刻轉身衝進去，想盡辦法安慰艾美麗雅。一想到她必須保護眼前這個無助又溫順的少婦，老實的愛爾蘭婦人天生具備的勇氣又多了幾分。她守在朋友身邊整整五個小時，有時

提出諫言，有時聊起歡快的話題，但大半的時間，心驚膽顫的她們都在沉默中哀求上蒼。「我緊握她的手，完全沒放下過，」這位堅強女性後來描述當時情景，「直到天黑後，炮火聲才停止。」女傭寶玲則在教堂為她的男人虔誠禱告。

等那一連串的炮聲終於停歇，奧大德太太才踏出艾美麗雅的房間，走入客廳。喬斯對著兩只空酒瓶枯坐，原先的勇氣早已煙消雲散。他曾試圖進入妹妹房間一、兩次，神色倉惶，好像他打算說些什麼。但少校太太一直陪著他妹妹，他只能一言不發地退了出去。他不敢告訴她，他打算逃離布魯塞爾。

坐在朦朧光暈中的他，本來只有空香檳酒瓶沉默相伴，此時看到少校太太走進來，他不禁向她吐露心事。

「奧大德太太，」他說道，「是不是叫艾美麗雅準備一下比較好？」

「你要帶她出去走走嗎？」少校太太問道，「她太虛弱，恐怕出不了門。」

「我……我叫了馬車，」他說，「還有……還有幾匹驛馬。伊斯朵兒出門牽馬去了。」喬斯繼續說。

「你今晚要去哪兒呀？」太太又問道，「讓她待在床上不是比較好嗎？我才剛讓她躺下來呢。」

「叫她起來，」喬斯說，「我說，她非起來不可。」說完，他把腳用力往地上一踏。「我說，我已訂了馬匹……是的，馬匹訂好了。一切都完了，而且……」

「而且什麼呀？」奧大德太太追問。

「我要去根特，」喬斯回答，「每個人都往根特出發了。我的馬車也留了妳的位子！我們半小時內就出發。」

少校太太以輕蔑至極的眼神望著他的。「在奧大德告訴我去哪兒之前，我絕不離開，」她說，「薩德利先生，你想走就走吧。但是，相信我，艾美麗雅和我會留在這兒。」

「她得跟我走，」喬斯說道，又抬腳跺了一下。奧大德太太兩手扠腰，擋在艾美麗雅的房門前。

「你是要帶她去找媽媽嗎？」她問，「還是想跑回媽媽身邊的，其實是你？薩德利先生？我祝你『曹』安，祝你旅途愉快，先生，就像法國人說的，『一路平安』。還有，你最好聽聽我的建議，把那鬍子修掉，不然你就會倒大霉。」

「該死的！」喬斯粗聲喊道，恐懼、憤怒和羞愧令他發狂。就在此時伊斯朵兒走了進來，口裡也喃喃咒罵個不停。他用法文說道：「沒有半匹馬！老天爺！」這名僕人氣得要命，所有馬匹都被人買走了。布魯塞爾城裡急著逃命的，可不只喬斯一個人。

喬斯的恐懼如雪球般愈滾愈大，也愈來愈驚慌，在今晚結束前，他就注定陷入完全瘋狂的境地。我們提過女傭寶玲的男人也從軍去了，隨軍隊迎戰拿破崙皇帝。她的愛人是道地的布魯塞爾人，屬於比利時的輕騎兵。在這場戰爭中，比利時軍隊出盡風頭，但勇氣絕非他們的長處。而寶玲的愛人，也就是年輕的馮・卡特索姆是位忠心耿耿的士兵，絕不會違背少校逃跑的命令。這位雷古魯斯[125]出生於法國大革命期間，年紀尚輕。當他駐守於布魯塞爾的軍營，他找到生命中最強烈的慰藉，從此之後，一有空就在寶玲的廚房裡留連。幾天前他告別了淚流不止的愛人，她在他的口袋和手槍皮套中塞滿各種乾糧，才讓他步上戰場。

他們隸屬於奧蘭治親王[126]旗下的一支騎兵師，個個都握有長劍、留著鬍子，身穿華麗的制服和配件，這位雷古魯斯和他的同袍看起來英勇無敵，勝利的號角必定會為他們而響起。但此時，就他的軍團而言，戰爭已然結束。

法國軍隊在納伊率領下衝向進逼的盟軍，不斷佔下一個又一個據點，直到英國大軍從布魯塞爾趕來，才終於扭轉卡特布拉斯一役的局面。雷古魯斯的騎兵連一遇到法國人就節節敗退，靈活敏捷地撤離一個又一個駐紮地。直到後方的英軍朝戰線前方挺進，他們才不得不停止撤退。敵軍騎兵嗜血若渴，但我們又怎能苛責他們呢！法軍終於獲得大好機會，與英勇的比利時人一別苗頭；偏偏比利時人寧願與英國人作對，也不想迎戰法國人。比利時軍隊甚至調轉馬頭，直直衝入他們後方的英國軍團，狂奔四散。至此，這個軍團已徹底瓦解，潰不成軍，也沒有指揮總部。雷古魯斯駕馬急奔，直到他逃到戰場數哩之外，才回過神來，發現自己孤身一人。除了逃向他熟悉的廚房，還有寶玲歡熱情的雙臂，他還有哪兒可去？

奧斯朋夫妻依照歐洲大陸的習慣，租下旅舍一整層的套間。當晚十點左右，樓梯上似乎響起一、兩聲劍與劍鞘碰撞的聲音；也許有人聽到廚房外有人敲門。當可憐的寶玲從教堂回來，打開門後，看到她那神色枯槁的輕騎兵，差點因驚怖而昏厥。他就像午夜時分前來打擾蕾諾拉[127]的龍騎兵鬼魂。寶玲差點失聲尖叫，但一想到叫聲必定會引來主人，她愛人的行跡就敗露了，因此她壓制了自己的驚恐，帶著她的英雄走進廚房，遞給他啤酒，和喬斯沒有心思細細品嘗的午宴剩菜。輕騎兵大口吃菜，又灌下大量的啤酒，證明自己不是孤魂野鬼。他一邊吃，一邊訴說這一場災難。

據他的說法，他的軍團驍勇善戰，奮力抵抗整隊法國大軍，但最終還是敗下戰來。就在此

125. 古羅馬執政官與統帥。
126. 當時的奧蘭治親王為威廉二世（一七九二～一八四九）。
127. 德國詩人哥特弗雷德・柏格（一七四七～九四）作品《蕾諾拉》（*Leonora*）中的情節：蕾諾拉的愛人死後化為鬼魂，把蕾諾拉帶到墓地，與她成親。

時，整支英軍也隨之潰敗。納伊戰無不勝，每一個迎戰他的軍團都被殲滅。比利時人雖然浴血奮戰，也無法阻止英國大軍血流成河。布倫斯威克公爵已經陣亡……他率領的軍隊四散奔逃。同盟軍大勢已去。他一口又一口地灌下啤酒，試圖遺忘戰敗的苦痛。

伊斯朵兒進了廚房，聽見這番對話，立刻衝出去向主人通報。「全完了，」他朝喬斯尖聲喊道，「公爵閣下成了戰囚，布倫斯威克公爵死了，英軍全軍覆沒，只有一個人倖存，他正在廚房裡……快過來，聽他怎麼說。」因此喬斯踏進廚房，雷古魯斯坐在桌前，緊握手上的那杯啤酒。喬斯勉強吐出他僅會的幾句法文，以亂七八糟的文法請求輕騎兵分享他的故事。這一回，雷古魯斯的故事更加悽慘。整個軍團中，他是唯一沒有戰死沙場的倖存者。他親眼見到布倫斯威克公爵倒下，黑色輕騎兵四處逃亡，蘇格蘭人被大炮炸得血肉橫飛。「那，某軍團呢？」喬斯緊張地屏息問道。

「被殺得潰不成軍，」輕騎兵說道。聽到這句話，寶玲發出一聲英法文夾雜的哭喊：「哎呀，我的太太，我那善良的夫人呀！」她歇斯底里起來，廚房裡迴盪著她哀悽的哭吼。

薩德利先生驚懼萬分，簡直要發狂了，他不知道能逃去哪兒，也不知該怎麼做才能保命。他衝出廚房、回到客廳，露出哀求的眼神，望向艾美麗雅的房間。之前奧大德太太當他的面關上房門，還上了鎖。少校太太輕蔑的眼神又浮現在他眼前。他停下腳步，在房門前側耳傾聽一會兒，接著離開了。他決心上街去看看。這還是今天他第一次出門。他拿了根蠟燭，尋找他那頂鑲了金邊的帽子。他發現帽子一如往常地放在門廳的邊桌上，就在鏡子前面。喬斯常在那面鏡子前顧影自盼，不忘用手指捲捲髮鬢，確認帽簷壓在雙眼上方，才好整以暇地現身於公共場合。就算大難臨頭，恐懼不已的他照樣機械性的捻弄頭髮，把帽子戴正，這就是習慣的威力。此時，他驚訝地發現鏡中的自己臉色蒼白，過去七週他都沒有剃嘴唇上方的鬍子，如今已蓄得十分濃密。他留鬍子，原是想讓自己像個軍人，但此時他想起伊斯朵兒警告過，盟軍一戰敗，所有的英軍都會被毫不留情的屠殺。他步履踉蹌地退回臥房，瘋狂地扯動僕人鈴，召喚他的貼身男僕。

伊斯朵兒應聲而來。喬斯深深跌坐在椅子裡。他已扯去領巾，拉開襯衫領子，用雙手扶起下巴。

「伊斯朵兒，快切，」他辭不達意地法文喊叫，「快一點！快切我呀！」

伊斯朵兒思考了好一會兒，以為主人要他幫忙割喉自盡。

「我是說鬍子，」喬斯喊道，「把鬍子切掉，割掉，剃掉，快一點呀！」他的法文只到這個程度——我們提過，他的法文頗為流利，只是毫無文法可言。

伊斯朵兒立刻用剃刀修掉鬍子。他的主人下令要他拿來一頂比較普通的帽子和素色大衣，這令他開心得難以言喻。「不穿那個……不穿軍衣……波拿巴……拿出去……」喬斯用法文吞吞吐吐地說道。伊斯朵兒終於獲得他垂涎已久的外套和軍帽。

喬斯賞了僕人華貴的衣物，從衣櫃裡挑了一件素面的黑色大衣和同色背心，戴上寬大的白色領巾和一頂普通的海獺皮帽。要是他能找到教士戴的寬邊平頂帽，他也會奮不顧身地戴上。這樣一來，人們恐怕會把他當成英國國教的一名胖教士。

「現在過來，」他繼續用法文下令，「來吧……走吧……上街去。」說完後，他就三步併作兩步地下了樓梯，走到街上。

雖然雷古魯斯發誓自己是整支軍團或所有同盟軍中，唯一的生還者，僥倖逃過被納伊大切八塊的命運，但他的說法顯然不大正確。那些據他所說，早已成為戰場亡魂的士兵，大部分都逃過一劫。許多雷古魯斯的同袍都回到了布魯塞爾，一致宣稱他們是拚命逃回來的，讓整座城都相信同盟軍大敗一場。人們預期，不出幾個小時法軍就會進城。許多人驚慌失措，忙著準備出逃。但沒有馬匹呀！恐懼的喬斯想道。他派伊斯朵兒到處詢問，看有沒有人願意賣馬或出借。但問了幾十個人，都被無情的拒絕，喬斯的心也沉到谷底。他該徒步出城嗎？就算他滿心害怕，但他這具肥胖的身軀也無法步行趕路。

布魯塞爾的英國人，多半住在面向公園的那幾間飯店裡。喬斯猶疑不定地在這一帶隨人群亂走，心裡交織害怕與好奇的矛盾情緒。有些家庭比他幸運，找到了幾匹馬，立刻急急駛過街道，撤離這座城市。其他人則像他一樣落寞，就算用錢賄賂、誠懇哀求，也無法取得逃亡必備的馬匹。在這些渴望逃亡的人中，喬認出巴瑞克斯伯爵夫人和她的女兒。她們坐在馬車上，馬車停在飯店的停車道。她們的家當全打包好了，但她們和喬一樣少了馬匹，就算萬事就緒，也無法啟程。

蕾蓓卡．克勞利也住在同一間飯店。雖然她和巴瑞克斯家的女眷時常碰面，但對方態度驕橫無禮。巴瑞克斯夫人在樓梯上巧遇克勞利太太時，總對後者不理不睬。不管哪一個場合，只要有人提起後者的名字，伯爵夫人就大肆批評她。看到杜夫特將軍與副官的妻子如此熟稔，令伯爵夫人十分意外。布蘭琪小姐簡直把蕾蓓卡當作傳染病毒一樣迴避。只有伯爵本人，會在妻女不在時，偷偷與她聊幾句。

現在，蕾蓓卡終於得以報復這些傲慢敵人。飯店裡人人都聽說克勞利上尉留下了兩匹馬。當前線的壞消息一傳來，巴瑞克斯夫人立刻放下身段，派侍女去向上尉太太致意一番，詢問克勞利太太要多少價格才願意出售馬匹。克勞利太太以短箋回覆，有禮的問候伯爵夫人後，暗示她沒有與侍女交易的習慣。

蓓琪敷衍的回覆，把伯爵本人引來她的房間，但他沒有比他太太派出的第一位使節成功多少。「居然派侍女來見**我！**」克勞利太太怒不可遏地嘶吼，「我尊貴的巴瑞克斯伯爵夫人還不如直接叫我替她牽馬和裝馬具算了！想逃亡的到底是伯爵夫人，還是她的侍女？」這就是伯爵帶回的答覆。

到了緊要關頭，人有什麼事做不出來呢？眼看第二號使節也鎩羽而歸，伯爵夫人親自前來拜訪克勞利太太。她請求蕾蓓卡說一個價碼，甚至表示，回到倫敦後，她會邀請蓓琪去巴瑞克斯宮作客，只要上尉太太願意提供馬匹，讓他們回到家鄉。克勞利太太只對她報以冷笑。

「我可不敢讓妳那票穿制服的僕人侍候我，裡面說不定藏了法警咧，」她回道，「妳恐怕永遠也回不去了——就算妳回得去，妳的鑽石也會被留在這兒。法國人會把妳的珠寶搶走。不出兩小時，他們就會進城了，到時我早就朝根特出發，已在半路上啦。我不會把馬賣給妳，不，就算夫人閣下把妳在舞會上戴的那兩顆最巨大的鑽石給我，我也不賣。」巴瑞克斯夫人怒極攻心，同時恐懼不已，渾身發起抖來。那些鑽石不是縫進她的衣裳裡，就是藏到伯爵的襯墊和靴子裡。「妳這女人，我身上沒有鑽石，全都在銀行裡。那兩匹馬**會**是我的，」她說道。蕾蓓卡當著她的面哈哈大笑。怒火中燒的伯爵夫人走下樓，坐進馬車裡。她再次派她的侍女、信差和丈夫去大街小巷尋找馬匹，誰回來得慢了，就完蛋了！伯爵夫人決心一找到馬就立刻啟程，不管丈夫回來了沒。

蕾蓓卡欣賞伯爵夫人坐在沒有馬匹的馬車裡，得意洋洋。她盯著伯爵夫人，扯破喉嚨宣傳伯爵夫人的困境。「找不到半匹馬！」她喊道，「不過所有的鑽石都縫進馬車椅墊裡啦！等到法國人一到，可就成了他們的大禮！——啊，我是說馬車和鑽石，可不是車裡的夫人！」她讓房東、僕役、客人和經過中庭的無數陌生人都知道這個消息。巴瑞克斯夫人恨不得從車窗朝她開一槍。

正當蕾蓓卡享受羞辱敵人的樂趣，她望見喬斯正看著她，直直地朝這兒走來。

那張一反往常的胖臉，既驚懼又害怕，蕾蓓卡一看就知道他的心事。他也想要逃跑，正到處尋找所需的馬匹。「我會把馬賣給**他**，」蕾蓓卡想道，「我就騎那匹母馬吧。」

喬斯走向他的朋友，提出那個過去一小時他問了上百遍的問題，「妳知不知道要上哪兒去找馬呀？」

「什麼！連**你**也要逃了？」蕾蓓卡問道，笑了一聲。「薩德利先生，我還以為你是名英勇的護花使者，一心想保護所有的太太小姐們。」

「我……畢竟我不是軍人，」他深吸一口氣，嘆道。

「那艾美麗雅呢？……誰來保護你那可憐的小妹妹？」蕾蓓卡詢問，「你不會拋下她吧？」

「萬一……萬一敵人到了，我又能為她做什麼？」喬斯回道，「他們會放過女人，但我的僕人告訴我，他們誓言絕不讓男人活命。一群卑鄙的懦夫！」

「那真是太可怕了！」蕾蓓卡喊道，得意地瞧著他無助又煩惱的樣子。

「而且，我並不打算拋下她，」哥哥喊道，「她**沒有**被拋下。她可以坐我的馬車。親愛的克勞利太太，我也替妳留了位子。只要我們找得到馬……」他嘆氣道。

「我有兩匹馬，正打算賣掉，」太太說道。喬差點就要跳上前，緊緊擁抱她。「伊斯朵兒！去把馬車拉來！」他喊道，「我們找到馬啦！我們找到馬啦！」

「我那兩匹馬從沒套過馬具，」太太補充，「要是你替布爾芬奇上挽具，牠會把馬車踢得亂七八糟。」

「那可以騎牠嗎？」印度文官問道。

「靜如羊，迅如兔。」蕾蓓卡答道。

「妳認為牠載得動我嗎？」喬斯又問道。他已在想像自己坐上馬背的情景，可憐的艾美麗雅完全消失在他的腦海中。哪個愛賭馬的人抗拒得了騎馬的誘惑？

聽到他這麼問，蕾蓓卡邀請他到房間去相談。他上氣不接下氣地跟著她上樓進房，定下這項交易。喬斯這一輩子，很少在半小時內就一口氣花掉那麼多錢。蕾蓓卡依照喬的購買慾和貨物的珍稀程度，訂下手上貨物的價錢。聽到她為馬兒開出驚人的天價，印度官員不禁倒抽一口冷氣。她堅決表示，要買就兩匹一起買，她不接受單買一匹。洛頓下了指示，不到這個價錢絕不賣。樓下的巴瑞克斯伯爵願意付一樣的價錢買這對馬，但她比較喜愛薩德利一家，對他們心懷敬意，願意把馬留給他。她親愛的喬瑟夫先生必須理解，像她這樣的可憐人也得想辦法生存。簡而言之，世上沒有人像她那麼善良仁慈，但一提起買賣，也沒有人比她更堅定。

可想而知，喬斯最後只能接受。只是她要求的價格太過高昂，他不得不拜託她接受分期付款，而蕾蓓卡趁機攢了一小筆財富。她迅速地打著算盤，想著除了這筆錢，再把洛頓的剩餘財產賣掉，加上他陣亡後她所能獲得的遺孀救濟金，她可以獨立自主，不用依靠任何人。

當然，這天她腦海浮現過一、兩次逃跑的念頭，但理智阻止了她。「要是法國人真來了，」蓓琪想道，「我只是名可憐的寡婦，他們能拿我怎麼辦？呸！姦淫擄掠的年代過去了。他們會讓我們平平安安回家鄉，不然，我也能在國外舒適地過日子，反正我發了一筆小財。」

當蕾蓓卡忙著規畫未來，喬和伊斯朵兒到馬廄裡瞧瞧剛落入他們手中的兩匹馬。喬命令他的僕人立刻安上馬鞍。他真想在此時此刻縱馬狂奔。他把男僕留在馬廄裡安頓馬匹，自己回家準備行李。他得偷偷出逃才行。他打算從後門走進臥房。他根本不想面對奧大德太太和艾美麗雅，不願向她們承認他立刻就要逃跑。

等到喬斯和蕾蓓卡談好交易，也確認了馬匹狀況，天色也快亮了。雖然早就過了午夜，但整座城徹夜都沒有休息。家家戶戶燈火通明，沒有人睡覺，每個門口前都有人群聚集，大街小巷都忙碌不已。各式各樣的謠言傳來傳去，有人說普魯士人潰不成軍，有人說英國人勇往直前，取得勝利，三分之一的士兵仍在戰場奮戰。慢慢地，英國人獲勝的謠言愈傳愈盛。目前城裡還沒看到半個法國人。脫隊的士兵帶來的戰況愈來愈對英國有利。終於，一名副官抵達布魯塞爾，向城裡的指揮官回報。城裡張貼了正式公告，宣布經過六小時的激戰，同盟軍在卡特布拉斯取得勝利，擊退了納伊率領的法國大軍。想必那位副官抵達城裡時，喬斯不是在和蕾蓓卡商談買賣，就是在確認貨物。當買家回到他的旅舍，他發現一群住戶正聚在門檻，討論這個消息，顯然這項情報已被證實。他走上樓去，向他看顧的兩位太太通知喜訊。他認為沒必要告訴她們，他原打算離開她們，還為了買下兩匹馬，花了一大筆錢。

不過，兩位太太並不關心勝敗，只在乎愛人的安危。聽到戰勝的消息，艾美麗雅反倒比之前更加焦躁不安。她打算立刻去前線，淚眼哀求哥哥帶她過去。擔憂與惶恐使她再次陷入歇斯底里的發狂狀態。這可憐的少婦，麻木地度過了幾個小時，現在又發狂地叫囂，在屋裡四處奔跑，看得令人揪心。十五哩外的戰場上，那些英勇的士兵經過奮戰，頹然倒在地上。但只有這位可憐的少婦，被戰爭折磨得不成人形。喬斯無法再看著她受苦，只能把妹妹交給她那堅強的女友照料，再次下樓，回到旅舍門前。人們仍聚在這兒談論，一同等待新消息傳來。

他們守在門前，看著天色漸漸亮起，參戰軍士也傳來戰事的最新情報。載滿受傷軍士的運貨馬車和鄉間用的手推車進了城，車上的士兵痛苦地大聲哀嚎，乾草堆中，露出一張張憔悴的臉龐，悽苦地望向天空。無法控制好奇心的喬斯朝那些貨車望……車上的傷患發出令人害怕的呻吟……累壞的馬兒慢吞吞地拉著板車。「停下來！快停！」乾草堆中發出一聲微弱的呼喊，馬車就在薩德利先生的旅館前停下來。

「一定是喬治，我知道是他回來了！」艾美麗雅大喊，立刻衝上陽台，露出她那毫無血色的臉龐和散亂的頭髮。不過那並不是喬治，可幸的是他至少帶來喬治的消息。

車上人是可憐的湯姆．史杜伯。二十四小時前，他勇氣十足地舉著軍團的旗幟，隨軍隊出了布魯塞爾。他在戰場上奮勇保護這面軍旗。一名法國槍騎兵用長矛刺傷年輕少尉的腿，儘管他不支倒地，仍英勇護旗。雙方交戰結束後，人們為這可憐的男孩在馬車上找了個位子，把他送回布魯塞爾。

「薩德利先生，薩德利先生！」男孩氣息微弱地喊道。聽到他的呼聲，喬斯走上前去，不免有點驚惶。一開始，他沒認出喊他的人是誰。

小個頭的湯姆．史杜伯朝他伸出一隻虛弱的手，溫度很燙，他發著燒。「我被送來這兒，」他說道，「奧斯朋和……和達賓要我過來這裡。他們要你給車夫兩枚法國金幣。我母親會還你錢。」在這段顛簸旅程中，躺在車上的年輕人發了好幾個小時的燒，恍惚中他似乎回到幾個月前，他放棄父親留下的牧師一職，選擇從軍的時候。神智不清的他暫時忘了身上的痛苦。

旅舍寬敞，人們都很友善，他們把貨車上所有的軍人都迎了進來。廳堂裡有許多沙發，他們就讓士兵在那兒歇息。年輕少尉則送進樓上奧斯朋夫妻的大套房裡。少校太太在陽台上就認出少尉的臉，急急忙忙地和艾美麗雅衝下樓去照看他。你不妨想像一下，當這兩位太太聽到戰爭已然結束，而她們的丈夫都安然無恙時的心情。艾美麗雅沉浸在喜悅中，什麼話都說不出口，只是倒在好友的肩畔，緊緊擁抱她。接著她跪倒在地上，虔誠地感謝上天救了她丈夫一命。

我們緊張得發狂的年輕少婦，找到了任何醫生都開不了的萬靈丹，她和奧大德太太無休無止地照料年輕士兵嚴重的傷勢。面對突如其來的責任，艾美麗雅再也沒有心思煩惱自己的事，也不再像過去任自己被恐懼糾纏，苦思各種預兆背後的含義。傷患用簡單的言語描述當天發生的一切，還有我們某軍團英勇的戰鬥。他們吃了很多苦，許多軍官和士兵都陣亡了。軍團進攻時，少校的馬受了傷，他們原以為奧大德完了。達賓接下少校的職責。等到進擊結束，他們退回據地後，才發現少校坐在座騎的屍體上，握著方瓶倒水喝。奧斯朋上尉替受了傷的少尉報仇，擊倒那個法國槍騎兵。艾美麗雅一聽到他這麼說，臉色發白，奧大德太太立刻阻止少尉說下去。雖然達賓上尉也受了傷，但戰爭結束後，他親自扶著少尉去找軍醫，再把他送上車，讓他得以回到布魯塞爾。達賓上尉向車夫保證，只要他把貨車拉到薩德利先生在城裡的住處，就能拿到兩枚法國金幣。也是達賓要少尉轉告奧斯朋上尉太太，戰爭已經結束，她的丈夫沒有受傷，一切都好。

「那個威廉．達賓真是個好人！他心腸真好，」奧大德太太說道，「雖然他總是嘲笑我。」年輕的史杜伯發誓，軍隊裡沒人比得上達賓上尉。他不停地讚嘆長官，說他謙遜仁慈，在戰場上冷靜應戰，令人嘆服得五體投地。但艾美麗雅沒聽到這些讚美；只有當少尉提到喬治時，她才會凝神傾聽，一講到別人，她就淨想著丈夫。

艾美麗雅不是忙著照顧傷患，就是慶幸丈夫逃過一劫，這一天看似很快就結束了。整支軍隊，她只在乎一個男人，只要他安好無事，我們不得不承認，她根本不在乎軍隊的動向。喬斯從街上帶回新消息，但她聽而不聞，不過它們卻讓怯懦的胖男士和布魯塞爾的其他人緊張不已。法國人雖然戰敗，但英國人並非輕鬆取勝，而且他們迎戰的，只是法軍的一個師而已。那位皇帝和主要軍隊都在利尼，徹底擊垮了普魯士軍隊，現在他們隨時可能趕過來迎擊同盟軍。威靈頓公爵正朝布魯塞爾回撤，也許兩軍會在這兒展開一場大戰，那麼結果更難預料。威靈頓公爵只能信賴手下的兩萬名英國軍士，因為德國人都是些沒經驗的民兵，而比利時人不會聽他號令。就憑這樣一支軍隊，公爵閣下必須迎戰十五萬大軍。之前拿破崙率領這票人攻進了比利時。由拿破崙率領！他是個令人聞之變色的戰士，戰術高超，有誰能與他爭鋒？

喬斯想著這些事情，不禁顫抖起來。布魯塞爾的其他人也一樣。人們想著，前一天的戰爭只是序曲，一場更浩大的血腥戰役馬上就要到來。對抗法國皇帝的一支軍隊已經灰飛煙滅。人數不多的英國人將在抵抗中陸續陣亡，征服者會踏過他們的屍體，進入布魯塞爾。到時候，他會如何對付城裡的人？國家官員祕密召開會議，安排好地點，為法國大軍準備未來的住所，三色旗和勝利標幟也都悄悄製作中，好迎接這位皇帝和國王入城。

人們仍在逃命，一找到交通工具，就攜家帶眷地離開。六月十七日下午，喬斯來到蕾蓓卡的飯店，發現原本停在飯店馬車道的巴瑞克斯大馬車，早就駛遠了。儘管克勞利太太拒絕賣馬，但伯爵不知用了什麼手段，還是找到了兩匹馬，急急朝根特駛去。在根特的路易十八也打包了行李，這位不幸國王就像流亡者一樣，不斷四處遷徙。

喬斯覺得，昨天的那一戰只是把逃亡期限延長了些。他花了高價買下的珍貴馬匹，恐怕很快就會被徵用。他一整天都痛苦不已。雖說只要英國軍隊還擋在布魯塞爾和拿破崙之間，就不需要馬上逃跑，但他還是把馬兒從原本遙遠的馬廄，牽進他的旅館中庭，確保牠們就在他家樓下的馬廄裡，不會被別人強行牽走。伊斯朵兒時不時確認馬廄的門，也替馬兒上好馬具，隨時都能啟程。他很興奮，期待主人上路的時刻趕緊到來。

經過前一天不愉快的會面，蕾蓓卡不願再來拜訪她親愛的艾美麗雅。她把那束喬治交還給她的花束修了枝，換了新鮮的水，再反覆閱讀他寫的短箋。「可憐的傢伙，」她手指把玩著那小小的紙捲。「光憑這個，我就能讓她痛不欲生！……這東西絕對會讓她傷心欲絕，想當然耳……愛上一個蠢蛋……一個紈褲子弟……而且是個根本不在乎她的傻子。我的好洛頓比這傢伙好上十倍。」接著她尋思，萬一……萬一她的好洛頓出了什麼事，她該怎麼辦？又想著他把馬兒留給她，她真是太幸運了。

當天，克勞利太太也看到巴瑞克斯一家人逃離布魯塞爾，心裡不免大失所望。她想著伯爵夫人逃亡前的預防手段，於是做了一些針線活，把自己大部分的首飾、鈔票和帳單都縫進衣服裡。這樣一來，不管未來發生什麼事，她都做好萬全準備。要是非得離開不可，她已準備好逃亡，她也能留在這兒迎接征服者抵達，不管他是英國人還是法國人。那天晚上，當洛頓在雨中露宿於蒙桑讓，身上僅有一件斗篷擋風蔽雨，心裡思念著被自己拋下的嬌妻，我不敢否認，在布魯塞爾的蕾蓓卡沒有幻想成為伯爵或元帥夫人。

隔天是星期天。奧大德少校太太很高興看到她照料的兩名病人，經過一夜休息，現在已經恢復健康，精神也大為振奮。她自己睡在艾美麗雅臥房裡的一張大椅子上，要是她可憐的朋友或少尉需要她，她隨時能一躍而起。當早晨到來，這位堅強婦人回到她和少校居住的旅舍，為星期天精心打扮了一番。當她隻身一人待在與丈夫同床而眠的房間裡，看著他的帽子仍好端端地放在枕頭上，他的手杖立在角落，少校太太至少抬頭向老天祈禱一回，誠心祈求勇敢的軍人麥克・奧大德平平安安。

當她回到奧斯朋夫妻的住所，她帶上她的祈禱書和主教叔叔那本著名的講道集。每到安息日，她就會朗誦叔叔的講道文。主教叔叔博學多聞，偏愛複雜的拉丁文，他的講道文不但冗長且艱澀複雜。也許少校太太無法完全理解內容，發音恐怕也不太精準，但她依舊勤勉地朗讀，頻繁用上加強語氣，正確度勉強可以接受。她想著，風平浪靜時，我的麥克曾在船艙裡，聽我讀這些講道文多少次呀！這一天，她提議艾美麗雅和受傷的少尉加入她，一起來讀講道文。當天，有兩萬座教堂的信徒同時朗誦同一篇講道文，上百萬的英國男女跪在地上，祈求天父的保佑。

但在英國的男男女女，沒有聽到打斷布魯塞爾這一小群虔誠信徒的響聲。當奧大德太太以最清朗的聲音朗誦，來自滑鐵盧戰場的大炮響了起來，比前兩天更加清楚宏亮。

一聽見那可怕的聲響，喬斯立刻下定決心，他再也受不了恐懼的糾纏，立刻就要逃命。他衝進傷患的房裡，我們的三位朋友正聚在那兒祈禱。他打斷他們，激動地哀求艾美麗雅與他同行。

「艾美，我再也受不了了，」他說，「我不會再忍受下去。妳非得跟我走不可。我替妳買了馬……別管價錢了……妳快換衣服，馬上跟我走，我們共乘一匹馬，騎在伊斯朵兒後面。」

「求上帝寬恕我，但薩德利先生呀，你真是個懦夫，」奧大德太太放下手上的書。

「艾美麗雅，跟我走吧，」印度官員繼續說道，「別管她說什麼。為什麼我們非得待在這裡不可？任由法國人宰割？」

「我的朋友，你忘了某軍團，」躺在床上的負傷英雄，小個子的史杜伯開口了，「奧大德太太，妳不會拋下我吧？會嗎？」

「當然不會，我親愛的朋友，」她走到床前，親吻年輕的小伙子。「只要我在這兒，我就不會讓你受到任何傷害。除非麥克下令，不然我絕不離開。要是我跟那傢伙共乘一匹馬，那模樣一定迷人得緊，不是嗎？」

一想到那情景，床上的年輕傷患哈哈大笑起來，連艾美麗雅也不禁露出微笑。「我可沒問她，」喬斯大喊一聲，「我可沒要那個……那個愛爾蘭女人跟我走。我要的是妳，艾美麗雅，跟我走吧。我再問一次，妳到底來還是不來？」

「喬瑟夫，你難道要我拋下丈夫？」艾美麗雅震驚地反問，朝少校太太伸出手。這下子，喬斯的耐性已被榨得一乾而淨。

「那麼，再會了。」怒火攻心的他氣得握緊拳頭，用力甩上房門，大步離開。這一回，他真的在中庭裡跨上馬兒，下令啟程。奧大德太太聽見馬蹄達達地踏出大門，於是走到窗前，看著喬瑟夫騎著馬，上了街，後面跟著伊斯朵兒，戴著主人送的鑲邊軍帽。她對那可憐人嘲笑了一番。這幾天一直沒機會出門的馬兒，活潑地在路上歡跳。坐在馬背上的喬斯騎術不精，又生性膽怯，不擅掌控馬匹，看起來十分彆扭。「親愛的艾美麗雅，現在從客廳窗戶正好看得見他騎馬的樣子，他活像頭闖進瓷器店的公牛，笨拙透頂。」過不久，這一對主僕就朝根特騎遠了，身影漸漸模糊。但只要還看得見他們，奧大德太太就鍥而不舍地嘲笑兩人。

從早到晚，大炮的聲響都沒停。等到天色全黑，那一連串的炮聲才嘎然而止。

我們都知道接下來發生了什麼事，每個英國人都對此津津樂道。這場偉大的戰爭結束時，你我都還只是孩子，我們毫不厭倦地聽著大人重複講述這段家喻戶曉的歷史。戰敗國失去了許多勇敢的士兵，數百萬同胞一想到這一天，仍不禁熱血奔騰。至今，他們仍期望洗刷那一場恥辱。要是他們後來真有機會，贏得勝利，舉國歡慶，輪到我們深受怨恨與憤怒之苦，那麼毫不服輸的兩國恐怕會繼續彼此殺戮，輪流享受榮耀，蒙受恥辱，周而復始。也許過了好幾個世紀，英法兩國仍烽火連天，兵革互興，兩國人民成為惡魔旗下最驍勇善戰的軍團。

在那偉大的戰場上，我們的朋友不顧一切地衝鋒陷陣。當女人在十哩外跪地祈禱，無畏的英國步兵一整天都在迎戰並擊退法國騎兵猛烈的攻擊。布魯塞爾聽到的槍炮隆隆，讓他們的軍官和同袍紛紛倒下，但倖存的軍士堅守崗位，漸漸包圍敵人。到了傍晚，法國每一波進攻都被勇敢的軍士擋下，法軍漸漸出現頹勢。除了英國人，他們還得面對別的敵人，也可能他們準備最後再搏命一擊。關鍵時刻終於到來，帝國衛軍出現在蒙桑讓的山丘上，迅速從高處攻擊在那兒守了一整天的英軍。英國陣線傳來震耳欲聾的火炮聲，一聲聲宣告死亡的到來，但法軍依舊一波又一波的衝上山丘。隨著士兵不斷倒下，依舊站立不搖的少數軍士，就像隆起的尖塔。大軍不再湧現，但仍誓死抵抗。這些攻勢都無法截斷英軍，英軍一擁而出，帝國衛隊終究掉頭撤退。

他們追擊到數哩之外，布魯塞爾再也聽不到炮聲。夜色在戰場上落下，也降臨布魯塞爾。艾美麗雅為喬治祈禱，但一顆子彈射穿了他的心臟，趴在地上的他已沒了呼吸。

第三十三章　親戚都非常擔憂克勞利小姐

當英軍從法蘭德斯出發，經歷了英勇奮戰，朝法國邊界推進，攻佔那兒原屬於比利時的堡壘，請仁慈的讀者千萬別忘了，我們的故事中還有一些角色在英格蘭過著祥和的日子，我們得交代一下他們的生活。此時歐洲大陸烽火連天、危機四伏，暫住在布萊頓的老克勞利小姐也多少受到這些重大事件的影響。它們讓報紙變得有趣多了，布里吉斯小姐高聲朗誦《公報》，裡面讚揚洛頓．克勞利立下汗馬功勞，獲得晉升的光榮事蹟。

「多可惜啊，那個年輕人踏錯人生中無可挽回的一步棋！」他的姑姑說道，「現在他的軍階更高，立下大功，他本能娶個身價二十五萬鎊的釀酒商女兒，比如那個葛蘭斯小姐，不然他也能和英格蘭最優秀的家族成親。終有一天他會繼承我的財產，或者他的孩子也會拿到……畢竟我還無意告別人世。布里吉斯小姐，雖然妳可能急著想甩掉我，但我還不打算走。偏偏他娶了個舞女當老婆，現在他注定一輩子要當個窮光蛋啦。」

「我親愛的克勞利小姐，難道妳對英勇的軍人毫無同情之心嗎？他為祖國爭光，如今他的名字還登上了英國編年史呢。」布里吉斯小姐說道。滑鐵盧一役令她興奮不已，而且她一找到機會，就愛用多情文雅的語氣說話。「上尉──或者現在該稱為上校──的事蹟，可不是讓克勞利的姓氏更加輝煌響亮？」

「布里吉斯，妳真是個傻子，」克勞利小姐說，「克勞利上校令家族蒙羞，布里吉斯小姐。娶一個畫師的女兒！還真有膽！……這跟娶一個侍伴差不了多少……布里吉斯，沒錯，她的身分跟妳一樣，沒比妳強，只是她年輕得多，比妳漂亮多了，也比妳聰明多了。我不禁懷疑，妳是不是那個孤女的同謀？她施展邪惡媚術，讓洛頓成為她的俘虜。妳一向欽佩她，妳是不是幫了她一把？沒錯，我敢說妳就是她的同謀。但我的遺囑絕對會令妳大失所望，我敢保證。現在妳行行好，寫信給韋克斯先生，說我立刻要見他。」克勞利小姐現在幾乎每天都寫信給韋克斯先生，不斷重新安排她的財產。她的金錢未來會流向何處，顯然令她煩心不已。

不過老閨女的身體倒是健康不少，從她對布里吉斯小姐愈來愈尖酸刻薄就看得出來。面對這些諷刺，她的侍伴溫順懦弱地默默承受，放棄反駁。一方面因為布里吉斯小姐心胸寬大，另一方面則是她假裝不在乎。簡單來說，地位低下的她不得不忍氣吞聲。誰沒見過女人彼此為難的情景呢？可憐的女人被同性暴君不分日夜的嘲笑與蔑視，男人所受的折磨怎能與女人經歷的殘忍待遇相比？可憐的受難者啊！但我們得提醒各位，當克勞利小姐病重初癒時，總是特別惹人厭，她的性情變得格外殘暴。就像俗話說的，傷口要癒合時總是格外刺癢。

當眾人熱切期待克勞利小姐康復之時，布里吉斯小姐卻是這位病人唯一的折磨對象。她的親戚雖然不在她身邊，但從未忘過她，十分關切她的健康，時不時送來各種紀念物、禮品和洋溢關懷之情的親熱信件，努力提醒她他們的存在。

首先，讓我聊聊她的姪子，洛頓．克勞利。著名的滑鐵盧戰役結束後，滯留在布萊頓的克勞利小姐，從《公報》得知姪子升了官又立下輝煌的功勞。過了幾週，第耶普郵船送來一個包裹，裡面除了幾樣禮物之外，她的上校姪子還寫了一封畢恭畢敬的家書。包裹內有一對法國軍官的肩飾，一枚法國榮譽軍團的十字勳章，和一把劍柄——全都是他在戰場上奪下的紀念品。他在信裡詼諧幽默地描述，劍柄是一名法國近衛軍指揮官的遺物，那位軍官誓言「近衛軍寧死不屈」，但下一秒他就成了一名英國二等兵的俘虜。英國二等兵以槍桿擊斷法國人的劍，因此這把劍柄就落到洛頓的手中。至於那對肩飾，則來自一名法國騎兵上校，他是我們勇敢副官的手下敗將。洛頓．克勞利奪下這分紀念品後，他認為最好的處置，就是把它們寄給他最仁慈、最溫柔的老朋友。他將隨軍隊前進巴黎，也許會在那兒寫信給她，告訴她法國首都的趣事。法國貴族集體出逃時，她曾親切地向許多人伸出援手，現在她有幾位老朋友搬回了巴黎，也許他會與她分享他們的消息。

老閨女指示布里吉斯寫封回信給上校，裡面盡是讚美之辭，口氣和藹，還鼓勵他繼續來信。他的第一封家書太生動活潑，帶給老小姐不少樂趣，令她期待接下來的信。「我可憐的布里吉斯呀，我當然清楚得很，」她向侍伴解釋，「洛頓寫信的功力跟妳差不多。這封信是聰明又狡猾的蕾蓓卡寫的。她口述每一個字，他負責抄寫。但我何必拒絕姪子帶給我的樂趣呢？我想讓他明白，我心情好得很，讓他們多寫幾封信過來。」

我真好奇，她知不知道蓓琪可不只口述了信件內容。那些戰利品，其實都是洛頓太太向兜售各種戰爭物品的小販，以幾法郎的價格買下來的，再寄回英國。無所不知的作者當然知道這一回事。儘管如此，克勞利小姐親切的回覆一如預期，令我們兩位年輕朋友大受鼓舞。洛頓夫妻一心盼望姑姑的怒氣平息，由回信看來，她的確不再生兩人的氣。如洛頓所言，他們的軍隊一路挺進，幸運抵達巴黎。為了討老小姐的歡心，他們從巴黎寫了許多歡樂的信件給她。

至於因丈夫跌斷鎖骨，不得不趕回女王克勞利鎮的牧師太太，老閨女對她就沒那麼客氣了。那個忙碌、愛管事、精力旺盛又專橫的布特太太，犯下最致命的失誤，冒犯了她的大姑。她不只欺壓克勞利小姐和她的僕役，還令克勞利小姐感到無聊乏味。布里吉斯小姐奉主人之命，寫信告訴布特．克勞利太太，自從後者離開後，克勞利小姐的元氣大為恢復，拜託布特太太千萬別再為了克勞利小姐而憂煩，也不用離開家人身邊。要是布里吉斯太太有點脾氣的話，代寫這封信必定會令她高興得不得了，畢竟牧師太太對布里吉斯既高傲又殘酷，這回輪到她出口怨氣，大部分的女人都會為此而洋洋自得。但布里吉斯小姐毫無脾氣可言，敵人一退居下風，她的同情心就開始泛濫。

「我真是蠢透了，」布特太太想道，而她這句話一點也不假。「我居然寫信給克勞利小姐那隻老珠雞，暗示我要去找她。我本該什麼也不說，直接去拜訪那個溺愛姪子的老女人，把可憐的她帶過來，脫離那個蠢笨的布里吉斯和邪惡的侍女。哎呀！布特，布特，你為什麼要摔傷鎖骨呀？」

到底為什麼呢？我們看到布特太太原握著一組好牌，佔盡上風。她掌管克勞利小姐全家上下，眼看就能成功奪權，卻不得不打包上路，立刻就被連根拔除。不過在她和她的家人眼中，她是名可憐的受害者：她為克勞利小姐鞠躬盡瘁，後者卻毫無感謝之情，自私自利地背棄了她。洛頓升官，受到《公報》表揚，更令這位虔信基督教的善良太太驚慌不已。現在洛頓成了上校，還受封三等勛章，他的姑姑會不會心軟？那個可恨的蕾蓓卡恐怕又會贏得她的寵愛？牧師太太替丈夫寫了篇講道文，譴責崇拜戰功是虛榮的表現，警告世人，邪惡勢力正日漸興旺。受人尊敬的牧師雖以最悅耳的聲音向教徒朗誦這篇文章，卻半點不明其義。皮特．克勞利是他的聽眾之一，他和兩位同父異母的妹妹一同參加禮拜，至於老從男爵，他對宗教毫無興趣，很少現身。

自從蓓琪．夏普離開後，老男爵就放任自己耽於惡習中，成了郡上的醜聞。他的大兒子雖然沉默寡言，但父親的墮落令他震驚極了。哈洛克斯小姐帽上的緞帶愈來愈炫麗。有教養的家庭都驚慌地迴避這棟大宅和它的主人。皮特爵士會去佃農家裡喝酒。市集日到來時，他就去莫德貝里和附近其他城鎮，與農夫暢飲兌水蘭姆酒。他和哈洛克斯小姐一起搭乘四匹馬拉的家族大馬車，去南漢普敦閒逛。全郡的人每週都期待在本郡報紙上，讀到他與哈洛克斯小姐共結連理的新聞，而他的大兒子只能默默地、痛苦地等著這一天到來。這對克勞利先生來說，實在是沉重的枷鎖。以往他絕不錯過這一帶的講道集會和宗教聚會，還會發表數小時的演說，如今他失去往日口若懸河的風采。他一站起身，就彷彿聽見人們交頭接耳，「他父親就是那個敗壞風俗的老皮特爵士，現在那老不休恐怕正在酒館豪飲呢。」他一提到廷巴克圖之王的愚昧無知，而他的數名妻子也一樣懵懂，人群中某個不信教的吉普賽人就會出聲問道：「年輕的老古板！你倒說說女王克勞利鎮那棟大宅有幾個夫人？」講台上的皮特先生驚慌失措，演說也就此毀了。要不是克勞利先生威脅皮特爵士，強迫他把兩個妹妹送到寄宿學校，無人管教的她們恐怕會成為四處亂跑的野姑娘。老爵士誓言，絕不再讓任何家庭教師踏進他的大門。

我們前面已提過，不管這一家人有多少紛爭，克勞利小姐親愛的姪子和姪女仍有一個共同點：他們全都十分敬愛她。他們不斷寄給她各種禮物，證明他們對她的關懷。布特太太寄了珠雞、非常美味的白花菜，還有她四個女兒親手縫製的漂亮錢袋或針插，哀求親愛的姑姑千萬別忘了**卑微的**她們。皮特先生則把祖宅莊園出產的桃子和葡萄寄給她。南漢普敦的公用馬車常將這些充滿關愛的禮物送到布萊頓的克勞利小姐手中，有時還把皮特先生本人送到她的眼前。皮特先生和父親不和，不願待在家裡，老是外出，更何況他的心上人珍・席普尚克斯小姐也在布萊頓，本書提過兩人早就訂了婚。這位大家閨秀和姐姐以及母親索斯頓夫人都住在布萊頓。說到索斯頓伯爵夫人，她可是宗教界十分著名的虔誠女性。

現在，我們得介紹一下這位貴族小姐和她高貴的家庭，因為這一家人不管是現在或未來，都與克勞利家關係密切。索斯頓的一家之長，克萊蒙・威廉是第四代索斯頓伯爵，他本人的豐功偉業不用多說，我們只要知道，在魏伯弗斯先生的幫助下，伯爵成為國會一員，成了渥爾希勛爵。他是個嚴肅的年輕人，曾讓他的政界引薦人十分光榮。但他那位可敬的母親成為寡婦後沒多久，就發現自己的兒子出入許多耽於世俗娛樂的俱樂部，在華提爾酒吧和可可樹俱樂部輸了一大筆錢，還用家產來抵押，到處舉債，承諾一旦繼承遺產就會還錢。不只如此，他總搭乘四匹馬拉的大馬車外出，經常光臨賭馬場，在歌劇院有自己的包廂，來往的盡是最風流危險的單身漢。在寡婦的圈子裡，人人聽到他的名字就不禁嘆息。

愛蜜莉小姐比弟弟大了許多歲，如前所述，她寫了許多令人嘆服的宗教短文、讚美詩和靈性文章，在宗教界佔有一席之地。身為一位年長的老閨女，她對婚姻一無所知，只關心黑人的命運。我相信，下面這首美麗的詩篇，就是她的作品：

帶領我們前往一座
在西方深處的陽光之島；
天空永遠微笑
黑人卻長泣不止。

她常與東印度與西印度群島的教士們以書信往來。她私下對席拉斯·霍恩布勞爾教士頗為傾心，後者在南海群島刺了青。

我們已說過皮特·克勞利先生對珍小姐一往情深，她是個溫柔、容易臉紅、少話又害羞的女孩。明知哥哥生活放蕩，但她仍不免為他哭泣，因自己仍敬愛哥哥而感到羞愧。她常偷偷在匆忙之中寫信給他，悄悄塞進待寄郵件中。她人生中最難以啟齒的祕密，就是她曾在老管家的陪同下，偷偷拜訪索斯頓伯爵在奧巴尼的住所，發現他──啊，頑皮得無藥可救的傢伙──正在抽雪茄，暢飲一瓶放在眼前的陳皮酒。她佩服姐姐，敬愛母親，認為克勞利先生是世上最令人著迷且學識淵博的男子，但她心中最重視的仍是墮落天使索斯頓伯爵。她最愛的母親和姐姐自視甚高，總替她安排大小事，以憐憫之心照顧她。那些高人一等的女人總是憐憫身邊的每一個人。她的穿著，她閱讀的書籍，她戴的外出軟帽，還有她的思想，全由母親決定。她必須騎馬，或者練習鋼琴，或吞服某種藥物，全由索斯頓伯爵夫人作主。而伯爵夫人真希望女兒到了二十六歲仍穿小孩子的圍兜，可惜的是，珍小姐首次進宮晉謁夏洛特王后時，那些衣服就全丟了。

索斯頓伯爵家的夫人小姐搬到布萊頓之後，克勞利先生一開始只去拜訪她們。他會在姑姑家留下問候的名卡，謙虛地向鮑斯先生和他手下的跑腿男僕問起那位病人的健康，但她沒有踏進姑姑家。當他撞見布里吉斯小姐剛從圖書館回來，腋下夾了一大落小說，克勞利先生頗為反常地漲紅了臉，走上前，與克勞利小姐的陪侍握手問好。那時他正在和珍・席普尚克斯小姐散步，他介紹了布里吉斯小姐，說道，「珍小姐，請容我向妳介紹我姑姑最親密的朋友，她最忠誠的女伴，布里吉斯小姐。她還有另一個妳已知悉的身分——她就是妳喜愛的那本《芳心之歌》的作者。」珍小姐的臉頰飛上一片紅暈。她向布里吉斯小姐伸出她那美麗的小手，說了些有禮的客套話，斷斷續續地提及她的母親，並提議拜訪克勞利小姐，最後表示她很高興有幸認識克勞利先生的朋友和親戚。珍小姐的眼神如白鴿般溫順，謙恭地與布里吉斯小姐告別，皮特・克勞利先生也恭恭敬敬地鞠了個躬，就好像他出任使節時，跟本柏尼格公爵夫人道別一樣多禮。

賓紀先生的高徒尊崇馬基維利[128]主義，他還真是個足智多謀，手腕圓滑的人！克勞利先生記得在女王克勞利鎮，曾看過布里吉斯小姐年輕時出版的詩集，上面還有作者的親筆贈言，顯然這是送給他父親亡妻的禮物。他把這本詩集帶在身上，在南漢普敦公共馬車上仔細閱讀，還用鉛筆

128. 尼可洛・馬基維利，一四六九～一五二七，義大利學者，重權術，著有《君主論》。

做下記號，到了布萊頓後，再把它送給溫柔的珍小姐。

也是他向索斯頓夫人指出，倘若她的家人和克勞利小姐往來親密，能帶來世俗和靈性上的種種益處。他說，克勞利小姐現在獨身一人，他弟弟洛頓的放蕩行徑和婚姻讓自己失去姑姑的寵愛，而布特．克勞利太太貪婪的暴君行徑，讓老小姐對裝腔作勢的那一家人厭惡不已。雖然他自己，也許出自某種不合時宜的驕傲之心，這輩子都沒有刻意贏取克勞利小姐的親情，但他認為現在應該採取任何可能手段，拯救她的靈魂，讓她免於墮入地獄之苦，同時，身為克勞利家的繼承人，他也得把她的遺產據為己有。

女婿針對世俗或靈性的提議，都讓性格剛烈的索斯頓夫人連連稱是，立刻把感化克勞利小姐當作己任。身材高眺又嚴肅的伯爵夫人熱愛傳教，常常在索斯頓和托特摩爾城堡，坐著雙馬四輪大馬車外出，侍從則騎著馬，在馬車前後護駕。夫人會向佃農與租戶發送一篇又一篇的福音傳單，遇到瓊斯老頭，就命令他改信基督教，看到希克斯老婦人，就要她去買江湖術士的消炎藥粉。她十分專斷，不接受任何反對、抵抗，也用不著教士為她助陣。她的先夫老索斯頓伯爵患有癲癇，是個心思單純的貴族，習於接受他的瑪蒂達所有的想法和行為。只要是新教，各種教派她都來者不拒，不管是哪個江湖術士或學者的意見，她都大方接受。她的信仰千變萬化，但她毫不遲疑地要求所有租戶和下人追隨她。因此，從蘇格蘭聖人桑德斯．麥克尼特教士、溫和的魏斯勒揚派的路克．華特斯教士，到受了天啟的鞋匠吉爾斯．喬沃斯——當拿破崙自命為皇帝之時，這位鞋匠也搖身一變，成了教士——索斯頓夫人不管從這些人身上聽聞了什麼，她的全部僕役、孩子、佃農都必須跟隨伯爵夫人，一起虔誠下跪，聆聽某個大師的祈禱文，應聲「阿門」。由於老索斯頓健康不佳，蒙妻子特許，當大家在祈禱時，他則待在自己的房間，喝杯熱香料檸檬酒，聽別人對他朗誦報紙文章。老伯爵鍾愛珍小姐，而珍小姐也真心敬愛父親，全心照顧生病的他。至於愛蜜莉小姐，也就是《芬奇利公地的洗衣婦》一書的作者，那一陣子她總是訴說死後的懲罰多麼可怕，讓她膽小的老父親嚇得魂飛魄散，醫生宣稱，小姐一講道，老紳士就會發病。所幸，她後來的宗教觀緩和不少。

當女兒的心上人皮特．克勞利先生提起姑姑時，「我一定會去拜訪她，」索斯頓伯爵夫人說道，「克勞利小姐的醫生是誰？」

克勞利先生說了克瑞墨先生的大名。

「我親愛的皮特，那是名無知庸醫，危險極了！幸虧我未卜先知，警告好幾戶人家別再讓他看病，讓他們免於受害。可惜的是，有一、兩回我來不及伸出援手。葛蘭德斯將軍就是其中之一，在那個庸醫的治療下，他漸漸步向死亡——他真的快被害死了。多虧我要他服下波傑斯的藥丸，讓他恢復了一點，哎！但一切已經太遲。不過換藥還是帶給他不少好處，讓他平靜地辭世。我親愛的皮特，克瑞墨先生非離開你姑姑身邊不可。」

皮特完全認同伯爵夫人的看法。不管這位貴族夫人兼未來岳母說什麼，他都完全服從。他接受桑德斯．麥克尼特、路克．華特斯、吉爾斯．喬沃斯、波傑斯的藥丸、波奇氏的仙丹……只要是伯爵夫人開的處方，不管是靈性慰藉還是世間藥物，他都照單全收。每次他離開伯爵夫人家，身上總帶了一堆旁門左道的宗教文章和江湖祕藥。啊，在這浮華世界，我親愛的兄弟們，我親愛的過客啊，你們之中有誰躲得了假藉好心之名的專制者呢？就算你說，「親愛的夫人，去年我服從妳的命令，對波傑斯的說法深信不疑。現在妳為何要我改變，放棄波傑斯，轉而接受羅傑斯的藥物呢？」也於事無補。她無可救藥，老是逼人接受她的信念，要是她無法勸之以理，就會突然流下淚水。在這場比試尾聲，拒絕的那方終會收下藥丸，說道，「好啦、好啦，我吃羅傑斯的藥就是了。」

「至於她的靈性，」夫人繼續說道，「我們也得多加留意。克瑞墨在她身邊，她隨時可能撒手西歸，而且會死得多麼痛苦啊！我親愛的皮特，她會多麼痛苦！我會立刻派埃朗斯教士去拜訪她。珍，寫封短箋給巴瑟洛穆．埃朗斯，記得用第三人稱，告訴他，我希望有幸能在今晚六點半與他共飲晚茶。他是位大開悟的教士，今晚就讓克勞利小姐就寢前，見他一面吧。我親愛的愛蜜莉，為克勞利小姐準備一疊好書。把《來自烈焰的呼喚》、《哲立科的警告號角》，還有《棄絕奢侈》，或《食人者皈依傳》，都拿過來。」

「還有《芬奇利公地的洗衣婦》，媽媽，」愛蜜莉小姐說提出，「一開始，也許先讓她看些溫和的書比較好。」

「我親愛的夫人小姐，先別忙，」圓滑的皮特說，「我親愛的索斯頓夫人，我對妳十分尊敬，完全贊同妳的意見。但我認為不該那麼快就和克勞利小姐討論宗教話題。別忘了，她的情況特殊。至今，她極少、極少考量過死後的福祉。」

「皮特，我們怎能空等下去？」愛蜜莉小姐說道，手中已捧著六本小書。

「如果妳突然提起宗教，絕對會把她嚇跑。我清楚姑姑留戀世俗的習性，突然積極地感化她，是最糟糕的手段，對這位不幸女士全無好處。妳只會嚇到她，令她感到厭煩。很有可能，她會隨手丟掉那些書本，而且拒絕與送書人見面。」

「皮特，你就和克勞利小姐一樣俗氣，」捧著書的愛蜜莉小姐說道。她一甩頭，走出了房間。

「我親愛的索斯頓夫人，不用我說妳也知道，」皮特對愛蜜莉小姐的反應視若無睹。他壓低了音量，繼續說道，「關於我姑姑在世間的財產，要是我們不夠溫和、不夠謹慎，所有的希望都可能付諸流水。別忘了，她有七萬鎊。想想她的年紀，她的神經質和虛弱的體質。她原本打算把大部分財產留給我弟弟克勞利上校，但我知道她已撕毀那份遺囑。我們得先撫慰她受傷的心靈，才能導引她走上正路，而不是把她嚇跑。我相信妳會同意……」

「當然，當然，」索斯頓夫人回道，「珍，我親愛的女兒，別把字條送給埃朗斯先生。要是她如此衰弱，連討論宗教也會令她疲累不堪，那麼我們就先等她恢復了再說。明天我會拜訪克勞利小姐。」

「我善良的夫人呀，要是妳願意再聽我多說一句，」皮特溫柔地說道，「我建議最好不要帶我們親愛的愛蜜莉同行，她太過熱情了。最好讓我們甜美的珍小姐陪妳一起去。」

「你說得對，愛蜜莉會毀了一切，」索斯頓夫人說道。這一回，她放棄平時的作法——如前所說，她一選定目標，就會親自拜訪，用大量的福音文章連番攻擊可憐的受害者（就像法軍進攻前總會先擊發一連串的大炮）。也許這回，她考量到病人的健康，或者是靈魂最終的福祉，也可能是為了她的錢。總而言之，這一回索斯頓夫人同意退讓。

索斯頓家族有輛華麗的女眷專用馬車，上面飾有伯爵的寶冠和象徵寡婦的菱形盾章，盾章上有索斯頓的家徽，綠色為底，有三頭跑動的小羊；另一角則是賓紀家的家徽，黑底上有條金色絲帶和三支紅色菸斗。這輛馬車隔天就莊嚴地停在克勞利小姐的大門前，不苟言笑的高個子男僕將伯爵夫人的名卡交給鮑斯先生，請他轉交一張給克勞利小姐，另一張則給布里吉斯小姐。不得不讓步的愛蜜莉小姐則在當天晚上，寄了份包裹給克勞利小姐的陪侍，裡面有她寫的那本洗衣婦，還有比較溫和且她個人喜愛的一些講道文章。另外她還寄了《儲藏室裡的麵包屑》、《煎鍋與烈火》，還有比較激烈的《罪惡的外衣》給克勞利小姐的僕人們。

第三十四章 詹姆斯・克勞利的菸斗被捻熄了

克勞利先生的友好再加上珍小姐的親切問候，讓布里吉斯小姐渾身輕飄飄的。克勞利小姐收到索斯頓家的名卡後，侍伴立刻為珍小姐美言幾句。伯爵夫人的兩張名卡中，一張指名要給布里吉斯，讓沒有朋友的侍伴喜出望外。「布里吉斯小姐，我真想知道為何索斯頓夫人留了名卡給妳？這究竟是什麼意思？」共和派的克勞利小姐說道。她的女伴只是謙虛地說，身分如此崇高的伯爵夫人願意與像她這樣卑微的女子來往，希望不會影響到夫人的地位。說完，她就將那張卡片小心收到針線盒裡，裡面專門存放她最珍貴的私人藏物。布里吉斯小姐也告訴老小姐，前一天她撞見了克勞利先生，當時他正和早就訂下婚約的表妹一起散步。她讚嘆那位小姐美麗動人，衣著樸素但不俗氣，接著以女性敏銳的觀察力，鉅細靡遺地從遮陽帽到靴子，一一形容她身上穿戴的每件物事。

克勞利小姐放任布里吉斯吱吱喳喳說個沒完，很少開口打斷她。身體漸漸痊癒的老小姐懷念起熱鬧的社交界。她的醫生克瑞墨先生禁止她回到倫敦，重拾過去毫無節制的享樂生活。能在布萊頓結交新朋友，令老閨女樂不可支。隔天，她不只回應索斯頓伯爵夫人的名卡，還大方地邀請皮特・克勞利來見見姑姑。他應約而來，索斯頓夫人和她女兒也來了。寡婦絕口不提克勞利小姐的靈魂需要拯救，只是含蓄地聊著天氣、戰爭和惡魔波拿巴的失勢。除此之外，當然她也聊起醫生和江湖術士，特別讚揚當時她信服的波傑斯醫生，說他的醫術不同凡響。

這次會面，皮特・克勞利突然神來一筆，證明他的確頗有外交長才，要不是年輕時沒有專心發展，不然他現在恐怕已在外交界擔任高官。當時，喪夫的索斯頓伯爵夫人承襲當時的社交風潮，批評科西嘉人是個可恨的壞蛋，數落法國皇帝犯下的滔天大罪，批評他是個懦夫兼暴君，不見容於世間，大家早就預言他終將殞落……等等。但皮特・克勞利突然插嘴捍衛這位皇帝。當拿破崙還是首席執政官，在巴黎簽訂《亞眠和約》時，他親眼見過這位大人物。那時他有幸認識偉大的福克斯先生，雖然他與福克斯先生的理念不同，但他依舊對這位正直好人佩服得五體投地，而這位政治家非常欣賞拿破崙。接著他義憤填膺地批評盟軍對這位被廢黜的君主背信忘義，拿破崙自動俯首稱臣，卻遭到放逐，這一切都太卑鄙、太殘忍了，這下一來，頑固的羅馬教皇得以在法國為所欲為。

他對羅馬教廷的批評，保住索斯頓伯爵夫人對他的評價，而他對福克斯和拿破崙的崇拜，則讓克勞利小姐刮目相看。本書一開始介紹克勞利小姐時，就提過她和那位過世的英國政治家私交甚篤。克勞利小姐是徹頭徹尾的輝格黨人，這段戰爭期間，她一直堅守反戰立場。不過說實話，她沒有因法國皇帝落敗而心情激動，也未曾因他所受到的不合理待遇，而輾轉難眠或心神不寧。但皮特對她兩位偶像的讚美，深深說進她的心坎裡。光靠一場演說，皮特就贏得姑姑的偏愛。

「親愛的，那妳呢？妳怎麼想？」克勞利小姐對年輕姑娘說道。一看到珍小姐，她就喜歡這個姑娘，她一向喜歡長得漂亮又謙遜的年輕人。但別忘了，她的寵愛來得快也去得快。

珍小姐羞紅了臉，說她對政治一無所知，她寧願把這些事交由更明智的人去思考。但她相信，雖然媽媽的話永遠正確，但克勞利先生的說法也的確很有說服力。這場會面告一段落，伯爵夫人和小姐準備告辭時，克勞利小姐希望仁慈的索斯頓夫人，願意多讓珍小姐來拜訪她。她說自己是個寂寞又病痛纏身的可憐老婦人，希望珍小姐有時間來，帶給她一點撫慰。她的請求立刻得到伯爵夫人大方的允諾，三位女子非常友好地告別了。

「皮特，別再讓索斯頓夫人過來了，」老小姐說道，「她不但蠢笨還自負得很，就像你媽娘家的那些人，我實在受不了他們。但只要你願意，多帶那個好脾氣的小珍來吧。」皮特一口答應。他當然沒有告訴索斯頓伯爵夫人他姑姑的看法。伯爵夫人深信自己在克勞利小姐心中留下最優雅的好印象。

珍小姐非常樂意前來安慰病重的老小姐，心裡說不定還很高興能躲過巴瑟洛穆．埃朗斯教士枯燥的長篇大論，還有自負的伯爵夫人身邊那些虔誠的馬屁精。珍小姐成了克勞利小姐家的常客，白天兩人一起坐馬車出遊，晚上也常陪伴老小姐。珍的本性善良溫柔，連菲金也無法嫉妒她。至於老實的布里吉斯，發現只要仁慈的珍小姐在場，她的朋友就不會對她那麼尖酸刻薄。在伯爵小姐面前，克勞利小姐總是大方又慈愛。老閨女告訴她上千個自己的青春往事，而她講話的口氣，和以往在邪惡的小蕾蓓卡面前的樣子大不相同。在純真的珍小姐面前，那些輕佻言語都變得魯莽無禮，溫柔的克勞利小姐不願玷污這純潔的姑娘。年輕的貴族小姐，只從哥哥和父親身上嘗過被寵愛的滋味，老閨女是第一個對她那麼親切的外人，因此她以真誠的柔情和友誼回報克勞利小姐的厚愛。

秋天到來，蕾蓓卡在巴黎招搖過街，在那些歡樂的征服者中，她是最討人喜歡的女子。而我們的艾美麗雅，啊，我們親愛的、傷透心的艾美麗雅，她在何方？而在布萊頓的黃昏時分，珍小姐坐在克勞利小姐的客廳裡，對她吟唱甜美的歌曲。在樸實的歌聲和讚美詩中，太陽緩緩落下海平面，海浪在天色漸暗的沙灘上怒吼。珍小姐一停口，打盹的老閨女就會驚醒，要求她再多唱幾首。一旁的布里吉斯假裝在打毛線，臉龐上流下喜悅的淚水。坐在窗前的她，看著浩潮的海洋漸漸變暗，而天堂之光則閃爍得更加耀眼。有誰明白布里吉斯此刻多麼幸福？又多麼感慨？

與此同時，皮特則在餐廳裡，身邊放著一本《穀物法》或《傳教士快訊》，享受不管浪漫或不浪漫的男人都會喜愛的餐後娛樂。他輕啜馬德拉酒，編織空中樓閣，幻想自己是名優雅的紳士，感到過去七年來，自己從未像此刻那麼愛戀珍小姐——但他並不急著娶她——接著打好一會兒盹。等到享用咖啡的時刻到了，鮑斯先生會在進餐廳時，製造一點噪音，請在黑暗中勤勉讀書的皮特先生前去客廳，加入女眷。

有天晚上，當這位男管家端著蠟燭和咖啡，踏入客聽時，克勞利小姐說道：「親愛的，我真希望有人陪我玩玩皮克牌呀！可憐的布里吉斯牌技太差，我簡直像在跟貓頭鷹打牌。她太笨了。」老閨女絕不放過在僕人面前嘲笑布里吉斯的機會。「打了牌後，我總是睡得比較安穩。」

聽到這番話，珍小姐面紅耳赤起來，連她的耳根子和指尖都一片緋紅。等鮑斯先生退出客廳，關上房門，她就說道：「克勞利小姐，我會玩一點皮克牌。我以前……以前我會和親愛的爸爸玩一會兒。」

「快過來，給我一個吻。現在趕快過來親我一下，妳這親愛的、善良的小姑娘，」克勞利小姐欣喜若狂地喊道。當皮特捧著書本走上樓，進到客廳時，正好看見老閨女和年輕小姐親密玩牌的畫面，好一幅如詩如畫的景象！可憐的珍小姐，她整個晚上都羞紅了臉！

千萬別以為皮特．克勞利先生的詭計，女王克勞利鎮牧師公館的親愛親戚們一無所知。漢普郡離薩塞克斯近得很，布特太太有不少朋友住在這一帶，忠心地為她提供各種情報，還有布萊頓克勞利小姐家發生的大小事。皮特愈來愈常出入克勞利小姐家，但過去幾個月來，他都沒踏進克勞利祖宅半步，放任他那可恨的父親在家裡痛飲兌水蘭姆酒，和惹人厭的哈洛克斯一家人往來。皮特的成功讓牧師一家人怒不可遏，布特太太捶胸頓足，怨懟自己不該鑄下大錯，不但欺負布里吉斯小姐，還對鮑斯和菲金頤指氣使，現在，克勞利小姐家沒有半個眼線會向她提供消息，但她很少開口承認自己的失誤。「這全怪布特的鎖骨，」她一直說，「要不是他跌壞鎖骨，我絕不會離開她半步。我為責任奉獻了一切。而且布特，你毫無教士風範，愛好打獵的惡習，連帶我也成了犧牲者。」

「怪到打獵頭上！真是一派胡言！芭芭拉，明明就是妳把她嚇跑的，」教士打斷她，「妳是個聰明人，但妳的脾氣跟魔鬼一樣差。而且妳還是個守財奴，芭芭拉。」

「布特，要不是我看好你的錢，你早就成了階下囚啦。」

「親愛的，我知道一切都是多虧了妳，」好脾氣的牧師說，「妳是個聰明人，但妳知道，妳太愛掌控一切。」接著虔誠的牧師喝下一大杯的波特酒，藉此自我安慰。

「她到底看上傻頭傻腦的皮特．克勞利哪一點？」他繼續說道，「那傢伙半點膽子也沒，連出聲嚇鵝也不敢。洛頓倒是個男子漢，該死的！我還記得以前洛頓常在馬廄那兒痛揍皮特，把他當陀螺一樣抽打。而皮特只會哭著回家找媽媽，哈、哈！哎，我的兩個兒子單靠一隻手就能把他揍得頭昏眼花。吉姆還說，他記得牛津人人都叫他克勞利大小姐哪！」

教士停頓了一會兒，又開口說道：「我說，芭芭拉。」

「說什麼？」芭芭拉反問。她正在咬指甲，另一隻手的指節敲響桌面。

「我說，不如派吉姆去布萊頓，看看他能不能從那老小姐身上撈點好處。妳知道，他就快拿到學位了。他只被當了兩次——我也是——但他是個牛津學生，完成大學教育，倒比我厲害些。他認識牛津最優秀的傢伙，他很會划船，又長得英俊。該死的，太太，我們送他去老女人那兒吧。嘿，要是皮特說了什麼蠢話，就要吉姆給他一頓好打。哈、哈、哈！」

「當然，就讓吉姆南下去看她，」牧師太太說道。她又嘆了口氣，「要是我們能把一個女兒安在她家就好了。可惜的是她受不了她們，誰叫她們不夠漂亮！」那些教養良好的女孩多不幸啊！母親說話時，她們在客廳演奏無趣的樂曲，用力在鋼琴上彈奏繁複的曲調，由弱漸強，確保隔壁的人聽得清楚。一整天下來，她們不是彈奏音樂，用背板保持抬頭挺胸的姿態，不然就是唸地理、學歷史。可嘆的是，在浮華世界中，倘若姑娘們身材矮小、長相平凡、皮膚差又沒有財產，就算知識淵博、才藝驚人，又有何用？除了牧師，布特太太想不到還有誰願意娶她的女兒。就在此時，她從門廳窗戶看到吉姆從馬廄走進屋內，頭上的油布帽插了根短菸斗，和父親聊起聖烈治賽馬會的輸贏。牧師夫妻的對話就此中斷。

布特太太並不認為派兒子詹姆斯充當外交使節有多大勝算，但也只能心情低落地目送他南下。就連這位年輕人得知自己被指派的任務時，也不認為能從中獲得樂趣或撈到好處。但他轉念一想，要是老小姐給他一筆錢，他就能在開學時，付清他在牛津最急迫的幾筆債務，於是他順從地坐上南漢普敦的驛馬車。當天晚上，他就帶著行李、愛狗鬥牛犬陶澤，和一只裝滿農場和花園作物的大籃子，平安抵達布萊頓。那些農作物都是牧師公館一家人為親愛的克勞利小姐準備的。由於抵達時間太晚，不適合打擾身體欠佳的老小姐，因此他住進旅舍，隔天中午過後才去拜訪姑姑。

老小姐上次見到詹姆斯·克勞利時，他還是個靦腆少年，一開口講話，不是尖銳得刺耳，就是異常地低沉。青春痘在他的臉上恣意生長，聽說唯有羅蘭德氏的卡利朵藥膏才治得好。少年總是尷尬得很，他們偷偷用姐姐的剪刀修鬍子，一見到自家姐妹之外的年輕姑娘，渾身就出現難以忍受的奇怪感覺。他們的每件衣服都變得緊得不得了，只能任長手長腳裸露在衣褲外。晚餐過後，他們若走進黃昏的客廳，會嚇到正低聲談天的女眷，但若留在餐桌上，其他男士也討厭他們。在羞怯少年的面前，成年男人就失去自在談笑的樂趣。喝完第二杯酒後，爸爸就會說，「傑克，我的好兒子，去客廳瞧瞧一切好不好。」少年一方面慶幸得以脫身，另一方面又體認到自己尚稱不上男人，只能沮喪地離開餐廳。但青澀少年詹姆斯，如今已成為年輕男子，受到牛津大學的洗禮，小型學院的荒淫生活讓他變得圓滑世故，也累積不少債務，不得不休學和重修。

不管如何，這回住在布萊頓的姑姑看到的，是長得一表人才、長成男人的姪子，而老小姐一向偏愛賞心悅目的年輕人。雖然他仍容易臉紅，舉止難免笨拙，也無礙他俊美的外貌。老小姐反而很欣賞年輕紳士直率無飾的舉止。

他說：「我為了看大學朋友而南下兩、三天，並且……並且來向妳致意，女士，同時向妳傳達我父親和母親對妳的敬意，他們祝福妳身體安康。」

管家宣布這位年輕男子來訪時，皮特就在克勞利小姐身邊，聽到堂弟名字的他毫無表情。老小姐倒是開心得很，盡情享受姪子的困惑。她十分關心地探問牧師公館每個人過得好不好，還說她考慮去拜訪他們。她當面稱讚年輕人相貌堂堂，舉止大為進步，真可惜他的姐妹沒有他好看。她一得知他住在旅舍裡，不顧他的推辭，命令鮑斯先生立刻去把詹姆斯・克勞利先生的行李帶過來。「聽好了，鮑斯，」她又大方地加上一句，「當個好人，替詹姆斯先生把帳單結了吧。」

她向皮特拋去勝利的眼神，前外交官差點因嫉妒而說不出話來。雖然他費盡心思向姑姑獻媚，但她從沒有邀請他住進自家那年輕的無恥傢伙一來，姑姑卻熱忱歡迎他入住。

「先生，勞煩你告知，」鮑斯深深鞠躬，對詹姆斯問道，「先生，湯瑪斯該去哪間飯店領取行李？」

「哎呀，該死的，」年輕的詹姆斯跳了起來，好像突然之間警鈴大作似的。「我自己去拿。」

「說這什麼胡話！」克勞利小姐開口。

「旅館叫做『湯姆・克瑞伯[129]之紋章』，」詹姆斯滿臉通紅地說道。

一聽到旅舍大名，克勞利小姐就爆出一連串大笑。身為小姐親密的僕人，鮑斯先生也不禁笑了一聲，但很快就克制自己。世故的外交家僅僅微笑一下。

「我……我不知道其他旅館，」詹姆斯低下眼，「我第一次來布萊頓，車夫要我去那兒過夜。」雖然年紀輕輕，但他可是個說謊高手哪！其實前一天在那輛南漢普敦驛馬車上，詹姆斯·克勞利認識了來自塔伯利的派特，後者和羅汀定城的費伯有場拳賽。他和派特相談甚歡，於是和專業拳師住進同一家客棧，和拳師的朋友共度一晚。

「我……我最好去結帳，」詹姆斯繼續說道，「女士，我不能讓妳破費，」他豪氣地加上一句。

他的體貼讓姑姑笑得更大聲了。

「鮑斯，去把帳結了吧，」她揮揮手，「回來把帳單交給我。」

可憐的女士，她不知道自己答應了什麼！「那兒……那兒還有一隻小『勾』，」詹姆斯像是犯了錯的孩子，看起來害怕極了。「我最好去帶牠。牠會咬僕人的腳踝。」

一聽到這番描述，在場的人全都哄堂大笑，連一直默默坐在旁邊，看著克勞利小姐與姪子重逢的布里吉斯和珍小姐也忍俊不住。至於鮑斯，他半句話也說不出口，趕緊退了出去。

為了折磨大姪子，克勞利小姐不遺餘力地疼愛年輕的牛津學生。她舌粲蓮花，各種溢美之辭一傾而出，扮演仁慈的姑姑。她邀請皮特過來用晚餐，但她外出時，指名要詹姆斯陪同。四輪大馬車沿著峭壁上上下下，她和詹姆斯舒服地坐在車上，到處炫耀她的年輕姪子。整趟兜風之行，她都格外親切和藹，盡和他談些不失禮的文明話題，還引用義大利文和法文的詩句，讓可憐的年輕人倉惶失措。姑姑還堅稱姪子是個學富五車的讀書人，深信他會贏得金牌，贏得首屈一指的蘭格勒數學優等學位。

被一連串的奉誠話捧得飄飄然的詹姆斯壯了膽，打趣地回道：「呵、呵，蘭格勒數學優等學

129. 湯姆·克瑞伯，一七八一～一八四八，知名的英國拳擊冠軍。

位，那是別家店哪。」

「我親愛的孩子，別家店是什麼意思？」女士問道。

「蘭格勒是劍橋的學位，不是牛津，」年輕學者以無所不知的神氣解釋道。他本會多說一些，但說巧不巧，此時峭壁上突然出現一輛二輪貨車。拉車的那頭小馬氣喘吁吁，身上披滿好幾件有珍珠母鈕扣的法蘭絨外套，他的朋友塔伯利的派特、羅汀定的費伯和另外三位朋友都擠在貨車上，朝坐在大馬車的詹姆斯打招呼。這場難堪巧遇讓老實的年輕人成了洩了氣的皮球，接下來的路上，他大氣不敢吭，連一聲是或不是都說不出口。

回到姑姑家，他發現僕人已準備好他的客房，行李也拿來了。當鮑斯先生領著他走進房間，他也許注意到鮑斯先生露出嚴肅、驚奇又同情的表情，但他無心思索鮑斯先生在想什麼，只顧著哀嘆自己怎麼陷入這樣一個困境，被迫住在滿是老女人的屋子裡，只能聽她們喋喋不休地說法文或義大利文，朝他吟誦詩歌。「老天爺，我真想落跑呀！」謙和的青年喊道。只要女性對他說話，就連布里吉斯小姐這樣沒脾氣的女性，他也會坐立難安。但要是到了伊夫利船閘[130]，遇上了他，就連講話最粗野的船夫也只能甘敗下風。

晚餐時間到了。詹姆斯換了衣服，頸間的白領巾把他憋得喘不過氣來。前往餐廳時，他有幸挽珍小姐下樓，後面的克勞利先生則陪著布里吉斯，護送包裹在層層披肩下、倚著抱枕的克勞利小姐。吃飯時，布里吉斯大半時候都忙著確保病人坐得舒舒服服，替女主人那頭肥胖的長毛狗切雞肉。詹姆斯的話很少，但他有禮地為女士小姐斟酒，並接受克勞利先生的挑戰，那瓶鮑斯奉命拿來的香檳，大半都進了他的肚子。女士小姐從餐廳告退後，留下這對堂兄弟在餐廳裡對坐。前外交官皮特話多了起來，而且態度十分親切。他詢問詹姆斯的大學表現、未來的打算，誠心祝福他一帆風順。一言以蔽之，皮特看似位直爽友善的堂哥。一杯又一杯的波特酒讓詹姆斯的舌頭放鬆不少，他與堂哥分享他的生活、未來展望、債務問題，還有他參加劍橋初試時出師不利，與監考人發生爭執……同時一瓶又一瓶地灌下眼前的酒，波特酒沒了，就喝馬德拉酒。

「姑姑最大的快樂，」克勞利先生替他倒了酒，「就是讓客人在她家自由自在，做想做的事。詹姆斯，這兒可是解放區，你能做所有想做的事，隨心所欲地提出各種要求，這就是克勞利小姐最大的慰藉。我知道在鄉下，你們都嘲笑我支持托利黨。克勞利小姐開明得很，她縱容姪子所有的欲望。基本上，她支持共和派，鄙視一切的階級和頭銜。」

「你什麼時候要娶伯爵家的小姐呀？」詹姆斯反問。

「我親愛的朋友，珍小姐出身高貴，可這不是她的錯呀，」皮特客氣地回道，「她沒有選擇，生來就是個大家閨秀。而且，你也知道，我是托利黨人。」

「哎，說到這個，」吉姆接口道，「血統純正就是一切。真的，世上沒什麼比血統強。我可不是你們想像中的偏激分子。該死的，我知道什麼叫做出身優秀的紳士。瞧瞧划船比賽的那些傢伙；瞧瞧愛打架的那些人。哎，你說誰贏了？總是那些血統優良的人，他們比賽起來，根本是勇狗殺畏鼠，無人能敵。鮑斯，老夥計，這瓶要見底啦，再給我一些波特酒吧。我說到哪兒了？」

「我想你在說勇狗殺畏鼠，」皮特溫和地提醒他，為他遞上醒酒瓶，讓堂弟暢飲。

「我在殺老鼠是吧？哎，皮特，你愛賭嗎？你想瞧瞧一隻『勾』怎麼殺死老鼠？要是你想，跟我到城堡街馬車房那兒的湯姆·柯杜洛伊酒吧去，我讓你看看一頭鬥牛犬——哎唷，全是一派胡言，」詹姆斯大喊一聲，被自己荒謬的言論逗得哈哈大笑，「像**你**這樣的人，才不在乎一頭

130. 位於倫敦近郊。

『勾』還是老鼠，全是我的瞎說。要是你分得出狗和鴨的不同，我就佩服你啦！」

「我的確分不清，說到這個，」皮特的態度愈來愈溫和，「你剛剛在說血統這回事，父系血統帶給人優勢。這瓶是新開的酒。」

「就是血統，」詹姆斯大口飲下那透著紅寶石色澤的液體。「先生，什麼都比不上血統，不管是馬，『勾』，**還是人**。怎麼說呢，我被停學前最後一個學期，我是說，就是我得麻疹之前，哈、哈……我和基督學院的瑞恩伍德，鮑伯．瑞恩伍德，就是賽克巴斯勛爵的兒子，在布連漢那兒的鐘鈴酒吧喝啤酒，一個班布里的船夫說要跟我們其中一人打架，若我們輸了就要請他一缽潘趣酒。但我不可能打得贏他。我的手臂軟趴趴，根本贏不了那個漢子……兩天前我去艾比頓時，我那匹笨母馬跌了一跤，把我摔在地上，我以為我手臂斷了。哎，先生，我贏不了那傢伙，但鮑伯馬上脫下外套，和那班布里的船夫打了三分鐘，足足贏了他四回合。老天爺，先生，那人被打得滿地找牙。為什麼？血統，先生，全是血統。」

「詹姆斯，你酒量還真差，」前外交官接著說，「想當年我在牛津時，我們喝酒的速度比你們這些年輕人快多了。」

「再來一杯，再來一杯，」詹姆斯應道，他的手遮住鼻子，那血絲遍布的雙眼對堂哥眨了一眨。「老傢伙，別開玩笑了，別逗我開心。你想灌醉我，沒那麼容易。」他用拉丁文說了句：「酒裡藏真理。」又說：「老傢伙，戰神萬歲，酒神萬歲，阿波羅萬萬歲，嘿？真希望姑姑送些酒給我老頭，這酒還真好喝。」

「你何不問問她，」陰謀家繼續說，「不然你就把握機會，多喝一點吧。吟遊詩人不是說過，『今宵痛飲忘憂，明晨航向無際汪洋』[131]，」好酒之徒用國會議員的莊重神氣，高舉斟得滿滿的酒杯朗聲吟誦，差點就灑了幾滴酒出來。

在牧師公館，要是晚餐後開了一瓶波特酒，年輕小姐只能各喝一杯醋栗酒。布特太太會喝一杯波特酒，老實的詹姆斯通常喝兩杯，但近來每次他要為自己倒酒時，爸爸就老大不悅，善良的年輕人通常不敢再多喝幾口，不是改喝醋栗酒，就是到馬廄裡拿私藏的琴酒兌水喝。他很喜歡去馬廄抽菸斗，和馬夫作伴。在牛津，雖然葡萄酒無限供應，但品質就差多了。現在他住進姑姑家，不但能喝到上等的酒，還能盡情暢飲，多愜意啊。詹姆斯證明他是個懂好酒的行家，用不著堂哥勸酒，鮑斯開的第二瓶馬上就被他喝光了。

等到喝咖啡的時間一到，男士就加入女士。剛剛活潑直率的年輕男子，立刻變成畏首畏尾的孩子，回到以往的羞怯。除了是與不是，他半句話也說不出口。他臉色沉鬱，對珍小姐敬而遠之，還打翻了一杯咖啡。

無話可說的他，可憐兮兮、遮遮掩掩地打呵欠，讓平凡無奇的夜晚更加喪氣。克勞利小姐和珍小姐玩皮克牌，布里吉斯小姐忙著針線活，人人都感到他呆滯地盯著她們瞧，酒醉後就多愁善感的眼神令她們渾身不自在。

「他沉默得很，看來真是個笨拙又害羞的傢伙，」克勞利小姐對皮特先生說道。

「在男人面前，他話可多了，」陰險男子冷淡地回道。堂哥看到喝多了波特酒的吉姆，居然還像個悶葫蘆一樣寡言，也許頗為失望。

隔天早上，詹姆斯立刻寫信回家，向母親生動地描述克勞利小姐如何歡迎他。哈！他全然沒有意識到，厄運正等著他，他的全盛時期馬上就要結束。吉姆忘了他拜訪姑姑的前一晚，在克瑞伯紋章酒吧發生了一件事——一件微不足道卻至關緊要的小事。這件事就是，大方的吉姆酒過

131. 古羅馬詩人賀拉斯的詩句。

三巡後更加慷慨，當晚為拳擊賽的贏家塔伯利的派特、羅汀定的費伯和他們的朋友，付了兩、三輪的酒錢。換句話說，每杯八便士，共十八杯兌水琴酒全算在詹姆斯·克勞利先生的帳上。雖然八便士一點也不貴，但當姑姑的男管家鮑斯先生，依女主人的命令結清年輕人的帳單時，十八杯兌水琴酒足以證明可憐的詹姆斯是個可惡的酒鬼。酒館老闆深怕男管家拒絕付款，對上天嚴正發誓，每一杯兌水琴酒都是年輕人自己喝的。最終鮑斯還是付了帳，但一回家就把帳單拿給菲金太太看，女管家對年輕人的酒量大為驚駭，把帳單交給會計總管布里吉斯小姐，後者當然將這回事一股腦兒告知女主人克勞利小姐。

要是他喝了一打波爾多紅酒，老閨女恐怕就會原諒他了。輝格黨的政治家福克斯先生和雪瑞頓先生都喝波爾多紅酒。出身良好的紳士都喝波爾多紅酒。他卻在一家低賤酒館，被一群拳擊手圍繞，還痛飲十八杯琴酒，這可是無可饒恕的醜惡罪行。種種情況都對這位年輕人不利。他去馬廄看他的狗陶澤，一身馬廄味的回來。當他打算出門遛狗，正好撞見克勞利小姐和她那頭查理王小獵犬，要不是小獵犬逃得夠快，恐怕早就被陶澤咬死了。小獵犬躲在布里吉斯小姐身旁哀鳴，而鬥牛犬殘暴的主人看到這一幕，居然哈哈大笑。

他這一天實在倒霉透了，連他原有的謙遜也拋棄了他。晚餐時他活潑多話又妙語如珠，開了皮特·克勞利一、兩個玩笑。他至少跟前一天喝了一樣多的酒，接著大搖大擺地踏進客廳，為了取悅在場的小姐們，他說了幾則牛津的趣事。他比較莫里諾斯和荷蘭山姆的拳法有何不同，輕佻地要珍小姐猜猜塔伯利人和羅汀定人誰打贏了比賽，還要她和他打賭。最有趣的是，他提議和堂哥皮特·克勞利打一架，就算沒有拳擊手套也無妨。他還拜託珍小姐賭他贏。「這可是個公平比試，我的好少爺，」他大笑一聲，同時大手一揮，落在皮特的肩膀上，「我老爸也說我該跟你比畫比畫，他要和我平分賭金，哈哈哈！」一口沫橫飛的年輕人一邊說，一邊朝可憐的布里吉斯點了點頭，自以為和侍伴默契十足。他滑稽又歡快地伸出大拇指朝肩頭一指，指向旁邊的皮特·克勞利。

也許皮特不太高興，但至少稱了他的心意。可憐的吉姆使出渾身解數，總算笑夠了。老小姐要回房休息時，他拿起姑姑的蠟燭，步履踉蹌地走過客廳。那張醉醺醺的臉上露出最溫柔的微笑，向姑姑道了聲晚安，接著逕自上樓回房。他認為自己的表現可圈可點，相信姑姑留給他的錢，會比他爸爸和其他親戚都要多。

既然已經回到臥房，這年輕人想必不會再出什麼亂子了吧？可惜他的厄運還沒結束。月光明亮地映照著海面，看到美麗的月色和海洋，吉姆不禁在窗前流連，渴望一邊抽菸一邊享受良辰美景。他想，只要他聰明的打開窗戶，探出頭，在流動的新鮮空氣中抽菸斗，絕不會有人聞到煙草的味道。他的確這麼做了，但興奮的吉姆忘了他的房門大敞，微風一吹進來，就把煙霧往樓下送，在消散之前已傳到克勞利小姐和布里吉斯小姐的鼻子裡。

菸斗壞了他的大事。但布特·克勞利一家人永遠也猜不到，他們究竟因此損失了幾千英鎊。鮑斯正以陰森的口氣，大聲地向手下朗誦《煎鍋與烈火》時，菲金急急忙忙地衝下樓來，驚慌地向鮑斯通報家裡煙味瀰漫。一開始，鮑斯先生和年輕助手以為小偷闖進家裡，睡在克勞利小姐床畔的女侍發現了異狀。當他知道抽菸的人是誰後，立刻三步併作一步地衝上樓。詹姆斯還沒意識到自己鑄下大錯。只見鮑斯踏入他的房間，以警告味十足的低沉聲音呼喊「詹姆斯先生」，看到正在抽菸的吉姆，震驚的男管家足足花了一分鐘，才大喊道：「老天爺呀，先生，快把菸斗熄掉！」接著以十分傷心的口氣嘆道：「啊，詹姆斯先生，你『錯』了什麼好事啊！」一邊說，一邊把菸斗丟出窗外。「先生！你『錯』了什麼好事哪！小姐們受不了煙味呀！」

「小姐們不用抽菸，」不識時務的詹姆斯狂野地笑了一聲，以為這一切不過是個高明的玩笑。但隔天早上，連幽默感也棄他而去。鮑斯先生的年輕手下替詹姆斯先生擦亮靴子，為興奮不已的他送來刮鬍子用的熱水，也送來一張紙條。躺在床上的他認出布里吉斯小姐的筆跡。

「親愛的先生，」紙條上寫著，「由於昨晚整棟房子充斥煙草味，克勞利小姐整夜心神不寧。克勞利小姐命我告知你，她身體欠佳。無法在你離開前與你告別，她感到非常遺憾——不只如此，她也很抱歉之前敦促你離開酒館，她相信那兒更適合你，希望你在那兒度過接下來的旅程。」

事已至此，詹姆斯還來不及成為姑姑最寵愛的姪子，生涯就已結束。他不知不覺中已如他昨晚提議的，赤手空拳地和皮特堂哥較勁了一番，而輸家就是他。

在這場遺產爭奪戰中，那個一開始受盡姑姑寵愛的候選人，此刻人在哪兒？如前所述，經過滑鐵盧一役，蓓琪與洛頓在戰後重逢，歡樂地在巴黎度過一八一五年的美好冬天。蕾蓓卡精通算計，而可憐的喬斯．薩德利為買下她的兩匹馬，花了大筆銀兩，讓這對夫妻至少能舒舒服服地過個一年。他們不需要當掉那把「射殺馬克上尉的手槍」、金色的行李箱或那件有貂皮內裡的斗篷。蓓琪把那件斗篷改成輕便大衣，好讓她在布隆涅森林[132]裡騎馬欣賞美景時，不會著涼。當大軍攻入坎布雷，她就去和丈夫會合。當她脫下衣服，拆開衣上的縫線，掉出一大堆的手錶、鈔票、支票、各種小首飾和貴重物事，你真該瞧瞧她丈夫臉上的驚喜表情！她決定離開布魯塞爾時，仔細思量過一番，把這些東西都偷偷塞進了衣服裡！杜夫特嘆服她的機智，洛頓開心地哈哈大笑，向老天爺發誓妻子實在足智多謀。這比他看過的任何一齣戲都還要精采。她活靈活現地描述喬如何被她耍得團團轉，把丈夫逗得眉開眼笑。他就像效忠拿破崙的法國士兵一樣，對妻子信任得五體投地。

蕾蓓卡在巴黎贏得所有法國女子的喜愛，獲得空前的成功。她的法文流暢優美。她立刻學會當地貴族女性的風度、活潑和舉止。她的丈夫愚笨得很——英國人都是蠢蛋——但有個笨老公在巴黎倒成了太太們的優勢。克勞利小姐既風趣又富有，在法國貴族大出逃期間，她曾熱忱接待過許多法國貴族。既然洛頓是克勞利小姐的繼承人，他們當然敞開自家大門，歡迎上校太太來訪。法國大革命時期，克勞利太太曾向一位走頭無路的伯爵夫人，毫不討價還價地買下她的蕾絲和小珠寶，還多次招待她。現在，伯爵夫人寫信給克勞利小姐，問她的故友：「我們親愛的小姐，妳為何不來巴黎，看看妳的姪子和姪媳婦，還有深愛妳的朋友？人人都繞著迷人的上校太太轉，她不但是個漂亮姑娘，又聰穎幽默。從她身上，我們再次看到老友克勞利小姐的優雅、迷人和機智！昨天在杜樂麗花園，連國王都注意到她；她所到之處，男士全拜服在她的魅力之下，令我們全都吃醋啦。公主安古拉姆伯爵夫人平時都與各國王族來往，連她都說她想認識克勞利夫人——就是妳的媳婦兼門徒！伯爵夫人很感念妳的恩情，當我們遭遇不幸，流亡倫敦時，妳多麼慷慨善良。伯爵夫人想代表法國，向妳的姪媳婦致上謝意！哎，妳真該看看愚蠢的巴瑞克斯夫人聽到這句話時，臉上的怨恨表情！（就算在人群之中，也能遠遠瞧見她鷹勾鼻，還有那頂無邊帽子上的羽毛。）克勞利夫人實在是社交圈所有舞會——是的，所有舞會——上最迷人的佳賓，不過她的舞技稱不上多高明就是了。但她多麼美麗又風趣呀，瞧瞧男人都圍著她，但她很快就要當母親了！她常聊起妳，把妳稱為她的恩人，她的母親，生動的描述妳對她的恩情，連頭號惡人聽了也會感動得淚眼盈眶。她多麼敬愛妳呀！當然，我們每個人都敬愛高尚優雅的克勞利小姐！」

這封巴黎貴族夫人的來信，恐怕一點也沒有替蓓琪太太贏得她親戚的歡心。相反地，克勞利小姐得知蕾蓓卡居然利用她的名義，當作打入巴黎社交圈的門票，過得如魚得水，令她怒不可

132. 巴黎西邊的公園。

遏。她暴跳如雷，氣得提不起筆用法文回信，只能以英文口述，由布里吉斯代筆，回了一封氣急敗壞的信，完全否認洛頓．克勞利太太與她的關係，並警告巴黎朋友提防這位世上最狡詐危險的女人。可嘆的是，伯爵夫人在英格蘭只住了二十年，尚不足以學會英文，完全看不懂那封回信。下回她遇到洛頓．克勞利太太時，她還開心地說克勞利小姐寄了封熱情的回信給她，信裡大力稱讚克勞利太太。這番話讓後者深信老閨女終會原諒他們。

與此同時，她成了巴黎最快樂且最受歡迎的英國女子，歐洲的皇親國戚全都出席她辦的晚宴。普魯士人、哥薩克人、西班牙人、英國人——這個著名的冬季，所有的大人物都聚在巴黎。這麼多的要人政官齊聚在蕾蓓卡小小的客廳裡，所有倫敦貝克街的住戶恐怕全都嫉妒得綠了臉。當她坐著馬車，在公園森林裡兜風，兩旁有知名將官策馬相伴；當她現身歌劇院，他們全都擠在她的包廂裡談笑。他們在巴黎沒有債主，每天都上維利餐廳或寶薇利耶餐廳與朋友聚餐。克勞利上校常常賭博且手氣正旺。但杜夫特心裡可能不大爽快。一方面杜夫特太太自己作主，到了巴黎；另一方面，現在蓓琪老是被一群將軍簇擁，每天會收到多達一打的花束；她去戲院時，會任挑一束握在手裡。巴瑞克斯夫人和英國社交圈的重要人物全是一群不苟言笑的愚蠢女性，看到小蓓琪大獲成功，全都氣憤得咬牙切齒。蓓琪低俗的笑話令貞潔的她們因痛苦而顫抖，然而，男人都守在她的身畔。她無所畏懼地攻擊這些女人，而不會法文的她們，只能在彼此之間說閒話，無法把流言傳出去。

就這樣，洛頓．克勞利太太在熱鬧的宴會中愉快度過一八一五至一六年的冬天，聲勢水漲船高。她在社交圈如魚得水，好像她的歷代祖先都是貴族似的。她機智聰穎，精通許多才藝，活力四射，的確值得在浮華世界佔有一席之地。一八一六年春初的《加里納尼信差報》上一角，登了篇有趣的消息：「三月二十六日，英國綠色近衛軍團的克勞利上校夫人產下一名子嗣。」

倫敦的報紙也刊登了這則消息。布萊頓的某天早上，布里吉斯小姐對克勞利小姐朗誦這則啟事後，正如所料，在克勞利小姐一家引起莫大騷動。怒極攻心的老閨女立刻召來住在布倫斯威克廣場的姪子皮特先生和索斯頓小姐，要求遲遲未成親的兩人立刻結婚，讓克勞利和索斯頓家結成親家。不只如此，她宣布在她有生之年，每年會給這對年輕夫妻一千鎊，而她過世後，大部分的遺產都會留給她的姪子和親愛的姪媳，珍・克勞利夫人。韋克斯南下為她修改遺囑，索斯頓伯爵則領著妹妹步入教堂。他們的婚禮主持者並非巴瑟洛穆・埃朗斯牧師，而是另一位主教，令那位非正統的教士大失所望。

婚禮結束後，皮特原希望依照習俗，和新娘共度蜜月之旅。然而老小姐太喜歡珍夫人，明白表示她不可能讓她寵愛的姪媳婦離開，皮特和妻子只能與克勞利小姐同住一個屋簷下。可憐的皮特大為不快，認為自己成了最大的受害者，他不只得忍受姑姑的脾氣，還要忍耐霸道的岳母。住在附近的索斯頓夫人，接管了整個家庭，包括皮特、珍夫人、克勞利小姐、布里吉斯、鮑斯、菲金和所有下屬。她毫無憐憫之情，灌輸他們各種講道文章和江湖怪藥，趕走克瑞墨醫生，安插羅傑斯當家庭醫生。失去主權的克勞利小姐，很快就變得膽怯驚慌，甚至放棄欺負布里吉斯。她緊緊依偎在姪媳旁邊，每天都更寵愛她，但也愈來愈貪生怕死。我們不信神的老小姐啊，既仁慈又自私，既慷慨又虛榮，願她獲得安息！我們再也不會見到她了。希望珍小姐溫柔地安慰她，以親切的手，帶領她遠離浮華世界的忙碌爭奪。

國家圖書館出版品預行編目資料

浮華世界(全譯本)/威廉．梅克比斯．薩克萊 (William Makepeace Thackeray) 著；洪夏天譯．-- 初版．-- 臺北市：商周出版：家庭傳媒城邦分公司發行，2020.02
冊；　公分．--(商周經典名著；65-66)
譯自：Vanity fair : a novel without a hero
ISBN 978-986-477-777-8(上冊：平裝).--
ISBN 978-986-477-778-5(下冊：平裝).--
ISBN 978-986-477-779-2(全套：平裝)

873.57　　　　108021980

商周經典名著65

浮華世界(全譯本｜上冊)

作　　者／威廉．梅克比斯．薩克萊（William Makepeace Thackeray）
譯　　者／洪夏天
企畫選書／黃靖卉
責任編輯／黃靖卉

版　　權／黃淑敏、翁靜如
行銷業務／莊英傑、周佑潔、黃崇華
總 編 輯／黃靖卉
總 經 理／彭之琬
事業群總經理／黃淑貞
發 行 人／何飛鵬
法律顧問／元禾法律事務所 王子文律師
出　　版／商周出版
台北市104民生東路二段141號9樓
電話：(02) 25007008　傳真：(02)25007759
E-mail：bwp.service@cite.com.tw
Blog：http://bwp25007008.pixnet.net/blog
發　　行／英屬蓋曼群島商家庭傳媒股份有限公司 城邦分公司
台北市中山區民生東路二段141號2樓
書虫客服服務專線：02-25007718；25007719
服務時間：週一至週五上午09:30-12:00；下午13:30-17:00
24小時傳真專線：02-25001990；25001991
劃撥帳號：19863813；戶名：書虫股份有限公司
讀者服務信箱：service@readingclub.com.tw
城邦讀書花園：www.cite.com.tw
香港發行所／城邦(香港)出版集團有限公司
香港灣仔駱克道193號東超商業中心1樓；E-mail：hkcite@biznetvigator.com
電話：(852) 25086231　傳真：(852) 25789337
馬新發行所／城邦(馬新)出版集團 Cite (M) Sdn. Bhd.
41, Jalan Radin Anum, Bandar Baru Sri Petaling,
57000 Kuala Lumpur, Malaysia.
Tel: (603) 90578822　Fax: (603) 90576622　Email: cite@cite.com.my

封面設計／廖韡
排　　版／極翔企業有限公司
印　　刷／韋懋實業有限公司
經 銷 商／聯合發行股份有限公司
電話:(02)2917-8022　傳真（02）2911-0053
地址:新北市231新店區寶橋路235巷6弄6號2樓

■2020年2月4日初版一刷　　Printed in Taiwan
定價420元

城邦讀書花園
www.cite.com.tw

 ISBN 978-986-477-777-8

商周出版

廣　告　回　函
北區郵政管理登記證
北臺字第000791號
郵資已付，免貼郵票

104　台北市民生東路二段141號2樓

英屬蓋曼群島商家庭傳媒股份有限公司城邦分公司　收

請沿虛線對摺，謝謝！

商周出版

書號：BU6065　　書名：浮華世界（全譯本｜上冊）　編碼：

請於此處用膠水黏貼

商周出版

讀者回函卡

感謝您購買我們出版的書籍！請費心填寫此回函卡，我們將不定期寄上城邦集團最新的出版訊息。

姓名：________________________ 性別：□男 □女

生日：西元________年________月________日

地址：________________________

聯絡電話：________________ 傳真：________________

E-mail：

學歷：□ 1. 小學 □ 2. 國中 □ 3. 高中 □ 4. 大學 □ 5. 研究所以上

職業：□ 1. 學生 □ 2. 軍公教 □ 3. 服務 □ 4. 金融 □ 5. 製造 □ 6. 資訊
□ 7. 傳播 □ 8. 自由業 □ 9. 農漁牧 □ 10. 家管 □ 11. 退休
□ 12. 其他________________

您從何種方式得知本書消息？

□ 1. 書店 □ 2. 網路 □ 3. 報紙 □ 4. 雜誌 □ 5. 廣播 □ 6. 電視
□ 7. 親友推薦 □ 8. 其他________________

您通常以何種方式購書？

□ 1. 書店 □ 2. 網路 □ 3. 傳真訂購 □ 4. 郵局劃撥 □ 5. 其他______

您喜歡閱讀那些類別的書籍？

□ 1. 財經商業 □ 2. 自然科學 □ 3. 歷史 □ 4. 法律 □ 5. 文學
□ 6. 休閒旅遊 □ 7. 小說 □ 8. 人物傳記 □ 9. 生活、勵志 □ 10. 其他

對我們的建議：________________________

____

____

【為提供訂購、行銷、客戶管理或其他合於營業登記項目或章程所定業務之目的，城邦出版人集團（即英屬蓋曼群島商家庭傳媒（股）公司城邦分公司、城邦文化事業（股）公司），於本集團之營運期間及地區內，將以電郵、傳真、電話、簡訊、郵寄或其他公告方式利用您提供之資料（資料類別：C001、C002、C003、C011 等）。利用對象除本集團外，亦可能包括相關服務的協力機構。如您有依個資法第三條或其他需服務之處，得致電本公司客服中心電話 02-25007718 請求協助。相關資料如為非必要項目，不提供亦不影響您的權益。】

1.C001 辨識個人者：如消費者之姓名、地址、電話、電子郵件等資訊。
2.C002 辨識財務者：如信用卡或轉帳帳戶資訊。
3.C003 政府資料中之辨識者：如身分證字號或護照號碼（外國人）。
4.C011 個人描述：如性別、國籍、出生年月日。

請於此處用膠水黏貼